IRMA JOUBERT

Anderkant
Pontenilo

Tafelberg

Vir Elize

© 2009 Irma Joubert
Tafelberg
'n druknaam van NB-Uitgewers
Heerengracht 40, Kaapstad 8001

Omslagontwerp deur Douw van Heerden
Tipografiese versorging deur Susan Bloemhof
Geset in 10.5 op 14 pt Giovanni
Gedruk en gebind deur CTP Drukkers,
Kaap, Suid-Afrika

Eerste uitgawe, eerste druk 2009
Vyfde druk 2012

ISBN: 978-0-624-04701-8

Epab: 978-0-624-05101-5

Haar mond is kurkdroog.
Haar hele lyf is kliphard saamgebondel
op die krop van haar maag.
Haar hande bewe só dat sy byna nie
die koevert oopgeskeur kry nie.
Sy haal die telegram uit die koevert.
Haar oë beweeg vlugtig oor die twee
kort reëltjies.
Toe vind haar oë die woorde:
VERMIS IN AKSIE AAN FRONT IN
NOORD-AFRIKA STOP
die telegram glip uit haar hand uit
fladder grond toe
lê doodstil

HOOFSTUK 1

DIE MENSE VAN DIE DORP HET LANK GEWAG VIR 'N MOOI STORIE. En toe hulle storie stadig, voor hulle oë, begin oopvou, was hulle versigtig bly.

Die dorp is eenkant, afgeleë. Soos 'n sprokie klou dit eeuvas aan die knieë van die Alpe.

Die pad na die dorp is smal en steil met draaie so skerp soos Donna Veneto se haarnaalde. Die trein klim nie so hoog nie, net die spoorwegbus twee maal per week. Die mense kan die bus van ver af hoor opsukkel teen die steiltes en wanneer die jong meisies op die blinkgetrapte treetjies van die kerk op hulle tone staan, kan hulle sien hoe die bus by Giuseppe se draai stilhou en voetjie vir voetjie agteruitstoot, tot die stertkant ver oor die lae klipmuurtjie hang. Hulle sien hoe die voorwiele stram krink na regs, hulle hoor hoe die toere skerp klim om die bus uit die draai boontoe te beur.

Dan lui Vader Enrico maar die skoolklok, al is dit soms 'n paar minute vroeg. Die kinders hop en hol soos losgelate hase bergaf na die dorpsplein. Net Suster Theresa se klas verdaag ordelik, want sy is streng.

Die mense van die dorpie is nie ryk nie. Maar dan, na die Groot Oorlog[1] het min ryk mense oorgebly in Italië. Selfs die Baron van Veneto, wat in sy klipvilla hoog op teen die hang

---

[1] Eerste Wêreldoorlog, 1914–1918

woon en oor die hele dorp uitkyk, is nie meer so ryk soos sy pa voor die Groot Oorlog nie.

Vreeslike fout, die Groot Oorlog. Maar dit lê nou agter.

Nog hoër op, anderkant Ponte de Bartolini, die antieke bruggie oor die Bartolini-rivier, lê die kasteel. Dis lankal onbewoon, vervalle al; net die dik klipmure staan rotsvas waar hulle eeue gelede geplant is.

Dis 'n hartseer storie: die een van die prinses wat die laaste inwoner van die kasteel was. Want, vertel hulle, sy was mos een van die slagoffers langs die oorlogspad van politiek.

Dié storie vertel die tantes steeds vir die jong meisietjies, of soms vir 'n nuweling in die poorte wat nog nie die dorp se stories ken nie. Nie onder mekaar nie, want dit bly 'n hartseer storie.

Deesdae speel die kinders tussen die dik mure van die kasteel. Die dogtertjies word prinsesse wat met lang aandrokke en gevlegte blomkranse in hulle hare oor die mosbegroeide balvloer sweef; die seuntjies word ridders wat by die skietgate uithang en gewelddadig op mekaar en enige sigbare of denkbeeldige vyand losbrand. En skemeraand, wanneer die kinders se mamas hulle aan die ore sinkbad toe sleep, gaan die paartjies soontoe om te vry.

En dit is juis dáár waar die mense gesien het: hier kom 'n ding. 'n Ding soos 'n storie.

Die mense van die dorp onderskei tussen 'n hartseer storie, 'n lelike storie, 'n lekker storie en 'n mooi storie. 'n Hartseer storie is . . . nouja, hartseer, en 'n lelike storie kom nou maar van tyd tot tyd in elke dorp en in elke familie voor. 'n Lekker storie is daardie soort storie wat party van die tantes – nie almal nie, hoor – met blaaskanstyd agter hulle hande vertel, wat 'n mens weghou van die jong meisies se ore, wat die ooms net in die binnekamer agter geslote deure aanhoor.

"Vrou, is jy seker? Jy moenie met sulke praatjies te koop loop nie, dis moeilikheid dié."

"My man, jy ken my al jare. Ken jy my as iemand wat skinder?"

Dan bly die ooms maar stil, om vredesontwil.

Die dorp het al die jare stories gehad, baie. Daar was hartseer stories, ja, soos die storie van die prinses in die kasteel, of van ta' Sofia en ou Luigi se enigste dogter.

En daar was goeie stories, soos die keer toe Giuseppe Romanelli die Franse vlugtelingkind in die berg ontdek het en huis toe gebring het. Net daar gevind, waar Giuseppe se draai nou is. Aan die begin was sy verwilderd en brandmaer, maar ou mama Romanelli het haar rooiwang gevoer en haar mooi geleer. Sy het mos nie self 'n dogter gehad nie. Nie dat die kind soos die Romanelli's gelyk het nie – sy was fyner, met 'n perskevel en groen oë. Die Romanelli's is groot en donker. En toe word sy hulle regte dogter, toe Giuseppe met haar trou net voor hy weg is na die Groot Oorlog.

Mooi storie. Maar móég vertel.

En dan is daar natuurlik die storie van Don Veneto, wat in sy klipvilla bo die dorp woon. Mens, sê die tantes vir mekaar, dit het hom darem maar lánk geneem om oor die ding te kom dat Graaf Aosta II se kleinniggie hom net so gelos het, weggeloop het saam met 'n Franse student wat die somervakansie kom olywe pluk het op die ou baron se plaas, en dit nogal 'n week voor die huweliksfees.

Hartseer storie. Party tantes het dit natuurlik vertel soos 'n lekker storie.

Maar daardie storie was baie lank voor die Groot Oorlog ook al holrug gepraat.

En toe kom Don Veneto eendag – net vóór die Groot Oorlog, die mense onthou nog goed – van Venesië af terug met hierdie splinternuwe, pragtige jong bruid. Sy was blond met blou oë, bietjie aanstellerig, glo 'n Oostenrykse ma of ouma gehad. Daar is mense wat sê dis oor sy van die gewone burgerstand was en haar in haar titel in getrou het, maar die dorp verdra van altyd af nie eintlik 'n geskinder nie. Hulle was toentertyd bly dat Don Veneto vir hom so 'n mooi vrou gevind het, al was hy jare ouer as sy.

Dwarsdeur die Groot Oorlog het die jong Donna Veneto ge-trou vir die baron gewag en nooit Oostenryk se kant teen Italië gekies nie. Maar dan, sy het ook nie eintlik met die mense van die dorp gemeng nie. Net Sondae mis toe gekom, en Woensdagaan-de, en Kersfees vir die mense hulle tradisionele Kersete in die villa se ruim eetkamer gegee, al was Don Veneto nie daar nie.

En toe, nadat Duitsland gedwing is om die vrede te onder-teken en nadat al die manne van die dorp weer huis toe gekom het, word die kleine Gina gebore. Sy het blonde hare en haar ma se blou-blou oë, en sy huppel oor die dorpsplein en deur die mense van die dorp se huise en tussen die veldblomme van hulle dorpsmeent. En sy word hulle prinsessie wat in die klip-villa bo die dorp woon. Net onder die kasteel.

Saterdagmiddae lê die ooms van die dorp beitel en skoffel en pik neer en die tantes haal voorskoot af. Dan kuier hulle straat-af, die manne speel bocchi op die dorpsplein, die seuns skop tuisgemaakte sokkerballe op die klein plato net sonsakkant van die dorp, die meisietjies spring springtou of hink eenbeentjie van blok na blok met die prins as eerste prys.

Saterdagmiddae vind jy Don Veneto en Giuseppe Romanelli en Vader Enrico en die dokter van die dorp by hulle skaakborde. In die somermaande tot laataand, die bottel wyn wat Vader En-rico self gemaak het, soms lank onaangeraak op die tafel tussen hulle. En hulle speel nie nét skaak nie, hulle praat ook, soms lank en diep, selde ligsinnig. Altans, drie van hulle praat, want Giuseppe het mos van speenoud af al die moeilikheid met woorde; hy sit net kop te knik en te luister. En as hy iets wil sê, wag die ander drie geduldig.

Die meeste Saterdagmiddae sit hulle op die klein patio voor Giuseppe se huis, met die blaredak bo hulle en die mense in die straat hier reg teen hulle. En Maria Romanelli maak 'n heerlike pasta con ragu, of soms cannelloni of ravioli. Koue wintersmid-dae sit hulle in die kombuis by die houttafel, dan laat Maria die herd hoog brand en die minestrone-sop of polenta in die ysterpot prut stadig en geurig gaar.

Die dokter se vrou is vergete al oorlede, mos met die geboorte van hulle eersteling, Pietro. Hartseer storie. Die priester het net die nonne om sy eenvoudige etes te berei; Donna Veneto laat die diensmeisies kook. Daarom gaan hulle Saterdae na Giuseppe en Maria Romanelli se huis.

Dit is by Giuseppe se huis waar die kleine Gina die drie Romanelli-broers leer ken het. Marco was groter en kon al lees. Wanneer hulle in die veld agter die huis gaan speel het, was hy altyd die een wat haar moes oppas. Winteraande het hy hulle leer dambord speel, of soms slangetjies-en-leertjies of hy het vir hulle stories gelees. Pinocchio was hulle gunsteling, want Giuseppe het vir hulle 'n regte Pinocchio-poppie gemaak met toutjies. Sy neusie kon net nie groei nie. Maar meestal het Marco in sy eie boek gesit en lees of teken en gesê hulle moenie lastig wees nie.

Lorenzo was die jongste en net so oud soos sy. Toe hulle eers skool toe is, moes sy baie, baie hard leer om beter punte as hy te kry. Hy self het nooit eens geleer nie, want hy was wild en het smiddae soos 'n bergbok in die kranse bo die dorp rondgeklouter. Sy tuiswerk was selde gedoen sodat suster Theresa in een jaar vier houtlepels op hom stukkend gefoeter het. Hy was bang vir niks: Hy kon onderstebo aan sy bene in die hoogste bome rondswaai, hy kon op somersdae sy kop die langste onder die water hou sodat 'n mens later bang was die swart water van die poel het hom ingesluk, hy kon plat op sy boude teen die steilste sneeupiek afseil, só dat 'n mens geweet het hy gaan een of ander tyd sy nek breek.

Hy kon ook mooi teken, maar soms het hy stoute prentjies geteken. Soos . . . wel, stout.

En hy kon nóóit die strikke aan haar vlegsels uitlos nie.

Sy het níks van hom gehou nie.

Antonio was haar maat, van altyd af. Hy het nie vir haar gelag wanneer sy te bang was om hoog in die boom te klim nie. Hy het haar gehelp wanneer sy gesukkel het met die dambord, en haar soms laat wen. Hy het 'n viool gehad wat Giuseppe self vir

11

hom gemaak het, en hy het haar gewys hoe om op die viool te speel. Hy het haar geleer hoe om 'n blom te teken, 'n maklike blom.

En hy het haar gevind die keer toe Lorenzo haar aan die boom vasgebind het en weggeloop het, toe die miere teen haar bene opgeklim het en sy vreeslik gehuil het.

"Hou op huil," sê hy, "jou gesig is al bloedrooi." Hy sukkel om die tou losgewoel te kry.

"Lorenzo het my vasgebind," snik sy. Sy probeer dapper wees, soos die prinsesse in die stories, maar die huil kom sommer vanself. "Hy het weggeloop. En gelag!"

Dit was die ergste, die feit dat hy gelag het en sy hulpeloos was.

Toe die toue los is, sê Antonio: "Gaan was jou gesiggie, en moenie vir jou pa en ma sê nie. Ek sal vir Lorenzo gaan opneuk."

"Jy mag nie vloek nie," sê sy. "En Lorenzo sal hom nie laat opneuk nie, hy is sterk."

"Ek is sterker," sê Antonio. "Gaan nou."

Die volgende dag by die skool het Lorenzo 'n lelike blou oog gehad en hy was baie, baie kwaad vir haar. "Klikbek!" het hy onder sy wenkbroue deur vir haar gesis.

Antonio het niks makeer nie.

Saterdagmiddag vra sy: "Hoekom slaan jy nie altyd vir Lorenzo as hy so stout is nie?"

"Hy is my broer," sê Antonio.

So het Antonio haar spesiale maat geword. En Lorenzo het haar nie weer aan 'n boom vasgebind nie.

Die mense van die dorp verstaan nie veel van die politiek nie. Die priester verstaan wel, want hy lees na elke posdag die week se koerante. En hy reis soms na Turyn en selfs Milaan vir byeenkomste.

Die Baron van Veneto weet ook, want hy moet soms vergaderings op ander plekke bywoon. Watter soort vergaderings, weet die mense nie.

Giuseppe Romanelli weet. Hoe, weet nugter, want hy sit maar jaarin en jaaruit te kap-kap aan sy marmerbeeldjies, kap elkeen los uit die klip waarin hulle eeue lank versteen gelê het, vorm elkeen versigtig en skuur en poets hulle en stuur hulle dan met die spoorwegbus weg Turyn toe. Vandaar gaan hulle na Milaan en Napels en Venesië, na Rome en, party mense sê, selfs oor die waters na Amerika.

Sien, eintlik kom Giuseppe uit 'n baie ou familie van beeldhouers, bekende mense. Is net dat hy so sukkel met die praat, nes sy pa voor hom, toe bly hy maar hier op die dorp agter.

Die dokter van die dorp weet alles, want sy seun Pietro is 'n joernalis by 'n groot koerant in Rome. En hoewel sy seun die Eed van Getrouheid aan die Fascistiese Party moes aflê en hy nie alles kan skrýf nie, hóór hy alles. En hy kan dit vir sy pa, die dokter, vertel, en die dokter kan dit weer vir die mense vertel, want hy weet dis veilig by hulle. Die huise van die dorp het nie vreemde ore en los monde nie.

En dan: die baron en die dokter het albei 'n draadloos. In die dokter se spreekkamer kan die mense ook na die draadloos luister.

"Wat presies is hierdie . . . um . . . Fascisme?" het een van die mense wat kom kyk het hoe die vier slimmes skaak speel, 'n tyd terug al gevra. Die manne van die dorp plaas soms geheime weddenskappe op wie gaan wen. Maar dit weet die tantes nie, ook nie Vader Enrico nie, want hy is teen weddery. Min van die manne plaas ooit geld op die baron; hy wen selde.

Die dokter leun terug in sy stoel, voel-voel na sy pyp, trek 'n vuurhoutjie en suig behaaglik. Die priester krap ingedagte in sy geil baard, Giuseppe Romanelli haal sy knipmes uit en begin sy naels versigtig skoonmaak. Die baron gooi sy kleikelkie weer vol wyn en bekyk die pionne op die bord met ingesuigde wange. "Hm," sê hy.

" 'n Fascis is maar net 'n bondel stokke gebind om 'n byl," begin die dokter verduidelik. "Maar in die ou Romeinse tyd het dit die simbool van outoriteit geword. Wanneer die byldraer dan hierdie fascis opneem, het die massas in antieke Rome padgegee."

Die dokter se pyp brand nie lekker nie, hy moet eers weer 'n vuurhoutjie trek.

"Hm. Jy's reg," sê Don Veneto terwyl hy steeds na die pionne staar. Hy moet die volgende skuif maak.

"Fascisme is eintlik 'n baie ou begrip. Dis die saambind van mense rondom 'n soort diktatorskap, 'n mens kan dit selfs as Ceasarisme beskryf. Of Napoleonisme, as daar so 'n woord bestaan." Die dokter dink 'n rukkie ernstig na oor sy eie woorde.

Die mense van die dorp luister versigtig, want die dokter is 'n slim man wat hoog praat.

"Dis tot 'n mate tog ook 'n nuwe begrip," sê die priester se diep stem, "met sy beheptheid met Kommunisme en Kapitalisme."

Die priester is ook slim.

"En Sosialisme. En Semitisme," vul die dokter aan.

Giuseppe knik en bekyk sy regterduim noukeurig.

"Te veel -ismes vir my kop," sê ta' Sofia en draai om. "Ek ga' loop kyk waar bly daai sleg Luigi. Moes hoeka al terug gewees het met die tamaties."

"Dis alles die Groot Oorlog se skuld," sê die baron. "Daar was te veel soldate wat jare lank in die modder van die loopgrawe gelê en veg het vir 'n beter lewe tuis. Vra my, ek was daar." Hy laat nooit 'n geleentheid verbygaan om die mense te herinner aan sy deelname aan die Groot Oorlog nie.

"Maar na die oorlog was daar net armoede en hongersnood in die huise, wanorde in die strate, chaos en selfsug in die regering," gaan hy voort. "Dis dié dat Fascisme kon vasklouplek vind."

"Ja," knik die priester, "is dié dat Mussolini kon oorneem. Hy het orde belowe, en baie oudsoldate het by sy Swart Hemde[2] aangesluit."

"Hy is 'n meester met manipulasie van die massas," sê die

---

[2] Mussolini se soldate

dokter. Hy klink ontevrede, amper sinies. "Hy laat Fascisme lyk na die terugkeer van die glorie van die Romeinse Ryk."

Die manne van die dorp luister mooi. Dis moeilike goed dié. En 'n man moet weet. Maar daar is nog 'n ding wat hulle pla.

"Die koning steun hom tog?" maak een van die ooms seker.

Want die mense is van altyd af lojale ondersteuners van die Italiaanse koningshuis. Immers: is dit nie so dat die Huis van Savoy juis uit húlle gebied, uit Piedmont, stam nie?

So een maal per maand kom die bioskoopmense van Turyn af en wys 'n film in die binnehof van die kerk. Op 'n weeksaand, gewoonlik, want op Vrydag- of Saterdagaande is hulle te besig in die stad. Hulle span die groot doek teen die klipmuur van die binnehof en pak bankies in rye vir die ouer mense. Dan gaan die hele dorp film kyk en die volgende oggend begin die skool 'n uur later, omdat almal bietjie wil inlê. Voor die film is daar eers 'n dokumentêre prent en nuusbrokkies. "Propaganda," sê die dokter altyd ontevrede, "maklike manier om die mense te indoktrineer."

Die mense gee nie om nie, hulle kyk mos maar en dink wat hulle wil. Wanneer koning Victor Emmanuel en sy beeldskone koningin Elena ('n prinses van Montenegro, fluister die tantes tevrede) op die filmdoek verskyn, klap die mense van die dorp hande en van die voorbokseuns fluit selfs. Maar wanneer die beelde van die Fascistiese leiers op die doek verskyn, word hulle begroet met 'n stilte, 'n byna ysige stilte. Dan knik die dokter en sê: "Onse mense is nie dom nie."

Soos daardie tyd toe Mussolini probeer het om die ekonomiese resessie teë te werk met sy "Goud vir die Vaderland"-projek. In elke koerant, op elke radiostasie en filmdoek, het hy persoonlik 'n beroep op die volk gedoen om vrywillig alle goud aan die regering te skenk, in ruil vir 'n staalarmband waarop staan: "Goud vir die Vaderland".

Dit het die storie van die maand geword. Die manne van die dorp het gewonder of die Baron van Veneto sy goue voortand sou gee. Die vrouens van die dorp was nie baie lus om hulle juwele, die meeste geërf van 'n ouma uit die tyd voor die Groot Oorlog, aan die staat te gee nie. En hulle kon tog nie hulle trouringe gee nie, dis dan geseën deur die priester! Dit sou onordentlik wees, waarskynlik nog sonde ook. Die priester van die dorp het lank hieroor gedink, en toe gesê hy weet darem ook nie. "As dit nog vir die Kerk in Rome was, ja . . . maar vir die staat? Nee wat, ek weet darem nie." Toe is die saak beklink en het niemand in die dorp iets gegee nie, ook nie Don Veneto nie.

"Onse mense is nie dom nie," het die dokter toe ook gesê.

"Ja," sê die dokter eindelik en knik ingedagte, "ja, die Huis van Savoy steun vir Mussolini. Maar die koning gaan nog spyt wees, wag maar en sien. Baie spyt."

Toe maak die baron sy volgende skuif op die skaakbord.

Toe die Groot Depressie op sy ergste is, moet Marco Romanelli na die senior skool in die groot dorp gaan, want hy is slim. Die dokter help betaal, en 'n neef van Giuseppe wat in Florence woon – 'n professor by die universiteit daar, nogal – en selfs die baron. Antonio is twee jaar later ook weg groot dorp toe. Die meeste ander jongmense het teen daardie tyd al die skool verlaat om te gaan marmer kap of in die boorde en wingerde om die dorp te gaan werk, sommige selfs agter bokke aan bergin. Sodat net Lorenzo en Gina die laaste jaar in Vader Enrico se vorm III-klas sit.

"Dit is goed dat hulle vrede gemaak het," sê die mense van die dorp tevrede.

Maar dit is geen vrede nie, hoogstens 'n delikate wapenstilstand, want Lorenzo kan maar nie sy streke los nie. "Ek wens jy . . . val van 'n krans af en breek jou nek!" sê Gina geïrriteerd en stap vinniger om van hom af weg te kom.

"Ek bind jou weer aan 'n boom vas!" roep hy laggend agterna. "En hierdie keer is Antonio te ver om jou te red!"

Daardie aand dryf haar gewete die slaap skoon weg, en toe die slaap eindelik kom, ry die nagmerrie haar bloots. "Ek het darem nie bedoel dat jy regtig jou nek moet breek nie," sê sy die volgende dag voor skool al.

Hy gooi sy kop agteroor en lag kliphard. Hy lyk net soos Antonio wanneer hy so lag. "Jy bly maar 'n sissie," sê hy vriendelik.

Maar teen huistoegaantyd is sy klaar weer woedend kwaad vir sy arrogansie. "Man, gaan speel assebliéf in die kranse!" skree sy en hardloop weg. Sy wéns Antonio was hier, hy sou vir Lorenzo reggesien het. Sy wéns dit was al volgende jaar sodat Lorenzo ook kan weggaan na die skool op die groot dorp.

Een naweek per kwartaal en elke vakansie kom Marco en Antonio met die spoorwegbus huis toe. Dit is juis op sulke tye dat die mense van die dorp sien: hier kom beslis 'n ding. Want skemeraand kan jy Antonio met die paadjie sien stap na die villa van die baron. En 'n bietjie later kan jy hom en Gina sien opstap, oor die Ponte Bartolini na waar die donker klipmure van die kasteel teen die wit pieke van die berg afgeëts staan. Langs mekaar loop hulle, hy kop en skouers langer as sy, wel nie hand aan hand nie, maar saam.

Hulle klein prinsessie, en die slimste van die Romanelli-broers.

Die volgende jaar is Lorenzo ook weg senior skool toe. Marco is toe al in Turyn op universiteit, Antonio in sy finale skooljaar. Gina het in die dorp agtergebly en bedags vir suster Marguarita gehelp met die beginnerklassie, want die suster word al oud en die kinders raak woelig. En sy wag vir Antonio, want eendag sal hy terugkom en haar kom haal, almal weet dit. Maar hy is slim en hy sal ook eers universiteit toe gaan. Hy wil 'n argitek word, nie 'n onderwyser soos Marco nie.

In hierdie tyd kom mister Rozenfeld 'n winkeltjie op die dorp oopmaak. Die mense van die dorp is baie bly. Jare terug het hulle wel 'n winkeltjie gehad, ook 'n Joodse handelaar, maar hy is kort na die Groot Oorlog sak en pak weg Amerika toe. Van toe af moes hulle maar wag vir die spoorwegbus. Dan het hulle 'n notisie vir die drywer gegee, en op die groot dorp het die winkelier al die proviand in 'n krat gepak en drie dae later eers het hulle die pond koffie of die lappie rokgoed gekry. En as die sneeustorms wintertyd te erg raak, soms eers twee of drie weke later.

Mister Rozenfeld en sy mollige vroutjie en sy twee dogters het van Litaue af hierheen gekom. Toestande daar is onuit-houdbaar, gesels sy mollige vroutjie met die vreemde tongval. Die Jode het geen regte nie, hulle word om elke hoek en draai vervolg.

Rachel is die oudste dogter; sy en Gina word gou maats. Mooi, op haar manier: bietjie bleek, bietjie maer, maar met blinkswart hare en blinkswart oë. En vriendelik, sag.

Maar Joods.

"Jy kan nie met haar maats wees nie," sê Donna Veneto en steek die dik haarrol versigtig met die lang haarnaald agter haar kop vas. "Sy is nie ons klas nie. En sy is nie Katoliek nie, dis heidens."

"Ja, Mama," sê Gina. Toe vra sy: "Was Mama Katoliek toe jy met Papa getroud is?"

Toe sê haar ma sy moet buite gaan speel.

Daardie yskoue Kersvakansie, toe Antonio regmaak om uni-versiteit toe te gaan en Marco amper klaar geleer is, sien die mense van die dorp: hier kom gróót moeilikheid. Hier kom 'n lelike storie.

Want Marco Romanelli het sy hart op Rachel Rozenfeld ver-loor.

Soos die wintervakansie met swaar sneeuskoene voortsleep, begin hierdie storie van Marco en Rachel voete kry, begin dit stadig by die huise inkruip, hoewel die mense van die dorp pro-beer om dit buite te hou. Want 'n mens nooi nie die ongeluk in jou binnekamer in nie.

"Wat gaan jou pa sê?" vra Gina en streel met haar voorvinger oor Antonio se hand – op en af, met elkeen van sy lang vingers langs.

"Van wat?" vra hy lui. Hulle sit langbeen op 'n klipplaat voor die kasteel in die yl wintersonnetjie.

"Ons praat mos oor Marco! En oor Rachel! Jy luister al weer nie, Antonio."

"Hm. Ek verkyk my aan jou, dis dié. Jy's pragtig, weet jy dit?"

"Maar wat gaan jou pa sê?" hou sy aan.

"Niks, daarvan is ek seker," sê Antonio en lê agteroor. "Ek wens dit word somer."

"Dit sal somer word, maar nie nou al nie," sê Gina beslis. "Jou ma sal iets móét sê; sy praat immers namens hulle al twee."

"Hm."

"Antonio, Rachel is Joods. Marco kan tog nie met 'n Joodse vrou trou nie?"

Antonio draai op sy sy en steun sy kop op sy hand. Sy dik, swart hare blink in die son, sy oë begin weer daardie tergduiweltjies in kry, ampertjies asof hy geamuseerd is oor iets. "Hoekom nie?" vra hy.

"Wel . . . ons is mos . . . mý pa sal dit nooit toelaat nie!"

Die lag in sy oë verdiep. "Jou pa speel dan skaak saam met mister Rozenfeld, as Vader Enrico nie kan kom nie?"

Sy kyk hom verstom aan. Mans is regtig partykeer só dom. "Antonio, skaak speel en trou is nie dieselfde ding nie!"

Hy lag kliphard. "Hoe seker is jy daarvan?" vra hy.

Sy ignoreer sy opmerking – sy weet al: hy terg weer. "En?" eis sy. "Marco en Rachel?"

"Ek weet nie, Gina. Ek weet regtig nie."

In daardie wintersdae, terwyl die mense veg om die storie van Marco en Rachel buite hulle huise te hou, begin iets anders ook sy nare kop uitsteek, inseil tussen die mense se woorde in.

So net voor Kersfees vertel die dokter dat sy seun Pietro gerugte gehoor het dat Italië 'n oorlog teen Abessinië[3] beplan en voorbereidings tref.

---

[3] Huidige Etiopië

Ag, wat is Abessinië nou? sê die tantes en roer die groot potte met die Kersmaal.

Na Nuwejaar gaan die Romanelli-seuns met die spoorwegbus weg en die priester lui die skoolklok en die ooms en tantes gaan voort met hulle dagtake.

Maar vroeg in die nuwe jaar vertel die dokter se seun Pietro vir hom dat fabrieke in Milaan trokke, tenks en artillerie vervaardig en verskeep, alles baie geheimsinnig.

"Daar is glo troepe wat snags beweeg word, hawens toe," sê die dokter op 'n keer.

"Hulle word op gewone skepe gelaai, nie oorlogskepe nie sodat hulle nie aandag sal trek nie," sê hy die volgende week.

"Pietro sê hy hoor 30 000 troepe het Napels verlaat," sê hy en vou die brief versigtig toe.

"Dertig duisend!" Die mense in die spreekkamer skrik – dis oorlogsake, hulle weet.

Die meeste mense weet nie waar Abessinië is nie. Toe sit die dokter 'n atlas in sy spreekkamer en merk die bladsy sodat almal kan weet.

Dit word later somer en die Romanelli-seuns kom vir die somervakansie terug huis toe. Maar dié storie bly soos 'n winterswolk oor die dorpie hang.

Dwarsdeur die somervakansie kyk die mense en sien vir Antonio en Gina; hulle sien ook vir Marco en Rachel, al kyk hulle nie.

In Augustus van daardie jaar laat president Roosevelt van Amerika vir Mussolini weet dat hierdie dispuut 'n bedreiging vir wêreldvrede kan wees. Dit lees die priester nie in die koerant nie, want die koerante word streng gesensor. Dit vertel die dokter se seun vir hom. Die dokter se seun weet.

En die aand van 3 Oktober hoor Don en Donna Veneto én die dokter dit met hulle eie ore oor die draadloos: Italiaanse gewapende magte het Abessinië binnegeval. Die volgende oggend kom luister almal na die draadloos in die dokter se spreekkamer: Italië het Abessinië, daar ver in Afrika, binnegeval.

"Maar hoekom?" vra ou Luigi verward. "Wat wil ons maak met 'n stuk van Afrika?" Want Afrika is donker, met mensvreters wat 'n stuk been in hulle stywe hare reg bo-op hulle koppe invleg en hulle slagoffers in groot potte kook.

Toe buk die dokter oor die atlas wat steeds, maande al, op die tafeltjie lê. "Kyk," sê hy, "hier is Abessinië."

Dit weet die mense al.

"En hierdie is Eritrea, en daar lê Somalië, dit behoort reeds aan Italië."

O, dit het die mense nie geweet nie.

"En hier lê die Rooi See." Sy vinger trek al met die smal blou kanaal langs.

Die mense kyk. Hulle weet van die Rooi See, uit die storie van Moses, mos. Hulle het net nie besef dis deel van Afrika nie, dog dis by Egipte.

"Egipte is ook Afrika," sê die dokter. "Kyk, hier loop die Nylrivier, waar Moses gevind is. En hierdie is die Rooi See, waardeur die Israeliete droogvoets getrek het."

O. Goed. Vreemd om te dink die plekke bestaan regtig.

"Ons handelskepe gebruik die Suezkanaal om kortpad Ooste toe te vaar," verduidelik die dokter. Sy knopperige voorvinger word 'n skip wat vaar, van die toon van Italië af, oor die blou van die see, deur die dun mensgemaakte poort by Egipte, af met die Rooi See tot in die oop waters wat Indië en Japan toe gaan. Die mense voel amper verlig: die skip is deur.

"Sien," sê die dokter, "Engeland beheer die toegang tot die noordelike deel van die Rooi See," en sy skipvinger tik-tik op die land van die piramiedes en die Farao's en Nylrivier. "As ons nou die suidelike toegang kan beheer," en sy vinger vlieg tot in Abessinië, land in die hoofstad, Addis Abeba, "dan beveilig ons nie net ons handelsroete nie, ook ons militêre skepe."

Ja, nou sien hulle. Dit maak sin.

Maar die mense van die dorp wonder tog. Die Italiaanse soldate het die weste van Abessinië ingeval en koning Vittorio Emmanuel III het die kroon sommer net so oorgeneem by keiser

Haile Selassie. Snaakse naam, klink heidens. Snaakse mannetjie ook, snaakse klere, sien hulle in die priester se koerant. Maar darem – dis tog nie reg om sommer net 'n vreemde land te vát nie, of hoe?

"Wat dink jy, Antonio?" vra Gina toe hy die naweek by die huis is.

"Oorlog is nie reg nie, nooit nie," sê Antonio en streel met sy vinger die blonde hare wat uit haar vlegsel losgekom het, agter haar oor in. "Jy sal jou hare moet losmaak en weer moet vleg, voordat jy kan huis toe gaan."

Sy lag gelukkig. "En jy sal die gras uit jou boskasie moet haal," terg sy en trek 'n grasspriet van sy kop af.

Dan sit sy regop. "Ek wil nie meer my vlegsels so lank agter my kop dra nie." Sy tel die twee lang vlegsels aan hulle punte op en draai hulle om haar kop, hou die punte agter in haar nek vas. "Wat dink jy, Antonio? Hoe lyk dit?"

Sy sien die antwoord in sy oë. "Pragtig," sê hy.

"Kyk jy ooit?" vra sy streng.

"Ek verkyk my," sê sy ryk stem.

Net buite die dorp, sonsakkant, op die plato waar die seuns Saterdae sokker speel met 'n styfgestopte kous, staan die kloktoring. Sommer so half in die veld staan dit, eeue en eeue al. En vergete al nie meer 'n klok nie. "Dit kom nog van die ou Romeinse tyd, waarskynlik uit die tweede of derde eeu na die geboorte van Christus," sê Marco.

"Dis snaaks dat dit hier staan, so alleen," sê Rachel en kyk rond. "Die kerk is tog daar bo, hoër op."

"Die kerk is baie later gebou, seker eers sowat tweehonderd jaar gelede," sê Marco. "Die antieke dorpie was waarskynlik hier, op die plato'tjie. Maar toe skuif die mense na 'n groter gebied, en toe bly net die kloktoring oor."

Sy draai na die berg. "En die kasteel?" vra sy.

"Dit kom waarskynlik uit die Middeleeue, die Ponte Bartolini ook," sê hy. "Die kasteel is vir my soms donker en morbied."

"Sal jy eendag vir my die storie van die prinses in die kasteel vertel?"

"Nee, wat, dis 'n hartseer storie. Die kerk is pragtig, veral binne. Het jy al gesien?"

Sy draai na hom en kyk op in sy donker oë. Toe sê sy ernstig: "Jy weet dat ek nie 'n Christen is nie, nè, Marco?"

Hulle het nog nooit daaroor gepraat nie.

"Ja, ek weet." Hy kyk weg, af oor die vallei wat ver onder hulle blouerig oopvou uit die skeure tussen die berg se tone.

"Marco, kyk vir my."

Hy kyk stadig terug. "Los dit, Rachel." Want woorde sal gestalte gee.

"Jy weet dat dit vir jou beter sal wees om 'n meisie te vind tussen al die honderde op universiteit, 'n goeie, Katolieke meisie?"

Hy skud sy kop en haal sy skouers op. "Ek wil nie iemand anders hê nie," sê hy.

"Jy weet dat daar geen toekoms vir ons is nie?" Sy bly 'n oomblik stil. Toe sy weer praat, klink haar stem dikker, amper gesmoord, asof sy deur 'n dik donskombers praat. "Nie my pa en ma of jou ouers sal 'n vriendskap tussen ons goedkeur nie."

Nou is dit sy wat wegdraai, bergaf kyk.

Hy kyk ook nou bergaf. Sy stem is rustig wanneer hy sê: "Dis te laat, Rachel. Daar is reeds 'n vriendskap tussen ons."

Lank voor die Rooikruis dit vir die koerante regoor die wêreld vertel, weet die mense van die dorp al van die mosterdgas in Abessinië. Want die dokter se seun Pietro weet, hy kan net nie skryf nie.

Die manne ken mosterdgas – daardie verstikkende, dik damp wat jou soos 'n rot uit die loopgraaf se stink modder laat skarrel-vlug in die knetterende geweervuur in. "Dis onmenslik," sê hulle vir hulle vrouens.

Die vliegtuie vlieg oor die klein dorpies in daardie ver land in Oos-Afrika en sif die mosterdgas oor die huisies, die skool, die hospitaal, sê die Rooikruis. Mussolini het alles persoonlik goedgekeur, sê hulle.

Toe bestook die Italiaanse vliegtuie die Rooikruis se kamp met bomme. "Sodat hulle nie weer praat nie," verduidelik die manne vir hulle vrouens.

Van sy neef in Frankryk kry mister Rozenfeld 'n koerant. Hy lees vir die mense – baie verstaan Frans – van die openbare galge, hoe gyselaars doodgemaak word, lyke vermink word. Hulle sien foto's van maer mense met toiingklere aan in arbeidskampe.

Die dokter se seun vertel dat menige Italiaanse soldate foto's van mekaar neem langs die gehangde lyke, of langs 'n kis vol afgesnyde koppe. Hy sê gevangenes word lewendig uit vliegtuie gegooi. Lélike stories.

"Die wêreld het mal geword," sê die priester en vryf oor sy baard.

"Dis van die Groot Oorlog af," sê die baron. "Voor dit was dit 'n beskaafde wêreld."

"In Litaue het ons hierdie soort ding gesien," sê mister Rozenfeld, "en in Rusland, met die pogroms teen die Jode. Dit is goed dat Italië anti-Kommunisties is."

"Mussolini is ook anti-Semities," sê die dokter terloops.

Toe konsentreer hulle weer op die skaakspel.

En asof die stories van die mosterdgas en die afkoplyke en nog Marco en Rachel bo-op alles, nie genoeg is nie, begin 'n nuwe storie uitbroei.

"Dit kan 'n lelike storie word, hierdie," sê die priester en skud sy kop.

"Waarom kan ons nie net die ander lande uitlos nie?" vra die baron kwaad. Sy hele gesig is in 'n frons opgeskroef: Giuseppe Romanelli het 'n meesterlike skuif gemaak, hy weet nie hoe hy uit die skaakposisie gaan kom nie.

"Franco is sterk Fascisties, dié dat Mussolini en Hitler hom steun," sê die dokter en trek 'n vuurhoutjie. "Ek dink my twak het klam geword, dit wil nie brandvat nie."

"Maar Spanje? Ons het tog weinig gemeen met Spanje?" sê die priester. "Hierdie klammigheid is ook nie goed vir die prieel nie, ek vind plek-plek wortelvrot."

"Jou skuif," herinner mister Rozenfeld die baron.

"Ja, ek dink," sê Don Veneto geïrriteerd.

"Ons moet net nie weer betrokke raak nie," sê ou Luigi en gaan sit moeisaam op die lae muurtjie van die patio. "Ek sien 'n ding as ek hom sien, en ek sien 'n storm broei, dit sê ek nou vir julle. Met die Groot Oorlog het ek . . ."

"Ons is klaar betrokke," sê die dokter swaarmoedig. "My seun sê ons vegvliegtuie vertrek daagliks wes; hy sê ons soldate veg reeds aan die kant van Franco se rebelle."

"Nou het Mussolini mal geword," sug ou Luigi. "Maar skink dan daar vir my ook 'n dropske, la' ek proe hoe smaak Vader Enrico se brousel."

Eindelik skuif die baron. Maar hy lyk nie gelukkig nie.

"Mussolini is gevaarlik, hy is fanaties," sê die dokter terwyl hy vir Luigi 'n lekseltjie skink. "Hou maar dop: die wreedhede van die Italiaanse magte in die klein dorpies in Abessinië sal net so herhaal word in Spanje."

"Hy is genadeloos," knik die priester.

"En dom," sê die dokter. "Hy raak net vaster en vaster in Hitler se web."

Toe skuif Giuseppe.

"Skaakmat," sê mister Rozenfeld namens hom.

Hulle staan op die Ponte Bartolini, die brug oor die Bartolini-rivier. Eintlik ook nie 'n rivier nie, net 'n stroompie wat deur die eeue diepkloof gekerf het in die berg in en steeds vrolik klippe-langs voortkabbel groot rivier toe.

Agter hulle pak donker wolke saam. Vannag gaan die storm met alle geweld oor die dorpie losbreek. "Ons moet seker te-rugstap na julle huis, jou ma sal bitter kwaad wees vir my as ek jou laat natreën," sê Antonio en swaai sy kitaarsak oor sy skouer.

Gina lag. "Ek sal haar graag kwaad wil sien vir jou," sê sy. "Jy kan mos niks verkeerd doen in haar oë nie. Of in die res van die dorp se oë nie."

"Ons moet maar nie die noodlot tart nie," sê Antonio en neem haar hand. "Huis toe met die skone prinses."

Die lentefees is een van die groot feesvieringe van die dorp. Dan dra die tantes varsgebakte focacce en borde bicotti aan, die mans bring mandjies vol kersies en pere, appels en rooiwang perskes en trosse blinkblou druiwe uit hulle boorde, hulle pak bokmelkkaas en gerookte hamme en blinkvet olywe wat twee jaar in die olie lê en wag het, op die tafels uit. Die nonne pak die priester se wyn versigtig op die smal tafeltjie wat die kinders van die klooster af help dra het, en skink net genoeg dat ieder 'n proeseltjie kry. Nooit oordadig nie.

Met die lentefees bring Giuseppe en Marco, Antonio en Lorenzo hulle viole en kitare. Vandat mister Rozenfeld ingetrek het, het daar nou 'n tjello ook bygekom. En die aand dans die mense van die dorp tot laat, tot die laaste vreugdevure net flou kooltjies is en die oosterkim reeds sag begin verkleur.

Maar daardie lentefees van 1938 is anders. Baie dinge het verander.

Marco is nou permanent terug op die dorp. Hy neem die senior klasse, hy leer vir die kinders Latyn en Matesis, Engelse letterkunde en musiek sodat hulle nie meer na die groot dorp moet gaan vir senior skool nie. Nou kan soveel meer van die dorp se kinders geleerd wees, sê die mense tevrede.

En hy en Rachel gaan stap, byna elke skemertyd. Tot anderkant die Ponte Bartolini.

Gaan 'n hartseer storie word, voorspel die mense.

Of 'n lelike storie, waarsku ander.

En Lorenzo is ook nou universiteit toe, na Turyn, net soos sy broers. Glo gaan wetsgeleerdheid studeer, wil 'n wetsman word, kan jy nou meer. Slim, die Romanelli-seuns.

Maar toe hy huis toe kom, juis met die tyd van die 1938-

lentefees, praat hy anders as sy broers. En kontant met die mond! Nou ja, dit was hy seker altyd.

"Wat dink jy van die Anschluss?" vra hy reguit vir Marco.

"Die . . . Anschluss?" vra Maria Romanelli. "Nog 'n skeppie brodo, Giuseppe?"

"Dis die . . . hm . . . aansluiting, Mama, Hitler wat Oostenryk so ses weke gelede by Duitsland ingelyf het," verduidelik Antonio. "Is daar vir my ook nog 'n skeppie brodo? Maak dit 'n groot skep, asseblief."

"Dis net die begin," sê Lorenzo opgewonde en hou sy bord ook na sy ma uit. "Duitsland en Italië gaan die hele wêreld wys, julle sal sien. Hier ook nog, dankie, Mama."

Marco frons. "Jy praat asof Hitler se optrede jou aanstaan?" vra hy ernstig.

Giuseppe Romanelli sit sy lepel stadig neer. Ook hy kyk ernstig na Lorenzo.

"Natuurlik staan dit my aan, Duitsland het net teruggeneem wat Versailles[4] by hulle gesteel het. Hitler is die sterk man van Europa, Mussolini die slim man. Saam is hulle onoorwinlik," sê Lorenzo.

Antonio sit ook sy lepel neer. "Lorenzo, waar kom jy aan hierdie twak?" vra hy. "Lyk my die Mussolini Jeug het jou kop vol stories gepraat? Ek het mos gesê . . ."

". . . ek moenie na hulle vergaderings gaan nie," voltooi Lorenzo sy sin. "Maar ek het, en ek is baie bly daaroor, want nou weet ek ten minste dinge waarvan hierdie agterlike dorpie nog nie eens droom nie."

Toe staan Giuseppe Romanelli op, sy gesig baie ernstig.

Sy gesin kyk op na hom. Hulle weet.

"Jy praat nie so van ons mense nie," sê Antonio namens hom. "Jy kan dink wat jy wil en die Mussolini Jeug se soetkoekpraatjies opvreet, maar jy hou jou mond van onse mense af."

---

[4] Vrede van Versailles na die Eerste Wêreldoorlog

Toe staan Lorenzo ook op, en Antonio. Én Marco.

"Sit," sê Maria Romanelli, "ons eet nog."

Toe sit hulle weer, en hulle eet.

Maar die woorde bly hang in die vertrek, in die huis, oor die dorp. Selfs lank nadat die lentefees verby is, nadat Antonio en Lorenzo met die spoorwegbus weg is Turyn toe, terug is universiteit toe, bly die woorde.

'n Mens kan seker nie jammer wees as 'n moord misluk nie, sê die tantes vir mekaar, dis seker sonde?

'n Aanslag op 'n politieke leier se lewe is nie moord nie, sê die manne van die dorp. Dit is 'n nasionale ramp dat dit misluk het.

"Daar was al 'n aanslag op Hitler se lewe ook, dit het ook misluk," sê die dokter spytig.

Die priester praat nie, hy hink nog tussen sonde en nasionalisme.

"Waarvan práát julle nou weer?" sê ta' Sofia ongeduldig en vee haar meelhande aan haar voorskoot af. "Julle moenie kom staan moordpraatjies maak hier in my huis nie, my senuwees is reeds so gedaan."

"Die dokter sê sy seun Pietro sê daar was 'n aanslag op Mussolini se lewe," sê ou Luigi vernaam. Hy het mooi geluister, hy weet nou.

"Haai, mens!" sê sy vrou geskok. "Sê jy 'n aanslag op sy lewe? Maar dit ís mos moord?"

"Ja, vrou, aanslag op sy lewe, net so sê die dokter. In Kobarid glo, deur 'n groep Slowene wat teen Fascisme is. Maar toe misluk dit." Luigi skud sy grys kop. "Hy lewe nog," voeg hy ter verduideliking by.

Toe ruk ta' Sofia haar skouers agtertoe. "Ek weet goed wat 'misluk' beteken," sê sy hard en duidelik. "Jy moe' my nie vir dom kom staan vat nie, Luigi Andriotti!"

"Ja, hartlam," sê hy en tel die mandjie op. "Dan gaan haal ek maar 'n plukseltjie tamaties vir die aandkos."

In daardie dae sien die mense op die film wat van Turyn af gekom het – die een vóór die regte film, die een waaroor die dokter altyd so ontevrede is – dat die soldate van die Italiaanse weermag ook nou die Duitse paradepas namaak, rukkerig loop oor die plein in Rome, nes houtsoldate met stokreguit bene.

Mussolini noem dit die *Passo romano*, die Romeinse pas, sê die blikstem uit die gespande laken. Groot glorie wag op Italië, ons volk is die trotse draers van die Westerse beskawing, sê die blikstem, die erfgename van die Romeinse Ryk.

"Ons volk, ons leiers, piep agter Hitler aan," sê die dokter hard en duidelik.

Daardie aand het nie veel mense na die film op die doek ge-kyk nie. Die dokter het opgestaan en geloop. Die manne van die dorp het opgestaan en gaan hoor wat dink hy – het sy seun wat 'n joernalis is in Rome, dalk vir hom iets gesê? Die mamas van die dorp het die kinders huis toe gesleep om te gaan slaap, en gewag vir hulle mans om huis toe te kom.

Net 'n groepie jongmense het gebly.

En hulle het nie na die film gekyk nie. Want met die papas en die mamas weg, het die grense rondom die toelaatbare ook vervaag.

In daardie laaste dae van 1938 het Marco Romanelli se gesig ernstig geword. En Rachel se lag het stil geword.

Die mense in die spreekkamer het die berig oor die draadloos gehoor, en die volgende Woensdag het hulle dit in die koerant wat die spoorwegbus van die groot dorp af gebring het, gelees. Die mense het gehoor en gelees, maar dit nie in woorde oor hulle lippe laat kom nie. Nie dadelik nie, juis omdat hulle ge-wéét het.

Maar die woorde en die wete het soos 'n giftige gas in elke hoekie ingesypel.

"Antonio, wat gaan gebeur?" vra Gina. Sy is so bly hy is hier vir die naweek, hy sal wéét, hy weet altyd wat om te doen.

Hy antwoord nie.

"Hoe kan dit gebeur?" Haar stem klink al meer desperaat. "Net toe ons gedink het alles sal nou regkom, toe mister en tannie Rozenfeld so lank met jou pa en ma gepraat het en hulle sáám by julle huis uitgeloop het . . . Antonio! Wat nou?"

Want Mussolini volg in Hitler se spoor. Sy nuutste rassewet bepaal dat alle Jode uit die staatsdiens geskop word, onmiddellik.

Dit verbied ook enige Jood om met 'n Italianer te trou.

Al is hulle lief vir mekaar.

Hoofstuk 2

Die plaas lê op sy rug uitgestrek tussen die voet van die Waterberg en die loop van die Nylrivier en anderkant op tot waar die dor brakrant teen die diep erosieslote doodloop. Eeue oud lê die sandgrond en die klippe en die strokie turf in die son en bak. Na links skeur die berg oop, daar ontspring die rivier as 'n klein spruitjie en wurm sy pad tussen die bome deur, druppel oor klipbanke, rus in vlak poele tussen sandwalle.

"Ons het 'n mooi plaas," sê Klara.

"Ja, dis mooi hier van bo af," sê Boelie. "Dis die prentjie wat ek met my saamneem as ek môre teruggaan universiteit toe."

Die pad na die plaas kronkel na regs uit – plat, stowwerig, onderdeur die toe plaashek, bo-oor die laagwaterbruggie, langs die klipkoppie verby en vervloei eindelik in die swewende lug-spieëling op die horison dorp se kant toe.

"Dis net droog," sê De Wet.

"Dis winter," sê Boelie, "dis altyd droog in die winter."

Ver onder hulle lê die ou opstal waar hulle oupa en ouma woon, 'n yl wolkie rook krul lui uit die skoorsteen op en ver-dwyn in die wolklose hemel. 'n Entjie weg van die ou opstal is hulle kliphuis, verder aan die buitegeboue, die kraal, die dam en windpomp, na agter die familiekerkhof, waar hulle grootjies be-grawe lê, en hulle pa se enigste broertjie, wat kleintyd dood is.

Na links, al langs die Nyl op na die kloof se kant toe, staan die boord lemoenbome in netjiese gelid.

"Die boord is darem groen," sê Klara. Die merrie onder haar begin rusteloos rondtrap.

"Hopelik," sê De Wet, "anders kan ons dit maar vir brandhout gebruik."

Na regs, padlangs, lê die kampe en nog windpompe met suipings. Die landerye lê anderkant die pad af tot teenaan die rivier.

Teen die brakrand, anderkant die Nyl, staan 'n vaal huisie, Gerbrand Pieterse se ouerhuis – boomloos, eensaam op die haai vlakte, die enkele venster blink blind in die son.

Klara kyk weg. Want die son op die venster maak haar oë seer.

"Ek wens Pa wil 'n wal gooi, dáár," beduie Boelie. "As ons daar 'n damwal gooi, vang ons al die reënwater op wat tans wegstroom see toe. En dan kan ons landerye aanlê, onder besproeiing. Of weidingaanvulling."

"As 'n mens mooi kyk, sien 'n mens selfs Christine-hulle se huis," sê Klara. "Kyk, dáár."

Die Le Rouxs is hulle bure, Christine is Klara se beste maat, van altyd af.

"Pa sal nie nou geld uitgee nie," antwoord De Wet vir Boelie en vryf ingedagte oor ou Bruines se nek. "Dit sal reeds broekskeur gaan as ek ook volgende jaar varsity toe moet gaan."

"'n Mens kan selfs dink aan druiwe, want dis goed gedreineerde grond," droom Boelie voort.

"Jy moes maar gaan landbou swot het," sê Klara. "Maar nou leer jy darem damme en brûe bou. Ek gaan begin terugry; Kolkop raak rusteloos."

"Ja, dis seker ook byna etenstyd," sê De Wet. Hy sit sy voet in die stiebeuel en swaai sy regterbeen gemaklik oor die saal. "My maag dink hoeka my keel is afgesny. En van môre af is dit weer koshuiskool en stampmielies en vaalvleis."

"Die varsity-koshuise is net so erg," sê Boelie en hys homself op sy perd. "Ons sal die perde versorg, dan gooi jy solank koffie in, Klara. Ek vergaan nou van die dors."

Die eerste naweek van die derde kwartaal is die jaarlikse Voortrekkerkamp. Dit begin soos enige, gewone kamp. Die terrein by Donkerpoort is net so warm en stowwerig soos al die jare tevore, die grond net so kliphard, die swaar tente net so moeilik om op te slaan.

"Ek dink die Bosveld is die warmste, stowwerigste plek in die hele wêreld," sê Klara vir Christine.

Christine kyk na haar met groot, blou oë. "Jy sê dit élke keer, Klara."

Klara glimlag. "Ja-a, seker."

"Wel, wat doen ons volgende?" vra Annabel en stof die voorkant van haar uniform versigtig af met haar wit sakdoek. Sy is 'n nuwe Voortrekker, dis haar eerste kamp.

Hoe sy gaan aanpas by 'n kampeerdery, weet Klara nie.

Annabel het vanmiddag bietjie laat gekom, toe hulle al byna gereed was om te vertrek, uitgedos in haar nuwe uniform. Haar romp is te kort, het Klara dadelik gesien. En haar hoed sit te ver na agter, haar hare is ook nie vasgemaak nie. Maar sy lyk mooi – sy lyk mooi in enige iets. Annabel is beeldskoon, filmstermooi.

"Ons slaan hierdie tent op," antwoord Klara en begin die swaar seile oopvou.

"Óns?" vra Annabel verstom. "Jy's seker lekker laf. Waar is De Wet en Braam?" Sy kyk 'n oomblik rond of sy nie Klara se broer en sy kamermaat sien nie.

"Hulle slaan hulle tent op, ons ons s'n," sê Klara beslis.

Maar Annabel stap reeds oor na waar die groepie matriekseuns besig is. "De Wet! Braam!"

"Sy's 'n regte flerrie!" sê Lettie en stoot haar dik bril terug op haar natgeswete neus. "Ek hoop nie De Wet val vir haar nie."

"Ek glo darem nie," sê Klara. Sy is egter nie so seker nie. Sy ken haar broer: hy sal beslis die aandag geniet. Sy hou nog altyd duim vas dat hy en Christine eendag sal trou, dan word Christine haar suster. Maar dan sal Christine moet wakker skrik uit haar dogtertjiedrome, anders vry iemand soos Annabel hom nog af.

33

"Dis jammer Gerbrand is nie hier nie," sê Christine nou. "Hy is so sterk soos 'n os; hy sou ons vinnig gehelp het."

Christine is klein, haar blonde krulhare klou om die rand van haar gesiggie, sy staan effens onhandig rond. Eintlik is sy baie onhandig, noudat Klara daaraan dink. Sy is soos 'n porselein-poppie, popmooi.

"Dis beter dat Gerbrand weg is," sê Klara. Al is sy weggaan steeds nie lekker nie.

Gerbrand was van altyd af deel van haar lewe – Gerbrand en Christine. Gerbrand se pa is oom Lewies Pieterse, Klara se pa se bywoner. En Christine se ouers is oom Freddie en auntie Anne le Roux van die buurplaas, oom Freddie is die distrik se LPR[5]. Toe Boelie in standerd twee was en De Wet in graad twee, is hulle drie graad-eentjies saam plaasskooltjie toe. Eintlik is Christine 'n jaar ouer as sy, so oud soos De Wet, maar Christine is 'n enigste kind en haar ma was te jammer vir haar om haar op ses al skool toe te stuur, toe begin sy die volgende jaar saam met Klara.

In die plaasskooltjie op die grens tussen hulle plaas en oom Freddie le Roux se plaas, was sy en Christine en Gerbrand die enigste drie kinders in hulle standerdgroep. Soms het daar 'n kind bygekom, soos die oom wat kom boor het se dogter. Sy kan nie eens meer onthou wat haar naam was nie. Of die smous wat kort rukkies hier oorgestaan het, se seun. Maar hy was Joods en hulle het nie met hom gespeel nie. En vir twee jaar ook Stink-kosie Els, tot hy weer gedruip het. So eintlik was dit net hulle drie, Klara en Christine en Gerbrand.

In vorm II is Gerbrand saam hoërskool toe, koshuis toe, want die goewerment betaal vir behoeftige kinders.

En toe gaan Gerbrand weg, verlede maand. Sommer so in die middel van vorm IV, toe gaan werk hy in die myne.

Sy verstaan hoekom, maar dit maak steeds seer om te dink aan Gerbrand soos 'n mol in 'n myntonnel. Hy hoort in die oop veld.

[5] Lid van die Provinsiale Raad

Sy skud haar kop, druk doelgerig die goudbruin hare wat uit haar vlegsels gekom het, agter haar ore in en sê: "Chrissie, hou jy hierdie paal vas. As ons die tent oopgevou het, druk jy dit in die gaatjie bo. As ons almal saamwerk, staan ons tent in 'n japtrap."

Daardie aand maak hulle 'n groot kampvuur. Sy en Christine en Lettie sit alleen, want Annabel het haar langs De Wet gaan neerplak. De Wet lyk soos 'n kat wat room gekry het. Simpel mansmens, dink Klara geïrriteerd.

Hulle sing liedjies, Voortrekkerliedjies wat nig Lena hulle leer. "Heerlik is die Trekkerslewe" en "As ek saans met my maats om die kampvuur sit" en "Kampvuur brand nou", wat hulle as beurtsang sing. Hulle sing ook "Wie is die dapper generaal? De Wet!" Die jonger kinders hou baie daarvan om dit te sing, veral die meisies. Hulle sing die De Wet-deel kliphard en kyk almal vir De Wet. Verspotte bakvissies.

Die stompe brand al laer, hulle sing "O, Boereplaas" en "Afrikaners, landgenote". Bo hulle skitter die sterre, die maan dryf los rond.

Ek is lief vir hierdie mense om my, vir almal wat so mooi saamsing, dink Klara. En ek is lief vir my land, my mooi land, en vir my volk. Ek is 'n Afrikaner, ek is bly ek woon in die Unie van Suid-Afrika, in die Bosveld.

Toe tree oom Jan Kommandant, hulle leier, uit die kringetjie en staan groot en halfdonker in die flou lig van die kampvuur. "Seuns en dogters, daar lê vir ons volk, vir die Afrikaner, 'n wonderlike tyd voor. Wie van julle het al gehoor van die Voortrekker Eeufees?"

Van die ouer kinders steek hulle hande op. Dis vanjaar presies 'n honderd jaar gelede dat die Trekkers uit die Kaapkolonie weg is, onder die Engelse uit, en die Gelofte by Bloedrivier afgelê het. Daarom gaan die Afrikaners nou 'n monument bou en 'n groot fees vier.

"As deel van die fees," vertel oom Jan Kommandant, "organiseer die Broederbond 'n simboliese Ossewatrek. Hulle beplan om tien ossewaens deur die land te laat trek. Die eerste ossewa

gaan sommer een van die dae al, op 8 Augustus, van Jan van Rie-
beeck se standbeeld in Kaapstad af vertrek en al die pad Pretoria
toe reis vir die hoeksteenlegging van die Voortrekkermonument
op Dingaansdag.

"Nou wonder julle seker hoe gaan ons kommando deel wees
van die feesvierings?" vra oom Jan Kommandant.

"Ja, oom Jan," sê die kinders om die vuur.

"Die organiseerder wil omtrent 8 000 skoolkinders in hulle
Voortrekker-uniforms ook daar hê," sê hy met 'n trotse glimlag.
"Ons gaan in die tentedorp woon, saam met die derduisende
ander Afrikaners van oor die hele land. En ons sal sekere dienste
lewer, soos in die nag op wag staan en . . ."

'n Opgewonde geselsery breek los sodat Klara nie eens hoor
watter dienste hulle nog gaan lewer nie – al die pad Pretoria toe!
in die tentedorp woon! in die nag . . .

"Maar dis nie al nie," praat oom Jan bo die geroesemoes uit.
Nie al nie? Dit raak stil om die vuur.

"Ons gaan ook deelneem aan die fakkelloop. Duisende Voor-
trekkers gaan van regoor die land aflos hardloop met brandende
fakkels, almal Pretoria toe. Op 16 Desember sal al die fakkels
saam een groot vlam aansteek, wat simbool sal wees van die
vlam van die Afrikanerkultuur, 'n vlam wat nooit weer geblus
sal word nie," sê oom Jan.

Klara kan net dink hoe dit gaan lyk. Dit voel asof die vlam
reeds binne-in haar begin brand.

Dit word die beste, die lekkerste naweek in haar hele lewe. Sy
ontdek 'n gevoel van patriotisme êrens diep in haar, sy ontdek 'n
warmte en 'n liefde vir haar land en haar volk. Sy sien uit na die
weke en maande wat voorlê. Sy sien sommer uit na al die jare
wat wag – sy wéét sy, Klara Fourie, gaan 'n verskil maak.

Die volgende Vrydagmiddag laai oom Freddie hulle op by die
koshuis. Dis vir Klara altyd lekker om huis toe te gaan. Vanaand,
weet sy, sal hulle almal saamkuier, ook haar oupa en ouma sal
oorstap van die ou opstal af om by hulle te kom eet. Haar oupa

sal aan die kop van die tafel sit, waar haar pa gewoonlik sit, haar pa en ma langs mekaar, haar ouma en De Wet oorkant hulle, sy en Irene aan die onderpunt, Waaksaam en Dapper onder Irene se swaaiende voetjies. Net Boelie sal nie daar wees nie, want hy is op universiteit. Na ete sal haar oupa huisgodsdiens hou, nie haar pa nie. En haar ouma sal poeding bring, soos altyd, doekpoeding of souskluitjies of oukoek-en-vla.

En sy en De Wet sal moet vertel wat die week by die skool gebeur het, met Irene wat die meeste vrae vra. Irene is nog in die plaasskooltjie; sy gaan eers oor drie jaar na die kosskool op die dorp.

Maar hulle het pas aan tafel gesit – haar oupa het net die seën gevra en sy wat Klara is, wou net begin vertel van die Eeufees – toe vra De Wet: "Waar dink Pa gaan die regering staan as daar oorlog uitbreek?"

Haar ma se kop ruk op. "Wat vir 'n vraag is dit, De Wet? Daar is mos nie sprake van oorlog nie! Vertel eerder hoe was julle week by die skool." Sy gee vir De Wet sy bord kos aan.

"Skool is goed, dankie, Ma." Hy draai weer na sy pa. "Ek dink die oorlog is baie nader as wat ons dink, Pa."

"Altemit is jy reg, De Wet," sê sy oupa en wurm sy servet voor by sy hempskraag in. "Ek is my die mening toegedaan dat Hitler eersugtig is."

"Wie's Hitler?" vra Irene.

"Moontlik," sê sy pa. "Maar Chamberlain sal hom goed in toom hou, daarvan is ek seker."

"Wie's Chamberlain?" vra Irene.

"Moenie met jou mond vol kos praat nie," maan haar pa.

"Die Eerste Minister van Brittanje," sê De Wet.

"Ek geloof nie dat Chamberlain met sy mooipraatjies die toom styf genoeg trek nie," sê hulle oupa.

"Ek twyfel ook, Oupa," sê De Wet. "Ek lees verlede week in *Die Transvaler* dat . . ."

"Waar kry jy daardie koerant?" vra sy pa streng.

Klara maak haar oë 'n oomblik toe, want sy weet: hier kom

dit weer. Haar pa en oupa is Smelters[6], hulle koop net *Die Vaderland*. De Wet en Boelie neig agter Malan se Gesuiwerdes[7] aan. En dit beteken weer net 'n gestryery.

"Skoolbiblioteek, Pa," antwoord De Wet rustig. "Ek sien dat sommige rubriekskrywers, soos Malgas, glo dat 'n oorlog in Europa onvermydelik is."

"Dit sal 'n neukspul afgee," voorspel haar oupa. "Ek seg nou vir julle . . ."

"Hertzog sal buitendien neutraal bly ás daar dalk 'n oorlog uitbreek," sê haar pa belis.

"Goed," knik De Wet. "En generaal Smuts, Oupa? Want hy en veral die Bloedsappe[8] is maar goed ingewurm by Engeland."

"Jannie Smuts is 'n slim man," sê haar oupa vurig en sny klein happies skaapvleis van die been af met sy Joseph Rodgers. "Vra my, ek ken hom persoonlik."

"Ja, Oupa, hy is slim, maar ek kan nie sien hoe hy nie Brittanje gaan steun in geval van oorlog nie," sê De Wet kalm. "En ek stem met Pa saam dat Hertzog neutraal kan bly, maar dit sal die Smelters weer uitmekaar kan laat bars."

Haar pa se oë vernou. "Wat probeer jy sê, De Wet?"

"Ek glo dat wannéér die oorlog uitbreek, nie ás nie, sal die kleivoete van die Verenigde Party[9] verkrummel, Pa, dan sal die Suid-Afrikaanse regering se kaartehuis inmekaartuimel."

"Og, die oorlog sal 'n suiwer Europese aangeleentheid wees," sê haar oupa, "dit sal ons nie raak nie."

"Ons gaan Eeufees toe, in Desember . . ." probeer Klara rigting verander. Maar niemand luister nie.

"Ek twyfel, Oupa," sê De Wet "Die Gesuiwerdes is die enigste

---

[6] Diegene wat ten gunste was van die samesmelting van die partye van Hertzog en Smuts, 1934
[7] Die Nasionaliste wat onder Malan van Hertzog af weggebreek het toe hy en Smuts saamgesmelt het
[8] Ondersteuners van die oorspronklike Suid-Afrikaanse Party van Louis Botha en Jan Smuts
[9] Die Verenigde Party was die regerende party (Smelters) met Hertzog as leier en Smuts as onderleier

party wat duidelik sê dat hulle nooit aan die kant van Engeland teen Duitsland sal veg nie," sê De Wet en sit sy mes en vurk netjies op sy bord neer. "Ek glo wanneer die Smelters disintegreer, sal Malan die leisels oorneem en voortgaan op die pad van Suid-Afrika, wat ons eindelik sal lei tot 'n republiek!"

Dis goed De Wet wil regte gaan swot, dink Klara beïndruk, hy klink al klaar soos 'n advokaat.

Maar haar pa dink blykbaar nie so nie. "Waar kom jy daaraan, De Wet?" vra hy geïrriteerd.

"Lees dit in die koerante, Pa," antwoord De Wet rustig. "Hierdie hele polemiek loop al weke lank."

"Moet jy nie jou skoolwerk doen eerder as om met jou neus in die koerant te sit nie?" vra haar pa streng.

"My skoolwerk bly op datum, Pa," sê De Wet. "Hierdie is net die begin, hoor nou mooi wat ek sê. Malan sal . . ."

"Kyk, Boetie," sê haar oupa driftig – as hy eers vir een van die seuns 'boetie' begin noem, voorspel dit niks goeds nie – "Kyk, Boetie, Malan mag 'n pre'kant en 'n godsman wees, maar hy is ook 'n Kolonieman. Hy dink die beskawing eindig kort deuskant die Oranje, hy ken g'n die kondisies in die Bosveld nie, dit kon mens hoeka in '33 al gadeslaan. Daarenteen kén generaal Smuts onse wêreld, hy ken die ganse Suid-Afrika. Toe ek saam met hom in die Ingelse oorlog geveg het, . . ."

"Kom ons vat maar eers Boeke, Cornelius, voordat ons by daardie oorlog kom," sê haar ouma. Sy is 'n klein, sagte vroutjie, haar ouma. Haar oupa luister vir niemand nie, maar as sy sagte vroutjie praat, gee hy aandag.

Hy kyk haar 'n oomblik lank streng aan, gee dan bes en sê: "Klara, laat ons sing. Psalm 130."

Ja-nee, dink Klara terwyl sy agter die ou traporreltjie inskuif, vanaand sing ons nie "Prijs den Heer" of "Sing vrolik, hef de stem na bowe", of selfs die pragtige Awendgesang nie. Vanaand is dit "Uit dieptes gans verloren".

Hulle gesin sing goed. Nie haar oupa nie, hy brom onderlangs saam. Ook nie haar ma nie – sy sing hartlik saam, maar nie altyd op die noot nie. Klara wens altyd haar ma wil bietjie sagter sing, veral in die kerk. Maar haar ouma sing baie goed, dis ook sy wat hulle almal leer musiek maak het, op die klavier in die voorhuis. En die res van hulle het haar ouma se talent geërf. Gelukkig, sê haar pa altyd, en kyk met 'n tergglimlag na haar ma.

Toe hulle klaar gesing het, sê haar oupa: "Irene, bring die Boek. En my bril."

Bo-op die sideboard lê hulle nuwe Familiebybel. Maar haar oupa weier volstrek om uit die nuwe Afrikaanse Bybel te lees – 'n mens kan tog nie die Almagtige aanspreek in die gewone taal wat onse nietige mense elke dag besig nie? Daarom maak Irene die boonste laai van die sideboard oop en haal die Hoog-Hollandse Bijbel uit.

Hulle oupa lees die Hoog-Hollands stadig en gedrae, maar met gemak. Hy lees 'n ganse hoofstuk uit die Ou Testament. Sy stem klink diep en sterk, sy growwe hande hou die groot Bijbel stewig vas. Toe maak hy dit toe en sê: "Kom laat ons bid."

Hulle staan almal op en kniel by hulle stoele. Gewoonlik, as hulle alleen is en haar pa hou huisgodsdiens, bly hulle op hulle stoele sit. Maar haar oupa glo dis oneerbiedig.

Dis lekker om weer tussen haar familie te wees, om weer in die halfdonker eetkamer by die lang tafel te sit, met die paraffienlamp wat bo hulle koppe hang en die twee honde tussen hulle voete. Dit gaan lekker wees om weer vanaand in haar eie kamer te slaap, in haar bed met die lappieskombers wat haar ma gemaak het en die kers wat 'n mens nog kan ruik lank nadat jy dit gesnuit het, dink sy, terwyl haar oupa se gebed haar rustig toevou.

Na aandete koppel haar pa die bruin draadloos met die plat, dom gesig aan 'n groot battery wat op die vloer onder die tafel staan, en soek die stasie. Hulle luister altyd nuus en weervoorspelling, dan storie. Op Saterdagaande luister hulle ook na 'n splinternuwe program, *U eie keuse*.

Klara stap eers deur kombuis toe. Want koffiemaak is Klara se werk, van altyd af.

Dis 'n groot kombuis met 'n Welcome Dover-stoof teen die een muur en 'n witgeskropte kombuistafel reg in die middel. Om die tafel is ses stoele, regop houtstoele met 'n ronde sitplek en klein gaatjies in netjiese rye kruis en dwars oor die sitplek. Op die tafel staan die skinkbord met koppies, suiker en melk gereed, Lena sit dit smiddags reg voordat sy gaan. Alles is netjies toegegooi met 'n net teen die vlieë.

Op die stoof staan die swart koffiepot.

Klara skink die koffie in – bietjie kookwater by vir haar oupa, want hy drink swart – en dra dit dan voorhuis toe. Haar oupa staan in die deur, hy klop sy pyp teen die sool van sy skoen en krap met 'n vuurhoutjie die los assies uit. Haar pa sit voor die draadloos en sukkel om 'n stasie te kry, De Wet sit-lê op die bank met sy bene lank voor hom uitgestrek. Toe sy binnekom, rank hy uit die bank op en neem die skinkbord by haar.

"Ons Kommando gaan na die Eeufees, by die hoeksteen-legging van die monument," kry sy uiteindelik vertel.

"Ons gaan ook; ek sing in 'n koor wat gaan, 'n baie groot koor en ons moet nuwe rokke kry!" snip Irene in.

En van daar af kry Klara nie weer 'n woord in nie. Êrens tussen die kore en die koste om almal by die Eeufees te kry, tussen Malan of Smuts of wie ook al wat by Hertzog gaan oorneem en lek vir die vee en nóg koffie en Hitler wat van die duiwel self is, sê sy nag en gaan klim in haar bed.

Ons het meer oor die oorlog gepraat as oor die Eeufees, dink sy net voordat sy aan die slaap raak.

Aan die einde van die naweek is dit vir die eerste keer lekker om terug te gaan koshuis toe. Selfs Sondagoggend op pad kerk toe het haar pa en De Wet net gestry oor waarheen die Unie en die hele wêreld op pad is. Die knop in haar maag het net vaster en vaster geknoop.

En sy voel dom; sy weet regtig nie wat aangaan nie. Sy hou nie daarvan om dom te voel nie. Miskien moet sy ook maar sommige pouses biblioteek toe gaan en begin koerante lees.

Terug by die skool praat almal van die naderende Eeufees. Op Vrydae dra hulle nie hulle skooluniform nie, hulle dra lang Voortrekkerrokke met 'n kantnekdoek en 'n kappie. En die seuns dra velbroeke en onderbaadjies.

Die Transvaler vertel nou byna elke dag van hoe die waens vorder, hoe die geesdrif al meer opbou, hoe die mans hulle baarde groei en die vrouens Voortrekkerrokke en -kappies dra. Dis lekker om die koerant te lees, dit maak haar deel van al die gebeure. Op 'n middag lees sy selfs 'n beriggie raak oor die Voortrekkermonument wat daar gebou gaan word, daar is 'n foto by van die gipsmodel van die monument. Sy kan byna nie wag vir die einde van die jaar nie, wanneer sy ook met die fakkel gaan hardloop en in die tentdorp langs die monument gaan woon.

Maar op 2 September berig die koerant dat Hertzog die vorige dag 'n handgeskrewe verklaring uitgereik het dat, in geval van moontlike oorlog, die Unie sy verpligtinge sal nakom, maar neutraal sal bly. Die koerant sê dit is na bewering medeonderteken deur Smuts, Havenga en Pirow.

Sy maak die koerant driftig toe. Sy wil niks weet van oorlogstories nie; sy hou nie eens van cowboy-rolprente met hulle sinnelose geskiet op mekaar en mense en perde wat agteroor dood neerslaan nie.

Terwyl sy terugstap koshuis toe, bly dit haar tog by. Sy onthou vaagweg die gesprek tussen haar pa en oupa en De Wet. De Wet het gesê die oorlog is aan die kom. Dink sy.

Aan die ander kant, Europa is baie ver van hier. En as die Eerste Minister sê die Unie gaan neutraal bly, is daar seker niks om jou oor te bekommer nie.

Sy lees hoe paartjies trou wanneer die ossewatrek by hulle dorp verbykom, hoe babatjies by die ossewaens gedoop word, vreemde name soos Ossewania en Eufesia en Kakebenia. Sy kyk na foto's van ou mans wat die Vierkleur waai en huil van aandoening as die wa en sy perderuiters verbykom, van dogtertjies in Voortrekkerrokkies wat blomme op die wa gooi.

Maar dis eers op bladsy twee en drie. Die voorblad vertel van die Tsjeggo-Slowaakse krisis en later hoe Hitler Sudetteland by Duitsland ingelyf het.

Sy wíl dit nie lees nie!

Sy lees tog.

Hertzog sien dit as 'n suiwer Europese kwessie, sê die koerant. Ek is bly, dink sy, ek stem met hom saam.

Selfs uit Natal kom 'n wa. Dit het by Bloedrivier begin en oor die Drakensberge getrek. En uit die Oos-Kaap, vanaf die oos-grens, net soos honderd jaar gelede.

Sy lees dat Chamberlain Duitsland toe gevlieg het om met Hitler te onderhandel, later dat hy praat van "Vrede in ons tyd".

Dit is goed so, dink sy, dat hy onderhandel het vir vrede.

Die kort Oktobervakansie kom Boelie vir 'n paar dae huis toe.

De Wet en Boelie het 'n rondawel buite die huis waar hulle slaap. Die mure van die rondawel is vol prente. Aan De Wet se kant is prente van 'n leeu met 'n groot oop bek en 'n olifant wat sy slurp hoog op in 'n boom stoot. En groot foto's van Boytjie Louw en Danie Craven; hulle is sy rugbyhelde. Daar was 'n kort rukkie ook 'n groot prent van Mae West wat so skuins oor 'n bank gelê het, nogal in 'n baaibroek, nie eens 'n skirt bo-oor nie! Maar toe sien hulle ma dit en De Wet moes die foto afhaal en in die Welcome Dover se vuur in die kombuis kom verbrand.

Hy was dae lank kwaad vir hulle ma. Toe word hy maar weer goed.

Aan Boelie se kant is omtrent net foto's van Robey Leib-brandt, dit is sy held. Robey Leibbrandt is 'n bokser, die wêreld se beste bokser, sê Boelie. Dit was net 'n kulspul dat hy nie die wêreldtitel op die Olimpiese Spele gewen het nie, almal sê so, sê Boelie. Toe hy op universiteit kom, het Boelie ook begin boks. Hy doen nogal goed, vertel hy. Maar hy praat nie van die boks voor hulle ma nie, want sy is baie daarteen gekant.

Die Olimpiese Spele was twee jaar gelede, in Berlyn. Toe Boelie hoor dit is op *African Mirror*, het hy almal saamgesleep na die bioskoop.

Hulle dorp het nie 'n teater soos in Pretoria nie, hulle kyk sommer bioskoop op 'n groot skerm in die stadsaal. Daar is eers 'n Micky Muis-tekenprent, dan *African Mirror* met die blikstem-Engelsman wat die wêreldnuus lees, dan die cowboy-prent en dan Intermission. Die cowboy-prent is eintlik 'n serial en elke maand is daar 'n volgende episode, maar dit maak nie baie saak as 'n mens een maand se episode mis nie. Daar is altyd cowboys wat op hulle perde om en om 'n berg jaag en Indiane wat in puntdak-tentjies woon en met pyle skiet en 'n wa wat op die rand van 'n afgrond omslaan dat sy wiel so bly draai en draai in die lug. En 'n mooi meisie wat skree pleks van te help.

Die voorste kaartjies is die duurste, want van die middel af kan 'n mens nie meer mooi sien nie. Die voorste sitplekke kos ses pennies, van die middel af vier pennies en met Intermission betaal jy een pennie vir 'n lick-roomys. Die laerskoolkinders mag vir een pennie heel voor op die vloer sit, maar hulle mag nie opstaan nie. Die vorm IV's en V's sit heel agter, want hulle kyk nie, hulle vry.

Na Intermission begin die bioskoop. Deesdae is dit net talkies, maar in haar ma en pa se dae was dit nog stilprente, meestal van Charlie Chaplin. Dan het iemand op die klavier gespeel en jy moes op die skerm lees wat die karakters sê. Haar pa het gesê dit was moeilik om te lees en jou meisie agter in die bioskoop te soen gelyk, maar haar ma het gesê hy moenie laf wees voor die kinders nie.

Sy kon nie dink dat haar pa en ma ook gevry het nie. Dis onbehoorlik.

So is hulle hele gesin daardie aand aan die einde van 1936 bioskoop toe.

African Mirror het die opening van die Olimpiese Spele in Berlyn gewys.

Maar toe hulle huis toe ry, is almal vies. Haar ma is kwaad omdat Boelie gesê het dis 'n Clark Gable-prent wat wys, en toe is dit al die tyd *King Kong*. Haar ma sê daar is 'n reuseverskil tussen Clark Gable en King Kong, vir ingeval Boelie nie weet nie. Irene is huilerig, want sy het bang geword het vir die groot bobbejaan, sy wil vanaand by haar ma en pa slaap. Boelie is vies omdat die kameramense nie vir Robey Leibbrandt duidelik afgeneem het nie, en haar pa is baie kwaad vir Boelie omdat hy nie "God save the King" saamgesing het aan die einde van die bioskoop nie. 'n Mens moet "God save the King" sing, dis die wet.

Teen Boelie se muur is ook foto's van Johannes van der Walt, wat 'n stoeier is. Hy is ook Boelie se held, maar nie soveel soos Robey Leibbrandt nie.

Die tweede dag van die vakansie sê hulle pa: "Ons moet kyk na die windpomp, daar's fout met die water. Ek is seker dis nie die grondwater nie; dit was al die jare nog 'n sterk aar."

"Ja," sê hulle oupa, "die geneuk is dat die water so brak is; dit vreet metterwoon klein gaatjies in die metaalpype en dan lek die water terug in die grond in."

Boelie en De Wet kyk vir mekaar; hulle weet wat wag.

"Ja, Pa is reg," sê hulle pa. "Ons sal die pype moet optrek en as dit wel die probleem is, moet ons dit vervang. Ek hoop dis die probleem, en nie die grondwater nie."

Daardie aand aan tafel – hulle oupa en ouma het by die groot huis kom eet – begin hulle oupa reeds orders gee. "Lulu, julle moet voordag reeds al die emmers vol maak, die huiswater gaan dag lank af wees."

"Dis goed, Pa, ons sal so maak."

"Jy ook, Cornelia."

"Ek sal sôre, Cornelius," sê hul ouma. "Sôre julle maar net dat die pype nie terug gataf val nie; jy onthou wat laas gebeur het."

"Ons ken mos nou darem ons vat, vrou," vererg hulle oupa hom vir haar kontantgeit. Pypetrek is immers manswerk. "Dis net jammer Gerbrand is nie hier om te help nie; hy was 'n by-derhandse mannetjie."

"En 'n sterke derduiwel," stem hulle pa saam.

"Derduiwel is die regte woord," sê haar ouma drifttig. "Daardie kind is geheel ongetem."

"Ag, nee," keer haar ma vinnig, "Gerbrand is 'n goeie kind; hy het net nie 'n kans in die lewe gehad nie, onder ou Lewies. Maar ek dink ons moet hom kans gee, hy sal homself nog bewys."

Ek stem met Ma saam, dink Klara. En tog is Ouma ook reg: Gerbrand het 'n wilde streep in hom, 'n streep waarvoor sy soms bang geraak het. Nooit vir Gerbrand nie, net vir sy wilde nuk.

Sy onthou die keer in die veld toe sy omtrent in standerd drie was. Sy is saam met Boelie en De Wet veld toe om vir haar ma katstert vir die Krismistafel die volgende dag te gaan pluk.

Net anderkant die erosieslote het hulle vir Gerbrand gekry, kettie in die hand. "Soek duiwe, of 'n tarentaal," het hy gesê.

Hulle het die katstert gevind en gepluk. "Vat vir jou ma ook van die katstert," het sy vir Gerbrand gesê.

"Nee wat," het hy gesê en getrek-trek aan sy kettie.

Toe sien hulle 'n haas. Nie 'n groot rooihaas nie, net 'n wollerige, klein, wit hasie.

Gerbrand wys met sy hand na agter dat hulle stil moet staan. Hy voel-voel in sy sak, haal 'n klippie uit, sit dit in sy kettie se leerstrokie en druk dit teen sy skouer vas. Hy trek die rek van die kettie lank voor hom uit en korrel versigtig, al met die uitgetrekte rek langs.

Die hasie sit stil in die warm Bosveldson.

Sy wil keer, maar De Wet sit sy hand op haar arm.

Toe laat Gerbrand die klippie skiet.

Die hasie tol in die rondte dat die stofwolkies staan, maar hy is nie dood nie, net dronk.

Gerbrand storm vorentoe agter die hasie aan.

Hy hardloop hom maklik in en gryp die dronkerige hasie agter die nek.

Toe draai hy sy nek om. Só dat sy wat Klara is, die gekraak kon hoor.

"Vleiskos! Vleiskos vir Krismis!" jubel hy en doen 'n Indiaandans in die stof, die slap hasie triomfantlik in die lug.

Sy voel nou nog naar wanneer sy daaraan dink.

"Hoekom wou jy nie gehad het ek moet hom keer nie?" het sy tranerig vir De Wet gevra toe hulle terugstap huis toe.

"Dan het Gerbrand-hulle nie vleis gehad vir Krismis nie," het hy gesê.

"Basta nou sanik en snuit jou neus," het Boelie gesê. "Jy kom nie weer saam veld toe nie."

Die volgende dag het hulle almal om die pragtig gedekte Krismistafel gesit, oom Freddie-hulle was ook daar, en natuurlik haar ouma-hulle. Sy het haar ma gehelp om kerse tussen die katstert staan te maak; dit het regtig mooi gelyk. Op die sideboard was al die kos, ook 'n hoenderpastei wat haar ouma gemaak het, 'n souttong wat auntie Anne gebring het en 'n bruingebraaide skaapboud met gebakte aartappels – haar pa sê altyd haar ma maak die lekkerste skaapboud in die hele wêreld.

Maar halfpad deur die ete het sy aan Gerbrand-hulle gedink wat net die hasie het vir 'n Krismisete. En aan die hasie wat slap geword het. Sy wou vir haar ma sê daarvan, maar dan sou sy moes vertel van die hasie, en dit wou sy nie doen nie.

Dit was amper asof sy skaam was vir wat Gerbrand gedoen het.

"Sy sussie, Persomi, is ook wild," ruk Irene se stem haar terug na die hede.

"Eet jou kos, Irene," sê hulle pa streng.

De Wet word eers wakker toe hulle pa hard by die deur sê: "As julle kêrels wil koffie drink voordat ons begin, sal julle vinnig moet roer."

Hy vlieg uit die bed, pluk sy klere aan sy lyf en draf kombuis toe. Hy en Boelie vertrap mekaar byna in die rondaweldeur – sonder koffie in jou lyf kan 'n man darem ook nie die dag aanpak nie.

"Ons moet eers die block-'n-tackle opstel," sê hulle oupa wat al reg staan by die windpomp. Hy is vandag in beheer; die moestas op sy bolip tril van die lekkerte. Nie dat hy veel gaan doen nie. Hy praat, die manne doen.

Toe die kettingtakel opgestel is, loop hy eers om die spul en bekyk dit baie krities voor hy sê: "Reg, nou kan ons begin pype uittrek. De Wet, loop haal die bobbejaanspanner."

Dit gaan gelukkig vinnig, dink De Wet terwyl hy waenhuis toe draf. Hy en Boelie wil laatmiddag bergin om te kyk of hulle 'n ribbok onder skoot kan kry; hulle wil nie na drie-uur loop nie. Maar hulle weet albei, die werk sal eers moet klaar.

"Nou moet ons mooi vat, kêrels," sê sy oupa. "Gevaar kom as ons die boonste pyp moet losmaak en die onderste een vasmaak, daardie tyd nodig ons gekoördineerde handewerk. Want kêrels, as hy daar gly en die pype wetter gataf, is dit weer dag lank se visvang boorgat af."

"Ons sal vasvat, Oupa," verseker Boelie hom.

"Moet oom Lewies nie ook maar kom help nie?" vra De Wet. "En dalk Piet? Ek sien hy hang ook weer deesdae rondom hulle werf rond."

"Nee wat," sê sy pa, "los ou Lewies maar om die water te lei. Dis hoeka hy wat laas met sy botterhande die pyp laat glip het. Ek het vir Jafta en Linksom laat kom van die bees af; ons kan eers gaan brekfis eet, dan trek ons hierdie pype in 'n japtrap op."

Maar japtrap word oggend lank se werk in die sweet van hulle aanskyn. Die son bak later neer op hulle kaal rûe – die Bosveld kan selfs in die winter moordend warm raak.

Teen twaalfuur bring Klara vir hulle yskoue lemoenstroop. De Wet soek dankbaar die koelte van die yl soetdoring op en sak met sy rug teen die boomstam af.

By Klara is Christine; sy het kom kuier vir die oggend. Sy het 'n koel blou rokkie aan, haar blonde hare blink in die son, haar tande skitter toe sy vir hom glimlag en vra: "Werk julle baie hard, De Wet?"

Ek het nooit besef sy is so mooi nie, dink hy verwonderd. Hardop sê hy: "Nee wat, die pypies is nou-nou netjies op hulle plek gesit. Dankie vir die lemoenstroop, dit smaak vorentoe."

"Kan ek vir jou nog 'n beker vol skink, De Wet?" Haar stemmetjie klink vir hom skielik soos heuning. Of nee, heuning is te taai, soos . . . soos . . .

Hy kyk haar agterna toe sy wegstap. Hy sien vir die eerste keer die effense swaai van haar heupe, die wippie in haar stap.

"Christine het nogal mooi geword, dink jy nie?" vra hy vir Boelie toe hulle 'n oomblik alleen is.

"Nee wat," sê Boelie, "te veel van 'n poppie. Ek hou van hulle met meer vuur. Soos 'n wilde perd. Of 'n resiesperd, as jy verstaan wat ek bedoel."

Dis eers toe hulle skemeraand terugstap bergaf, die ribbok onderstebo aan 'n tak tussen hulle, dat hulle kans kry om regtig te praat. "Ek het 'n vergadering van die Gesuiwerde Nattes bygewoon," sê De Wet.

Boelie kyk vinnig na hom. "En?"

"Ek stem nogal met hulle beleid saam."

"Ja," sê Boelie. "Weet Pa?"

"Hy weet dat ek die Gesuiwerdes steun; ek het nie gesê van die vergadering nie."

Boelie knik weer. "Ek skaar my ook by hulle," sê hy. Maar hy brei nie uit nie.

Die eerste Dinsdag van die Desembervakansie ry hulle met die trein Pretoria toe. Nie hulle gesin nie; die Voortrekkerkommando.

Eintlik is sy die enigste van haar gesin op die trein, want De Wet is nou klaar met matriek en nie meer in die kommando nie. Die res van die gesin het vroegoggend reeds vertrek Pretoria toe, net nadat hulle haar by die stasie afgelaai het.

Dit voel vreemd dat De Wet nie by is nie. Hy is altyd by.

Voor op die trein is 'n groot Voortrekkerwapen vasgemaak, met die Unievlag en die Voortrekkervlag oorkruis bo-oor die wapen. Toe daardie trein vanoggend by die stasie instoom, het haar hart geswel en geswel; dit het gevoel asof sy kan bars van die trots. Christine was net so trots, het sy gesê, en Lettie het trane in haar oë gehad. Selfs Annabel het gesê: "Dit lyk nogal goed, nè?"

Dit was die eerste keer dat Annabel weer vriendelik was, na Vrydag.

Die skool het Vrydagoggend gesluit. Al die matrieks was daar, al het hulle klaar eksamen geskryf. Eers het die hoof al die pryse uitgedeel. De Wet het die prys vir die beste leerling in matriek gekry; 'n blink beker waarop in groot letters staan: DUX. Dis nie 'n baie mooi beker nie; dit lyk soos 'n outjie met 'n langerige gesig en vreeslike bak ore. Die beker wat hy vroeër in die jaar gekry het, toe hy die Victor Ludorum was, is groter en mooier.

Lettie het die prys gekry vir die beste leerling in vorm IV, sy kry dit altyd. Maar vanjaar was Annabel baie kort op haar hakke. Klara dink sy self was seker derde, maar sy weet nie.

Toe moet die prefekte aangekondig word. Klara het vreeslik styf duim vasgehou dat sy en Christine prefekte moet word, want dan kon hulle 'n koshuiskamer kry met 'n deur wat kan toemaak, en hulle kon tot elfuur saans wakker bly.

Daar is net ses meisieprefekte. Christine en Lettie se name word nie gelees nie, seker omdat hulle te sag is. Annabel is wel 'n prefek, en Klara.

Toe sê die prinsipaal: "En die hoofmeisie vir 1939 is . . . Klara Fourie!"

De Wet was die heel eerste een om haar geluk te wens, want hy was op die verhoog. Hy het haar styf vasgehou, daar voor die hele skool, want sy het begin huil. Sy het nooit, nooit gedink sy sal ooit hoofmeisie word nie!

Almal het gedink Annabel sal die hoofmeisie wees. Dis hoekom Annabel haar nie eens gelukgewens het nie.

Vanaf die Pretoria-stasie neem groot busse die kinders na die kampterrein. "My bene is lam gery, ek staan sommer," sê Annabel, want daar is meer kinders as sitplekke in die bus. Maar toe twee seuns van Louis Trichardt af opskuif en vir haar plek maak, wurm sy tog tussen hulle in.

Hulle ry deur Pretoria, suid. By 'n bordjie wat wys "Fonteine Vallei", draai hulle in die teenoorgestelde rigting. "Ons is amper daar," sê een van die offisiere wat saamry.

Klara rek haar nek om beter te kan sien. Regs van die pad lê 'n klipperige koppie met rye en rye wit tente, netjies georden, teen die hang. So moes die konsentrasiekampe seker gelyk het, dink Klara. Daar is geen teken van die monument nie.

Voordat hulle mag uitklim, sê die offisier: "Ons het op die trein al vir julle gesê waar elkeen se tent is. Vind solank julle tente, die trok met al die bagasie sal binne 'n halfuur hier wees. Vlaghysing is stiptelik om drie-uur."

Hulle stap tussen die tente deur. Die strate tussen die tente het almal straatname: Emily Hobhouselaan, Maria de Queille-rielaan, Marie Koopmans de Wetlaan, nog tientalle ander. Elke tent het 'n nommer. Na 'n groot gesoek kry hulle hul tent – hulle is gelukkig al vier saam in een tent. Toe hardloop hulle terug om hulle bagasie te gaan haal.

Klara, Lettie en Annabel vind hulle koffers maklik, maar Christine se koffer kom nie uit nie. "Ons loop solank," sê Annabel.

Dit lyk asof Christine gaan begin huil.

"Ek wag hier by jou," sê Klara, "dan kan Annabel en Lettie vir ons plekke langs mekaar hou in die tent." Want hulle deel die tent met ses vreemde meisies.

Annabel tel nie haar koffer op nie; sy staan en rondkyk. "Ek vind net gou 'n paar sterk manne om ons te help dra."

"Ek sal self my koffer dra," keer Lettie benoud.

"Nooit gesien nie!" sê Annabel. "Jy sal sien hoe gretig is die galante here om ons te help."

En dit is ook so. Annabel draai haar kop effens skuins, haal haar skouers kamma moedeloos op en gee so 'n arme-klein-ek glimlaggie. Drie seuns staan dadelik nader. "Kan ons help?" vra die een vir Annabel.

Sy kyk totaal verras op. "Regtig? Maar . . . die koffers is vrees-lik swaar!"

Die een ou tree vorentoe en tel die grootste koffer op. "Og, nee, dis sommer niks," sê hy.

"Sjoe," sê Annabel, "jy moet regtig sterk wees."

Die drie seuns val langs Annabel en Lettie in, die swaar koffers rem hulle skouers skoon skuins. Toe hulle so vyf tree weg is, kyk Annabel oor haar skouer en wys met haar duim in die lug: plan suksesvol uitgevoer; só doen 'n mens dit.

"Sy is goed," sê Christine met 'n tikkie bewondering in haar stem.

"Sy gebruik die seuns," sê Klara, "en hulle is so onnosel dat hulle nie deur haar plannetjies sien nie. Ek hou nie daarvan nie."

"Waarvan nie?" vra Christine met 'n glimlaggie. "Dat sy hulle gebruik, of dat hulle dit nie besef nie?"

"Albei," antwoord Klara. "Kyk, hier kom nog 'n trok, ek is seker jou koffer sal daarop wees."

Die paradeterrein is 'n stowwerige, oop stuk veld met twee vlagpale voor. Hulle hys die Unievlag en die Voortrekkervlag, nie die Union Jack nie. Toe sing hulle die Vlaglied: "Nooit hoef jou kinders wat trou is te vra, wat beteken jou vlag dan, Suid-Afrika?" Die woorde kom uit honderde, duisende kinders se monde, uit hulle harte; die klanke styg in die blou lug op en rol teen die klipperige rante af.

Ons is almal Afrikaners, ons is deel van die trotse volk, dink Klara, terwyl sy uit volle bors sing.

Net voordat hulle verdaag, sê een van die offisiere: "Die van julle wat na die bouterrein van die monument wil gaan kyk, ons stap oor vyf minute."

"Ek kan nie wag nie," sê Klara vir Christine. "Ek het foto's gesien van die gipsmodel wat hulle gemaak het, dit lyk só goed!"

Maar toe hulle teen die klipperige koppie opklim na waar die monument moet wees, is daar net 'n paar pale en 'n klomp planke en gate en klippe. "Ek . . . het gedog . . . dit sal anders lyk," sê Klara verslae.

"Dit is nogal onindrukwekkend," stem Lettie saam.

"Wat het julle dan gedink?" vra Annabel beterweterig. "Ons is hier vir die hoeksteenlegging, nie vir die inwyding nie!"

Die volgende dag word hulle vroeg al opgestel in 'n optog. Klara en Annabel kry elk 'n vlag wat hulle moet dra. Wanneer hulle moeg word, kan Lettie en Christine die vlae oorneem. Voordat die waens, wat meer as vier maande gelede reeds vertrek het, by die feesterrein aankom, sal hulle voor die skare verbymarsjeer en 'n erewag vir die waens vorm.

Hulle marsjeer, die skare juig. "Dit voel goed!" sê Christine toe sy die vlag by Klara oorneem. Toe wag hulle op hulle plekke.

Die waens moes agtuur al gekom het, maar teen tienuur is daar nog geen teken van 'n wa nie.

"Een het seker 'n pap wiel gekry," sê een van die seuns.

"Of iemand het probeer om die wa voor die osse te span," sê 'n ander.

"Ag, wel, agteros kom ook mettertyd in die kraal," sê 'n derde een.

"Julle is lekker voor op die wa, nè?" speel Annabel saam.

Toe lag al die seuns en gesels met haar.

Annabel is lank en skraal, met goedgevormde bene en 'n goudbruin vel. Haar donker hare is gewoonlik gevleg, maar wanneer sy kan, laat sy dit blink en syglad lank teen haar rug afhang. Sy het donker oë met wenkbroue in 'n netjiese boog gepluk, hoë wangbene, rooi wange, 'n vol mond, pêrelwit tande. "Die seuns hou altyd van haar," sê Lettie saggies en vee die sweet van haar neus af.

"Sy's slim," sê Christine.

Dan, eindelik, kom die eerste waens deur die see mense aangerol: die Magrieta Prinsloo, die Vrou en Moeder, die Andries Pretorius, die Sarel Cilliers en Piet Retief, die Johanna van der Merwe en Louis Trichardt. Ook die klein waentjie, die Dirkie Uys, wat getrek word deur ses meisies met pienk Voortrekkerrokke en wit kappies.

Klara vergeet van die son en die stof en die dors. Sy staan stil en kyk, sy voel die warm gloed deur haar sprei. Ons is almal hier bymekaar, dink sy, die hele volk. En my familie, Oupa en Ouma, De Wet en Boelie met hulle perde, Irene met haar vaal rok in die koor. My ma en pa, my maats rondom my, ons almal beleef hierdie oomblikke soos een groot, groot familie.

Die aand na aandete stap die Voortrekkers 'n hele ent uit die kamp uit tot agter 'n koppie en wag daar. Elkeen dra 'n dooie fakkel, hulle wag vir die twee fakkels wat presies twee weke gelede vanaf die standbeeld van Jan van Riebeeck en vanaf Dingaanstat vertrek het en deur die Voortrekkers dwarsdeur die land gedra is.

Hulle staan in lang rye aan weerskante van die pad en wag vir die fakkels. Bo hulle blink die sterre, om hulle lê die veld spookagtig donker.

Dan sien hulle die twee liggies deur die donker aangedobber kom.

Soos die fakkellopers verbykom, steek hulle elke Voortrekker se fakkel aan die brand. Die kinders val agter hulle in – dit word 'n lang ligstreep wat stadig aankruip na die Eeufeesterrein.

"Dis so mooi," sê Christine. "Kyk 'n bietjie agtertoe, Klara."

"Hou regop jou fakkel, Christine!" sê Annabel benoud. "Jy gaan my hoed aan die brand steek!"

"En die lampolie loop uit," waarsku Lettie. "Jy gaan jou aan die brand steek!"

"Stil, dogters," sê die offisier streng. "En kyk wat julle doen, ons wil nie nou al 'n vuurwerkvertoning hê nie."

Toe hulle oor die heuwelrug kom, en die mense op die feesterrein hulle sien, gaan daar 'n geweldige gejuig op. Vuurpyle skiet hoog teen die aandhemel op en 'n sterrereën val stadig terug aarde toe.

"O, dis mooi!" sug Christine.

By die kamp brand die reuse-vreugdevuur wat die voorste fakkeldraers met hulle fakkels aangesteek het. Klara gooi haar fakkel sekuur in die middel van die vuur; nou brand haar vlam saam met al die ander vlamme hoog in die lug op. "Gooi!" sê sy vir Christine wat nog staan en huiwer.

Oral om hulle, op al die omliggende heuwels en reg rondom Pretoria, word vreugdevure aangesteek. Die vlam waarvan oom Jan Kommandant maande gelede gepraat het, die vlam van die Afrikaner se kultuur, 'n vlam wat nooit weer geblus sal word nie, brand hoog en warm voor hulle en om hulle. En ín ons, dink Klara, veral ín ons.

Daardie aand raak hulle baie laat eers aan die slaap.

Donderdag, 15 Desember, is weer 'n warm, warm dag.

Die perd trap effens rusteloos rond, ruk-ruk met sy kop boontoe, probeer die stang uitspoeg. "My perd raak ongeduldig gewag," sê De Wet vir Boelie.

"Jy sal gou gewoond raak aan hom," stel Boelie hom gerus. "Dis nie ou Bruines nie; hierdie is goeie perde."

Miskien sou ou Bruines nie 'n slegte opsie gewees het nie, dink De Wet. Maar sy pa het volstrek voet neergesit: hy kon saam met Boelie deel wees van die perdekommando, maar dan moet Boelie vir hom 'n perd reël by een van die boere rondom Pretoria. Bruines ry nié trein nie. En hy wat De Wet is, begin nié 'n baard groei voor die skool gesluit het nie.

Hulle sit en braai in die warm Transvaalse son. Rondomheen proes die perde, die mans gesels onderlangs, hier en daar maak een 'n pyp brand. Hulle is deel van die Noord-Transvaalse kommando, hulle wag vir die skynaanval om te begin. Oorkant hulle, teen Lyttelton-heuwel, sit duisende toeskouers onder sambrele.

"So, jy sê jy kom ook aankomende jaar Tukkies toe?" vra Boelie se vriend, Henk. Hy buk vooroor en streel die nek van sy perd om haar weer rustig te kry. "Ek hoor by Boelie jy speel amper so goed rugby soos hy?"

De Wet kyk sy broer skepties aan. "So, nè? Nogal ámper so goed, nè?"

"Ja, broer, amper," sê Boelie.

"Hm," sê De Wet.

"Goed, jy het in die laaste tyd begin bykom," gee Boelie toe, "maar party van ons hét dit net."

Die gesigseinder begin dobber in die hitte.

"Ja, 'n mens kan sien julle is broers," sê Henk en haal die nekdoek van sy nek af.

Presies halftien kom die bevel: "Storm!"

Kleingeweervuur begin om hulle knetter. Skuil-skuil beweeg hulle vorentoe. Bomme begin ontplof, die geraas is oorverdowend. "Spring af, skiet 'n pad oop!" skree die bevelvoerder. Hulle jaag en skiet en val plat en skree bevele na mekaar, maar die Oos-Kapenaars kry stadig maar seker die oorhand.

Teen tienuur is die aanval verby. "Dit was nou pret!" sê Henk uitgelate.

"Net jammer ons moes in die stof byt," sê Boelie.

Hulle val weer in by die optog en begin om, saam met die 4 000 ander burgers, stadig terug te ry kamp toe.

Laatmiddag, toe hy en Boelie vir Klara gaan soek tussen al die kinders in hulle Voortrekkeruniforms, sê sy vir hom: "De Wet, ek het vandag gehelp om een van die waens in posisie te trek! En vanaand gaan ons 'n groot vreugdevuur maak; ek sien so uit daarna! Weet julle, ek is so trots om 'n Afrikaner te wees."

De Wet knik stadig. "Dit is goed, nè, Klara? Ek bedoel, die gevoel."

"Dit voel baie goed; dit voel asof die Afrikaners almal weer verenig is, asof hulle vergeet het van al hulle politieke verskille, asof die politiek niks saak maak nie," sê sy begeester. Haar wange is rooi, haar groen oë brand in syne.

"Die politiek sal altyd saak maak," sê Boelie langs hom. "Maar dalk sien 'n paar meer mense nou die lig. Ek hoop Oupa se kop swaai."

Toe hulle terugstap na hulle kampplek, sê De Wet: "Moes jy nou dit sê? Kon jy nie sien jy demp Klara se geesdrif nie?"

Boelie haal sy skouers op. "Klara moet ook grootword," sê hy. "Wat het Annabel vir jou gesê toe sy so eenkant met jou staan en praat het?"

"Sy't gevra ek moet by haar kom sit vanaand, by die kamp-vuur."

"Sý het jóú gevra?" vra Boelie verstom.

"Ja, broer," antwoord De Wet rustig, "party van ons het dit net."

Daardie aand, toe Klara en Christine ná die kampvuur alleen by die tenk gaan water tap om hulle tande te borsel, vra Christine: "Dink jy De Wet hou van Annabel?" Haar stemmetjie klink iet-wat yl.

"Nee, ek is seker hy hou nie van haar nie, of dan nie op 'n spesiale manier nie," probeer Klara troos. Sy is moeg, sy wil net onder haar kombers inklim en probeer slaap – môre is die heel belangrikste dag van die hele week.

"Klara, ek het vanaand gesien . . ." Christine steek vas en draai in die halfdonker na Klara. Haar stemmetjie klink nog yler. "Ek het . . . hy het haar vanaand gesóén, Klara." Sy vee met haar hand oor haar wang. "Ek het dit gesien, self gesien."

Die . . . bees! dink Klara. Die onnosele gek! So hy val sowaar ook vir Annabel se flikkerogies. Sy kan nie glo . . .

"Ag, dis sommer niks," probeer sy troos. "Seuns is maar so, hulle sal enige meisie soen wat in hulle skote val. En jy weet hoe is Annabel . . ."

Maar sy oortuig haarself nie.

En wanneer Annabel laatnag terugkom en raserig regmaak om in die kooi te klim, maak Klara en Christine albei of hulle slaap.

Toe die son die oggend van 16 Desember agter die oosterkim uitloer, bulder die eerste kanonskoot deur die lug. Klara ruk soos sy skrik; sy het vas geslaap. Vier kanonne skiet, elke tien sekondes, twintig minute lank. Die swaar klank bars uit die wye bek die lug in, dit rol dreunend teen die rantjies af, dit sprei uit in die ooptes en vou om die stadsgeboue, dit slaan vas teen die Magaliesberg en weergalm terug vlaktes toe. Die draadloos dra die kanonskote verder, tot by die Limpopo en Bloedrivier, tot in Port Natal en Kaapstad en Windhoek, na elke uithoek waar die volk woon.

Die eresaluut ril deur die mense sodat dit byna gewyd-stil is in die tent waar die dogters aantrek.

Teen die tyd dat die kanonne klaar geskiet het, staan die Voortrekkers al op die paradegrond vir die vlaghysing.

Die hele Monumentkoppie lewe reeds van die mense. En hulle hou aan kom, in waens en perdekarre, in busse en motorkarre, sommige selfs te voet.

"Hier is derduisende mense," sê Christine toe hulle in die ry val vir oggendkos. "Hulle hou steeds aan met instroom."

"Die koerant het gesê daar kan maklik 'n honderdduisend mense vandag hier saamtrek," sê Lettie. "Dit gaan die grootste Afrikaner-saamtrek in die geskiedenis wees."

"Ek hoop net dis nie weer so warm nie," sê Annabel, "ek haat dit om so sweterig te voel."

Maar die son brand reeds uit die blou lug neer; oostekant toe is net 'n paar vlieswolkies.

Die hoeksteen gaan gelê word op die noordoostelike hoek van die monument. Duisende mense het reeds plekke ingeneem in die omgewing waar die hoeksteen gelê gaan word. Selfs meer mense het hulle tuisgemaak teen die hange van Monumentkoppie – dis 'n see van mense en sambrele op komberse en stoele. Luidsprekers oral sal sorg dat almal die verrigtinge kan hoor. Hoog op teen die koppie roer die vlaestreep in die wind: die Vierkleur, die Voortrekkervlag, die vlae van die ou Republiek Natalia en Republiek van die Vrystaat.

Almal wag.

"Vandag gaan ons vrek," sê Annabel kliphard.

"Ek begin al klaar dors raak," sê Christine.

"Suig 'n klippie," sê Lettie.

Dan begin die prosessie stadig beweeg. Heel voor loop die drie tannies in hulle Voortrekkerrokke: Katherina Ackermann, die agterkleindogter van Voortrekkerleier Hendrik Potgieter wat

Transvaal toe gekom het, J.C. Muller, die kleindogter van An-
dries Pretorius wat die Gelofte afgelê het, en Johanna Preller,
die agterkleindogter van Piet Retief wat by Dingaanstat vermoor
is. Hulle drie gaan die hoeksteen lê. Agter hulle volg die bran-
dende fakkel, dan 'n vroue-erewag in hulle lang rokke, dan al
die Voortrekkers.

"Ons gaan níks kan sien nie!" kla Annabel.

"Die son gaan ons dood brand," sê Lettie. "Jy gaan vandag
siek word, Christine, jy is al heeltemal pienk."

"Stil, dogters," sê 'n offisier streng, "en staan netjies."

Toe sê die plat stem oor die luidspreker bo hulle koppe: "Nou
word die ou Vierkleur, die een wat nog voor die Vryheidsoorlog
oor die raadsaal in Pretoria gewapper het, op die fondament
van die monument gehys."

Hulle sien niks.

Ou Vader Kestell open met gebed; hulle sing "Prijs den Heer"
uit volle bors saam.

Wanneer die luidsprekerstem weer praat, is dit sag, amper in-
tiem, om nie die heiligheid van die oomblik oneer aan te doen
nie. "Nou word die dagboek van Jan van Riebeeck op die fonda-
ment geplaas . . ."

'n Gewyde stilte volg.

". . . nou die afskrif van die traktaat tussen Retief en Dingaan,
. . . 'n vergulde afdruk van die Gelofte van Danskraal . . ."

Selfs Annabel staan doodstil, vasgevang in die oomblik.

". . . die Klopper-Bybel."

Die skare wag.

"Elkeen van die hoeksteenleggers kry nou 'n troffel . . ." die
blikstem word selfs dieper, sagter, ". . . die hoeksteen sak in sy
plek, die dogters van Potgieter, Pretorius en Retief, die moeders
van die volk, messel die hoeksteen vas in posisie. Die monu-
ment sal stewig staan."

My hart is te vol, dink Klara. Daar is nie meer plek in my nie,
dit gaan begin oorloop.

Toe hulle baie later terugstap kamp toe vir middagkos, sê

Christine ernstig: "As my kleinkinders eendag vir my vra wat ek kan onthou van die hoeksteenlegging van die Voortrekkermonument, sal ek sê 'Annabel se rug', want dis al wat ek gesien het."

"Maar ons het darem alles gehoor," sê Lettie.

"Ons was hier," sê Klara. "Ons het dit gevóél."

Daardie nag staan hulle al vier wag by die stellasie wat oor die hoeksteen gebou is en waar die brandende fakkel geplant is. Hulle sién die hoeksteen, hulle wéét wat onder die hoeksteen vasgemessel is. Hulle staan doodstil – op-die-plek-rus, maar doodstil – en kyk reguit voor hulle. Bo hulle skitter die sterre dof, nou en dan kom die stukkende maan agter die vlieswolkies uit. Ver onder hulle kom die kampgeluide gedemp aangesweef. Om hulle is dit stil; die veld het reeds gaan slaap.

1938 is 'n wonderlike, wonderlike jaar, dink Klara. En hierdie dag sal ek nooit vergeet nie; hierdie dag is in my kop vasgebrand, in my hart ingebrand. Vir altyd.

HOOFSTUK 3

1939 BEGIN TOTAAL ANDERS AS ENIGE VORIGE JAAR. Klara moet twee dae voor die skool begin, reeds by die koshuis aanmeld, al die prefekte moet. Sy kry 'n kamer op haar eie, omdat sy hoofdogter is. Vir die eerste keer in haar koshuislewe deel sy nie 'n kamer met Christine nie.

En vir die eerste keer is De Wet nie ook by nie – hy en Boelie is met die trein weg universiteit toe. "Toemaar, volgende jaar kom jy ook saam," troos hy vrolik toe sy hulle halftraag op die stasie groet.

Ja, dink sy, as ek vir Pa kan oorreed dat meisies ook kan gaan studeer. Want sy sien al hoe loop haar pa se kop: dis duur genoeg om twee seuns op universiteit te hou. Wat wil 'n dogter nou met geleerdheid maak? Sy moet net reg trou.

In die Afrikaanse klas kry hulle 'n hele hoop boeke; meneer Wieringa wil dadelik begin werk. Hulle twee storieboeke is *Ampie* deur Jochem van Bruggen en *Somer* deur C.M. van den Heever, hulle gedigteboek *Slampamperliedjies* deur Leipoldt en hulle toneelboek *In die wagkamer* deur Grosskopf. Hulle het vir die eerste keer ook twee Nederlandse boeke, *De Jeugd van Francesco Campana* en *Een zwerwer verliefd*.

"Ons sal begin met *Een zwerwer verliefd*," sê meneer Wieringa. Hy gaan sit op die hoek van sy tafel en slaan sy boek oop.

Pouse sê Annabel: "Simpele Kaaskop, vir wat moet ons nou Hollandse boeke lees? Ons het mos 'n taal van ons eie."

"Ek geniet dit, die taal ook," sê Klara, "en ek dink dit kan 'n mooi storie word. Arme Tamelone."

"Ek verstaan niks," sê Christine. "Jy sal maar vir my die storie moet vertel."

Daardie Aprilvakansie kom Gerbrand vir die eerste keer weer huis toe. Eintlik net vir die Paasnaweek, maar hy kry darem die Donderdag en die Dinsdag aan weerskante van die naweek ook verlof sodat hy die volle vier dae op die plaas kan wees.

Niemand het geweet hy kom huis toe nie, nie eens sy ma nie. Hy skryf mos nie, stuur net so nou en dan 'n koevert met geld. Donderdagaand, toe haar pa vir Boelie en De Wet op die stasie gaan haal, klim Gerbrand ook ewe uit die kar uit en groet so terloops, asof hy elke keer van Pretoria af saam met hulle kom. Toe swaai hy sy seilsak oor sy skouer en verdwyn die nag in na die huisie teen die brakrant.

Klara was in standerd vyf toe sy die eerste keer die huis gesien het waarin Gerbrand Pieterse en sy gesin woon, maar sy onthou dit asof dit gister gebeur het. Sy het die Donderdagmiddag nog rustig in die kombuis gesit en boek lees – sy moes eintlik kyk dat die melk vir die basaar se custard nie oorkook nie – toe Persomi se verskrikte gesiggie om die gaasdeur loer.

"Antie Lulu!" skree sy skril by die agterdeur. "Waar's antie Lulu? Julle moet dadelik kom, Sussie is weer mal, sy word al blou."

Klara ruk soos sy skrik. Sy laat val die boek, maar voordat sy iets kan sê, vlieg Persomi om en hardloop blitsvinnig op haar dun beentjies weg.

"Persomi! Wag!" skree Klara agterna.

"Los haar maar," roep haar ma van die spens af. "Kry die medisynetrommeltjie. Ek trek solank die pick-up uit."

Klara hardloop gangaf na die badkamer en gryp die trommeltjie.

"Klim," sê haar ma en sukkel om die pick-up aan die gang te kry.

"Ek wil nie saamgaan nie," keer Klara benoud. Sy is bang vir

Sussie as sy so raak – jare terug by die skool het sy ook soms so geraak.

En sy wil glad nie sien waar woon Gerbrand Pieterse nie.

"Klara, klim!" beveel haar ma streng.

Sy klim.

Hulle ry wip-wip deur die lemoenboord af rivier toe en stop waar die twee spore teen die rivier doodloop. Die Nylrivier loop hier nie breed nie; wintermaande loop hy soms glad nie. 'n Mens loop maklik deur die rivier, al op die klipplaat langs. Dis net as dit in die berg gereën het en die rivier afkom dat niemand kan deurkom nie. Sulke tye kom die Pieterse-kinders nie skool toe nie. Daar is wel 'n laagwaterbrug laer af met die rivier, maar 'n reeks diep erosieskeure skei die brakrant van die pad wat daarlangs loop.

Soms reën dit soveel dat Klara-hulle nie eens by die laagwaterbrug deur die rivier kan kom nie. Dan sê haar pa altyd: "Dis hoog tyd dat die goewerment 'n brug oor die Nyl bou. Hoe nou gemaak as ons dringend anderkant moet kom?"

Haar ma drafstap voor haar uit met die uitgespoelde voetpaadjie langs teen die bultjie op. Sy draf agterna.

Sy is nog nooit toegelaat om na die Pieterses te gaan nie. "Hulle is baie arm," het De Wet gesê toe sy hom eenkeer gevra het hoe hulle huis lyk. Hy gaan soms daarheen, wanneer hy en Gerbrand veld toe gaan om klappers of stamvrugte te soek.

Die Pieterses woon op die brakrant, 'n stuk droëland teen die rantjies anderkant die rivier wat iemand jare gelede ontbos en omgeploeg het en probeer het om iets te kweek. Maar die grond is arm en klipperig, dit lê teen die westehang en brand in die son. Om die huisie is die veld kaal en klipperig, nie 'n grassprietjie is in sig nie. Eenkant is die grond omgedolwe, die aarde lê dor gebak met sy ingewande na die son.

Sy sien die huisie van ver reeds. Dis 'n vierkantige huisie, met 'n deur in die middel voor en 'n smal venster aan elke kant. Plek-plek is die mure nog 'n vuil wit, plek-plek slaan die modderlapsels deur.

'n Brandmaer hond kom skuins-skuins, stert tussen die bene, aangedraf.

Haar ma verdwyn by die deur in. Klara staan onseker buite; sy weet nie of sy regtig wil ingaan nie.

Sussie is omtrent so oud soos Gerbrand. Sy kry vallende siekte; dis hoekom sy ook nie meer kan skool toe kom nie.

Klara loop huiwerig by die deur in.

Na die skerp sonlig buite is dit binne skemer. Sy staan in 'n vertrek wat deurloop tot agter, die agterdeur hang lendelam aan een skarnier. Binne is die lug benoud, die sementvloer is hol uitgetrap en val plek-plek gate in. In die middel van die vertrek is 'n houttafel en vier stoele. Teen die muur langs die agterdeur staan 'n stoof, die oonddeur is weg, die voorste twee pote is af en daar is klippe gepak om die stoof regop te hou. Klara ruik pap wat net-net besig is om aan te brand. Teen die muur staan 'n wakis. In die een hoek is 'n omgekeerde teekis met 'n primusstofie en 'n bak met baie ongewaste skottelgoed. 'n Kind kruip onder die tafel in en sit haar met groot oë en aanstaar.

Sy hoor 'n gewerskaf links. 'n Dungewaste stuk lap skei die voorkamer en die slaapkamer, die enigste vertrekke in die huis.

"Ek weet nie vir wat is die kjind so orig om jou te loop roep nie, missus Fourie," hoor sy oom Lewies Pieterse se swaar stem uit die kamer. "Sy soek 'n goeie drag slae."

"Nee, wat, sy wou net help," keer haar ma. "Ek is bly Sussie is nou weer rustig. Jemima, drink sy gereeld haar medisyne?"

Tannie Jemima kom agter die gordyn uit, haar ma volg. "Ja, Mevrou," sê tannie Jemima moeg.

Klara vlug na buite. Maar oom Lewies kom ook uit, seningmaer, gelooi deur die son tot sy vel soos ou leer lyk. Hy dra 'n verslete kortbroek, 'n groot onderhemp wat eens wit was en rampatchanas aan sy voete. Klara weet, dit sny hy uit ou motorbande. Om hom is 'n sterk twakwalm – hy stop sy kortsteelpyp met fyn gefrommelde, vrot tabakblare.

Sy is 'n bietjie versigtig vir oom Lewies; hy slat sy kinders maklik.

Gelukkig kom haar ma en tant Jemima ook uit, en die klein seuntjie. Nie die baba wat onder die tafel gesit het nie.

Tant Jemima is 'n klein, maer vroutjie met wilderige, rooi hare wat in 'n slordige bondel agter haar kop vasgemaak is. Plek-plek streep die grys deur. Haar vel is baie lig, amper wit, haar oë 'n dowwe blou. "Sy was 'n mooi meisie toe sy jonk was, dié Jemima," sê haar ma altyd, "maar sy het nooit 'n kans in die lewe gehad nie."

Klara en Christine het al baie gewonder hoe tannie Jemima gelyk het toe sy nog 'n mooi meisie was. Nou lyk sy net moeg, afgerem. Kwaai.

"Persomi!" brul oom Lewies oor die werf. Maar Persomi is nêrens te sien nie.

Ook nie Gerbrand nie. Sy is bly Gerbrand is nie hier nie. Dit sou nie lekker gewees het om hom in hierdie huis te sien en môre weer langs hom in die skoolbank te sit nie.

"Hannapat!" brul oom Lewies. Die kind verskyn van agter die huis. "Loop haal water! En moenie loop tyd mors nie, jou ma soek water!"

"Dan gaan ons maar," sê haar ma. "Ek sal vanaand vir Sussie 'n bakkie sop oorstuur; ek het reeds sop op die stoof."

"Dankie, missus Fourie," sê oom Lewies. "Tag, ja, dit gaan swaar hier. Met die lat Piet nou weer geboard is, en my rug dit nie hou nie, en my hart, en Sussie almaar die malstuipe slaat, tag, ja . . ."

"Tot siens, Jemima," knip haar ma sy relaas kort. "Jy moet sê as Sussie se medisyne op is, ek sal kyk of ek weer iets by die hospitaal kan kry."

"Ja, Mevrou," sê tannie Jemima.

Toe loop sy en haar ma weer bultaf rivier toe. Toe sy omkyk, kom Hannapat skoorvoet agterna – 'n klein dogtertjie met 'n ou blikemmer in die hand.

"Hoekom het hulle nie water in die huis nie?" vra sy toe hulle weer by hulle pick-up kom.

" 'n Mens kan nie 'n leivoor vanaf die rivier na hulle huis aanlê nie, nie eens vanaf die oog nie," sê haar ma. "En dit help nie om daar te boor nie. As 'n mens êrens 'n aar raak boor, is die water buitendien so brak dit kan vir niks gebruik word nie."

Sy is baie, baie bly Gerbrand was nie by die huis nie. Sy sal nie vir hom sê sy was daar nie.

Sy het daardie dag besluit sy wil nooit weer soontoe gaan nie.

Sy wens skielik Gerbrand het nie weggegaan myne toe nie. Hy het in die oop veld grootgeword. Hoe kan hy soos 'n mol is die myntonnels rondgrawe? Sy word skoon benoud as sy daaraan dink.

Vrydagoggend douvoordag is daar 'n klop aan die agterdeur. Klara is net besig om die brandspiritus versigtig in die primusstofie se klein bakkie te gooi. Sy kyk oor haar skouer. "Gerbrand!" sê sy bly. "Jy is net betyds vir koffie."

"Ja, ek sien die twee luigatte slaap nog," sê hy en wys oor sy skouer rondawel se kant toe. Hy neem die vuurhoutjies by haar en steek die spiritus aan die brand.

"Pleks dat jy ook bietjie laat slaap," sê sy en stap spens toe om die blik beskuit te gaan haal.

Gerbrand lyk anders, dis asof hy grootgeword het, dink Klara. Hy was altyd groot, maar nou is hy nog groter. Nie langer nie – De Wet is steeds langer as hy – maar frisser. Sy dik bos rooi hare is netjies geknip. En hy is gelukkig nie bleek nie; sy was bang hy gaan wit word daar onder in die tonnels van die myn.

Toe sy in die kombuis terugkom, staan hy die stofie en pomp. "Ek wil gaan bergskilpad soek," sê hy. "Dié tyd van die jaar lê bak hulle vroegoggend al in die son."

Sy voel hoe die gril van haar kroontjie en van haar tone af deur haar lyf trek, mislik opkrul in haar maag en daar 'n klipharde dop vorm. "Ag, néé, Gerbrand!" ril sy. "Moenie vir my sulke goed vertel nie!"

Hy lag kliphard. "Goed dan," sê hy, "ek wil gaan . . . hm . . . heuningkoek uithaal, is hoekom ek vroeg op is."

Klara gril steeds, maar sy glimlag darem. "Jy is buitendien altyd vroeg op, kleintyd al. As jy die slag laat slaap, moet ons weet jy is siek."

"Of dood," sê hy. "Het jy moer in die koffiesak gegooi?"

Toe hulle teenoor mekaar by die kombuistafel sit, hulle hande om die bekers koffie voor hulle, vra sy: "Hoe gaan dit met jou?"

"Goed," sê hy.

"Nee, maar regtig," dring sy aan, "daar in die myntonnels?"

"Goed," sê hy weer en staan op. "Ek gaan hulle wakker maak."

Klara kyk hom agterna terwyl hy wegstap rondawel toe. Dit help nie, sy weet. Hy praat nie.

Sy skink solank nog twee bekers koffie en maak die ketel weer vol water – seuns kan bekers koffie drink en bakke beskuit verorber, sommer voor ontbyt al.

"Ek kan net nie glo Oupa piep steeds agter Jan Smuts aan nie," sê Boelie selfs voordat hulle nog gaan sit het. Hy gooi 'n ekstra lepel suiker in sy koffie.

"Ek het al drie lepels ingegooi," probeer Klara keer.

"Oupa is tog iemand met insig," gaan Boelie voort en gooi nog 'n lepel suiker in.

"Waarvan praat julle?" vra Klara.

"Sommer iets wat ons gisteraand in die trein bespreek het," sê De Wet. Hy gooi suiker in sy koffie en leun agteroor op sy stoel.

"Ek hét al suiker ingegooi en jy gaan agteroor val, of die stoel gaan breek," waarsku Klara.

"Hm," sê hy en leun verder agteroor. "Ek dink Oupa dink steeds aan Smuts as sy leier, soos tydens die Engelse Oorlog."

"Robey Leibbrandt se pa was ook saam met hulle op kommando," merk Boelie terloops op.

"Dalk is Robey Leibbrandt ook nog 'n aanhanger van Smuts," sê Gerbrand en doop nog 'n stuk beskuit in sy koffie. Hy hou dit te lank in, dink Klara; as hy dit nou uithaal, gaan dit in 'n plas nat beskuit op die tafel voor hom beland.

"Jy moet daardie beskuit . . ." begin sy waarsku.

Maar dan lig hy die beker tot voor sy mond en lanseer die slap beskuit behendig in sy keel af. Sy oë lag. "Lank geoefen hieraan," sê hy.

"Nooit!" sê Boelie beslis. "Robey Leibbrandt sal nooit 'n aanhanger van Smuts wees nie!"

"Die manne op die myne sê hier kom 'n ding," sê Gerbrand en neem die laaste stuk beskuit uit die blik.

"Ons het aangesluit by die Ossewa-Brandwag, ek en De Wet," sê Boelie. "Jy moet 'n bietjie uitvind, Gerbrand, hulle het 'n sterk korps begin in Johannesburg ook, spesifiek onder die myners."

Gerbrand trek sy skouers op en skud sy kop onbegrypend.

"Die OB is 'n kultuurorganisasie," verduidelik De Wet. "Dis verlede jaar gestig, na die Eeufees, seker maar om die gees van die Eeufees lewend te hou."

"Ons streef na die vryheid van die Afrikaner, na 'n eie republiek," sê Boelie en staan op. "En ons is heeltemal anti-Brits. Jy moet regtig ook aansluit, Gerbrand."

"Ja, ek sal hoor," sê Gerbrand vaag, "maar ek het nie eintlik ooghare vir die politiek nie." Hy slurp die laaste bietjie koffie uit die beker en staan ook op. "Ek stap dan maar, ek gaan berg . . . hm . . . heuning loop soek in die kloof op."

"Wag tot vanmiddag, dan gaan ons saam," stel De Wet voor.

"Ons kan vanmiddag gaan swem," antwoord Gerbrand. "Ek gaan nou heuningkoek uithaal."

Toe stap hy by die agterdeur uit.

"Moenie vir my die heuningkoek kom wys nie!" roep Klara agterna.

Hy antwoord nie. Sy weet nie of hy gehoor het nie.

Later die oggend kom Christine inloer. "Die seuns gaan vanmiddag swem in die kuil," sê Klara. "Dink jy nie ons moet by hulle aansluit nie?" Want hulle mag nooit alleen kuil toe gaan nie.

"Ek weet nie," twyfel Christine. "Annabel se pa kom vanmiddag my pa sien oor iets; sy kom saam om te kuier."

Klara verstaan, dis nie vir Christine lekker om Annabel en De Wet bymekaar te sien nie.

Annabel kom kuier gereeld, maar sy nooi hulle nooit na haar huis toe nie. "Hulle het 'n mooi huis," het Lettie al vertel, "maar nee, dis nie lekker daar nie. Dis . . . julle moenie sê nie, hoor?"

"Cross our hearts and don't say," het Klara en Christine gelyk belowe.

"Annabel se ma . . . drink te veel," het Lettie sag gesê.

Christine het nie dadelik verstaan nie. "Drink te veel?"

"Ja, jy weet, soos . . . wyn, of brandewyn," het Lettie verleë verduidelik. Lettie se pa is die dokter; sy weet dinge.

"O, dít!" het Christine geskok gesê. Gelukkig het niemand anders gehoor nie.

Hulle het nooit weer daarvan gepraat nie.

Toe De Wet 'n bietjie later in die huis kom en ook vir Christine nooi om saam te gaan swem, stem sy tog in.

Na middagete sê hulle ma: "Vat vir Irene ook saam as julle vanmiddag gaan swem."

Klara voel hoe die moedeloosheid oor haar toesak. "Mamma!" probeer sy keer.

Maar haar ma stap uit groentetuin toe om vir William te gaan wys waar om die wortel- en beetsaadjies te saai vir die wintermaande.

Net na twee laai Annabel se pa haar en Christine daar af. Die groep vat die tweespoorpaadjie in die rigting van die kloof, Irene met Waaksaam en Dapper soms vooruit, soms agterna, afhangende van wat die honde langs die pad ontdek. Gerbrand is nie by nie; hy sal wel êrens by hulle aansluit.

"As ek geweet het Irene kom saam, sou ek vir Reinier ook gebring het. Nou sit hy alleen by die huis," sê Annabel amper beskuldigend.

"Ek het ook nie geweet sy kom saam nie," sê Klara.

Gou word die tweespoorpad 'n voetpaadjie, hulle streep blaas-blaas die berg uit. Die laaste stukkie tot by die waterval is steil, De Wet hou sy hand uit om eers vir Annabel op te help, dan vir Christine. Boelie lyk nukkerig; hy loop vooruit. Klara klouter maar sonder hulp oor die klippe.

Onder die waterval is 'n poel – nie besonder groot nie, maar diep genoeg dat 'n mens nie die bodem kan sien nie. En hierdie tyd van die jaar is dit van kant tot kant vol water.

Gerbrand wag reeds vir hulle op die rots bo die poel. "Laaste in is 'n donkie!" skree hy en pluk sy hemp oor sy kop.

Gou is almal in die water, behalwe Annabel. Sy het haar rok uitgetrek, sy is geklee in 'n moderne ligblou baaibroek wat perfek aan haar slanke lyf klou en hoog gesny is om haar lang, sonbruin bene ten beste te vertoon. Nou staan sy op die rots aan die kant van die poel en voel-voel met haar tone in die water.

Klara kyk na haar broers. Hulle staar na Annabel met glaserige oë. Gerbrand se oë lyk of hulle wil uitval. Maak toe julle monde, skape! wil sy hulle toesnou.

Toe hys Gerbrand homself op aan 'n oorhangende boom, hardloop van agter en gryp vir Annabel onder sy arm vas. Sy gil en spartel, maar hy storm die water in.

"Dis nat! Dis koud!" gil sy. "Lós my, Gerbrand! De Wet, help my!"

Gerbrand lag kliphard. Hy druk haar kop onder die water in en laat haar eers los wanneer hulle in die middel van die poel is.

"Ag nee man, Gerbrand! Nou is my hare nat," raas Annabel en swem met lang, elegante hale kant toe.

"Almal wat in ons poel kom swem, moet eers gedoop word!" roep Gerbrand haar vrolik agterna.

Dapper staan op die rand van die poel en blaf hom hees van opwinding. Waaksaam is bergop, weg.

Annabel klim uit en strek haar lang lyf op die warm klip uit. Sy sit 'n groot sonbril op haar neus en gaan lê met haar gesig na die son.

"Kom in, Dapper!" roep Irene. "Moenie bang wees nie, kom

in, kom hier na my toe!" Toe sê sy iets in hondetaal wat Dapper blykbaar verstaan. Irene praat van kleins af mos hondetaal.

Dapper toets die water versigtig met sy pootjies en waag dit twee tree in, maar vlieg dan weer om en hondjie-swem terug kant toe.

Klara lag. "Jy is nie 'n baie dapper hond nie," roep sy agter die hondjie aan.

"Toemaar, Dapper, ek verstaan hoe jy voel," sê Christine, wat ook maar aan die kant van die poel bly. "Ek is ook maar lugtig vir die swart water."

"O so, nè?" sê Gerbrand en kom dreigend nader.

"Nee, Gerbrand! Nee!" skree Christine benoud en probeer vlug.

Maar hy gryp haar en swem diepwater toe. Sy klou benoud aan hom vas. "Asseblief! Gerbrand!" Sy huil byna. "Ek is vrees-lik . . ."

Toe verdwyn hy met haar onder die water in.

Sekondes later verskyn die twee koppe weer. Christine se blou oë is so groot soos pierings. Gerbrand lag kliphard. "Lekker, nè?" sê hy.

"Nee! Dis . . ." Sy sluk water toe hy weer afduik met haar.

Toe hulle weer boontoe kom, is De Wet by. "Dis nou genoeg," sê hy rustig vir Gerbrand. "Sy is nou deeglik gedoop." Hy neem haar hand en swem met haar kant toe.

Gerbrand lag. "Dan is dit nou Klara se beurt."

Maar Klara is reg vir hom. Sy duik onder die swart water in en swem onder hom deur tot aan die ander kant van die poel. Sy het nie verniet tussen twee broers grootgeraak nie. "Sommer myself gedoop!" tart sy van die ander kant af.

Die water is eintlik te koud, dus klim sy uit en gaan sit in die son by die ander twee meisies. Annabel lê steeds met haar son-bril oor haar toe oë; Christine sit bietjie eenkant met haar knieë opgetrek tot teen haar lyf. Sy hou vir De Wet dop. "Jy kan nie stry nie, hy is darem maar wragtie aantreklik," sê sy saggies vir Klara.

"Moenie, Chrissie," waarsku Klara.

"Ek weet," sê Christine, "ek wéét. Maar as iets soos vandag gebeur, verloor ek dit weer heeltemal." Sy gaan lê agteroor en maak haar oë toe. "Die son is lekker, nè?"

Toe Klara opkyk, staan die eensame figuurtjie op 'n klip 'n ent weg. Sy het lank geword, dink Klara, maar sy is nog steeds vreeslik maer. "Kom swem saam met ons, Persomi!" roep sy vriendelik.

Maar die kind antwoord nie. Sy staan nog 'n oomblik stil, toe draai sy om en verdwyn agter die bosse.

Toe hulle laatmiddag terugstap, sê Klara vir Gerbrand: "Persomi was hier, maar sy wou nie nader kom nie."

"Ja, sy stertjie vreeslik agter my aan, die hele naweek al," sê hy.

"Jy moes haar maar saamgebring het, man," spreek sy hom vererg aan.

Hy haal sy skouers op. "Sy het mos 'n kop om self te besluit wat sy wil doen."

Daardie aand, toe almal al gaan slaap het en net sy en De Wet op die stoep na die sterre sit en kyk, sê sy: "Jy moenie vir Christine seermaak nie."

Hy draai sy kop na haar. In die sagte lig van die halfmaan sien sy dat sy oë baie ernstig is. "Ek weet, Klara. Ek sal nie, ek belowe."

"Ek wil 'n joernalis word; ek het besluit," sê Annabel een koue winteroggend net voor die Julievakansie. "My pa het gesê dis reg so, ek gaan volgende jaar Tukkies toe."

"'n Joernalis?" vra Christine verbaas.

"Ja, Christine, wat in die koerante skryf, jy weet?" sê Annabel sarkasties. Dan draai sy na Lettie. "Wat gaan jy volgende jaar doen?"

"Medies," antwoord Lettie dadelik, "seker maar by Wits. Dis waar my pa ook geswot het."

"Ek weet nie of dit 'n goeie beroep is vir 'n vrou nie," sê Annabel. "Dis so . . . mannetjiesrig."

"Ek dink nogal Lettie sal 'n goeie dokter uitmaak," sê Klara.

"Ek hoop jy gaan darem Tukkies toe?" sê Annabel vir haar. "Ons moet sorg dat ons saam in een koshuis bly, ons sal baie pret hê."

Klara voel hoe die bekende benoudheid in haar lyf opstoot. "Ek hoop ek kan gaan," sê sy, "maar dan sal ek eers my pa moet oortuig dat meisies ook kan gaan studeer. My twee broers op universiteit kos hom reeds 'n plaas se geld, sê hy, en hy kan nie sien hoekom moet 'n vrou geleerdheid kry nie."

"My ma sal my nooit laat gaan as jy nie ook gaan nie, Klara," sê Christine.

"Wat wil jy gaan swot?" vra Annabel vir Klara.

"Tale," antwoord Klara dadelik, "maar ek wil nie joernalis word nie. Seker maar onderwyseres."

"Hm," sê Annabel. "En jy, Christine?"

"Ek weet nie." Christine bly 'n oomblik stil. "Ek wil eintlik met siek mense werk, hulle help."

"Moenie laf wees nie," sê Annabel, "jy kon nie eens die Voortrekkers se noodhulpkursus doen nie!"

Christine lyk selfs meer onseker. "Ja, jy is reg. Miskien kan ek met klein kindertjies werk, dink ek. Ek weet nie."

"Jy sal moet besluit," sê Annabel. "Jy moet regtig leer om besluite te neem, Christine. En jy, Klara, sal die ding met jou pa moet uitpraat. Daar is nog net ses maande oor, dan is ons klaar met skool." Sy staan op en stof die droë gras van haar skoolrok af. "Kom, die klok gaan lui."

Daardie aand in haar bed dink Klara: ek móét met Pa praat, hierdie vakansie nog. Miskien moet ek vir De Wet vra om saam te praat, hy is goed met dié soort dinge. Of miskien moet ek . . .

Maar die hele Julievakansie gaan verby sonder dat sy ooit sover kom om met haar pa te praat.

Die 25ste Augustus is Irene se verjaarsdag; sy word twaalf. Dis 'n Saterdag en sy mag 'n paar maats oornooi vir die naweek. Haar pa willig in om hulle waterval toe te neem vir 'n piekniek. "Ek is eintlik te oud vir hierdie ding," het hy eers geprotesteer.

"Ek sal saamgaan, Pappa," het Klara aangebied. "Nooi vir Persomi ook saam, toe Irene?"

"Nee," sê Irene beslis, "sy is woes."

Eindelik is selfs haar ma ook saam. Dit ontwikkel in 'n redelik uitputtende dag. Maar lekker, op 'n manier, dink Klara.

Daardie aand ontspan sy, haar pa en haar ma rustig voor die draadloos. Haar pa sit diep agteroor in sy leunstoel, hy wag vir *U eie keuse* om te begin. Hy is lief vir klassieke musiek. Klara sit met haar geskiedenisboek op haar skoot, maar sy leer nie, die boek is net oop om haar gewete te sus. Haar ma is besig om 'n sokkie te stop. Sy het die ronde, blink skulp netjies in die ronding van die hak ingegly en haar bril afgeskuif tot op die punt van haar neus. "Ek is bly Boelie en De Wet kan die langnaweek huis toe kom," sê sy. "Ek sal hierdie week moet sorg vir genoeg beskuit vir hulle om terug te neem Pretoria toe."

Toe hoor hulle al drie die sein van 'n spesiale berig en die kraakstem uit die draadloos sê: "Hier volg 'n berig wat ons pas ontvang het."

Haar ma se hande word stil en die skulpvet sokkie sak tot op haar skoot. Haar pa frons effens en leun vooroor om beter te kan hoor.

"SAPA berig uit Engeland dat Duitsland en Rusland pas 'n nie-aanvalsverdrag gesluit het. Geen verdere besonderhede is nog bekend nie. Die SAUK sal u op hoogte hou van enige verdere verwikkelinge. Ons gaan nou voort met die program, *U eie keuse*."

So halfpad deur Tchaikovsky se 1812-overture, sê Klara se pa skielik: "Dit beteken net maar dat Pole nou vasgeknyp sit tussen twee groot kanonne, tussen sy twee eeue oue vyande. Dit raak ons nie werklik nie." Maar hy bly tog frons, en die skulpsokkie bly stil op haar ma se skoot lê.

Vrydag 1 September is Lentedag by die skool. Die kinders bring blomme vir die klaskamers, die meisies vleg blomme in hulle hare, die geur van lente sprei deur die skool en wyd oor die hele Bosveld heen. Dit is Lentedag deur die hele Suid-Afrika; die somer wag.

Maar in Duitsland en in Italië is die somer verby; dit is herfs in Frankryk en Engeland. In Pole stoot die noordewind al kouer; dit is die begin van die winter in Europa.

In hierdie herfstyd, op 1 September 1939, bars die Europese tydbom – Duitsland val Pole binne.

Die bom ruk 'n skeur oop reg deur die middel van Europa, dit ruk 'n sweer oop wat twintig jaar gelê en smeul het, 'n vulkaan wat sedert die Vrede van Versailles gelê en stoom opbou het.

Die weerklank daarvan ruk deur Suid-Afrika. Want die mense weet: die besluit oor neutraliteit, al dan nie, kan nie langer uit- gestel word nie.

En dit gebeur aan die begin van hierdie langnaweek, waarna Klara so uitgesien het, die eerste keer dat almal weer saam tuis is.

Hulle sit in die sitkamer, haar ma en ouma elk met 'n stukkie hekelwerk om hulle hande besig te hou, Irene plat op die grond met Waaksaam langs haar en Dapper op haar skoot, hulle pa op sy gewone stoel. Klara se oupa staan met tye buite, hy rook sy pyp en kom dan weer in, maar hy kom ook nie te sitte nie. De Wet sit-lê langbeen uitgestrek op sy stuitjie op 'n stoel, Boelie sit met sy kop naby die draadloos en sorg dat die bewerige naaldjie op die ontwykende stasie bly.

Oom Freddie, auntie Anne en Christine is ook daar. Oom Freddie loop heen en weer in die vertrek, heen en weer.

"Julle sal binnekort die battery moet vervang, dit gaan nie hou nie," waarsku hulle pa.

"Haal sommer die Daimler se battery uit," sê hulle oupa. "Sit dit net terug voor Sondag."

Boelie wys met sy kop dat De Wet die battery moet gaan haal en buig weer vooroor by die draadloos – die stasie raak al weer ylerig. De Wet frons effens. "Klara . . ." begin hy.

Klara steek albei haar hande in die lug, skud haar kop en be- gin lag. "Manswerk," sê sy, "ek maak koffie."

Toe krul De Wet maar sy lang lyf uit die stoel en stap met lang treë na die waenhuis.

Die draadloos versoek die mense om nie in te bel nie, hulle lyne is heeltemal oorlaai. Die Johannesburgse Effektebeurs is gesluit, berig die SAUK, Uitsaaihuis in Johannesburg word bewaak.

Toe daar weer 'n spesiale berig oor die draadloos kom, druk Irene Dapper se oortjies toe. " 'n Mens weet nooit wat hy alles verstaan nie," sê sy.

Alle verlof vir militêre personeel en die polisie is opgeskort, berig die draadloos, almal is op 'n gereedheidsgrondslag geplaas.

"Kom ons gaan stap eerder buite," sê Irene vir Dapper. "Ek sal vir jou 'n storie vertel."

Boelie kyk gesteurd op. "Sy glo tog nie nog steeds sy kan hondetaal praat nie?" sê hy geïrriteerd.

"Og, dis immers skadeloos," sê hulle oupa.

"Irene moet grootword," sê Boelie beslis.

Saterdagoggend stuur haar pa vir Boelie in dorp toe, spesiaal om die koerant te gaan haal. Hy moet sommer op die stasie gaan wag en albei koerante koop, *Die Transvaler* en *Die Vaderland*, dit kom met die twee-uur-trein.

In *Die Transvaler* berig die politieke korrespondent Malgas dat, indien Brittanje oorlog verklaar, Suid-Afrika heel waarskynlik daarin sal beland, want agter die skerms is Smuts besig om die oorhand te kry.

"Agter die skerms?" frons haar pa. "Is daar 'n gekonkel agter die skerms?"

Oom Freddie sug diep voordat hy antwoord: "Die ding broei al lank, buurman. En as daar 'n breuk kom tussen Hertzog en Smuts . . ." Hy skud sy kop bekommerd. "Ek weet waaragtig nie waarheen nie. Geen mens kan vir seker sê Hertzog gaan die oorhand behou nie."

Auntie Anne kyk skerp na oom Freddie. Toe tel sy weer haar koppie op, pinkie met die ring aan effens gelig, en neem 'n slukkie tee.

Oom Freddie vee met sy hand oor sy gesig, sug dan diep. "Gestel Smuts slaag daarin om die meerderheidsteun in die Volksraad te kry? Wat staan my dan te doen?"

"Jy is tog 'n Hertzogman, buurman," sê hulle pa. "Ek glo Hertzog sal die knoop kan deurhaak, as dit nodig is."

"Wánneer dit nodig is," korrigeer oom Freddie swaarmoedig.

Op die laataandnuus om elfuur kom die berig deur: Brittanje het 'n ultimatum gerig aan Duitsland om sy troepe uit Pole te onttrek. So nie, verklaar hulle oorlog. Die ultimatum verstryk die volgende dag, Sondag, om twaalfuur, Engelse tyd.

Boelie vlieg op. "Bleddie Engelse!" sê hy met gevoel.

"Boelie!" waarsku sy pa.

"Chamberlain het alles probeer om vrede te bewaar, maar die duiwel self het in Hitler ingevaar," verdedig hulle oupa vurig.

"Vat Oupa nou waaragtig die Engelse se part?" roep Boelie ontsteld uit.

"Boelie, beheer jou!" praat hulle pa hard. "Vra jou oupa onmiddellik om verskoning!"

Maar Boelie staan op en loop driftig by die deur uit.

Toe hulle Sondagoggend net voor elf van die kerk af by die huis kom, skakel Boelie dadelik die draadloos aan – om twaalfuur Engelse tyd verstryk die ultimatum.

Niemand weet wat hulle eet nie. Hulle kou en sluk, maar eintlik wag hulle.

Dan slaan twaalf swaar, afgemete klokslae, direk uit die Big Ben, direk van Londen af oor die draadloos tot in hulle voorhuis in die hartjie van die Bosveld.

'n Kort stilte volg, en toe sê die aankondiger in 'n diep stem en 'n swaar Britse aksent: "England is in a state of war with Germany."

Niemand praat nie; hulle sit stil en luister na die lot wat oor die wêreld gevel word.

Chamberlain spreek die Britse Laerhuis toe, die BBC herlei

die uitsending na Suid-Afrika. Die draadloos in die Bosveldhuis krap-krap, die ontvangs is vrotter as gewoonlik. Maar die boodskap kom duidelik deur: Duitsland het geen aanduiding gegee dat hy sy troepe uit Pole onttrek nie. Hitler kan nou net met geweld gestuit word.

"Brittanje het alles moontlik gedoen om vrede te bewaar, nou moet almal net kalm bly en hulle plig doen," sê die Britse eerste minister. "Dit is op so 'n oomblik dat beloftes van steun vanuit elke verste uithoek van die Britse Ryk 'n bron van bemoediging is. Mag die Here diegene seën wat die wapen opneem om die demokrasie te verdedig teen die aggressie van outokratiese diktators."

Boelie snork sag deur sy neus. Klara kyk onderlangs na haar pa. Dit lyk nie of hy Boelie se minagting gehoor het nie; hy sit doodstil en luister. Maar sy hele gesig spreek van kommer.

"It is a sad day for all of us," sê minister Chamberlain se krakerige stem. "For none is it sadder than for me. Everything that I worked for, everything that I have hoped for, everything that I believed in during my public life has crashed into ruins this morning. There is only one thing left for me, and that is to devote what strength and powers I have to forward the victory of the course for which we have to sacrifice so much."

Die stem raak stil, die draadloos kraak voort. Boelie skakel dit af.

"Dis seker presies wat President Paul Kruger gesê het toe hy Suid-Afrika op die Gelderland verlaat het," sê De Wet.

'n Verslaentheid sak oor die plaas toe, erger as die gewone Sondagmiddag-eensaamheid. Klara se oupa en ouma gaan terug na die ou opstal vir hulle middagslapie, maar haar oupa is voor drie weer voor die draadloos. Haar pa dwaal kraal toe, steek sy pyp aan en staar lank na die yl vlieswolke op die horison. Toe gaan sit hy ook weer voor die dooie draadloos.

In die kombuis sê Boelie: "Klara, as jy nou groot moeilikheid in hierdie land wil sien, moet hierdie Kakie-regering van ons besluit om toe te tree tot die oorlog. Hoor nou wat ek vandag vir jou sê: gróót moeilikheid!"

Kwart oor drie kom die BBC-uitsending deur op die 13-meter-band vanuit Daventry, Engeland, om sesuur nog 'n uitsending.

Presies om sewe-uur is almal weer voor die draadloos. Dit is King George self wat praat. Hy doen 'n beroep op alle lede van die Statebond om saam te staan in die oorlog.

Boelie gee 'n snork van verontwaardiging en stap by die deur uit. Klara se ma kyk hom bekommerd agterna.

Oom Freddie sê: "As die hele kwessie op 'n algemene stemming in die parlement uitloop en Malan en Hertzog werk saam, behoort hulle Smuts en sy gevolg te kan verslaan."

"Dink jy so, buurman?" vra haar pa.

"Ek weet nie," sê oom Freddie en vee moeg oor sy gesig. "Ek weet nie waarheen nie."

"Jy verloor net nie jou setel nie," sê auntie Anne skerp.

"En as Hertzog heeltemal verslaan word en ons gaan in die oorlog in?" vra haar ma. "Sal dit nie maar weer wees soos in 1914 nie? Sê nou daar word krygswet afgekondig, sal dit nie maar weer net lei tot 'n rebellie nie? Ek sien nie nog 'n keer kans daarvoor nie."

"Ek ook nie," sê haar ouma.

Want Klara weet: dit het jare geduur voor die rou wond wat die 1914-rebellie tussen haar pa en haar oupa oopgeskeur het, weer gelap was. En die litteken het gebly; dit bly altyd.

Die draadloos het die huis oorgeneem, dink Klara toe sy Maandagoggend wakker word. Die koue hand bly om haar hart. Sy gaan kombuis toe. Sy pomp die primusstofie en maak vars koffie. Sy skink vyf koppies koffie en dra dit voorkamer toe – selfs haar ma sit voor die draadloos; net Irene slaap nog.

Hulle drink in stilte koffie.

"Ek stap kraal toe," sê haar pa en sit sy hoed op sy kop.

Klara hoor hoe Lena in die kombuis vroetel met die Welcome Dover. Nou-nou maar gaan sy die pap ruik. Vertroostend bekend.

Om kwart oor agt begin die BBC uitsaai op die 19-, 25- en

31-meterbande. Maar op al die bande, op elke stasie wat Boelie vind, bly die nuus dieselfde.

Klara gaan pak haar koffer om terug te gaan koshuis toe.

Die parlement sal halfelf vergader, sê die SAUK.

Klara help haar ma om beskuit vir Boelie en De Wet in te pak. "Nee, ek het nog genoeg beskuit by die koshuis, dankie, Mamma," keer sy toe haar ma vir haar ook 'n blik wil pak. "Ek sal net van Ouma se soetkoekies inpak."

In die sitkamer sê haar oupa: "Ek geloof dat Suid-Afrika nie meer neutraal kan staan nie, Duitsland se aggressie is net te erg."

"As Smuts nie bly by die neutraliteitsverklaring van 1938 nie," sê haar pa, "sal dit troubreuk wees."

Klara hoor hoe haar oupa se stem van verergdheid klim. "Nou sê jy dan nou vir my, Neels: Hoe gaan die Unie die ooreenkoms dat die Britse vloot Simonstad as basis mag gebruik, gestand doen indien hy neutraal bly?"

Toe sy die skinkbord met koffie deurneem voorhuis toe, is die atmosfeer daar so dik dat jy dit met 'n mes kan sny. Sy vlug na die stilte van haar kamer.

Laatmiddag, net voordat hulle dorp toe ry om die seuns op die nagtrein Pretoria toe te sit en haar by die koshuis af te laai, kom die nuus deur: die Britse passasierskip, Athena, wat onderweg was na die Verenigde State met talle Amerikaanse passasiers aan boord, is deur 'n Duitse U-30-duikboot getorpedo.

Toe ry hulle dorp toe.

Laatnag het die nuus skynbaar oor die draadloos gekom: Hertzog is verslaan, Smuts is besig om sy nuwe kabinet saam te stel.

Dit alles hoor Klara eers die volgende dag by die skool.

"Ek weet nie wát gaan my pa doen nie," sê Christine bekommerd. "Hy kan regtig nie sy setel verloor nie."

Dinsdag, 5 September, is *Die Transvaler* dikker as gewoonlik. Dit sien hulle toe hulle die vierde periode 'n biblioteekperiode het.

Maar die hoofnuus is nie oor die oorlog nie. Die hoofnuus gaan oor die vlam, die een wat nege maande gelede van elke uithoek van die land af met fakkels gedra is na die monument en daar verenig is tot een brandende fakkel. Daardie vlam, die simbool van die Afrikanervolk se ideale, moes bly brand het tot die monument klaar is. Dan sou dit 'n ereplek in die hartjie van die monument gekry het, die vlam van hoop sou altyd aanhou brand.

Altyd.

En nou het iemand, seker 'n groep iemande, in die nag ingebreek en die vlam in daardie fakkel geblus. Aan die dooie fakkel is 'n Union Jack vasgemaak met die woorde: "To hell with Hertzog and neutrality."

Klara voel hoe die woede in haar opkook. Vir die eerste keer vandat al hierdie stories begin het, voel sy briesend, magteloos kwaad. Ook Annabel se wange vlam, Lettie lees die berig weer deur, Christine se oë is groot geskrik.

"Hoe kan hulle! Hoe kán hulle!" roep Annabel uit. "Ons fakkel! Wat ons self gedra het!"

Wel, miskien nie sélf gedra het nie, dink Klara. Maar ja, die Engelse het óns vlam geblus – net soos in 1902.

Hulle blaai verder. Sowel *Die Transvaler* as *Die Vaderland* se hoofartikels spreek sterk kritiek uit teenoor Smuts. In Afrikaner-geledere is hy nou as verraaier gebrandmerk, sê die koerante.

"Ek sluit sommer ook by die Ossewa-Brandwag aan!" sê Klara vurig.

"Kan meisies aansluit?" vra Lettie en maak die koerant toe.

Daaraan het Klara nie gedink nie.

"As hulle nie kan nie, dan stig ons ons eie organisasie," sê Annabel vurig, "maar die Engelse sal waaragtig nie hiermee wegkom nie. Oor my dooie liggaam!"

Net Christine sê niks. Sy sit met 'n bleek gesiggie na haar maats en luister.

Op 7 September berig *Die Transvaler* dat daar nog 'n vlam is wat nie geblus is nie. Daar is 'n spaarvlam en dit brand hoog en word nou dag en nag bewaak.

In Klara vlam die hoop op. Die oorlog kan ons nie regtig raak nie, dink sy. Dis ver, dis in Duitsland en Frankryk en Engeland, in Italië en in Pole, dis aan die ander kant van die wêreld.

HOOFSTUK 4

DIE MENSE VAN DIE DORP HET GEWÉÉT WAT GAAN KOM.

Toe Duitsland Pole binneval en Engeland se ultimatum verstryk, het die mense van die dorp geweet. Want hulle het die Groot Oorlog beleef; almal ouer as twintig jaar het deur die Groot Oorlog geleef. Dit oorleef.

Die dokter van die dorp het net sy kop geskud. "Die enigste goeie ding wat uit die Groot Oorlog gekom het, was die dag van vrede, 11 November 1918," sê hy swaarmoedig. "En nou wil hulle daardie een goeie ding waaragtig weer aan stukke skiet."

Toe het die mense van die dorp gewag – die Baron van Veneto, die dokter en Vader Enrico, Giuseppe Romanelli en mister Rozenfeld en ou Luigi, die manne in die wingerde en die boorde en die berge, die tantes by die kospotte en in die groentetuine, by die wasbalies en voor die naaimasjiene. Die jong meisies het gewag en intussen maar mekaar se hare in nuwe style gevleg, die seuns het smiddags voor melktyd mekaar gejaag en balle geskop. Gina Veneto het steeds vir Suster Marguarita gehelp met die beginnerklassie, Rachel Rozenfeld het klokslag die winkeltjie se deur gaan oopsluit. Maar wanneer hulle 'n vreemde geluid hoor, kyk hulle dadelik op, want hulle wag.

Ook die drie Romanelli-broers wag vir dit wat hulle weet moet kom.

"Miskien sal ons nie ook oorlog maak nie," sê Gina die Saterdagmiddag toe Antonio en Lorenzo met die spoorwegbus huis toe kom. Dan wys sy met haar hand in die lug op. "Kyk daar bo hoe jaag die groot wolk vir die klein wolkie, Antonio."

"Hm," sê hy en pluk-pluk wysieloos voort op sy kitaar.

"Ek dink die wind waai daar bo, daarom jaag die wolke so."

"Hm," sê hy. Hy draai die een snaar effens stywer en luister versigtig na die pong-pong-klank. "Wil jy luister na 'n nuwe liedjie wat ek geskryf het?"

Sy glimlag vir hom en knik. "Dis mooi," sê sy toe hy klaar gesing het.

"Ons is 'n groep wat dit gaan sing, vir die universiteit se Kerskonsert."

"O, goed," sê sy. "Miskien bly die oorlog in Pole. Dis ver van hier."

"Miskien," sê Antonio vaag.

"Ek dink die groot wolk gaan die klein wolkie opvreet."

"Miskien, maar ek twyfel. Ek dink hy wag net vir die regte oomblik om toe te slaan."

"Praat jy van die wolk?" vra sy verward.

"Nee, van Mussolini. Hy is slinks, Gina, hy kyk eers hoe die wind draai; dalk sluit hy nog by Engeland en Frankryk aan."

"Maar hy het dan maats gemaak met Duitsland?" vra sy.

Antonio glimlag stadig en sit die kitaar versigtig langs hom op die klipplaat neer. "Ja, Gina, hulle is nou groot maatjies."

Sy sit regop en draai kwaai na hom. "Spot jy met my?"

Hy lag en trek haar af om langs hom te kom lê. "Jy word 'n kwaai skooljuffrou, nè?"

Maar sy gaan sit weer regop. "Antonio, kyk na my, en word ernstig."

"Goed, ek is ernstig."

"Dink jy daar gaan oorlog kom? 'n Groot oorlog?"

Hy kies sy woorde versigtig om haar nie te ontstel nie, maar sê dan tog wat hy dink. "Ja, Gina. Die oorlog is reeds 'n werklikheid. Ek dink dit gaan binne maande oor die hele Europa sprei, dalk uitsprei tot by Japan in die ooste en oor die see tot by Amerika en tot diep in Afrika in."

Sy gaan lê op haar rug. Die klein wolkie het verdwyn; die groot wolk word al donkerder. "Miskien kom daar 'n storm vannag," sê sy, " 'n sneeustorm."

"Hm. Miskien."

Hulle lê lank stil voordat sy vra: "Antonio, as Italië ook gaan veg . . . as Mussolini soldate . . . Antonio, jy gaan nie ook . . .?"

Hy trek haar nader aan hom. Wanneer hy praat, is sy stem sterk en seker. "Ek gaan nie aansluit by die weermag nie, Gina, daaroor hoef jy nooit bekommerd te wees nie. Ek stem nie saam met Mussolini se politiek nie; ek glo buitendien nie dat oorlog ooit enige goed kan bring nie."

"Gaan jy by die . . . weerstandsbeweging aansluit?" vra sy onseker.

"Nee, ek gaan nêrens aansluit nie, ek gaan onbetrokke bly. Ek wil my studies voltooi en begin om 'n eie praktyk op te bou. Ek wil vir my, vir óns, 'n toekoms skep."

Hy voel hoe sy ontspan en stywer teen hom inwurm. "Vertel my van volgende jaar, toe?"

Hy glimlag. "Einde volgende jaar maak ek klaar met my studie. Maar voor die tyd, in die Julievakansie, gaan ek vir die Baron van Veneto kom vra vir die hand van sy pragtige dogter. En dan gaan ek met haar trou – net sodra ek goed op die been is – en dan gaan ons in Turyn woon."

"Vertel van die huis?"

"Waar ek vir haar 'n pragtige huis gaan bou, groot genoeg vir baie klein bambino's . . ."

"Nee, Antonio, vertel eers volledig van die huis voor jy by die baie kinders kom!"

Hy lag. "Nee, daardie huis ken jy al uit jou kop uit. Ek het dit al hoeveel keer vir jou geteken, met al die veranderings."

Sy sug tevrede. "En jy belowe jy gaan nie oorlog toe nie?"

Hy kom halfregop op sy elmboog, stut sy kop in sy hand en kyk lank na haar. Sy swart oë is baie ernstig. "Gina, ek belowe, ek gaan nie oorlog toe nie. Mussolini sal 'n garnisoen soldate met gelaaide gewere hierheen moet stuur om my op die front te kry."

Laatmiddag, wanneer die son agter die hoë sneeupieke begin inskuif en die bokwagters en wingerdsnoeiers en klipkappers terugkeer dorp toe, sprei daar nou 'n tweede skaduwee ook oor die dorpie. Want saans by die skoongeskropte tafels en die potte stomende polenta en spettatino en die bottel tuisgestookte wyn, sypel die oorlog tussendeur die woorde van elke gesin se aandgesels in, in die huis se hart in.

"Benito Mussolini sál toetree tot die oorlog, gee net tyd," sê Lorenzo beslis. Hy staan voor die swart koolstoof en vryf sy hande om warm te word. Buite lê die veld en die dorp en die berghange onder 'n yl laken van sneeu, die winter is byna hier. "Hy móét, hy kan nie anders nie."

"H-h-hoekom s-s-sê jy s-s-so?" vra sy pa met 'n frons.

"Want Mussolini wil Italië in die buiteland opbou, 'n Italiaanse ryk bou, tot voorspoed van ons almal," sê Lorenzo en draai na die stoof. Hy tel die koffiekan op. "Kan ek vir Papa koffie skink?"

Giuseppe skud sy kop en wys na die kruik wyn op die tafel.

"Jy eet al weer goedkoop studentepraatjies vir soetkoek op," sê Antonio geïrriteerd en hou sy beker na Lorenzo uit. "Hier, jy kan vir my bietjie koffie skink."

"Jy sien nie die groter prentjie raak nie," stry Lorenzo terwyl hy skink. Dan draai hy na die tafel, haal die kurkprop van die kruik af en begin om 'n kelkie wyn vir sy pa te skink. "Hy het nie 'n keuse nie, hy móét ook oorlog . . ."

"Mussolini móét niks van die aard nie," sê Antonio beslis en gaan sit op 'n stoel aan die onderpunt van die tafel. "Wat hy moet doen, is om om te sien na die belange van die mense oor wie hy regeer. En dit is tot geen mens se voordeel om sy lewe te verloor op die slagveld nie."

Lorenzo gee die kleikelkie met wyn vir sy pa aan en draai dan terug na sy broer. "Jy verstaan nie, jy wíl nie verstaan nie, omdat jy jouself toeskulp in jou onbetrokke houding," sê hy aanvallend. "Mussolini probeer ons handelsvloot in die Middellandse See beveilig, dis wat hy móét doen, en dit is ook wat hy doen."

"Bedoel jy skepe is vir hom belangriker as mense?" vra Maria

Romanelli en vee haar hande aan haar voorskoot af. "Julle kan aansit, die kos is amper reg."

"Nee, Mama," antwoord Lorenzo en trek een van die hout- stoele uit om ook te gaan sit. "Maar die mense sal krepeer van die honger as die skepe nie meer vry kan beweeg nie. Weet Mama dat tagtig persent van Italië se voedsel en rou materiale ingevoer word deur die Suezkanaal en Gibraltar?"

"En dit beteken?" vra Maria en roer die fagioli vir die pasta 'n laaste keer met die lang houtlepel. "Marco, bring asseblief vir ons die brood en die bokkaas uit die kas."

"Dit beteken dat ons beheer moet hê oor die gebiede rondom Suez en Gibraltar, met ander woorde, oor die twee ingange na die Middellandse See," verduidelik Lorenzo.

"Ek glo Mussolini kan sy vloot beter beveilig deur nie 'n vy- and van Engeland te maak nie," sê Antonio.

Giuseppe knik instemmend en gaan sit swaar op die stoel aan die kop van die tafel.

"Ons, Italië, moet ook uitbrei, ons moet meer afsetgebiede kry, om ekonomiese redes," sê Lorenzo. "Daarmee gaan Enge- land ons beslis nie help nie, al is ons hoe dik bevriend met hul- le, daarvoor is hulle veels te behep met die opbou van hulle eie wêreldryk."

Marco sit die mes waarmee hy besig was om die tuisgebakte brood in dik snye te sny, driftig neer en draai na Lorenzo. "Mus- solini is kop in een mus met Duitsland," sê hy kwaad. "Kyk 'n bietjie mooi na daardie foto in die koerant wat gister hier aange- kom het: die twee samesweerders marsjeer soos twee houtpoppe langs mekaar in dieselfde verspotte paradepas, regterarm hoog gelig in dieselfde saluut – die Heil Hitler-saluut. Maar gaan kyk mooi, Hitler is 'n halwe tree voor, Mussolini soos 'n bok wat ter slagting gelei word, agterna!"

Lorenzo vlieg op en stamp sy stoel grimmig agteruit. Hy gaan staan reg voor Marco, kyk hom reguit in die oë. "Jy is net be- vooroordeeld omdat hy sy mes in het vir die Jode," sê hy vurig. "Mussolini is . . ."

"Los nou die politiek dat ons kan eet," sê Maria Romanelli streng en sit die bak pasta hard op die tafel neer. "Marco, Lorenzo, sit! Antonio, vra die seën."

Hulle eet, maar die aandgesels het, soos deesdae alte dikwels gebeur, koud geword, die kos op die tafel sonder smaak.

Na ete sê Lorenzo: "Ek wil na die draadloos gaan luister by die baron, na die nuus."

"Dis bitterkoud buite," waarsku Maria.

"Ek stap saam," sê Antonio. "Ons sal jasse en serpe vat, Mama." Dan draai hy na Marco. "Kom jy mee?"

"Nee," sê Marco afgetrokke. Hy trek ook sy jas aan en stap ook uit, maar draai dan in die teenoorgestelde rigting.

Toe hulle 'n ent weg is, sê Antonio: "Jy moet die Jode uitlos; jy maak net moeilikheid met Marco."

"Dis Marco wat die Jode moet uitlos!" sê Lorenzo. "Hy staar hom blind teen 'n mooi gesiggie en lyfie vas. Hy hou hom doof vir die waarheid."

"Marco is lief vir Rachel," sê Antonio. "Probeer verby die feit kyk dat sy 'n Jodin is, sien haar as mens in eie reg. Dan sal jy dalk . . ."

"Marco is besig om ons volk, ons kultuur te verloën!" tier Lorenzo voort. "Ons godsdiens! Tonio, sy is nie Katoliek nie, sy is nie eens 'n Christen nie! Ek sal dit nooit kan aanvaar nie."

"Marco is jou broer," sê Antonio.

Lorenzo is eers lank stil voordat hy sê: "Soms is bloed net nie dik genoeg nie, Tonio. Soms moet 'n man doen wat hy glo reg is om te doen."

Hulle loop in stilte verder. Hulle voetstappe klink hard op die keisteenpaadjie wat oplei na die groot kliphuis teen die hang.

Dan sê Lorenzo: "Die Engelsman sê mos: 'All is fair in love and war'."

"En jy stem saam? Dat 'n mens in die naam van oorlog of liefde selfs jou broer kan verloën?" vra Antonio verstom.

Hulle stap verby drie huise voordat Lorenzo antwoord: "Dis

Marco wat wegdraai van ons af, Antonio. Ons loop nog ons pad."

"Ek twyfel of ek en jy altyd op dieselfde pad loop," sê Antonio stil.

Maar Lorenzo lag en klop hom op die skouer. "Ons loop saam, broer, ons loop saam. Kyk, hier stap ons in die maanlig heuwelop na die baron se villa. En môre vat ons weer saam die pad terug Turyn toe, universiteit toe. Ons mag miskien verskil, ja, maar ons loop saam."

Die baron sukkel om sy draadloos ingestel te kry. Die sender krap en krap, soms fluit dit skril, maar die stasies bly soek. "Laat dit maar, die weer is te sleg," sê Donna Veneto en staan op. "Ek gaan kamer toe, ek is moeg."

"Ek dink die donna is reg," sê Don Veneto. "Ons kan maar vergeet om vanaand meer nuus te hoor."

"Wat het die eenuurnuus gesê?" vra Lorenzo. "Enige iets verder van die oorlog?"

"Nie veel nie," sê die baron en gaan staan met sy hande voor die vuur. "Net maar weer die rebelle in Albanië, wat in opstand is teen die Italiaanse gesag."

Hy neem nog 'n olyf uit die bak en gaan sit weer op sy stoel.

"Ek het nog nooit van so 'n plek gehoor nie," sê Gina.

"Gina, jy weet natuurlik van Albanië!" sê Lorenzo ongeduldig. "Onthou jy nie die Italiaanse nederlaag in Albanië in 1920 nie?"

Sy skud haar kop. "Nee. Ek was toe een jaar oud; ek onthou niks."

"Moenie dom wees nie!" raas hy. "Ons het daarvan geleer, in vorm II, by Vader Enrico self! Jy moet onthou, Gina."

"Ek onthou niks wat ek geleer het nie," sê sy. "Dit was nie interessant nie."

"Natuurlik is dit interessant; dis dinge wat om ons gebeur, elke dag. Weet jy, Gina, ek het 'n vergadering by die universiteit bygewoon waar hulle gesê het Mussolini wil 'n nuwe Romeinse Ryk skep wat strek vanaf Palestina in die ooste tot by Libië in die weste en Kenia in die suide. Hy wil Malta, Korsika en Tunisië anneksor, daarom glo ek hy sal tot die oorlog toetree, vroeër of later. Hy wil . . ."

"Is dit vir jou interessánt?" vra sy verstom.

"Ja, dit is. Dit is vir enige denkende mens interessant. Gina, jy kan nie deur die lewe gaan en nie weet wat rondom jou aangaan nie!"

"Ek kan doen wat ek wil," spring sy op haar perdjie. "En hou op om met my te baklei!" Toe begin sy lag. "Ek kry sommer weer vir Antonio om jou blouoog te slaan."

Lorenzo sug. Toe gee hy oor en begin effens glimlag. "Onthou net, as Tonio sy rug draai, bind ek jou dalk weer vas, sommer aan die tafelpoot, en sit die draadloos reg langs jou aan dat jy die hele dag moet nuus luister. Of wat sê jy, broer?"

"Don Veneto, dink u nie ook hierdie twee kinders is lekker laf nie?" lag Antonio. "Gina, skink eerder vir ons elkeen nog 'n beker warm koffie."

"Kinders!" roep Gina uit. "Jy is net 'n jaar ouer as ons, ou oupatjie!"

Toe die gesels tot dorpstories reduseer en Gina begin vertel van die oulike kindertjies in haar klassie, staan Lorenzo op. "Dan stap ek maar weer," sê hy. "Dankie dat ons kon oorkom, Baron. Jammer die draadloos wou nie vanaand saampraat nie." Hy draai na Antonio. "Kom jy?"

"Nee, stap maar. Ek kom later."

Die wind kom koud deur die voordeur voordat Lorenzo dit agter hom toemaak.

"Hy maak my bang, met al sy praatjies oor die oorlog," sê Gina.

"Ag, hy is maar net vol stories," maak Antonio dit af.

"Ja wat, moenie jou mooi koppie daaroor breek nie," sê haar pa gerusstellend. Hy staan swaar op uit sy diep leunstoel. "Dan gaan ek ook maar inkruip," sê hy.

"Dink jy hy gaan aansluit?" vra Gina toe haar pa uit is. "Ek bedoel Lorenzo, by die soldate, as ons gaan oorlog maak?"

"Hy sal eers klaar moet studeer; my pa laat nie sy geld mors nie," antwoord Antonio en staan op. "Ek sit nog 'n stomp in die vuur, dan kom sit jy hier op die bank by my en ons los die oor-logpraatjies vir ander mense. Ek kan aan baie beter dinge dink om te doen, en jy?"

Sy lag tevrede. "Watter 'beter dinge', meneer Romanelli?" vra sy en krul op die bank teen hom op.

Kersfees is elke jaar dieselfde. Die wêreld lê spierwit onder 'n dik sneeukombers. Die strate is verlate, die wind loei ysig koud bo van die pieke af, tregter in die klowe af ondertoe, draaikolk op die plato's en in die valleie.

In die suide, waar die son selfs wintertyd gesellig neerbak op die wit huisies en die see bedags ysblou skitter, gaan die mense na die middernagmis. En op Kersdag is die dorpies se Kersete op die dorpsplein of soms in die binnehof van die kerk. Maar dit alles lê anderkant die bergheuwels, suid, die mense hoor daar-van oor die draadloos, of dalk van 'n familielid wat daarheen verhuis het en soms nog skryf, met Kersfeestyd.

Hier in die verre noorde, hoog op teen die hange van die Alpe, is die Kersfeesmis om twaalfuur die oggend, die dorpsete is in die baron se villa, die mense is vroeg al terug in hulle eie huise. Want voor vieruur bekruip die nag en die nagmis die dor-pie, die lug pak vol donker wolke en alles buite word eers grou, dan swart.

Maar binne is die huise warm, die vensters en deure dig ge-sluit. Die vure in die swart stowe knetter, die potte prut stomend, die swaar rooiwyn dryf die koue lyfuit, buitentoe.

"Ek wil vir Rachel oornooi, vir Kersfees," sê Marco 'n week voor die tyd reeds.

"Rachel? Vir Kersfees?" vra Maria. Sy kom regop en vryf die deeg van haar hande af. "Die Jode glo mos nie aan Kersfees nie?"

"Maar ons vier Kersfees, en ek wil hê sy moet dit saam met ons vier," sê Marco.

Maria byt haar onderlip vas. "Ek weet nie, Marco. Dink jy dit is 'n goeie ding? Sal dit werk?" twyfel sy.

"Gina kom, en hulle is goeie maats. En sy ken ons mos almal; sy sal nie ontuis voel nie," sê Marco.

"D-d-dis goed. Sy moet k-k-kom," besluit Giuseppe.

"Goed dan," knik Maria. Sy buk weer oor die deeg en begin werktuiglik knie. "Sy en Gina sal hier moet slaap, want as daar dalk 'n sneeuval of 'n storm is, sal julle hulle nie kan terugneem huis toe nie," sê sy tussen die kniehale deur.

"Kan ek vir Mama help knie?" vra Marco.

"Nee, laat maar, ek is byna klaar. Jy kan wel vir my die brood-panne smeer; die olyfolie is in die kas," sê sy.

Maar toe Lorenzo hoor dat Rachel Rozenfeld genooi is vir Kersfees, is dit soos olie in die vuur. "Sy's Joods!" ontplof hy. "Hoe kan julle 'n heidin in ons familiekring toelaat oor so 'n heilige tyd? Dis kettery!"

Toe neem Antonio hom stewig aan die arm.

Die mense het gesien hoe die twee broers tot anderkant die Ponte Bartolini stap en op langs die kasteel verby. "Daar's moei-likheid," wys ta' Sofia vir haar buurvrou wat besig is om was-goed vanuit die yl sonnetjie in te bring. "Kyk hoe loop beduie Lorenzo, kyk hoe loop swaai hy sy arms."

"Antonio sal sôre," sê die buurvrou en knyp die bondel bed-degoed onder haar dik arm vas. "Antonio sôre altyd."

En toe hulle later met die keisteenpaadjie af en oor die dorps-plein terugloop na die huis van Giuseppe Romanelli, loop hulle rustig langs mekaar, skouer aan skouer.

"Antonio is al een wat Lorenzo onder die toom kan hou," sê ta' Sofia die aand vir ou Luigi. "Ek verwonder my waffer moei-likheid daar in die Romanelli-huis kook."

"Los nou maar eers, hartlam," paai ou Luigi.

"Is daardie Rachel, hoor wa' ek sê. Jy kan ma' stry, Luigi An-driotti, is die storie met die Rozenfelds," stry ta' Sofia veglustig.

"Ek stry mos nie, hartlam." Toe loop gooi hy maar vir hom nog 'n kelkie wyn.

Kort na die Kerstyd begin nuwe stories oopvou, fluisterstories, wat Marco Romanelli se lyf vol begin spook, wat sy kop oorneem sodat hy ingedagte bladsy na bladsy uit *Cuore* vir die kinders voorlees en ou Luigi en ta' Sofia se skande-kleinkind vas aan die slaap laat val. Net daar, op die harde skoolbank in die klas, helder oordag.

Toe kom kuier die dokter se seun Pietro vir die naweek. Nie vooraf laat weet soos wat hy altyd doen nie – net sommer die Vrydagmiddag met sy Fiat 500 soos 'n muis teen die steil bergpad opgekruip gekom. Die seuns wat sokker gespeel het, het hom eerste gewaar, en teruggehardloop dorp toe om die nuus oor te dra.

Die mense van die dorp wonder oor die skielike besoek. Nie ontydig nie – nooit nie – net onverwags. Want hy was Kerstyd tuis, en nou is dit vlak in die nuwe jaar in – vreemd. Het glo 'n storie op Turyn kom doen, vertel ta' Sofia teen skemeraand, en ry toe sommer oor dorp toe om vir sy pa te kom dagsê.

Ja, ja, sê die mense, maar hulle glo dit nie.

Die mense van die dorp is nie dom nie.

En toe die dokter en sy seun Saterdagmiddag bergop stap en eers melktyd weer teen die steil hange af kom, weet hulle: Pietro het kom praat.

Die dokter het nie Sondag gepraat nie. Ook nie Maandag of Dinsdag nie, net maar gesê Pietro het 'n storie op Turyn kom doen.

Maar Woensdagmiddag het die mense gesien hoe wag die dokter vir Marco by die kliptrappe wat na die skool toe lei. Donderdag het die twee weer bergop gestap, tot anderkant die Ponte Bartolini, én Vrydag.

Toe hoef die dokter nie meer te vertel nie – die mense het geweet.

"Vertel vir my die storie van die kasteel? Toe, asseblief?"

Marco kyk af in haar donker oë. Vandag móét hy praat, hy weet hy moet. Die stories van kastele en prinsesse is net sprokies, hulle moet vandag die realiteit vierkant in die oë kyk.

Hy weet net nie hoe om dit te doen nie.

Hy trek haar nader aan hom; die luggie begin koud opsteek. "Dis nie 'n mooi storie nie, ek het mos al gesê," sê hy afgetrokke.

"Vertel," dring sy aan en skuif in die waai van sy arm in.

Hy haal sy skouers op, maar begin dan tog vertel.

"Lank gelede, in die tyd toe Napoleon III die keiser van Frankryk was, het daar 'n pragtige prinses in Turyn gewoon. Haar naam was Clotilde; sy was die dogter van koning Victor Emmanuel wat toe die koning van Piedmont was. Dit was in die dae toe Italië nog 'n laslappieland was, voor Cavour en Garibaldi[10] ons tot een volk verenig het."

Sy begin lag. "Marco! Jy vertel 'n stórie, moenie skoolmeneer wees en die geskiedenis bysleep nie."

"Dis 'n ware storie, wat beteken dit is politiek en geskiedenis," verdedig hy.

"Wel, moet dan nie by ál die feite bly nie. Maak dit 'n mooi storie."

Hy kyk haar gemaak streng aan. "Rachel Rozenfeld, wil jy die ware storie hoor, of sommer net 'n sprokie? En ek het al gesê, dis nie 'n mooi storie nie."

Sy tuit haar lippe en dink hard. "Ek wil die storie hoor van die prinses in daardie kasteel," antwoord sy en wys na bo.

"Goed dan, dis wat jy sal hoor," sê hy. "Hierdie keiser Napoleon III . . . Rachel, ek kan nie die storie sonder hom vertel nie, hy is een van die hoofkarakters."

"Goed," gee sy toe, "bring hom dan maar in."

"Dankie. Napoleon III het 'n neef gehad, 'n regte swierige losbol, 'n pierewaaier par excellence."

Rachel lag saggies. "Jy sê hom, nè?" terg sy.

"Wag maar, jy sal hom nog erger sê as jy eers die storie gehoor het!"

---

[10] Graaf Cavour en Garibaldi, die persone wat die vereniging van Italië gelei het, 1852–1860

"Ek luister." Sy skuif dieper teen sy lyf vas.

"Hierdie nikswerd neef van Napoleon het ons klein prinses van Piedmont net eenmaal gesien, toe besluit hy hy moet haar kry. Dit was in die tyd toe Cavour probeer het om die hele Italië tot een volk te verenig. Napoleon III belowe toe om vir Cavour te help om Italië vry te maak, van die Alpe af tot by die Adriatiese See, maar daar was een voorwaarde."

"Hm?"

"Rachel, dis nie maklik om 'n storie vir jou te vertel as jy so naby my sit nie!"

Sy lag saggies. "Jou probleem," terg sy gemaak onsimpatiek. "Die voorwaarde?"

"Prinses Clotilde moes met sy neef, die swierbol, trou."

"En het sy?"

"Sy het nie 'n keuse gehad nie. Hy het haar as jong bruid na hierdie kasteel gebring. Na 'n paar maande het hy weggegaan, en selde teruggekom. Die kasteel se swaar deure het gesluit gebly, dit was sy opdrag. Net die diensmeisies het kom kos koop en vertel dat die prinses elke dag maar wag vir iets om te gebeur. Dekades lank."

Dis lank stil. Toe vra Rachel: "En het die Napoleon-ou toe vir die ander ou gehelp om Italië te verenig?"

"Nee," antwoord Marco, "hy het halfpad kop uitgetrek. Dit was uiteindelik Bismarck[11] van Duitsland wat Cavour gehelp het om die finale knoop deur te haak en Venesië ook by die verenigde Italië in te lyf."

"Al weer Duitsland, nè?"

"Ja, altyd maar Duitsland." Dan trek hy sy asem diep in. "Rachel, ons moet praat. Die dokter se seun Pietro het gesê . . ."

Hy voel hoe sy verstyf. "Ek weet. Ek . . . ons het gesien hy was hier. Ons moet weg, nè, Marco? Ons moet weer weg."

Marco knik stadig. "Dit sal beter wees, net vir 'n rukkie. Mis-

---

[11] Otto von Bismarck, die persoon wat die Duitse state verenig het in 1862–1871

kien Switserland, dis tog naby. Ek sal julle help, Rachel, ek sal . . ."

Sy trek verder weg van hom af. "Ons het al baie keer gegaan; ons sal alleen regkom."

"Dit sal ek nooit toelaat nie." Hy trek haar weer teen hom vas. "Rachel, ek is so jammer."

Sy skud haar kop stadig. "Ek het gedink, hier hoog in die berge . . . en die mense is gaaf vir ons . . ."

"Die mense van ons dorp sal steeds net so gaaf bly," sê hy. "Almal wil help. Ons is bekommerd oor julle, oor al die stories wat loop, daarom moes ek vandag praat."

Toe sy niks sê nie, praat hy weer: "Hierdie oorlog en Hitler gaan ook nie vir ewig aanhou nie, Rachel. En dan kom julle terug na ons dorp, en jy word my vrou, en ons bou vir ons 'n lewe hier saam."

Sy kyk na hom met 'n hartseer gesiggie. "En wie gaan ons trou? Die priester, of die rabbi?"

Hy stoot haar donker krulle uit haar gesiggie. "Wie ook al ons só kan trou dat ons storie 'n gelukkige einde het."

Sy glimlag skeef. "Ek wou vandag net stories hoor, om weg te kom van die . . . van alles af. En toe is die storie van die prinses in die mooi kasteel ook 'n hartseer storie."

"Ja, dit is een van ons dorp se hartseerste stories," sê hy. Hy bly 'n oomblik stil, dan sê hy sag: "Hy was sewe-en-dertig jaar oud, sy was net veertien."

Die mense van die dorp het saamgestem: al was die dorp ook hoe veilig, en al was die mense ook hoe lief vir mister en missus Rozenfeld en hulle twee dogters, sal dit beter wees as hulle weggaan uit Italië. Want Mussolini marsjeer pas vir stokstywe pas in Hitler se voetspoor. En die stories oor die vervolging van die Jode in Duitsland en Oostenryk word erger, daagliks.

Marco Romanelli gaan weg saam met hulle, net om te kyk dat hulle êrens in Switserland of in Frankryk 'n blyplek vind. Maar hy sal weer terugkom na die dorp en na die kinders in sy klas.

Maar toe die spoorwegbus 'n week later om Giuseppe se draai sukkel en bultop beur tot by die dorpsplein, is hulle almal terug, sak en pak.

"Frankryk is nie 'n opsie nie, die Jode vlug strepe uit Frankryk. En Switserland het sy grense gesluit," sê Marco en vee moeg oor sy swart hare. "'n Vloedgolf vlugtelinge het hulle oorstroom, vanuit Frankryk en Italië, Duitsland en Oostenryk en lande so ver as Pole en Rusland. Net die rykstes kan nog hulle pad inkoop."

Niemand op die dorp is ryk genoeg nie.

Die kommer het dieper lyne in mister Rozenfeld se rooi gesig ingesny, tannie Rozenfeld staan verwese kop te skud, Rachel is selfs bleker as vroeër.

Gina sit haar arm om Rachel se skraal skouertjies. "Hierdie oorlog is 'n vreeslike ding," sê sy. "Ek is jammer julle kon nie 'n land vind om in te woon nie, maar ek is bly julle is terug. Julle sal veilig wees hier by ons, ek belowe."

Die volgende oggend sluit Rachel maar weer die winkeltjie oop, asof hulle nooit weg was nie. Die tantes gaan koop hulle meel en koffie en stopgare, want die voorrade tuis het laag geraak.

En die lewe stap rustig voort op sy eeue oue klippaadjie.

Maar vroeg in Maart sê die dokter vir Marco: "Die Rozenfelds moet steeds probeer wegkom; dit word al gevaarliker."

"Ek weet." Marco sug diep en stoot die vingers van albei hande deur sy dik hare. "Ek weet net nie waarheen ons moet gaan nie. Selfs Spanje se grense is nou toe."

Toe kyk die dokter ernstig na hom. "Jy moenie saamgaan nie, Marco. As jy met hulle geassosieer word, is dit lewensgevaarlik vir jou."

Marco Romanelli kyk net so ernstig terug. "Ek weet, Dokter, ek weet. Maar ek weet ook dat ek nie anders kan nie."

Hoofstuk 5

Die huis in Sunnyside is nie groot nie – rooi voorstoepie, donker voorkamer, krakerige gang, kombuis met sy tafel in die middel, twee slaapkamers, badkamer op die agterstoep. Agter die huis, in die lang agterjaart, staan twee geboutjies: die kleinhuisie en die buitekamer.

Dit is in hierdie buitekamer waar De Wet en Boelie nou ook besig is om nes te skop.

"Ons is nou wel nie in 'n universiteitskoshuis nie, maar ons is darem hier," sê Christine en hang nog 'n splinternuwe rok aan 'n skouertjie. "Ek dink net De Wet is nie baie beïndruk met die feit dat hy ook uit die koshuis moes gaan nie."

Klara maak haar leë koffer toe en stoot dit onder die bed in. "Ek glo nie hulle gee soveel om nie," sê sy. "Hulle het altyd gekla oor die koshuise se kos. En as dit nie vir jou ta' Maggie se aanbod was dat ons almal hier kan kom loseer nie, sou my pa my nooit universiteit toe kon stuur nie."

"My ma sou my nóóit laat kom het as julle nie almal by was nie," sê Christine. "En dis goed vir ta' Maggie ook dat ons hier kom bly; sy is maar eensaam. Maar sy is 'n kwaai ou tannie, hoor! Jy het mos gehoor hoeveel reëls sy vir ons voorgelees het."

Klara gaan sit op haar bed en kyk na haar vriendin. "Christine, hoeveel nuwe rokke het jy?"

Christine haal haar skouers op. "Jy ken my ma," sê sy. "Ek

gaan nie alles uitpak nie, hier's nie plek in die kas nie. En een van die reëls was dat ons nie op die beddens mag sit nie."

Klara vlieg op. "O, aarde, ek het vergeet."

"En die koffers moet bo-op die kas kom, nie onder die bed nie, onthou?"

Klara sleep weer haar koffer uit. "Ek gaan nog in groot moeilikheid kom by jou tante," sug sy. "Jy sal maar moet help kyk."

"Gaan 'n man nooit koffie kry in hierdie huis nie?" vra Boelie buite hulle deur.

"Onthou, jy mag nie inkom nie," herinner Klara hom. "Ons is nou klaar, dan kom ons kombuis toe."

Die kombuis voel vreemd – nie soos die plaaskombuis waar die koffieketel daglank warm op die kant van die Welcome Dover wag nie. Hier tap 'n mens water in die ketel, skakel die koue, wit elektriese stoof aan, kook die water en maak koffie – net genoeg, sê ta' Maggie, anders mors dit.

"Gaan jy een of twee koppies koffie drink?" vra Klara toe sy die ketel vol water tap.

"Beslis twee," antwoord Boelie. "En De Wet kom ook. Maak die koffieketel vol. En kry die beskuitblik."

Klara sit die ketel sag neer en draai rustig om. "Een ding, broer, moet jy mooi verstaan," sê sy beslis, "ek en Christine is nié hier om julle te bedien nie."

Boelie lag. "Ja, ja, dit sal ons maar moet sien," sê hy gemoedelik. "Wie moet nou-nou saam met jou trem ry om vir jou die roete universiteit toe te wys? En wie moes vroeër die sware koffers kamer toe dra?"

"O, ja," onthou Klara, "jy moet asseblief my koffer bo-op die kas sit, dis te hoog vir my."

"Ek mag nie in julle kamer kom nie," herinner Boelie haar.

"Man, ek sal kywie hou, en koffie maak," gee Klara toe.

"Vir . . . hm . . . minstens twee weke lank?" pes Boelie.

Maar in die volgende twee weke is daar min tyd vir koffie drink; daar is min tyd vir enige iets, selfs vir slaap. Die eerstejaars sukkel om die klasse te vind, hulle hardloop om betyds op

99

die sportveld te wees, hulle raak deurmekaar met die ingewikkelde rooster, hulle moet dit en mag nie dat sodat Klara later voel asof sy op 'n vreemde planeet geland het.

By die Normaalkollege waar Christine leer vir laerskooljuffrou, gaan dit dieselfde. "Ons mag nie van die grond af opkyk as ons loop nie, ons mag nie oor die vierkant loop of iets by die snoepwinkel koop nie," vertel sy die eerste aand grootoog. "En ek moet van môre af 'n plakkaat om my nek dra met my naam op en ook allerhande ander goed, soos hoeveel ek weeg en wat my troetelklip se naam is."

"Is hierdie jou troetelklip?" vra De Wet en tel die skoongewaste klip van die tafel af op.

"Ja," sê Christine, "maar ek moet nog vir hom 'n gesiggie verf."

"Hy is vreeslik groot om heeldag rond te dra," sê De Wet. "Moet ons nie vir jou 'n kleiner een in die tuin gaan soek nie?"

Christine kyk op na hom met haar blou-blou oë. "Ek het nooit daaraan gedink nie," sê sy verbaas. "Jy is regtig slim, De Wet."

Ook Klara het in die weke wat kom, baie stories. "Ons ontgroening is erg, maar Annabel sê in die koshuis gaan dit baie erger. Sy sê hulle kry níks geslaap nie; sy is sommer lus en trek uit die koshuis uit."

"Wel, hier is nie nog 'n kamer nie," keer Christine vinnig.

"Ons kan altyd 'n ekstra bed in ons kamer indra," sê De Wet.

"Jy moet net nie sulke grappies voor ta' Maggie maak nie; sy skop jou uit," waarsku Klara.

"Wie sê dit was 'n grappie?" vra De Wet onskuldig.

"Vir my is die Engelse handboeke die ergste," ignoreer Klara hom. "Ek verstaan níks van my Sielkunde-handboek nie."

"Og, daaraan sal jy gou gewoond raak," sê Boelie met die wysheid van 'n vierdejaar.

"En die biblioteek – dis totaal verstommend. Daar is soveel boeke!"

"Dit is die basiese doel van 'n biblioteek," sê De Wet droog.
Toe bly Klara stil.

Die aand in die bed sê sy vir Christine: "Dis regtig nie altyd lekker om broers te hê nie. Hulle dink permanent hulle weet beter."

"Jou broers is baie, baie slim," sê Christine. "Veral De Wet."

"Ons het môreaand 'n OB-vergadering, kom jy saam?" vra Boelie een Donderdagaand vir De Wet.

"Wat is OB?" vra Christine.

"Die Ossewa-Brandwag. Dis 'n kultuurorganisasie, amper soos die Voortrekkers, maar vir grootmense, dink ek," antwoord Klara.

"Nee, dis beslis nie amper soos die Voortrekkers nie," sê Boelie geïrriteerd.

"Miskien moet julle twee ook saamkom, dan weet julle darem wat met die Afrikaner in die land aangaan," stel De Wet voor.

Christine kyk na hom met groot oë. Sy is 'n oomblik stil, dan sê sy onseker: "Ek dink nie ek moet gaan nie, De Wet."

Hy voel 'n weekheid in hom opstoot. Skielik. Ongevraagd.

Ook Boelie en Klara is stil. Hulle het nog nooit reguit daaroor gepraat nie – die feit dat oom Freddie verlede jaar besluit het om by Smuts te staan toe dit duidelik word dat hy die oorhand oor Hertzog het.

"Ek kan dit nie verstaan nie," het hulle pa verlede September gesê, "ou Fred was altyd 'n Hertzog-man, al die jare nog. Wat sou nou skielik in hom gevaar het?"

"Seker maar vrees om sy setel te verloor?" het haar ma voorgestel. "Jy weet mos hoe Anne tekere gegaan het."

"Maar 'n man het tog sy beginsels," het hulle pa net kop geskud. Toe sit hy sy hoed op sy kop en stap maar uit kraal toe.

"Dus ondersteun oom Freddie nou Smuts se oorlogspoging?" het Boelie toe verstom gevra.

Maar hulle het nie weer daaroor gepraat nie, want die reëling dat hulle by ta' Maggie sal kom bly, was toe al gefinaliseer. En dit was 'n uitkoms, vir almal. "Maar ek sit nooit weer 'n voet in sy huis nie," het Boelie daardie tyd vir hom, De Wet, gesê.

"Ek sal nogal graag saamgaan," verbreek Klara nou die stilte.

Ja, dink De Wet, Klara sal dit geniet. Hy het al met die eeufees gesien hoe dieselfde warm gevoel van patriotisme ook in haar brand.

"Ek dink Henk sal ook gaan," sê Boelie, "dan kan hy ons sommer oplaai."

"Wie is Henk?" vra Christine.

"Boelie se kamermaat van verlede jaar," antwoord Klara. "Hy swot ook ingenieurswese, nè, Boelie?"

"Braam sal ook gaan," besluit De Wet. "Dalk ook . . ."

"Hulle moet maar self daar kom," sê Boelie. "Henk het 'n Tin Lizzie; hy sal net ons drie kan kom oplaai."

" 'n Watse kar?" vra Klara.

"Model-T Ford," antwoord De Wet, "1928-model."

"Dan kan ek buitendien nie saamgaan nie," sê Christine verlig, "want die kar is te klein."

Dis op die punt van De Wet se tong om te sê dat sy so 'n kleine mensie is, hulle sou kon plek maak vir haar. Maar hy byt sy woorde terug – dit is goed dat sy 'n agterdeur gevind het om te ontsnap.

Die stadsaal is stampvol mense. Dis die gewone toneel: vlae en vaandels op die verhoog, slagspreuke teen die mure, stoele in die voorste ry, staanplek agter. Mense groet en waai opgewonde, 'n atmosfeer van afwagting hang swaar oor die hele vertrek.

"Tussen hierdie massas vind ek nooit vir Braam nie," sê De Wet. Maar dit lyk nie asof Klara hom hoor nie; sy luister aandagtig na iets wat Henk vertel.

Hm, dink De Wet en rek sy nek om tussen die mense deur te soek.

Toe die hoëkoppe eindelik waardig en vernaam hulle plekke op die verhoog inneem, raak die gehoor kalm. Hulle wag.

Die vergadering word geopen met Skriflesing en gebed, die

ordereëlings word korrek gevolg, die gehoor sing "Kent gij dat volk . . ." en "Heft, Burgers, 't lied der vrijheid aan . . ." en die nuwe "Stem van Suid-Afrika".

Altyd dieselfde storie, dink De Wet. My volk hou van die vertoon. En hulle kan nogal langdradig wees.

Eindelik kom die hoofspreker aan die woord. "Rondom die tien ossewaens was daar 'n gemeenskaplike band wat ons tot 'n eenheid gebind het," sê hy. "Maar noudat al die feesvierings verby is? Moet al die liefde en volkstrots weer verdring word deur onderlinge naywer en haat en politieke twis?"

Die man praat sin, dink De Wet. As hy net minder teatraal was, sou hy selfs 'n goeie spreker kon gewees het.

"Die OB se leuse is: 'My God, my Volk, my Land, Suid-Afrika', en ons wagwoord is: 'Plig en diens ter ere van God en die Vaderland'."

Die spreker bly dramaties stil. Die gehoor sit vasgevang in die oomblik.

Dan stoot die spreker sy arms skuins na bo en roep uit: "Een vir almal en almal vir elkeen!"

Die massa mense se arms vlieg in die lug op. "Een vir almal en almal vir elkeen!" weerklink deur die saal.

Boelie is betower deur die oomblik, sien De Wet uit die hoek van sy oog. En langs Boelie sit Klara en Henk ook betower. Waarskynlik nie deur die oomblik nie.

Dis my sussie daardie; Henk sal in sy spoor moet trap, dink De Wet.

"Die OB is gebaseer op die Nasionaal-Sosialistiese filosofie," gaan die spreker begeester voort. Sy gesig is rooi gepraat, hy vee telkens sweet van sy voorkop af. "Ons het tans bykans 300 000 lede."

Dan bly hy 'n oomblik stil en drink 'n sluk water uit die glas voor hom. Dit lyk asof Boelie elke woord indrink.

Die gehoor sit in afwagting.

Nou is die regte tyd vir 'n dramatiese aankondiging, dink De Wet geamuseerd, die kruks van sy toespraak.

"Juis daarom, dames en here, kan ons nooit, en ek sê nóóit, die Kakieregering se oorlogspoging steun nie."

Die gehoor juig oorverdowend.

Aardskuddende aankondiging, dink De Wet, niks wat almal hier nie buitendien geweet het nie. Hy wens Braam was hier; Braam sou sy gevoel gedeel het.

En onverwags dink hy aan Christine.

Sy sit alleen by die huis. Hy wonder wat doen sy.

Miskien sou dit goed gewees het as sy saamgekom het; miskien het sy meer blootstelling nodig.

"Die Afrikaner het 'n diep bewondering vir Duitsland," hoor hy die spreker vaag in die agtergrond.

Sy is bang vir dinge, bang dat sy iets sal doen wat haar pa in die verleentheid sal stel, besef hy skielik.

". . . en net veragting vir hierdie Brits-Joodse regering van ons land wat ons nou in 'n oorlog gedompel het, aan die kant van ons volk se grootste vyande!"

Die gehoor bars uit hulle velle van verontwaardiging. Boelie saam met hulle.

Christine se pa is deel van hierdie Kakieregering.

"Ons sogenaamde weermag, daardie mag wat die Deutsche Reich nou op militêre gebied wil aanvat, dames en here, is pateties." Die spreker spoeg statistiek uit. Dit bly vir De Wet syfers wat in die vol saal planloos van muur tot muur rondbons.

En sy is altyd bang haar ma sal raas en baklei.

"Kan jy dit glo?" pomp Boelie hom in die ribbes.

"Nee, ja," sê De Wet.

So: is dit werklik nodig dat sy alles weet? vra De Wet homself af. Sy is 'n sagte ou meisietjie; 'n vergadering soos hierdie sal haar vreeslik ontstel.

"Maar nou, dames en here," bulder die spreker voort, "nou begin baie jongmanne, Afrikáánse jongmanne, hoofsaaklik uit die deel van die volk wat onder armoede gebuk gaan, aansluit by die weermag om finansiële redes. Ons Afrikanerseuns word gekoop deur ons grootste vyande: deur Engeland en die magtige Jode met die geld. Óns Afrikanerseuns se bloed gaan vergiet word om die Britse Empire te help bou!"

Die gehoor se verontwaardiging ken geen perke nie.

Goed, dis waar, dink De Wet, dis ongelukkig waar.

"En juis daarom moet die OB opgelei word vir sabotasiedade en vir moontlike oorlogvoering," sê die spreker. "Alle kommunikasiestelsels moet gesaboteer word, veral dit wat nodig is om ons manne na die Noorde te neem. Telefoonsentrales, spoorlyne, troepetreine, hawens – alles."

Hy hoop sy is nog wakker as hulle by die huis kom.

Op pad huis toe sê De Wet: "Die sprekers sal hulle woorde moet tel; hulle beweeg op gevaarlike terrein."

"Hoekom sê jy so?" vra Boelie dadelik.

"Die OB is veronderstel om 'n kultuurorganisasie te wees. Die goed wat hulle genoem het, soos sabotasie en moontlike oorlogvoering, pas nie by 'n kultuurorganisasie nie."

"Dan sal die OB net meer militêr moet word," sê Boelie beslis, "anders gaan hulle nie 'n verskil maak nie. Minstens die helfte van die polisiemag sal met ons saamgaan, en met die grootste deel van ons weermag in die Noorde, sal die oorname maklik wees."

"Van watter oorname praat jy?" vra De Wet dadelik.

Boelie antwoord nie.

"Boelie, ek vra?" dring De Wet aan.

Stilte.

"Telefoonsentrales of hawens is een ding, maar troepetreine opblaas? Met mense in?" vra De Wet. Skielik is dit vir hom uiters belangrik om antwoorde by Boelie te kry.

Stilte.

"Ek wonder hoe vorder die monument," hoor De Wet hoe Klara die gesprek in 'n ander rigting probeer stuur. "Die koerantfoto's is regtig swak. Dit wys niks van die bouwerk self nie, net stellasies."

"Ons moet miskien een of ander tyd self gaan kyk," sê Henk.

Die ongemaklike stilte bly hang.

"Die hele monument word van klip gebou, graniet," sê Henk.

"Ja, ek lees gister in die koerant die granietblokke wat hulle gebruik, kom uit granietgroewe naby die Mopani," sê Klara. "Ek is bly hulle bou die Bosveld vas in die monument."

Hy sal maar vanaand in die kamer met Boelie praat, besluit De Wet.

"Mopani?" vra Henk. "Ek het nog nooit van so 'n plek gehoor nie."

"Henk is van die Kaap," verduidelik De Wet. "Jy hoor mos sy uitspraak."

"Dis 'n spoorwegstasie, naby Messina," verduidelik Klara. "Weet jy darem waar Messina is?"

"Is dit in die Unie?" De Wet kan die tergklank in Henk se stem hoor.

Maar Klara het dit ook gehoor. "In die Unie, net suid van Kaïro, meneer die Kapenaar," sê sy beslis.

Hm, sê hom, Sus, dink De Wet tevrede.

By die huis wag Christine vir hulle met 'n pot tee. "Het julle darem die aand geniet?" vra sy.

"Dit was 'n baie goeie aand; jy moes eintlik ook saamgekom het," antwoord Henk.

"Insiggewend," sê De Wet. "Wat het jy gedoen?"

"Koekies gebak," glimlag sy wyd, "vir wanneer julle terugkom." Sy buk en maak die oonddeur oop. "Ruik!"

Toe Henk later ry, stap Boelie en De Wet saam met hom motor toe.

"Julle het 'n baie mooi suster," sê Henk by die hek.

"Ja," sê Boelie, "en sy maak goeie koffie."

Die volgende Vrydag loop Klara haar vas teen Henk. Letterlik, want sy mag mos nie opkyk as sy loop nie, moet mos soos 'n mol koponderstebo en nikssiende haar pad in die vreemde ooptonnel. En toe loop sy net so kerplaks! teen hom vas. Al haar boeke val op die grond, haar aantekeninge wat sy so sorgvuldig gerangskik het, lê verstrooi oor die gras.

"Mooi eerstejaardames behoort te kyk waar hulle loop," hoor sy sy geamuseerde stem.

Hulle buk gelyk om die boeke op te tel – met verdere katastrofiese gevolge. "Eina!" sê sy kwaai en vryf haar kop.

"Mooi eerstejaardames behoort ook te kyk waar hulle buk." Sy hele stem is vol lag, maar hy vryf darem ook sy kop.

Toe vererg sy haar bloedig. "Ek mág nie kyk waar ek loop nie, Henk, en jy weet dit net so goed soos ek! Dis julle simpel seniors se verspotte reëls, en ek is nou moeg en siek en sat daarvoor! En die minste wat jý kon gedoen het, is om te kyk waar ék loop en pad te gee voor my! En my om verskoning te vra as jy my kop stamp. Of het julle Kapenaars nie maniere nie?" Haar kop pyn erg. Hy het 'n baie harde kop.

Nou lag hy kliphard. "Ek is regtig jammer ek het jou kop gestamp, Klara," sê hy tussen die lag deur. "Dit was nie aspris nie. Maar ek het wel aspris in die paadjie bly staan toe ek jou sien aankom; ek pleit skuldig."

"O," sê sy. "Dit was 'n stupid ding om te doen."

"Dis 'n kwessie van opinie," sê hy. "Vir my was dit 'n heel aangename ervaring. Behalwe nou die kop-stamp-deel – jou kop is nogal baie hard, hoor. En staan nou stil, ek gaan weer probeer om jou boeke op te tel."

"Dankie," sê sy. Sy voel skielik onseker en weet nie wat om verder te sê nie.

"Sê jou wat," stel hy voor, "kom ek gaan koop vir jou 'n koppie koffie om behoorlik om verskoning te vra."

"Ek is op pad klas toe," keer sy vinnig, "en ek mag nie eens met jou praat nie. Jy is 'n senior."

"Beskou dit dan maar as 'n opdrag van 'n senior," sê hy gemaklik. "Ek kom laai jou môreoggend op, by jou huis waar niemand kan sien jy hou jou op met 'n senior nie, en dan drink ons koffie êrens in Sunnyside."

Sy weet nie presies hoe om die situasie te hanteer nie. Hy maak haar bietjie senuweeagtig met sy vriendelike oë wat so vir haar kyk.

107

"Jy moet nou sê: 'Goed, dankie, Henk'," stel hy voor.

Sy hoor die lag in sy stem. Hy kan tog nie weet wat sy gedink het nie? "Goed, dankie," hoor sy haarself sê.

Toe vlug sy.

Sy sê nie vir De Wet en Boelie waarheen sy gaan nie, net vir Christine. En vir Annabel, wat die hele Saterdag kom kuier het. "Ek is regtig nie lus vir hulle vrae nie. Dis buitendien net 'n koffiedrinkery. Dis nie 'n groot ding nie."

Maar sy doen moeite met haar voorkoms. Sy was vroeg reeds haar hare en sit 'n bietjie asyn in die water om die goudbruin kleur mooi uit te bring. "Wat sal ek aantrek?" vra sy toe die ander twee langbeen in die son by haar kom sit terwyl haar hare droog word.

"Dit hang af hoe hy lyk," sê Annabel.

"Hy is . . . nogal fris gebou, nie so lank soos De Wet nie, en hy het bruin hare wat baie kort gesny is, soos Boelie s'n." Klara dink voordat sy verder praat. "Hy het bruin oë, en hy dra 'n bril. En sy oë lyk asof hulle lag, die hele tyd."

"Hm," sê Annabel, "jy is verlief. Dan moet jy jou rooi rok aantrek."

"Ag, onsin, man, ek is g'n verlief nie," sê Klara vererg. "En die rooi rok is die enigste nuwe een wat ek het! Ek kan dit nie sommer net aantrek om te gaan koffie drink nie."

"Eerste indrukke is blywend," sê haar vriendin.

"Dis nie die eerste indruk nie," stry Klara. "Hy het my mos al gesien, die aand met die vergadering. En gister op die kampus, toe hy my uit die aarde uit geloop het."

"Jy het hóm uit die aarde uit geloop," sê Christine.

"Wat het jy die aand van die vergadering aangehad?" vra Annabel.

"My wit rok."

"Wel, dan tel die aand met die vergadering glad nie, want jy lyk regtig nie goed in wit nie. En gister, toe jy in hom vasgeloop het?"

"Wat van gister?"

"Wat het jy aangehad?" vra Annabel ongeduldig.

"Haar blou rok; sy het haar donkerblou rok gedra," sê Christine senuweeagtig.

"Die blóú rok? Dis nog erger," sê Annabel beslis. "Nee, hierdie is die eerste keer dat jy 'n ordentlike indruk kan maak. Trek jou rooi rok aan."

Om elfuur hou Henk se Lizzie voor die tuinhekkie stil. Hy hou vir Klara die deur oop om in te klim. Hy moet die deur baie hard toeslaan, want die ding werk nie meer so lekker nie.

"Jy lyk baie mooi, Klara," sê hy en skakel die kar aan.

Haar hart ruk. "Dankie," sê sy effens verleë. "Waar gaan ons koffie drink?"

Hy draai links in Walkerstraat. "Ons het mos verlede week gesê ons wil een of ander tyd gaan kyk hoe lyk die monument?"

"Ja," sê sy, "ons het."

"Ek het gedink: sal ons nie twee botteltjies koeldrank koop en dit dan daar gaan drink nie?" stel hy voor.

Sy draai verras na hom. "Kan ons? Dit sal heerlik wees!" Dan dink sy aan iets anders. "Maar sal De Wet-hulle nie ook wil saamkom nie?"

"Waarskynlik. Ons neem hulle maar 'n volgende keer saam."

'n Volgende keer.

Hy draai links in Potgieterstraat.

Sy kyk na sy hande op die stuurwiel. Breë vingers, kortgeknipte naels, byna vierkantig. Sterk hande. "Het jy op 'n plaas grootgeword?" vra sy.

" 'n Appelplaas, ja, naby Grabouw. Dis . . . hm . . . 'n hele ent van Mopani af."

Sy knik ernstig. "Net noord van die Suidpool?"

Hy glimlag effens. "Ek dink miskien nader aan Mopani."

Hy stop by 'n winkeltjie en kom uit met twee botteltjies koeldrank. Toe ry hulle verder.

"Hoekom het jy dan nie Stellenbosch toe gegaan nie? Dis tog baie nader aan jou huis."

"'n Voëltjie het my vertel dat Tukkies die mooiste meisies het," antwoord hy.

'n Warm gevoel begin onverwags nesmaak in haar maag.

Hulle is op die grootpad wat Johannesburg toe gaan. Die bloekombome gooi lang patroonskaduwees oor die pad – hulle staan soos 'n reuse-erewag al die pad van Pretoria tot in Johannesburg.

"Ons is nou amper daar," sê Henk.

Die paadjie op na die monument is nie steil nie, maar dit is baie klipperig met los gruis. "Arme Lizzie, haar wieletjies kry seker seer," sê Klara.

"Lizzie is 'n boeremeisie; sy kan kaalvoet oor hierdie koppie klim," verseker Henk haar.

"O. Ek dog sy is Amerikaans."

"Jy's nogal slim vir 'n meisie, nè?"

"Wat bedoel jy met 'vir 'n meisie'?"

Henk glimlag, maar bly haar 'n antwoord skuldig.

"Kyk, hier is ons nou."

Hulle klim uit en stap teen die steilte op na waar die bouwerk aan die gang is.

Hulle kyk.

Hulle loop om en kyk.

Toe begin hulle lag. "Al wat 'n mens sien, is steiers," sê Klara tussen die lag deur. "Ons kon maar net sowel na die foto's gekyk het."

"Nou weet ons," sê Henk. "Kom ons gaan sit onder daardie boom en drink ons koeldrank."

Hulle stap weer bultaf na 'n baie yl doringboompie. "Dit lyk nogal soos Totius se boompie," sê Klara.

Henk knik. "Ja, dit lyk nogal asof hy kleintyd onder 'n ossewa deurgeloop het."

"Was jy ook hier met die hoeksteenlegging, Henk?"

"Ja. Ek was deel van die perdekommando, saam met Boelie-hulle."

Die son brand tussen die fyn doringtakkies op hulle neer.

"Ek was ook hier," sê Klara. "Ek het gehelp om een van die waens te trek."

"En jy was deel van die fakkeloptog. Ek het jou toe al raakgesien," sê Henk en maak die botteltjie koeldrank oop.

Die warmte van vroeër maak dieper nes, vaster.

"Dit was vir my 'n wonderlike ervaring, die hele eeufees," sê Klara.

"Vir my ook, Klara. Dit het gevoel . . .," hy dink 'n oomblik, ". . . asof die vlam van die fakkel orals brand, ook binne-in my. Veral binne-in my. Klink dit . . . snaaks?"

Die grond onder hulle is klipperig en hard; die enkele grassprietjies het vergete al verdor in die son.

"Glad nie," sê sy, "glad nie. Dis presies hoe dit vir my ook gevoel het! Ek was so tróts, nee, ek ís so trots om Afrikaner te wees."

Die koeldrank in die botteltjie is louwarm, die gas het heeltemal ontsnap.

Hy glimlag en knik stadig. "Ek ook," sê hy, "ek ook."

"Dis lekker koeldrank," sê sy.

"Ja," sê hy, "en dis mooi hier, nè?"

"Baie mooi."

Op pad terug is hulle stil. Maar dis 'n gemaklike stilte, 'n tevrede stilte.

Toe hulle voor ta' Maggie se hekkie stilhou, skakel Henk vir Lizzie af en sê: "Ek het Tukkies toe gekom omdat ek mynbou-ingenieurswese wou swot. Dis die beste om Transvaal toe te kom daarvoor."

"Ja," sê sy, "dis logies."

Dan draai hy na haar. "Ek is baie bly ek het gekom, Klara. Anders het ek jou dalk nooit ontmoet nie."

Sy voel hoe die warmte wat so veilig nesgeskop het in haar maag, skielik deur haar hele lyf spoel. As haar gesig net nie nou rooi word nie! "Dit was vir my ook 'n baie lekker dag," sê sy vinnig.

"Sal ons volgende Saterdagaand bioskoop toe gaan?" vra hy.

Die warmte het nou haar tone bereik, haar vingerpunte, haar haarwortels. "Dankie, dit sal lekker wees."

Toe stap hy saam met haar met die paadjie op en oor die rooi stoepie tot by die voordeur.

Die oggend van 10 April, toe Klara en haar broers met die trem universiteit toe ry, sien hulle die plakkate aan elke lamppaal: Duitsland het Denemarke en Noorweë binnegeval.

Daardie aand luister hulle almal in ta' Maggie se voorkamer na die draadloos.

Duitsland het gister 'n ultimatum aan Denemarke en Noor-weë uitgereik wat eis dat hulle onmiddellik die beskerming van die Deutsche Reich aanvaar, sê die nuusleser in 'n somber stem.

"Dis die begin," sê Boelie tevrede en vryf sy hande.

Die volgende aand kom die nuus deur dat Denemarke sonder slag of stoot – of skoot – oorgegee het. Noorweë sit hulle wel teë; hulle hawens, lughawes, militêre basisse, radiostasies, tele-foonsentrales, spoorwegstasies en regeringsgeboue word tans ingeneem deur die Nazi's.

"Dit gaan goed," sê Boelie.

"Dit is Duitsland waarvan jy praat, seun," sê ta' Maggie streng.

Toe bly Boelie stil.

Want in ta' Maggie se voorkamer, op die klavier, is 'n groot portret van 'n jong man in uniform. "Dit was ta' Maggie se ver-loofde, maar hy is dood in die Groot Oorlog, die Duitsers het hom geskiet," het Christine die eerste dag al saggies vir hulle vertel. "Toe het sy nooit getrou nie."

Die klavier is 'n heilige plek in die huis. "As jy daarop wil speel," het ta' Maggie die eerste dag al vir Klara gesê, "moet jy sag speel. Uit respekte."

Toe die nuus verby is, skakel ta' Maggie die draadloos af.

Later, toe hulle alleen in die kombuis koffie drink, sê De Wet: "Ons sal maar versigtig moet wees wat ons voor ta' Maggie sê."

Op *African Mirror* die Saterdagaand sien hulle hoe kruip Hit-ler se pantserdivisies soos kruiptrekker-torre weswaarts oor die

Noord-Duitse vlaktes. "Die Duitsers is darem maar goed georganiseerd; kyk hoe netjies in gelid beweeg hulle tenks," sê Henk saggies hier by haar oor.

Klara wens die hooffilm wil begin draai; sy wil nie die oorlogtonele sien nie. Dis 'n splinternuwe prent van Clark Gable en Vivien Leigh. Iets van 'n verlore wind, maar sy het nou die film se naam vergeet.

Op 10 Mei val Duitsland vir Nederland, België en Luxemburg binne.

Hierdie is die einde van die Sitzkrieg, waar Duitsland agt maande lank redelik onaktief was, bespiegel Malgas die volgende dag in *Die Transvaler*. Dis die begin van die Blitzkrieg; nou gaan die Duitse weermag toeslaan.

Daardie selfde aand hoor hulle oor die draadloos: Churchill is nou Brittanje se eerste minister in die plek van Chamberlain.

Op 15 Mei berig die draadloos 'n skietstaking – Nederland het oorgegee.

"Dinge gaan nou te vinnig vir my," sug ta' Maggie. "Sit maar die draadloos af."

Maar dit stuit nie die oorlog nie. Die tenks rol voort, onstuitbaar. Die gevegsfront sprei verder en verder wes.

Op 28 Mei gee België oor.

Frankryk lê oop voor die kruiptrekkerwiele.

"Ons moet iets doen om te vergeet van al die ou oorlogstories, voordat almal moet swot vir die eksamen," sê Annabel die Woensdag by die klas. Sy en Klara het net Afrikaans en Engels saam. Dan sit hulle langs mekaar.

"Soos wat?" vra Klara.

"Dalk . . . bioskoop toe gaan?" stel Annabel voor.

"Dan sién ons wat gebeur, op *African Mirror*," herinner Klara haar.

"Dis ook waar. Dalk 'n piekniek? Sommer ons almal, De Wet-hulle ook."

"Hm. Maar waar?"

"By die Fonteine? Of die monument?"

"Nee," sê Klara, "dis te ver en die trems ry nie soontoe nie. Wat van Magnoliadal? Daar is lekker koeltebome."

"Ons kan sommer vir Braam ook saamnooi," sê Annabel entoesiasties. "Ek het hom lank laas gesien. Dan is ons 'n lekker groot groep."

Daardie Saterdagoggend vroeg – die meisies staan nog in die kombuis en toebroodjies maak – klop iemand aan die agterdeur.

Klara stoot die deur oop. "Gerbrand!" roep sy bly uit. "Dis 'n heerlike verrassing! Kom binne." Sy bekyk hom van kop tot tone toe hy verby haar loop. Hy lyk góéd.

"Sjoe, maar jy het grootgeword," sê Annabel verras. "Kom jy koffie soek?"

Gerbrand tel 'n toebroodjie op en steek dit heel in sy mond. "Ja, skink maar," sê hy verby die brood. "Ek het eintlik met Klara kom praat. En De Wet."

"De Wet en Boelie het gou gaan draf," sê Klara. "Werk jy nie die naweek nie?"

"Nee. Ek . . ."

"Dan kan jy saam met ons kom, Gerbrand," nooi Christine bly. "Ons gaan 'n piekniek maak, 'n klomp van ons, en vanmiddag gaan ons almal kyk hoe speel De Wet en Boelie rugby. O ja, en Henk."

"Ja, hier is baie kos," sê Klara.

"Goed," sê Gerbrand en steek nog 'n broodjie heel in sy mond. "Maar ek moet vanmiddag teruggaan."

"Hou op om die brood te eet!" raas Annabel speels. "Anders kry ons nooit klaar nie."

Hulle ry met die trem Magnoliadal toe. Die jakarandabome staan kaalgestroop langs die pad. Die koerantplakkate teen die lamppale vertel van die nuutste oorlogsverwikkelinge.

Die grasperke by Magnoliadal is vaal en droog. Die winterson flikker flou op die water van die stroompie.

Braam is reeds daar; ook twee anders meisies met 'n groot blik vol koekies.

Hulle gooi die komberse oop en sit die piekniekkos langs 'n boom. Die meisies maak hulle in die sonnetjie tuis, die mans tower 'n tennisbal en 'n krieketkolf op en begin die bal slaan.

"Nee, julle meisies moet kom veldwerk doen!" roep Boelie na 'n rukkie. "Lig julle stêre!"

"Ek doen net veldwerk as ek ook kan kolf!" roep Annabel astrant terug.

"Ja, ons sal sien," belowe Boelie niks.

Dit word 'n vrolike uurtjie waar almal vergeet van die naderende eksamen en die oorlogswolke in die noorde. Maar toe Gerbrand met een woeste hou die bal skoon weg slaan en niemand dit tussen die bosse kan vind nie, gaan span hulle uit op die komberse in die yl wintersonnetjie.

En gou is die oorlog ook nie meer noord van die landsgrense nie.

"Duitsland gee die Geallieerde magte nou deeglik op hulle herrie," sê Braam tevrede. "Hierdie oorlog gaan in 'n japtrap oor wees, hoor nou maar wat ek vir julle sê."

"Ek sal bly wees," sê Klara, "dan kan ons voortgaan met ons normale lewens."

"Ja," stem Annabel saam. "Weet julle dat 'n mens nie eens meer ordentlike sykouse te koop kry nie? Dis verregaande."

Toe Klara opstaan om vir haar 'n koeldrank uit die sak onder die koelteboom te gaan haal, praat Gerbrand skielik sag langs haar.

"Klara, ek het bedank by die myne. Ek gaan weg. Dis wat ek gekom sê het."

"Jy het . . .?" Sy staan botstil en kyk hom vraend aan. "Waarheen gaan jy, Gerbrand?"

"Ek het aangesluit. By die army. Ek moet Maandagoggend elfuur aanmeld by die kamp."

"Gerbrand? Jy wil . . . oorlog toe gaan? Hoekom?"

Hy kyk reguit na haar; sy oë brand in hare. "Ek kan nie langer in die myntonnels werk nie," sê hy ernstig.

Sy bly 'n oomblik stil. "Ja, ek verstaan," sê sy.

Hy knik. "Ek het geweet."

Toe draai hy om en stap terug na die groep, na waar die ander mans steeds oor die oorlog gesels – bevoorregte Afrikanerseuns wie se pa's hulle universiteit toe gestuur het om wys te word, bevoorregte Afrikanerdogters wat sorgvry met hulle gesigte na die son lê en bak.

Boelie bring een middag die koerant huis toe. Die voorblad dra swaar aan die berig: Britse, Franse en Belgiese troepe sit vasgekeer teenaan die see by Duinkerken. Honderde duisende van hulle. Gestrand. Sonder voorraad.

En op 5 Junie kom die nuus oor die draadloos: die vorige nag het bootjies van alle groottes en vorms in 'n byna bomenslike operasie 'n kwartmiljoen Britse soldate van daardie onbekende Franse strand af gered.

"Dis darem maar 'n wonderlike daad van patriotisme," sê ta' Maggie aangedaan. "Dis nou maar een ding van die Britte – hulle staan in uur van nood saam, en hulle is dapper."

"Wat 'n spektakel," sê Boelie later in die kombuis. "Waar is die wonderlike Royal Navy kastig dat ou manne in vissersbootjies hulle werk moet doen? Klomp lafaards!"

"Praat net sagter," maan Klara dringend.

Toe vererg Boelie hom en slaan die agterdeur agter hom toe.

Daardie aand in die bed sê Klara vir Christine: "Gerbrand het aangesluit, by die weermag."

"By die weermag? Hy wil oorlog toe gaan?" vra Christine uit die donker. "Het hy so gesê?"

"Ja, verlede Saterdag."

Die wekker op die kassie tussen hulle tik-tik die tyd verby.

"Hoekom, Klara?"

"Dis . . . oper, en seker meer avontuurlik as die myne. Of dalk betaal hulle beter."

"O."

Klara is byna aan die slaap toe Christine skielik vra: "Waar is hy nou? Gerbrand?"

"In 'n opleidingskamp. Hier buite Pretoria, by Cullinan. Hy het Maandagoggend daar aangemeld."

"O."

Dis lank stil voordat Christine sê: "Miskien dink hy dit is sy plig. Hy is baie dapper."

"Miskien," sê Klara, "maar ek twyfel. Ten minste hoef hy nou nie meer in die myntonnels te werk nie. Kom ons slaap nou."

Maar die slaap is weg. Laatnag lê sy nog aan hom en dink. En sy onthou die prente wat sy al gesien het van die soldate in die loopgrawe tydens die Groot Oorlog.

En die portret op ta' Maggie se klavier in die voorhuis.

Miskien het Gerbrand net een soort tonnel vir 'n ander verruil, dink sy.

Miskien.

"Die eksamen is altyd bo-op 'n mens lank voordat jy regtig reg is daarvoor," kla Annabel een yskoue winteroggend voor die klas begin. "En ek kan nog steeds nie verstaan waarom ons die simpel Nederlandse boeke moet lees nie. *De man die zijn haar liet kortknippen* of *Van oude mensen de dingen die voorbijgaan* – waar in jou lewe het jy al ooit sulke titels gehoor?"

"Hm, dit klink amper soos 'Uit dieptes gans verloren'" sê Klara en vryf haar hande om warm te word. "Ek sukkel nog steeds met die Engelse handboeke. Die Geskiedenis in Engels kan nog gaan, maar die Sielkunde is totale Grieks."

"Kom ons praat oor beter dinge," sê Annabel vinnig. "Gaan jy en Henk winterbal toe?"

"Ja, maar dis eers ná die eksamen. Dit voel of hierdie eksamen nóóit voorbij sal gaan nie."

"Ek weet. Maar die bal is darem iets om na uit te sien."

"En daarna drie salige weke tuis, jou eie bed, jou eie ma se lekker kos," sug Klara.

"Nie dat my ma kook nie," sê Annabel, "maar darem. Snaaks, ek verlang nogal huis toe. Ek het nie gedink ek sal ooit nie. Ek verlang selfs na die pes van 'n Reinier."

Ek is geseënd, dink Klara stil. Ek het in 'n gelukkige huis grootgeraak. In 'n gelukkige, gebalanseerde huisgesin. Vol draadwerk, ja, maar lief vir mekaar. Gelukkig.

Alle dingen gaan tog weldra voorbij – ook die eksamen. Voordat 'n mens dit kan besef.

Vrydagaand is die bal, Saterdag om twaalfuur haal hulle die trein huis toe. "Ons sal maar op die trein moet slaap," sê Christine.

Vrydagoggend skryf Klara haar laaste vak. Christine het reeds Donderdag klaar geskryf. Toe Klara by die huis kom, is hulle kamer in 'n totale warboel met klere wat oral rond lê. "Ek gaan nooit alles inkry nie," sê Christine na aan trane.

"Pak net die nodigste," sê Klara. "Los die res hier, jy het mos genoeg klere by die huis?"

Die son kom op in Christine se groot, blou oë. "Klara, jy is so slim!" sê sy. Sy vlieg op. "Die pakkery kan wag tot môreoggend. Nou kan ek my hare gaan was. Ek wil op my mooiste lyk vanaand." Haar blou oë word dromerig. "Vir De Wet. Dit is die heel, heel eerste keer dat hy my gevra het om êrens heen te gaan."

"Ek weet," sê Klara. "Ons gaan 'n wonderlike aand hê."

Toe Henk net na sewe met Lizzie voor die tuinhekkie stilhou, is die meisies nog naarstiglik besig met poeier en tof. "Ons is nou daar!" sê Klara deur die toe deur vir De Wet. "Gee ons nog net vyf minute."

Byna twintig minute later is hulle gereed om voorkamer toe te stap. "Lyk ek reg?" vra Christine onseker. Sy is geklee in 'n ligblou rok van sagte georgette met insetsels van kant, wat nou om haar middeltjie sluit en dan wyd uitklok tot net bo haar enkels. Klara het haar gehelp om haar hare in los krulle agter haar kop vas te maak; net 'n paar stringetjies krulle hang langs haar gesig af. Tussen die krulle het hulle klein laprosies vasgesteek, dieselfde kleur as die rok.

"Jy lyk soos 'n prentjie uit 'n sprokiesboek," verseker Klara haar. Toe Klara vir oulaas na haarself in die lang spieël aan die binnekant van die kas kyk, weet sy dat sy ook baie mooi lyk. Die diepgroen van haar tafsyrok beklemtoon haar groen oë. Voor is die rok effens korter gesny sodat haar silwer skoentjies net-net wys, na agter vorm dit byna 'n kort sleep. Haar hare hang goud-bruin en blink oor haar skouers, die punte wip parmantig op. Sy draai effens en kyk weer na die lae ruglyn van haar rok. Sy voel die opwinding in haar opbruis.

Ook De Wet en Henk lyk deftig in hulle aandpakke – twee regte galante here. "Julle lyk pragtig," sê De Wet. "Vanaand beny al die ouens vir my en Henk."

Die saal is versier met plante en kerse; die orkes speel sagte agtergrondmusiek. By een van die tafels aan die linkerkant hou Braam en sy vriendin vir hulle plek.

"Is Boelie-hulle dan nog nie hier nie?" vra De Wet verbaas. "Hy is watter tyd al weg om vir Annabel te gaan haal."

Braam kyk hom veelseggend aan. "Jy ken vir Annabel; sy sal wag tot laaste en dan sorg vir 'n dramatiese binnekoms."

Die eerste dans is 'n wals: "I'm still in love with you". Dis iets wat almal kan dans, die hele dansvloer is gou vol paartjies.

Dit is die eerste keer dat Klara en Henk saam dans. Aan die begin voel Klara effens gespanne, maar hulle kry gou hulle tree-tjies in pas.

"Ons kom goed reg, nè?" sê Henk sag in haar oor.

Sy kyk tergend op. " 'n Wals is nou nie eintlik die moeilikste dans nie," sê sy. "Ons sal oordeel as ons by die tango kom."

Henk lag. "Vir daardie een sal jy maar 'n ander maat moet soek; dis bo my vuurmaakplek. Of bo my voete s'n."

Langs hulle dans De Wet en Christine. Klara sien hoe De Wet sy lang lyf oorbuig en iets in Christine se oor fluister. Sy sien Christine se stralende gesiggie as sy opkyk na De Wet.

Hulle is net terug by die tafel – De Wet het net aangebied om vir almal iets te drinke te gaan kry – toe Klara sien hoe die mense se koppe deur toe draai.

In die deur staan Boelie. Aantreklik, breed geskouer in sy wit aandbaadjie.

En aan sy sy staan Annabel.

'n Beeldskone, sensasionele Annabel.

Haar dieprooi aandtabberd van satyn, op die skuinste gesny, klou aan haar lang, slanke figuur en beklemtoon elke perfekte ronding. Haar hare is hoog op haar kop gestapel in doelbewuste argeloosheid, haar vol mond is bloedrooi geverf. Haar skouers is kaal; die fluweelsagte vel glim sonbruin is die dowwe lig. Sy aarsel 'n oomblik langs Boelie, kry 'n effense glimlag om haar mond-hoeke, haak dan by hom in en sweef elegant langs hom tafel toe.

Boelie lyk soos 'n kat met 'n strikdas wat room gekry het.

Langs Klara trek Braam sy asem stadig in, en blaas dit dan weer stadig uit.

Klara kyk nie na De Wet nie. Sy wil nie sy reaksie sien nie.

Sy kyk ook nie na Christine in haar prentjiemooi blou rokkie nie.

Die volgende dans is 'n quickstep, almal is gou weer op die dansvloer. En wanneer "Don't ever pass me by" – 'n slow foxtrot – begin speel, vou Henk haar toe in sy arms en sy vergeet heelte-mal van Christine en De Wet en Annabel in haar klourok. En van Boelie.

"Tyd vir pret, mense!" roep die orkesleier oor die klankstelsel. "Al die mans, kom haal vir julle meisies elkeen 'n ballon."

Onder veel gelag en geterg bind die mans die ballonne om hulle metgesel se enkel. "Op die dansbaan, op die dansbaan!" moedig die orkesleier hulle aan en verduidelik: "Die paartjie wat die langste kan aanhou dans sonder dat hulle ballon bars, is die wenners. Enige tegniek is geoorloof; sorg net dat jy soveel moontlik ballonne bars, maar beskerm jou eie."

Die orkes val weg, die man agter die mikrofoon begin sing: "Roll out the barrel, we'll have a barrel of fun. Roll out the bar-rel, we'll get the boys on the run". Die paartjies dans en trap en storm agter mekaar aan en vlug dans-dans weg van die trap-pende voete.

Klara en Henk val redelik gou uit; die slepie agteraan Klara se rok beperk hulle beweegruimte. Toe hulle by die tafel terugkom, sit Boelie en Annabel ook reeds. "My rok is te nou vir die klas ding," lag Annabel met haar wye, rooi mond.

Ook De Wet en Christine is gou terug, Christine hinkepink. "'n Reus het op my voet getrap," verduidelik sy.

"Maar ons het eers hulle ballon ook gebars voordat ons die baan verlaat het," sê De Wet en sit sy arm om haar skraal skouertjies.

Toe die wenpaartjie hulle prys onder luide toejuiging gekry het, val die orkes weg met "At the Balalaika". "'n Tango!" roep Annabel verheug uit en vlieg op. "Kom, Boelie, die een is 'n moet, dis my gunsteling."

Maar Boelie skud beslis sy kop. "Te moeilik vir my," sê hy.

Sy draai dadelik na De Wet en sê: "Maar jy kan tango, De Wet. Ek weet jy kan; ons het dit nog saam in julle sitkamer geleer doen."

Toe gaan De Wet saam met Annabel op die dansvloer.

En hulle dans die tango. Soos dit gedans moet word.

En later vorm 'n groot kring om hulle en almal klap hande.

Ook Christine. In haar blou rokkie. Met 'n dapper glimlag.

Laataand, toe hulle klaar die kers gesnuit het en Klara net wil omdraai om te slaap, sê Christine: "Ek kan nie met haar kompeteer nie, Klara."

Klara draai stadig om en kyk na die dowwe hoop beddegoed wat haar vriendin is. "Moenie probeer kompeteer nie," sê sy. "Wees net jou pragtige self."

Die wekker tik en tik.

"Dis nie genoeg nie, Klara," sê Christine. "Dis net nie genoeg nie."

Klara word die volgende oggend wakker met 'n sagte klop aan hulle venster. "Wie is dit?" vra Christine nog deur die wind.

Hulle trek die gordyn op 'n skrefie weg. Buite staan Gerbrand. Maak oop, beduie hy.

"Trek eers aan," sê Christine saggies. "Ta' Maggie slag ons af as ons 'n gas ontvang in ons nagrokke."

Toe hulle eindelik die agterdeur oopsluit, is albei ten volle geklee. En hulle hare is vasgebind.

Op die drumpel staan Gerbrand in sy volle uniform, die rooi lussies soos breë, bloedrooi vlekke aan die flappe op sy skouers. Onmiskenbaar daar.

Klara het hom nog nooit in sy uniform gesien nie. Hy lyk ouer, volwasse. Versorg. Sy is bly. "Wow, jy lyk góéd in jou uniform," sê sy.

"Ek het kom groet," sê hy. "Voordat julle weer terugkom Pretoria toe, is ek al weg. Gevegsfront toe."

Sy woorde ruk deur haar. "Kom in, Gerbrand," sê sy.

"Gaan jy dan weg?" vra Christine grootoog.

"Ja. Oos-Afrika toe. Kenia. Oor twee weke."

"O. Ek het nie geweet nie," sê Christine.

Klara tap water in die ketel en begin die koppies uitpak. "Ons beskuit is klaar," sê sy. "Dis die einde van die kwartaal."

"Ek kan nie lank bly nie," sê Gerbrand. "Ek het net kom groet."

"Maar jy sal eers koffie drink, nè?"

"Ja."

"Ons ry nou-nou huis toe, met die trein," sê sy.

Hy knik. Daar is 'n vreemde stilte tussen hulle. Ongemaklik.

Die oorlog is nie meer aan die ander kant van die wêreld, in Duitsland en Engeland en in Pole nie, besef sy. Dit is nou hier, by ons, in die kombuis. "Jy moet jouself oppas," sê sy.

"Ja."

Dis ons maat wat saam met ons van die begin af op die skoolbanke was, dink Klara.

Maar alles het verander.

'n Dik gevoel begin in haar keel groei. "Gerbrand, ek gaan vir jou 'n skryfblok saamgee. Sal jy dan vir my skryf?"

Hy kyk haar skepties aan. "Ek? Skryf?"

"Ja, jy, Gerbrand Pieterse. Jy kan skryf, ek weet, ek het langs jou gesit toe jy geleer skryf het."

Hy lag. "Ja, dit was ook maar dae daardie, nè?"

"Ja," sê Christine. "Maar nou gaan jy weg." Haar oë is baie groot. "Ek dink ek gaan huil."

"Moenie," sê Gerbrand, "want ek weet niks van meisiekinders troos nie."

"Toemaar," troos Klara, "ons sal eers huil as jy weg is."

"Oor mý?"

"Ja, Gerbrand Pieterse, oor jou. Hier's jou koffie. En maak 'n grappie, dat ons kan lag."

Maar Gerbrand was nog nooit 'n grapmaker nie. Toe drink hulle maar net hulle koffie.

"Dan groet ek maar," sê Gerbrand.

"Neem nou die skryfblok, asseblief?" vra Klara.

Hy skud sy kop, maar neem tog die skryfblok by haar. "Jy mors jou papier, ek skryf nie," sê hy.

"Gaan jy nie vir De Wet-hulle groet nie?" vra Christine.

"Nee."

Dis oor die rooi lussies op sy skouers, Klara weet. Boelie sal hom waarskynlik te lyf gaan as hy hom op hierdie werf vind.

Hy staan op.

"Gerbrand . . .?" Christine se stemmetjie klink baie yl.

"Baai, Christine," sê hy en draai om. "Kom, Klara."

Sy stap agter hom aan tot by die voorhekkie. Sy skoene is blink gepoets, sien sy.

Hy maak die hekkie oop en draai om. Toe steek hy sy hand in sy sak en trek 'n koevert uit. "Gee dit vir my ma," sê hy.

"Gerbrand, neem dit self vir haar," pleit Klara. "Die weermag betaal julle kaartjies as julle wil huis toe gaan om te gaan groet. Ek weet."

"Gee maar net vir haar die koevert."

"Dis jou má, Gerbrand. En haar hart gaan seer wees as jy weggaan. Asseblief?"

"Nee," sê hy, "ek gaan nie plaas toe nie. Gee net vir my ma die koevert en sê ek sê baai. En sy moenie worry nie. En sê ook vir Persomi."

123

Toe draai hy vinnig om en stap met die pad af tremhalte toe.

Sy staan lank by die hekkie en wag.

Hy verdwyn om die hoek. Hy draai nie weer terug om te waai nie.

Hoofstuk 6

Die mense van die dorp kyk anderpad. Hulle luister nie, hulle probeer dit vergeet. Hulle soek naarstiglik na stories om dit mee weg te vertel, om dit mee te bedek of uit te vee.

Maar dit sypel ín die praat ín. Onvermydelik. Onvermybaar.

Die Blitzkrieg, noem die koerant dit, die stormtaktiek van die Duitse weermag na agt maande van relatiewe stilte. Dit begin met 'n ultimatum op 9 April aan Denemarke en Noorweë dat hulle onmiddellik die beskerming van die Deutsche Reich moet aanvaar. Denemarke besluit om oor te gee. Noorweë sit hulle teë, en daarvoor word hulle swaar gestraf: Die Nazi's neem hulle hawens en lughawes, hulle militêre basisse en radiostasies en regeringsgeboue onmiddellik in.

Die mense sit verslae.

"Waar is Engeland en die Geallieerde magte nou?" vra die dokter gefrustreerd. "As hulle nie nóú ingryp nie, kan dit te laat wees."

Vroeg in Mei begin Hitler se pantserdivisies weswaarts oor die Noord-Duitse vlaktes aankruip. Dit sien die mense van die dorp met hulle eie oë. Net daar op die gespande doek in die binnehof van die kerk die Woensdagaand toe die bioskoop-mense van Turyn af 'n film vir hulle kom wys, sien hulle dit: 'n see Duitse tenks wat inrol, vloedgolf na vloedgolf, die Holland-se dorpies oorstroom en verswelg, asof die dyke wat Holland moet beskerm, een vir een verkrummel voor die aankomende see. Die Blitzkrieg rol aan, deur Gelderland, bo-oor Utrecht, wys die kaart op die groot doek, tot binne-in Amsterdam.

"Propaganda," sê die dokter kliphard, ontevrede.

In sy koshuiskamer in Turyn vou Lorenzo die koerant opgewonde toe. "Mussolini moet nóú toetree tot die oorlog, anders is alles dalk verby voor ons ook 'n skoot inkry," sê hy gefrustreerd vir sy kamermaat.

Op 15 Mei berig die draadloos 'n skietstaking – Nederland het oorgegee.

"Mog die oorlog verby wees, voordat Mussolini dit in sy kop kry om ook toe te tree," sug die dokter.

"Ek hoop net nie dit beteken die einde van die oorlog nie," sê Lorenzo vir sy kamermaat.

Die tenks rol voort, die gevegsfront sypel en spoel en sprei verder en verder wes.

Op 28 Mei gee België oor.

"Dit is nog ver van ons af, nè, Papa?" vra Gina.

"Baie ver, my poppie, moenie eens daaraan dink nie," sê die ou baron.

Maar sy kan nie anders nie, want die oorlogstories het die dorpie oorgeneem. Britse, Franse en Belgiese troepe sit vasgekeer teenaan die see by Duinkerken. Bootjies van alle groottes en vorms red oornag 'n kwartmiljoen van die Britse Ekspedisiemag van daardie Franse strand af.

"Dat Engeland nou waaragtig in vissersbootjies kom oorlog maak," skud die dokter sy kop.

"Vissersbootjies!" lag Lorenzo en klop sy kamermaat op die skouer. "My maat, hulle het nie 'n kans nie. As Mussolini net wil toetree!"

Op 10 Junie 1940 verklaar Mussolini oorlog teen Engeland en Frankryk. Die draadloos dra die storie na die Baron van Veneto se huis, hy noem dit in die Rozenfelds se winkeltjie, die tantes vertel dit op die dorpsplein en oor die wasgoeddrade, die manne in die veld en die bokwagters en klipkappers in die berg skud hulle koppe in verslaentheid.

Daardie aand hoor almal in die dorp dit. Of dan, almal wat kom luister het na die dokter se draadloos.

Op 11 Junie kom sê die baron dat die Duitse troepe tot in die hartjie van Parys gevorder het.

Van toe af hoor hulle die stories van familie in Turyn en van vriende in Aosta naby die Franse grens, en selfs uit die speel-koninkryk, Monaco, aan die see: trokke vol Italiaanse soldate stroom na Frankryk, skeepsvragte wapens en toerusting vaar daagliks na Franse gebiedswaters.

Die draadloos én Vader Enrico se koerant vertel dieselfde sto-rie. Frankryk word nou van twee kante af oorstroom: deur Duits-land vanuit die noorde en ooste, deur Italië vanuit die suide.

En wanneer die bioskoopmense van Turyn 'n maand later weer 'n film kom wys, is dit die propaganda-voorprent waaroor die mense die volgende dag praat, nie die prent van Anna Mag-nani en Renato Raschel nie. Want hulle sien hoe rol die Duitsers Frankryk dieper en dieper binne, hoe teken die Franse die oor-gawe aan die Deutsche Reich in dieselfde spoorwegwa by Com-piègne waar Duitsland in 1918 gedwing is om die bepalings van die Vrede van Versailles te aanvaar.

Die mense sien hoe Adolf Hitler, Hermann Goering en ander leiers in hulle Duitse uniforms oorstap na die granietblok en daarna staar. Dan wys die kamera 'n nabyskoot van die plaat op die granietblok: "Here, on the eleventh of November 1918, suc-cumbed the criminal pride of the German Empire – vanquished by the free peoples which it tried to enslave".

Die dokter vertaal en verduidelik, die mense verstaan: Hitler het die nederlaag van Versailles gewreek.

"Mog hy nou tevrede wees," brom die dokter ontevrede, "en die res van die wêreld in vrede laat."

"Dit is goed, Europa is aan ons voete," sê Lorenzo vir sy ka-mermaat, "nou vir die res van die wêreld."

127

In die spoorwegbus op pad huis toe vir die somervakansie sê Lorenzo vir Antonio: "Saam is Hitler en Mussolini onkeerbaar sterk. Kyk maar mooi, Tonio, die wêreld gaan nog aan ons voete lê."

En die ganse vakansie deur is dit ál waaroor Lorenzo kan praat: die voortreflikhede van die Duitse leër, én die Italiaanse leër, voeg hy by. Hy beduie hoe Italië sy grondgebied gaan uitbrei, meer Lebensraum gaan kry, 'n ryk gaan opbou wat die magtige Britse Ryk na 'n speletjie op 'n bord sal laat lyk.

Die baron frons en skuif sy wit kasteel stadig in posisie.

"Italië moet net sy kaarte reg speel, op die regte oomblik sy soldate skuif, toeslaan," sê Lorenzo.

Giuseppe Romanelli skink nog 'n kelkie wyn en bekyk die netjies gekerfde marmerpionne op die bord noukeurig.

"Ons kan die ganse Middellandse See beheer, Noord-Afrika, eindelik die gebied vanaf Palestina tot anderkant Gibraltar," sê Lorenzo. "Die Britse vloot gaan te doen kry met 'n gedetermineerde volk wat weet waarheen hulle op pad is."

Die priester skuif die swart biskop drie plekke skuins na regs.

"Dit sal wees soos in die Groot Oorlog," gaan Lorenzo entoesiasties voort. "Toe die Oostenrykers nog dink hulle kom Italië binne deur die Piave en af teen die Alpe, toe loop hulle hulle vas teen die muur van die Italiaanse weermag."

"Is dit wat hulle jou leer by die universiteit?" verloor die dokter sy geduld. "Dan moet jy liewer vra vir mense wat dáár was, wat in die loopgrawe geveg het, soos die Baron van Veneto, of jou pa. Of vra vir my, wat die stukke mense weer aanmekaar moes lap of morfien moes spuit terwyl die priester die laaste mis bedien."

Hy neem 'n groot sluk wyn uit sy kleikelkie, sy hand bewe liggies. Wanneer hy weer praat, klink sy stem baie moeg.

"Die Groot Oorlog van 1914 is tot op hede die grootste onding wat die mens homself nog aangedoen het. Maar as hierdie oorlog van vandag wêreldwyd uitsprei, het dit die potensiaal om die Groot Oorlog soos 'n kinderpartytjie te laat lyk."

Die priester knik stadig. "Mag die Moeder van God ons daarteen bewaar," sê hy.

Dit is goed dat die Rozenfelds nie na Frankryk gegaan het nie, sê die mense van die dorp vir mekaar. Want die Franse weermag was nie bestand teen die vloedgolf Duitse tenks nie. En waar die hakekruis triomfantlik rooi en swart hoog bo die koppe waai . . .

Dan skud hulle net die kop en laat dit daar.

Want die stories oor die Jode groei in omvang, lélike stories oor die Jode in Oostenryk en Duitsland self, in Frankryk, in Holland en België, in Pole en Hongarye en in Tsjeggo-Slowakye. Oral is die Jode nou slagvee agter doringdraad in hulle ghettokampe.

Oor die draadloos hoor die mense eindeloos van Italië se groot militêre suksesse. Italiaanse magte het deur Suid-Frankryk gestroom tot voor die sterk forte van die Alpine Linie. Dié sou hulle ook maklik platgevee het, maar toe gee Frankryk oor, druipstert tussen die bene huis toe. 'n Klinkende oorwinning vir ons manne! skryf die koerant, sê die draadloos.

Maar die dokter sê sy seun Pietro sê dat Italië 1 247 manskappe verloor het, derduisende is ernstig beseer. En die dokter se seun sê Frankryk het net 204 man verloor.

Toe skakel die dokter die draadloos af en dit bly dood. Want niemand kan meer die draadloos glo nie.

Die mense van die dorp het geweet dit gaan 'n groot fees wees wanneer Don en Donna Veneto bekend maak dat hulle die hand van hulle dogter Gina aan Antonio Romanelli beloof het. Hulle het ook geweet dat dit in die somervakansie sal plaasvind, want Gina het geen geheim daarvan gemaak nie.

Ta' Anna het weke tevore al vertel van die twee pragtige rokke wat sy moet maak, een vir Gina en een vir Donna Veneto. Duur materiaal, hoor, sylap wat die Donna drie jaar terug al ingevoer het direk uit Sjina. En sy, ta' Anna, moet dit borduur met krale uit Venesië. Sy het nie vertel hoe die rokke lyk nie – dit sal die mense van die dorp eers die dag van die fees sien.

Sy vertel ook dat Gina wou gehad het Antonio moet 'n geborduurde hemp dra, maar hy het net gelag en volstrek geweier.

Die spoorwegbus het 'n hele krat vol goed afgelaai – die mense kan net dink hoeveel dít die baron moes gekos het, so met die oorlog en die rantsoene saam! Ou Luigi het loop en vertel van die ingevoerde Franse sjampanje wat glo uit die baron se kelders gehaal word – bottels vol. Twéé varke gaan geslag word, én 'n jong bok, het die stalkneg vertel. En die diensmeisies het vertel van die voorbereidings: die spierwit gestyfde tafeldoeke, die blinkgevryfde silwerware, die kristal wat uit die kaste gehaal word, die pane dolce en die torte di frutta en die ryk pane tonettone wat reeds gebak word.

Hierdie verlowingsfees, het die mense van die dorp geweet, sal 'n fees wees soos wat die dorp nog nooit gesien het nie.

Want hulle pragtige klein prinses gaan haarself belowe aan die slimste van die drie slim Romanelli-broers. En die priester sal die verlowingsbelofte seën. En later, baie later, sal die huweliksfees volg. Maar dis 'n storie vir volgende jaar.

En hulle was tevrede, want hulle storie het mooi geloop.

Toe die dag van die fees aanbreek, skyn die son helder uit die blou lug neer op die dorpie. Dis 'n Vrydag, maar die manne gaan nie lande toe nie. Die trosse druiwe bly blouryp in die wingerde, die olyfoes hang swaar in die boorde, die marmerklip skuil onaangeraak net onder die vel van die berg. Die skoolklok is stil, mister Rozenfeld se winkeldeur is toe, die bokke bly op stal staan.

Want die mense van die dorp maak reg vir die fees.

Drie-uur begin die kerkklok vir die eerste keer beier. Dit lui en lui, van bo uit die klipkerk, af met die keisteenpaadjies, bo-oor die dorpsplein, oor die huisies se spitsdakke heen tot onder in die vallei. Die klok roep al die mense van die dorp om te kom na die verlowingsfees.

En toe die klok vieruur weer lui, wag almal reeds in die binneplein van die kerk. Nie in die kerk self nie – dit word gehou vir die huweliksfees, later.

Almal is daar: die dokter, ta' Sofia en ou Luigi met hulle skande-kleinkind skoongeskrop tussen hulle, die susters van die klooster, die mamas en papas en kinders en jongmense van die dorp. Selfs die Rozenfeld-gesin is daar, in die agterste gestoeltes: Rachel, prentjiemooi in haar dieprooi rok, mister Rozenfeld met sy yarmulke agter op sy kop.

Toe die kerkklok stil word, kom Antonio Romanelli in, saam met sy ouers, en gaan staan voor die priester. Hy is geklee in 'n swart broek en 'n spierwit hemp. Sy sonbruin vel steek skerp af teen die wit van sy hemp, dit span oor sy breë skouers. Die mense van die dorp sug tevrede.

Vader Enrico glimlag stadig en seëngroet hom, ook vir sy ouers. Op die voorste bankie gaan Maria en Giuseppe Romanelli sit.

Toe kom Gina Veneto in, saam met haar ouers.

'n Suising trek deur die mense van die dorp, soos 'n bergluggie wat die blare ritsel of 'n yl stroompie wat klippelangs kabbel. Want die prinsessie is beeldskoon. Haar lang, blonde hare is met blomme gevleg en soos 'n krans om haar kop gedraai, haar wange is rooi van opwinding, haar oë skitter glinsterblou. Haar rok is van ligblou Sjinese sy; dit sluit nou om haar dun middeltjie en klok dan wyd uit tot amper by haar enkels. Die hals is laag gesny – maar nie té laag nie, knik die tantes tuitmond – en die hele hals is omsoom met honderde kraletjies, mos al die pad van Venesië af. Ou Anna moes nagte deur gewerk het.

Die dorp is tevrede. Gina Veneto ís beeldskoon.

Haar ouers gaan sit langs Maria en Giuseppe. Vader Enrico wys dat sy voor hom moet kom staan – ja, só. Die mense rek hulle nekke.

Antonio en Gina staan regoor mekaar, hulle hou mekaar se hande vas, hulle kyk in mekaar se oë. Vader Enrico staan agter, tussen hulle.

Toe lê hulle die verlowingsbelofte af, hardop, sodat die hele dorp kan hoor. En Vader Enrico seën hulle, daar voor almal, sodat die hele dorp kan sien.

Daardie aand eet die mense die feesmaal wat die baron vir sy enigste dogter voorsit. En hulle drink die sjampanje en die wyn. En hulle dans: Gina en Antonio, Rachel en Marco, Don en Donna Veneto, Maria en Giuseppe Romanelli, selfs ta' Sofia en ou Luigi. Later dans Lorenzo met Gina, en Antonio met Rachel, en die dokter selfs met die dun ta' Anna.

Lorenzo is die voordanser; hy dans met al die jong meisies en met byna al die tantes. Maar die hele aand lank dans hy nooit met Rachel Rozenfeld nie.

"Dit was 'n goeie fees," sê ta' Sofia vir ou Luigi toe hulle lank na middernag terugstap na hulle huisie.

"Ja," sê hy, "vir een dag kon ons heeltemal vergeet van die oorlog."

"Nou hoekom moes jy dit al weer ophaal?" baklei sy vererg. "Jy bederf net 'n perfekte dag met jou praatjies!"

Eers die volgende dag vind hulle uit dat hulle skande-kleinkind die hele nag onder die groot eettafel in die villa geslaap het – hom glo totaal te buite gegaan met die wingerdvoggies.

Toe die Romanelli-broers na die somervakansie terugkom by die universiteit, begin die stories loop – stories dat Mussolini verpligte krygsdiens gaan instel.

"Engeland het verlede jaar in April of Mei al algemene militêre diensplig afgekondig," sê Lorenzo se kamermaat, "maande voor die oorlog al. Ons bly agter, hoor maar vir my, ons bly agter by die res van die wêreld."

Antonio staan op en loop na die venster. Die bome in die laning ver onder hom begin reeds verkleur; die eerste tekens van die einde van die somer slaan goudkleurig deur. "Ek sal net weier om te gaan," sê hy. "Ek het nog net sewe maande oor voordat ek afgestudeer het. Ek skryf in Februarie my finale eksamen. Ek kán nie gaan nie, dis tog logies. Hulle moet verstaan."

"Die weermag sal nie verstaan nie," sê Lorenzo se kamermaat.

Hy klap sy aansteker oop en maak sy sigaret brand. "Jou doppie is geklap, pêl, jy kan maar jou sakkie pak."

"Die oorlog gaan bowendien nie lank aanhou nie," sê Lorenzo, "daarvoor is Hitler en Mussolini te uitgeslape. Daarna kom ons terug Turyn toe, ons almal, en ons voltooi ons studies en ons word almal voorspoedige burgers in 'n florerende Italië."

Antonio skud sy kop en draai van die venster af terug. "Ek stap dan maar," sê hy. "Ek het 'n werkstuk wat môre in moet wees."

"Ek stap 'n entjie saam," sê Lorenzo.

Buite skyn die son nog, hoewel die skaduwees van die bome en die ou universiteitsgeboue reeds lank oor die grasperke uitgestrek lê. "Ek wil buitendien by die weermag aansluit, Tonio," sê Lorenzo.

"Pa sal jou nooit toelaat nie; jy sal eers jou studies moet voltooi," waarsku Antonio.

"Ek glo ons gaan almal verplig word om aan te sluit, jy ook," sê Lorenzo.

Toe Antonio nie antwoord nie, gaan hy voort: "As jy moet aansluit, kan jy net sowel die beste van die saak maak, Tonio. Dit kan baie avontuurlik wees. Dink net: ons gaan na plekke gestuur word waar ons nog nooit was nie, ons gaan dinge sien waarvan ons nog net gelees het, ons gaan . . . Hemel, Antonio, ons was nog nooit eens verder as Turyn nie, ek en jy!"

"Die slagveld is geen avontuur nie," sê Antonio ernstig. "En dis nie te sê dat ons saam sal wees nie."

"Hulle sal ons nie skei nie," sê Lorenzo vol selfvertroue. "Ek gaan hier omdraai; ek dink dit is ons etensklok wat gelui het." Hy sit sy hand op sy broer se skouer. "Wanneer ons terugkom, sal ons weer die berge van Monferrato gaan klim, Tonio. Ons sal weer saam roei op die Stura di Lanzo. Dalk speel ons nog saam sokker vir die Juventus Klub. Nes die oorlog verby is."

Antonio glimlag. "Jy droom groot, nè? In die sokkerspan van die Juventus Klub, nogal?"

Lorenzo knik ernstig. "Ja, ons gaan nog baie dinge saamdoen.

En hulle sal ons in een seksie hou, Tonio, of ten minste in 'n peloton. Ek weet, want ons is broers."

"Ja," sê Antonio, "ons is broers."

Toe trek 'n garnisoen soldate, van Mussolini se Swart Hemde, neffens die dorpie in, slaan hulle kamp op reg in die middel van die seuns se enigste sokkerveld, sonsakkant styf teenaan die dorp, in die skadu van die ou Romeinse kloktoring.

En vir die eerste keer vandat die Rozenfelds teruggekom het dorp toe met die spoorwegbus, sluit Rachel nie die winkeltjie oop nie. Ook hulle huis se vensters en deure bly toe, soos blinde oë en dowe ore. Die hele week lank.

En Marco gaan stil-stil Turyn toe en kom terug met 'n sak vol voorrade. Die tantes dra in die nag gepekelde groente en gedroogte tamaties aan, olyfolie en polenta-meel en 'n botteltjie wyn.

Want Marco gaan met die Rozenfeld-gesin bergin vlug. Hy ken die berg soos die palm van sy hand. Daar is baie grotte waar 'n mens deur die koue winter heen kan oorleef. In die berg bo die dorp kan 'n mens verdwyn, kan 'n hele gesin verdwyn en wag.

"Ek gaan nou groet," sê Marco skemeraand net voordat hulle die huis se deur agter hulle toetrek om na die kerk te stap. "Wanneer ons klaar is by die priester, wil ek onmiddellik gaan."

Maria Romanelli druk albei haar hande teen haar gesig vas. "O! Hierdie oorlog!" Sy skud haar kop, skud en skud haar kop.

"Ek is net hier bo, Mama," troos Marco en druk haar styf teen hom vas. "En ek sal van tyd tot tyd steeds dorp toe kom om proviand te kom haal, seker minstens een maal per maand."

"Dis koud daar bo, die winter kom aan," sê sy en vryf oor sy breë rug.

"Sê groete aan Antonio en Lorenzo wanneer hulle weer vir 'n naweek huis toe kom."

Maria knik net.

Toe maak Giuseppe sy groot arms oop en druk sy oudste seun 'n oomblik teen hom vas. Dan laat hy hom stadig gaan.

"Dit sal nie lank wees nie," sê Marco en tel sy sak op. "Dis net tydelik, totdat alles weer normaal word."

"Papa sal ekstra komberse bring, sodra ons dit kry," praat Maria verby haar trane. "Hy sê hy sal julle vind."

"Ja," sê Marco. "Papa ken die berg beter as enige iemand anders."

Daardie aand sien van die dorp se mense hoe Giuseppe en Maria Romanelli en Marco opstap na die kerk. Toe gaan die dokter ook, en ta' Sofia en ou Luigi, en die baron en Gina.

Dit is stil in die leë kerkgebou. En koud.

Die twee dik kerse flikker flou.

Giuseppe se groot kop is ver af gebuig, sy arm om Maria se ronde skouers. Sy staan stil, haar kop teen sy bors, haar wange blink onnatuurlik. Gina huil openlik en selfs ta' Sofia soek ou Luigi se knopperige werkershand.

Net Marco staan baie regop, sy skouers reguit na agter getrek.

"Gaan veilig, kom veilig terug," prewel die priester.

Daardie nag verdwyn die hele Rozenfeld-gesin. En Marco Romanelli. Die berg sluk hulle in.

Hoofstuk 7

Dis eers die tweede week van die Julievakansie dat Klara die moed bymekaarskraap om die koevert vir tannie Jemima te neem. "Vat jy dit vir haar, asseblief," het sy vroegoggend al by De Wet gepleit. "Jy ken regtig vir tannie Jemima beter as wat ek haar ken."

"Nee, Gerbrand wou gehad het jy moet dit vir haar gee," het hy gesê. "Ek sal saam met jou stap tot by die rivier en daar vir jou wag, maar jy moet dit gaan gee."

"En vir haar vertel?"

"Ja, en vir haar vertel."

Hulle wag tot goed na ontbyt voordat hulle deur die lemoenboorde afstap rivier toe. Dan behoort oom Lewies reeds weg te wees veekampe toe. Hy moet die drade gaan loop, het hulle pa gisteraand gesê.

"Gerbrand skuld my," sê Klara beswaard.

"Maar jy verstaan hoekom hy nie self kon kom nie?" vra De Wet.

"Ja," gee Klara onwillig toe, "omdat ek hom ken."

Dis maar die tweede keer dat sy by die Pieterses se huisie kom. Dit lyk baie erger as wat sy onthou het.

Sy klop.

Dis doodstil binne. 'n Maer hond steek sy lang neus om die hoek van die huis.

Dan verskyn Persomi langs hom. Sy het 'n dun rok aan, en 'n

uitgerekte trui wat Klara vaagweg herken as een van Christine se truie van jare gelede. "Ma is hier agter," sê Persomi en verdwyn weer om die hoek.

Klara stap huiwerig agter haar aan.

Tannie Jemima staan met 'n skoffel in haar hand. Hannapat is ook daar. Sy staan met haar hele gewig op die tweetandvurk om dit in die harde aarde te probeer kry. Om hulle lê 'n lappie horingdroë grondkluite omgedolwe.

Teen die agtermuur, in die strepie koelte wat die huis gooi, sit Sussie plat op die grond: 'n vrou van byna twintig wat met leë oë na Klara staar. Maar Klara sien ook die onmiskenbare. Onmiddellik.

Sy draai dadelik na tannie Jemima. "Môre, tannie, môre almal," groet sy verby haar skok.

Tannie Jemima knik. "Môre Klara," sê sy, "is jy by die huis vir die vakansie?"

"Ja," sê Klara, "dis lekker om weer by die huis te wees."

"Ja," sê tannie Jemima.

Persomi en Hannapat staan stil na haar en kyk.

"Dis goed hier op die plaas," sê Klara.

Van agter brand Sussie se oë op haar rug.

"Ja," knik tannie Jemima.

'n Limpopo-duifie begin roep. Onvanpas. Byna steurend.

"Ek het 'n koevert gebring, van Gerbrand af," sê Klara. Haar mond voel droog.

"Dankie," sê tannie Jemima en steek haar hand uit. Haar hande is gebars en hard, haar naels stukkend. Sy maak nie die koevert oop nie; sy steek dit net voor by haar rok in.

"Ek het ook 'n boodskap gebring," sê Klara en lek oor haar droë lippe.

"Wat sê Gerbrand?" vra Persomi angstig. "Kom hy kuier?"

Persomi se voete is kaal. Dis koud, maar haar voete is kaal.

"Hy sal kom kuier, maar nie nou binnekort nie," sê Klara. Gerbrand, jy skuld my báie, dink sy.

Sy sien Persomi se gesig. Sy moet deurdruk.

"Gerbrand sê dit gaan baie goed met hom. Hy is baie gelukkig in die weermag."

Almal wag.

"Hy sê . . . julle moenie bekommerd wees nie. En hy sê groete."

Hulle wag.

"Dis beter as in die myne."

Die Limpopo-duifie is stil.

"Hy het gesê ek moet vir tannie-hulle kom sê . . .," sy trek haar asem diep in, ". . . dat hy vandeesweek met 'n skip na Kenia vertrek. Saam met die ander troepe."

Sy sien net 'n oomblik lank Persomi se oë. Toe vlieg die kind om en hardloop langbeen oor die droë grond weg.

"Dankie," sê tannie Jemima. Haar stem klink dood. Sy los die skoffel net daar tussen die dor kluite en stap huis toe.

Toe Klara langs De Wet terugstap deur die ryp lemoenboorde, sê sy: "Dit was die swaarste ding wat ek nog ooit in my hele lewe moes doen."

"Hoekom het Mamma nie vir my gesê Sussie verwag 'n baba nie?" vra Klara toe sy haar ma alleen in die kombuis aantref.

Haar ma kyk geskok op. "Sussie verwag 'n . . . ag, Vader, nee!" sê sy en gaan sit op een van die regop kombuisstoele.

"Het Mamma nie geweet nie?" vra Klara ontsteld. "Dit lyk asof die baba enige tyd gaan kom."

Haar ma skud verslae haar kop. "Ek kom mos nie daar nie. En niemand het gesê nie." Dan staan sy op en stap stoof toe. Sy skink meganies 'n beker koffie. "Dus ís die stories waar."

Klara vra nie watter stories nie. Sy wil nie weet nie.

Haar ma kom sit weer by die kombuistafel. "Ek het al die Welsyn laat weet. Maar hulle is ook so besig; hier is soveel armoede in die distrik."

Klara staan op en gaan skink vir haar ook 'n koppie koffie. "Ek sal hulle maar weer moet laat weet," sug haar ma. "Hemel, wat 'n toestand."

Toe haar pa net daarna van die lande af terugkom, is hy onmiddellik woedend. "Nou het dit ver genoeg gegaan!" roep hy uit. "Vandag jaag ek daardie Lewies Pieterse en sy hele gespuis van die plaas af!"

"En waarheen moet die stomme mense dan gaan?" vra haar ma. "Neels, jy moet aan Jemima ook dink. En aan die kinders, Persomi en Hannapat en Gertjie. En die kleintjie."

"Bybie," sê Klara.

Haar pa sug diep. Dan tel hy sy hoed van die tafel af op. "En nou kom daar waaragtig nog een by. Jy moet maar weer die Welsyn oplui, dalk luister hulle hierdie keer," sê hy en stap uit.

Sy beker koffie bly onaangeraak op die tafel staan.

Douvoordag die volgende oggend staan Hannapat met 'n verskrikte gesiggie voor die agterdeur. Sussie het seker weer 'n aanval gekry, dink Klara, of haar baba is aan die kom.

"Persomi is nog steeds weg," sê Hannapat en vee oor haar neus met die agterkant van haar hand.

"Wat bedoel jy 'nog steeds weg'?" vra Klara se ma.

Die kind staan soos 'n soutpilaar in die agterdeur.

"Sy het gister weggehardloop, toe ek vir tannie Jemima gaan vertel het van Gerbrand," sê Klara.

"Van Gerbrand? Wat van Gerbrand?" vra haar ma.

Boelie is ook in die kombuis, besef Klara skielik. Hy staan met sy rug na hulle en skink vir hom 'n beker koffie.

Sy kyk na De Wet vir hulp. Hy haal sy skouers op en trek sy asem diep in. "Gerbrand het aangesluit, by die weermag," antwoord hy namens Klara.

Boelie vlieg om. "Hy het wát?"

"Aangesluit," sê De Wet rustig, "by die weermag."

"Aangesluit!"

"Ja, Boelie. Hy dra die rooi lussie," noem De Wet dit op die naam.

"Gerbrand? Ek glo dit nie!"

139

"Toe hardloop Persomi weg, toe ek hulle vertel hy is weg front toe, Oos-Afrika toe," gaan Klara voort.

"Hoekom sê julle 'n mens nie?" vra Boelie woedend.

"Omdat ons geweet het hoe jy gaan reageer," antwoord Klara.

In die deur snuif Hannapat kliphard.

"Gee tog vir die kind 'n sakdoek," sê Klara se ma. "Hannapat, snuit jou neus. En gaan sê vir jou ma ons sal dadelik mense uitstuur om te soek. Waar is jou pa?"

"Hy slaap," sê Hannapat.

"Ek kan net nie glo Gerbrand het gaan aansluit nie!" sê Boelie.

"Sê vir jou pa hy moet onmiddellik hierheen kom," beveel hulle ma. "Waar is Piet?"

"Weg," sê Hannapat.

"Ag, Ma, laat oom Lewies ook maar sy roes afslaap. Hy sal tog niks beteken nie; ons sal gaan soek," sê De Wet.

"Sy roes?" vra hulle ma. "Waar sal hy nou weer geld gekry het vir drank?"

"Ek het gister vir tannie Jemima 'n koevert gebring, van Gerbrand af," sê Klara.

"Gaan maar huis toe, Hannapat," sê hulle ma kalmerend. "Ons sal gaan soek."

"Waarom sou hy dit gedoen het?" Boelie loop heen en weer.

"Wie? Oom Lewies?" vra Irene.

"Omdat dit dalk 'n beter werk is as in die myne," sê De Wet.

"Van wie praat julle?" vra Irene.

Boelie frons steeds. "Maar . . ."

"Basta nou tob, Boelie," sê hulle ma streng. "Kry vir julle elkeen twee stukke beskuit en dan gaan soek julle die kind. Sy is waarskynlik bergop; dis maar waarheen sy altyd vlug. Pa-hulle sal kom help sodra hy die werkers bymekaar gekry het. En néé, Irene, jy gaan nie saam nie."

"Maar sy is my maatjie . . ."

Teen middagete kom De Wet terug. "Sy is nie aan hierdie kant nie, tensy sy glad nie gevind wil word nie en baie goed wegkruip," sê hy.

"Ek moes saamgegaan het. Die honde sou haar gekry het," neul Irene.

Teen drie-uur kom hulle pa terug. "Ek het die plaas platgery," sê hy, "het dorp se kant toe gery en op die stasie gaan kyk, die werkers het rivieraf gesoek. Niks."

"Ek gáán haar nou soek," sê Irene kwaad.

"Jy gaan nêrens!" beveel hulle ma streng.

Net na vyf stap Boelie by die agterdeur in. "Sy is veilig," sê hy.

"Is sy terug by haar huis?" vra hulle ma. Sy klink baie verlig.

"Nee, Ma," antwoord Boelie. "Maar ek het vir tant Jemima gaan sê hulle hoef hulle nie te bekommer nie."

"Maar Boelie! Sy is 'n klein dogtertjie . . ."

"Sy is groot genoeg om self te besluit wat sy moet doen, Ma," sê Boelie.

"Sy is twaalf jaar oud!"

"Sy is baie ouer as twaalf," sê Boelie. "Baie ouer."

"Daar het vir jou 'n brief gekom," sê ta' Maggie vir Klara die eerste aand toe hulle weer in Pretoria terug is. "Ek het dit op die klavier gesit, by die portret."

Sy sê altyd 'Die Portret' asof in hoofletters.

"Dankie, ta' Maggie, ek sal dit kry," sê Klara.

Na aandete stap sy na die donker voorkamer. Sy skakel nie die lig aan nie, dit mors elektrisiteit.

Dis 'n dun brief in 'n vaal koevert. Op die voorkant is 'n rooi goewermentstempel, geen seël nie. Sy herken dadelik Gerbrand se ronde handskrif.

Sy wag totdat sy in die kamer is voordat sy die brief versigtig oopskeur.

Middel van die Indiese Oseaan.
19 Julie 1940.

Beste Klara,

Nou is jy lekker verbaas. Want ek skryf. Jy was reg, ek het baie tyd.

Ons het met die trein Durban toe gery. Dit was baie koud veral in die Drakensberge. Hulle is baie hoog en hulle lê wit van die sneeu soos 'n hoop stampmielies.

Toe kom ons by Durban. Nou het ek ook die see gesien. En see-water geproe. Durban was nie koud nie. Ek skryf nou op die skip dis hoekom ek nie baie netjies kan skryf nie die skip rol bietjie en ek skryf op my knie.

Ons offisier moet eers al ons briewe lees voor ons dit kan stuur. So ek kan nie vir jou die planne vertel nie. Ek weet ook nie of ek vir jou die skip se naam kan sê nie. Dis 'n groot skip maar dis baie vol. Ons het slaapplek in hangmatte onder in die skip maar ons mag nie ligte aansit nie en dis baie bedompig 'n mens voel nogal naar daar. So die meeste van ons slaap hier bo op die dek. Dis oukei behalwe as dit reën.

Een van die ouens het 'n kamera hy het 'n kiekie geneem. Mis-kien sal ek dit eenkeer vir jou kan stuur. Die ou se naam is Jakkals ek wens jy kan hom ontmoet.

21 Julie 1940.

Jy moet hoop ons kom gou daar anders gaan ons almal vrek nie op die slagveld nie of oor 'n Italiaanse duikboot ons getorpedo het nie maar van die naargeid. Die see is wild. Ons moet elke dag boot dril doen maar die skip rol so ons sukkel.

23 Julie 1940.

Môre kom ons in Mombasa aan dis in Kenia en dan gaan ons met 'n trein na ons basis. Ek sal baie bly wees om van hierdie skip af te klim. Ek is baie opgewonde om nou by die front uit te kom. Dis waarvoor ek aangesluit het.

Ek gaan môre hierdie brief pos. Ek het nie vir my ma ook geskryf nie want dis moeilik om te skryf. Sê vir haar groete en sê dit gaan goed met my. Ook vir Persomi.

    Beste groete,

        Jou vriend,

           Gerbrand.

"Gerbrand het geskryf," sê sy toe Christine inkom.

"Gerbrand? 'n Brief geskryf?" vra Christine verbaas.

"Kan jy dit glo, ja. Hier, lees self."

"Maar dis jou brief?" sê Christine onseker.

"Ag, ek is seker Gerbrand sal nie omgee nie."

Christine steek haar hand uit en neem die brief. "Skryf hy van die oorlog?" vra sy huiwerig.

"Nee, hulle is nog nie daar nie."

Toe Christine klaar gelees het, sê Klara: "Gerbrand is eensaam, dis hoekom hy geskryf het."

"Hy verlang, dis dié," stem Christine saam. "Dis snaaks om so aan Gerbrand te dink."

Klara knik. "Jy moet ook maar vir hom skryf, dan kry hy darem twee briewe."

"Ek sal. Hoekom skryf hy nie ook vir sy ma nie?" Christine frons. "Hoekom moet jy groete stuur?"

"Ek glo nie sy ma kan lees nie," sê Klara. "Eintlik weet ek sy kan nie lees nie."

"O. Ek het nie geweet nie." Toe rek Christine se oë wyd oop. "O, ja, Henk is hier. Hy wag vir jou in die voorkamer."

Klara se hart spring penorent, haar lyf spring van die bed af op. "Hoekom sê jy nie!" Haar hand gryp die haarborsel.

"Want jy het gesê van die brief, toe het ek . . ."

Maar haar ore hoor nie die laaste woorde nie, want haar voete dra haar reeds gangaf, na waar Henk op haar wag.

En 'n week later besef sy: sy is terug in haar nuwe wêreld, ver van haar oupa se huisgodsdiensgebed en haar ma se vars brood. Ver van tannie Jemima se harde hande en Sussie se leë oë. Baie ver van Gerbrand wat êrens ver noord in Afrika is.

Hierdie huis wat sy met Boelie en De Wet en Christine deel, hierdie huis waar Henk haar op die rooi voorstoepie inwag, waar ta' Maggie saans hulle kos presies in hulle bòrde skep en waar Die Portret in die voorkamer heers, hierdie het nou haar wêreld geword.

Teen die einde van Augustus gaan Klara na die lentebal saam met Henk. De Wet is in die bed met waterpokkies; hy moet in die buitekamer bly en Boelie slaap in die voorhuis. Niemand word naby De Wet toegelaat nie. Die deur en vensters van die buitekamer moet toe bly. Hulle sit sy kos en koffie voor die deur neer, en moet dan eers in die huis wees voordat hy die deur mag oopmaak. "Anders is julle almal nou-nou siek," sê ta' Maggie.

Een van Braam se vriende vra Christine saam. "Dink jy nie ek moet maar hier bly nie?" vra sy onseker vir Klara.

"Beslis nie. Ons gaan almal saam en ons gaan die aand geniet. Ons is mos nie siek nie!" sê Klara beslis.

Annabel daag weer laat by die bal op, weer aan Boelie se sy, geklee in 'n splinternuwe silwerblink skepping van lamé. Haar hare hang los en blink oor haar kaal skouers, sy dra lang oorbelle wat skitter in die dowwe lig.

"Nou is ek vir die eerste keer bly De Wet is siek," fluister Christine vir Klara.

Klara lag saggies. "Ja-nee, laat hom betaal vir sy sondes," giggel sy saam.

Sondag na kerk ry hulle uit monument toe. Net Henk, Klara, Christine en Boelie, want De Wet is steeds agter slot en grendel. Ta' Maggie het darem nou vir hom die draadloos geleen. Boelie moes die sware ding tot op die drumpel van die buitekamer dra, en toe eers wegstaan dat De Wet die deur kon oopmaak en die ding binnetoe dra. "Maar jy hou nie die draadloos die hele dag aan nie," het ta' Maggie gewaarsku, "dit mors elektrisiteit."

Die bouwerk aan die monument het nie veel gevorder nie. Die reuse-betonvloer is gegooi, plek-plek lyk dit asof die mure boontoe wil begin klim.

Die vier hoeke is gebou met reuse-granietblokke. "Die goed moet 'n paar ton elk weeg," sê Boelie beïndruk.

"Ek verneem die oorspronklike kontrakteur, Cosani, kon nie die mas opkom nie," sê Henk, "toe moes hulle nuwe tenders vra."

"Dis moontlik hoekom dit so stadig vorder," sê Klara.

"Dit ja, en die feit dat die Kakieregering se eerste prioriteit die finansiering van die oorlog is," sê Boelie byna bitter. "Die voltooiing van die monument is seker heel onder op hulle lys."

Op pad terug is Christine baie stil.

Boelie kan baie ongevoelig wees, dink Klara kwaad. Of miskien dink hy net nie voor hy praat nie.

Toe Klara die aand De Wet se bord kos vir hom neem, sê hy deur die toe deur: "Kom later hier venster toe, ek wil praat."

"Ta' Maggie slag my af as sy my hier vang," sê sy.

"Kom nogtans," sê hy.

Laataand sê sy vir Christine: "Ek gaan net gou buitentoe."

"Wil jy hê ek moet saamstap?"

"Nee, wat, ek is nou terug."

Die lig in die buitekamer is reeds afgeskakel, maar binne hoor sy die sagte musiek oor die draadloos. Sy klop aan die venster.

De Wet se blasiesgesig verskyn dadelik agter die toe venster. Hy maak die venster oop.

"Jy lyk nog slég," sê sy en staan 'n tree terug. "Jy moenie my kom staan en aansteek nie."

"Hm," sê hy.

"Wat wou jy vir my sê?"

"Die nuus oor die draadloos klink nie goed nie, Klara."

"Oor die oorlog?" skrik sy. Dis waarheen Gerbrand op pad is.

"Nee, oor die OB."

"Die Ossewa-Brandwag?" vra sy verward.

"Ja, Klara. Ek het vanaand eers besef dat daar klopjagte op die huise van OB-lede gedoen word, dat mense gearresteer word deur die polisie."

"Gearresteer word?" frons sy. "Maar dis tog nie teen die wet om aan die OB te behoort nie? Dis tog nie 'n . . . verbode organisasie nie?"

"Nee. Maar lede wat verdink word van sabotasie, word na interneringskampe gestuur."

"Interneringskampe?" Ek klink soos 'n swaap, dink sy. De Wet sal dink ek is onnosel.

"Ja, Klara. Ek het ook nie geweet nie. Kampe by Koffiefontein en Jagersfontein. En nog plekke: Leeukop en . . . Baviaanspoort, dink ek. Verlede maand is meer as 3 700 mense na die kampe gestuur."

"3 700?" sê sy verslae.

"Ek is bekommerd oor Boelie, Klara."

"Boelie?"

"Klara, kom by! Jy klink regtig soos 'n bobbejaan."

"Ek weet," sê sy en skud haar kop. "Hoekom is jy bekommerd oor Boelie?"

"Hy woon nog gereeld vergaderings by. En vandat ons daardie uitval in die kar gehad het – toe jy ook saam was vergadering toe – het hy my nog nooit weer saamgenooi nie."

"Ek weet nie van vergaderings wat hy bywoon nie," frons sy.

"Omdat jy net oë het vir ene Henk Booyens, sustertjie," terg hy.

"Dis nie waar nie! Ek . . ."

"Onthou jy die ander aand toe ons almal bioskoop toe was?" vra hy.

"Ja-a. Hy was nie saam nie!" onthou sy.

De Wet knik. "Hy het eers na twee huis toe gekom."

"Na twee!"

"Jy moet nou teruggaan, anders kom soek Christine jou dalk. Vra net môre vir Henk of hy dalk iets weet. Moenie dat hy agterkom ons is bekommerd nie; vra net so terloops."

"Goed," sê sy, "ek sal probeer uitvind."

"Dalk is dit niks ernstigs nie," probeer De Wet haar gerusstel.

"Ja. Dalk."

Sy stap stadig terug na die agterdeur. Die kers in haar hand het doodgewaai.

En toe sy twee dae later vir Henk pols oor die saak, weet hy van geen vergaderings nie. "Geen algemene vergaderings nie, beslis nie," sê hy.

Op 13 September 1940 hoor hulle oor die draadloos, wat nou weer terug is in ta' Maggie se voorkamer, dat Mussolini Italiaanse magte na Libië gestuur het. "Is dit waarheen Gerbrand gaan?" vra Christine toe hulle later alleen in die kamer is.

"Nee, ek dink hy gaan Abessinië toe, dis ook 'n Italiaanse kolonie," antwoord Klara.

"Ek dink elke aand aan Gerbrand, ek bid vir hom," sê Christine. "My pa sê altyd hy gaan nog iets van sy lewe maak."

"Ja, hy gaan." Dis 'n rukkie stil voordat Klara vra: "Christine, dink jy ek moet vir Henk saamnooi plaas toe vir die Oktobervakansie?"

"Gaan hy nie na sy eie huis toe nie?" vra Christine.

"Nee, dis te ver."

"Haai, sies tog! Dan moet jy hom saamnooi," sê Christine. "Jou ma-hulle sal hom seker ook wil ontmoet?"

"Ja, my ma het laas so gesê."

"Én hy sal lekker kuier saam met Boelie en De Wet. Klara, hy is eintlik die ideale kêrel vir jou!"

Klara glimlag. "Hy is nogal, nè? En jy is die ideale nooi vir De Wet."

Christine sug. "Ek weet nie," sê sy. "Ek dink hy dink, ek is nie baie slim nie."

"Ag, nee, Christine, dis nou onsin," sê Klara beslis. "Jy moet net meer in jouself glo."

"Goed," sê Christine, "ek sal probeer."

Toe raak hulle aan die slaap.

"Gerbrand het vir my teruggeskryf," vertel Christine een aand kort voor die Oktobervakansie, toe ta' Maggie al gaan slaap het en Boelie buitekamer toe is. Sy haal die brief uit haar rok se sak. "Hy sê dis baie warm en baie droog met net kaktusse en na-bome. Hy sê die inboorlinge is baie lank en dra geen klere nie, net vere op hulle koppe en modder op hulle gesigte."

"Hm," sê De Wet.

"Hy vertel hulle het 'n miershoop uitgehol en vuur daarin gemaak. Dis nou die soldate, nie die inboorlinge nie. Toe haal hulle weer die vuur uit en sit boeliebief en mash daarin om te bak, toe het hulle pasteie."

"Hm," sê De Wet, "dis slim. Ek skakel die ketel aan vir kof-fie."

"Hy skryf hulle gaan op 'n patrollie uit, om die vyand te gaan soek." Christine frons. "Ek kan nie verstaan hoe hy kan bly wees om op patrollie te gaan nie, dis mos gevaarlik!"

"Dis buitendien jou beurt om koffie te maak," herinner Klara haar broer.

"En ek kan ook nie verstaan waarom hy nooit vir sy pa ook groete stuur nie, dis tog sy pá! En hoekom hy nie wil hê sy pa moet weet van die geld wat hy stuur nie."

Ek dink ek is die enigste een wat weet van Gerbrand se Groot Geheim, dink Klara daardie aand in die bed. Dit het hy eendag vir haar vertel, toe hulle nog in die plaasskooltjie was en hy 'n som reggekry het waarmee sy gesukkel het.

"Jy's slim," het sy gesê.

Toe hy nie antwoord nie, sê sy: "Ek kan nie verstaan dat jy so slim is en Piet en Sussie is regtig dom nie." Sy het dit nie lelik bedoel nie, al het dit dalk so geklink.

Hy het 'n rukkie stilgebly, toe sê hy: "Hulle is nie my regte broer en suster nie."

"Nie jou regte . . ." Sy frons. "Gerbrand, wat bedoel jy?"

Hy bly eers lank stil sodat sy dink hy gaan nie vir haar sê nie. Maar toe draai hy sy gesig na haar en hy sê: "Sweer eers jy sal niks sê nie? Vir niemand nie? Nie eens vir De Wet of vir Chris-tine nie?"

Sy spoeg op haar hand en steek haar twee vingers in die lug.

"Cross my hart and don't say," sweer sy. En net om seker te maak, voeg sy by: "Njallies kapêla."

Hy kyk na haar, sy bruin oë is baie ernstig, die sproete op sy gesig baie duidelik. "Hulle is my pa se kinders. Ek is my ma se kind."

Sy verstaan stadig. Sy frons. "Jou pa is nie jou pa nie?" maak sy seker.

"Nee. Ek het 'n ander pa. En hulle het 'n ander ma gehad, maar toe gaan sy dood. Toe word my ma ook hulle ma. En my pa word my pa. Ek meen nou, my pa van nou."

"O." Dis nogal vreemd. Sy het nie geweet daar bestaan regtig iets soos 'n stiefma en 'n stiefpa nie; sy het gedink dis net in stories. Soos prinsesse en paddas wat prinse word.

"En Persomi?" het sy na 'n rukkie gevra.

"Ek weet nie," het hy gesê. Toe loop hy uit en gaan speel saam met die seuns.

Hulle haal Saterdagoggend baie vroeg die trein. Die middag net na drie laai hulle pa hulle op by die stasie. Boelie sit voor by hom, sy en Christine sit agter tussen De Wet en Henk. Lekker styf.

Die verwelkoming op die plaas is dieselfde as altyd: Die honde blaf dat hoor en sien vergaan en spring uitbundig teen hulle op, totdat Irene hulle eindelik onder beheer kry. Haar oupa groet die seuns met 'n stewige handdruk en vir haar met 'n stekelrige soen. Haar ma en ouma hou hulle styf vas. Almal ruik nog dieselfde. Bekend.

In die kombuis wag 'n sjokoladekoek. Altyd. Spesiaal.

"Sussie het 'n baba gekry," vertel Irene voordat hulle nog koffie gekry het. "Maar ons weet nie wat nie, want die Welsyn het die baba gevat en vir ander mense gegee."

"O," sê Klara, "dit is beter so."

"Nee," sê Irene beslis, "dit is nie. Want Persomi sê Sussie huil elke dag oor sy na haar baba verlang. Én, die polisie het vir oom Lewies kom haal! In die vangwa!"

"O. Jy kan later vir my vertel, Irene. Nou gaan ons eers koffie drink, dan wil ek vir Henk die plaas gaan wys."

"Maar hy het 'n week later teruggekom," laat Irene haar nie van stryk bring nie. "Toe het Pa vreeslik hard met hom baklei, en toe kom haal die polisie hom weer, en . . ."

"Irene!" sê Klara streng.

Toe vererg Irene haar, roep die twee honde – in hondetaal – en stap wipstert by die agterdeur uit.

Henk lag. "Hoe verlang ek nou na my sustertjie," sê hy. "Sy is net so 'n klein snip."

"Hoe oud is sy?" vra hulle ma.

"Tien, tannie Lulu."

"Dan wag die ergste nog vir julle. Irene is pas dertien," voorspel Boelie ernstig.

Na koffie sê Boelie: "Daar is nog 'n uur of wat lig oor. Stap saam, dan wys ek en De Wet vir jou die beeskraal, dis nie ver nie."

Henk kyk vinnig na Klara. "Gaan gerus, ek wil solank uitpak. En bietjie by my ma en ouma kuier," sê sy.

"En môre kan ons die perde opsaal en die hele plaas deurry," sê Boelie entoesiasties.

"Dan kom ek beslis saam," sê Klara.

"As jy genooi word," sê Boelie.

Henk lag. "As jou broers jou nie nooi nie, nooi ek jou saam."

Boelie kyk hom 'n oomblik lank verbaas aan, dan sê hy: "O, ja, natuurlik. Kom, voor dit te donker word."

Dit word 'n ontspanne vakansie van kuier en kaart speel tot laataand, van laat-slaap-oggende en lang ente stap in die vroegsomerveld. Christine is byna elke dag daar. Annabel kom gereeld kuier en op 'n keer bring sy selfs vir Lettie saam.

Aan die begin voel dinge bietjie vreemd, soos dat Irene nou die traporrel speel by huisgodsdiens, of dat Henk die hele tyd daar is. Nie sleg nie, net vreemd – miskien lekker-vreemd. Want dinge moet verander, maak nie saak hoe lekker dit was nie, sê De Wet altyd, anders versand 'n mens soos ou heuning.

Een middag, toe Henk saam met Boelie met die trok dorp toe is om te gaan lek koop by die koöperasie, stap De Wet en Klara oor na tannie Jemima. "Dit gaan goed met Gerbrand," sê De Wet.

"Hy is gelukkig, baie gelukkig," sê Klara. Sy kyk glad nie rond nie.

"Ja," sê tannie Jemima. "Hy skryf vir Persomi."

Op pad terug kry hulle vir Persomi waar sy water skep in die rivier. "Gerbrand het vir my geskryf. Een keer," sê sy.

"Ek is bly," sê Klara. "Hy skryf interessante briewe, nè?"

"Ja. Hy het belowe hy gaan weer skryf." Toe draai sy om en dra die swaar emmer bultop.

"Dis die eerste keer dat sy met my praat," sê De Wet verbaas.

"Ja, sy het byna nog nooit met my ook gepraat nie. Ek hoop net Gerbrand skryf weer vir haar."

En voordat Klara nog behoorlik uitgerus is, is die vakansie verby. Die laaste middag help sy haar ma oudergewoonte om die beskuit en koekies in die blikke te pak. Vanmiddag pak hulle ook 'n vierde blik, vir Henk. "Jy moet net my blik terugbring," maan haar ma.

"Ek sal, Mamma. Desember, wanneer ons kom. Dan is dit darem 'n lekker lang vakansie."

"Henk is 'n gawe seun, Klara. Ek en Pappa is albei bly jy het so 'n soort jongetjie gekry."

Soort jongetjie? dink Klara geamuseerd. Sy wonder wat De Wet daarvan sal sê. Of Henk – nie dat sy dit ooit vir Henk sal vertel nie.

Die laaste aand sê Henk saggies vir haar: "Kom stap na ete saam met my? Alleen?"

Haar hart klop vinniger, maar sy bly kalm. Uiterlik. "Dit gaan moeilik wees om vir Boelie te ontglip. Ek sal vir De Wet vra om hom besig te hou," sê sy.

Henk glimlag; hy glimlag maklik. "Slim meisie," sê hy.

En bo alle verwagting kry hulle dit reg om Boelie te ontglip, en vir Irene. Toe hulle met die sanderige pad afstap rivier toe, neem hy haar hand en trek dit deur sy arm.

Hulle loop langs mekaar in die flou lig van die halwe maan. Op die wal van die rivier gaan hulle staan. Onder hulle glinster die yl stroompie water.

"Dis vreemd dat die rivier se naam die Nyl is; dit is nie eens 'n baie indrukwekkende rivier nie," sê Henk.

"Dis darem naby die oog, verder aan word hy skynbaar breër," sê Klara. "En as hy die slag afkom, is hy indrukwekkend, hoor. Dan is ons afgesny van die dorp en kan ons glad nie oor die laagwaterbruggie kom nie."

"Hulle behoort vir julle 'n ordentlike brug te bou," sê hy. "Hierdie pad dra nogal baie verkeer."

"Ja, nogal."

Dan draai hy na haar. "Dankie vir die vakansie, Klara. Dit was baie goed om jou familie te leer ken."

Sy knik. Sy weet nie presies wat om te sê nie.

"En om jou beter te leer ken," sê hy. Sy stem klink effens vreemd.

"Ja," sê sy.

Toe sy opkyk in sy oë, weet sy wat gaan kom. Haar hart gaan onbedaarlik aan die klop sodat sy bang is hy hoor dit.

Hy vou sy arms om haar en trek haar sag nader. Dan soen hy haar, sag, op die mond. Hy hou haar net 'n oomblik teen hom vas en laat haar dan gaan. "Dit wou ek die hele vakansie al doen," glimlag hy. "Jy is pragtig, weet jy dit?"

Hulle stap in stilte huis toe. Hand aan hand.

En die volgende dag in die trein sit sy styf langs hom op die bank en raak later met haar kop teen sy skouer aan die slaap.

Alles het verander. Góéd verander.

Alles.

Terug in Pretoria wag daar 'n brief, geadresseer aan beide Klara en Christine.

29 Oktober 1940.

Beste Klara en Christine,

Dankie vir julle briewe. En vir die pakkie met die tjoklits. As jy weer 'n pakkie stuur Christine onthou die sigarette. En moenie gebreide sokkies stuur nie ons het dit gekry uit pakkies van die Engelse tannies in Kaapstad maar die sokkies krimp as 'n mens dit was. Ek skryf vir julle saam 'n brief want ons het nie meer so baie tyd nie.

Ons C Kompanie was nog nie in 'n geveg betrokke nie. Ons seksie het gister darem op 'n trop wildebeeste afgekom en 'n klomp geskiet maar ons moet nog op die Italianers afkom. Itaais noem ons hulle, ons is reg om hulle uitmekaar te skiet.

Klara jy vra wat ons eet. Baie vleis wildsvleis want hier is baie bokke wat ons sommer met die masjiengewere bykom. Die lewer braai ons as ons kan. Die kokke maak stew hulle gebruik ook gedroogte groente soos kool en wortels en aartappels. Die aartappels is oukei want hulle maak mash die ander groente is sleg. Ons kry in die oggende pap, mieliepap. Die slegste is die eiers dis poeier eiers Klara 'n mens kan dit nie eet nie al is jy honger. Die kos is partykeer nogal sleg maar niemand wil kokke wees nie.

Ons ry in drieton army trokke. Elke seksie het 'n trok wat ook ons volle kit, ons wapens en ammunisie en ons toerusting dra. En genoeg kos en water vir sewe dae en brandstof vir 500 myl. Ons het 'n paar keer gehoor die Italianers is naby maar sover het ek nog geen Italianer gesien nie.

Klara jy vra hoe werk die army dis maklik om te verstaan want alles is in dries omdat hulle net tot drie kan tel. Daar is drie seksies in 'n peloton, drie pelotons in 'n kompanie, drie kompanies in 'n bataljon maar gewoonlik meer, drie bataljonne in 'n brigade en drie brigades in 'n divisie of altans dit werk gewoonlik so nie altyd nie. Nou weet jy hoe werk die army.

O ja en daar is die Ingenieurskorps wat paaie en brûe bou of regmaak en ook moet landingstroke bou vir ons vliegmasjiene.

Ons het baie vegvliegmasjiene ek wil vir julle vertel daarvan. Hulle name is die Junker JE 86, die Hurricane fighter, die Hartbeest, die

Fury fighter en die Fairey Battle light bomber ek weet nie wat die Afrikaanse name is nie. As ek huis toe kom sal ek vir julle kiekies van almal wys Jakkals neem kiekies.

Kolonel Dan Pienaar is ons bevelvoerder ek het baie respek vir hom.

Ek dink ek gaan in die army aanbly. Ek sal miskien 'n vliegmasjien wil vlieg.

Skryf maar weer.
> Julle vriend,
>> Gerbrand.

"Dis lekker as Gerbrand skryf, maar dit voel elke keer asof hy die oorlog in die huis bring," sê Christine.

"Die draadloos bring buitendien elke dag die oorlog in die huis, en die koerante," sê Klara.

Christine knik. "En die bioskoop. En die lamppale, of die mense se praatjies. Ek wil nie weet hoe voel dit in die lande waar hulle veg nie, soos . . . waar veg hulle, Klara?"

"Europa," sê Klara. "Pole en Rusland, Holland, Frankryk. En in Noord-Afrika, in die Sahara-woestyn, dink ek."

"Dit moet seker baie sanderig wees, in die woestyn, wanneer die bomme ontplof," sê Christine.

"Ja. Seker."

Toe De Wet byna twee maande later, toe hulle reeds weer by die huis is vir die Desembervakansie, vir haar 'n koerant gee, na 'n spesifieke berig wys en toe uit die kombuis stap, weet sy dat die oorlog nou by hulle in die plaashuis ook ingetrek het. Want hoe verder sy lees, hoe meer ontsteld raak sy.

Drie Italiaanse bomwerpers het Woensdagnag die Suid-Afrikaanse troepe buite El Wak gebombardeer. Met eerste lig het drie van ons Hawker Harts een van hulle vliegtuie afgeskiet.

Die hele operasie by El Wak was baie suksesvol. Heelwat ammunisie en voorrade is gekonfiskeer of vernietig en 'n groot groep Italiaanse soldate is gevange geneem.

Twee van die Royal Natal Carbineers is noodlottig gewond tydens die aksie. Hulle name sal bekend gemaak word sodra hulle families in kennis gestel is.

Die skok ruk deur haar. Sy lees die laaste sin weer.

Die skok brand in haar lyf vas, lê kliphard in haar maag.

Sy stap met swaar voete na buite om De Wet te gaan soek.

"Dis Gerbrand se groep," knik hy.

"De Wet?"

"Ons sal maar moet wag en kyk."

Twee lang, lang dae hoor hulle niks.

Maar toe vind hulle die name tussen 'n paar ander op bladsy sewe van die koerant. Onpersoonlik. Swart op wit. Finaal.

"Dis nie Gerbrand nie," sê De Wet verlig. "Dank Vader."

En net na Nuwejaar kom die brief van Gerbrand af. Hy het dit plaas toe geadresseer.

16 Desember 1940.

Beste Klara,

Dankie vir jou brief. As jy weer 'n pakkie stuur met sigarette stuur Springbok sigarette vir die sportman nie Kommando sigarette nie.

Ons het vandag ons eerste geveg gehad ek kan ongelukkig nie vir jou die naam van die plek sê nie dink ek. Dis op die grens van Italiaans Somalië.

Ons het eergister al hierheen vertrek die paaie was verskriklik. Ons moes omtrent die pad herbou. Ons is deur dik sand en soms op ompaaie deur dik bosse want naby die grens is ons versigtig vir landmyne.

Toe moet ons verder stap. Die plan was dat die Dukes van die een kant af sal aanval, die Goudkus Brigade reguit van voor, ons Carbineers van regs en die Transvaal Scottish moes vooruit beweeg en die vyand afsny dat hulle nie kan vlug nie.

By ons het B Kompanie voor beweeg gevolg deur C Kompanie. Eers was daar geen teenstand nie maar toe maak die vyand swaar masjiengeweervuur op ons oop. Ons het teruggeskiet veral met ons mortiere. Ons sit toe ons bajonette aan en bestorm die dorp, B Kompanie reg van voor, ons van regs. Jy sien net Itaais spaander Klara hulle is regtig nie baie goeie soldate nie. Baie het gesneuwel. Ek het 'n Italiaanse waterbottel gekry dis baie beter as ons waterbottels want ons waterbottels hou net een pint water en die Italiaanse bottels hou drie pinte water.

Nou kamp ons so 'n ent buite die dorp. Nie in tente nie onder die bosse. Ek en Jakkals het 'n sagterige sandkol onder 'n bos uitgesoek en ons lekker ingerig.

Ek gaan beslis in die army bly vir die res van my lewe. Klara dis goed dat ek gekom het sê dit so vir my ma.

17 Desember 1940.

'n Klomp Itaai vliegmasjiene het ons aangeval vroeg vanoggend en bomme op ons gegooi maar ver van ons af. Toe het ons Hawker Harts hulle afgeskiet. Indrukwekkende fireworks. Vannag vertrek ons terug na Wajir. Ons het hierdie hele dorp aan die brand gesteek om die vyand se vliegmasjiene te trek.

Twee van ons ouens is dood. Dis vir my baie bad. Dis die eerste ouens wat dood is. Verstaan jy Klara? Nog een ou is baie siek malaria sê hulle. Hy gaan terug Unie toe.

Klara laat sak die brief stadig.

Die twee ouens, die twee name in die koerant, se mense het 'n swart Kersfees gehad, dink sy.

Die oorlog is lankal nie meer ver oor die waters nie, dis by ons, tussen ons. Gerbrand is in die middel van die oorlog.

Ek haat hierdie oorlog, dink sy. Ek weet ek mag nie haat nie, maar ek dink ek haat hierdie oorlog.

Toe tel sy weer die brief op en lees die laaste sin.

Ek sit geld by gee dit vir my ma sê dis vir Kersfees sy kan dan vleis koop. Moenie dat my pa sien nie.

Jou vriend,
     Gerbrand.

Die hartseer bondel onverwags in haar keel op, die eenpond-
noot brand in haar hand.

Want skielik onthou sy weer die hasie.

HOOFSTUK 8

VROEG IN JANUARIE BEGIN DIT REËN. Sag, deurdringend, net wat die boorde en die landerye en die weiveld nodig het.

Maar dit klaar nie op na 'n paar dae nie, die reën hou aan neersif. Die Nyl swel en swel, die rivierkamp verander in 'n moeras sodat Boelie en De Wet die jong verse moet verskuif na droër grond.

"Die pad is 'n glibberige snotspul," brom Klara se oupa ontevrede en krap die ergste dik modder van sy velskoene af met 'n stokkie. "Dis lewensgevaarlik om daarop te ry, seg ek nou vir julle."

"As die son net een dag wil skyn," sug haar ma. "Die wasgoedmandjie loop al oor."

"En ek moet hierdie rok aan Persomi pas," sê haar ouma. "Sy kan tog nie in dié reën al die pad hierheen loop nie."

"Hulle is buitendien afgesny, Ouma," sê Irene. "Die rivier loop van gister af al hóóg oor die klippe."

Die hele vakansie het hulle ouma naaldwerk gedoen. Sy het vir Klara drie nuwe bloese en 'n skirt gemaak, en vir Irene 'n wit kerkrok, want sy gaan vanjaar koshuis toe. "Dat die klein asjas nou sowaar al in vorm II is," skud haar ouma haar kop.

Persomi gaan ook koshuis toe. Die goewerment betaal vir behoeftige kinders. Klara se ouma maak vir haar ook 'n kerkrok – die kind hoef tog nie soos 'n armblanke te lyk nie.

"Maar sy is een, Ouma," snip Irene.

"Almiskie," sê hulle ouma.

"Hoe het haar punte gelyk aan die einde van vorm I?" vra Klara onskuldig.

Toe bly Irene stil, want Persomi het eerste gestaan in die klas.

Die dag voordat hulle moet ry stasie toe, kom Boelie bekommerd van buite af in. "Die Nyl is bo-oor die laagwaterbrug, los bo-oor. Ek kan nie sien hoe gaan ons môre by die stasie kom nie. En ek kan nie die eerste week mis nie – dis my finale jaar!"

"En ek moet hoërskool toe gaan!" roep Irene uit. "Ek moet die eerste dag by die koshuis wees, anders kan hulle vir my énige kamermaat gee!"

Die middag kom oom Freddie druipnat by die agterdeur in. "Daar is geen manier dat ons môre op die dorp kan kom nie," sê hy.

"Nie net ons nie, al die plase hier in die kloof op is afgesny van die buitewêreld," sê hulle pa. "Klara, skink vir oom Freddie 'n koppie koffie."

"Dis verregaande; die regering moet nou 'n brug oor die Nyl bou," sê hulle oupa. "Dis donkiejare al dat hulle praat-praat en daar kom kluitjies van."

"Ek sal dit bietjie opneem met Rooth," sê oom Freddie. "Dalk kry hy iets uitgerig. Dankie, Klara, net een suiker."

"Wie is Rooth?" vra Irene.

"Irene, vat die honde en gaan speel buite," sê hulle pa geïrriteerd.

"Pa-a! Dit reën en . . ."

"Die regering sal sorg, hulle sal 'n brug bou," sê oom Freddie.

Hulle kom 'n week laat by die universiteit aan. Boelie is op hete kole. "Asof die eerste week nou soveel saak maak!" sê Klara vir Christine.

Die eerste aand al is Henk daar om te groet. "Dit was 'n vrees-

159

like lang vakansie," sê hy en hou Klara styf vas. "Jy moet nooit weer so lank weggaan nie."

"Aankomende jaar gaan jý weg," sê sy, "want jy maak vanjaar klaar."

"Ek sal waarskynlik in Johannesburg werk, dis darem nie so ver nie," troos hy. "En die reuse-Nyl loop nie tussen Johannesburg en Pretoria nie."

Klara lag. "Net die magtige Apies, nè?"

Dis goed om weer by Henk te wees, dink Klara. Ek het na hom verlang.

Ek dink ek is besig om lief te word vir hom.

"Dis regtig lekker om terug te wees," sê sy na 'n week vir Christine, "en om nie meer 'n eerstejaar te wees nie."

"Ja," sê Christine, "dis baie lekker om terug te wees." Na 'n rukkie vra sy: "Jy en Henk gaan nou byna elke week saam uit?"

"Ja," sê Klara. "Chrissie, ek dink ek is besig om lief te raak vir hom."

"Maak hy sulke vlinders op jou maag?"

"Vlinders?" Klara dink ernstig. "Nee, nie eintlik nie. Net . . . so half . . . warm, in my hart."

"O."

Net voordat hulle aan die slaap raak, vra Klara: "Was Boelie vanaand hier?"

"Nee, hy en Annabel het bioskoop toe gegaan, dink ek. Hy het so iets gesê."

Ek kan Maandag vir Annabel vra hoe haar aand was, dink Klara vaak. Ek hoop sy was die hele aand saam met Boelie.

Maar toe sy Maandag so terloops vir Annabel pols oor Saterdagaand, antwoord haar vriendin: "Ag, ek het nie veel gedoen nie. Boelie het vroegaand hier aangekom en ek het gehoop ons kan bioskoop toe gaan, maar hy was haastig om weer by die huis te kom, toe gaan drink ons net koffie. Hy skryf vandag of môre toets, of so iets."

De Wet skud net sy kop toe sy hom vertel. "Ons moet hom seker maar konfronteer," sê hy. "Ons moet maar wag vir die regte geleentheid."

Op een van die middelbladsye van *Die Vaderland* een Vrydag-middag vind Klara 'n piepklein beriggie, weggesteek tussen stories oor 'n basaar op Leeudoringstad, die droogte in die Amersfoort-omgewing en 'n hond met moontlike hondsdolheid wat op 'n plaas naby Vivo geskiet moes word.

SA troepe op Italiaanse grondgebied

Ons militêre korrespondent berig uit Oos-Afrika dat die Suid-Afrikaanse troepe op 8 Februarie die grens van Italiaans-Somalië oorgesteek het. Hulle kry min teenstand van die Italiaanse grondmagte, maar die Italiaanse lugmag is nog baie aktief.

Geen noodlottige ongevalle is die afgelope 24 uur uit Oos-Afrika aangemeld nie.

Gerbrand het lank laas vir my geskryf, dink sy terwyl sy die koerant toevou. Hy moet seker baie besig wees. Of dalk raak hy nou net gewoond aan die lewe in die weermag en verlang hy nie meer soveel huis toe nie.

Daardie Saterdagoggend vroeg was sy en Christine hulle hare en sit in die son om dit droog te maak. Sy sit altyd 'n bietjie asyn aan om die goudbruin kleur uit te bring, Christine sit suurlemoensap aan om haar hare blond te hou. Dan sit hulle tien minute in die son, spoel dit uit onder yskoue reënwater wat hulle uit ta' Maggie se opgaartenk langs die kant van die huis tap, en borsel dit droog in die son. Voordat haar hare heeltemal droog is, knyp Klara haar hele kop vol goodies om sagte golwe in haar hare te kry. Christine hoef niks te doen nie; sy het van nature 'n bos krulle wat soos 'n krans om haar kop staan.

Hulle het elkeen 'n boek om te lees, maar die son is te skerp op die bladsye. Nou sit hulle maar net agteroor en lui word.

161

"'n Mens word sleg in hierdie son," sê Christine na 'n ruk-kie.

"Hm."

"Gaan jy en Henk êrens heen vanaand?" vra Christine.

"Ons gaan bioskoop toe," antwoord Klara. "Ek gaan binne-toe, ek kook nou al in hierdie hitte."

Sy stap eers na die voorhekkie en kyk in die posbussie. Daar is twee rekeninge vir ta' Maggie en twee vaal koeverte met rooi goewermentstempels, geen seëls nie – 'n dunner brief geadres-seer aan Christine en 'n dikker een vir haar.

Sy gaan gee eers vir Christine haar brief en gaan dan kamer toe om haar eie oop te skeur.

16 Februarie

Beste Klara,

Ons is nou binne Italiaanse gebied. Ons word nog gebombardeer deur hulle vliegtuie so ons moet snags beweeg en dit sonder ligte. Gisternag moes ons vinnig terugval waaroor ek baie geïrriteerd was want ons vorder nie. Dit was pikstikdonker en digte doringbosse jy moet sien hoe is ons gekrap en ons klere geskeur. Die meeste ouens se water was klaar myne ook. Die laaste twee dae was regtig verskriklik. Maar moenie vir my ma sê nie sê net dit gaan goed.

Ons is nou by 'n vliegveld ek kan nie sê waar nie jy verstaan mos. Ons Carbineers moes die pad hierheen patrolleer. Net voor skemer is ons aangeval deur 'n patrollie van die vyand. Ons het geantwoord met geweervuur, ons mortiere het paaie tussen hulle oopgeskiet Klara. Ons het heelwat prisoniers geneem maar een van ons ouens is dood maar nie uit ons kompanie nie. En een is deur die bors en arm geskiet hy sal moet teruggaan Unie toe.

Dis so warm ek kan nie slaap nie en ek moet nou slaap want van-nag moet ons ver vorder. Die muskiete is ook baie lastig.

19 Februarie

Klara ek is so trots op ons troepe ek wil vir jou vertel. Ons het by 'n rivier gekom die Jubarivier maar die vyand het die brug opgeblaas.

162

Ons C Kompanie gaan soek na 'n plek om 'n brug te bou. Klara dis 'n groot rivier nie soos ons Nylrivier nie maar die army laat hulle nie keer deur 'n rivier nie ons ingenieurs bou 'n brug. In dae, kan jy dit glo en op die plaas praat hulle al vir jare lank. Ons kry 'n plek, die hele bataljon kom help, die geniekorps werk dit uit. Ons maak die dromme aan mekaar vas en aan stewige bome. Ons roei in bootjies oor ek het geroei. Die stroom was nogal sterk. Ons maak die toue aan die oorkantste bome vas en trek die dromme en die kettings styf vas om die bome. Verstaan jy? Toe sit hulle die planke op die dromme.

Maar Klara jy moet verstaan dis 'n groot rivier. Die Dukes het ook kom help, die drie kompanies van die Transvaal Scottish moet ons beskerm. En elke nou en dan brand die vyand op ons los. 'n Mens noem dit 'n pontbrug. Hulle sê pont is 'n Italiaanse woord ek weet nie. Ons het dit in drie dae se tyd gebou. Dit klink miskien nie so goed nie maar ek wens jy kon daardie rivier sien dan sal jy verstaan. Ons voetsoldate het eers oor gestap toe ry ons voertuie oor. Ons moes gedurig die vyand terughou. Dis moeilik want dis ruie bosse langs die rivier en baie wegkruipplek vir hulle. Twee van ons ouens is gewond.

22 Feb.

Klara iets vreeslik het vandag gebeur ek wil jou vertel ek is jammer as dit jou gaan ontstel. Vandag is ons seksie gestuur om 'n pad te patrolleer wat regs afgedraai het. Skielik begin die vyand op ons skiet van agter so 'n lae duin. Ons korporaal skree ons skiet terug. Die geveg het net minute lank aangehou maar dit was baie erg. Een van ons ouens ek glo nie ek kan sy naam sê nie van Natal bly toe lê. Ek was eerste by hom. Klara toe sien ek sy hele bors is oopgeskiet. Sy oë kyk verby my. Maar ek sien dadelik hulle kyk nie meer nie. Klara ek het die ou baie goed geken. En die Itaais het hom dood-geskiet. Verstaan jy? Nou is ons net nege.

As ek 'n Itaai kry, skiet ek hom vrek.

Ek wens regtig ek kon vanaand met jou praat.

Gerbrand.

Sy sit lank stil met die brief in haar hande. Die weet groei groter en groter in haar, swaarder.

Een van die ouens in Gerbrand se klein groepie is doodge-skiet, sy oë kyk nie meer nie.

Dit kon Gerbrand gewees het. Net soos dit in Desember ook Gerbrand kon gewees het.

Sy sit lank doodstil.

Sy wens sy kon met hom praat.

Toe vou sy die brief toe en steek dit in haar sak sonder om dit vir Christine te gaan wys.

Later die middag, toe hulle saam met De Wet koffie drink in die kombuis, sê Christine: "Gerbrand het geskryf, dit gaan baie goed met hom."

"Was hy al in 'n geveg betrokke?" vra De Wet afgetrokke.

Klara weet hoekom haar broer vanmiddag so stil is: Boelie het al weer verdwyn, sonder dat hy vir iemand gesê het waar-heen hy gaan.

"Nee," sê Christine, "hy sê net dis warm en daar is dik sand en muskiete. Dis net 'n dun brief."

Die dae vlieg propvol verby sonder dat die geleentheid hom voordoen om Boelie te konfronteer. Die akademie neem sy loop, die seuns se rugbyoefening begin, Henk kom gereeld kui-er, Klara en Christine verken die strate en koop die winkels leeg met hulle oë. Ook De Wet verwys nie weer na hulle gesprek nie sodat dit later vir Klara voel asof hulle hele vermoede net 'n nare droom was.

En toe Klara een middag na klas twee briewe in die posbus vind, besef sy dat die eerste kwartaal van haar tweede jaar ook al amper verby is. "Die tyd vlieg vreeslik vinnig," sê sy vir Chris-tine. "Hier, Gerbrand het vir jou ook 'n brief geskryf."

Toe hulle klaar gelees het, sê Christine: "Dit klink darem nou rustiger daar, maar hy skryf hy wil permanent in die army bly. Het hy vir jou ook so geskryf?"

"Ja," antwoord Klara, "hy wil vegvliegtuie vlieg."

"Klara, stuur jy ook vir hom sigarette?"

"Wel, nie altyd nie, want ek het nie altyd geld nie. Maar wanneer ek kan, stuur ek, ja."

"Ek dink Gerbrand rook te veel," sê Christine ernstig. "Ons moet vir hom skryf hy moet ophou rook."

"Gerbrand sal nooit vir ons luister nie," glimlag Klara. "Hy rook buitendien al vandat hy in standerd vier was."

"Standerd vier!" roep Christine uit. Haar blou oë is groot geskrik. "Is jy seker?"

Klara lag. "Ja, Chrissie, ek weet."

"Sjoe, Gerbrand is régtig wild."

Nou lag Klara kliphard. "Ai, Christine! Ek vermoed Gerbrand doen baie erger dinge as róók!"

"Ja," sug Christine ernstig, "jy is seker reg."

Christine het 'n groot kaart van Afrika in die hande gekry. Sy en Klara probeer nou die Suid-Afrikaanse troepe se vordering in Oos-Afrika volg. Hulle wou dit met 'n swart pen op 'n kaart aanteken, maar die plekke waarvan hulle oor die draadloos hoor of in die koerante lees, is nie op hulle kaart nie. Nou druk hulle maar net koppiespelde in by die plekke wat hulle kan vind.

Op 17 Maart steek die magte die Abessiniese grens oor by Ferfer, op die 23e trek hulle oor die Mardapas en beweeg dan onder die voetheuwels langs noordwaarts. "Dis geen wonder julle kry nie die plek nie, die koerant sê dis 'n tweespoorpaadjie," glimlag De Wet en teken met 'n potlood vir hulle die paadjie min of meer in.

Die troepe vorder stadig, daar is baie padversperrings en die voortdurende gevaar van lokvalle. "Teken sulke doringdrade oor De Wet se paadjie," beduie Klara met haar hande.

"Hier is te min plek," sê Christine.

"O. Maak dan maar net klein kruisies."

Die hele konvooi moet deur die Babilekloof en teen die Babilehoogte uit. Vroeg een oggend word hulle aangeval deur drie

Savoia-vliegtuie van die Italiaanse lugmag. Toe teken Christine 'n piepklein vliegtuigie.

Teen die 27e is hulle oor die Hubetapas en op pad na Diredawa, op 30 Maart beweeg hulle weswaarts langs die Addis Abeba-Jibiti-spoorlyn. Die spoorlyn vind Klara-hulle; dis 'n dun rooi lyn met klein dwarsstrepies.

"Dis baie vreemd om te dink Gerbrand is regtig dáár," sê Christine die aand toe hulle na die seweuur-nuus kamer toe gaan en weer die plekke op hulle kaart probeer vind. "Ek wonder wanneer gaan hy weer skryf, ons het lank laas van hom gehoor."

Op 5 April berig die draadloos dat die troepemag opdrag gekry het om vinnig te beweeg na Addis Abeba, die hoofstad van Abessinië, om die Europeërs daar te beskerm en wet en orde te bewaar. En op 6 April gaan die eerste Suid-Afrikaanse troepe Addis Abeba binne.

"Wat gaan ons nou met Addis Abeba doen?" vra Christine ernstig toe hulle die nuus oor die draadloos hoor.

De Wet knik en glimlag vir haar. "Dis 'n goeie vraag," sê hy.

Op 'n koue Sondagmiddag in Mei ry hulle uit om te gaan kyk hoe die bouwerk aan die monument vorder. "'n Nuwe kontrakteur het oorgeneem, dit behoort nou beter te gaan," sê Boelie en vryf sy hande om warm te word. Hy sit voor langs Henk, Klara en Christine en De Wet sit ingewurm op die agterste sitplekkie.

"Ek het gelees daar is sterk ooreenkomste tussen ons monument en die Völkerschlachtdenkmal in Leipzig," gesels Henk.

"Waar is Leipzig?" vra Christine.

"Duitsland," antwoord De Wet.

"Ja, die Duitsers weet wat hulle doen," sê Boelie tevrede.

Maar toe hulle teen die klipperige paadjie opry na die bouterrein, is daar steeds net takelwerk te sien. "Die mure is darem al 'n ent op," sê Klara. "'n Mens kan sien dit gaan 'n báie groot monument wees."

"Dit gaan seker een van die grootste geboue in die hele wêreld wees," sê Christine toe hulle reg rondom gestap het.

De Wet glimlag. "Nie eens 'n dertigste so groot soos die grootste piramides nie," sê hy.

"Sjoe!" sê Christine, "dis gróót! Ek wens ek kan eendag 'n piramide sien."

Toe klim hulle weer in Lizzie en ry deur die vaal strate terug huis toe.

De Wet sit doodstil by die tremvenster en uitkyk. Dis vroegoggend. Buite skuif die kaal jakarandabome verby, die huise en tremhaltes, die lamppale met nuwe koerantplakkate.

Maar dit alles gaan by hom verby, want ín hom broei 'n groot onrus.

Gisteraand het hy vir die eerste keer die woord "Stormjaers" gehoor.

Daar was die afgelope twee weke reeds gerugte van 'n groep, veral in die noorde van die land, wat deur aktiewe verset die Smuts-regering se oorlogpoging wil ontspoor. Meer as net die sabotasie van treine of telefoonsentrales waarvoor sommige OB-lede reeds aangekla en geïnterneer is – hulle praat van gewapende opstand, dat die Smuts-regering met geweld omvergewerp moet word, dat 'n republiek deur 'n soort staatsgreep uitgeroep moet word.

"Ek verstaan jou bekommernis," het sy professor eergisteroggend al ernstig gesê. De Wet het nie geweet met wie anders om te praat nie. "My eie seun . . . ja."

Die professor het oor sy gesig gevee en toe verder gepraat. "Ek het 'n vriend in . . . kom ons sê maar 'die regte plek', ek sal kyk of hy dalk iets weet."

En gisteraand in sy professor se studeerkamer, het De Wet dinge gehoor wat hy nie wou hoor nie. Dit is erger as wat hy gevrees het.

"Daar is skynbaar 'n groep binne die OB wat hulself die Stormjaers noem," vertel sy professor. "Hulle is gebaseer op die

Nazi Sturmabteilung.[12] In Transvaal alleen is daar glo 8 000 van hulle, ten volle opgelei en gewapen."

"8 000?" vra De Wet verslae. "Weet die polisie wie die lede is? Het hulle name?"

"Skynbaar nie, alles is gegrond op vermoedens." Sy professor klink moeg. "Die polisiemag is verdeel; hulle vermoed dat selfs van hulle topstruktuur aan die Stormjaers behoort."

Gisternag het De Wet byna nie 'n oog toegemaak nie.

Langs hom vra Klara: "Hoe het dit gisteraand met jou mondeling gegaan?"

"Goed. Goed, dankie," sê De Wet afgetrokke.

Hy kyk weer by die venster uit.

"'n Stormjaer moet 'n eed sweer met een hand op die Bybel, 'n rewolwer gerig op sy bors en 'n tweede een op sy rug," het sy professor bekommerd vertel. "Hy moet sweer voor God dat hy alle bevele wat hy van bo ontvang, sonder omhaal sal uitvoer. Hy moet gewillig wees om sy lewe op te offer vir die vryheid van sy mense."

Ek het géén bewys dat Boelie betrokke is nie, dink De Wet. Ek weet nie eens regtig waarom ek dit vermoed nie – hierdie soort optrede pas mos nie by my broer nie.

"Verraad teenoor die Stormjaers sal beteken dat hy vrywillig die prooi van die Stormjaers self sal word," het sy professor gesê.

En met wie praat ek nou daaroor? wonder hy. Tog nie met Pa nie; dis alles dalk net spoke van my verbeelding. En die verhouding tussen Pa en Boelie is reeds nie na wense nie.

Dalk vir Boelie self konfronteer? Maar as hy totaal onskuldig is, hoe sal hy voel dat ek hom van sulke goed beskuldig? Ek, sy broer? En as hy wel betrokke is, sal hy dit buitendien ontken. Dan stel 'n mens hom net op sy hoede, wat dit nog moeiliker gaan maak om bewyse te kry.

---

[12] Ver-regse militante groep binne die Nazi-party in Duitsland, ook bekend as die SA

"Ek vra of julle Saterdag wedstryd speel, De Wet?" dring Klara se stem tot hom deur.

"Ja. Ja, ons speel."

Miskien moet hy met Klara praat. Sy weet al hy vermoed iets, sy is slim en sy het 'n oop kop. En sy is sterk vir 'n meisie.

Want die woorde wat die hele nag by hom bly spook het, die woorde wat die kern van sy vrees geword het, dit wat hy met iemand wil deel, was dit waarmee die professor sy mededeling afgesluit het: "Hulle eed, De Wet, wat hulle met hulle eie bloed onderteken, eindig met: As ek storm, volg my! As ek vlug, skiet my! As ek sterf, wreek my! So help my God."

"De Wet, hoe seker is jy?" vra Klara bekommerd. Dis laat die aand. Hulle sit alleen op die rooi stoeptrappies, almal het al gaan slaap. Die straatlamp skyn dof oor die reguit paadjie, die toe voorhekkie en die netjies gesnyde heg.

Hy skud sy kop. "Ek is van niks seker nie. Maar . . . daar is nog iets, Klara."

Sy wag.

"Hulle vermoed Johannes van der Walt kan betrokke wees."

"Die . . . stoeier?" Sy onthou, sy foto was lank op Boelie se kamermuur geplak.

"Ja, hy."

Sy knik stadig.

"En Robey Leibbrandt dalk ook."

"Robey Leibbrandt! Ek dog hy is landuit?"

"Hy is. Die laaste inligting was dat hy in Duitsland is. Maar nou is daar gerugte dat hy terug is." Die straatlig val reg op De Wet se gesig, sy groen oë lyk baie ernstig.

Sy oë lyk soos myne, dink sy onsamehangend. Ons het dieselfde oë.

"Dis net gerugte, Klara. Moet dit asseblief nie herhaal nie."

"Ek sal nie. Maar dit klink glad nie goed nie," sê sy somber. "Moet ons nie maar vir Pa bel en sê nie?"

"Kom ons maak eers meer seker van ons feite," sê De Wet.

"Ek dink Boelie word dopgehou," sê De Wet die volgende Donderdagmiddag onderlangs vir Klara. Dis laatmiddag, haar twee broers het rugby geoefen, Klara het in die biblioteek aan 'n taak gewerk. Nou ry hulle met die trem terug Sunnyside toe. Boelie sit alleen op die bankie langs hulle aan die oorkant van die paadjie. Hy lees sy koerant.

Klara voel hoe sy yskoud word. "Dopgehou?"

De Wet knik. "Moenie nou omkyk nie," sê hy sag. "Vier banke agter ons sit 'n ou, hy lyk soos 'n student, hy het 'n middelpaadjie en 'n bril. Dis die derde middag hierdie week dat hy saam met ons ry."

"Miskien is hy 'n student wat ook naby ons woon," stel Klara voor.

"Miskien. Maar ek het hom Sondag by die kerk gesien, en Maandag skemeraand in die straat voor die huis. Hy het net daar gestaan, teenaan die heg, amper binne-in die plante van die heg."

"Dit sê nog niks nie, De Wet."

"Seker nie. Maar die tyd het gekom dat ons Boelie moet konfronteer. Jy weet, Klara, met dié dat die Nazi's een oorwinning na die ander behaal, kry die anti-oorlog-faksie in Suid-Afrika al meer moed. Die OB groei in ledetal, hulle hou reuse-saamtrekke, soortgelyk aan die Nazi-stryddae in Duitsland."

"Ja, ek het gesien," sê Klara. "Maar dit op sigself doen tog geen skade nie?"

Toe vou Boelie sy koerant toe en gee dit vir De Wet. "Hier, wil jy lees?"

"Dankie," sê De Wet en maak die koerant weer oop.

Daardie aand, toe ta' Maggie na ete al gaan slaap het, sê De Wet asof terloops: "Ek hoor daar is 'n groep na regs van die hoofstroom in die OB."

Hm, slim, dink Klara.

Boelie kyk op, maar sê niks.

"Ek hoor hulle noem hulself die Stormjaers."

Steeds sê Boelie niks.

"Ek verneem hulle kry opleiding in die hantering van vuur-wapens en plofstof; hulle word geleer hoe om tuisgemaakte bomme te maak."

Stilte. Boelie knik net, skynbaar ingedagte.

"Hulle leer sabotasietegnieke, die kodering van boodskap-pe," gaan De Wet meedoënloos voort, "die saamstel van propa-gandamateriaal, die werking van geheime ink . . ."

"En waar hoor jy dit alles?" verbreek Boelie sy eie stilte.

"Maar so op die kampus, in die klas," sê De Wet vaag.

"Wel, ek dink nie dit sal 'n te slegte ding wees nie," sê Boelie neutraal. "Die OB kry nie veel uitgerig nie, hulle praat-praat net, sing en waai vlae, maar hulle bereik nie veel nie."

De Wet wag. Dit lyk asof hy aandagtig luister.

"Suid-Afrika sal nie sy probleme deur 'n gepraat oplos nie, nie eens in die parlement nie," gaan Boelie voort "Daarvoor is daar te veel jingo-samesweerders en Joodse kapitaliste in ons goewerment."

"En jy dink nie die OB het 'n rol te speel nie?" vra De Wet.

Klara voel hoe die spanning in haar opbou. Haar oog vang Christine s'n. Christine lyk verward, sy frons effens en kyk vraend na Klara. Klara skud haar kop baie effentjies; Christine verstaan.

Boelie dink eers voordat hy antwoord. "Van Rensburg se ge-wildheid begin afneem. Dis duidelik dat hy nie sabotasie gaan goedkeur nie."

De Wet knik. "Ja, jy's reg. En jy dink nie hy is slim genoeg om deur onderhandelinge iets uit te rig nie?" vra hy. "Hy ken tog vir Smuts goed, hulle het jare lank saamgewerk, hulle is albei wetsgeleerdes."

Boelie skud sy kop. "Daar is gerugte," sê hy terwyl hy sy koffie roer, "dat hy betaal word deur Smuts, dat die twee mans oor-eengekom het dat Van Rensburg die OB sal gebruik as plek waar die anti-oorlog-faksie hulle emosies kan uitleef, maar dat hy dit sal beheer voor dit tot geweld oorgaan." Dit lyk of Boelie warm word. "De Wet, waarom dink jy is Van Rensburg nog nie geïn-terneer nie?"

171

"Ja," sê De Wet rustig, "dít is 'n baie goeie vraag."

"Want die regering wéét," beantwoord Boelie vurig sy eie vraag, "as die OB-leierskap 'n massaopstand sou toelaat, is die kanse baie goed dat hulle die regering sal omverwerp."

"Hm," sê De Wet en knik.

Stilte.

Christine se oë is so groot soos pierings.

Toe kan Klara die spanning nie meer langer verdra nie.

"Boelie, is jy betrokke by die Stormjaers?" vra sy direk.

Boelie kyk haar 'n oomblik lank geskok aan en vlieg dan woedend op. "Is dit waaroor hierdie hele interrogasie gaan?"

"Boelie, sit eers, dat ons kan gesels. Klara het net . . ."

"Nee, ek sal nie sit nie, dankie! Sit julle maar knus hier en skryf briefies vir julle rooilussie, en los my in vrede." Toe slaan hy die agterdeur woedend agter hom toe.

Dit is doodstil in die kombuis. Dan sê Christine: "Ek het nie gedink Boelie weet ons skryf vir Gerbrand nie. Nou is hy baie kwaad vir ons."

"Ek moes stilgebly het. Ek het nou alles verongeluk, nè, De Wet?" sê Klara angstig.

"Ja, jy het nogal," sê hy. "Maar daaraan kan ons nou niks doen nie. Klara, ek is bevrees Boelie is betrokke."

"De Wet?" Die koue hand sluit staalhard om haar hart.

"Boelie is baie kwaad, nè, De Wet?" sê Christine bekommerd.

"Ja, maar hy sal wel weer goed word. Maar die ander ding . . . ek dink hy is dieper betrokke as wat ons vermoed het."

Boelie se koppie koffie staan halfgedrink en koud tussen hulle op die tafel.

Toe Klara die volgende Vrydagmiddag by die huis kom, is De Wet reeds daar. Hy groet nie, hy sê net: "Kom kyk hier," en stap vooruit buitekamer toe.

'n Benoudheid bondel uit Klara se maag in haar keel in op.

Die buitekamer se deur is toe. De Wet maak dit oop en staan terug dat Klara kan binnegaan.

Dit lyk asof 'n orkaan die kamer getref het. "Wat het hier gebeur?" vra Klara geskok.

"Ons kamer is deursoek," sê De Wet.

"Hoe weet jy? Was dit nie dalk 'n dief wat wou steel nie?" vra Klara hoopvol.

"Niks is weg nie. Kyk, daar lê my beursie nog, oop en bloot."

Klara skud haar kop in ongeloof. "Waar is Boelie?"

"By prakties."

Klara bekyk weer die kamer. Die kaste staan oop, die inhoud daarvan lê in deurmekaar bondels op die vloer, die matrasse is van die beddens af, die beddens is omgekeer. Die laaie van die laaikas lê onderstebo. "Wat sê ta' Maggie?" vra sy verslae.

"Sy was nie hier nie. Sy help mos op Vrydae by die Engelse kerk vir die Issie Smuts-tannies om pakkies te pak."

"Maar . . ." Sy staan verslae. "De Wet, wie het dit gedoen?"

"Die veiligheidspolisie, aanvaar ek."

Die skrik druk haar keel toe. "En nou?"

"Nou los ons alles net so tot Boelie kom," sê De Wet.

"Ás hy kom," sê Klara somber. "De Wet, sê nou hulle het iets gevind, en hulle wag vir hom . . ."

De Wet sit sy arm om haar skouer. "Kom ons gaan drink koffie," sê hy rustig. "Dalk jaag ons verniet spoke op."

Toe Boelie by die huis kom, is hy oombliklik woedend. "Hoe durf hulle!" roep hy uit. "Hoe dúrf hulle!"

"Hulle was duidelik op soek na iets," sê De Wet.

Boelie loop soos 'n vasgekeerde rooikat heen en weer, hy tree bo-oor die hope klere en boeke, heen en weer. "Hulle sou niks gekry het nie, want hier is niks nie!"

"Ons glo jou, Boelie," sê De Wet kalm.

"Die donderse goewerment! Spul hanskakies! Hoe dúrf . . ."

"Voordat ons die saak verder bespreek," sê De Wet, "dink ek moet ons die gemors probeer opruim. Ta' Maggie gaan glad nie gelukkig voel hieroor nie."

"Ek sal help," sê Klara en buk om die eerste hemp op te tel. Sy vou dit versigtig op. Sy voel nog bewerig van ontsteltenis.

Kort daarna staan Christine in die buitedeur. "Wat het hier gebeur?" vra sy geskok.

"Jy wil nie weet nie," sê Klara. "Help maar net opvou en weg-pak."

"Was hier 'n dief?" vra Christine ontsteld.

"Nee, Chrissie," sê De Wet kalm, "hier was net mense wat iets kom soek het, maar hulle het niks gekry nie."

"Mense van jóú pa se regering," sê Boelie woedend. "Wie de hel gee hulle die reg om deur my persoonlike goed te krap?"

"Dis genoeg, Boelie," sê De Wet. "Klara, gaan maak jy en Chrissie vir ons koffie. Ek en Boelie sal hier opruim en nou-nou by julle aansluit."

In die kombuis probeer Klara die situasie aan Christine ver-duidelik. "Gelukkig was ta' Maggie nie hier nie," sê Christine met groot oë. "Ek wil nie hê Boelie moet kwaad wees vir my nie."

"Hy is nie kwaad vir jou nie," troos Klara. "Hy is kwaad vir die regering."

"My pa is deel van die regering."

"Ja," sê Klara, "jou pa is."

Na die eksamen haal Klara, haar broers, Christine en Annabel die trein huis toe vir die wintervakansie. "Ons sal vir Pa-hulle moet vertel van die veiligheidspolisie," het De Wet die vorige aand al gesê.

"Doen wat jy wil," het Boelie hom vererg. "Sê net ook dat hulle niks gevind het nie."

"Ek sal, Broer," het De Wet gesê, "natuurlik sal ek. En ek dink ons bly maar stil oor die Stormjaers."

Boelie het vinnig opgekyk. "Daar is buitendien niks om te sê oor die Stormjaers nie."

"Jy's reg," het De Wet geknik, "daar is niks."

Klara voel hoe die klipharde knop in haar maag stadig skiet-gee. Sy sit stil by die treinvenster en uitkyk. Buite skuif die Springbokvlakte wasig agter die vuil ruit verby, die veld dobber weg in die hittegolwe op die horison. Onder haar klik-klak die

wiele ritmies, oorkant haar sit Boelie met die koerant groot oop-
gevou, De Wet sit-lê op sy stuitjie met sy lang bene ver voor hom
uitgestrek, sy oë is halftoe. Langs haar kwetter Annabel vrolik
voort.

Die eksamen is verby, sy is op pad huis toe en vanaand slaap
sy in haar eie bed.

Dit is goed.

Maar dit word 'n lang, somber vakansie – haar pa en Boelie
bots gedurig, haar oupa lug sy stroomop opinie, wat Boelie se
bloeddruk net verder opjaag, De Wet is onnatuurlik stil. Haar
ma is tranerig. Dis vreemd, want sy is nooit tranerig nie.

"Ek kan nie glo dit gebeur wéér nie," sê haar ouma, "net soos
met die rebellie in 1914."

"Gaan hulle vir Boelie en De Wet in die tronk sit?" vra Irene
met groot oë toe sy hoor dat die veiligheidspolisie die kamer
deursoek het.

"Nee, Irene, natuurlik nie," sê Klara ongeduldig.

Toe roep Irene haar honde en stap buitentoe.

Die toestand by tant Jemima se huis is selfs erger. Die Welsyn
het vir Sussie kom haal, ook vir Gertjie en Bybie. Net Hannapat
en Persomi is daar, en tant Jemima met haar dowwe oë. En Piet,
wat grillerig buite rondhang.

"Gerbrand skryf amper nooit," sê Persomi.

Ek verlang na Henk, dink Klara. Ek wens die vakansie is verby
sodat ek kan teruggaan Pretoria toe.

Die eerste Dinsdagaand nadat hulle in Pretoria terug is, stap
Boelie net na aandete by die agterdeur uit, seker om te gaan stu-
deer. "Ek neem gou Boelie se koffie vir hom," sê Klara toe hulle
klaar gedrink het.

Maar die kamer is leeg. Sy kom terug met die koppie koffie.
"En nou?" vra De Wet.

"Hy is nie daar nie. Ek het geroep; hy is nie hier nie."

De Wet staan op en stap deur die huis en by die voordeur uit.
Sy stap agterna.

'n Swart Plymouth trek voor die hekkie in die straat weg. "Kon jy sien of Boelie daarin is?" vra De Wet.

"Nee, ek kon nie sien nie."

"Klara, ek hou nie hiervan nie." Sy se stem klink vreemd, ver.

Hulle wag vir hom. Uiteindelik kom hy eers na twee Woensdagoggend terug. "En dit?" vra hy verbaas.

"Waar was jy, Boelie?" vra De Wet moeg.

"Hemel, De Wet, word jy nou gek?" vra Boelie onmiddellik woedend kwaad. "Waar kom jy daaraan om my na my bewegings uit te vra? Dié tyd van die nag?"

"Waar was jy?"

Boelie skud sy kop. "Die parlement gaan opblaas – is jy nou tevrede?"

De Wet wag.

"Ons was 'n paar ouens wat 'n bietjie studentepret gaan maak het. Jammer ons het jou nie saamgenooi nie, maar jy is ongelukkig deesdae te veel van 'n bloukous." Toe stap Boelie driftig buitekamer toe.

Die volgende dag vra Klara vir Henk: "Was jy gisteraand deel van die studentepret?"

"Vaderland, nee, ek het geswot," sê hy. "Ons skryf mos môre daardie yslike semestertoets."

"Al die ingenieurstudente?"

"Ja, almal."

Vrydagmiddag wag De Wet vir haar. Hy gee *Die Transvaler* vir haar en sit die koffiepot op die stoof om warm te word.

Die klip in haar maag swel. Sy wil nie kyk nie.

Sy kyk. Sy sien vandag se datum: Vrydag, 18 Julie 1941.

"Bladsy vyf, regs bo," sê De Wet.

Klara maak haar oë 'n oomblik toe. Dan dwing sy haarself om die berig te lees.

Waaghalsige diefstal van dinamiet – Nagtelike oorval in Klipgroef

'n Groot hoeveelheid dinamiet en plofstof is Woensdag-
oggend vroeg gesteel van 'n klipgroef wat die eiendom
van Yskor is en sewe myl buite Pretoria lê. Die groef
word deur gewapende wagte opgepas.

Klara voel hoe die skrik in haar los raak, hoe die besef groei: dis
die nag wat Boelie eers na twee teruggekom het.

Sy fokus weer op die woorde voor haar.

Nege man het in die nag in drie motors daar aangekom.
Hulle het die wagte oorweldig en hulle opgesluit. Daarop
is dinamiet uit een pakkamer weggedra en slagdoppies
uit 'n ander. Dit is in die motors gelaai en die mense is
daarmee weg.

Nie ver van die plek nie het een van die motors in 'n
sloot vasgeval. Die insittendes het 'n verbygaande vrag-
motor voorgekeer en die bestuurder gevra om hulle te
help. Hy het dit gedoen en die drie motors het spoorloos
verdwyn.

Die letters voor haar oë wil nie stilstaan nie. Of miskien wil haar
oë nie fokus nie.

Die polisie soek nou die bestuurder van die vragmotor
om te help met die uitken van die mense. Een van die
wagte is lig beseer en hulle geweers is weg.

Sy sit die koerant neer en kyk op.

Aan die ander kant van die tafel staan De Wet op en stap na
die stoof. Hy tel die koffiepot op en skink die sterk, swart koffie
in twee koppies. Hy gooi die suiker in en roer dit. Toe sit hy die
koppie koffie voor haar neer.

Sy drink woordeloos haar koffie.

Boelie kom net na vyf die middag by die huis.

Hulle gee vir hom die koerant.

Hy lees.

Toe kyk hy op. "En twee en twee maak vier, nè?"

"Ja," sê De Wet en kyk reguit na sy broer, "na my wete maak dit vier."

"Wel, in hierdie geval is daar êrens 'n wiskundige fout."

Hulle wag.

"Dit beteken," spel hy dit vir hulle uit, "ek was nie betrokke nie. Onskuldig, dankie, u Edele."

De Wet sit stil na hom en kyk.

"Skink vir my koffie, asseblief, Klara," sê Boelie. Hy klink skielik moeg.

Sy skink drie koppies koffie. Die teelepels tingel hard toe hulle die koffie roer. Om en om.

Dan sê Boelie: "Julle móét my glo, De Wet! Ek was nie hierby betrokke nie."

"Maar jy was uit daardie aand?"

"Ja, ek was."

"En jy het eers na twee teruggekom?"

Boelie antwoord nie.

"Toe jy moes voorberei het vir jou semestertoets," vul Klara aan. "Boelie, ons weet. Praat met ons, asseblief."

Dit is lank stil in die kombuis. Dan sug Boelie. "Ja, ek weet. En ek . . . weet van die Stormjaers, ja. Maar ek was nie betrokke by hierdie spesifieke voorval nie. Ek is nie een van die nege mans wat hulle soek nie. Ek sweer."

"Goed, ek hoor jou," sê De Wet ernstig.

"Ek wil jou graag glo, Boelie," sê Klara, "maar jy moet vir ons sê in hoe 'n mate jy wel betrokke is by die Stormjaers."

Boelie kyk haar reguit aan. "Nee, Klara," sê hy. "Indien ek betrokke is, en ek sê hoegenaamd nie dat dit wel die geval is nie, is dit suiwer my besluit en my saak. En hoe minder julle weet, hoe beter. Vir julle."

Hy bly 'n oomblik stil, dan draai hy na De Wet. "Maar by daardie diefstal," en hy slaan met sy plat hand op die koerant, "was ek nie betrokke nie, dit sweer ek."

"Maar jy het vooraf geweet daarvan?" vra Klara. "Boelie! Asseblief?"

Toe staan hy op en loop by die agterdeur uit.

Sondagoggend gaan hulle drie kerk toe. "Moenie my kom haal nie," het Klara vir Henk gesê. "Ek dink dit is goed dat net ek en my twee broers gaan, alleen."

"Klara, is daar moeilikheid?" het hy besorg gevra. "Is daar iets wat ek moet weet?"

"Ek glo nie," het sy gesê. "Maar ons het sakies wat ons moet uitsorteer."

Met Christine was dit makliker; sy weet wat gebeur het. "Ek sal saam met ta' Maggie na haar Engelse kerk gaan," het Christine gesê, "dan is sy darem ook nie alleen nie."

Nou sit sy tussen haar broers. Links van haar sit De Wet, regs sit Boelie. Albei se koppe is eerbiedig gebuig. "Liewe Vader," bid Klara saggies, "help ons. Want ek weet nie wat wag nie."

Die orrel speel temerig voort, trekkerig soos taai toffie. Ek wens die orreliste wil ligter speel, minder kermrig, dink Klara.

Sy hoor haar broers sing – twee sterk manstemme aan weerskante van haar, om haar. Dis goed om God te prys saam met my broers, dink sy.

Na kerk sê Boelie: "Ek gaan vir ons vis en skyfies koop, dan gaan eet ons dit in Magnoliadal."

"Ons moet net vir ta' Maggie sê ons sal nie by die huis wees vir ete nie," sê Klara.

"Ek sal vir haar gaan sê, dan kry ek julle daar," sê De Wet.

Sy en Boelie koop vis en skyfies. Die man agter die toonbank gooi baie sout en asyn op en rol dit toe in 'n stuk koerantpapier. Die berigte oor die oorlog in Europa slaan olierig deur.

By Magnoliadal gaan sit hulle drie in die yl skaduwee van 'n boom sonder blare. Die gras is droog en stekerig onder hulle.

Klara vou die koerantpakkie oop. Die ink van die berigte het byna heeltemal verdwyn. "Nou gaan ons waaragtig nog die oorlog opvreet ook," sê Boelie.

Die geur van die gebraaide aartappelskyfies en die vars vis en asyn slaan skel in Klara se neus op, die smaak sprei skerp deur haar mond wanneer sy die skyfies byt. Haar hande word vetterig van die olie.

Toe hulle byna klaar is met die vis en daar net 'n laaste paar verskrompelde skyfies op die koerant agterbly, sê Boelie skielik: "As iets moet gebeur, moet julle weet dat ek nie anders kon nie. Sê dan vir Pa en Ma . . ." Hy sluk en maak 'n oomblik sy oë toe. "Sê vir hulle, ek is jammer, maar . . ." Hy haal sy skouers op. "Ek kan nie anders nie."

Toe tel hy die koerantpapier met die olierige oorlogsberigte op, frommel dit in 'n bondel en gaan gooi dit in die asblik daar naby.

De Wet staan op. "Kom, Klara," sê hy.

Sy staan stadig op.

Ons het onder dieselfde boom gesit waar Gerbrand vir my vertel het dat hy by die weermag gaan aansluit, dink sy terwyl sy die droë gras van haar rok afstof.

Toe stap sy saam met haar twee broers huis toe.

Toe Klara die Maandagmiddag by die huis kom, staan ta' Maggie haar en inwag. "Hulle het vir Boelie kom haal."

Klara se hande vlieg na haar mond. Dit voel asof die bloed uit haar lyf geruk word. "Wie het vir Boelie kom haal?" Haar mond is kurkdroog.

"Die veiligheidspolisie. Hulle het gewag dat hy sy goed pak."

Sy is yskoud. Sy kry te min asem. Haar lyf verander in lood.

"Is De Wet hier, ta' Maggie?"

"Nee, nog nie."

Haar droë tong lek oor haar lippe. "Het Boelie iets gesê, ta' Maggie?"

"Ja. Hy het gesê ek moet vir julle sê . . . en jy moet vir jou mahulle sê . . ." Ta' Maggie dink 'n oomblik. "Hy het gesê 'Hierdie geagte here het my kom interneer omdat ek 'n Afrikaner is'. Ja, dit was sy presiese woorde."

"Dankie, ta' Maggie," sê haar vreemde stem.

Haar voete loop kamer toe, haar hande sit die sak boeke op die bed neer. Sy sleep met moeite die loodswaar klip in haar maag saam. Ek wil De Wet gaan soek, dink haar verwarde kop. Hy is by die rugbyoefening. Ek wil hom vind.

Maar toe sy by die tremhalte kom, klim hy van die trem af.

Sy sien sy gesig. "Jy weet," sê sy.

"Ja," sê hy, "ek het gehoor, by Henk. Net voor die oefening. Toe kom ek terug. Henk kom nou-nou, het hy gesê."

Ek wil nie nou vir Henk sien nie, dink sy vaag. Ek wil by my broer wees. Iemand sal vir ons ouers moet vertel.

Hulle loop langs mekaar terug na ta' Maggie se huis. "Ons moet vir pa-hulle laat weet," sê sy.

"Ons kan probeer bel, maar ons gaan sukkel om deur te kom – jy weet hoe treurig is die plaaslyne. Teen daardie tyd sal die polisie hulle al laat weet het, dink ek."

"Maar ons moet nogtans bel."

Hy steek sy hand uit en raak liggies aan haar wang. "Ons sal, Klara."

Toe hy die tuinhekkie oopstoot en terugstaan dat sy kan in-gaan, sê sy: "Hierdie oorlog ruk ons uitmekaar. Ek dink ek haat die mense wat dit begin het. Die Duitsers en die Italianers."

Hulle stap om die huis en gaan by die agterdeur in. "Dit neem twee groepe om oorlog te maak," sê De Wet. "En op die ou end het elke land en elke mens 'n keuse, of hy wil deelneem of nie."

Sy tap water in die ketel en skakel die stoofplaat aan. "Soos ook Boelie 'n keuse gemaak het, nè, De Wet?"

"Ja." Hy knik baie stadig. "Soos ook Boelie 'n keuse gemaak het."

Sy gooi die moer in die koffiesak. Sy werk versigtig, haar hande bewe. Drie lepels moer. "Christine sal nou hier wees," sê sy.

"Ons sal vir Pa en Ma gaan bel sodra ons koffie gedrink het," sê hy en gaan sit langs die tafel.

"Goed." Haar keel voel stram. Sy dink sy wil met haar ma praat. Of miskien wil sy ook nie.

"Waarheen sal hulle hom neem, De Wet?"

"Seker Koffiefontein, ek weet nie."

Skielik sit die trane dik in haar keel. Sy sluk en sluk.

Toe sy net drie koppies op die kombuistafel uitsit vir die koffie, sê De Wet: "Nou is dit net ek en jy en Chrissie in hierdie huis."

Sy kyk op, reguit in haar broer se groen oë, die oë wat soos hare lyk. Toe glimlag sy effentjies. "En ta' Maggie," sê sy.

"Ja," sê hy. "En ta' Maggie."

HOOFSTUK 9

TOE HENK HAAR TWEE WEKE LATER NET NA SEWE KOM HAAL, SÊ HY: "Jy lyk pragtig," en streel 'n oomblik oor haar blink hare. Sy stem is warm.

Sy kyk op na hom. "Dankie, Henk." Sy sien uit na die aand. Sy wil vergeet van alles. Want in haar broei die seer oor haar ouboet. En die kleinste dingetjie stoot die seer boontoe, buitentoe.

Soos wanneer sy koffie maak.

"Ons ry vanaand trem," waarsku hy en hou vir haar die voorhekkie oop. "Lizzie se petrol is op en my sakgeld is boomskraap."

"Dis doodreg, Henk. Ek hou van trem ry."

Hy lag. "Ek is bly, want vanaand het jy nie veel van 'n keuse nie."

Toe die ligte in die teater doof, neem Henk haar hand in syne.

'n Warm gevoel vloei deur haar – dis goed om hier by Henk te sit, haar hand in syne, sy breë skouers wat raak-raak aan hare.

Dit voel byna of sy teenwoordigheid die seer wegstreel. Of miskien absorbeer.

Na die cowboy-vervolgprent kom *African Mirror* – soos altyd.

"Die Suid-Afrikaanse troepe in Oos-Afrika is besig om totaal die oorhand oor die gekombineerde magte van Italië en Somalië te kry," sê die verteller se blikstem. Op die doek verskyn 'n swaar tenk op 'n bult van 'n stofpad. Reg agter die tenk kom die trokke aangerol.

"Honderde Italiaanse soldate word as oorlogsprisoniers gevang," gaan die blikstem voort. Die oorlogsprisoniers loop in 'n lang ry, drie-drie langs mekaar opgestel, in die stofpad af. Hulle lyk moeg.

"Die army kan net tot drie tel," fluister Klara vir Henk.

"Groot hoeveelhede oorlogsmateriaal word buitgemaak," gaan die blikstem voort. Die beeld wys hoe die soldate gewere, ammunisie, handgranate, selfs waterbottels, op hope pak.

"Die Italianers se waterbottels kan drie pinte water neem, ons manne s'n net een pint," fluister Klara vir Henk.

In die halfdonker kyk Henk haar skerp aan. "Sê wie?"

"Gerbrand. Hy skryf vir my."

"Gerbrand?"

"Ja, ons was saam op skool."

"Is hy daar?"

"Waar?" Sy luister nie werklik wat Henk sê nie, sy konsentreer op die bewegende beelde voor haar.

"Op die oorlogsfront?"

"Ja, hulle is nou in Italiaans-Somalië."

Sy hoor hoe sy stem skielik verdiep. "Jy skryf vir 'n rooilussie?"

Sy kyk na die beeld op die groot skerm voor hulle. Nou ry 'n hele konvooi voertuie teen 'n lang bult af en anderkant uit – dis 'n ver skoot. Dis drietontrokke, sy weet. Elke trok dra 'n seksie met hulle volle kit, genoeg kos en water vir sewe dae en brandstof vir 500 myl, weet sy, want Gerbrand het vertel. Maar sy sê niks.

"Klara?"

"Wat?" Sy kyk of sy nie dalk vir Gerbrand tussen die soldate sien nie, maar almal lyk dieselfde.

"Ek het vir jou 'n vraag gevra."

Toe draai sy haar kop en kyk reguit na hom. "Ek skryf vir my skoolvriend saam met wie ek grootgeword het," sê sy ferm. "Hy is 'n rooilussie, ja. Sy naam is Gerbrand. Jy het hom eenkeer ontmoet toe ons piekniek gehou het."

"Please keep quiet," fluister 'n vrou met 'n dun neus soos 'n halfpond kaas reg agter hulle.

Op die skerm is nou 'n kaart met 'n tekening van 'n verspotte vragmotortjie wat soos 'n vet insek voortkruip. "Ons magte het reeds Brava ingeneem en is op pad na die belangrike hawestad Mogadishu," gaan die blikstem meedoënloos voort. Dis ou nuus, dink Klara, *African Mirror* bly agter. Maar sy sê niks.

Henk sê ook niks.

Pouse gaan hulle uit na die foyer. Henk koop vir hulle elkeen 'n botteltjie koeldrank.

Daar is 'n strammigheid tussen hulle.

Die klokkie lui skril en hulle gaan terug na hulle plekke.

Die rolprent begin. Henk neem nie weer haar hand nie.

Dis 'n hartseer prent. Baie gou vergeet Klara van Henk hier langs haar en die hele ongemaklike situasie. Sy leef haar totaal in die prent in. En toe die mooi soldaat eindelik vertrek oorlog toe, kan sy die trane nie keer nie. Want skielik is dit Boelie wat weggaan. Al is dit in 'n verkeerde uniform.

Henk haal sy sakdoek uit en gee dit vir haar. "Dankie," fluister sy. Toe sit Henk sy arm om haar skouers en trek haar teen hom aan.

Hulle moet lank wag vir die trem. Maar dit maak nie saak nie, want hy hou haar die hele tyd vas.

By die huis stap hy saam tot op die rooi stoepie. Hy neem die sleutel by haar en sluit die voordeur oop. Maar voordat hy dit oopmaak, draai hy na haar. "Ek hou nie daarvan dat jy vir hierdie Gerbrand-vent skryf nie, Klara," sê hy ernstig.

Sy kyk hom reguit aan. "Gerbrand is nie 'n vent nie, hy is my vriend, Henk, van altyd af."

"Nogtans. Dinge verander, hy is nou 'n rooilussie. Ek wil hê jy moet ophou om vir hom te skryf."

Sy bly 'n oomblik stil, trek dan haar asem diep in. "En ek gaan aanhou om vir hom te skryf, of jy nou daarvan hou of nie," sê sy ferm.

Hy staan 'n tree terug. "Ek hou ook nie van hierdie houding van jou nie, Klara," sê hy. "Dis nie hoe ek jou ken nie."

"Dan ken jy my miskien nog nie goed genoeg nie," sê sy. "Ek is moeg. Nag Henk, en dankie vir die bioskoop. Dit was 'n goeie rolprent."

Toe maak sy self die deur oop. Henk draai om en stap met die paadjie af. Sy sluit die deur agter haar.

Sy voel ontsteld. En bitter ongelukkig.

In die kamer sê sy vir Christine: "Ek en Henk is kwaad vir mekaar. Ek voel baie omgekrap. Dis die eerste keer dat dit gebeur."

"Het julle baklei?" vra Christine ontsteld.

"Wel, seker nie regtig nie. Maar ons is beslis nie oorvriendelik uitmekaar nie," sê Klara. Haar trane sit baie vlak.

"Maar . . . hoekom? Jy en Henk baklei mos nooit nie."

"Ek het vertel dat ek vir Gerbrand skryf. Hy wil hê ek moet ophou, en ek gaan beslis nie."

Christine dink 'n oomblik. "Hy is seker jaloers," sê sy.

"Nee, dis omdat Gerbrand 'n rooilussie is," sê Klara.

"O, ek sien."

Klara begin om haar nagrok aan te trek. "En hoe was die bioskoopprent?" vra Christine.

"Goed, maar vreeslik hartseer," sê Klara. "Dit was van die oorlog, Christine, daar in Europa. Ek voel sommer lus om weer te huil. Nie net oor die rolprent nie. Chrissie, ek dink die héle tyd aan Boelie."

"Moet ek vir jou 'n koppie koffie gaan maak?" vra Christine besorg.

"Nee wat, dis te laat. Maar dankie, in elk geval. Vertel liewer, wat het jy vanaand gedoen? Is jou projek klaar?"

Christine gaan lê agteroor op die bed en staar na die plafon. "Ek het nie aan my projek geraak nie," sê sy. Haar stem klink byna dromerig. "Klara, ek het die wonderlikste, wonderlikste aand van my hele lewe gehad."

"Vertel!"

"Na julle weg is, toe sê De Wet hy gaan bietjie musiek maak. Toe sê ta' Maggie sy gaan slaap, en as hy wil klavier speel, moet hy eers sy hande was en hy moet sag speel." Sy sit regop en swaai haar bene van die bed af. "Klara, sy is snaaks! Sy het wéér met hom geraas omdat hy so agteroor op sy stoel ry!"

Klara glimlag. "'n Mens moet haar maar aanvaar soos jy haar kry," sê sy. "Sy is darem baie goed vir ons. Vertel nou verder."

"Toe gaan ek saam met De Wet voorkamer toe, en ons skakel die lig aan, dis mos 'n flou lig. Toe maak De Wet die klavier oop en haal die groen lap af en begin speel. Klara, en ek kyk vir sy vingers. Weet jy hoe mooi is sy vingers? Lank en . . ."

"Ek weet hoe lyk my broer se hande," glimlag Klara. "En toe?"

"Klara, toe speel hy, mooi, sag, en toe sê hy ek moet nader sit waar hy my kan sien, toe skuif hy my stoel tot by die klavier. Nie skuif nie, want dan sou ta' Maggie gehoor het. Klara, hy tel daardie sware stoel op en hy dra dit! Hy is regtig . . ."

Klara begin lag. "Chrissie, jy is vreeslik verlief!"

"Ek wéét!" Christine val weer agteroor en staar boontoe. "Klara, toe begin hy vir my sing. Hy kyk vir my en hy glimlag vir my, so vriendelik met sy groen oë wat vir my kyk." Sy draai op haar sy en kyk na haar vriendin. "Jy moenie lag nie, Klara, maar hy het régtig die mooiste oë wat ek nog ooit gesien het. En ek kyk altyd na mense se oë."

"Hoe lyk my oë?" terg Klara gemoedelik.

"Groen, amper soos De Wet s'n, maar syne het net iets anders ook in. Ek weet nie, net iéts."

"Hm," sê Klara. "Toe sing hy vir jou?"

"Ja. Sy stem . . ."

"Nee, nee," lag Klara, "ek weet presies hoe klink sy stem. Ek moes 'n hele operette deur teenoor hom die hoofrol speel, onthou. Vertel verder."

"Toe sing hy een liedjie na die ander en toe sê hy ek moet daar by hom op die klavierstoeltjie kom sit en saamsing. Toe gaan sit ek by hom maar ek sê ek gaan nie saamsing nie, want Klara, jy weet mos, ek kan nie goed sing nie."

"Natuurlik sing jy mooi!" protesteer Klara.

"Ek wou eers nie, maar toe sê hy ek moet saggies saamsing, en toe sing ons al lekkerder sodat ek later amper net so hard soos hy sing."

"En toe?"

"Toe kom ta' Maggie, toegedraai in haar dressing gown en met 'n lap om haar kop en sonder haar tande en sê ons moet nou gaan slaap. Toe sê De Wet, jammer, en hy maak die klavier weer toe en ons gaan drink eers koffie voordat ons gaan slaap. Maar Klara, daar was iets tussen ons." Christine knik ernstig. "Daar was beslis iets."

"Ek is so bly," sê Klara. "Ek is régtig so bly."

Maar toe hulle die lig afskakel, sak die seer weer oor Klara. Soos 'n swart kombers, dink Klara. Byna verstikkend.

Dis alles, álles die oorlog se skuld.

En skielik is daar weer 'n vaal koevert in die posbus, weer met 'n rooi goewermentstempel, maar met Boelie se handskrif.

Klara voel hoe haar maag saamtrek, hoe haar maag die seer saampers, boontoe uitpers.

"Maak oop en lees," sê De Wet.

Sy skeur die koevert versigtig oop. Huiwerig.

Dan gee sy die brief vir De Wet. "Nee, lees jy vir ons."

Koffiefontein.
1941.

Beste De Wet en Klara,

Dit gaan goed met my. Ons kos is goed, ons word goed behandel.

Ek dog ek laat weet julle sodat julle nie bekommerd is oor my nie.

Terwyl 'n mens hier ingekerker is, het jy baie tyd om te dink. As daar een ding is waarvan ek seker is, dan is dit dat ons saak reg is en dat die idee waarvoor ons staan, eendag sal seëvier. Ek glo dat julle miskien nie saamstem met die manier wat ek gekies het om my pad te loop nie, maar julle moet nooit geloof verloor in die toekoms van ons volk nie, aan die uiteindelike oorwinning van die Afrikaner en die uiteindelike koms van ons eie republiek nie.

Bly getrou aan die leuse van die OB: My God, my volk, my land Suid-Afrika.

Ek is in hierdie kamp omdat ek 'n Afrikaner is, geen Empire-kamp sal my van my koers af bring nie.

As ek weer kon kies, sou ek dieselfde besluite gemaak het.

Groete,
> Julle broer,
> Boelie.

De Wet vou die brief toe. "Hy kon die skrywery ook maar gelaat het," sê hy afgehaal. "Hy sê regtig niks."

"Ons moet maar vir hom ook skryf," sê Christine. "Hy is seker ook eensaam. Is dit 'n soort tronk waar hy is?"

"'n Kamp, maar agter hoë doringdraad," sê De Wet. "Ja, dis maar 'n tronk."

Daardie nag kan Klara glad nie aan die slaap raak nie. My broer, dink sy, my ouboet. Gevang en agter doringdrade toegesluit.

Ek haat hierdie oorlog wat alles wat goed is, uitmekaarskeur, dink sy.

Ek háát hierdie oorlog.

Die volgende Saterdagmiddag kom Annabel onverwags daar aan. In haar hand het sy 'n koerant, haar gesig gloei van opwinding, haar oë blink. "Nee, nie koffie nie. Het julle nie sjampanje nie?"

De Wet lag. "Wil jy hê ta' Maggie moet ons tot in die Sahara verban? Wat wil jy vier?"

"My eerste artikel! My eerste skryfstuk wat gepubliseer is! Kyk," en sy vou die koerant op bladsy sewe oop.

Hulle kyk almal na die bladsy. In groot, swart letters staan daar:

Oorlog – soos die Afrikanervrou dit sien. En daaronder, in 'n kleiner lettergrootte: deur Annabel de Vos.

"Dis jy!" sê Christine verras.

"Is jy seker dis jy? Is jy nie Anna Isabella de Vos nie?" vra De Wet onskuldig.

"De Wet!" waarsku Annabel.

"Lees hardop," sê Klara opgewonde.

Vir die Afrikaner is oorlog – waar hy ook al sy afgryslike verskyning maak – 'n nasionale ramp. Vir ons is daar geen roem, geen glorie, geen heerlikheid en bo alles geen vermaaklikheid in oorlog nie. Vir ons beteken dit net ellende en trane.

De Wet bly 'n oomblik stil en knik. Dan lees hy verder:

Maar vandag hou die regering die oorlog voor as 'n uitkoms, 'n nasionale seën. Veldmaarskalk Smuts het onlangs op die VP-kongres te Bloemfontein vertel van al die industrieë in die land wat hulle verskyning gemaak het, van die seëninge wat die VP-regering oor die land gaan uitstort, van die welvaart wat die bevolking te wagte is. Die indruk word gewek dat al hierdie heerlikhede regstreeks die gevolge is van Suid-Afrika se deelname aan die oorlog.

De Wet kyk op. "Jy is reg, Annabel, jy is reg!" sê hy vurig. Dan lees hy voort.

Dit skok die Afrikanervrou om te hoor hoe ministers aan boer en dorpsbewoner vertel watter groot voordeel hulle almal trek uit hierdie oorlog, terwyl die werklike posisie is dat die belastingbetaler uitgesuig word. Met die geld word nie skole, koshuise, wonings vir minderbevoorregtes, ens. gebou nie. Nee, al die miljoene gaan vir die oorlog.

"Wow, dis góéd, Anna Isabella," sê De Wet.

"Jy spot," sê sy met 'n effense frons.

"Nee, ek bedoel dit," sê hy ernstig.

Die berig gaan voort deur daarop te wys dat, tydens die vorige oorlog, die fabrieke ook soos paddastoele opgespring het, maar baie na afloop van die oorlog weer verdwyn het.

Toe die Engelse fabrieke weer in werking gekom het en skeepvaart weer herstel is, het die industrieë hier soos 'n kaartehuis inmekaargesak. Die enigste manier om ons industrieë hier te bestendig is om alle bande met Engeland af te sny. Ons kan verbeteringe in ons land bereik as al die geld op opbouende en nie afbrekende en oorlogsugtige wyse bestee word nie.

"Annabel, dis wonderlik!" sê Klara.

"Ja," sê De Wet, "dis goed. Baie goed."

Die res van die middag kuier hulle in die kombuis. Klara gaan later kamer toe om klaar te maak vir die aand – Henk gaan haar kom haal. Christine bly by die kombuistafel sit. Vanuit die kamer hoor Klara hoe Annabel en De Wet lag en stry en gesels. Sy hoor selde Christine se stem.

Toe sy en Henk in Devenishstraat af ry, sê hy: "Ek is regtig jammer oor nou die aand, Klara."

"Ek is ook jammer," sê sy en kyk stil voor haar uit.

"Maar jy gaan nogtans aanhou om vir . . . wie ook al, te skryf?"

Sy draai haar kop na hom toe. "Gerbrand is sy naam. En ja, Henk, ek gaan."

Hy glimlag effens en knik. "Ek dog so." Hy dink 'n oomblik en sê dan: "So leer ons mekaar ook beter ken, nè?"

Klara knik. Hulle ry 'n rukkie in stilte voordat sy sê: "Annabel het 'n artikel geskryf wat in *Die Transvaler* gepubliseer is."

"Sowaar?" vra hy beïndruk.

"Ja, regtig. Dis baie goed. Waar gaan ons heen?"

"Ons gaan koffie drink by 'n koffiehuis in die stad, Turkstra's, op die hoek van Andries- en Pretoriusstraat."

"O?"

"Ja, dis in dieselfde gebou waar die kantore is van Gerard Moerdyk, die argitek van die monument," sê Henk.

"Regtig!"

"Ja, regtig." Hy glimlag verleë. "Nie dat dit eintlik iets is nie, maar hulle maak baie lekker koffie. En sjokoladekoek."

"Dalk kom hy ook daar koffie drink," sê sy.

"Ek twyfel," sê hy. "Dis Saterdagaand sewe-uur."

"Ja, jy's seker reg."

"En dan gaan ons liggies kyk van die Uniegebou af. Hulle sê mos die beste deel van stry is die opmaak na die tyd?"

Sy begin lag. "Ja, Henk Booyens! Wie 'hulle' ookal is!"

Toe sy baie later by die huis terugkom, is die slaapkamer donker.

Sy gaan stil in, maar Christine sê dadelik: "Jy kan maar die lig aanskakel, Klara."

In die skielike lig van die kaal gloeilamp teen die plafon, sit Christine regop en knip-knip haar oë. Maar Klara sien dit dadelik.

"Chrissie?"

Die trane vloei weer van voor af. "Hy het saam met haar koshuis toe gegaan, Klara."

"De Wet?"

Christine knik.

'n Koue hand vou om Klara se hart. "Annabel kon darem nie alleen terugry koshuis toe met die trem nie," sê sy.

Christine begin weer van voor af huil. "Hy is nog nie terug nie," sê sy. "Dis al meer as drie ure gelede. En hy het my nie eens gegroet voordat hy gegaan het nie, hulle het my nie eens saamgenooi nie." Die trane loop en loop oor haar wange. "Klara, hy sien my nie raak nie, en hy kyk na haar asof sy 'n prinses is."

"Chrissie." Klara sit haar arm om haar vriendin se smal skouertjies. Sy weet nie wat om te sê nie. Ek gaan jou vermoor, De Wet, dink sy hartseer-kwaad.

Sy lê nog lank en luister, maar sy hoor hom nie inkom nie. Toe raak sy aan die slaap.

Die volgende oggend na kerk kom Braam saam met hulle koffie drink in die kombuis. De Wet stoot sy lang bene voor hom uit. Hy sit gemaklik, sit-lê half op sy stuitjie op die regop stoel, sy knieë teen die kombuistafel. In sy hande het hy die vorige dag se koerant.

"Jy gaan op jou gat val," waarsku Braam.

"Lees 'n bietjie hierdie artikel wat Annabel geskryf het," sê De Wet en gee die koerant vir sy vriend. Toe leun hy selfs verder terug op sy stoel.

Hoe verder Braam lees, hoe meer knik sy kop. Toe hy klaar gelees het, fluit hy deur sy tande en kyk op. "So 'n vroumens, nè?"

De Wet knik. "Ek is regtig verras oor Annabel. Daardie artikel van haar is góéd. Nie dat ek oral met die inhoud saamstem nie, maar sy ken haar storie. Klara, is daar nog 'n stuk beskuit?"

"Towerwoord?" vra Klara.

"Ekskuus? O, ja, asseblief."

Sy gee die beskuit aan. "En?"

De Wet glimlag skuldig. "En dankie."

"Sy het beslis idees van haar eie," sê Braam. "Maar sy ken haar politiek, hoor, en haar redenasies is suiwer, deurdag, slim. Sy sou 'n goeie advokaat uitgemaak het."

"Sy gaan 'n baie goeie joernalis wees," stem De Wet saam.

Christine sit stil en roer haar koffie, om en om.

Braam neem nog 'n stuk beskuit uit die blik. "Sy's nie net slim nie, sy's donders mooi ook."

"Braam!" sê Klara hard.

Braam steek onmiddellik sy twee hande in die lug. "Jammer, jammer! Ek het vergeet daar is dames in die geselskap."

"Dit sê nie veel vir my en Christine nie," sê Klara kwaad.

"Sy kan maklik in die politiek ingaan," sê De Wet rustig. "Onthou jy met die Dingaansdagfees verlede jaar? Sy het baie goed gepraat, en dit sommer so uit die vuis uit."

Braam dink 'n oomblik. "Jy het 'n punt beet, ja. Maar ek weet darem nie of 'n vrou in die politiek moet ingaan nie. Dit pas nie."

"Hoekom nie?" vra Klara. Sy is nog steeds kwaad. "Daar is vir ons 'n plek in die politiek. Ek dink dit is hoog tyd dat iemand soos Annabel se stem gehoor word. Ek dink . . ."

"Jy sal baie meer koerante moet lees en draadloos moet luister voordat jy dit kan waag om saam te praat oor die politiek, ou sustertjie," sê De Wet. "Dis regtig iets wat jy by jou vriendin kan leer."

"Ek gaan kamer toe," sê Klara, rooi van woede. "Sorg dat julle julle koppies was vóórdat julle uit die kombuis gaan. Die dom feetjies gaan dit nie weer was nie."

In die kamer sê sy vir Christine: "Jy kan só bly wees jy het nie broers nie. Die goed is regtig irriterend."

"En tog mis jy elke dag vir Boelie?" vra Christine.

"Ja," knik Klara, "dit kom seker maar saam met die pakket."

Dan sug Christine. "Ek is nie opgewasse teen haar nie, Klara. Ek weet dit. En ek weet jy het gesê ek moenie kompeteer nie, ek moet net myself wees. Maar dis nie genoeg nie. Na gisteraand en vanoggend wéét ek: dis net nie genoeg nie."

"Vergeet van De Wet," sê Klara nog steeds kwaad. "Hy is 'n onnosele buffel, om van Braam nie eens te praat nie. Kom ons praat eerder oor jou een-en-twintigste verjaarsdag. Jy het gesê jou pa gaan betaal dat 'n groepie van ons by 'n restaurant gaan eet?"

"Ja," sê Christine stil, "hy het."

"Watter restaurant dink jy, Chrissie? En vir hoeveel van ons sal jou pa betaal?"

"Vir so twaalf van ons. Ek het nog nie gedink watter restaurant nie," sê Christine belangeloos.

Maar teen die Saterdag van Christine se partytjie is alle swaar-moedigheid lankal vergete. Die twee vriendinne lê tot laat-oggend in die bed. "Dis ons beauty sleep, soos ta' Maggie gesê het," fluister Klara toe hulle skuldig wil begin voel. "Ons staan oor 'n halfuur op, dan het ons nog ure tyd om die hare-was- en komkommers-op-die-oë-rituele te doen."

Toe sy die gastelys maak, het Christine vir Klara gesê: "Ek is nie baie lus om vir Annabel te nooi nie. Dis lelik van my, nè?"

"Dis jou partytjie, Chrissie, nooi net wie jy wil."

"Ek sou vir Boelie ook wou nooi," sê Christine. "Dis wat ek die graagste wil doen."

Klara knik. "Ek weet, Chrissie."

Daardie selfde aand, toe Christine vir De Wet nooi, sê hy da-delik: "En mag ek die eer hê om die verjaarsdagdame na haar eie partytjie te vergesel?"

Christine verkleur effens en glimlag wyd. "Goed, as jy so aan-hou."

Maar toe sê hy: "En ek weet Braam sal dolgraag vir Annabel vergesel. Jy gaan hulle tog albei nooi?"

"Ja-a," sê Christine. En in die kamer sê sy vir Klara: "Dis seker beter so, nè, Klaar?"

Nou gebruik hulle die ganse Saterdagmiddag om reg te maak. Teen sesuur kom De Wet van die rugby af terug, stort vinnig en gaan wag gestrikdas en geaandbaadjie in die voorkamer. Ta' Maggie hou hom kiertsregop geselskap.

Net voor sewe kyk Klara vir oulaas in die spieël. Sy dra weer haar diepgroen tafsyrok en silwer skoentjies, maar vanaand het sy blomme in haar hare. Sy lyk mooi, sy weet. Sy glimlag; sy weet ook hoe gaan Henk se oë lyk as hy haar sien. Dis lekker.

Dan draai sy na haar vriendin en kyk of die blomme in haar hare reg sit. Christine is geklee in 'n blinknuwe aandrok van sagte, pienk chiffon. Om haar nek dra sy haar ouma se pêrel-halssnoer – haar geskenk van haar ouers af.

"Jy lyk pragtig!" sê Klara opreg. "En onthou nou, geniet jou aand, en moenie dat iemand dit vir jou bederf nie."

"Natuurlik gaan ek my aand geniet; dit gaan perfek wees," sê Christine beslis.

Maar toe Annabel net na sewe klop en met 'n "Kan ek inkom?" die deur oopstoot, sypel die besliste uitdrukking uit Christine se gesig.

"Ag, hoe dierbaar lyk jy!" sê Annabel. Sy het 'n gesofistikeerde swart rok met 'n gewaagde halslyn aan. Haar hare is in 'n Franse rol gedraai, sy dra geen juwele nie, net 'n paar eenvoudige pêreloorbelle.

Hulle kuier die aand om, drink vonkelwyn op Christine se geluk, eet eksotiese Italiaanse disse, dans en lag en gesels.

Klara hou haar vriendinnetjie fyn dop. Christine glimlag en gesels en dans vrolik met al die mans. Maar wanneer De Wet naby kom, verhelder haar gesiggie selfs meer. Ag, Chrissie, dink Klara hartseer.

Dan sien Klara hoe Annabel 'n lang sigaret uithaal en oorleun na De Wet. Hy neem die goue aansteker by haar, knip dit oop en maak sy hande bak om die vlammetjie. Annabel buig haar slanke nek vooroor tot by die vlam, suig diep en blaas die rook stadig na bo. 'n Oomblik lank kyk sy en De Wet reguit vir mekaar, hulle oë nie drie duim uit mekaar uit nie. Dan glimlag sy lui en trek haar wenkbroue asof geamuseerd op. "Dankie," vorm haar rooi lippe geluidloos voordat sy omdraai en weer met Braam aan haar ander kant gesels.

Maar Klara het die uitdrukking in De Wet se oë gesien. Sy kyk vinnig na Christine. Toe weet sy: Christine het dit ook gesien.

Laatnag, toe die lig in hulle kamer al afgeskakel is, sê Christine: "Klara, ek dink ek gaan iets doen wat jy miskien nie sal verstaan nie. Maar ek dink dis nodig."

"Iets soos . . . wat?" vra Klara bekommerd.

"Nie iets waaroor jy bekommerd hoef te wees nie," probeer Christine haar gerusstel. "Net iets wat . . . ag, miskien doen ek dit nie eens nie. Slaap nou maar."

Maar lank nadat Christine al rustig asemhaal, lê Klara nog wakker.

Toe Klara die volgende Vrydagmiddag van die klas af kom, is Christine besig om te pak. "En nóú?" vra sy geskok.

Want Christine pak nie net haar naweektassie nie. Haar twee groot koffers is ook reeds gepak.

"Ek gaan weg, Klara."

"Was jy by die klas vandag?" vra Klara verward.

"Nee."

Klara voel hoe die onrus verder in haar opbou. Alles begin op die krop van haar maag saambondel.

"Jy gaan weg? Waarheen?"

Christine draai na Klara, haar stem kalm. "Ek het aangesluit, Klara."

Klara sak op die bed neer. "Jy het . . . wát?"

"Aangesluit, by die weermag, as klerk."

"Chrissie?" sê Klara totaal verslae.

"Ek het gesê ek is gewillig om Noorde toe te gaan."

Klara skud haar kop in ongeloof. "Christine?"

"Ek moet, Klaar, jy verstaan mos. Ek het self besluit." Sy draai terug en vou nog 'n rok netjies op. "Ek is bang, maar dis wat ek wil doen, ek weet. Dis die eerste ding nog ooit wat ek sélf doen."

"En . . . jou pa-hulle? Jou ma?" Klara se stem klink snaaks. Asof dit nie deel van haar is nie.

"Ek is een-en-twintig; ek het nie hulle permissie nodig nie."

"Maar . . ." Dit voel vir Klara asof haar kop te vol is, niks sink meer in nie. "Hoe gaan hulle voel?"

"My ma sal vir 'n week in 'n donker kamer lê, of vir 'n maand," sê Christine sag. "Ek hoop my pa sal verstaan. Ek sal hulle môre bel."

"En . . . jou studie?"

"Ag, Klara, ek sal buitendien nooit 'n suksesvolle onderwyseres wees nie, nie eens vir die klein kindertjies nie. Hulle luister nie vir my nie."

"Maar Chrissie . . ."

"Ek gaan nou loop, anders begin ek huil," sê Christine met 'n dun stemmetjie. Sy knip haar naweektassie toe. "Die ander koffers moet julle asseblief huis toe neem. Of miskien sal my pa dit kom haal."

Hulle loop in die kort gang af na die voordeur.

"Gaan jy nie vir De Wet groet nie?" vra Klara verslae.

Christine skud haar kop. "Ek sal julle nog sien voordat ek weggaan Noorde toe. Ek gaan eers ses weke vir basiese oplei-ding, hier by Voortrekkerhoogte."

"Ses weke?"

"Sê eers na die naweek vir De Wet, wanneer ek nie terugkom van die naweek af nie," sê Christine. "Ek kan nie nou met hom praat nie."

Toe tel sy haar tassie op, maak die deur oop en stap uit. Sy maak die deur sag agter haar toe.

Alles gebeur asof in 'n waas. Henk kom laai vir Klara en De Wet op. Hulle laai De Wet by die barakke van die WAAF in Valhalla af. Klara en Henk gaan intussen kyk hoe vorder die monument. "Dis al weer die laaste bietjie petrol in Lizzie se tenk," sê hy vir Klara. "Die res van die maand stap ek en jy te voet."

"'n Mens kan nie anders as te voet stap nie, Henk," glimlag sy. Maar haar hart bly swaar in haar, séér oor Christine, siék oor Boelie.

Die monument het nie veel gevorder nie. "Dis veronderstel om simbool te wees van die Afrikaner se hoop, nou lyk dit asof die bouwerk gestagneer het," sê sy op pad terug vir De Wet.

Hy knik afgetrokke, maar antwoord nie.

Laat die aand gaan Klara buitentoe. Die lig brand nog in die buitekamer. Sy klop sag aan die deur. "Kom jy bietjie met my gesels?" vra sy.

Sy en De Wet gaan sit op die twee trappies van die rooi voor-stoepie. Daar is wolke voor die maan, dis nagdonker, net die straatlamp skyn flou.

"Praat met my, De Wet."

Hy sug diep. "Ons het lank gepraat, Klara. Vir die eerste keer het ons regtig gepraat."

Sy wag.

"Ek moes seker lankal regtig met haar gepraat het. Dis net . . ."

'n Kriek begin êrens in die gras viool speel. Vals.

"Sy moet dit seker doen, ek weet nie. Ek probeer verstaan, dis net . . . moeilik."

"Dis die eerste keer dat sy 'n eie besluit neem," sê Klara.

"Ja, ek verstaan dit, en ek respekteer dit. Maar só 'n besluit?"

"Ek hoop net sy het dit goed deurdink," sê Klara. "Sy het dit nie met my bespreek nie. Ek weet nie of sy dit met iemand bespreek het nie."

"Nee, sy het nie. Sy wou self haar besluit neem," sê De Wet.

Die kriek is 'n oomblik stil. Moontlik kry hy nou sy viool melodieus ingestel.

"Ek dink nou . . . miskien kon iets . . ." Hy stoot sy vingers deur sy dik, goudbruin hare, laat sak dan sy kop in sy hande. Hy sit doodstil.

"Dink jy iets kon miskien tussen julle ontwikkel het?" vra Klara sag.

Toe hy nie antwoord nie, vra sy: "Hoekom het jy dan nie iets gesê nie, De Wet? Of haar gewys hoe jy voel nie?"

Hy tel sy kop op en draai sy gesig na haar. "Ek weet nie hoe ek voel nie, Klara. Ek het nooit . . . só aan Christine gedink nie." Hy bly 'n oomblik stil. "Of miskien het ek, soms. Maar sy is nog so . . . klein, Klara. Wel, seker nie, maar darem."

"Sy is een-en-twintig, sy is 'n jaar ouer as ek."

De Wet skud sy kop. "Sy is baie jonger as jy. Baie jonger." Dan sug hy diep. "En buitendien, ás ek so gedink het, en dit het nie uitgewerk nie . . . so saam in die huis; dit sou moeilik gewees het."

Klara sit haar arm om haar broer se skouers. "Ás jy gedink het, het jy met jou kop gedink, in plaas van met jou hart, broer."

Hy knik. "Ja, jy's reg. Soos altyd."

"Wow, dis 'n seldsame kompliment!" probeer sy terg. Die kriek val weer met oorgawe weg.

Irma Joubert

"Daardie kriek is vals," sê De Wet en staan op. "Kom ons gaan maak maar koffie."

Toe die ketel amper kook, sê hy: "Dis net – sy is so 'n weerlose klein meisietjie."

"Miskien is sy sterker as wat ons dink," sê Klara en pak net twee koppies op die tafel uit.

"Ja," sê haar broer. "Miskien."

"Dit is die maand Oktober, die mooiste, mooiste maand", het Leipoldt geskryf, dink Klara. Die lente slaan saggroen uit op die kaal boomtakke. Die jakarandas begin al blom, die studente staan onder hulle en hoop 'n blommetjie val hulle raak. Dis die teken dat 'n mens jou eksamen gaan slaag.

Sorgvry.

Maar in Klara bly die seer. En die lentevreugde bly weg.

Sy skeur die vaal koevert versigtig oop en haal die brokkies oorlog uit. Die oorlog het hom buitendien loodswaar in haar kom tuismaak.

Beste Klara

Ek het baie lank laas geskryf want nou is ons op die oorlogsfront en dis baie besig. Maar jy moet aanhou skryf want ons kyk elke dag wie kry pos dis lekker om te kry.

Ek was nie in een van die bataljons wat in Adis Abeba ingegaan het nie, waaroor ek baie teleurgestel was ek het mos toe al vir jou vertel. Maar nou is dit oukei, want ons kompanie moet die laaste klomp Itaai prisoniers af neem hawe toe, na Berbera dis die hawe. Dis lekker, ons ry met vyftien army lorries. Dis teerpad al die pad, ons moet net oppas vir landmyne. Al die prisoniers is netjies ge-was en geskeer, in nuwe uniforms, asof hulle vir ons gewag het om hulle te kom vang. Vanoggend het ons begin met 472, maar teen vanaand was daar al ver meer as 500, ek dink teen die tyd dat ons by die hawe aankom, sal daar al 600 wees, want langs die pad kom baie Itaais uit die bosse en sluit by die konvooi aan, omdat hulle bang is vir die inboorlinge.

Die Abessiniërs haat die Itaais, wat hulle land kom vat het, ek dink so vyf jaar gelede. Ons het keiser Haile Selasi, dis hulle leier, weer op die troon terug gesit, nou is ons hulle bevryders. Weet jy, Klara, hy is nie eens 'n indrukwekkende figuur nie, so 'n kort maer mannetjie met 'n rosyntjiegesig. So ons hoef nie die prisoniers op te pas nie. Hulle pas ons op want hulle wil veilig by die hawe kom. Vanaand het hulle vir ons gesing, hulle sing goed, amper soos plate.

Ek het twee van my sigarette geruil vir 'n blik sonder 'n label, ek het gehoop dis poeding. Maar dit is vreeslike slegte goed wat soos druiwe lyk, met een groot pit binne-in, so vrank geen mens kan dit eet nie. Toe ruil een van die Italianers dit weer terug by my vir een van hulle sigarette. Sleg, man, sleg, soos die beesmis wat ons agter die kraalmuur gerook het. Maar beter as die goed in die blik. Ons kry elke week 200 Springbok sigarette. Die ouens wat nie rook nie, ruil dit vir kos, veral perskes en room. Maar ek rook.

Nou gaan ek slaap. Hier is baie muskiete, so ek klim heeltemal onder my seil in. Dis warm, maar dis beter as die muskiete. Ek hoop nie dit reën nie.

Nou is dit twee dae later. Ons het die prisoniers op die skip gesit, daar was baie meer as wat ons gevang het. Hulle was bly om op die skip te klim. Party het vir ons van hulle proviand gegee hulle is regtig baie vriendelik. Jakkals sê hulle Boelie Bief word van perdevleis gemaak maar ek worrie nie.

Gisteraand het ons vreeslik baie gedrink. Jakkals en ek en nog twee ouens het 'n hele vaatjie Akwavite gekry want die Itaais het so vinnig voor ons uit gevlug, dat hulle soms hulle trokke net daar langs die pad gelos het, as hulle petrol klaar was of hulle het 'n flat tire gehad. Dit lyk amper soos water en brand al die pad maag toe, maar hy skop lekker. Vanoggend was my kop regtig seer, maar nou is ek reg.

Net voor hulle op die skip geklim het, het ons 'n kannetjie rooiwyn geruil by een van die ouens, ons het dit geruil vir Jakkals se knipmes, al my Springbok sigarette, 'n jersey wat een van die ouens se gewese girl vir hom gebrei het en 'n hoed met 'n stukkie koedoevel om. So nou is ons gesettel vir vanaand.

Ons het nou net gehoor generaal Nasi en 22 000 Itaai troepe het gister die hoë Gondar-bergvesting oorgegee. Nou is die Italiaanse magte verpletter in Oos-Afrika, nou gaan ons aan die einde van die week verder noord, na Egipte toe. Dis waar die piramiedes is Klara en die Nylrivier maar nie ons Nylrivier nie. Ons hoofkwartier gaan Kaïro wees.

Ek gaan nou die brief ingee, dan kan dit saam met die skip Unie toe gaan. Ek het nie tyd gehad om vir my ma te skryf nie. Sê vir haar ek stuur groete. En vir Persomi.

Jou vriend,

Gerbrand.

Die Dinsdag voor Klara se eindjaar-eksamen begin, bel Christine. "Ek gaan Vrydag vertrek," sê sy. "Ons vertrek van die stasie af, met 'n trein Durban toe, dan met 'n skip Egipte toe."

"Kan ons jou op die stasie kom groet, Chrissie?"

"Ja, asseblief. Sal julle?"

"Ons sal beslis," sê Klara met 'n knop in haar keel.

Vrydagmiddag wag Klara en De Wet op die stasie. 'n Weermagbus bring 'n groepie mans en vrouens stasie toe, almal in uniform. "Daar is sy," wys Klara vir De Wet.

Christine kom reguit na hulle aangestap. Sy glimlag dapper, maar haar oë blink onnatuurlik. "Julle is hier," sê sy.

Hulle stap saam aan weerskante van haar na die regte perron. Daar is so baie wat hulle wil sê, maar die woorde bly ongemaklik weg.

"Jy gaan seker vir Gerbrand sien," sê De Wet.

"Miskien. Maar daar is baie troepe in Noord-Afrika."

Hulle voetstappe klink swaar op die betonblad.

"My pa-hulle kom Durban toe om my by die hawe te groet."

"Dis goed," sê De Wet.

Toe hulle by die trein kom, sê De Wet: "Christine?"

"Moenie, De Wet, ek gaan huil."

"Ek gaan buitendien huil," sê Klara. "Kom gee my 'n drukkie, Chrissie."

Sy druk haar kleintyd-maatjie 'n oomblik styf teen haar vas en staan dan terug.

Toe De Wet sy arms oopmaak, draai sy weg. Sy wil nie een van hulle se oë sien nie.

Christine klim op die trein en skuif die venster tussen hulle af.

"Een van die dae is ek in Kaïro," sê Christine met 'n dik stemmetjie.

"Weet jy wat is vir my vreemd?" probeer Klara geselsies maak. "Van die marmer wat in die monument gebruik word, kom vanaf 'n plaas in Noord-Transvaal met die naam Kaïro."

Maar Christine kyk weg. Die monument lê ver agter haar, dink Klara; sy dra nou ook 'n rooi lussie op haar uniform.

Toe ruk die trein. "Ek sal skryf," sê Christine.

De Wet sit sy hand oor hare, met sy ander hand raak hy aan haar wang. "Jy moet, asseblief," sê hy.

Die trein stoom en blaas en begin stadig beweeg. Die soetsuur rookreuk brand in Klara se keel, brand haar oë dof.

Die trein trek verder en verder weg.

Christine hang by die venster uit. Die roet van die rook maak treinspoortjies oor haar wange.

"Pas jouself op!" roep De Wet agterna. Maar die trein fluit hard en lank. Sy woorde waai weg in die wind.

Hulle wag tot die trein om die draai verdwyn het, toe stap hulle na die tremhalte.

Hulle ry in stilte met die trem terug na die huis in Sunnyside.

Toe hulle uit Parkstraat in Devenishstraat indraai, vee De Wet met albei sy hande oor sy gesig en sê: "Hemel, Klara, ek kan steeds nie glo dit het gebeur nie."

HOOFSTUK 10

DIE MENSE VAN DIE DORP HET GEWEET: die Italiaanse magte in Oos-Afrika behaal nie die oorwinnings wat die koerante skryf nie. Want die dokter se seun het vir sy pa gesê. Selfs al het Mussolini versterkings daarheen gestuur om die koloniale troepe daar by te staan, gaan dit nie goed nie.

Die mense weet waar die Soedan en Kenia en Somalië is, selfs die tantes wat nooit skool toe gegaan het nie, want die dokter het mos mooi vir hulle gewys van Abessinië. Dis by Abessinië, rondom Abessinië.

En hulle verstaan hoekom Mussolini sy soldate daarheen gestuur het – mos om die handelsvloot te beskerm wat deur die nou, blou strokie van die Rooi See en deur die Suezkanaal by Egipte moet vaar.

Maar dit beteken nie dat hulle die inval goedgekeur het nie. Dus gee hulle ook nie soveel om dat Mussolini op sy herrie kry nie. Dalk begin hy nou besin.

Ook in Noord-Afrika, in Libië en Tunisië, gaan dit nie goed nie. Die troepe is daarheen gestuur om die Britte in Egipte aan te val. Dit gaan om die Suezkanaal, die poort wat die seë verbind, weet die dorp se mense.

Ook dit het die mense nie werklik geraak nie.

Dis eers toe 'n bom oor hulle dorpie ontplof, dat die mense in die oorlog ingeskok word.

Nie 'n regte bom nie. Erger as 'n regte bom.

Die bevelvoerder van die garnisoen het vroegoggend al met 'n klompie groot plakkate oorgestap van die kamp af.

Die eerste plakkaat het hy teen die kerkdeur vasgespyker. Ketter! Byna soos Luther donkiejare terug met sy 95 stellings teen Die Kerk gedoen het. Teen die kerkdeur! Vasgespýker!

Die volgende plakkaat rol hy oop voor die dokter se spreek-kamer. Maar toe hy sy hamer en spykers optel, sê die dokter ferm: "Jy spyker dit nié teen my deur vas nie!"

Toe neem die dokter die plakkaat en sit dit op die tafel in sy spreekkamer, bo-oor die oop atlas.

Daarna marsjeer die bevelvoerder ewe vernaam af dorpsplein toe. Hy gaan staan in die middel van die plein op aandag, rol die plakkaat oop en bulder dit oor die dorpie uit.

Die vrouens maak die vensters van die huisies toe, Vader En-rico sluit die skooltjie se voorhek, die nonne stoot die swaar kerkdeure op knip.

Maar die nuus hang swaar oor die hele dorp, oor die landerye en die steengroewe. Dit klim teen die pieke op na waar die bok-wagters na die wolklose hemel lê en staar, dit sak af in die vallei na waar die oumense waterlei in die boorde.

Alle mans tussen die ouderdom van agtien en dertig jaar word opgeroep vir militêre diensplig.

Verpligtend. Onmiddellik.

Italië het hulle nodig.

Mussolini stuur garnisoene gewapende soldate na elke uit-hoek van Italië – en veral na die afvallige Noorde – om te sorg dat elke weerbare Italiaanse burger aansluit.

"Hulle raak nie aan my kleinseun nie! Hy is pas sestien!" roep ta' Sofia uit en stap driftig huis toe.

"Hulle sal nie vir Antonio oproep nie; hy is dan in die laaste weke van sy studies," troos die baron vir Gina.

"Ons seuns?" vra Maria bekommerd vir Giuseppe. "Antonio en Lorenzo?"

"Die oorlog in Afrika sal gou verby wees. Mussolini is nie op-gewasse teen die Britse magte nie," sê die priester.

Maar toe kom vertel die dokter dat Hitler besluit het om 'n sterk mag na Noord-Afrika te stuur om die Italianers daar by te staan. Die bevelvoerder is generaal Erwin Rommel – die woestynvos, noem hulle hom. "Hulle wil Kaïro vat. Teen elke prys, lyk dit my," sê die dokter.

Die seuns en jongmanne van die dorp word op oop trokke gelaai en weggery. Slagveld toe. Soos bergbokke slagpale toe.

Twee weke later kom Antonio en Lorenzo terug dorp toe om te groet. Hulle gaan ook na 'n opleidingskamp. Vandaar na die front. Waarskynlik Noord-Afrika: Tunisië of Libië, op pad na Kaïro. Woestyngebied.

Sy klou aan hom vas. Haar gesiggie is sopnat, die trane loop en loop oor haar wange, af, tot in haar nek en haar bors. "Jy het belowe, Antonio! Jy het belowe jy sal nie gaan nie!"

Hy druk haar sagte lyfie teen hom vas, hy voel die rondings van haar jong liggaam in sy lyf pas. Hy streel oor die blonde hare. "'n Garnisoen het my kom haal, Gina. Jy sien mos, ek het nie 'n keuse nie."

"Jy kon ook bergin gevlug het," snik sy. "Jy het belowe!"

"Ek kon nie vlug nie, jy weet dit, ons het daaroor gepraat," sê hy kalmerend.

"Maar ek is liéf vir jou," huil sy. "Verstaan jy nie, ek is liéf vir jou!"

Hy hou haar stywer vas. "En ek is lief vir jou, Gina. Die Heilige Maagd alleen weet hoe lief ek jou het. En daarom moet jy my glo: ek kom terug na jou toe. Wanneer hierdie sinnelose oorlog verby is, kom ek terug, Gina."

Hy voel hoe sy begin ontspan. "En dan . . . gaan jy ons huis bou?"

"Dan gaan ek eers met jou trou, my liefling. En dan gaan jy as mevrou Gina Romanelli saam met my die huis bou."

"Belowe jy kom terug?" pleit sy.

"Ek belowe, Gina, op my woord van eer."

"Belowe voor die Heilige Maagd?" dring sy aan.

"Ek belowe voor die Moeder van God dat ek sal terugkom na jou toe."

"En ek belowe dat ek vir jou sal wag, Antonio Romanelli."

Lank nadat die trok vol nuwe soldate om Giuseppe se draai verdwyn het, staan hulle nog op die plein: Vader Enrico wat die seuns kom seën het, ou Luigi en ta' Sofia om die skandekleinkind weg te sien, Maria en Giuseppe Romanelli, Gina Veneto, die susters van die klooster, die tantes van die dorp, die mans van die steengroewe en die landerye. Toe begin hulle stadig omdraai en een-een teruggaan na hulle alledaagse bestaan.

Skemeraand stap Gina alleen teen die steil keisteenpaadjie uit na die groot kliphuis teen die hang.

HOOFSTUK 11

KAÏRO STAAN ENKELDIEP GEPLANT IN DIE SAND VAN DIE SAHARA, rug ge-
draai op die uitgestrekte woestyn en die eeue oue piramiedes,
tone in die warm waters van die Nyl. Na agter strek die onher-
bergsame wêreld van sandduine en gruisrante en klipskeure
duisende myle wes, deur Libië en Tunisië, deur Algerië en Ma-
rokko tot aan die yskoue waters van die Atlantiese Oseaan. Na
voor, anderkant die Rooi See, lê die sand en die swart olievelde
van Sinai, na links die see van Paulus se reise en Jona se walvis,
na regs die donker misterie van Afrika.

Kaïro is 'n groen paradys, 'n reuse-oase in die dor landskap.

Die strate in Kaïro lewe: kosmopolities, 'n kaleidoskoop van
kleur en klank, die reuk van speserye en wierook en vreemde
gebak, swaar in die soel namiddag. Dis 'n mengelmoes van
eeue oue geboue en moderne strukture, van breë strate en nou
stegies, van winkels met glasvensters en lendelam agterstraat-
stalletjies onder vuil lap. Hier ontmoet Europa en Asië en Afri-
ka, Moor en Mohammedaan, Mafiabaas en straatventer, soldaat
en straatvrou.

En aan die grens van die stad gaan die waters van die Nyl wyd
en diep en ongestoord hulle oeroue gang.

'n Klipgooi buite die middestad is die militêre kamp. Daar
staan die barakke en store en administratiewe gebou in geor-
dende formasie, sandsakke skouerhoog netjies in gelid, doring-
draad soos 'n skans rondom, hekke met permanente wagte. Die

kamp steek vaal af teen die witgekalkte huise en groen tuine van die omgewing.

Christine stap saam met drie ander Mossies[13] deur die besige strate. "Kom saam," nooi hulle elke aand as sy van die Naafi[14], waar sy werk, terugkom by die barakke. Maar vanaand is die eerste keer dat sy genoeg moed bymekaargeskraap het om dit te doen.

Die strate krioel van mense: straatverkopers, skoolkinders, soldate, gesluierde huisvroue.

Sy loop regop en bly digby die ander drie. Die wêreld ruik onbekend, die tale klink vreemd, die strate lyk almal dieselfde. As hulle haar nou hier los . . .

By 'n groot deur steek hulle vas. *Shepherd's*, lees Christine op die uithangbord. "Kom ons kyk of hier iets aangaan," sê Florence en stoot die deur oop.

Christine skreef haar oë. Dis redelik donker binne, die rook maak 'n dun, vaalblou wolk teen die plafon, sagte musiek speel. Westerse musiek. Stemme dreun gesellig, iemand lag.

Eenkant is 'n klein dansbaan met verstrengelde paartjies wat stadig beweeg, om en om, om en om. 'n Seepbel waarbinne uniforms soos drenkelinge aan mekaar vashou.

"Florence!" roep 'n manstem vanuit die skemer, "kom sit hier!"

Hulle skuif by 'n houttafel in. Christine sit op die punt.

"Wat drink julle?" vra die stem. Dis die stem van 'n groot ou met twee strepe op sy mou. Hy praat Engels. Almal praat Engels.

Christine voel hoe die benoudheid in haar saambondel. Wat drink sy?

"Christine?"

"Coke," sê sy verward.

"Coke and . . .?" vra die stem.

---

[13] Jan Smuts het die Vroueleërhulpdiens (WAAS of Women Army Aid Service) die Mossies genoem
[14] Die Navy, Army and Air Force Institutes se winkel

"Just . . . Coke."

Want haar pa het haar geleer: jy drink geen drank as jy saam met vreemde mense is nie, net as jy saam met 'n man is wat jy baie, baie goed ken. Saam met De Wet kon sy . . .

Maar sy moenie aan De Wet dink nie.

"Bestel maar vir haar net Coke," sê Florence. "Sy's nog vreemd."

"Nee, maar dan sal ons haar gou inlyf," sê 'n maer stem oorkant haar. "Hoe lank is jy nou in Kaïro?"

"'n Maand," sê sy.

"'n Máánd! Ons is nog net drie dae hier!"

Sy krimp weg.

Die stemme praat om haar, die donker houttafel voor haar maak ronde, nat kolle. Oorkant haar trek Florence die rook van haar lang sigaret diep in en blaas dit stadig boontoe. Soos Annabel.

Sy moes nie gekom het nie.

Iemand bestel 'n bord eetgoed: branderige grondbone en olierige balletjies en olywe met groot pitte in.

Die maer stem vra haar om te dans. Sy wil nie, maar sy is te bang om nee te sê. Almal dans. Hy hou haar te styf vas, sy kry nie asem nie. Die tweede keer sê sy nee.

Sy moes nooit gekom het nie.

Sy drink haar Coke baie stadig sodat sy nie weer hoef te bestel nie. Sy dans drie keer met 'n pokkel wat sweet. Hy raak nie vatterig nie, hy praat net aanmekaar. Hy het net een streep. Sy kan nooit onthou watter streep is watter rang nie.

Later sit hulle alleen by die tafel. Hy was deel van Operasie Crusader, by Sidi Rezegh. Weet sy daarvan?

Sy skud haar kop. Dis beter om te luister as om te dans.

"Dit was 'n verpletterende nederlaag vir die Vyfde Suid-Afrikaanse Brigade," vertel hy. "Is jy seker ek kan nie vir jou nog iets bestel om te drink nie?"

"Nee, dankie. Ek is reg, dankie."

"Honderde van ons manne is daar doodgeskiet. Meer as drie duisend is gevange geneem."

Hy drink en sweet en praat. Later loop die trane.

"Ek is jammer," sê sy. Sy weet nie wat om te doen nie. Sy het nie geweet mans huil ook nie.

Baie later sê Florence: "Kom, Christine, dis laat, ons gaan nou."

"En . . . hy?" vra Christine.

"Wie? Ou Patrick? Nee, wat, los hom, hy het dronkverdriet. Hy sal wel bykom voordat hy moet inklok."

'n Hele peloton vergesel hulle. Hulle sing in die strate terwyl hulle terugstap barakke toe. Florence lag kliphard. "Nee, dankie, ons slaap in ons eie beddens," sê sy en druk die deur in hulle gesigte toe.

Klara, skryf Christine gedurende die nag in haar kop, ek wens jy was hier. Ek was in my lewe nog nooit so alleen nie. Ek is elke dag alleen, tussen die ander meisies in die Naafi, in die eetsaal of die barak, in die oggende en elke nag. En vanaand, daar in die oorvol nagklub, was ek stok-, stokalleen. Sielsalleen.

Om aan te sluit, weet sy nou, was die domste ding wat sy nog gedoen het. 'n Dom, dom besluit.

Maar toe sy die volgende dag etenstyd vir haar vriendin skryf, vertel sy net hoe mooi Kaïro is, hoe vriendelik die ander meisies is – hulle gaan saans saam uit – hoe goed dit gaan. En sy stuur groete vir De Wet, want sy wil nog nie vir hom skryf nie.

Die dag voor Kersfees is die winkel ekstra besig. Kaïro krioel buitendien van manskappe wat pas gekry het. Almal wil die laaste paar eetgoedjies koop voor môre.

"Wat beplan jy vir môre?" vra Lilly toe hulle eenuur vinnig hulle toebroodjies eet.

Christine skud haar kop effens. "Nie iets nie. Ek . . . het 'n boek wat ek kan lees."

Môre is Kersfees, weet sy. Môre sal haar pa en ma eers kerk toe gaan, dan sal hulle oorry na Klara-hulle. Daar sal almal saamkuier, om die lang tafel in Klara-hulle se eetkamer. Hulle sal skaapboud eet, en hoenderpasteie en souskluitjies vir poeding.

Hulle sal lag en gesels en saam wees.

De Wet sal ook daar wees.

Net sy nie. Sy en Boelie: twee pole op twee uithoeke van die aarde. Sy verlang na almal, ook na Boelie. Sy hoop nie Boelie is te kwaad vir haar nie.

Die knop druk haar keel toe. Sy sluk en sluk, maar die knop is te groot.

Sesuur sluit hulle die winkel. Dis al heeltemal donker buite, die straatlampe maak lang skaduwees oor die pad. Sy stap stadig terug barakke toe.

"Christine?"

Sy vóél die stem deur haar skok. Bekend.

Sy vlieg om.

Hy lag. "Moenie so verskrik lyk nie. Dis ek, Gerbrand."

"Gerbrand!"

Die lag bondel eerste uit, byna histeries, toe die huil. Deurmekaar. Al die opgekropte alleenwees bars oop, al die vrees en verlange van die afgelope maande stroom uit, úit haar uit.

"Christine?"

Gerbrand. Al die pad van die plaas af, van die plaasskooltjie en die Bosveld en die Unie af, al die pad tot hier in die vreemde strate van Kaïro.

Sy dink nie, sy weet net. Sy slaan haar arms om sy lyf en klou aan hom vas. Sy lyf is kliphard, hy ruik soos stof en Lifebuoy-seep.

Sy voel hoe sy arm versigtig om haar gaan. "Christine? Is jy orraait?" vra hy huiwerig.

Sy laat haar arms stadig sak en staan 'n tree terug. Sy sluk en sluk en geleidelik keer haar keel weer terug na normaal. "Ek is orraait. Gerbrand, ek is so bly om jou te sien."

"Ek dog jy skrik jou vrek," sê hy.

"Ek het nie geskrik nie. Ek het net nie verwag om jou te sien nie," sê sy en probeer haar wange afvee met die agterkant van haar hand.

"Dis mos amper Krismis, toe dog ek ek soek jou maar," sê hy onbeholpe. "Toe sê hulle jy werk in die Naafi."

"Ek dink nie ek was al ooit so bly om enige iemand te sien nie," sê sy verleë.

"Rêrig?"

Sy begin weer lag. "Ja, Gerbrand. Regtig."

"Moet net nie weer begin huil nie," sê hy benoud.

"Nee, ek sal nie."

"Ek het nie geweet jy sal so bly wees nie," sê hy en begin stap. Sy val langs hom in. "Ek het net gedink ek sal jou maar soek, dan doen ons iets vanaand. Want dis amper Krismis."

Sy bekyk hom waar hy langs haar stap. "Jy lyk goed, Gerbrand," sê sy. "Waar is jy? Wat doen jy?"

"Fight," sê hy. "Of eintlik lê ons meer rond as fight. Weet jy wat by Sidi Rezegh gebeur het?"

"Ja, ek weet presies. Was jy ook daar?"

"Nee, nee, gelukkig nie, anders was ek ook nou gevang en in 'n kamp. Dis sleg van ou Boelie, nè?"

En hulle gesels: oor Boelie en Klara en De Wet, oor die Agtste Leër wat onder generaal Ritchie die Spil-magte uit Cirenaika gedryf het, oor die vreemde kosreuke in die strate van Kaïro. "Kom ons eet eers iets," sê Gerbrand en stoot die deur van 'n restaurant oop. "Ek vrek van die honger."

Hulle bekyk die vreemde spyskaart, besluit saam wat bekend lyk. "Ek soek net nie kameelvleis nie," sê Gerbrand.

Christine lag. "Dis goed om weer Afrikaans te praat," sê sy. "Die meisies hier is almal Engels."

"Ek het darem 'n paar Afrikaanse pelle in my seksie," sê Gerbrand. "Wat wil jy drink?"

Sy haal haar skouers op. "Ek weet nie."

"Jy kan enige iets drink, net wat jy wil," sê hy ernstig. "Ek het baie geld."

Sy dink 'n oomblik, dan glimlag sy. "Sjampanje," sê sy.

"Bring 'n bottel sjampanje," bestel Gerbrand, "en 'n dubbel rum-'n-Coke."

"'n Hele bottel!" sê Christine grootoog. "Gerbrand, ek het bedoel 'n glasie, ek kan mos nie 'n hele bottel uitdrink nie!"

Hy gooi sy kop agteroor en lag kliphard. "Ai, Christine, jy is nog nes altyd. Al het jy 'n uniform aan. Wat doen jy elke dag so in jou uniform? Dril jy?"

"Nee," lag sy, "werk in die Naafi. Dis nie baie heldhaftig nie, nè?"

Hy haal sy skouers op. "Iemand moet dit doen," sê hy.

Die kelner skink haar sjampanje en sit die bottel in 'n bak ys op die tafel. "Cheers!" sê Gerbrand.

"Gesondheid," sê sy en neem versigtig 'n slukkie. Dis yskoud, die klein borreltjies prik skerp op haar tong, brand af na haar maag toe.

Gerbrand neem 'n lang sluk van sy drankie. "Hm," sê hy tevrede.

"Ek het eintlik begin as 'n operateur in die sentrale," vertel sy. "Maar die vreeslik baie drade wat elkeen êrens ingeprop moet word, het my senuweeagtig gemaak. Jy weet mos ek word gou senuweeagtig, Gerbrand."

Die kelner sit twee borde kos voor hulle neer. "Cheers!" sê Gerbrand en val weg.

Ons moes eintlik eers gebid het, dink Christine. Sy kyk 'n oomblik onseker rond, toe begin sy ook maar eet.

"En toe?" vra Gerbrand met sy mond vol kos.

"Toe ek die derde keer 'n belangrike persoon wat besig was met 'n belangrike oproep afsny, het hulle my sommer op die eerste dag al verskuif."

Gerbrand lag. "Ja, dit moet mens nie doen nie."

"Toe skuif hulle my na voorrade, maar net tydelik, want na 'n week het die meisie wat siek was, teruggekom. En toe stuur hulle my as klerk na die hospitaal, maar ek kan mos nie tik nie en hulle het iemand nodig gehad wat kan tik en toe stuur hulle my Naafi toe."

"Cheers," sê Gerbrand en lig sy glas, "op die Naafi."

"Cheers," sê Christine vrolik, "op die Naafi."

Hulle eet en cheers tussendeur op elke mylpaal. Gerbrand vertel van die Tweede Suid-Afrikaanse Divisie wat die belangrike hawe van Bardia verower het. "Net voor Bardia is Sollum en Halfaya-pas, hulle word ook genoem die Hellfire-stellings," vertel Gerbrand. "Dis waar ek nou was, voor ek pas gekry het."

"Dit klink gevaarlik," sê Christine. Haar kop voel baie lig op haar lyf.

"Ja," sê Gerbrand, "dit is. Cheers op die Hellfires!"

"Cheers op die Hellfires!" lag Christine.

Later keer Christine. "Gerbrand, stop, ek kan nie nog nie!"

Hy lag. "Die aand is nog jonk, girlie," sê hy. "Dié bottel het buitendien sy gat gesien. Kom, ons vaar die strate in. Vannag verf ek en jy hierdie stad dat hy soos die Bosveld lyk!"

"En ons bou 'n brug bo-oor die Nyl!" lag sy roekeloos saam.

Hulle kuier-kuier straatop en bultaf. Hulle sluit by 'n groep mense aan. Sy drink saam met hulle suur wyn uit 'n sak. "Nee, nee, ek wil glad nie rook nie," lag sy toe een van die mans 'n sigaret in haar mond wil druk.

Gerbrand slaan sy arm om haar. "Los haar, sy rook nie, ek weet," sê hy.

Sy voel die warmte van sy lyf teen haar. Sy kruip dieper onder sy arm in.

Later klou sy aan hom vas. "Gerbrand, ek dink ek is dronk," lag sy.

"Jy is beslis dronk," lag hy terug. Sy bruin oë blink in hare. "Ek ook. Môre huil ons in ons hande. Maar wat, dis net eenmaal Krismis. Ons weet nie of ons volgende jaar Krismis sien nie."

Sy word wakker. Die son skyn op haar. Dit voel of haar kop wil bars.

Sy maak haar oë effens oop. Die son is verblindend skerp. Die plafon is vreemd.

Sy draai haar kop stadig. Die pyn skiet soos 'n pyl deur haar hele kop.

Sy is in 'n vreemde bed. Sy het nog haar volle uniform aan, selfs haar skoene.

Langs haar lê Gerbrand met sy een hand half oor sy gesig. Die son skyn goud op sy stoppelbaard.

"Gerbrand?" vra sy huiwerig.

Hy steun en los 'n allemintige kragwoord. "Is jou kop ook so seer?" vra hy sonder om sy oë oop te maak.

"Verskriklik," sê sy, "ek is besig om dood te gaan."

"Kyk bo in my sak, daar is 'n bottel bier en hoofpynpoeiers," sê hy. "Bring, anders vrek ek ook."

Sy maak haar een oog op 'n skrefie oop en vind die sak. Hy sukkel die bottel oop, hulle sluk die poeiers af met die bier en lê dan weer doodstil op hulle rûe. Dis die eerste keer dat sy bier drink; dis vreeslik bitter. "Ek gaan nooit weer so baie drink nie," sê sy ernstig.

"Dit sê ek elke keer," sê hy. "Jy sal nou-nou beter voel."

Sy word weer wakker toe hy van buite af inkom. Hy het net 'n rugbybroek aan, sy bolyf is kaal, hy vryf sy hare droog met 'n handdoek. Sy gesig is glad geskeer. "Jy kan my handdoek vat as jy ook wil stort," sê hy.

Sy sit stadig regop. Haar kop is nie meer so seer nie, dit voel of die pyn onder 'n homp jellie ingedruk is. Sy voel net bietjie bewerig, lighoofdig. "Waar is ons?" vra sy.

"Losieshuis, ons bly altyd hier as ons Kaïro toe kom," sê hy. "Die badkamer is in die gang af."

"Ek wil net my gesig gaan was," sê sy en neem die klam handdoek. "Ek sal by my plek stort."

Hulle stap deur die besige strate terug kamp toe. By 'n straatstalletjie koop Gerbrand vir hulle elkeen 'n droë, plat broodjie. "Ons sal beter voel as ons iets geëet het," sê hy, "en ons moet koffie kry."

"Ek wil asseblief net eers stort en skoon klere aantrek," keer sy.

"Goed. Ek speel vanmiddag 'n rugbywedstryd en . . ."

"'n Rugbywedstryd?" vra sy verbaas.

"Ja. Ons het 'n Springbokspan gemaak, ons speel teen die Engelse. Wil jy saamkom?"

"Waar speel julle?" vra sy steeds verstom.

"Sommer op 'n sokkerveld hier naby. Ons pas maar aan by die vreemde veld."

Sy stort vinnig en was haar hare. Sy trek 'n rok aan – dis die eerste keer vandat sy in Kaïro is, dat sy een van haar rokke dra. Dit voel goed. Sy sit selfs lipstiffie aan, neem haar strooihoed en stap uit na waar Gerbrand wag.

"Nou lyk jy weer soos die regte Christine," sê hy.

Sy glimlag op na hom en haak by hom in.

Hulle drink eers sterk, swart, Turkse koffie en eet vreemde, soeterige koek. Toe stap hulle sportveld toe. Hulle gesels die hele tyd. "Generaal Rommel voer nou die Itaais en Gerries aan," sê Gerbrand. "Hulle noem hom die woestynvos, want hy is 'n uitgeslape jakkals. Skelm, hoor, veral hoe hy sy pantsertroepe hanteer. Ons het hom net-net voor Tobruk gestop."

"Wat is Tobruk?" vra sy.

"Hawestad, so 300 myl van hier, dink ek, al met die trein-spoor langs. Ek dink dis waarheen ons volgende gaan, maar ek weet nie. Die army kan mos nie sê nie."

Sy wag langs die veld terwyl hy rugby speel. "Sjoe, jy het goed gespeel," sê sy toe hy van die veld af kom.

Hulle kuier tot laataand in die Gezira-klub. Almal wat rugby gespeel het, kuier saam, die Springbokke en die Engelse, want hulle veg mos saam teen een vyand, in een oorlog. Daar is baie meisies met lang sigarette wat lag vir alles wat die mans sê. Hulle dans. Dis die eerste keer dat sy met Gerbrand dans. "Haai, waar het jy geleer om so goed te dans?" vra sy.

"Sommer hier in die strate van Kaïro," sê hy. "Hier's baie mei-sies wat vir 'n mens baie dinge leer."

"Ja, toe nou maar, Gerbrand Pieterse," lag sy.

Sy dans ook met van die ander troepe. Maar toe 'n lang slun-gel laataand vatterig begin raak, pluk Gerbrand hom ru weg. "Jy hou jou pote tuis, verstaan jy?" dreig hy.

Kort daarna begin hulle terugstap na haar barakke. "Ek ver-trek môre vroeg, terug front toe," sê hy terloops.

"Ag, nee, Gerbrand! So gou?" vra sy teleurgesteld.

"Ja, dis meer as 'n dagreis ver. Langer as 'n mens met die trein moet ry, maar 'n trok kom haal ons."

Sy loop stil langs hom. Sy wil nie hê hy moet weggaan nie. "Wanneer kom jy weer?" vra sy.

Hy haal sy skouers op. "Hang af van hoe die oorlog loop. En wat die army wil hê. Beslis nie voor April nie, as alles goed gaan."

April. Dis meer as drie maande. "Sal jy dan weer vir my kom kuier?"

"Ja, as ek kan."

By die deur van haar barak sê sy: "Gerbrand, ek is regtig bly jy het my kom opsoek. Ek was so eensaam, ek was skoon bang vir Kersfees alleen. En toe kom jy."

"Okei, Christine, baai dan," sê hy en draai om.

Daar is so veel wat sy nog wil sê. "Jy moet jouself oppas!" roep sy agterna.

Hy lig net sy hand en waai na agter, maar hy kyk nie weer om nie. Sy gaan by die barak in en trek die deur agter haar toe.

Laatnag skryf sy 'n brief vir Klara. Sy vertel van Gerbrand se besoek, van die vreemde Kersfees en die rugbywedstryd.

Sy vertel nie van die sjampanje en die vreemde bed nie. Want Klara is in die Unie, sy sal nie verstaan nie. Klara sien nie die soldate wat stukkend in die hospitale lê nie, sy weet nie van soldate wat nie die volgende dag die son sien opkom nie.

* * *

Egipte.
10 Januarie 1942.

Beste Klara,

Dankie vir die Kersfeespakkie wat jy gestuur het veral die sigarette. Moenie tjoklits stuur nie dit smelt. Ek het Kersfees by Christine gekuier dit was lekker. Ek hoop maar sy gaan hou in die oorlog en hier in die woestyn maar ek weet nie. Sy is sag.

Ek is nou in Tobruk. Jy sal wonder wat maak ons hier mens kan tog nie oorlog maak om so 'n plek te kry nie. Maar dis oor die hawe en die treinspoor ons moet dit oppas om voorrade en goed by ons manne verder aan te kry. Ons veg hier in die woestyn alles net vir die Suezkanaal.

Tobruk het net wit platdak huisies teen mekaar met 'n deur in die middel en 'n venster aan elke kant reg op straat. Al die huise lyk so net party het twee verdiepings en hulle is aan flarde geskiet. In die strate is bourommel soos halwe mure en sinkplate van dakke en die enigste skaduwee is hier en daar 'n palmboom. En stukkende telefoondrade hang af van die pale af tot in die straat. Klara ek wil regtig nie hier woon nie dis regtig lelik. En die hawe is vol olie van die gesinkte skepe.

Ons doen nou die hele dag lank niks dis baie vervelig. Ek het selfs 'n boek gelees nou moet jy weet. En die son brand my want jy weet mos ek het rooi hare.

Klara dis baie anders as Oos-Afrika want dis woestyn. In die nagte is dit bitter koud en bedags vreeslik warm. Dis nou winter hier in die somer gaan ons vrek nie van bomme nie. Hier is baie slange en skerpioene, net soos in die Bosveld maar nie bokke om te skiet nie nou eet ons boeliebief. Hier is swerms vlieë wat om ons oë koek en in ons neuse opkruip agter die vog aan. Askies as jy gril daarvoor want jy gril maklik. Hier is baie min water dan moet ons nog elke oggend skeer ook selfs al gaan ons veg die army het werklik snaakse reëls.

Klara ek het uitgevind ek mag vir jou vertel van Sidi Rezegh. Hier het hulle meer as 3 000 ouens Suid-Afrikaners gevang en na 'n kamp in Italië of Duitsland gestuur. Ek kon nie glo onse mense is gevang oor so 'n stupid plek nie. Net 'n paar stukkende huise en 'n ou sy naam was Sidi Rezegh se grafkelder hy was 'n Moslem profeet. Dit lyk soos 'n reuse tempel met 'n ronde koepeldak, 'n mens kan dit van ver af sien want dis baie plat hier.

Klara ek dink baie aan Boelie in daai kamp hulle moet my eerder doodskiet voordat hulle my agter doringdrade of in 'n tronk agter tralies gevange hou. Die ouens sê die toestande in die Duitse kam-

pe is vreeslik, die mense vrek buitendien van die honger en siektes.
Ek hoop onse mense pas die Itaais beter op wat ons gestuur het
hulle was nie te sleg nie eintlik vriendelik.

Klara ek vind nou uit wat om te doen om te leer vliegmasjiene
vlieg. Maar dit lyk my ek moet matriek hê maar dan sal ek daarvoor
leer want dis wat ek wil doen.

Ek hoop jy het 'n lekker Kersfees gehad. Ek het vir Persomi en
my ma geskryf soos jy gesê het.

Groete,

    Jou vriend,

        Gerbrand.

*   *   *

Die dae en weke vervloei weer in 'n stroom eentonigheid. Christine trek soggens haar uniform aan, werk die hele dag in die winkel, eet eenuur haar toebroodjie en stap na ses terug barakke toe. Soms drentel sy saam met die ander meisies in die koelte van die laatmiddag deur die besige strate, soms gaan stap hulle na aandete, af en toe gaan sy saam klub toe, maar sy bly uitgesluit voel.

Sy skryf lang briewe vir Klara. Sy gesels sommer net, sy vertel nooit van haar eensaamheid en verlange huis toe nie. Dit was haar besluit om te kom. Die oorlog sal nie vir ewig aanhou nie, dan gaan sy terug.

Sy wag angstig vir Klara se briewe van die huis af. Dis bitter droog in die Bosveld, Desember laas gereën, skryf Klara. Met die studie gaan dit goed, sy is nou 'n derdejaar, volgende jaar doen sy haar onderwysersdiploma, dan gaan sy skool hou. Dit gaan goed met ta' Maggie en met De Wet.

So bitter, bitter min nuus oor De Wet.

Dit gaan goed met haar en Henk, skryf Klara. Hy kan nie baie gereeld kom kuier nie, want van Februarie af is petrolrantsoenering ingestel. Nou kry almal net genoeg koepons vir een maand se petrol.

Dit gaan goed met Boelie in die kamp, skryf Klara in 'n ander brief. Hy help van die ouer manne met wiskunde en wetenskap, baie van hulle gebruik die geleentheid om hulle matriek te skryf, daar in die kamp. Hy speel ook in die kamp se orkes en hy het 'n toneelstuk geskryf wat hulle opgevoer het. Daar was net mansrolle in die toneel, want daar is mos nie meisies in die kamp nie. Hy boks ook; hy is die bokskampioen van die kamp.

Christine frons. Sy kan nie glo Boelie hou van boks nie. Dis barbaars.

Miskien kan Boelie voor die einde van die jaar uit die kamp wees, skryf Klara. Maar dan sal hy onder plaasarres wees, wat beteken hy mag nie van die plaas af gaan nie en moet elke dag by die polisie rapporteer.

Dis gaan moeilik wees, dink Christine, want die polisie is op die dorp.

So nou en dan skryf Christine 'n kort briefie vir De Wet. Sy briewe is ook kort en onpersoonlik.

Die regering het begin met opmetings by die rivier, skryf hy in Februarie; hulle gaan 'n brug oor die Nyl bou. Nie dat dit nou nodig is nie, want dis bitter droog. Die rivier loop skaars.

Met sy studie gaan dit goed, skryf hy begin April. Hy gaan volgende jaar sy klerkskap op die dorp doen. By Annabel se pa.

Sy bêre al sy briefies. Net daardie een gooi sy in die asblik en gaan stap 'n lang ent. Buite waai en waai die wind. Die stof en sand vou die laatmiddag toe in 'n rooi wolk.

"Daar is vreeslike sandstorms in die woestyn, stofstorms," het een van die troepe vanoggend in die Naafi vertel. "Dan moet 'n mens stofmaskers opsit, anders vrek jy. Dan lyk almal soos meerkatte, of soos erdvarke met lang, stomp neuse. Maar binnein die goed versmoor jy buitendien."

As dit stil is in die Naafi, luister sy maar altyd na die troepe se stories. Die ander meisies raak geïrriteerd. "Dis altyd dieselfde ou vervelige stories, en elkeen dink hy is 'n held," sê hulle.

Maar sy kan sien die troepe wat van die front af kom, wil graag vertel. Hulle wil hê iemand moet luister.

Sy hoor hoe die Durban Infanterie moes terugval toe hulle die fort by Bardia bestorm het. "Daar het ek amper kanonkos geword," sê 'n troep en knip sy oë bysiende. "Ek het my bril verloor, nou moet ek wag vir 'n ander een."

"Dis verskriklik, julle was seker vreeslik bang?"

"Ag, nee wat," sê hy, " 'n mens raak gewoond daaraan."

Sy hoor van meer as 7 000 Duitsers en Italianers wat gevang is. "Party van hulle gaan Unie toe gestuur word," vertel 'n troep met 'n dik verband om sy hand.

Sy hoor van lugaanvalle: hoe die Duitse Stuka-bomwerpers en die Messerschmitts hulle peper vanuit die lug.

"Dis vreeslik, en jy het nêrens om te skuil nie?"

"Ek was skytbang," sê die troep met die groot, rooi neus en die gebarste lippe.

"Jy moet Vaseline aan jou lippe sit," sê Christine en haal 'n potjie van die rak af. "Sit, dan smeer ek dit vir jou aan. En Nivea Cream op jou neus."

"Nee, los maar die Nivea, gee net die Vaseline," keer die troep.

Sy hoor van die Gazala-Bir-Hakeim-linie wat deur die Eerste Suid-Afrikaanse Divisie onder generaal-majoor Dan Pienaar beman word. Sy kry 'n groot kaart sodat sy kan sien waar die plekke is. Dis seker waar Gerbrand ook is, dink sy.

Sy kry net twee keer kort briefies van Gerbrand. Dit gaan goed, dis baie warm en hulle fight nie eintlik nie.

Wanneer kom jy weer kuier? vra sy. Want sy wag dat hy weer moet kom. Dit word haar ligtoring in die donker. Sy stuur vir hom al die goed wat hy aangevra het en sit ekstra sigarette by.

Hy weet nie, antwoord hy na 'n maand. Die army sê nie.

En toe, sommer op 'n gewone snikhete Woensdagmiddag aan die begin van Mei, stap Gerbrand by die Naafi in.

"Hallo, Christine. Moet jou net nie weer vrek skrik nie."

Sy skrik haar in elk geval byna flou. Sy begin lag, maar sy huil nie weer nie. "Jou ou vabond! Hoekom het jy nie laat weet jy kom nie?" lag sy en loop om die toonbank na hom toe.

Hy staan effens verleë voor haar. Hy is seker bang ek klou weer aan hom vas, dink sy.

"Ek het nie geweet nie. Die army sê nie altyd voor die tyd nie."

Sy slaan hom liggies teen die arm. "Ek is bly jy is hier, Gerbrand. Die winkel is stil; ek gaan hoor of ek die res van die middag kan vry kry."

Toe hulle buite kom, is die son verblindend skerp. "Waar gaan ons heen?" vra Christine.

"Ek is honger," sê Gerbrand. Sy gesig is donker gebrand deur die son, sy breë hande oortrek met sproete.

"Jy sal moet oppas vir hierdie son, hy is giftig," sê sy.

"Ja."

"Ek het gehoor van 'n plek, die naam is Groppi's, waar 'n mens die heerlikste koek ter wêreld kan koop. Het jy geld?"

"Baie," sê Gerbrand. "Kom."

"Wanneer het jy gekom?" vra sy toe hulle deur Kaïro se besige strate stap.

"Gister."

"Gister! En jy kom nou eers na my toe?" Dis uit voor sy dink. Dit was nou 'n dom ding om te sê, dink sy.

"Ons was besig gister," sê hy.

"Ja, ons ook," sê sy. Hulle loop in stilte voort. Byna ongemaklik.

Dis anders as wat ek gedink het, dink sy. Ek moenie so dom wees nie.

Toe hulle oorkant mekaar sit, elkeen met 'n groot stuk sjokoladekoek voor hulle, sê hy skielik: "Wil jy môre iets doen?"

Môre is Donderdag, ek werk môre, dink sy benoud. Maar ek sal iets reël, ek sal volgende naweek werk, of die naweek daarna. "Ja, graag. Dit sal lekker wees," sê sy.

"Vanaand gaan ons dans," sê hy. "Wil jy ook kom?"

"Ja, ja, dit sal lekker wees."

"Dis by 'n smart plek, dit kos baie geld, maar ek het baie geld. Jy moet 'n dansrok aantrek."

223

Sy begin lag. "Ai, Gerbrand, ek het nie eintlik 'n dansrok hier in die woestyn nie. Maar ek sal kyk wat ek kan doen."

Hy lag ook. Nou voel dinge weer normaal. "Ek het ook nie 'n aandsuit nie, net my stepouts," sê hy. "Maar vanaand dans ons dat die biesies bewe."

Sy trek haar blou rok met die dun bandjies aan. Florence leen vir haar 'n blink halssnoer en oorbelle wat sy by 'n straatstalletjie gekoop het. "Ja, well, that can do for eveningwear," sê Florence.

"Is he your boyfriend?" vra Lilly en kou lui aan haar kougom.

"Wel, yes, kind of," sê Christine. Dis ten minste 'n rede waarom sy nie saans saam met hulle klubs toe gaan nie.

"Kind of?" lag Florence. "Dis nou te sê, nè?"

By die klub is heelwat ander troepe wat Gerbrand ken. Hulle sit by 'n lang tafel. Gerbrand bestel 'n bottel sjampanje sonder om te vra. "Waar kry jy die mooi girl, ou Gert?" vra iemand.

"Ken haar van altyd af, van skool af," sê Gerbrand en steek nog 'n sigaret aan. "Dis Jakkals, hy is my pel," sê hy terloops.

"Ja, jy het mos geskryf van hom."

Hulle dans, soms almal saam in 'n kring, soms net met mekaar of met ander in die groep. Hulle lag baie en vertel staaltjies – die mans vul mekaar se staaltjies aan. Elke keer skink Gerbrand haar glas weer vol. "Ek wil nie weer so baie drink nie," sê sy. Want haar kop draai reeds.

"Moenie worry nie," sê hy en bestel vir hom nog 'n dubble rum-'n-Coke.

Later word die ligte flouer, die musiek meer strelend. Hulle wieg stadig oor die dansbaan, haar kop sweef êrens in die hemelruim. Gerbrand hou haar styf teen sy harde lyf. Dis lekker, dis veilig by hom. En naby.

Sy hand vryf stadig oor haar kaal rug en op in haar nek in. Sy voel die rilling deur haar trek. Dit voel vreemd. Sy word amper bang vir die gevoel. Maar nie regtig nie, dis lekker.

Dan sak sy hand stadig af, gly oor haar middel, oor die ronding van haar heupe. Sy verstyf effens; haar asem raak vinniger.

Hy lag saggies. "Relax, Christine. Moenie worry nie."

Sy probeer ontspan. Maar sy het bang geword, wil teruggaan. Sy moet buitendien elfuur in wees, daarna sluit hulle die hek.

En tog wil sy ook nie terug nie, want hier is sy deel van die groep. Sy eet 'n hand vol grondboontjies en voer die laaste bietjie sjampanje vir die potplant in die hoek. Die plant lyk nie baie gelukkig nie. Hulle stap deur die stil strate terug na die barakke. Gerbrand se arm is swaar om haar skouer, hulle heupe skuur teen mekaar soos hulle loop.

Dit voel asof haar kop ooptrek, helderder word in die koel aandlug. Sy het klaar uitgeruil vir môre – sodat sy by haar boyfriend kan wees. "Wil jy nog iets doen môre?" vra sy.

"Ja. Ons wil na die sfinks gaan kyk; dis by El Giza net buite Kaïro," sê hy. "Miskien ry ons op 'n kameel, ek het geld."

"Ek is bang om op 'n perd te ry, wat nog te sê van 'n kameel!" sê sy benoud.

Hy lag en druk haar stywer teen hom aan. "Jy is 'n regte bangbroek," sê hy.

Net voor die barak se deur steek hy skielik vas. Hy draai na haar en druk haar teen hom vas, sy mond kom hard op hare neer. Hy soen haar met mening.

Sy voel hoe sy verstyf van skok. Toe los hy haar. "Baai, Christine, sien jou môre," sê hy en loop weg.

Sy bewe van kop tot tone. Sy druk haar hande teen haar warm gesig, haar kop is helder geskrik.

Is dit dan hoe 'n regte soen voel?

Toe vlug sy die barak in.

Hy kom haal haar teen twaalfuur se kant. Sy wag al van nege-uur af. Sy het nie geweet hoe laat hy kom nie.

Hy gesels en lag gemaklik, asof niks gebeur het nie. Sy begin ontspan. Dit voel weer soos die ou Gerbrand. Dis soos sy gedink het dit sal wees.

Hulle ry met 'n huurmotor uit na waar die sfinks eeue lank al in die sand lê en wag vir hulle. Jakkals en 'n meisie met die naam Ruth is ook saam. Christine ken haar nie. Sy dryf ambu-lanse, sê Gerbrand.

Hulle klim uit die benoude huurmotor. Die son pen hulle in die sand vas. "Hel, dis warm," sê Jakkals.

"Wag hier," sê Gerbrand vir die huurmotorbestuurder.

Hulle kyk. "Hy is baie kleiner as wat ek gedink het," sê Ger-brand.

"Staan so, dan neem ek 'n kiekie van julle," sê Jakkals.

Hulle gaan staan voor die sfinks. Gerbrand sit sy arm om haar middel. Jakkals staan terug om die hele sfinks in te kry. "Smile!" sê hy.

Christine probeer haar oë oopmaak vir die foto. Maar die son is verblindend wit op die sand.

Gerbrand neem 'n kiekie van Jakkals en Ruth. "Nee, hel, dis te warm hier. Kom ons waai," sê Jakkals.

Die huurmotor laai hulle langs die Nyl af. "Hy is darem maar wragtag groter as ons Nyl," sê Gerbrand en sak onder 'n boom neer. "Ek vrek nou van die honger."

Ruth maak die sak oop wat sy gebring het. Sy tower twee lang brode en kaas daaruit, ook twee bottels wyn.

Hulle kuier langs die rivier tot dit byna te donker is om te sien. Toe stap hulle na die Heliopolis-klub. Hulle eet en drink en dans en kuier tot laatnag.

"Ag hemel, kyk hoe laat is dit!" roep Christine ontsteld uit. "Gerbrand, die hekke het elfuur al gesluit!"

"Ag, dis orraait, jy kan sommer in die losieshuis kom slaap, dis mos naby," sê Gerbrand. "Niemand sal weet nie. Ons kuier nou lekker."

Ek het nie 'n keuse nie, sê Christine vir die lastige stemmetjie in haar agterkop; ek kan tog nie in die straat slaap nie.

"Cheers!" sê sy later vir die stemmetjie en drink haar glas met een teug leeg.

Hulle slinger losieshuis toe. Sy is so moeg sy kan haar oë skaars oophou. Sy trek net haar skoene uit en val op die bed neer.

Gerbrand val langs haar neer. "Nee, magtag, dis te warm," sê hy en pluk sy hemp oor sy kop. Toe val hy weer neer. Hy slaap dadelik.

Dis onmoontlik warm. Sy staan saggies op en trek haar rok uit. Sy hou net haar onderklere aan. Haar kop draai en draai. Toe klim sy versigtig onder die laken in. Dit voel bietjie beter. Sy raak aan die slaap.

Êrens in die vroeë oggendure word sy wakker. Sy lê op haar sy. Die straatlamp skyn flou oor die bed.

Sy voel hoe Gerbrand oor haar arm streel. Die laken het afgegly tot by haar middel.

Sy lê doodstil. Sy sukkel om egalig asem te haal.

Sy hand gly versigtig oor haar arm, elke keer 'n bietjie verder vorentoe.

Sy lê versteen. Haar verstand staan stil, net haar hart klop wild onder haar bors.

Sy hand gly tydsaam af, oor haar bors.

Haar hart skop en skop. Haar asem ruk diep in haar.

Toe druk hy sy hand saggies onder haar bra in.

Sy snak na haar asem.

"Dis orraait, Christinetjie," sê hy sag, "ek sal niks doen nie. Jy kan relax."

Hy lig homself effens op en streel oor haar gesig. Sy vinger gly oor haar neus, af, oor haar ken, af oor haar keel tot tussen die twee rondings.

Sy haal swaar asem.

Met een beweging stoot hy haar bra se bandjies van haar arms af. Nou lê sy oop voor hom.

Hy glimlag stadig. "Jy is pragtig," sê hy.

Toe skulp hy sy hand versigtig oor haar bors. Sy pas presies in sy hand. "Perfek," glimlag hy.

Dan sug hy diep en gaan lê agteroor, terug op die kussing. "Kom lê hier teen my. Nee, net so, soos jy is," sê hy en maak sy arm oop.

Sy kruip in die nes van sy arm in. Sy lê met haar bors teen sy kaal bolyf. Vel teen vel.

Ek mag nie dit doen nie, dink sy vaag. Maar sy voel veilig in sy sterk arm. En niks alleen nie.

Sy word wakker toe hy saggies opstaan. Hy skuif sy arm versigtig onder haar uit en trek die laken oor haar. Sy maak of sy slaap. Toe sy die deur agter hom hoor toegaan, sit sy vinnig regop.

Dis nog vroeg, want die son sit nog nie hoog nie.

Sy moet by die werk kom.

Sy trek vinnig aan. "Is jy dan al wakker?" vra hy toe hy terugkom. Hy ruik soos Lifebouy-seep.

"Ja, ek moet gaan werk," sê sy gejaagd en stap deur toe.

Hy glimlag en druk die deur met sy voet agter hom toe. Hy het net 'n handdoek om sy onderlyf, sy bolyf is hard en gespierd voor haar. "Sê eers mooi baai," sê hy en maak sy arm oop.

Sy staan onseker nader. Hy vou sy arm om haar en soen haar sag op die mond. Sag, anders as die eerste keer. "Sien ek jou vanaand?" vra hy.

Sy knik en vlug deur toe.

Toe sy al halfpad in die gang af is, roep hy agterna: "Christine?"

Sy draai om.

"Jy is pragtig, hoor!" Sy hele gesig lag.

"Dankie!" roep sy terug en draf by die voordeur uit.

Dít was soos 'n regte soen moet voel, dink sy.

In die strate sing die voëltjies, die vroeë straatverkopers glimlag, die motors toet vriendelik. Sy stort vinnig en trek haar uniform aan. Sy kom bietjie laat by die werk, maar niemand raas nie.

Jy is pragtig, het hy gesê.

Jy het gedoen wat jy nie mag nie, sê die lastige stemmetjie. 'n Man het aan jou bors gevat, tart die stemmetjie.

Relax, Christinetjie, ek sal niks doen nie, het hy gesê.

Hy het niks gedoen nie – óns het niks gedoen nie, sê sy vir die stemmetjie.

In haar sing 'n ongekende opwinding. Sodat haar asem van voor af jaag.

Vanaand kom hy haar haal.

Maar twaalfuur staan hy in die deur van die Naafi. Sy stap uit saam met hom. "Ons moet terug, alle passe is ingetrek," sê hy. Hy klink amper onbetrokke.

Die huil bondel onverwags boontoe. Sy sál nie nou huil nie. "Wanneer gaan jy?" vra haar dun stemmetjie.

"Twee-uur laai die trok ons op. Ek het net kom baai sê."

"Maar jy sal weer kom?"

"Ja, ek sal altyd weer kom. Sê nou baai."

Sy sál nie voor hom huil nie. Sy tel haar kop op, hy soen haar op haar mond. Anders as vanoggend – haastig.

"Gerbrand, pas jouself op," pleit sy.

Hy lag. "Moenie worry nie, ek sal niks oorkom nie."

Toe draai hy om en loop by die stoep af en oor die straat. Sy staan na hom en kyk tot hy om die hoek verdwyn.

* * *

30 Junie 1942.

Beste Klara,

Dankie vir jou brief en die kiekie van Persomi en my ma. En die Bybel maar ons het elkeen een gekry by die army dis deel van ons kit.

Ek het weer vir Christine gesien in Kaïro dit gaan goed met haar.

Klara ek gaan jou nou vertel van die Gazala-galop ek het uitgevind ek mag want dis verby. Op 10 of miskien 11 Junie ek kan nie presies onthou nie hoor ons bevelvoerder dat Rommel sy twee pantserdivisies in 'n knyptangbeweging ooswaarts opruk. Hulle val ons aan ons het nie genoeg tyd gehad om reg te maak nie al doen ons heeldag niks. Ek het jou mos gesê hy is skelm dis nou Rommel. Ons staan vas vir twee dae maar hulle slaan hoor. Dis net bomme en vliegmasjiene oor ons koppe en Gerrie-tenks. Klara as jy nie 'n meisie was nie sal ek vir jou gesê het hoe voel mens as die bomme hier om jou bars dat jy net sand sien en baie van ons mense is gewond en dood. Ons het begin met 300 tenks na twee dae het ons net 70 nou moet jy weet. Toe sê hulle ons moet terugval.

Toe word dit 'n helse deurmekaarspul terug na Egipte want To-bruk is mos in Libië in Cirenaïka dis die provinsie. Maar toe word ons seksie vasgekeer net buite Tobruk en ons sien hulle gaan ons vang en in 'n kamp sit. Toe besluit ons dan vrek ons eerder van geweerskote. Jakkals sê toe ons moet wag tot die nag en in die donker wegkom. Maar Klara die moeilikheid is die plek is vrot van landmyne. Toe kom 'n vreeslike donderstorm dit kan vreeslik storm hier soos in die Bosveld maar hier is nêrens plek om weg te kruip vir die blitse nie. Maar toe kan ons bietjie sien en toe kom ons uit.

Ek is bly want by Tobruk was die troepe heeltemal vas toe moes generaal Klopper oorgee en meer as 10 000 soldate en die ge-neraal is gevang. Hulle sê die manne wat daar gevang is, word in hokke aangehou, 5 000 man in 'n hok so groot soos 'n rugbyveld. Klara dit klink groot maar 5 000 man is regtig baie. Hulle moes baie ver loop met geen kos en net die minimum water. Hulle is geneem na Tripoli, tussen daar en Kaïro lê honderde myle onherbergsame woestyn. Niemand kan meer ontsnap nie. Ek is bly ons kon.

Ons hele Divisie val terug tot by so 'n simpel stasietjie genoem El Alamein. Dis 'n baie kleiner stasie as ons stasie by die huis nou moet jy weet. Dit was so 'n gejaagde operasie die troepe het ge-panic hoor die bevelvoerders ook nou praat hulle daarvan as die Gazala-galop want ons het by Gazala begin.

Generaal Dan Pienaar is ons bevelvoerder hy is baie goed. Ek het al vir jou van hom vertel maar hy het nou bevordering gekry. El Ala-mein is teen die kus en net so 40 myl suid lê die Qattara-laagte hulle sê dis 'n onbegaanbare sandwildernis. Nou het ons 'n linie vanaf die kus tot by hierdie wildernis waar niemand buitendien kan deur nie. Verstaan jy Klara? Maar ons het baie gebied verloor want die Ger-ries en Itaais wil by Kaïro uitkom en ons is nou net so 100 myl van Kaïro af.

Nou veg ons al weer niks nie bou net gekamoefleerde stelling en hou parades in die sand en die hele dag lank grou ons slote loop-grawe. Pleks dat ons hulle storm en oorweldig. Dis warmer as die hel hier selfs die doringdraad tussen hier en die hel het al gesmelt. Dis hoekom ek dink dis beter om vliegmasjiene te vlieg.

Sê vir my ma dit gaan baie goed en ek sit vir haar ekstra geld in want hier is nie eens 'n winkel om Coke te koop nie.

Groete,

    Jou vriend,

        Gerbrand.

*   *   *

Die dae marsjeer in ordelike gelid verby. Die een week word soos die ander. Sodat "Jy is pragtig, Christinetjie" begin vervaag tot 'n droom in die verre verlede of 'n lugkasteel in die verre verskiet. Miskien het dit nooit gebeur nie; miskien gebeur dit nooit weer nie.

Sy skryf nie meer so maklik vir Klara nie. Want dít het tog gebeur. En Klara ken haar, sy sal tussen die reëls en agter die woorde kan sien.

Die troepe kom en gaan. "Is Christine nog hier?" vra hulle.

As sy agter sit en haar broodjie eet of 'n koppie tee maak, kom sê een van die meisies: "Een van jou weeskinders is al weer hier, jy beter gaan luister."

"By Gazala het een van die Natal Carbineers manalleen 'n vyandige masjiengeweerpos geneutraliseer en sy peloton gered. Hulle peloton-aanvoerder was nie daar nie," vertel 'n maer troep met lang voete en gips om sy regterarm.

Christine skrik. Gerbrand is deel van die Natal Carbineers. "Ek ken 'n Carbineer," sê sy grootoog.

"Is hy in die nommer 12-peloton?" vra die maer troep.

"Ek weet nie," sê sy.

"Die ou se naam is sersant Quentin Smythe, hulle sê hy sal beslis 'n medalje kry."

Sy ken nie die naam nie. "Wanneer het dit gebeur?" vra sy.

Hy haal sy skouers op. "Begin Junie, voor Tobruk nog," sê hy.

Dis meer as 'n maand gelede. Sy sou al gehoor het as Gerbrand iets oorgekom het. "Ek hoor niks van my vriend nie," sê sy.

"Hulle het nie tyd vir skryf nie, hulle fight net," sê die troep. "As my arm uit gips is, moet ek ook weer terug."

Twee ander vertel wat by Tobruk gebeur het. "Dis nie net generaal Klopper en ons mense wat gevang is nie," vertel hulle, "ook baie Engelse en Indiese soldate."

"Ek dink my vriend was by Tobruk. Gerbrand Pieterse," sê sy.

Hulle haal hulle skouers op – nog nooit van hom gehoor nie. "Maar as hy gevang of dood is, sou jy nou al geweet het. Hulle stuur eers 'n telegram wat sê hy is vermis, en later sê hulle of hy gevang is of wat ook al."

Saans in haar bed streel die onthou haar alleenheid weg. Maar die onthou word vaer en vaer.

Hoekom skryf jy nie? vra Klara se brief. Kan jy glo, dis nou vakansie en dan nog net drie maande voor die eindeksamen begin. En dan het ek my graad. Wat hoor jy van Gerbrand? Ek het baie lank laas 'n brief van hom ook gehad.

Pretoria en eksamenskryf lê sesduisend myl agter haar.

Sy antwoord versigtig. Ek is baie besig. Gerbrand seker ook, ek het baie lank laas van hom gehoor. Sy dink lank. Toe vertel sy maar van Tobruk; dit maak die brief bietjie langer. Lekker vakansie hou en sterkte met jou eindeksamen, skryf sy, want sy wil nie gou weer skryf nie.

Sy lê die aand stil in haar bed. Sy verlang na Klara. Maar sy wil nie skryf nie, want sy voel skuldig oor Gerbrand. Wat sal Klara sê as sy weet?

Sy krimp ineen. Sy wil nie eens dink aan De Wet nie.

Vroeg in Augustus besoek Winston Churchill, Eerste Minister van Engeland, Kaïro. En almal praat van die veldslae by El Alamein. Die Agtste Leër het meer as 7 000 Duitsers en Italianers gevange geneem; Rommel se Afrika Korps is op die agtervoet.

Rommel kon nie deur die linie by El Alamein breek nie. Hy val terug.

Die Geallieerde magte sit hom nie agterna nie, want hulle voorrade is ook laag. En hulle wag vir versterkings.

"Dis vreeslike hewige gevegte, tot die dood toe, nou nog," vertel die troepe in die Naafi. "Die hospitale lê vol; hulle rig nou skole in vir hospitale."

Dis waar Gerbrand seker is, by El Alamein.

"Ag, hulle vergroot," sê 'n ander groep. "Dis erg, dis oorlog, maar dis nog nie die oordeelsdag nie."

El Alamein is net 'n honderd myl van Kaïro af.

Teen die einde van Augustus onderneem Rommel weer 'n groot aanval teen El Alamein. "Ek hoor hy het net 200 bruikbare tenks en 'n paar minderwaardige Italiaanse pantservoertuie," sê 'n troep met twee strepe op sy mou en 'n dik verband om sy kop. "Kom nou vanaand saam uit, toe Christine?"

"Miskien 'n ander keer," glimlag sy vriendelik.

By 'n offisier hoor Florence dat die lugmag die Duitsers voortdurend onder koeëls steek. "Rommel het nie 'n kans nie," sê hy.

Die volgende dag hoor hulle dat Montgomery vir Rommel net suidwes van die Alam el Halfa-rif gestuit het.

En op 4 September kom die nuus: Rommel het teruggeval. Die slag is verby. Voorlopig.

Toe hy in die deur staan, sien sy onmiddellik die moegheid op sy gesig. Sy draai na Florence: "Ek loop nou, Gerbrand is hier," sê sy.

Hy maak sy arms oop. Hy druk haar 'n oomblik lank teen hom vas. "Kom ons loop," sê sy.

"Dis nou eers twee-uur," sê hy.

"Gaan," sê Florence, "ek sien jou Maandagoggend."

Hulle loop by die eerste straatkafee in. "Het julle dubble rum-'n-Coke?" vra Gerbrand. "En sjampanje."

"Gerbrand, dis twee-uur in die middag!" sê sy geskok.

"So?"

Hulle het nie sjampanje nie. "Wat anders wil jy hê?" vra hy.

Sy weet nie. "Ek neem sommer 'n slukkie rum-'n-Coke by jou," sê sy huiwerig.

233

Hy sit met sy hande op die tafel voor hom gevou. Sy vou haar hande oor syne. Sy hande is kliphard.

Hy kyk op. "Ek het verlang na jou, Christine."

Sy knik. Sy streel en streel oor sy harde hande. "Ek het ook verlang."

Hulle deel sy rum-'n-Coke. Hy drink lang teue, sy neem net klein slukkies. Dis vreeslik sterk.

Hy bestel 'n tweede. "Is jy seker jy wil nie iets anders hê nie?" vra hy.

"Nee, ek wil met jou deel."

Hy glimlag effens. "Wat wil jy doen vanaand? Gaan dans? Bioskoop toe gaan? Sommer net gaan drink?"

Sy sien die moeë lyne langs sy mond, die donker onder sy oë.

"Was jy al by die losieshuis?" vra sy.

"Ja, ek het my sak daar gelos. Ek het gisteraand daar geslaap."

Die teleurstelling steek dwarsdeur haar. Hy het eers vanmiddag twee-uur na haar toe gekom.

Sy byt die seer verbete terug. "As jy wil, kan ons net in die kamer kuier. Ons kan kos koop, en miskien 'n bottel wyn en sommer net kuier. Jy lyk vir my moeg, Gerbrand."

"Ek is orraait, maar dit klink lekker," sê hy. "Ons kan môre-aand gaan dans."

Christine gaan pak 'n paar goedjies in haar sak. Toe koop hulle brood en kaas en vrugte. En twee bottels wyn. "Dit behoort ons deur die aand te sien; ek het darem nog bier in my sak," sê Gerbrand.

Hulle drentel rustig deur die strate, stop by stalletjies en klein winkeltjies. "Ek gaan vir my ma en vir Persomi elkeen iets koop, voor ek teruggaan," sê hy.

"En die ander?" vra sy.

Hy kyk haar vreemd aan. "Hulle is mos nie meer daar nie. Net Hannapat, dink ek. Ek sal vir haar ook maar iets koop."

Hulle drink 'n drankie by die Alamein-klub. "Simpel naam

vir 'n klub," sê Gerbrand. "Asof 'n mens nou aan die plek herinner wil word."

Net na nege is hulle terug in die kamer. "Nou is ek dood van die honger," sê Christine.

"Sê 'ek vrék van die honger'," daag Gerbrand.

Christine lag. "Ek . . . vrék van die honger."

"Lekker, nè?"

"Vrek, vrek, vrek," lag sy. "Lekker, ja, vrék lekker."

Sy sien die afkeer in haar ma se oë: só on-ladylike. "Vrek on-ladylike," sê sy en skeur 'n homp van die taai brood af.

"Wat?"

"Niks. Kom ons eet. Ons het nie botter nie. Die brood gaan bietjie droog wees."

"Dis orraait, ons sluk dit af met wyn."

Later sê sy: "Wil jy my vertel wat by El Alamein gebeur het?"

"Nee," sê hy. Hy lê met sy kop op haar skoot, sy volg die kontoere van sy gesig met haar vinger. Hy lyk nog steeds moeg, maar sy kan sien hoe sy gesig ontspan, hoe die beelde van gister en laas week vervaag, hoe die klanke van die slagveld in hom verstil.

"Draai om, dan vryf ek jou rug."

Haar hande beweeg ritmies oor die harde spiere van sy ryg, masseer oor die knoppe, streel die moeg uit sy lyf uit. Sy voel hoe die spanning uit sy skouers vloei, hoe sy lyf mens word onder haar hande.

Dan rol hy om en trek haar af na hom toe.

Sy weet wat kom, voor dit gebeur. Sy maak haar oë toe. Sy voel die begeerte diep in haar. Haar vingers kruip agter sy nek om. Sy voel sy hande op haar rug, hy trek haar stewig teen sy harde lyf vas. Haar pols jaag, sy lippe soek oor haar nek, dit skroei haar vel. Haar asem snak in haar keel. Sy skrik vir die intensiteit van haar eie begeerte. "Gerbrand?" fluister sy verskrik.

Hy lag saggies. "Lekker?" vra hy.

Sy asem jaag ook; sy hoor dit skielik. Dit jaag 'n wilde opwinding deur haar. Sy voel die krag in sy arms, voel die dringend-heid in hom as sy mond oor hare sluit.

Baie later sê sy: "Gerbrand, ons moenie."

"Relax, Christine. Niks sal gebeur nie."

Sy word wakker met die wete dat daar nie niks gebeur het nie. Sy lê doodstil, haar oë toe, haar lyf ontspanne langs hom. Net haar hart klop en klop, lewendig.

Hy wou my hê, weet sy. Hy wil my regtig graag hê.

My pa het altyd gesê Gerbrand gaan nog iets van sy lewe maak, dink sy loom. Ek sal hom help, ons sal iets van ons le-wens maak.

Hy word eers wakker toe sy van die stort af terugkom. "Gee vir my 'n bier uit my sak uit, toe?" vra hy en sit regop.

"Gerbrand, dis tienuur in die oggend!"

Hy lag en trek haar op die bed langs hom neer. Toe hy oor haar buig, terg sy oë in hare. "Wie't nou ooit kon dink jy is so 'n ou sport?" vra hy en begin haar kielie.

"Ag, nee man, Gerbrand!" raas sy en probeer wegrol. Maar hy is sterker.

Teen twaalfuur vind hulle 'n huurmotor om hulle na 'n pira-miede te neem. "Ek wou nog altyd aan een gaan raak," sê Chris-tine. "Na die oorlog sal 'n mens seker nooit weer in Egipte kom nie."

"Dis jammer ou Jakkals is nie hier met sy kamera nie, dan kon ons nog 'n kiekie geneem het," sê Gerbrand.

Christine staan terug en kyk boontoe. "Die ding is regtig groot, hy is baie groter as die monument," sê sy verwonderd.

"Die monument?" vra hy.

Sy moes nie van die monument gepraat het nie. Dit was De Wet wat so gesê het.

Sy wil nie aan De Wet dink nie. Nie na gisternag nie.

"Ag, sommer in Pretoria," sê sy.

"O."

Sy is nie jammer oor gisternag nie. Gisternag brand soos 'n

vuur in haar, gisternag lê agter die volgende sandduin en wag. Gisternag hoort hier in Egipte, tussen die sandvaal piramiedes en die vaal dae en die vaal uniforms.

Maar as sy haar gisternag in ta' Maggie se huisie in Pretoria indink, of dit verskuif na die dor Bosveld en haar ma se deftige kliphuis, voel sy . . . skaam. Dis anders; niemand sal verstaan nie.

Gerbrand slaan sy arm om haar. "Kom ons gaan terug," sê hy, "losieshuis toe."

Die aand gaan hulle dans by die Gezira-klub. Jakkals-hulle is ook daar, baie ander troepe ook wat Gerbrand ken, baie meisies, ook Egiptiese meisies met soel velle. "Laat ons drink en vrolik wees, môre gaan ons terug hel toe," sê Jakkals en lig die bottel voor sy mond. Dan gooi hy dit na agter. "Gat gesien, kry nog een!" roep hy vrolik uit.

Gerbrand drink te veel, dink Christine vaag. Maar hy lyk so gelukkig, so vrolik en ontspanne. Miskien het hy dit nodig. Die oorlog skep vreemde omstandighede.

Hulle slinger in die vroeë oggendure terug losieshuis toe. Hy hang aan haar, wil by elke winkel vir haar iets koop. "Die winkels is toe, Gerbrand," lag sy. "Kom ons gaan slaap."

In die kamer val hy op die bed neer en raak byna dadelik aan die slaap. Sy trek sy skoene uit en gaan lê langs hom.

Die slaap kom nie. Die huil kom. Saggies, om hom nie wakker te maak nie.

Môre gaan hy weer weg. En vanaand was so 'n vermorsing. Hulle het niks gepraat nie.

Dis die oorlog, sy moet onthou. Hy gaan deur hel. Dit sal nie vir ewig aanhou nie.

Sy kruip onder sy arm in. Maar die eensaamheid bly.

Êrens in die nag voel sy sy mond hongerig in haar nek. Sy streël sy nek, 'n loom geluk vloei oor haar.

Maar die honger in hom groei tot 'n dwingende begeerte. Byna hardhandig.

Dit word te veel.

"Ag, relax tog net, Christine," sê hy ongeduldig.

Hulle lê die volgende oggend tot na twaalf in die bed. Hulle lê rustig en gesels. Onthou-jy-nog-stories van eergister, Naafi- en Alamein-stories van vandag. Ontspanne, lui.

Maar dan rek hy hom lank uit en sê: "Ek moet twee-uur op die plein wees, vir die trok terug. Ek kan nie laat wees nie."

Haar keel trek toe. Altyd die weggaan.

"Eendag sal daar nie meer 'n weggaan wees nie," sê sy.

"Ja."

Hulle het nog nooit oor die môres gepraat nie.

"My pa sê altyd jy gaan nog eendag iets van jou lewe maak. Hy het altyd vertroue in jou gehad, Gerbrand."

"Ja."

"Ek dink ook jy gaan baie ver kom in die lewe. Ek het gedink . . ." sy huiwer.

Hy sê niks.

"Ek het gedink, as ons terug is in Suid-Afrika, eendag . . ."

"Los nou maar die eendag," sê hy geïrriteerd.

Daardie môre lê te ver vorentoe, dink sy, ek moet dit eers los. As hy weer kom, kan ons miskien daaroor praat.

"As jy weer kom, kan ons gaan vir 'n Faluka-vaart op die Nyl; die meisies sê dis baie lekker."

"Ja."

"En ons kan . . ."

"Ek gaan nou stort, ek moet klaarmaak," sê hy. Hy staan op, neem sy handdoek en stap uit.

Sy druk haar hande teen haar warm gesig. Die onsekerheid knaag. Die onsekerheid gaan bly knaag tot hy weer kom, elke eensame dag, elke lang, alleen nag.

Toe hy terugkom, sê sy: "Gerbrand, daar is iets wat ek moet weet, voordat jy weggaan."

Hy bondel sy goed in sy sak in. "Ja?"

"Hoe voel jy . . . oor my?"

Hy frons effens. "Wat bedoel jy?"

Sy sukkel. Sy is bang sy sê weer iets verkeerd, iets wat hom omkrap. Sy wil hom nie nou omkrap net voordat hy weggaan nie.

Maar sy moet weet. "Hoe . . . jy weet mos, na gisteraand, en die vorige aand . . .?"

Hy knik en kyk reguit na haar. Sy bruin oë is ernstig. "Ek is nie die soort ou wat rondslaap nie, as dit is wat jy meen. Ek slaap net by een meisie op 'n slag."

Toe swaai hy sy sak oor sy skouer. "Kom, ons moet gaan, anders is ek laat."

HOOFSTUK 12

DIE MENSE VAN DIE DORP HET ALMAL GEWEET WAAR EL ALAMEIN IS. Die dokter het 'n groot kring om die piepklein naam op die kaart in sy spreekkamer getrek.

Hulle wóú weet, want die meeste van die seuns van die dorp wat moes gaan veg, is daar.

Dis nie te ver meer tot by Kaïro nie, sien die mense; dit gaan goed met hulle magte. Dit gaan goed met die Spilmagte dwarsdeur Europa. "Dalk kom die einde van die oorlog gouer as wat ons dink," troos Vader Enrico.

"Nou vir wat gaan hulle nie sommer dwarsdeur tot by daai Rooi See en kry klaar nie?" brom ta' Sofia ontevrede. "Vi' wat sit hulle op hierdie . . . plek?"

"Alamein," sê ou Luigi vernaam. "Die dokter sê hulle wag vir voorrade."

"Soos?"

"Ek weet nie. Geweers, kos, water? Is mos woestyn."

"Jy sê dis sommer net 'n stasie in die middel van nêrens?" maak ta' Sofia seker. Want dis waar die skande-kleinkind is.

Ou Luigi knik gewigtig sy kop. "Is wat die dokter sê. Hy weet."

"Nou vi' wat moet hulle daar loop oorlog maak?" vra sy ontevrede en knie die deeg vir aandkos se pizza met mening. "Vi' wat wil ons 'n stasie hê in . . . waar ook al?"

"Afrika," help ou Luigi.

"Ja, man, ek weet dis Afrika. Moenie my vi' dom staan vat nie!"

"Ja, Hartlam."

"Vi' wat moet onse seuns daai stasie gaan vat?" baklei sy voort. Die pizzadeeg ontgeld dit.

"Nee, ek weet ook nie. Dan gaan pluk ek maar 'n kookseltjie tamaties," sê hy en vlug tuin toe.

Op die groot doek in die binnehof van die kerk sien die mense een Woensdagaand aan die einde van Augustus hoe die manne van die Deutsche Afrika Korps landmyne in die sand plant, meer as 'n halfmiljoen landmyne. Hulle noem dit die Duiwel se Tuin, sê die plat stem uit die gespande doek.

Sonde! So hier in die binnehof van die kerk!

Die mense sien ook hoe hulle loopgrawe grou en doringdrade span – myle loopgrawe, rolle en rolle doringdrade.

"In die Groot Oorlog het ons ook loopgrawe gegrou," sê die baron, "maar in die modder en die sneeu, nie in die sand en klippers nie."

Die mense kyk baie mooi, maar hulle sien nie een van hulle seuns tussen die troepe nie. "Alhoewel ek kan sweer dit was Lorenzo daardie op die hoë duin," sê een van die tantes.

"El Alamein is dan net 'n stasietjie in die woestyn?" sê Maria daardie aand verslae.

Giuseppe Romanelli knik stil. Die kommer het sy oë oud gemaak.

Dit is waarvoor hulle mooi seuns, Lorenzo en Antonio, ook moet veg.

Die Spil het 115 000 man, net meer as 200 tenks en lugsterkte van 350, skryf die koerant. Die Italianers en Duitsers is 'n hegte span, Rommel is geweldig vernuftig, hy en Ettore Bastico werk goed saam, die Geallieerdes staan geen kans nie, skryf hulle.

"My seun Pietro sê die Geallieerdes is 230 000 man sterk, hulle het 1 230 tenks en massiewe lug- en artilleriedekking," sê die dokter swaarmoedig. "Daardie deel vertel die koerante nie."

"Moenie hier kom staan spoke opja' nie!" raas ta' Sofia. "Die draadloos is klaar erg genoeg."

En in die Baron van Veneto se klipvilla hoog op teen die hang huil Gina haar oë uit. "Dit help tog nie, kindjie," probeer die ou baron moedeloos troos. "Antonio sal veilig wees. Die priester bid mos elke dag vir hom en die nonne steek elke dag kerse aan."

"Die hele wêreld bid vir hulle seuns," huil sy, "en elke dag skiet duisende van hulle mekaar dood! Dit help nie meer nie."

"Jy kan nie so sê nie," keer die ou baron ontsteld.

"En hy skryf so selde, Papa, en dan is sy briefies kort en niksseggend."

"Hulle is in die woestyn, my poppie, in die oorlog. Vra my, ek weet: hoe graag 'n mens ook al wil, jy kan nie altyd vir die geliefdes tuis skryf nie."

"Ruk jou nou reg, Gina," sê Donna Veneto met die stywe rol agter haar kop. "Ons is almal deur die Groot Oorlog; ons het almal vir ons mans gewag, sonder om soos 'n goedkoop diensmeisie te kere te gaan."

Die oggend van 24 Oktober berig die draadloos in die dokter se spreekkamer: Die slag het gisternag begin. Dit het begin met een van die hewigste artillerie-spervuuraanvalle in die geskiedenis van oorlogvoering.

Die krankes gaan vinnig huis toe met die nuus, die spreekkamer loop weer vol. Die mense van die dorp kom luister. Hulle seuns . . .

In die eerste paar uur is honderde duisende kanonskote van weerskante af op mekaar afgevuur.

Honderde duisende kanonskote? Die mense sidder.

Dit is gevolg deur golwende spervuur, golf op golf, onophoudelik, sê die draadloos se krapstem.

Golf op golf spervuur? Dis 'n verskrikking.

Daarna volg die voorste pantsereenhede met die eerste troepe. Baie tenks word getref, aan weerskante, lees die omroeper onbetrokke, baie raak aan die brand met die bemanning binne-in vasgekeer.

"Nee, ek wil dit nie hoor nie," sê Maria Romanelli ferm. "Ek stap op katedraal toe om kerse aan te steek, vir al ons seuns."

"Sê die priester moet harder bid, vir ónse seuns," roep ta' Sofia agterna, "nie vir die Engelse nie!"

Daardie nag kom Marco af uit die berg. "Jy moet versigtig wees," maan Maria en skep sy bord hoogvol polenta en varkkneukels. "As jy in die donker gly en iets breek, vind niemand jou in die berg nie."

"Ek is versigtig, Mama."

"Papa het al die voorrade reg; baie daarvan is al by die eerste grot," sê sy.

"Ek het gesien, dankie, Papa."

Giuseppe knik stil.

"Ek is bekommerd oor die winter wat voorlê," sê Marco. "Tannie Rozenfeld het 'n nare hoes en dit word nie beter nie."

"Ek het medisyne ook ingesit," sê Maria. "En wol, dan kan die meisies truie brei. Hoe gaan dit met Rachel?"

Marco se gesig word sag. "Dit gaan baie goed met Rachel, Mama. Sy is sterk. En baie, baie pragtig."

Voor die son opkom, verdwyn hy weer in die donker maag van die berg.

Toe die mense van die dorp die motorfiets teen die steil paadjie en om Giuseppe se draai sien uitsukkel, het hulle geweet.

Die manne in die vallei het hulle skoffels neergesit, die klipkappers hulle swaar hamers, Giuseppe Romanelli sy klein beiteltjie. Die vrouens het uit die huise gekom, die mense op die plein het stil gaan staan, die dokter het die draadloos in die spreekkamer stilgemaak.

Almal het gekyk. En gewag.

Die motorfiets het by die mense op die plein stilgehou en

gevra. Toe het die arms in die rigting van ou Luigi en ta' Sofia se huisie beduie.

Ta' Sofia het haar voorskoot oor haar kop gegooi.

Die telegram sê manskap Luigi Alberto Andriotti word vermis in aksie.

Die skande-kleinkind – Vermis In Aksie.

En toe 'n motorfiets die volgende dag weer opsukkel en reguit na die katedraal ry, en Vader Enrico en 'n weermagoffisier later saam afstap na Luigi se huisie, het die mense van die dorp ge-weet.

"Hy sal seker maar langs sy ma begrawe word," sê Maria die aand vir Giuseppe. "Dis alles so onnodig."

Dis ook die einde van die dorp se baie, baie hartseer storie wat sewentien jaar gelede begin het.

Hoofstuk 13

Teen die middel van Oktober het die Agtste Leër onder Montgomery 230 000 man onder wapens, 1 230 tenks, 'n massiewe hoeveelheid lug- en artilleriedekking. Rommel se Afrika Korps steek sleg af, sê almal in die Naafi.

Teen middel Oktober is Christine hondsiek.

Almal praat oorlog, selfs meer as gewoonlik, selfs die meisies. Montgomery maak glo uiters vindingryke planne met vals wapentuig, opslagplekke, petrolvoorrade en selfs 'n fop radionetwerk om die woestynjakkals, Rommel, om die bos te lei. Dié keer vang slim sy baas.

Sy hoop Jakkals is nie weer by as Gerbrand pas kry nie. Sy het op die slimste plan afgekom, vir eendag. Sy wil vir Gerbrand vertel. Maar as Jakkals by is, is Gerbrand anders. Nie soos wanneer hulle alleen is nie.

Sy gaan stap nie eens meer na werk saam met die ander meisies nie; sy voel net te siek. Die hele tyd.

"Just please don't tell me you're pregnant," sê Florence.

Sy voel hoe die naar in haar maag dik jellie word. Swaar.

Sy het nooit aan die moontlikheid gedink nie. Eintlik weet sy nie veel van sulke dinge af nie. Haar ma het nooit met haar daaroor gepraat nie. Kleintyd het sy en Klara gepraat, maar Klara het ook nie eintlik geweet nie. Annabel het gemaak of sy weet, maar hulle het gou agtergekom, sy wéét ook nie.

Op hoërskool het Lettie een of twee maal dinge gesê. Lettie se

245

pa is 'n dokter; sy sal weet. Christine het nie alles verstaan nie, en sy was te verleë om te vra. Toe los sy dit maar.

Sy wens Lettie was nou hier. Of Klara. Nee, nie Klara nie.

"Relax, Christine. Moenie worry nie," het Gerbrand gesê.

Die relax vat nie die naar weg nie.

Die nag van 23 Oktober begin een van die hewigste artillerie-spervuuraanvalle in die geskiedenis van oorlogvoering, sê die draadloos in die Naafi. Die ding is nou permanent aan. Die stasie speel deesdae selde meer musiek. Die Suid-Afrikaanse kanonne alleen het binne die eerste paar uur meer as 60 000 25-pond-skote afgevuur.

Relax, Christine. Niks sal gebeur nie, het hy belowe.

Niks het gebeur nie.

Sy haal 'n blikkie Zamboksalf van die rak af en neem 'n troep se geld. "Jy lyk bleek, Christine. Is jy orraait?" vra hy.

"Ek is orraait."

Want niks het mos gebeur nie.

Na die kanonne volg die spervuur met die mynopruimings- en draadsnyspanne agterna, dan voorste pantsereenhede. "Die manne van die Tweede en Derde Suid-Afrikaanse Brigades is deel van daardie voorste troepe," sê Florence.

Aanvanklik vorder hulle stadig: baie tenks word getref, baie raak aan die brand met bemanning binne-in vasgekeer, daar is baie gewondes, sê die draadloos teen die aand. En gesneuweldes.

"In which brigade is your boyfriend?" vra Lilly.

Sy weet nie.

Moenie worry nie, ek sal niks oorkom nie, het hy belowe.

Twee dae later is dit stiller aan die front.

"Jy moet dokter toe gaan," sê Florence en trek die sigaretrook diep in haar longe in. "Jy kots jou nog vrek."

Relax, Christine. Moenie worry nie.

Vir die volgende drie dae gebeur daar niks aan die front nie. Albei kante hergroepeer, die wêreld hou hulle asems op.

Relax, Christine. Niks sal gebeur nie.

Maar sy gaan tog. Sy kan nie langer so siek voel nie.

"Ek hoop jy ken die pa goed?" sê die ou weermagdokter toe sy weer haar uniform aangetrek het en voor sy lessenaar sit.

"Ja, van skooltyd af," sê Christine.

Hy glimlag. "Dan is ek bly. Baie geluk. Daar is baie paartjies wat hier in Kaïro trou."

"Ja, dokter," sê sy.

Hy gee vir haar 'n sakkie met pille. "Dit sal jou beter laat voel. Kom maar weer oor so 'n maand na my toe."

"Goed, dokter."

"En onthou om my troue toe te nooi, nè?"

"Ek sal. Dankie, dokter."

Buite skyn die son helder. Sy loop deur 'n digte mis terug barakke toe.

"Wat sê die dokter?" vra Florence.

"Hy het vir my pille gegee."

Op 28 Oktober berig die draadloos dat die Britse magte meer as twee derdes van hulle pantservoertuie verloor het. "Ons manne kon nog nie 'n beslissende deurbraak maak nie," sê die omroeper, "maar die Spilmagte van Rommel is op die agtervoet."

As Gerbrand weer kom, sal sy hom vertel.

Dit is goed dat hy nie nou hier is nie, want nou het sy tyd gekry om aan die idee gewoond te raak. Sy het eers baie gehuil, die eerste twee nagte.

As Gerbrand kom, moet sy net nie huil nie. Sy sal nie, want sy het nou tyd gehad om te dink.

Sy gaan regtig 'n ou babatjie kry. 'n Klein, klein babatjie.

Soms, in die nagte en bedags in die Naafi, raak sy vreeslik bang. Want sy weet niks van babatjies af nie. Maar sy sal teruggaan, Unie toe. Haar ma is daar, en tannie Lulu – tannie Lulu weet baie van babatjies.

Tannie Jemima is Gerbrand se ma. Sy wil nie hê tannie Jemima moet naby haar babatjie kom nie.

Sy wil nie eens aan oom Lewies dink nie.

Miskien moet sy en Gerbrand in die Unie gaan trou.

Nee, dit sal beter wees as hulle klaar getroud is wanneer hulle daar kom. Dan lyk dit miskien of hulle klaar getroud was toe . . . Mense hoef nie te weet wanneer hulle getroud is nie.

Anders . . . Skande.

Haar babatjie is nie 'n skande nie.

Op 2 November berig die draadloos dat Rommel 'n algemene terugtrekking gelas het.

"As Rommel heeltemal terugval, kom al julle boyfriends weer Kaïro toe op pas," sê 'n lastige troep wat soos 'n vlieg om die Naafi rondhang.

"Wanneer gaan jy eendag terug front toe?" vra Florence astrant.

"Wanneer die medisyne inskop. Maag, jy sien," sê hy en knipoog taai.

"Maag, my voet," sê Florence reguit. "Banggat, as jy my vra."

Die pille help darem, haar naarheid is beter.

As Gerbrand kom, moet hulle dadelik trou, besluit sy. Al het sy nie 'n rok nie. 'n Rok is nie so belangrik nie.

Die volgende dag hoor hulle dat Hitler die terugtrekbevel herroep het. **Hy glo die Duitsers kan 'n nederlaag vermy as die Duitse soldate nie 'n tree wyk nie**, skryf die koerant.

As Gerbrand kom, sal sy hom ook vertel van haar plan. Haar pa word al oud; hy is al byna sewentig. En hy het mos nie 'n seun nie. Sy gaan buitendien die plaas erf, eendag. En Gerbrand ken die Bosveld, hy ken boerdery, hy ken hulle plaas asof hy daar grootgeword het. Wel, hy hét daar grootgeword.

So dan kan hy die boerdery oorneem en hulle kan in die groot kliphuis bly. Haar pa en ma kan in die Kaap gaan bly. Of in Pretoria, naby ta' Maggie.

Sy moet net nie aan ta' Maggie se huisie dink nie. Want . . .

Haar pa sê mos altyd Gerbrand gaan iets van sy lewe maak.

Sy kan haar ou kamer vir die babatjie inrig. Miskien is dit ook 'n ou dogtertjie.

Maar Gerbrand sal seker eerder 'n seuntjie wil hê.

Wat 'n ordelike aftog deur die Duitsers kon gewees het, skryf die koerant die volgende dag, wat dalk 'n taai agterhoede-geveg kon gewees het, is besig om uit te loop op 'n fiasko. Want Rommel het 'n kosbare dag en 'n half verloor – die Spilmagte vlug holderstebolder, die Geallieerdes rol bo-oor hulle.

Ek is veilig, laat Lilly se boyfriend weet.

Hoe meer holderstebolder hulle vlug, hoe vinniger, hoe beter, dink Christine. Want hoe gouer Gerbrand terugkom, hoe gouer kan sy regtig ontspan en haar drome begin geniet.

Ek is veilig, laat Florence se broer van die front af weet.

"Die veldslag is besig om 'n klinkklare oorwinning vir die Geallieerdes te word," juig die lamppaalplakkate en die draadloos en die mense in die strate.

Die volgende dag om twaalfuur begin al die kerkklokke in Kaïro lui: Winston Churchill glo die oorwinnig by El Alamein is 'n keerpunt in die oorlog. Van hier af kyk die Geallieerdes net vorentoe.

Wanneer Gerbrand terugkom . . .

2 104 Suid-Afrikaners het gesneuwel tydens die Tweede Slag van El Alamein, 21 500 is gevange geneem.

Sy is elke dag naar van bekommernis. Sy klou vas aan "moenie worry nie, ek sal niks oorkom nie". Wanneer hy terugkom, sal hy met haar trou, sal hy die skande afweer. Maar hy het gelieg oor "niks sal gebeur nie".

Na Alamein trek die Agtste Leër wes na Tunis. Op 12 November bereik hulle Tobruk.

Hy sál terugkom. Hy móét.

Hoofstuk 14

Die mense van die dorp het die motorfiets leer vrees. "Vermis" het 'n nuwe betekenis gekry.

Dit gaan glad nie goed met die Duitse en Italiaanse magte in die woestyn van Noord-Afrika nie; dit weet die mense goed.

"Dis omdat Hitler konsentreer op die Oosfront," verduidelik die dokter. Hy blaai na 'n ander kaart, nie die een waarop Alamein omkring is nie. "Kyk, hier is Duitsland, Pole," wys hy, "hier lê Rusland. Die Spilmagte is nou by Stalingrad. Dis waarheen Hitler al sy voorrade en soldate stuur."

"Italië het niks met Rusland te make nie," sê die baron ontevrede. "Ek weet nie wat soek ons daar nie."

"Dit sal weer wees soos met Napoleon, generaal Winter sal weer wen," voorspel die dokter somber.

Giuseppe knik instemmend. Hy kyk lank na die pionne op die skaakbord, maar dit lyk nie of hy op die spel konsentreer nie.

Dit lyk nie of iemand op die spel konsentreer nie.

Oor twee dae is die begrafnis van die skande-kleinkind.

Ou Luigi het gesê hulle wil nie 'n militêre begrafnis hê nie. Al het die kind as 'n held gesterf.

Op 27 Oktober loods Rommel se magte 'n teenaanval by die Kidney-laagte, 'n ondeurdringbare sandwoesteny. Hulle plaas Montgomery op die verdediging.

Die kind kom. Alles gaan staan stil. Die dorp begrawe hom. Langs sy ma.

Die volgende dag bly ou Luigi en ta' Sofia se huisie se deure en vensters toe.

Op 1 November breek Montgomery deur die linies van die Deutsche Afrika Korps by die Kidney-rif.

Die mamas van die dorp gesels nie meer oor die wasgoeddrade heen nie.

Op 2 November gelas Rommel 'n algemene terugtrekking. Maar die voetsoldate kan nie vinnig genoeg terugval nie. In die stof van hulle eie pantserkarre haal die Geallieerdes hulle in, maai hulle af tussen die rolle doringdraad wat hulle self gelê het, neem die res gevange.

"Die meeste van hierdie voetsoldate is Italianers," sê die somber stem sonder draad.

Daardie aand, terwyl sy die polenta staan en roer, knak Maria Romanelli skielik vooroor. Giuseppe haal die pot van die stoof af en dra haar kamer toe. Hy streel haar hare en hy vee haar trane af. Maar hy sê niks.

Want hy weet nie wat om te sê nie.

En toe, voordat die blomme op die kind se graf nog verwelk het, kom die motorfiets weer.

En die arms wys na Giuseppe Romanelli se huis.

Manskap Antonio Romanelli Vermis In Aksie.

Manskap Lorenzo Romanelli Vermis In Aksie.

"Albei?" vra Maria verslae.

In Baron van Veneto se klipvilla hoog op teen die hang is Gina ontroosbaar. "Ek weet wat dit beteken!" roep sy histeries uit. "Ek wéét!"

"Dit kan ook beteken dat hy gewond is. Of gevang is," keer die baron. "Gina-kindjie, kalmeer tog, asseblief."

Sy wil nie getroos word nie.

Donna Veneto sit die diensmeisie aan om sterk tee te maak, sy gooi self twee lepels van die skaars suiker in en gee dit, saam

IRMA JOUBERT

met 'n sterk poeiertjie, vir Gina om te drink. "Kalmeer nou, Gina," sê sy.

Min mense kom luister nog na die draadloos. Die siekes in die spreekkamer wil dit nie hoor nie. Toe vat die dokter die draadloos weg.

Hy vat ook die atlas weg.

Hy sit vars blomme op die tafeltjie.

Maar in die aand, as sy huis se deure dig is, luister hy.

Daar is reeds duisende Italianers gedood in die Tweede Slag van El Alamein, hoor hy, duisende is gewond, derduisende is as krygsgevangenes weggevoer.

Die getalle kan nog baie styg; die Spilmagte is op die vlug.

Bedags stap die klipkappers stil na die steengroewe en die bokwagters loop verslae agter hulle kuddes aan bergop.

'n Onverwagte reënbui het oor die woestyn aan die ander kant van die Middellandse See uitgesak, dit het die paaie in 'n moddermoeras verander, onbegaanbaar vir Montgomery se pantservoertuie. Dit het die moeë voetsoldate kans gegee om in te haal. Rommel slaag daarin om Sollum op die Egipties-Libiese grens te haal.

Die motorfiets bly weg.

Maria bly sterk.

Gina bly huil.

Op 8 November val generaal Dwight Eisenhower met sy vars Amerikaanse magte Marokko en Algerië binne. Nou veg die Afrika Korps aan twee fronte. Soos die Spilmagte in Europa: oos en wes.

Elke dag wag Maria. Giuseppe wag. Gina wag.

Elke dag bid die priester. Die nonne hou die kerse brand.

Op 12 November herower die Britse magte Tobruk.

Op 12 November kom die motorfiets.

Giuseppe stap self na die plein toe.

Hy skeur die telegram oop. Hy lees.

Toe gee hy dit vir die seun langs hom.

"Lorenzo is veilig!" roep die kind en waai die telegram. "Lorenzo is veilig!"

Giuseppe staan met sy groot hande gevou, sy gesig op na die hemel, sy oë toe.

"Waar is hy?" vra almal. "Praat, wat het gebeur?"

In die klipvilla teen die hang sien Gina die opwinding en kom soos 'n wildsbok teen die klippaadjie af.

Giuseppe stap met lang treë na sy huisie waar Maria wag.

"Die telegram sê net hy is in 'n hospitaal, in Rome."

Maria kom uit. Sy loop in haar man se arms in.

"Lorenzo is veilig!" huil Gina jubelend. "Lorenzo is in die hospitaal, maar hy is veilig!" Vermis beteken nie noodwendig gesneuwel nie.

"Die dokter moet hom gaan haal," sê die mense van die dorp. "Hy moet terugkom, dorp toe."

Die deur gaan toe agter Maria en Giuseppe Romanelli.

Die posman het net een telegram gebring.

HOOFSTUK 15

DIE GAT IN DIE GROND IS SKOKKEND WERKLIK, die vorm en grootte nommer pas, die rande is dor en klipperig en onegalig. Die ses soldate lig die swaar kis van hulle skouers af en sit dit versigtig op die rieme wat oor die gat gespan is.

Die hartseer bondel en knoop Klara se lyf vol; dit swel haar keel vol.

Die klein groepie mense staan nader: tannie Jemima met haar traanlose oë, Hannapat wat hard en rou snik, Klara, Irene en De Wet, haar ouers, haar oupa en ouma in hulle warm, pikswart klere en oom Freddie. Twee hande vol mense om Gerbrand Pieterse op hierdie snikhete Novemberoggend diep in die brakgrond van die Bosveld te bêre.

Die kapelaan met die pers epoulette lees uit die Bybel en bid uit 'n boek.

Eenkant staan Jafta en Linksom, eerbiedig, hoede in die hand.

Auntie Anne het nie kans gesien vir die stap in die son begraafplaas toe nie, toe bly sy maar tuis.

"Gerbrand-hulle het mos nie 'n kerk nie, nou gaan die weermag se dominee hom sommer vanuit die skuur begrawe," het Irene gisteraand al vertel.

Sommer vanuit die skuur . . .

Die een soldaat kom op aandag en tel sy trompet hoog op. Toe begin hy speel.

Die kis op die osrieme sak stadig in die gat af.

De Wet sit sy arm om haar skouers.

Toe word die trompet stil.

Die kis lê stil op sy plek.

Persomi is nie hier nie.

Boelie ook nie.

Vanoggend vroeg al het Hannapat kom sê dat Persomi weg is.

"Ag nee, nie dit ook nie. Asseblief," het Klara se ma gesug.

"Ek sal haar gaan soek," het Boelie gesê en opgestaan.

"Die begrafnis is om elfuur," het haar ma herinner.

Toe sê Boelie: "Ek gaan na geen rooilussie se begrafnis toe nie," en slaan die agterdeur so hard agter hom toe dat dit soos 'n geweerskoot knal.

Die ses soldate lig hulle gewere.

Die eresaluut knal deur die warm Bosveldstilte. Twee hadidas fladder verskrik op en skreeu skel ten hemele.

Toe word dit weer heeltemal stil.

Die soldate sukkel om die rieme onder die kis uit te kry.

Tannie Jemima en Hannapat gooi elk 'n handjie veldblomme op die kis. Toe gooi Klara se ma en ouma, Irene en sy ook blomme. Die mooi veldblomme, wat Klara en Irene vroegoggend gaan pluk het, het al heeltemal verlep.

Hannapat huil en vee haar neus met die agterkant van haar hand af.

Tannie Jemima staan net en kyk.

Linksom en Jafta staan nader, elk met 'n graaf in die hand, en begin die gat toegooi. Die harde kluite plof op die kis.

". . . by die kluitklap op die kis . . ."

De Wet trek sy baadjie uit, rol sy moue op en begin ook toegooi. Klara sien hoe hy sy oë knip en knip. Langs haar neem Irene haar hand.

". . . op jou roep seg ons nooit nee nie . . ."

Almal staan stil en kyk.

". . . ons sal lewe . . ."

"Kom saam huis toe, Jemima," nooi haar ma toe die hoop

vars grond boepens oor die graf staan. "Ons het 'n lekker sjoko-ladekoek gebak."

Maar tannie Jemima skud haar kop.

"Kom drink net 'n koppie tee."

Tannie Jemima bly woordeloos na die vars hoop grond staar.

"Dan stuur ek maar vir jou koek saam met Hannapat. Jy kan dit miskien môre eet," sê haar ma.

"Ja, miskien," sê tannie Jemima.

Oom Freddie gee vir tannie Jemima 'n koevert en sê: "Jy moet asseblief sê as ons kan help, Jemima."

"Ja, goed," sê tannie Jemima.

"Klara?" sê De Wet sag en vat aan haar skouer. "Kom, ons gaan terug." Sy stem klink vreemd.

Nou móét sy met Gerbrand se ma praat. Sy raak aan haar arm. "Ek is so jammer, tannie Jemima," sê sy vir die flenter mens voor haar.

Tannie Jemima knik. "'n Vliegmasjien het hom huis toe ge-bring," sê sy.

Toe draai sy om en stap met 'n stywe rug na haar huisie teen die brakrant.

Dis net hulle by die huis; oom Freddie het gery. Hulle gesin en Hannapat. Hulle drink net koffie, want niemand is werklik lus vir koek nie. Behalwe Hannapat; sy ryg een stuk koek na die ander in.

Toe sy loop, gee Klara se ma vir haar drie wye stukke koek saam. "Dis vir julle vir môre," sê haar ma, "vir jou en jou ma en Persomi."

Hannapat neem die koek en draai om.

"Hannapat, sê 'dankie, tannie'," sê Klara se ma.

"Dankie, antie," sê Hannapat en snuif hard.

Irene staan by die venster haar en agterna kyk. "Sy eet die koek wat Ma vir haar saamgegee het," sê sy.

"Ag, los maar, Irene," sê haar ma moeg, "die kind is seker lus daarvoor. Neem asseblief die koppies kombuis toe."

"Sy gaan bo-op haar hartseer nog goor maag ook kry," sê Irene en begin die koppies op die skinkbord pak.

Hulle pa het die vorige middag al vir Klara en De Wet op die stasie kom haal. Boelie het nie saamgery stasie toe nie. Klara was teleurgesteld. Hy is pas 'n week uit die kamp uit; sy het so verlang om hom weer te sien. "Hy mag die plaas net op Maandae en Donderdae verlaat, en dan net van nege tot elf in die oggend om by die polisiestasie te gaan aanmeld," het haar pa verduidelik.

Hulle ma en ouma het vir hulle op die voorstoep gewag. Net die honde was uitbundig.

"Waar is Boelie?" het Klara gevra. Sy het gehoop hy is daar wanneer hulle stilhou.

"Seker veld toe. Of na die lande," het haar ma vaag geantwoord en haar hare met die agterkant van haar hand uit haar warm gesig gevee.

Later het Boelie van buite ingekom. Hy het effens geglimlag, sy arm om haar skouers gesit en haar 'n oomblik teen hom vasgedruk. "Hallo, Sus," het hy asof terloops gesê.

Sy kon die onderdrukte spanning in sy lyf voel.

Gisteraand aan tafel het Klara weer gesien hoe oud haar oupa geword het. Boelie is sy naamgenoot en was van altyd af sy oogappel, al het hy dit probeer toesmeer. Hierdie ding met Boelie het hom kláár gemaak.

Toe hulle oupa die seën gevra het en haar ma die kos begin opskep, het Irene opgewonde vertel: "Hier is twee Italiaanse krygsgevangenes op die plaas om die brug oor die Nyl te bou. Maar hulle kan nie een woord Afrikaans praat nie, ook nie Engels nie, nou sukkel hulle baie. Hulle name is Guido en Valerio. Valerio klink soos 'n vrou, maar dis 'n man. Eintlik 'n ouerige oom."

"Ag, Irene, bly tog stil," het hulle pa moeg gesê.

Dit was die eerste keer in meer as 'n jaar dat die hele gesin weer om die eettafel byeen was, maar die atmosfeer het stroef gebly. Klara het gemerk dat haar pa en Boelie nie een woord vir mekaar sê nie.

"Ons moes sommer die nagtrein teruggeneem het," sê De Wet toe hulle die aand na die begrafnis op die stoep sit. Hulle sit langs mekaar op die harde stoeptrappies. Hulle ma en pa het reeds gaan slaap.

"Kom sit 'n rukkie by ons, Boelie," nooi Klara. Dit voel asof sy nog niks met hom gekuier het nie.

"Nee, wat, ek gaan slaap," sê hy bot en draai om.

Dit is 'n tipiese Bosveld-somernag. Die halfmaan hang laag in die weste, die sterre brand helder.

"Ek is bly julle is nog hier," sê Irene. "Toe Boelie in die kamp was, het dit gevoel asof die dood hier by ons ingetrek het, en noudat hy terug is, is dit amper erger."

"Dit sal beter gaan; almal moet net gewoond raak aan die situasie," sê De Wet en strek sy bene lank voor hom uit.

"Ek dink Boelie is baie kwaad vir Gerbrand, al is Gerbrand nou dood," sê Irene.

"Ja," sê De Wet, "dis maar die politiek. Dit kom almaar tussen mense in."

"Persomi het niks gehuil toe sy hoor Gerbrand is dood nie," gesels Irene. "Die hoof het haar uit die klas geroep, en toe sy terugkom, het sy net by haar bank gaan sit en begin werk. Ons het eers speeltyd gehoor, want toe het die hoof almal saal toe geroep en vir ons vertel. Hy het gesê die skool is trots op Gerbrand, want hy het sy lewe gegee om te help met die belangrike oorwinning by Alamein. Maar baie van die kinders het lelike dinge gesê, en speeltyd het die Sappe en die Natte vreeslik baklei, toe lui die klok vyf minute te vroeg en ons moet almal teruggaan klas toe. Hulle moes Petrus Viviers hospitaal toe vat want sy neus was windskeef geslaan en wou nie ophou bloei nie."

"Hm," sê De Wet.

"Ek weet nie eens waar is Alamein nie," sê Irene. "En niemand wil my mos nooit niks sê nie."

Dis waar, besef Klara skielik. Irene is al in vorm III, en almal behandel haar steeds soos 'n lastige kind. "Alamein is net 'n simpel stasietjie so 150 myl van Kaïro af," onthou sy wat Gerbrand eenmaal geskryf het. "Maar die treine met oorlogsvoorrade loop daar verby; dis hoekom dit so belangrik is."

"En die woestyn vorm by Alamein 'n soort bottelnek sodat die Geallieerdes die Spilmagte daar kan keer dat hulle nie deurkom Kaïro toe nie," vul De Wet aan.

"O," sê Irene, "ek dink buitendien dis simpel om oorlog te maak. Kyk nou na die Italianers hier by ons op die plaas. Weet julle, hulle maak sulke mooi musiek in die aande daar by hulle kamer in die skuur, maar hartseer musiek." Sy bly 'n oomblik stil. "Klara, ek is so jammer vir hulle, hulle verstaan nie een woord wat ons sê nie, hulle kan met niemand praat nie, net met mekaar, en hulle is baie ver van hulle huise af."

"Hulle het vir Gerbrand doodgeskiet," sê Klara plat. "Ek háát die Italianers."

De Wet steek sy arm uit en sit dit om haar skouer. Sy stem is sag toe hy sê: "Klara, moenie."

Toe begin sy vir die eerste keer huil.

Later kruip Irene ook onder De Wet se ander arm in.

Die stukkende maan sak weg. Die stil Bosveldnag vou vertroostend om hulle.

Baie later sê Irene: "Ek sal gaan koffie maak."

"Ek sal bly wees," sê De Wet en haal sy arms van sy twee susters se skouers af, "want ek voel al soos 'n hoenderhen."

De Wet sit die koerant op die treinbank langs hom neer.

Die datum op die voorblad is 13 November 1942.

Die opskrif is in dik, swart letters: `SA pantserkarre ry Tobruk binne.`

Klara maak haar oë toe en leun met haar kop agteroor. Die doodse gevoel bly.

Tobruk het net wit platdakhuisies, aan flarde geskiet, het Gerbrand geskryf. En die hawe is vol olie van die gesinkte skepe. 'n Mens kan tog nie oorlog maak om so 'n plek te kry nie, het hy geskryf.

Maar dit is die koerant se hoofopskrif: Suid-Afrika het weer Tobruk ingery – triomf, eindelik.

Sy probeer aan iets anders dink. Haar suwwe verstand het vasgehaak.

Klara, ek dink baie aan Boelie in daardie kamp, het Gerbrand eenmaal geskryf. Hulle moet my eerder doodskiet voordat hulle my agter doringdrade gevang hou.

Sy druk haar hande aan weerskante teen haar kop.

Sy hoor hoe De Wet oorkant haar roer.

Sy maak haar oë traag oop. Hy het 'n boek uitgehaal om te studeer, maar hy sit by die treinvenster en uitkyk.

"Wil jy koffie hê?" vra sy.

"Nee wat, dankie," sê hy lusteloos.

Sy tel die koerant op, maar sit dit byna dadelik weer neer.

Dis net bomme en vliegmasjiene oor ons koppe en Gerrie-tenks, het Gerbrand geskryf. As jy nie 'n meisie was nie, sou ek jou vertel het hoe voel 'n mens as die bomme hier om jou bars. Jy sien net sand.

Dit moet seker baie sanderig wees as die bomme in die woestyn ontplof, het Christine eenmaal gesê. Een dag, lank, lank gelede, in 'n ander lewe.

"Ek verlang na Christine. Ek kan nie verstaan hoekom skryf sy nie," sê Klara.

"Sy het meer as ses maande gelede laas vir my geskryf," sê De Wet. "Dis seker 'n goeie teken. Dit beteken dat sy goed aangepas het en gelukkig is."

"Ja, jy is waarskynlik reg," sê Klara.

Die Springbokvlakte skuif waserig verby. ". . .slaap in die rus van die eeue gesus . . ." – waar Jan F.E. Celliers geveg het tydens die Engelse Oorlog, dink Klara. En Die Portret op ta' Maggie se klavier vertel die storie van Delville-bos in die Groot Oorlog. Dalk skryf iemand eendag 'n storie oor die eensame graf in die Bosveldgrond langs die bywonershuisie.

"Ek kan nie verstaan dat mense aanhou oorlog maak en mekaar doodskiet nie," sê sy. "Leer die mensdom dan nooit nie?"

"Nee, hulle leer nie. Maar ons moet nou leer, anders skiet ons onsself in die voet."

Sy glimlag effens en buk af om vir haar ook 'n boek uit te haal. Die eksamen begin oor minder as twee weke. "Ek kan net nie glo Gerbrand is weg nie," sê sy. "Dis so . . . onwerklik."

"Ja," sê De Wet, "hy was 'n deel van ons lewe. Van altyd af."

Hulle maak hulle boeke oop om te probeer leer.

Na 'n ruk sê De Wet: "Hierdie ding van Boelie het vir Oupa oud gemaak."

"Ja," sê Klara, "ek het gesien. Ma is ook baie af."

"En Pa loop rond soos 'n beer met 'n seer tand. Ek het hom nog nooit so kort van draad gesien nie," sê De Wet.

Boelie was nog steeds nie by die huis toe hulle gery het nie.

"Boelie móét vanoggend voor tienuur by die polisiekantoor rapporteer," het haar ma bekommerd gesê. "Ek hoop net nie hy vang iets onverantwoordeliks aan nie."

"Ag, nee wat, Mamma, hy sal seker nou-nou hier wees," het Klara probeer troos. "Dis nog baie vroeg."

"Dit sal amper lekker wees om terug in ta' Maggie se huisie te wees," sê Klara nou.

"Ja, dit sal," sê De Wet.

Hulle kom laatmiddag op Pretoria-stasie aan. Hulle kry 'n trem en ry Sunnyside toe.

Die volgende dag gaan Klara universiteit toe soos gewoonlik. De Wet se klasse het reeds opgehou. Hy begin oor 'n week sy finale eksamen skryf.

Die bome is nog daar, die strate en huise en kafee op die hoek. Net soos verlede week.

Asof niks verander het nie.

Die plakkate op die lamppale vertel dieselfde storie, soos al die maande tevore. Net die woorde verskil: Amerikaanse troepe in Noord-Afrika . . . Duitsers vasgekeer in sneeu by Stalingrad . . . Japannese troepedraer sink in Koraalsee . . .

Annabel sal by die klas wees, dink Klara suf. Sy sal alles wil hoor, alles van die begrafnis. Klara sug. Sy sien amper nie kans vir Annabel nie.

Sy sien eintlik ook nie kans vir die eksamen wat oor twee weke begin nie. Vandat sy die nuus gekry het, kan sy nie op die werk konsentreer nie – haar verstand het dof geword, soos gestolde dikmelk.

En sy sien glad nie kans om volgende jaar alleen terug te kom nie. Henk het werk gekry by 'n myn in Johannesburg, De Wet gaan sy klerkskap doen by Annabel se pa op die dorp. Annabel self begin as joernalis by 'n weekblad in Potchefstroom. Selfs Braam gaan weg Pietersburg toe as onderwyser.

Net sy moet bly om haar onderwysersdiploma te doen. Alleen, saam met ta' Maggie en Die Portret in die donker huisie in Sunnyside.

Toe sy die middag by die huis kom, wag die brief op haar bed.

Sy sien die bekende handskrif.

Sy kan die brief nie lees nie.

Sy loop buitekamer toe.

Sy gee die brief vir De Wet.

Hy skeur dit versigtig oop en gee die twee velletjies papier vir haar terug. Sy kan sien dat sy hand ook effens bewe. "Lees dit vir my," pleit sy.

"Nee," sê hy, "jy moet dit self lees. Sit hier op Boelie se bed. Ek sal solank gaan koffie maak."

Nadat hy uit is, sit sy lank doodstil. Liewe Vader, gee my asseblief krag, bid sy.

Toe maak sy haar oë oop en begin lees.

El Alamein.
Oktober 1942.

Beste Klara

Dankie vir jou brief dis baie lekker om van jou te hoor altyd.

Klara ons berei nou voor vir die grootste geveg dis as ons die

Gerries en die Itaais moet jaag vanaf El Alamein tot in die see aan die ander kant van die woestyn. Ons bevelvoerder is mos generaal Montgomery en hy het gesê al wat nodig is om hierdie veldslag te wen is dat elke manskap gedetermineerd moet wees om te veg en dood te maak en eindelik te oorwin. Dan kan daar net een uitslag wees en dit is dat ons hulle sal slaan vir 'n ses skoon uit Afrika uit. Hy het goed gepraat die Engelse hou mos van hulle krieket.

Ek is seker ons gaan wen want ons berei baie goed voor dis baie opwindend.

Klara ons het soms moeilikheid met kos dis net die ratpacks 'n mens word nogal moeg daarvoor. Verder is hier net woestynbossie, ons is nie kamele wat dit kan eet nie. En ons kry elke dag baie min water dan moet ons nog elke dag skeer ook.

Maar hierdie is die beste tyd van my lewe want ons is almal vriende maak nie saak watter taal jy praat en ons het baie pret saam.

Klara jy vra hoe gaan dit met Christine dit gaan goed met haar. So ek weet nie hoekom skryf sy nie vir jou nie. Ek het by haar gekuier in September toe ons in Kaïro was maar ek dink nie ek sal weer gaan kuier nie al is ek in Kaïro want sy word bietjie lastig. Dis of sy dink ek moet kom kuier as ek daar is. So moenie vir haar sê nie want dan word sy dalk ongelukkig sy huil nogal maklik. Maar sy maak my moeg sy sanik.

Die ouens sê ons wat al vir agtien maande weg is van die huis af sal miskien Kersfees huis toe kan kom. Ek het nooit gedink ek sal weer huis toe verlang nie maar nou doen ek nogal vir my ma en Persomi.

Klara ek het alles uitgevind ek gaan beslis leer vliegmasjiene vlieg en dan as die oorlog verby is gaan ek in die lugmag bly. As ek eendag met 'n vliegmasjien huis toe kom, moet jy weet ek het my droom bereik.

Skryf gou weer.

   Beste groete,
    Jou vriend,
     Gerbrand.

Die hartseer stol haar hele lyf vol. Sy moet diep asemhaal om die lug verby die hartseer te kry.

"Gerbrand het met 'n vliegmasjien huis toe gekom," sê sy toe De Wet van buite af inkom.

"Ja," sê hy, "hy het. Hier, drink jou koffie."

"Wil jy die brief lees?"

"Nee, Klara, dis jou brief. Sê maar net wat hy geskryf het."

"Nie veel nie. Dit gaan goed met Christine, hy het haar gesien in Kaïro. En hulle berei voor vir die geveg." Sy drink die warm, soet koffie. "Hulle het voorberei."

"Ja," sê De Wet, "hulle het deeglik voorberei."

"Ek wonder of Christine weet dat Gerbrand . . . weg is?"

"Sy sal beslis," sê De Wet. "Hulle kry sekerlik die amptelike lyste met name."

'n Amptelike lys. Elke dag. Met êrens nog 'n naam.

Toe die koffie klaar is, gaan sy terug na haar kamer. Sy bêre die brief in haar onderste laai en haal haar boeke uit. Vanaand kom Henk vinnig inloer. Sy moet voor daardie tyd 'n stuk werk afgehandel kry.

Die vraestel oor Middelnederlandse Letterkunde was ekstra moeilik. "Ek kan steeds nie verstaan waarom ons hierdie simpel werk moet leer nie," sê Annabel toe hulle uit die eksamenlokaal kom. "Verbeel jou: 'Egidius, waer bestu bleven? Mi lanct na di, gheselle mijn'. Ons leef in die twintigste eeu, for goodness sake! Dié goed kom uit Jan van Riebeeck se tyd!"

"Dis seker maar die enigste klassieke werke wat ons het," sê Klara. "Dis ons Shakespeare."

Die oggend net voordat hulle Engelse Grammatika moet skryf, sê Annabel: "Ek sien in die koerant Hertzog is oorlede."

"O," sê Klara, "ek het nie vanoggend die koerant gelees nie." En sy kyk nie meer na die lamppaal-plakkate nie.

"Jy behoort elke oggend die koerant te lees, Klara," sê Annabel. Sy dink 'n oomblik. "My pa was nog altyd 'n Hertzog-man. Ek en hy het al baie stry daaroor gekry."

"Ja," sê Klara, "my pa was ook 'n Hertzog-man, my oupa 'n Smuts-man, Boelie en De Wet Malan-manne. Kan jy jou nou daardie stryery verbeel?"

"Hoe gaan dit met Boelie?" vra Annabel.

Klara haal haar skouers op. "Ek het hom net skrams gesien, met die begrafnis. Toe was hy maar baie gespanne."

"Ek sal gedurende die vakansie vir hom gaan kuier. Ek sal my pa se kar leen," sê Annabel. "Boelie mag nie van die plaas af nie, nè?"

"Nee, hy mag nie."

"Klara, ek sien baie uit na die bal vir die finalejaars," sê Annabel en stoot haar hare agter haar ore in. "Dié keer gaan ek De Wet se voete skoon onder hom uitslaan – hou my maar dop. Wat gaan jy aantrek? Net nie wéér jou groen rok nie!"

Toe maak die dosent die deure oop en hulle stap by die eksamenlokaal in.

"Ek is regtig níks lus vir hierdie finalejaarsbal volgende Saterdag nie," sê Klara die Vrydagaand toe Henk vinnig kom inloer. "Móét ons gaan?"

Hy kyk haar verbaas aan. "Dis ons finale bal! En ons moet tog die einde van die eksamen vier! Ons almal maak klaar met ons kursusse – ek, De Wet, Braam, Annabel; ons kan nooit weer 'n bal as studente bywoon nie!"

"Jy kan volgende jaar nog saam met my bal toe kom," sê sy.

"Dit sal nie dieselfde wees nie. Ons groep gaan mos altyd saam." Hy klink amper ongeduldig. "Wat byt jou?"

"Ek . . . is seker net nie in 'n partytjie-luim nie," sê sy halfhartig.

Hy frons. "Is dit nog steeds oor die . . . Gerbrand?" vra hy.

Sy antwoord nie.

"Hemel, Klara, 'n mens sal sweer jy was verlief op die man! Ruk jou nou reg."

Toe vererg sy haar. Nie 'n rooiwarm vererg nie, 'n ysige wit vererg. "Henk, ek gaan nie," sê sy ferm. "Ek verstaan dat jy graag

265

wil gaan. Nooi gerus vir jou iemand anders om die aand saam met jou te geniet." Sy draai om en stap die huis binne. Sy trek die deur sag agter haar toe.

Tien minute later is daar 'n klop aan haar kamerdeur. "Ek het reeds my nagklere aan," sê sy kortaf.

"Wil jy koffie hê?" vra De Wet se stem.

"Nee, dankie, ek gaan nou leer, ek skryf Maandag Geskiedenis. Ek sal later vir my koffie kry."

Stilte.

"Klara, die arme man sal mos nou nie vanaand kan studeer nie. Jy kan hom nie so hier wegstuur nie."

Sy sug. "De Wet, sê vir Henk hy moet sy ry kry. Ek praat nie vanaand verder nie, ek het baie werk."

Stilte.

"Klara?"

"Loop, De Wet!" sê sy kwaad.

Saterdagmiddag staan Henk voor die deur met 'n yslike bos blomme. "Ek was ongevoelig," sê hy.

"Ja, jy was."

"Jammer," sê hy en hou die blomme na haar uit.

"Dankie, die blomme is pragtig. Maar 'jammer' alleen sou genoeg gewees het, Henk. Wil jy vinnig inkom vir koffie?"

"Vinnig, ja, ek het 'n hoop werk."

"Ek ook," sê sy. "Ek moet die ganse Europa se verlede in die klein spasie van my kop probeer inpas."

Hy lag. "En ek moet myntonnels in my verstand oopboor om nog formules in te stop sodat ek nie eendag die hele myn opblaas nie," sê hy.

Myntonnels. Sy wens sy kan ophou om álles met Gerbrand te assosieer.

Net voor hy loop, vra Henk: "Klara, is dit nou reg vir volgende Saterdagaand?"

Sy maak haar oë moeg toe. Sy het geen lus vir die bal nie, maar sy sien ook nie regtig kans om alleen tuis te sit en tob nie. "Ek weet nie, Henk, ek sal daaroor dink," sê sy vaag.

Sy maak die volgende Saterdag tog gereed vir die bal, tussen die inpakkery deur, want hulle vertrek die Sondag huis toe.

"Ek is ook niks lus om te gaan nie," het De Wet erken. Hy het 'n rukkie lank stil sy koffie gedrink, toe sê hy: "As ek aan 'n bal dink, sien ek vir Chrissie in haar pienk rokkie. Klara . . ." Hy het skielik stilgebly.

"Wat, De Wet?"

Hy het verleë sy kop geskud. "Sy het vir my soos 'n . . . blommetjie gelyk, 'n rosie. Nou klink ek soos 'n ouvrou, nè?"

"Jy het daardie aand net oë gehad vir Annabel," het sy gesê.

Hy het gefrons. "Waar op aarde kom jy daaraan?"

"Gesien, met my eie oë."

Hy het steeds sy kop geskud. "Jy moet jou oë laat toets."

En vanaand gaan hy bal toe saam met Annabel – wat van plan is om sy voete onder hom uit te slaan.

Ten spyte van haarself geniet sy tog die bal. Henk is baie bedagsaam, hulle dans lekker, die hele groep kuier vir oulaas saam. Annabel draai al haar sjarme oop. De Wet geniet duidelik die aandag, maar hy lyk nie eintlik soos 'n gevalle man nie, dink Klara geamuseerd.

"Ek gaan verlang," fluister Henk in haar oor toe hulle die laaste wals dans.

"Maar jy kom darem Kersfees plaas toe?" herinner sy hom.

"Dis amper drie weke tussen nou en Kersfees," sê hy. "Dis baie lank vir 'n verliefde man."

"En daarna begin jy werk in Johannesburg," probeer sy die gesprek neutraal hou. "Is jy opgewonde, Henk?"

"Meer opgewonde oor die vooruitsig van 'n Kersfees saam met jou," sê hy sag.

Dit is goed dat hy kom, dink sy. Dis vir haar lekker om by Henk te wees. En dit sal moontlik vir Boelie ook goed doen om weer sy ou vriend te sien.

Boelie. Sy hoop dit gaan beter met hom.

Sondagoggend staan Klara baie vroeg op. Hulle moet die agt-
uurtrein Noorde toe haal. Gelukkig neem Henk hulle stasie toe
met sy Lizzie.

Net voordat hulle moet ry, kom ta' Maggie met 'n brief na
haar kamer. "Dit het Vrydag al gekom," maak sy verskoning. "Ek
het vergeet om dit te gee." Toe verdwyn sy weer.

Klara skeur die vaal koevert met die bekende rooi stempel op,
haastig oop. Die hele jaar nog het dieselfde koeverte hier aange-
kom, met drie verskillende handskrifte voorop.

Nou kan die brief net van Christine af kom.

WAAS kamp,
Kaïro.
28 November 1942.

Liewe Klara,

Ons is baie besig hier, daarom het ek lanklaas geskryf. Elke dag
gebeur nog dinge.

Julle het seker gelees van die wonderlike oorwinning van ons
magte by El Alamein. Honderde duisende van Rommel se mense is
gevang of dood, honderde van hulle tenks is verwoes. Die mense
het die hele nag lank feesgevier hier in Kaïro, die hele week lank. Die
hele stad is eintlik nog steeds in 'n partytjie-gees, met baie soldate
wat van die front af terugkom.

Baie van die Italiaanse gevangenes gaan na die Unie, sê die
mense. My pa skryf dat daar ook twee Italiaanse gevangenes op
die plaas is. Hulle moet die brug oor die Nyl bou. Maar hulle en die
swartmense wat moet help, kan mekaar nie verstaan nie, nou vor-
der die brug niks nie, skryf my pa.

Ek hoop julle het 'n lekker Kersfees. Hier in Kaïro beplan hulle vir
ons 'n groot fees. Almal is baie positief omdat dit so goed gaan met
die veldslae.

Hulle sê El Alamein was die keerpunt van die oorlog, nou is dit
net 'n kwessie van tyd voordat al die Duitsers en Italianers uit Afrika
gedryf is.

Dit is goed dat ek hier is, Klara. Ek is gelukkig hier, ek gaan hier bly. Hier kan ek aangaan met my lewe. Moenie bekommerd wees oor my nie.

Beste groete,

Jou vriendin,

Christine.

"Dis so onpersoonlik, asof sy nie geweet het wat om te skryf nie," sê Klara toe sy en De Wet hulle oggendkoffie staan en drink.

"Sê sy enige iets van Gerbrand?" vra De Wet.

"Niks, nie een woord nie."

"Dis vreemd. Sy moet tog al weet dat hy gesneuwel het."

Gesneuwel het. Dis so formeel. Amptelik.

Klara haal haar skouers op. "Hulle was nie eintlik sulke groot vriende nie," sê sy. "Sy mag nooit eens by die huis van hom gepraat het nie, want auntie Anne verdra mos nie die bywoners nie."

"Maar tog," sê De Wet en sit sy leë koppie in die wasbak. "Is jou tasse klaar gepak? Ek sal hulle solank na die voorhekkie dra, dan kan ons net laai as Henk kom."

"Wat gaan ek aankomende jaar doen as jy nie meer hier is nie?" vra sy.

"Minder koffie maak en koppies was," sê hy met 'n skewe glimlag. "Het jy ta' Maggie se geskenk en briefie op die klavier gesit?"

"By Die Portret," knik Klara. "Ek wonder wat gaan sy doen wanneer die oorlog verby is en sy nie meer soldatepakkies moet pak nie."

"Kom, Klara, die vakansie wag, eindelik," sê De Wet en stap met die kort gang af na haar kamer.

Hulle oupa kom haal hulle op die stasie met die Daimler. "Sal ek plaas toe bestuur, Oupa?" vra De Wet.

Vir die eerste keer vandat Klara kan onthou, bestuur haar oupa nie self sy motor nie. Hy klim moeisaam aan die passasierskant in. "Jy moet starag ry, kêrel," maan hy.

"Ek sal mooi ry, Oupa," belowe De Wet.

"Stárag, het ek geseg."

"Goed, Oupa, ek sal stadig ry."

Hulle ry stárag plaas toe.

Die honde is uitbundig, soos altyd. Hulle pa kom van die kraal se kant af aangestap, hulle ma kom teen die stoeptrappies af, Irene vlieg soos 'n warrelwind om die hoek en probeer eers die honde onder beheer kry.

"Waar is Boelie?" vra Klara toe die groetery bedaar.

"In die kombuis. Hy werk," sê Irene. "Klara, ek het soveel om jou te vertel."

"Kom ons kry net eers koffie, dan luister ek," sê Klara en begin aanstap kombuis toe.

In die kombuisdeur staan sy 'n oomblik stil.

Boelie sit by die kombuistafel, voor hom is 'n stapel planne oopgerol. Hy sit met 'n potlood in die hand, effens oor die planne gebuig. Hy lyk baie beter as die vorige keer toe Klara hom gesien het.

By die tafel oorkant hom, met sy rug na die deur, sit nog 'n man, potlood in die hand, oor die planne gebuk. Klara sien sy breë skouers, die opgerolde moue, die sonbruin arms. Sy swart hare krul effens oor die kraag van sy hemp.

Boelie kyk op. Sy gesig verhelder. "Klara!" sê hy bly en staan op.

Die ander man staan ook op. Hy is lank, maklik so lank soos De Wet.

Boelie maak sy arms oop en druk haar styf teen hom vas. Sy lyf voel beter: hard, maar nie meer snaarstyf gespanne nie. "Het julle lekker gery?"

Klara glimlag. "As jy treinry lekker wil noem, ja. Ons is darem veilig hier."

"Ek is bly jy is hier," sê Boelie en staan terug. "Nou gaan ons ten minste koffie kry."

Klara begin lag. Boelie ís weer terug.

Dan neem Irene haar hand en draai na die ander man. "Dis

nou my suster Klara wat op universiteit is," sê sy in Engels. "Die een wat die Italianers haat."

Klara kyk op. Die man se swart oë is formeel, byna uitdrukkingloos.

Toe steek hy sy hand na haar uit. "Antonio Romanelli," sê hy, "van Italië."

Hoofstuk 16

Die mense van die dorp het lank gewag voordat die dokter vir Lorenzo kon gaan haal. Toe die telegram eindelik kom dat Lorenzo ontslaan kan word, reis die dokter met die spoorwegbus tot by Turyn en vandaar met die trein tot by Rome.

Daar het steeds nie 'n telegram gekom oor Antonio nie. "Hy is gewond by Alamein, ek weet dit," het een van die seuns van die dorp vertel. "Ek was in die hospitaal langs 'n ou wat langs hom agter 'n duin gelê het toe hy getref is. Die ou dink dit was 'n bom; hy het my self vertel."

"Maar wat word toe van hom?" het die baron ongeduldig gevra. "Jy was daar, jy moet weet."

"Ek was by Alamein, maar ek was nie naby Antonio nie," het die seun gesê. "Lorenzo was; hulle was die hele tyd saam. Hy sal weet."

Op die dorpsplein het die mense stil hulle gang gegaan. Die Rozenfelds se winkeltjie het toe gebly, die deur gesluit met 'n geroeste slot, die blinders voor die vensters dig getrek. Op die patio voor die Romanelli's se huis het die herfsblare in bondels gewaai en later heeltemal verdroog. Die skaakpionne op die kliptafeltjie het staties in hulle rye gestaan, die swart kasteel het skuins gekantel, die koning het stom voor hom uitgestaar.

Selfs die kinders in die skool was meer bedees. Smiddags het hulle huis toe gegaan, want die garnisoen kampeer op hulle speelplek.

Elke dag na skool het Gina kerk toe gegaan om kerse aan te steek. Saans in die groot kliphuis teen die hang, het sy gewag. En gebid.

Die dokter het Lorenzo nie met die spoorwegbus huis toe gebring nie, daarvoor was Lorenzo te swak. Die dokter se seun Pietro het hulle een naweek gebring in sy Fiat 500.

Die seuns het die Fiat van ver af gewaar en soos bergbokke kransaf gespring om in 'n string agter die Fiat aan te tou, óm Giuseppe se skerp draai tot voor die Romanelli's se huis. Daar het hulle verleë eenkant gewag, soos honde wat 'n bergmuis ingehardloop het en nie verder weet wat om te doen nie.

Op die patio van hulle huisie het Giuseppe en Maria Romanelli angstig gewag op die tuiskoms van hulle jongste seun.

Die mense van die dorp het halfbang nader gestaan en gekyk.

Pietro het eerste uit die motortjie geklim en omgestap na die passasierskant. Toe maak hy die deur oop en buk by die motor in.

Lorenzo het nie self uitgeklim nie. Pietro het hom uitgetel. Hy was toegedraai in 'n kombers, soos 'n kind.

Die mense het stom gestaan en kyk.

Toe loop Giuseppe vorentoe en steek sy arms uit. Hy neem sy seun by Pietro. Hy dra hom regop en sterk by die huis in.

Eers toe sukkel die dokter agter uit die beknopte motortjie. "Hy is baie swak, maar hy is nou hier," sê hy en vryf sy laerug met sy hand. "Maria sal hom gesond voer en ek sal hom gesond dokter."

"Wat het met hom gebeur, Dokter?" vra Gina. Sy staan bleek geskrik haar sakdoekie en frommel.

"Hy is in die voet getref. Voordat hy by 'n ordentlike hospitaal kon kom, het gangreen ingetree."

"Gangreen?" sê ta' Sofia verslae. "Dokter?"

Die dokter knik. "Hulle het in Rome sy regterbeen afgesit, net onder die knie."

Gina se hande vlieg verskrik na haar gesig.

"Maar die been lyk goed. Ons moet die wond nou net dophou en sy gestel opbou," sê die dokter en begin na die huis toe stap.

"Dokter, kan ek met Lorenzo praat?" vra Gina agter hom aan.

Die dokter gaan staan. "Wag eers 'n dag of drie, Gina. Hy is baie verswak na die reis. Daarna sal dit goed wees as jy met hom kom gesels."

Toe loop hy agter Maria en Giuseppe aan en trek die deur agter hom toe.

"He' jy gesien, die arme kleine Gina was wit geskrik toe sy vir Lorenzo sien, nè?" gesels ta' Sofia laatmiddag met haar buur-vrou. "Sy is ook so 'n sagte ou meisietjie, hartjie van goud, seg ek altyd."

Dis eers 'n week later dat enige besoekers by Lorenzo toegelaat word.

Gina staan 'n oomblik onseker by die deur. Sy ken die Roma-nelli's se huis so goed soos haar eie, maar sy bly op die drumpel van die siekekamer huiwer.

"Gaan gerus in. Hy is wakker," sê Maria agter haar.

Lorenzo lê met sy rug na die deur, maar wanneer hy die stemme hoor, draai hy om. Sy gesig is maer; hy het 'n gryserige kleur. Sy oë lyk 'n oomblik lank dof, maar dan glimlag hy effens. "Kom in, Gina," nooi hy, "jy sal nie aansteek nie."

Sy loop onseker binne. "Hoe voel jy?" vra sy.

"Goed, en jy?"

"Ag, man, Lorenzo! Jy is siek; ek makeer mos niks nie."

"Ek is nie siék nie," sê hy, "tensy 'n stompie been intussen as 'n siekte gedefinieer is."

Sy loop tot langs die bed. "Ek is jammer oor jou been," sê sy, "maar my pa sê . . ."

"Moet net nie vir my jammer wees nie!" sê hy skerp.

"Nou wat moet ek dan vir jou sê?" wip sy haar. "Ek kan nie sê ek is nié jammer nie, want ek is. En ek is bly jy is nou by die huis, maar as jy net weer met my gaan baklei, loop ek eerder."

"Nee, moenie loop nie," sê hy en maak sy oë moeg toe. "Ek sal nie baklei nie."

"Jy wil net nie jammer gehê word nie," sê sy en gaan sit op die stoel langs sy bed.

"Dis 'n baie swak sinskonstruksie," sê hy met sy oë steeds toe.

"Dit klink soos baklei," waarsku sy.

"Dis nie baklei nie, dis die waarheid," sê hy. "Vertel my wat jy die hele tyd gedoen het toe ek geveg het vir die voorspoed van Volk en Vaderland."

Hy klink bitter, dink sy. Sy onthou wat die dokter gesê het: Sy been kan ons gesond kry, sy liggaam kan ons weer sterk kry – dis sy gees waaroor ek bekommerd is.

Sy vertel van die klein lewe wat voortgegaan het terwyl hy weg was. Sy praat nie oor die skande-kleinkind nie; sy weet nie of hy weet nie.

Hy raak aan die slaap voordat sy kan vra oor Antonio.

Daarna stap sy elke dag, wanneer haar werk by die skool klaar is, oor en gaan kuier vir 'n rukkie in die siekekamer. Teen die einde van die week sit Lorenzo in 'n stoel voor die stoof in die kombuis. "Jy is op!" sê sy vrolik. "Nou lyk jy weer soos die regte Lorenzo!"

"Ja," sê hy, "toegewikkel in 'n kombers, soos 'n hulpelose kind."

Sy ignoreer sy opmerking en skink twee koppies koffie. Sy gooi outomaties twee lepels suiker in sy koppie en roer dit. "Ek kan my eie koffie roer," sê hy toe sy die koppie vir hom aangee. "My arm is nie afgesit nie."

"Ag, Lorenzo, kry end om so jammer te wees vir jouself!" ver-erg sy haar.

Hy kyk haar 'n oomblik lank verbaas aan, neem dan die kof-fie. "Grazie," sê hy.

Antonio is beslis by Alamein gewond, vertel hy mettertyd stuk-stuk. Maar hy wil nie nou daaraan dink nie.

"Maar hy is veilig, hy lewe nog?" vra Gina angstig.

"Ja, hy lewe sekerlik nog," sê Lorenzo ongeduldig. "Dit was net so chaoties daar. Ons magte moes holderstebolder terugval. Geen mens weet presies wie waar was en wat met almal gebeur het nie. Volgende wat jy sien, kom hy op sy twee bene hier aangestap."

"Ek hoop jy is reg," sê Gina. "Wil jy dambord speel?"

Hy skud sy kop. "Nee, Gina, asseblief tog nie. Gaan haal die skaakstel, dan kyk ons of ek jou dalk kan leer skaak speel."

"Gina loop kuier elke dag by die Romanelli's. Natuurlik jammer vir die arme Lorenzo," sê ta' Sofia skemeraand vir haar buurvrou. "Dierbare kind. Altyd ander mense bo haarself geplaas."

Dis eers na Kersfees – 'n eensame, droewe Kersfees in menige huis – dat die brief eindelik kom.

"Antonio is veilig!" roep Gina oor die plein heen. Sy hardloop met die briefie fladderend in haar hand na die Romanelli's se huis. "Oom Giuseppe! Tante Maria! Antonio is veilig! Kyk! Hier is vir Oom en Tante ook 'n brief, van hom af!"

Die dorp begin lewe. "Antonio is veilig!" sê hulle vir mekaar. "Maar waar is hy dan?"

"Hy het vir my geskryf," jubel Gina. "Hy sê dit gaan goed met hom, hulle het hom gevang, die Geallieerdes, en nou is hy in 'n hospitaal êrens in Afrika." Sy kyk weer na die brief. "In Suid-Afrika."

"In 'n hospitaal?"

Maria skeur haastig ook haar brief oop. Haar gesig breek oop in 'n glimlag. Sy draai haar kop boontoe, na die son. "Dankie, Moeder van God, dankie. My kind is veilig, my kind is veilig." Toe drafstap sy na die steengroewe om haar blydskap met haar man te gaan deel.

"In 'n hospitaal?" vra ou Luigi weer.

"Ja, maar hy is nie ernstig beseer nie. Hy is teen dié tyd seker al ontslaan." Gina kyk na die datum op die brief. "Die brief is twee maande gelede al gestuur en dit kom nou eers hier aan!"

"Dis die oorlog," sê haar pa. "En Afrika lê ver."

"Suid-Afrika," sê Gina. "Ek het nog nooit eens van so 'n plek gehoor nie."

In die spreekkamer blaai die dokter die atlas weg vanaf Egipte en El Alamein en soek na 'n bladsy waarop die mense Italië en Afrika kan sien. Toe trek hy 'n rooi kring om *Unie van Suid-Afrika* – dis waar Antonio nou is. Hy maak ook 'n kringe-tjie om die plek waar El Alamein behoort te wees – dis waar Lorenzo gewond is, en ou Luigi se kleinkind geval het.

"Ek het jou mos gesê," sê Lorenzo. "Die geluksgodin is altyd aan sy kant – nou sien hy nog 'n deel van die wêreld anderkant die see."

"Jy mag nie so praat nie, van godinne nie. Ek is seker dis son-de," sê Gina. "Moet ek die skaakstel gaan haal?"

"Nee, jy leer te stadig. Ek sal maar met my pa skaak speel," sê Lorenzo en vryf sy linkerbeen.

"Hoekom vryf jy altyd jou linkerbeen?" vra Gina. "Dis jou regterbeen wat seergekry het."

"Daar is nie veel van my regterbeen oor om te vryf nie," sê hy.

Sy staan op. "Ek gaan nie hier kuier as jy in so 'n bui is nie," sê sy beslis.

"Sit," sê hy saaklik. Dan sug hy diep. "Ek is ook geskiet in my linkerbeen, Gina. My knie is vergruis. In Rome het die dokters my knie verwyder en my been styf gemaak."

Sy sê nie weer sy is jammer nie. Sy knik net stadig. "Dan gaan jy baie sukkel om te loop," sê sy.

"Ja," sê hy, "ek gaan. Gaan haal maar die dambord."

"Gina is nou net hier verby, terug huis toe van die Romanelli's af," sê ta' Sofia se buurvrou skemeraand oor die wasgoeddraad.

"Ek het oge, ek loop sien so, ja," antwoord ta' Sofia kortaf en stap in haar huisie in.

Byna twee weke later sê Maria: "Antonio het wéér nie geskryf wat met hom gebeur het by Alamein nie." Sy gee die brief vir Giuseppe. "Hy skryf net dat hy nou op 'n boereplaas daar in Afrika is, by vriendelike mense. Hy kry goeie kos, net vreemd op die tong. Hy moet 'n brug bou oor die Nilo – ek het nie besef dis waar die Nilo ontspring nie?"

"Die Nyl ontspring in Midde-Afrika, by die Victoria-meer," sê Lorenzo. "Dit moet seker 'n ander Nylrivier wees."

Sy pa knik instemmend en begin die brief aandagtig lees.

Maria staan op. "Ek gaan maar inkruip, ek is moeg vanaand," sê sy. "Ek is net dankbaar dit gaan goed met Antonio. Jy sal regkom, nè, Lorenzo?"

"Ek sal regkom," sê Lorenzo.

Dit is stil nadat sy uit is, net die stompe in die swart stoof skiet van tyd tot tyd klein vonkies.

"Ek weet wat met Antonio gebeur het," sê Lorenzo skielik.

Sy pa kyk op.

Lorenzo bly eers lank stil. Sy pa lees nie verder nie. Hy wag.

"Ons het langs mekaar agter 'n duin gelê," loop Lorenzo moeisaam in die tyd terug. "Eintlik nie eens 'n duin nie, net 'n duik in die sand wat ons moes beskerm teen die Geallieerde mag. Hulle was oral om ons. En bo ons, hulle vliegtuie."

Hy bly stil. Sy pa wag geduldig.

Lorenzo lek sy lippe nat. "Ons is geleer om te skiet vir die lyf, nie kopskote nie, die teiken is te klein. En die ouens se blikdakke beskerm hulle koppe."

Sy pa knik. Pa weet, dink Lorenzo. Hy het ook geveg, in die Groot Oorlog.

Die vertel kom moeiliker. "Toe sien ek 'n mal bliksem reg van voor aangestorm kom. Vreesloos. Ek korrel, hy hardloop só dat die sandhoop tussen my en hom inkom. Ek kruip vorentoe, ek sien net 'n beweging soos hy agter 'n plat klip induik. 'Kom terug, Lorenzo!' hoor ek Antonio se stem agter my."

Sy pa se oë is rustig op hom gerig; sy groot kop knik bemoedigend.

Dis 'n sandpad waarop Lorenzo moet terugloop, 'n pad wat hom so vassuig en insuig dat hy byna nie kan vorder nie. Maar hy wil dit wat gebeur het, met sy pa deel. Hy moet.

"Toe kom die ou voor my regop en byt die handgranaat se doppie af. Ek sien sy blikdak het afgeval. Ek kom regop, ek korrel vir 'n kolskoot tussen die oë. Hy trek sy arm na agter om te gooi, ek trek die sneller. Om my klap die skote. Ek voel hoe brand my knie. Die handgranaat trek heel skuins, die ou voor my se oë vlieg verbaas wyd oop. Toe val hy agteroor, sy bruin oë bly na my kyk.

"'Lorenzo!' hoor ek Antonio se stem êrens uit die ruimte. Ek probeer opkom, ek kan nie, ek kan nie, my knieë het geknak. En die ou lê en kyk vir my, reg by my, treë van my af."

Hy maak sy oë toe en bly lank stil voordat hy sê: "Ek droom daarvan, Pa. Ek droom elke nag daarvan."

"Ek w-w-weet," sê sy pa.

Die vuur in die stoof plof saggies. Gemeensaam.

Lorenzo maak weer sy oë oop, hy kyk na sy pa. "Toe hardloop Antonio na my toe, Pa. Ek sien hom kom, gebukkend, sy geweer in sy een hand. Om ons ontplof die geweervuur aanhoudend. Hy gryp my onder die arms deur en sleep my. Ek voel hoe my regtervoet aan flarde geskiet word.

"Toe voel ek hoe hy ook knak. Toe weet ek, Pa: hulle het my broer gekry, omdat hy my kom haal het."

Sy pa knik.

"Maar hy hou aan sleep. Ons val agter die duin in, ander hande sleep ons verder. Toe word ek eers wakker toe die mediese ouens met my hardloop.

"Ek weet nie wat verder van Antonio geword het nie."

Dis baie lank stil. Dan sê sy pa: "Ek d-d-droom selfs n-n-nou nog." En stukkie vir stukkie, klank vir stotterklank, vertel sy pa hom van die Duitser wat hy op kort afstand in 'n modderige loopgraaf in Frankryk geskiet het, in 1915. Hy het blonde hare gehad, sukkel sy pa deur die vertelling, en blou oë wat aanhou kyk. "Hy sp-sp-spook nou nog b-b-by my," sluit sy pa af.

Lorenzo knik. "Hierdie ou het baie sproete gehad, en rooi hare, en bruin oë," sê hy. "Dis die bruin oë wat na my bly kyk. Elke dag, elke nag."

Hoofstuk 17

Klara staan 'n oomblik lank lamgeslaan. Die verleentheid stoot rooi in haar gesig op.

Gaan Irene nóóit grootword nie?

Toe steek sy haar hand ook uit. "I am Klara," sê sy.

Dis dom, besef sy onmiddellik. Irene het nou net gesê ek is haar suster Klara.

Maar dit lyk nie of die vreemdeling dit enigsins besef nie. Haar hand raak 'n oomblik weg in syne, hy knik effens met sy donker kop, toe bepaal hy weer sy aandag by die vel papier op die tafel.

Bo-aan die papier, in 'n netjiese handskrif, staan Ponte de Nilo. En daaronder, in Boelie se handskrif: Brug oor die Nyl.

"Die planne wat die Departement van Paaie gestuur het, werk glad nie uit nie," vertel Boelie. "Hulle het skynbaar iemand gestuur om op te meet, maar jy weet mos hoe is hierdie Kakieregering van ons – hopeloos verby. Nou probeer ek en Antonio die kastaiings uit die vuur krap. Hulle sal net vir ons die regte instrumente moet stuur."

"Wel, jy is die regte persoon, jy is eintlik al 'n ingenieur," sê Klara. Haar gesig is steeds rooi, sy voel dit.

Sy voel ook die vreemde man se oë vlugtig op haar.

"Ja, dis net die papiere wat kort," sê Boelie. "Vir hom ook," en hy beduie met sy kop. "Hy het argitektuur geswot, voor die oorlog."

"O," sê Klara.

"I was just telling my sister," begin Boelie en gaan sit weer, "that the Department . . ." Toe herhaal hy die hele gesprek in Engels.

Klara draai na die kas en haal drie koffiekoppies uit. Sy tel die warm koffiepot van die Welcome Dover af op en skink twee koppies koffie. Die melk en suiker sit sy by hulle neer.

"Dankie," sê Boelie sonder om op te kyk. Hy is besig met berekeninge.

Die vreemdeling kyk op. "Grazie," sê sy ryk stem.

Sy kyk nie na hom nie. Sy skink vir haarself ook 'n koppie koffie en stap met 'n regop rug by die kombuis uit.

In die kamer sê sy: "Hemel, Irene, hoe kán jy 'n mens in so 'n verleentheid plaas?"

"Wat's dit nou weer met jou?" wip Irene haar.

"Jy kan mos nie voor die man sê ek haat die Italianers nie?"

Irene haal haar skouers op. "Voor wie? Antonio?" vra sy onskuldig. "Dis jý wat gesê het jy haat die Italianers. Jy dink mos die hele oorlog is hulle skuld. Maar Boelie sê dis alles die Engelse se skuld. Hy hou van die Duitsers en die Italianers, want hulle gee die Kakies op hulle herrie. Ek hou ook van hulle." Sy stop 'n oomblik om asem te haal, toe baklei sy voort: "En as jy nie wil hê 'n mens moet herhaal wat jy sê nie, moet jy maar net jou woorde tel."

Klara sug en skud haar kop. "Jy moet maar nie na alles luister wat Boelie sê nie," sê sy en begin haar klere uit haar koffer pak.

"Ten minste práát hy met my," sê Irene en stap uit.

Toe hulle ma 'n rukkie later by haar kom sit waar sy uitpak, vra Klara: "Hoe gaan dit met Boelie, Mamma? Hy lyk baie beter."

"Dit gaan baie beter, vandat hy betrokke geraak het by die brug," antwoord haar ma. "Eers het die brug glad nie gevorder nie, toe net Guido en Valerio hier was. Hulle kan glo goed bou met klip, maar hulle kon nie die planne lees nie, en die departement se ingenieur kom net so een maal in twee weke hier aan. Hulle kon ook nie 'n woord Engels verstaan nie. Hulle kon nie eens verstaan wat die ingenieur beduie nie."

Klara begin lag. "Dit was seker 'n Babelse verwarring."

"Ja, dit was. Toe stuur die departement vir Antonio. Hy praat vlot Engels en hy kan planne lees, maar hy kon nou weer nie met die werksmense praat nie. Onse volkies praat mos nie Engels hier in die Bosveld nie."

"En toe raak Boelie betrokke?"

"Nee, Oupa tree toe as tolk op. Dis vir hom heerlik om te gaan kyk hoe die uitgrawings vorder."

"Oupa sal nog vir hulle beduie hoe om te bou ook," glimlag Klara.

"Ek vermoed so, ja," sê haar ma. "Maar toe Antonio agterkom die planne van die brug kan nie uitwerk nie, vertel Oupa vir hom dat Boelie ingenieurswese studeer het. Dis hoe Boelie betrokke geraak het. Hy en Antonio werk heeldag saam."

"En wat doen Valerio en . . . wie nou weer?"

"Guido."

"Valerio en Guido, wat doen hulle nou?"

"Hulle kap die klippe ewe netjies. Hulle het al 'n hele hoop klippe bewerk. Maar die klip hier by ons is skynbaar nie heeltemal reg nie. Hulle gaan môre of so na oom Gertjie-hulle geneem word om daar klip te kry. Dis darem nie te ver nie. Antonio wil vroeg in die nuwe jaar die brug begin bou. Die departement se ingenieur moet net eers die veranderinge aan die planne goedkeur – geen mens weet hoe lank dit gaan duur nie."

Haar ma staan op. "Ek gaan begin met die aandkos. Kom kombuis toe as jy klaar uitgepak het."

Sommer die derde dag al kom Annabel kuier. Net na tien die oggend sien Klara die blinknuwe, ronde motortjie baie versigtig oor die laagwaterbruggie kruip. Toe die motortjie voor die stoep stilhou, is dit Annabel wat langbeen uitklim.

"En dít?" vra Klara verbaas.

"My geskenk van my pa af, omdat ek my graad met lof geslaag het. Nie sleg nie, nè?"

Klara se oë rek, sy stap met die stoeptrappies af. "Annabel! Dit is . . . totaal verstommend! Nuut?"

"Uit die boks," sê Annabel. "Ek het vir my pa gesê, geen joernalis kan haar werk doen sonder 'n motor van haar eie nie."

Klara skud haar kop. "Jy word vreeslik bederf!"

"Ja, wel. Waar is De Wet en Boelie?"

Klara glimlag. Sy het geweet die kuiertjie is meer om die hondjie as om die halsbandjie. "De Wet is kampe toe. Hy moet lek uitsit of iets. Boelie werk hier in die kombuis."

"Nou maar laat ons gaan groet," sê Annabel en swaai haar los hare oor haar kaal skouers.

In die kombuis staan Boelie en Antonio onmiddellik op. "Annabel!" sê Boelie verbaas en gee 'n paar tree vorentoe.

Annabel glimlag haar mooiste glimlag. Sy het op hierdie oomblik net oë vir Boelie. "Jy is terug! Ek is so bly, Boelie." Sy lig haar kop op en bied haar mond aan vir die soen. Haar lippe is rooi en effens klam.

Klara staan verstom na haar vriendin en kyk. Sy weet nie hoe Annabel dit doen nie. Boelie is dadelik totaal betower.

Dan draai Annabel na die vreemdeling. Nou kry Antonio 'n volle dosis van haar sjarme.

"Dis Antonio Romanelli, hy is van Italië, en dis die mooiste meisie in ons land, Annabel de Vos," stel Boelie hulle voor.

"Julle land het heelwat mooi meisies," sê Antonio met 'n vriendelike glimlag.

Klara voel hoe sy skielik rooi word. Arrogante mansmens. Sy hoop Annabel slaan sý voete so onder hom uit dat hy hard op sy stêre val.

"How do you do?" sê Annabel en steek haar hand met die lang, rooi naels na hom uit. "Ek het 'n spesiale verbintenis met Italië – my karretjie kom van daar."

Boelie frons onbegrypend. "Jou . . . karretjie?"

Annabel glimlag geheimsinnig en knipoog vir hom. "Kom

kyk," nooi sy en hou haar hand na hom uit. "Boelie, dit is so wonderlik dat jy terug is."

Op die stoep staan Boelie 'n oomblik stil en fluit dan deur sy tande. "Fiat 500! Wil jy nou meer!"

"Fiat Topolino," vul Annabel ewe wysneus aan.

Hulle stap met die stoeptrappies af tot waar die motortjie op die sandpad langs die huis staan. "Topolino is 'n muis," sê Antonio.

"'n Muis!" sê Annabel afkeurend.

"Muis!" lag Klara. "Die karretjie lyk nie soos 'n muis nie!"

"Tog wel," sê Antonio. "Kyk mooi na sy lyn: sy snoetjie, sy lyfie . . ."

Boelie het klaar die enjinkap oop en bekyk die binnewerk noukeurig.

"Dis 'n 'haar', dis 'n meisietjie-motor," sê Annabel. "En jy kan nie net sommer so na haar binnegoed kyk nie, Boelie. Dis onbehoorlik."

"Hallo, Muis," sê Klara vriendelik en tik op die motor se snoetjie.

"Julle kan nie my karretjie 'Muis' noem nie," protesteer Annabel dramaties. "Noem haar dan liewer 'Topolina'."

"Topolino," korrigeer Antonio en streel oor die leersitplekke.

"Topoliná," sê Annabel beslis. "Sy is 'n meisietjie."

En dit is waar De Wet hulle vind toe hy 'n halfuur huis toe kom vir koffie: saamgekoek om die karretjie soos bye om 'n heuningkorf. En dit is waar De Wet 'n paar oomblikke die belangrikste man in Annabel se lewe word, tot sy weer haar aandag tussen al drie verdeel.

"Ek gaan solank koffie maak," sê Klara.

"Ek moet na die bouwerk gaan," sê Antonio.

"Bring sommer ons koffie daarheen, ek gaan saam," sê Boelie.

"Ons kan 'n klein piekniek maak, met 'n kombers en alles daar by die rivier," stel Annabel voor toe hulle terugstap kombuis toe. Sy haak by De Wet in en kyk op na hom. "En toe, sien jy uit daarna om aankomende jaar in my pa se kantore te begin werk?"

Toe Annabel net voor middagete in haar motortjie klim om te ry, sê Klara: "Jy is 'n ongelooflik gelukkige meisie om 'n karretjie van jou eie te hê."

"Klara, jy woon in een huis saam met drie Clark Gables, waar wil jy 'n groter geluk hê?"

Klara lag. "Ai, Annabel! Eerstens is twee van hulle my broers en die derde is 'n gevangene wat 'n brug moet bou, en tweedens lyk nie een van hulle soos Clark Gable nie."

"Wel, jy weet wat ek bedoel," sê Annabel en skakel haar motortjie aan. "Dit lyk vir my ek sal maar gereeld moet kom kuier."

Die koerant wat Boelie die Donderdag kort voor Kersfees van die dorp af bring, se voorblad dra swaar aan die berig: Generaal-majoor Dan Pienaar, die briljante aanvoerder van die Suid-Afrikaanse magte wat gehelp het met die herowering van Tobruk, het verongeluk. Klara onthou dat Gerbrand van hom geskryf het. Hy was hulle bevelvoerder, het hy geskryf, hy was baie goed.

Sy lees verder. Op 19 Desember het die vliegtuig waarmee hy op pad was terug Unie toe, by Kisumu aan die Victoria-meer neergestort. Die oorsaak word nog ondersoek.

Dus is daar nog 'n militêre begrafnis, dink Klara, nog iemand het geval – 'n bekende generaal. Daar sal weer 'n kapelaan wees met pers epoulette en 'n trompetspeler om die laaste taptoe te speel. Hierdie keer sal 'n hele kommando seker die stadige pas deur die strate agter die kanonwa met die kis op marsjeer, en die graf sal gepleister wees, in 'n soort heldeakker, met 'n steen van wit marmer.

Maar die kluite wat eindelik op die kis klap, sal dieselfde klink as op die eenvoudige houtkis by die rou graf langs die by-wonershuisie.

Onderaan dieselfde bladsy lees sy dat die hele Eerste Suid-Afrikaanse Divisie in Desember huis toe kom om vir die volgende fase van oorlog heropgelei en weer toegerus te word.

Hulle sal Kersfees by die huis wees.

Gerbrand sou Kersfees by die huis gewees het.

2 104 Suid-Afrikaanse soldate het tot op hede in Noord-Afrika gesneuwel, berig die koerant.

So onverstaanbaar sinneloos.

Sy moet onthou om Kersdag vir tannie Jemima 'n stukkie vleis te neem.

Toe Klara die volgende Vrydagoggend wakker word, voel sy die opwinding in haar. Vanaand kom Henk. Hy het vroeër in die week reeds van die Kaap af tot by sy losieshuis in Johannesburg gereis en haal die oggendtrein Bosveld toe.

Buite sousreën dit. Die druppels kletter op die sinkdak, hardloop in lang straaltjies teen die vensters af en dam op in modderpoele op die stofpad. Oupa gaan nou-nou kom sê die pad is snotglad, glimlag Klara, en stap kombuis toe vir koffie.

In die voorkamer sit Irene reeds en oefen op die klavier. Musiek is een van haar matriekvakke. Sy rits elke oggend deur haar toonlere, op en af, op en af, tot haar vingers loslit en blitsvinnig oor die wit-en-swart note spring. Dan begin die swaarder stukke: sy leun vooroor en frons soms gevaarlik. Sy oefen dat elke kamer in die huis antwoord gee.

As dit die oggend goed gaan, is sy in 'n goeie bui. Maar as sy sukkel met 'n stuk, hang die donderweer swaar in die voorkamer. Vanoggend klink dit na donderweer.

"Gaan ons vanoggend pannekoek bak?" vra De Wet toe sy in die kombuis kom.

"Later, ja, nie nou nie. Vir alle praktiese doeleindes slaap ek nog," sê sy en skink vir haar 'n koppie koffie.

"Die reën is werklik ontydig," sê Boelie ontevrede. "Die departement sou vandag iemand gestuur het met die nodige apparaat dat ons weer kan opmeet."

"Die reent in die Bosveld is nooit ontydig nie," sê haar pa kortaf en stap by die agterdeur uit.

Na ontbyt gaan haal Klara die bestanddele uit die spens en

287

pak dit op die kombuistafel uit. Toe Boelie en Antonio met hulle rol planne inkom, sê Klara beslis: "Nee, vandag moet julle op die eetkamertafel werk, anders gaan julle 'n degerige brug hê."

"Die lig daar is te sleg," sê Boelie, "ons kan nie deeglik sien nie."

"Dit sal beslis nie deug nie," sê De Wet droog. "Julle sal maar moet wag tot die pannekoekdeeg opgebak is."

Klara meet die meel af en gooi dit in die sif. "Dis goewermentsmeel," waarsku haar ma, "die suiker ook. Jy moet maar dubbel sif."

Die sif is silovormig, met 'n handvatsel langs die kant wat die halfmaan binnedraad draai dat dit om en om aan die binnekant van die sif skuur om die meelklonte fyn te maal. Die sifwerk gaan stadiger as gewoonlik, die meel is grof. "Ek kry solank die primus," sê De Wet.

Toe die reën teen tienuur effens opklaar, kom Klara se oupa en ouma by die agterdeur in.

"Die werf is 'n glibberige snotspul," brom Klara se oupa ontevrede en krap die ergste dik modder van sy velskoene af met 'n stokkie. "Dis lewensgevaarlik om hier buite te loop, seg ek nou vir julle."

"Hoekom kom Pa dan uit in die reën?" raas Klara se ma. "Pa was reeds verlede week siek."

"Og dit," maak haar oupa dit af. "Nee, Ouma kerm al van gister oor die viool wat sy vir Antoon wil aanpresenteer. Is dit deeg vir pannekoek daardie, Klara?"

Sy glimlag. "Ja, Oupa. Kom sit hier by die tafel by my, ek gaan nou begin bak."

"Ek gaan bak," sê De Wet.

"Dit was nog my pa se viool. Oupa het dit vanoggend vir my van die solder afgehaal," sê haar ouma en gee die vioolkas vir Antonio.

"Jy laat val net nie 'n pannekoek op die vloer nie," waarsku Klara.

"Het ek al ooit?" vra De Wet.

Antonio neem die kas en sit dit op die kombuistafel neer, langs die bak pannekoekdeeg.

"Be careful, the violin wil get all . . . degerig," sê Klara.

"Ek het nie geweet Ouma het 'n viool nie!" sê Irene verstom. "Kan Ouma speel?"

"Og, toe ek 'n kind was, wel ja, my pa het my geleer," antwoord haar ouma. "Nou natuurlik nie meer nie."

Antonio knip die geroeste knippies van die kas oop en lig die viool versigtig uit die bed van verslete koningsblou fluweel. Die hout glim rooibruin; 'n effense muwwe reuk slaan op uit die kas.

In die Welcome Dover brand die houtstompe geelrooi vlamme.

"Met die Engelse oorlog, toe hulle ons plaas afgebrand het, het ons die viool begrawe," vertel haar ouma.

Antonio stryk met sy hand oor die ronding van die viool; sy lang vingers streel versigtig oor die satyngladde hout. "It is a very beautiful violin," sê hy. Sy stem klink vreemd, ver.

Toe haal hy die strykstok uit en streel met sy vinger oor die koringgeel hare. Hy skroef die hare van die strykstok stywer en toets dit weer. Hy haal die harpuis uit en stryk dit oor die strykstok.

"Lyk alles nog reg?" vra hulle ouma byna angstig.

Antonio druk die viool tussen sy kin en sy skouer vas. Sy lang lyf buig effens vooroor, sy donker hare val oor sy voorkop. Hy stryk 'n paar keer oor die snare en kyk dan op. Sy oë is blinkswart. "Hierdie viool is perfek. Ons moet hom net stem," glimlag hy vir hulle ouma.

"Ek het 'n stemvurk," sê Irene dadelik.

"Ons kan dit sommer by die klavier doen," sê Antonio. "Kom help my."

Irene en hulle ouma loop agter hom aan voorkamer toe.

"Kan ons begin bak?" vra De Wet.

"Nee, die deeg moet vir minstens twintig minute staan," sê Klara beslis.

289

Uit die voorkamer kom los klaviernote, dan die klank van die viool wat gestem word. En baie gou verander die klanke in 'n melodie.

"Magtig, daardie man toor met 'n viool," sê Boelie en stap deur voorkamer toe.

"Roep my as jy wil begin bak," sê De Wet en stap agter Boelie aan.

"Jou ouma kon nie wag om Antoon met die viool aan te presenteer nie, sy kon vanmelewe self die derms stryk dat die honde stil word en die werfkatte in rye sit te luister," sê haar oupa en stap agter die seuns aan.

Klara begin saggies lag. "Oupa is snááks," sê sy vir haar ma.

"Antonio speel pragtig, luister net," sê haar ma.

"Ja, hy speel goed." Sy gooi 'n doekie oor die bak deeg en spoel haar hande af.

Na 'n rukkie sê haar ma: "Hy moet maar saans by ons aan tafel kom eet. Noudat die ander twee weg is na oom Gertjie se plaas, kan ons hom tog nie so alleen in die skuur laat bly aand vir aand nie."

"Ag, nee, Mamma!" protesteer Klara. "Aandete is die enigste tyd wat ons gesin werklik saam is!"

"Dis die Christelike ding om te doen," sê haar ma beslis. "Hoe laat verwag jy vir Henk?"

Oukersaand is dit gewoonlik net hulle gesin rondom die Kersboompie. Boelie het vanjaar die tak van 'n stamvrugboom in 'n blik geplant en Klara en Irene het die blink balletjies en geverfde denneballe daaraan gehang. Oral in die voorkamer het hulle kerse gesit. Hulle oupa sal wel halfpad deur die aand kla dat hy nie deeglik kan sien nie, dan sal Boelie die raserige Colemanlamp pomp en op die tafel in die voorkamer neersit.

Maar vanaand is Henk ook by. Dis anders. Vreemd. Nie noodwendig sleg nie, net vreemd.

Haar oupa lees die eeue oue Kersverhaal gedrae voor, Irene skuif agter die klavier in en hulle sing die Kersfeesliedjies. Toe deel hulle klein geskenkies uit. Henk gee vir haar 'n baie fyn silwer kettinkie.

"Dis pragtig, Henk," sê sy sag.

"As ek eers verdien, aankomende jaar, gaan ek vir jou 'n goue kettinkie koop," belowe hy.

"Dis eintlik die gedagte wat tel, veral met Kersfees," sê sy.

Laat die aand stap sy en Henk uit op die stoep. "Kom ons stap af rivier toe," sê sy.

Hy vleg sy vingers deur hare. Hulle stap al met die sandpaadjie langs. "Julle Bosvelders weet nie hoe lyk 'n rivier nie," terg hy. "Die Nyl is 'n lopie, nie 'n rivier nie."

Haar hand bly veilig in syne. Die Bosveld lê rustig om hulle, die veld slaap. "Ek het altyd gedink, toe ek klein was, dis seker hoe dit op Bethlehem se ope velde gelyk het, toe die herders die engeltjies hoor sing het en die drie wyse manne die ster gesien het," sê sy.

Die maan is byna vol. Die sagte lig spoel oor die paadjie en die grasse en oor die geel blommetjies van die soetdoringbome.

Onder die wye vaarlandswilg gaan hulle staan. Die maan weerkaats in die klein poeletjie water.

"Ek is so bly jy kon vanaand saam met ons Kersfees vier, Henk," sê sy.

Hy druk haar stywer teen hom vas. "Dit is vir my 'n baie spesiale tyd," sê hy. "Dankie dat jy my genooi het."

Toe hulle terugstap opstal toe, hoor Klara vaagweg die hartseer klank van 'n viool uit die pakkamer in die skuur. "Luister," sê sy en keer met haar hand op Henk se arm dat hy nie verder stap nie.

Deur die hoë venstertjie sweef die note lig na buite en verdamp in die maanlig boontoe. In die vreemde melodie hoor Klara die verlange na 'n ver land waar die sneeu op Kersnag val en die maan silwer terugkaats na die sterre. Sy hoor die verlange na mense wat met 'n ander tongval praat, wat Kersfees met 'n mis en vreemde volkstradisies vier, die verlange na 'n ver gesin

wat hierdie Kersfees in flarde geskeur en oor kontinente ver-
strooi is.

"Ja, die man speel goed," sê Henk hier langs haar. "Maar 'n
viool bly ten beste maar 'n gekerm oor katderms, nè? Kom," en
hy begin aanstap huis toe.

Kersdag kom oom Freddie en auntie Anne oor. Hulle het oud
geword, dink Klara. Oom Freddie se hare lyk yl, sy skouers hang
effens vooroor. Boelie praat steeds nie met oom Freddie nie –
groet net en vermy dan enige direkte kontak.

Auntie Anne lyk selfs ouer. Haar vel is dof, haar hare is net té
swart gekleur, haar oë kyk moeg en amper afwesig na die ver-
sierde tafel voor haar.

Maar dit is haar mond wat Klara die meeste opval. Haar lippe
is dun en hard, die mondhoeke trek effens na onder. En wan-
neer sy praat, is nie net haar stemklank bitter nie.

"Wat hoor auntie Anne van Christine?" probeer Klara 'n ge-
selsie aanknoop.

"Niks," sê auntie Anne. "Sy verkies mos die weermag bo haar
familie."

Na die Kersmaal, toe almal in die loom namiddag lui 'n uil-
tjie gaan knip, pak Klara van die kos wat oorgeskiet het, in 'n
mandjie.

"Stap saam, asseblief," pleit sy by De Wet.

"Ag, Klara? Nou? Dis vreeslik warm," protesteer hy lui.

"Dis jou Christelike plig," sê sy ferm.

Hy glimlag effens en rank uit sy stoel op. "Teenoor tannie
Jemima, of teenoor jou?" vra hy.

"Teenoor ons albei," sê sy. "En die mandjie is swaar, jy moet
dit dra."

Toe hulle later teen die bar, klipperige rand af terugstap huis toe,
sê De Wet: "Tannie Jemima het baie oud geword."

" 'n Mens kan dit seker verstaan," sê Klara. "Daar het soveel
vreeslike dinge die afgelope jaar met haar gebeur."

Hulle loop 'n rukkie in stilte. Dan sê Klara: "Oupa het ook oud geword. Die ding met Boelie was amper te veel vir hom. En oom Freddie ook, het jy gesien, De Wet?"

"Dis wat die oorlog doen," sê De Wet en skop 'n klippie ver voor hom uit.

Hulle trap al met die klipbanke langs oor die Nyl en stap met die tweespoorpaadjie deur die boorde huis toe. Die lemoenduifie hou aan met roep, die sonbessies skree skril.

"Ek wonder hoe dit met Christine gaan," sê De Wet skielik. "Ek dink van gisteraand af al aan haar."

"Seker maar goed," sê Klara, "anders sou sy tog huis toe gekom het vir Kersfees. Honderde weermagmense het vir Kersfees huis toe gekom."

De Wet knik stadig. "Ja, jy is seker reg," sê hy. Jy is seker reg."

Hoofstuk 18

Die waters van die Nyl gaan steeds wyd en diep en ongestoord hulle oeroue gang. Die waterdruppels kom uit die diep, donker maag van Midde-Afrika, dit dam op in poele en tuimel teen kranse af en vinger in 'n delta oop, net om uitgespoeg te word in 'n see in die middel van die wêreld.

In haar dam die donker stroom op. Dit du teen die walle.

Die kind diep in haar het vanoggend die eerste keer beweeg. Lewendig. Werklik.

Môre is Kersdag. Vanaand is Oukersaand.

Agter haar lewe Kaïro: troepe met passe vier fees, meisies in feesgewaad lag hard. Net sy staan in die middel van 'n onherbergsame wêreld van sandduine en gruisrante, van klipskeure wat vir Gerbrand ingesluk het.

Sy kyk stil na die diep rivier voor haar. Dit vloei onverpoos voort see toe. Onkeerbaar.

Môre sal almal by die huis kerk toe gaan en daarna by Klarahulle gaan eet. Almal, selfs Boelie. Skaapboud, dink sy, en koue tong en hoenderpasteie. 'n Kersboom met klein geskenkies – eeu oue tradisies. Hulle sal lag en gesels en saamwees.

Tussen haar en die huis lê die donker, ondeurdringbare oerwoude van Afrika.

Sy het geval voor die oerdrang van die mens. 'n Gevalle mens, 'n skande. Die sonde het haar vrede ingesluk.

Verlede jaar met Kersfees het Gerbrand gekom. Sy het eers

294

geskrik, maar toe was sy bly om hom te sien – hy was 'n stukkie Suiderland hier in die Noorde, 'n stukkie Bosveld in haar woestyn van eensaamheid, 'n stukkie huis in die vreemde strate van Kaïro. Skielik was sy nie meer alleen nie.

Maar toe borrel die sjampanje van saamwees haar kop dof, toe brand die proetjies rum-'n-Coke haar oerverlange oop.

Dis sonde om die oerdrange te laat oorneem. Dis 'n onoorkomelike skande. Onherstelbaar. Onvergeeflik.

Sy draai haar rug op die donker stroom water en begin stadig terugstap na die rye bruin barakke, na die tuine van sandsakke en doringdraad en bewaakte hekke. Sy stap stadig verby die Alamein-klub waar sy en Gerbrand eenmaal iets gedrink het. Sy stap deur die kleure en klanke van Kaïro se krioelende strate, deur die geure van speserye en wierook en vreemde gebak wat swaar in die lug hang.

Minstens maak die reuke haar nie meer naar nie.

"On-" beteken "nie", dis die negatief van alles, onthou sy juffrou Gouws se stem in die Taalkundeklas. Juffrou Gouws was oud en ongetroud. Sy het nie geweet van die oerdinge in die mens nie.

'n Mens kan ook ongetroud wees en weet van die dinge. Maar dis onaanvaarbaar.

Sy stap verby 'n groep vrolike jongmense wat wyn uit 'n sak drink. Hulle lag en gee die wyn vir die volgende een aan. "Kom vat 'n slukkie saam!" roep hulle van oorkant die straat.

"Miskien 'n volgende keer!" roep sy terug. Haar stem klink vreemd in haar eie ore.

"Happy Christmas!" roep hulle agter haar aan en hou die sak wyn omhoog.

Cheers, dink sy, op die lewe van 'n ongetroude ma en 'n buite-egtelike kind. Want die pa se Lifebouy-lyf, sy klipharde hande en sy stekelrige mond en sy warm oë het nie die volgende jaar Krismis gesien nie.

Gelukkige Kersfees. Vrede op aarde.

Hy het haar tog ook sag gesoen, soms, asof hy lief is vir haar.

Hy het nooit gesê hy is lief vir haar nie. Net, een maal: jy is prag-tig. En: Relax, Christinetjie, niks sal gebeur nie.

Die niks roer ín haar. Onontkombaar. Ontontkenbaar.

Hy het belowe: "Moenie worry nie, ek sal niks oorkom nie, ek sal altyd weer terugkom."

Nog 'n onwaar belofte wat sy vir soetkoek opgeëet het.

Dit bly seer – 'n seer wat 'n hoofpynpoeier of sterk Turkse kof-fie en vreemde, soet koek nie kan wegstreel nie.

Sy kom eindelik, baie later, by die barakke terug. Sy gaan in en trek die deur agter haar toe. Daar is geen ander mens nie.

Sy trek haar skoene uit en gaan sit op haar bed.

Die nag strek lank en donker voor haar uit.

Dan staan sy op en haal die skryfblok onder uit haar trom-mel. Sy dink lank voordat sy begin skryf.

WAAS kamp,
Kaïro.
24 Desember 1942.

Liewe Klara,

Vanaand is Oukersaand.

Ek verlang huis toe, Klara. Ek sal enigiets gee, enige, enige iets, om ook vanaand by julle te wees. By my pa en my ma, by jou, my vriendin, by jou ouers en Boelie. En by De Wet.

Nee, nie by De Wet nie. Ek is te skaam. Die skande is te groot.

Dink jy iemand kan my kom haal, Klara? Asseblief? Sal jy of Boe-lie of my pa tot hier kom en my vind en my huis toe vat? Al kom ons lank na Kersfees daar aan. Want ek verlang huis toe.

Daar is iets wat ek jou moet vertel, Klara. Maar ek kan dit nie so op papier doen nie. Ek wil in jou oë kyk wanneer ek dit sê vir jou. Ek sal dit doen wanneer julle my kom haal.

Of sê vir my pa hy moet toutjies trek om my weer by die huis te kry. Hy kan, ek weet hy kan. Want self, alleen, sal ek nooit weer die huis kan vind nie.

Môre is Kersfees.

Ek staan op die rand van 'n diep, donker stroom, Klara. Ek kan nie anderkant kom nie. Ek het self die brug afgebreek, klip vir klip. Of miskien het ek dit met een felle slag die lug in geblaas.

Die water is te diep, die stroom te sterk.

Dis donker in die nag.

En ek is bang.

      Jou maatjie,

          Christine.

Toe die middernagklokke die eeue oue boodskap oor Kaïro begin beier, skeur sy die brief in 'n duisend stukkies en gooi dit, soos al die vorige kere, in die snippermandjie.

Hoofstuk 19

Die week voordat Henk weer terug moet gaan Johannesburg toe, boer hy daglank saam met Boelie en Antonio by die rivier waar die werkers besig is met uitgrawings. Klara stap saam, maar sy raak gewoonlik gou moeg vir al die teoretiese praatjies en presiese berekeninge en gaan dan terug huis toe.

"Ons moet nou net nie groot reën kry nie," sê Boelie. "Julle het nie 'n idee hoe die Nyl kan afkom wanneer hy die slag wil nie – hy word sommer so 'n donker stroom woedende waters."

"Dit glo ek skaars," glimlag Antonio. "Maar dan, die reën hier by julle is anders; kwaad. Waar ek vandaan kom, reën dit dae aaneen, maar sag, nie so aggressief nie."

"In die Kaap ook," sê Henk. "Dis eers hier in Transvaal waar ek die donderweer leer ken het."

Soms stap De Wet ook saam, maar hy kom gewoonlik gou weer terug. "Daardie drie spreek in vreemde tale," sê hy vir Klara. "Ek is regtig bly ek het nie in daardie rigting geswot nie. Dit is baie vervelig."

"Hulle dink weer jou stowwerige regsboeke is vervelig," sê Klara. "Ek neem gou vir hulle koue lemoenstroop – dis seker baie warm in die son."

Vanjaar se Oujaarspartytjie is in hulle skuur omdat Boelie onder plaasarres is. Vroeg reeds word die skuur uitgevee en die bale word in rye teen die mure gepak vir sitplek.

"Julle maak my voorkamer mooi skoon, nè?" terg Antonio toe hy en Boelie van buite af inkom.

"Julle is net betyds. Kom help ons met die wa," sê De Wet.

Die vier mans sit skouer aan die wiel om die swaar ossewa tot teen die voorste muur te stoot. "Dis die verhoog, vir die orkes," verduidelik Irene vir Antonio.

"Orkes?" vra hy met 'n lag in sy oë.

"Natuurlik, ons gaan tot in die nuwe jaar in dans," sê Irene en tol in die rondte.

"Jy is te klein om te dans," sê Boelie streng. "Wat moet ons nog doen, Ma? Ons kan nie heeldag hier ginnegaap nie, ons moet aangaan by die brug."

"Te klein!" wip Irene haar stert. "Ek is sestien, vir ingeval jy dit nie kan sien nie!"

Skemeraand begin die eerste mense reeds opdaag. Die braaivleisvure brand hoog, elke moontlike tafel op die plaas is skuur toe gedra vir die kos, die lanterns hang aan hake teen die mure. "Nee, geen kerse nie," het hulle pa beslis gesê. "Die gevaar van 'n brand is net te groot."

Oom Daantjie en sy seuns van agter-die-berg is die orkes. "Hulle hou nooit lank nie, dan begin die voggies teen hulle tel," vertel Klara vir Henk. "Maar vroegaand speel hulle baie goed."

"En dan?"

"Dan neem die Kretie en die Pletie oor, soms met minder suksesvolle gevolge," lag sy. "Ons het 'n oom hier wat 'n saag kan speel dat die werfhonde antwoord gee. Maar na die derde lied voel 'n mens lus om by die honde te gaan aansluit."

"En auntie Gertrude wat sing," lê Irene ook 'n eier. "Sy sing seker goed, maar sy sing soort van opera. Dit pas glad nie by 'n Oujaarsdans nie."

"Dan sal ons maar vroegaand baie moet dans," glimlag Henk en kyk na Klara. "En wees gewaarsku: Net ek dans vanaand met jou; ek deel jou met niemand nie."

Klara lag. "Henk, Braam gaan hier wees. Hy dans altyd min-

299

stens een dans met my. En Annabel gaan jou nie uitlos nie. Sy sal aandring daarop dat jy met haar dans."

"Vir haar is ek so bang soos die duiwel vir 'n slypsteen," sê Henk.

"Ja, sy toor met mans," stem Klara saam.

"Sy is 'n heks."

"Ag, nee, Henk, so erg is dit darem nie. Kom help my gou die gemmerbier uitdra."

"Jy is nie 'n man nie," brom hy onderlangs, "jy sal nie weet nie."

Die aand begin 'n lewe van sy eie kry. Al die bure is daar, baie mense van die dorp, selfs twee of drie gesinne van agter-die-berg. Die tantes maak hulle tuis op die bale hooi en proe-proe aan die soetgebak. "Nuwe resep," sê ta' Karolina. "Van my skoonsuster op Gravelotte gekry."

Die ooms maak 'n dampie, praat oor die reent wat ook maar net plek-plek katspoegies maak en proe-proe aan die mampoer. "Maroela," sê oom Fanie, "maar ek eksperimenteer nou met stamvrug."

Die jonger manne staan om die vure en loer na waar die mooi nooiens teen die mure rank, die kinders hardloop uitgelate oor die werf en jaag mekaar deur die skuur, die tieners hang verveeld net buite die ligkring rond.

Die De Vos-familie kom heel laaste aan. Oom Bartel de Vos se groot, swart Buick ry tot naby die skuur. Reinier klim eerste uit. Hy het lank geword, sien Klara. Hy groet vrolik. "Waar is Irene en Persomi?" vra hy.

Persomi? dink Klara verbaas. Persomi sal mos nie op 'n Ou-jaarsdans wees nie?

"Irene is in die kombuis," antwoord sy.

Oom Bartel is 'n lang man met 'n groot stem; almal weet gou hy is daar. Sy vrou dra te veel grimering. Sy sluit haar hovaardig by die ander vroue aan.

Annabel klim laaste uit die motor. Vanaand het sy skyn-baar besluit op die koel beeld: gesofistikeerd, vriendelik, maar amper onaantasbaar – die joernalis, beslis nie die plaasmeisie nie.

Toe die orkes begin speel, is die dansvloer gou vol. Die donkielonge huil, die ooms sakkie-sakkie, boude na agter, rug gekrom soos honger stalkatte, linkerarm aan de pompe, al die pad balke toe. Die tantes hondedraf agterna, die nooientjies wys met die vinger en giggel agter hulle hande. Die jongetjies skraap moed bymekaar, gryp elk 'n rankrosie en skoffel 'n baan oop buite-om die kring, treë gerek, te groot voete woes tollend in die rondte, só dat die nagrosies gilletjies los en moet klou aan hulle waardigheid.

Die orkes kap dit uit: konsertina, pensklavier, viool, vanaand selfs 'n kitaar. Dis 'n wals en 'n kotiljons, dis two step en polka en seties. En hoe vroliker snapsies sak, hoe wilder klim die plesier.

"Antonio noem 'n pensklavier 'n akkordeon," kom vertel Irene blinkoog.

"Ek wens hulle speel 'n tango," sê Annabel bo die rumoer uit.

"Vergeet dit," lag Klara kop agteroor. "Vanaand is dit boeredans dagbreek toe."

"Dis heerlik," lag Henk en gryp Klara om die lyf vir nog 'n Kaapse draai.

"Die orkes begin klaar uitrafel," lag sy toe die liedjie halfpad doodloop. "Nou-nou maar is dit weer oom Klasie op sy saag, of tant Leentjie agter die pensklavier."

Toe sy opkyk, staan Antonio in die deur van die pakkamer. Sy skouer is teen die deurkosyn aangeleun, die een voet is oor die ander. Sy swart hare blink in die lig van die lantern skuins bo hom, sy swart oë is op haar.

Haar hart ruk onverwags en sy kyk dadelik weg.

Toe sy weer kyk, is hy weg.

Maar later sien sy hoe Irene hom wa toe sleep. De Wet staan voor die wa en klap hande, Boelie skree van die kant af: "Daar's hy! Daar's hy! Gooi daar vir ons 'n walsie, Itaai!" en hy hou sy hand na Annabel uit vir die dans.

En gou het die orkes weer nuwe lewe. 'n Rankerige seun, glo oom Gert en tant Susara se jongste – begiftige kind, sê ta' Karlina kopknikkend – neem die konsertina en bly noot vir noot by. En toe een van oom Daantjie van agter-die-berg se seuns weer die viool oorneem, sleep Irene vir Antonio tot op die dansvloer.

Irene raak te groot vir haar skoene, dink Klara onthuts.

Hulle kom eers na twee in die bed. "Dit was 'n wonderlike aand!" sug Irene nadat hulle die kers gesnuit het. "Ek glo nie ek het al ooit 'n Nuwejaarsdans so geniet nie."

Ek behoort met haar te praat oor haar voor op die wa houding, dink Klara, half aan die slaap. Ek moet haar waarsku dat sy nie haarself goedkoop moet maak nie, of soos Annabel moet word nie.

Maar toe sy aan die slaap raak, is dit nie Irene wat met Antonio dans nie. Dit is die prentjie van Antonio met Annabel in sy arms wat deur Klara se drome breek. Hulle dans om en om, twee lang, donker figure, gemaklik, moeiteloos, perfek in pas.

Nuwejaarsdag baie vroeg haal Henk die oggendtrein Johannesburg toe. "Jy sal maar moet slaap op die trein. Jy gaan môre doodmoeg wees as jy moet begin werk," sê Klara bekommerd.

"Die moeg is niks. Ek gaan na jou verlang, Klara," sê hy en hou haar styf teen hom vas.

"Ek is oor drie weke terug in Pretoria," sê sy.

"Ek gaan sommer die eerste naweek al kom kuier," sê hy.

Die trein fluit. Hy klim haastig in en leun ver by die venster uit. "Sien jou oor drie weke!" roep hy toe die trein rukkerig wegtrek.

Terug in die pick-up sê sy vir De Wet: "'n Trein wat vertrek, laat my altyd dink aan Christine. Sy het nogal belowe om te skryf en het ook, aan die begin."

De Wet sê niks, hy skud net sy kop stadig.

Hulle ry in stilte terug plaas toe.

Laatmiddag vou Klara die koerant belangeloos oop. In die

weste van Noord-Afrika woed 'n kwaai stryd tussen die Spilmag-te en die Eerste Leër bestaande hoofsaaklik uit Amerikaanse sol-date, lees sy. In die ooste het die Britse magte reeds die Mareth-linie tussen Libië en Tunisië bereik.

Sy blaai om. 1943 kan 'n rekordjaar wees vir die mielie- en rooivleisprodusente, as gevolg van die lewendige mark wat die oorlog teweeg gebring het, voorspel die hoofartikel. En die suk-sesse op die oorlogsfront behoort aan eerste minister Jan Smuts se Verenigde Party 'n klinkklare oorwinning in die algemene verkiesing later vanjaar te verseker.

Sy vou die koerant toe. Die Vaderland, 30 Desember 1942, staan in vet letters bo-aan die koerant. Regeringspropaganda, sê Boelie elke keer. Sy sit die koerant in die krat langs die Welcome Dover – hoe gouer dit in die vuur beland, hoe beter.

"Ek het vir meneer Pistorius in die dorp raakgeloop, in die Kof-fiehuis," sê Klara se pa toe hy die Dinsdagoggend van die dorp af kom.

"Kan ek vir Pappa koffie skink?" vra Klara.

"Ja, skink maar, dankie," sê haar pa en sit sy hoed op die kombuistafel neer. "Hy sê as Boelie Donderdag ingaan dorp toe, moet jy hom kom sien."

Klara kyk op. "Ek?" vra sy verbaas. "Vir meneer Pistorius? Waaroor, Pappa?"

"Nie gevra nie." Haar pa gooi bietjie van sy koffie in sy piering om af te koel. "Hy het net gevra of jy nou jou graad het en wat jou hoofvakke was." Toe tel hy die piering op en slurp die koffie versigtig na binne.

"Dis vreemd," sê sy. "Dalk soek hy 'n boek of iets. Maar dan sou hy tog gesê het?"

"Hm," sê haar pa en gooi nog 'n bietjie van die warm koffie in sy piering. "O, en Boelie het gesê jy moet koue lemoenstroop rivier toe bring. Nie koffie nie."

Donderdagoggend is Boelie selfs haastiger as gewoonlik. "Die departement se ingenieur kom vandag. Ek gaan net by die po-

303

lisiekantoor aanmeld en onmiddellik weer uitkom plaas toe," waarsku hy.

"Ek sal saam met De Wet inry, dan kry jy my by meneer Pistorius se huis," kry Klara 'n oplossing. "Moet my net nie vergeet nie."

"Bel eers, jy wil tog nie vir ou Pi . . . vir meneer Pistorius in sy slaapmus sien nie," gooi Irene 'n stuiwer in die armbeurs.

Klara lag – Irene het amper haar mond verbygepraat. "Beslis nie," stem sy saam.

In die skoolhoof se studeerkamer vra hy eers uit oor haar familie, oor oom Freddie-hulle en Christine, veral oor De Wet. "Ja, hy sal 'n goeie regsgeleerde maak," sê hy. "Hy was een van die beste hoofseuns wat ons ooit gehad het."

Klara kyk onderlangs op haar horlosie. Boelie ry sweerlik vir haar weg as sy nie voor die hekkie wag nie. "Wou Meneer iets spesifieks met my bespreek?" vra sy versigtig. "Boelie sal nou-nou hier wees om my op te laai."

"Ja, Klara, daar is iets wat ons moet bespreek," sê meneer Pistorius gewigtig en sit sy bril weer op sy neus. Nou lyk hy soos Die Skoolhoof. "Mevrou Reinecke se man is skielik verplaas. Soos jy weet, het sy al die jare Geskiedenis gegee."

"Ja, Meneer," sê Klara. Sy probeer dink waarheen die gesprek kan lei. Irene neem tog nie Geskiedenis as vak nie.

"Die Departement kan nie vir ons 'n Geskiedenisonderwyser op so 'n kort kennisgewing stuur nie."

"Ja, Meneer?"

"Jy is nie dalk lus om Geskiedenis te kom gee nie?" vra hy reguit en kyk na haar oor die rand van sy bril.

"Ék, Meneer?" vra sy verbaas. "Ek het nog nie eens my Onderwysdiploma gedoen nie?"

"Jy kan dit deur die pos doen," sê hy.

Sý, Klara, in haar oud-onderwyseres se skoene? "Meneer, dis onmoontlik; ek kan dit mos nooit doen nie!" sê sy.

Meneer Pistorius haal sy bril van sy neus af en sit dit netjies op die lessenaar voor hom neer. Nou kyk die bril én die skoolhoof albei vir Klara. "Ek dink jy kan, Klara, anders sou ek jou nie gevra het nie. In die jaar dat jy hoofdogter was, het jy bewys dat jy geen dissiplinêre probleme sal ondervind nie. En mevrou Reinecke het al haar aantekeninge en lêers hier gelaat; jy kan voorlopig daaruit werk."

Hy staan op. Die onderhoud is verby. "Dink daaroor, bespreek dit met jou pa en laat my môre weet."

"Goed, Meneer, ek sal dink," sê Klara. Maar sy weet reeds: Dit kan nie gebeur nie, dis net nie moontlik nie.

Op pad terug sê Boelie: "Dis maklik: Jy kan soggens saam met De Wet inry dorp toe en saans saam met hom terugry ook. Irene en Persomi gaan juis ook, dan hoef hulle nie meer kosskool toe te gaan nie."

"Ek is seker dis vir Persomi beter om in die koshuis te bly," sê Klara.

"Sy het self besluit," sê Boelie.

"Ek weet net nie hoe gaan Henk oor die hele skoolhou-idee voel nie," sê Klara onseker.

"Henk?" vra Boelie verbaas. "Hoekom Henk?"

"Boelie! Hy is my kêrel! Ons het beplan om mekaar aankomende jaar darem oor naweke te sien."

"O, dit," sê Boelie.

Hulle ry 'n entjie in stilte. Ek is glad nie reg om voor 'n klas te staan nie, dink Klara. Ek sal nie eens weet waar om te begin nie.

En om pouses saam met haar oudonderwysers in die personeelkamer te sit en tee drink? Sy ril en skud haar kop onwillekeurig – dit kan nooit werk nie.

"Met die geld wat Pa spaar as jy nie teruggaan universiteit toe nie, kan ons dalk die dam begin bou," praat Boelie skielik weer.

"Dis nie nodig om morele druk op my te sit nie, Boelie," vererg Klara haar. "Ek glo nie ek gaan dit doen nie. Ek is nie gereed nie."

"Ek sê maar net," sê Boelie en ry versigtig tot op die smal laagwaterbruggie.

Langs hulle, net tien tree rivieraf, is Antonio en die werkers besig by die uitgrawings, die eerste houtstellasies is reeds in plek. "Dit lyk darem nie asof die ingenieur al hier is nie," sê Boelie en hou stil. "Ek klim hier uit. Neem die pick-up terug waenhuis toe."

"Ag, Boelie, jy weet goed ek kan nie bestuur nie," raas Klara kwaad. Boelie dink sowaar net aan homself.

"Dan moet jy leer," sê hy onsimpatiek. "Wag dan maar hier."

"Ons staan in die middel van die pad, in die middel van die brug! Ons versper die hele pad!" roep sy agterna.

"Ek kom nou!" roep hy na agter terug.

Maar dit is nie Boelie wat minute later langs haar inklim nie, dis Antonio. "Ek moet gaan instrumente haal," verduidelik hy op Engels. "Jou broer het gesê ek moet ook sommer vir jou verduidelik hoe 'n mens die ding dryf – hy sê jy is so 'n hardekwas, jy sal nie na hom luister nie."

Sy voel hoe die ergerlikheid in haar opstaan – Boelie het werklik die vermoë om haar siedend kwaad te maak. Verbeel jou, hardekwas! Komende van hom!

Sy draai woedend na die vreemdeling, maar toe sy in die twee tergende pikswart oë vaskyk, draai sy vinnig weer haar kop vorentoe. Vir Boelie sal sy gryp as hy later huis toe kom.

Soos hy wegtrek, verduidelik Antonio van die koppelaar wat stadig gelos moet word terwyl die brandstof stadig getrap moet word. Sy luister aspris nie; sy sal De Wet vra om haar te leer bestuur.

"Are you listening?"

"No," sê sy kortaf.

Hulle ry stadig bultop na die waenhuis agter die opstal.

Toe hulle stilhou, draai hy na haar en sê: "Klara, please don't hold me responsible for the war."

Sy kyk hom verbaas aan. Het hy haar vyandigheid so duidelik aangevoel? "Ek weet jy was nie verantwoordelik vir die oorlog nie, Antonio."

"But?"

"Maar jy het die uniform gedra van die mense wat my vriend doodgeskiet het. Hy kon iets van sy lewe gemaak het. Toe skiet julle hom dood by El Alamein."

Hy knik stadig. Hy kyk reguit na haar toe hy antwoord: "Dis lande wat teen mekaar veg; dis nie een mens wat 'n ander doodskiet nie."

"Dit is 'n méns wat die sneller getrek het," sê sy kwaad. "Gerbrand móés by die weermag aansluit, hy het die geld nodig gehad. Maar jý," sy word al kwater, "jý het jou studie, waarvoor jou pa waarskynlik duur moes betaal, opgeskop en weggedros oorlog toe – sekerlik agter die avontuur aan." Sy pluk die pickup se deur oop. "Moenie eens met my praat oor die oorlog nie!" sê sy en slaan die deur hard agter haar toe.

Sy is so ontsteld, sy vertel nie eens vir haar ma van die hoof se aanbod nie.

Sy wens Henk was hier; sy wil met hom gesels.

Sy pluk haar skryfblok uit en begin vir hom 'n lang brief skryf. Maar toe sy die brief weer deurlees, besef sy dat sy glad nie die hoof se aanbod aan hom genoem het nie. Die brief gaan oor die sinnelose oorlog, oor haar pa en oupa wat gedurig met mekaar verskil, oor Boelie wat moes kamp toe gaan en steeds soos 'n krimineel twee maal per week by die polisie moet gaan aanmeld, oor die vreemdeling wat saans saam met hulle aan die etenstafel sit, die katoliek wat stil sit en luister as hulle saans huisgodsdiens hou. En oor Gerbrand wat doodgeskiet is voordat hy iets van sy lewe kon maak.

Veral oor Gerbrand.

Toe skeur sy die brief op en gooi dit in die snippermandjie.

Die aand toe hulle na ete buite op die stoep sit, bespreek sy die saak met haar pa. "Dit sal baie geld spaar as jy nie teruggaan nie," knik hy en klop sy pyp teen sy skoensool uit. "So tussen die droogte en die oorlog deur moet ons maar knyp waar ons kan."

Is dit al waaroor haar pa bekommerd is, die geld? dink sy teleurgesteld.

"Dit sal lekker wees as jy weer terug is in die huis," sê haar ma. "Dit was van die begin af onnodig vir jou om weg te gaan."

"Ek sou nie vir Henk ontmoet het as ek hier gebly het nie," herinner Klara haar ma.

"Ek gaan net nie vir jou 'Juffrou' sê nie," waarsku Irene.

Eers toe hulle laatnag alleen op die stoep sit, vra De Wet: "Klara, hoe voel jy? Wil jy gaan skoolhou?"

"Ek weet nie," sê sy. "Ek is baie onseker oor die hele ding, maar dan hoef ek ten minste nie terug te gaan en alleen saam met aunt Maggie en Die Portret te gaan woon nie. En ek kan oor die pos klaar studeer." Sy dink 'n oomblik. "Ek weet nie wat gaan Henk sê as ek nie terugkom nie."

"Dis op die ou end jou besluit, Klara."

In die halfdonker skud sy haar kop. "Nie regtig nie. Pa het klaar besluit. En Boelie bou al 'n dam met die geld wat Pa spaar."

Die volgende aand bel sy na die losieshuis waar Henk nou woon. Sy wag tot na ete dat almal op die stoep is – so het sy darem 'n bietjie meer privaatheid. Sy tel die gehoorstuk van die mikkie af. "Is die lyn besig?" vra sy.

Toe daar net 'n suising aan die ander kant is, plaas sy weer die gehoorstuk in sy mikkie terug en draai die slingertjie vinnig in die rondte. Een lang lui is vir die sentrale.

Geen reaksie. Henk gaan beslis nie tevrede wees met die feit dat sy nie terugkom nie, dink sy terwyl sy die slingertjie weer draai.

"Nommer assebie-ief?" kom die operateur se skel stemmetjie oor die draad.

"Johannesburg, 30851, asseblief," sê sy.

"Hang aan, assebie-ie-ief."

Sy hoor die telefoon in die losieshuis lui en lui. "Geen antwoord," sê die operateur en sny haar af.

Klara sug en draai weer die slingertjie. Geen reaksie. Sy probeer weer. Sy hoor duidelik hoe iemand 'n telefoon optel, maar niemand praat nie. Seker weer auntie Anne; sy luister gereeld in wanneer mense bel. "Die lyn is besig," sê Klara so streng moontlik. Die telefoon aan die ander kant word nie neergesit nie.

"Nommer asseblie-ie-ief?" sê die operateur skielik.

"Johannesburg, 30851, asseblief," sê Klara. "Maar jy moet lank lui, daar ís mense, dis 'n lo. . ."

"Hang aan, asseblie-ie-ief. Nee, jammer ons het nie nou 'n oop lyn Johannesburg toe nie. Ek sal terugbel."

"Hoe lank gaan . . .?" Maar die operateur het reeds die verbinding afgesny.

"Reggekom?" vra haar ma toe sy uitloop stoep toe.

"Nee, Mamma, die sentrale sal terugbel. En haar taalgebruik is skokkend."

"Vloek sy?" vra Irene grootoog, byna gretig.

"Nee, sy hang aan."

"Jy moet maar opvolg. Hulle vergeet maklik van jou oproep," waarsku De Wet.

Na byna 'n uur en nog twee probeerslae sê die operateur: "Hang aan, ons het 'n lyn."

Die telefoon lui en lui. "Geen antwoord," sê die operateur en sny haar af.

"Dis onmoontlik om te bel," sê Klara moedeloos toe sy weer uitloop stoep toe. Nog net haar twee broers is daar. Haar ouers het reeds gaan inkruip en Irene speel klavier.

"Nou vir wat wil jy so dringend met Henk praat?" vra Boelie.

"Ek wil vir hom sê ek kom nie terug Pretoria toe nie," verduidelik Klara.

"Vir wat?"

"Ag, Boelie! Hy verwag my mos. Ek dink hy gaan nogal ontevrede wees as ek nie kom nie."

"O," sê Boelie en skud sy kop.

En toe Klara eindelik, meer as drie dae nadat sy met die skoolhoof gefinaliseer het, vir Henk op die lyn kry, is hy meer as net ontevrede. "Hoe kon jy jou besluit sommer so geneem het, sonder om dit eers met my te bespreek?" vra hy vies.

Sy hoor duidelik hoe iemand die telefoon optel. "Ek het nie werklik die besluit geneem nie, Henk. Dit is grootliks vir my geneem. Ek wil dit nie nou met jou bespreek nie, so 'n plaaslyn is nie baie privaat nie. Ek sal . . ."

"Ag, onsin, Klara! 'n Mens het altyd 'n keuse!"

"En ek het jou probeer bel, Henk. Maar . . ."

"Hoe moeilik kan dit wees om te bel?" vra hy kwaad. "'n Mens tel net die gehoorbuis op en gee die nommer, die sentrale doen die res."

"Luister, kan ons later hieroor praat, iemand . . ."

"Nee, Klara, ek wil nóú agter die kap van die byl kom. Heg jy so min waarde aan . . ."

Sy kan behoorlik hóór hoe lekker die derde persoon op die lyn inluister.

"Ek sal vir jou 'n brief skryf en verduidelik, Henk," sê sy kalm, "ek gaan dit nie nou bespreek nie. Goeienag." Sy sit die gehoor-buis saggies terug op die mikkie.

Die volgende oggend vroeg lui die foon. "Klara! Dis Henk!" roep haar pa gangaf.

"Vertel my nou rustig en kalm van jou besluit," oorspan sy bekende stem die 150 myl tussen hulle.

Sy probeer verduidelik, die lyn krap-krap. Hy bly iesegrimmig en vra vrae waaroor sy nooit gedink het nie. "Drie minute om," sê die operateur. Henk gooi nog geld in. Klara hoor hoe iemand begin inluister. Henk gooi weer geld in, en weer.

"Jy kan mos kom kuier, Henk." probeer sy paai.

"Ek sal 'n jaar se petrolkoepons opgebruik om Bosveld toe te ry," sê hy.

"Maar jy kan met die trein kom, soos jy Kerstyd gedoen het."

"Wanneer?" vra hy moedswillig. "'n Naweek is hopeloos te kort."

"Kom vir die Paasnaweek."

Hy steun aan die ander kant van die lyn. "Klara, dis eers oor drie maande! Ek verlang na jou, kan jy nie verstaan nie? Hemel, meisiekind, ek verlang elke dag na jou."

Haar hart word warm. "Ek verlang ook, Henk. Maar ek sal skryf, ek belowe. Ek sal sommer vandag al begin."

Toe sy deurstap kombuis toe, vra De Wet: "Is dit nou reg met Henk?"

"Ja, wel, soort van," sê Klara en skink vir hulle elkeen 'n koppie koffie. "En auntie Anne of wie ook al het weer op 'n lekker vervolgverhaal ingeluister."

Die eerste skooldag ry hulle baie vroeg al dorp toe. "Gebruik die Daimler," het haar oupa aangebied toe De Wet moes begin in die prokureurskantoor, "maar jy bestuur stárag, kêrel."

Klara sit voor langs De Wet, Irene en Persomi sit op die agtersitplek. "Sou dit nie vir Persomi beter gewees het om in die koshuis te bly nie?" het Klara gisteraand gevra toe hulle na ete op die stoep sit. "Ek is seker sy kan beter studeer daar, en sy sal beslis beter kos kry."

"Tannie Jemima is nie gesond nie. Persomi moet na haar omsien," antwoord haar ma.

"Nou waar is Hannapat dan?"

"Gaan werk soek," antwoord Boelie, "in Johannesburg. Sy's hier weg saam met Piet, hy het glo 'contacts'."

"Maar . . . Persomi kan tog nie haar lewe lank na haar ma omsien nie! Sy is 'n slim meisie, sy moet . . ."

"Dis wat sy besluit het," knip Boelie haar kortaf kort.

Klara draai na hom. "Hoe weet jy, Boelie?" vra sy kwaad. "Hoe weet jy sy is nie net daarin geforseer nie?"

"Ek het met haar gepraat," sê Boelie en staan op. "Ek gaan in; die muskiete vreet my op."

In haar skoolklere lyk Persomi vanoggend soos al die ander kinders. Geen mens sou kon raai sy het die nag op 'n kaal matras in 'n bouvallige bywonershuisie geslaap nie, of dat sy vanoggend eers moes gaan water skep uit die rivier om haar gesig te was nie.

"Sterkte," sê De Wet toe hy hulle voor die skoolhek aflaai.

"Ek gaan dit nodig hê," sê Klara benoud.

Toe die vorm IV's instap vir Geskiedenis, merk Klara haar dadelik op. Sy loop met haar oë op die grond tot heel agter in die klas en skuif in die bank. Ook Reinier, Annabel se broer, loop in, maar hy het 'n breë glimlag op sy gesig. "Môre, Juffrou," groet hy vriendelik en skuif in die bank langs Persomi.

Persomi kyk steeds nie op nie en skuif net haar boeke eenkant toe om vir hom plek te maak.

Aan die einde van die eerste skooldag is Klara gedaan. "Ek gaan dit nooit maak nie, Broer!" sê sy moedeloos vir De Wet. "Ek moes nooit meneer Pistorius se aanbod aanvaar het nie. Ek het nie 'n idee wat ek doen nie."

"Ek het na die eerste dag ook so gevoel, onthou jy?" sê hy. "Gee jouself 'n week of twee tyd, dan is dit sommer kinderspeletjies."

Klara begin lag. "Meneer Ervaring, hoe lank werk jy al?"

"Diep in die twee weke," sê hy selfversekerd, "daarom weet ek."

Daardie aand skryf sy vir Henk 'n lang brief om alles te vertel. Sy sluit af met:

Dis lekker om so met jou te gesels, Henk. Ek sien uit na die Paasnaweek wanneer jy kom kuier.
    Beste groete,
        Jou vriendin,
            Klara.

Nee, dink sy, dit klink te onpersoonlik. Immers, 'n mens soen nie 'n vriendin soos wat Henk haar soen nie.

Sy skryf die laaste bladsy van die brief versigtig weer oor en sluit af met:

Beste groete,
    Jou meisie,
        Klara.

Sy wonder lank of sy 'n soentjie onderaan sal maak – dalk drie. Maar sy besluit daarteen; dit sal grens aan goedkoop wees. Dalk, as Henk terugskryf en eerste soentjies maak . . .

Toe plak sy die brief toe en sit dit in die possak om die volgende dag gepos te word.

Saans eet Antonio saam met hulle aan tafel. Hy is besig om verskeie Afrikaanse woorde vinnig aan te leer sodat hy hulle gesprekke al redelik begin volg. "Hy kom op 'n manier ook reg met die werkers," vertel Boelie. "Hy kan die basiese opdragte al in Afrikaans gee."

Vir die huisgodsdiens na ete bring hy sy eie Bybel en volg die voorlesing in sy taal. "Dis vreemd," sê haar ma, "hy is tog Rooms-Katoliek?"

"Hulle gebruik dieselfde Bybel as ons, Ma," sê Boelie.

"Nee, ek glo nie," sê haar ma. "Hulle is nie Christene nie."

Boelie se mond val oop. "Ma! Natuurlik is hulle Christene!"

"Hulle glo aan Christus, net soos ons, Ma," probeer De Wet haar verseker.

"Nee, hulle glo aan Maria," stry hulle ma. "Hulle maak gesnede beelde van haar en dan bid hulle vir haar."

"Hulle het net ander gebruike as ons, Mamma," sê Klara, "maar hulle glo basies dieselfde as ons."

"Nee, daar is julle totaal verkeerd; julle ma is reg," sê hulle pa beslis. "En dit is juis die gevaar: die Roomse mense is op 'n totale dwaalspoor, en deur hulle mooipraatjies probeer hulle onse mense ook verlei."

Die aand in die bed sê Irene: "Ons beter oppas vir Antonio. Hy is deel van die 'Roomse Gevaar'."

Klara hoor die lag in haar stem. "Mamma en Pa is baie ernstig daaroor," maan sy, "ons moenie spot nie."

"Ag, Klara, jy is regtig 'n ou vrou," wip Irene haar en draai op haar ander sy.

Die volgende aand hou Klara vir Antonio onderlangs dop.

Sy kop is afgebuig oor sy Bybel, by sekere woorde knik sy kop effens, instemmend.

Dan kyk hy skielik op, reg in haar oë.

Sy kyk onmiddellik af en voel hoe die verleentheid rooi teen haar nek opkruip.

Toe Irene agter die traporreltjie inskuif, neurie hy die nou reeds bekende wysie saggies saam. Klara kyk nie weer na hom nie.

Na ete skuif De Wet agter die klavier in en begin sag speel. "Ek het nie geweet jy speel klavier nie," sê Antonio verras.

"Ons speel almal. Irene speel net die beste," sê De Wet en voel-voel sy pad oop deur die melodie.

"En Klara sing die beste," sê Irene. "Vat hom liewer in C, De Wet, dis makliker."

"Ag, ek sing maar net vir die lekker," sê Klara effens verleë.

"Dis waarom ons almal musiek maak," sê Antonio en staan op. Minute later kom hy terug met die vioolkas. "Wat speel ons?" vra hy vrolik vir De Wet.

Die volgende Vrydag bring Irene 'n hele pak musiekboeke van die skool af. "By juffrou Mentz geleen," sê sy. "Hierdie naweek gaan ons lekker musiek maak."

Antonio keer met sy twee hande. "Ek is nie so goed met blad-lees nie," waarsku hy met 'n glimlag.

"Ek dog alle Italiaanse kinders leer musiek," troef Irene. "Jy het gesê dis van kleins af een van julle skoolvakke."

"Maar 'n mens verleer as jy nie in oefening bly nie," sê Antonio.

"Buitendien, jy kan die woorde lees, ons gaan sing ook," sê Irene beslis. "Boelie, gaan haal jou kitaar. Vanaand oefen ons, môreaand hou ons groot konsert – ons skop sommer vir *U eie keuse* uit sy nommer 1-plek op die voorkeurlys!"

Daardie aand, in die donker van hulle kamer, sê Irene vertroulik: "Klara, kan ek vir jou iets vertel?"

"Hm?" Die donker vou sag om Klara, die reuk van die kers wat pas gesnuit is, sweef soet oor haar, die week se moegheid kom lê tevrede in haar lyf.

"Luister jy?"

"Hm." Die slaap sypel deur haar neus in en sprei behaaglik tot in haar tone.

"Klara, ek dink ek is . . . verlief op Antonio."

Die skok ruk haar helder wakker. "Irene! Is jy gek?"

"Nee, malverlief," sê Irene droomverlore.

Klara sit regop in haar bed. "Jy kan nie ernstig wees nie!" sê sy onthuts.

"Ek is," sug Irene. "Hy is álles wat ek in 'n man wil hê."

"Irene, jy is 'n kind, die man is . . . oud genoeg om jou pa te wees!"

"Moenie laf wees nie, Klara," sê Irene beslis. "Hy is so oud soos Boelie en De Wet; dis ses of sewe jaar ouer as ek. Oupa is ágt jaar ouer as Ouma. En Ouma was jonger as ek toe sy met Oupa getroud is."

"Tye het verander, heeltemal," sê Klara en lê terug op haar kussing. "Buitendien, hy is 'n uitlander."

"En deel van die Roomse Gevaar," sê Irene dramaties. "Hoe opwindend, hoe gevaarlik."

"Irene, jy is ligsinnig en hopeloos te jonk vir sulke muisnes-stories," sê Klara.

Dis lank stil, dan sê Irene: "Ek is jammer ek het jou vertel. Ek wou dit maar net met my suster deel. Maar jy is meer onderwy-seres as suster."

Toe draai sy haar rug op Klara en raak oënskynlik aan die slaap.

Maar laatnag hoor Klara haar tog opstaan om te gaan water drink.

Ook Klara lê doodstil in haar bed. Die lekkerte van die vaak het totaal verdamp.

Want eintlik verstaan sy. Want ook sy het geluister na sy ryk stem wanneer hulle sing. Want ook sy het die lag in sy swart oë gesien, die pret in sy lyf aangevoel. Want sy het openlik vir hom sit en kyk toe hy en Irene 'n vrolike duet speel: Dit het wilder en wilder geword, vinniger en vinniger sodat Antonio se hare later

315

op sy voorkop gehang en Irene se wange rooi gegloei het. En hulle het gelag, meer en meer, en mekaar gejaag om vinniger te speel, tot Antonio laggend sy hande omhoog gehou het.

Want ook sy het sy verlange aangevoel toe hy laatnag Boelie se kitaar optel en vir hulle 'n Italiaanse liefdesliedjie sing.

Hoofstuk 20

Middel Februarie sê De Wet: "Ek lees die Geallieerdes het Rommel se 90ste Ligte Divisie uit Tripoli gedryf. Die Spilmagte moes terugval tot agter die Mareth-linie."

"Die Geallieerdes is besig om ons magte vas te keer," sê Antonio. "Hulle knyptang ons van oos en wes."

Gerbrand het so iets geskryf, dink Klara stil, iets wat Montgomery gesê het – ons magte gaan die Spilmagte slaan vir 'n ses, skoon uit Afrika uit.

Sy kan byna nie meer onthou hoe lyk Gerbrand nie. En sy besit net een foto waarop hy is: die klasfoto toe hulle saam in vorm II was. Sy sit in die voorste ry langs Christine, Gerbrand staan in die agterste ry, 'n sproetgesig met 'n wye glimlag, vasgedruk tussen twee ander borselkopseuns.

Op 5 Maart berig die draadloos dat bloedige gevegte rondom Rommel se laaste offensief, die van Medenine, woed. Twee weke later word Rommel teruggeroep Duitsland toe. "Dit gaan goed met ons magte," sê haar oupa en vryf sy hande tevrede.

In hierdie huis is 'ons magte' 'n baie vloeibare begrip, dink Klara.

"Dit sal goed gaan in die eleksie ook. Jannie Smuts weet wat hy doen," sê haar oupa.

"Dit gaan 'n regte Kakieverkiesing wees," sê Boelie bars.

"Ek het gesê julle praat nie politiek in die huis nie!" waarsku haar ma streng.

317

Daardie aand, toe sy en De Wet alleen op die stoep sit, sê hy: "Ek wonder hoe dit met Christine gaan. Wil jy nie maar weer probeer skryf nie? Dalk beantwoord sy hierdie keer jou brief?"

Die Paasnaweek kom Henk kuier. Aan die begin is hulle bietjie vreemd vir mekaar, maar teen Saterdag is die kameraderie tussen hulle weer terug. "Dalk kan jy aankomende jaar 'n pos in Johannesburg kry," sê Henk.

"Ja, dalk," sê Klara vaag.

In hierdie tyd tree die Suid-Afrikaanse magte onder generaal-majoor Poole toe tot die oorlog in Europa. Hulle vorm 'n onderdeel van die Agtste Britse Leër en die Vyfde Amerikaanse Leër. "Ons veg nou in Italië, teen Antonio se mense," sê Klara vir Henk. "Ek wonder hoe voel hy daaroor?"

"Hy behoort te weet dat die Afrikaner teen die regering se deelname aan die oorlog is," antwoord Henk. "Hy en Boelie praat baie politiek."

"Ek het nie geweet nie," sê Klara verbaas.

"Wel, Boelie praat, Antonio luister en neem soms deel."

"Boelie mag glad nie politiek praat nie," sê Klara ontsteld. "Dis deel van die voorwaardes waaronder hy onder plaasarres is."

"Die mans in hierdie huis praat gedurig politiek. Niemand kan 'n mens keer om dinge met jou huismense te bespreek nie."

"Ek weet," sê Klara, "maar Antonio is 'n vreemdeling."

"Nie regtig nie," sê Henk. "Hy is maande al deel van die huismense."

"Jy moet regtig toestemming probeer kry om vir die dorpspan rugby te speel," sê De Wet een Saterdagaand kort na die Paasnaweek vir Boelie. "Ons het 'n redelike span, maar ons kort 'n agsteman. En eintlik nog 'n vleuel ook."

"Dalk kan oom Freddie help om die permissie te kry. Hy het kontakte op die regte plekke," sê hulle pa.

"Ek vra oom Freddie niks. Nog minder vra ek hierdie Kakieregering enige guns," sê Boelie bars.

"Wanneer speel julle julle eerste wedstryd?" probeer Klara die situasie ontlont.

"Saterdag oor twee weke," antwoord De Wet. "Teen Potties, nogal."

"Ek is glad nie gelukkig dat julle weer begin rugby speel nie," sê hulle ma. "Dis net 'n resep vir seerkry."

"What is rugby?" vra Antonio.

"It's a game where men kick the ball," antwoord Irene.

"Like . . . soccer?"

"Ja," sê Irene, "soos sokker."

"Nee, nie regtig nie," sê De Wet.

"Ek sal verkies dat julle nié speel nie, De Wet," sê hulle ma. "Julle is nou . . ."

"Dis heeltemal anders as sokker," sê Boelie en sit sy mes en vurk neer. Die volgende vyf minute kry Antonio – en die res van die familie – 'n hele lesing oor die wese en reëls van rugby.

"Nou weet ek ook vir die eerste keer wat aangaan," sê Irene. "Niemand verduidelik my mos nooit niks."

"Ek gaan koffie maak," sê Klara en staan op.

"I will carry the tray," sê Antonio en staan ook op.

"Ek sê nog steeds . . ." begin hulle ma.

In die kombuis sê Klara: "Dis nie nodig nie, dankie, Antonio. Ek dra al jare self die skinkbord." Sy praat aspris Afrikaans – dis haar huis; sy sal praat wat sy wil.

Hy glimlag stadig en skud sy kop. "Klara," sê hy net en gaan sit skuins op die hoek van die kombuistafel.

Sy gooi 'n bietjie melk in 'n kastrol en sit dit op die Welcome Dover. "As jy op die tafel sit, gaan jy nie 'n vrou kry nie," waarsku sy met haar rug na hom toe.

"Come again?"

Maar sy verduidelik nie – laat hom maar bietjie wonder. Sy vou die net wat Lena oor die skinkbord gegooi het, netjies op en sit dit op sy plek in die laaitjie. "Wat kyk jy so?" vra sy geïrriteerd.

Hy begin lag. "You are worse than Boelie this evening."

Sy gooi die warm melk in die melkbeker. Sý, erger as Bóélie! Verbeel jou! Sy tel die koffieketel van die stoof af. Arrogante uitlander! Sy skink die sewe koppies vol koffie. "Nou maak jou dan handig," sê sy en stap met 'n reguit rug voorkamer toe.

Die draadloos is reeds gekoppel aan die groot battery op die vloer onder die tafeltjie. Boelie sit reg by die draadloos en soek die stasie. Haar ma sit op die bank, 'n stukkie breiwerk in die hand, haar pa op sy gewone stoel langs die deur, Irene op die mat met die honde, De Wet langbeen uitgestrek diep in 'n gemakstoel. Klara gaan sit langs haar ma op die bank. Antonio hou die skinkbord vir almal.

"Jy moet nou rustig raak, Dapper. *U eie keuse* gaan nou begin," sê Irene en streel oor die hondjie se opgewonde lyfie.

Haar ouma en oupa het nie vanaand oorgestap om saam te kom luister nie. Dis te koud vir haar oupa buite. Hy is weer nie gesond nie.

Klara sit agteroor en luister. Die meesleurende melodie van "Liebestraum" laat haar stadig ontspan, die bekendheid van "Eine kleine Nachtmuzik" streel haar irritasie weg. Sy weet nie waarom sy vanaand weer so dwars voel nie. Sy maak haar oë toe en leef haar in die musiek in.

Wanneer sy haar oë oopmaak, kyk sy reg teen Antonio vas, aan die ander kant van die vertrek. Sy oë is ook toe, sy gesig is ontspanne, daar is 'n trek van 'n glimlag om sy mond. Sy kop beweeg baie effens sodat 'n mens dit byna nie kan sien nie.

Dan maak hy sy swart oë oop en kyk reguit vir haar. 'Beautiful', vorm sy lippe klankloos die woord. Sy knik instemmend. 'Beautiful', vorm haar lippe die woord voordat sy wegkyk.

"Ek het vir jou die nodige vorm gekry en ingevul; jy hoef net te teken," sê De Wet toe hulle Maandagmiddag van die werk af kom.

"Watse vorm?" vra Boelie.

"Om rugby te speel," sê De Wet kalm, "om toestemming te kry dat jy Woensdagmiddae kan oefen en Saterdae wedstryde kan speel."

Boelie kyk hom skepties aan. "Ek dog jy werk Woensdagmiddae?" vra hy dwars.

"Spesiale toestemming gekry by oom Bartel," sê De Wet ongestoord, "hy is rugbymal. Hy is buitendien nie Woensdagmiddae op kantoor nie; hy speel gholf."

Boelie frons steeds en kyk die vorm vyandig aan. "Agtsteman, sê jy?"

"Teken net hier," beduie De Wet, "en jy draf Woensdag weer op die veld."

"Nou gee dan tog maar," gee Boelie bes.

Die aand sê Klara vir De Wet: "Jy kry ook maar altyd wat jy wil hê, nè?"

Hy skud sy kop effens. "Nie altyd nie, Klara," sê hy. "Hoe vorder jy met jou studie?"

"Sleg," sê sy moedeloos. "Ek het soveel voorbereiding en nasienwerk, dat ek nie by my eie boeke uitkom nie. En ek skryf oor 'n maand eksamen."

"Skrif-en-bord kan darem nie te moeilik wees nie?" merk hy tergerig op.

"Dis die Fundamentele Pedagogiek en die Opvoedkundige Sielkunde wat die probleem is," sê sy.

"Hm," sê hy, "klink gewigtig. Jy sal maar minder briewe Johannesburg toe moet skryf en meer moet leer."

Die Woensdagaand na die eerste oefening is Boelie vuur en vlam. "Party van die ballies is al effens oud," sê hy, "maar daar is 'n paar sterk boerboele tussen hulle. Ons kort regtig net nog 'n vleuel. Ou Petrus blaas soos 'n os as hy twintig tree gehardloop het."

"Of soos 'n stoomtrein," sê De Wet. "Dis van pypstook dat hy so kortasem is. Hy is nog redelik vinnig."

Skielik kyk Boelie vir Antonio. "Watter posisie het jy gespeel in sokker?" vra hy.

"Sorry?"

"What position did you play?" vertaal Irene.

"In sokker? Wing. Vlerk," sê Antonio.

"Vleuel!" sê Boelie triomfantlik.

"Vleuel?" vra Antonio verward.

"Daar is 'n groot verskil tussen sokker en rugby," sê De Wet met 'n effense frons.

"Jy kan hom leer, jy ken al die kunsies en jy speel al donkie-jare lank vleuel," maak Boelie sy besware af. "Hy is vinnig. Ek het gesien toe ons vir die bul moes weghardloop."

"What do you want me to do?" vra Antonio. "I am Italian, not Spanish, I don't do bull fighting."

"En as sokkerspeler het hy reeds die balvaardigheid." Boelie is so entoesiasties, hy vergeet skoon om te eet. "Hy behoort beslis goed te kan skop."

"'n Sokkerbal is rond," sê hulle pa. "Dis 'n kuns om 'n rugby-bal te skop."

"What must I do?" herhaal Antonio beleefd.

"Dit kan ons hom leer, om te vang ook, soos Pa ons kleintyd geleer het."

"I am not following," waarsku Antonio.

"Jy gaan rugby speel," sê Irene. "Pa gaan jou leer balle vang en skop, De Wet gaan jou leer hoe om vleuel te speel en Boelie gaan jou in die span in boelie."

"O," sê Antonio en kyk bietjie verward na Klara.

"Jy is in vir 'n ding, Italianer," lag sy. "As Boelie eers 'n idee in sy kop gekry het, kry 'n span osse dit nie uitgesleep nie."

"En as hy seerkry?" vra hulle ma. "Hoe verduidelik ons dit aan die departement? Hy is in ons sorg geplaas. En De Wet, móénie so op jou stoel ry nie! Jy gaan jou nek breek, en my stoel."

"Ma, asseblief!" sê Boelie. "Hy kom van die slagveld af!"

"Wie? De Wet?"

"Antonio, Ma!"

"Soos julle rugby speel, is dit gevaarliker as die slagveld," sê hulle ma beslis. "En terwyl ons daaroor praat: Lena was nié julle wit rugbybroeke as julle daarmee oefen nie, daarvoor het julle swart broeke."

"Sjoe, Ma is omtrent op die oorlogspad," merk De Wet versigtig op.

"I really don't know what they are talking about," sê Antonio onderlangs vir Klara, "but I suspect that it involves me."

"Jy moet met jou swart broek aan rugby oefen," sê sy, "anders beland jy voor die vuurpeloton."

"O, goed," sê hy en skud steeds sy kop onbegrypend.

"Julle praat nié politiek in hierdie huis nie," het Klara se ma een aand baie beslis gesê. "Nié aan tafel nie, nié in die voorhuis nie en nié in die kombuis nie."

As sy daardie stemtoon gebruik, weet haar familie: Dis finaal en klaar.

Maar sy het vergeet om die stoep by die verbode areas in te sluit. En soos die herfsaande van 1943 geleidelik koeler word, word die stoeppraatjies al warmer, aldeur vuriger.

"Hans Strijdom en Sylva Moerdyk praat Woensdagaand in die stadsaal," sê De Wet een aand. "Ek gaan beslis luister."

"Moerdyk?" vra Klara. "Dis mos die argitek van die monument. Sou sy familie van hom wees?"

"Hans Strijdom!" sê Boelie. "Daar's nou 'n man met leeuemoed. Ons móét gaan luister."

"Jy gaan onder geen omstandighede op 'n Woensdagaand van die plaas af nie, Boelie," sê hulle pa bitter streng.

"Maar Pa . . ."

"Dis finaal," sê hulle pa. "Jy is onder my toesig onder plaasarres geplaas, dis waar jy bly."

Boelie vlieg op. "Hierdie verdómde Kakieregering!" roep hy sy frustrasie uit en stap woedend by die stoeptrappies af, die donker veld in.

"Moes jy nou weer die politiek ophaal, De Wet?" raas hulle ma. "Julle moet regtig dink voordat julle praat."

Antonio sit stil voor hom en kyk.

"Ek gaan nogtans luister wat hulle te sê het," sê De Wet. "Dis albei goeie sprekers."

"Ek wonder of Sylva Moerdyk familie is van die argitek?" sê Klara weer.

"Ek weet sy is Oswald Pirow se suster," sê De Wet.

Klara frons effens.

"Jy weet, Pirow? Van die Nuwe Orde?" verduidelik De Wet.

"Man, ek weet wie Oswald Pirow is," sê Klara. "Dis net vreemd dat húlle familie is. Haar politieke siening is dan heeltemal anders as syne. Ek dink sy is ook 'n joernalis. Ek het al artikels van haar gelees, in *Die Transvaler.*"

"Ek kan nie glo jy lees steeds daardie koerant nie, Klara," sê hulle pa skielik dwars. "Dit is daardie tipe praatjies en skrywery wat Boelie tot in 'n interneringskamp gelei het."

Klara staar haar pa verstom aan. "Maar, Pappa . . ."

"Hou op met julle ge-'maar Pa'," sê hulle pa.

"Dink Pa nie ons is oud genoeg om ons eie opinies te vorm nie?" vra De Wet rustig.

"Ek gaan slaap," sê Irene. "Julle baklei tog net. Dis nie lekker hier op die stoep nie."

"De Wet, ek kan regtig nie Woensdagaand saam met jou gaan nie," het Klara die Maandag al begin protesteer. "Jy weet nie hoeveel werk het ek nie. En ek stel tog nie soveel in die politiek belang nie."

"Dan is dit hoog tyd dat jy begin belangstel," antwoord hy onverstoord.

"Man, ek stel genoeg belang en ek weet wat aangaan. Ek lees my koerante," sê Klara vererg. "Jy wil net weer gaan skoorsoek."

De Wet lag. "Nee, suster, ek soek g'n moeilikheid nie, net bietjie lewe. Die vonke gaan spat by daardie vergadering, hoor wat ek vir jou sê. Hierdie distrik is besig om vlam te vat, die jongmense sluit al meer by die HNP aan."

"Ek sal saam met jou gaan, De Wet," sê Irene. "Wat is HNP?"

"Herenigde Nasionale Party. En jy kan nie saamgaan nie. Dis nie 'n plek vir kinders nie."

Toe vererg Irene haar bloedrooi. "Ek is nié meer 'n kind nie! En ek sál ook nou nie meer saam met jou gaan nie, selfs al smeek jy my. Gaan alleen; ek hoop jy geniet dit. Alléén."

"Sjoe!" sê De Wet toe sy wegstap, "Haar man sal eendag hare op sy tande moet hê."

"Ek sal seker maar saamgaan," gee Klara halfhartig toe.

"And I would like to join you," sê Antonio van die kant af.

"Ja, Italianer, jy verstaan ook al alles, nè?" sê De Wet.

"En ek ook praat," knik Antonio selfversekerd.

"Ek praat ook," korrigeer Klara outomaties.

Die stadsaal is halfvol toe hulle daar aankom – nie stampvol soos met VP-vergaderings nie. Maar die mense is opgewonde, vol vuur vir Die Saak. Hulle bespreek die naderende verkiesing, Hans Strijdom wat so opgang maak, die redakteur van *Die Transvaler*, Verwoerd, se reguit artikels en die politieke skrywer, Anton E. Malga, se skerp insig.

Stiptelik sewe-uur klop die voorsitter, oom Karel van Biesiesvlei, op die tafel voor hom. Hy open met Skriflesing en gebed en heet almal welkom. Toe volg al die prosedures: notules, verskonings, finansiële verslae. "Dis vervelig," fluister Klara vir De Wet.

"Wees geduldig, die hoofspreker gaan nou aan die woord kom," sê De Wet.

Eindelik staan Hans Strijdom op. Hy is van gemiddelde lengte, met 'n reguit neus en donker oë wat 'n barshou kyk.

Hy begin deur die Christelik-Nasionale beginsels van die Herenigde Nasionale Party te skets, hoe hulle streef na 'n republiek onafhanklik van die Britse Kroon, hoe hulle veg vir gelyke bevoorregting van die Afrikaanse taal en Afrikanerkultuur. "Ons plaas nie die Britse Gemenebes eerste soos Smuts nie, ook nie die ganse Suid-Afrika soos die Hertzogiete gedoen het nie," sê Strijdom en vee die sweet van sy voorkop af. Dis warm, dit word al meer benoud in die bedompige stadsaal. "Ons plaas die Afrikaner eerste!"

"Hoor-hoor!" skree die gehoor.

"Dis vervelig," waarsku Klara. "Waar's jou vonke wat gaan spat?"

"Wees geduldig," sê De Wet.

Advokaat Hans Strijdom lig sy hand in die lug, wysvinger na bo, en praat. Hy beduie met albei hande, hy bal sy vuis, hy slaan plathand op die tafel, en hy práát.

"Hoor-hoor!" en "Vrystaa-aat!" skree die gehoor.

"Verstaan jy wat die man sê?" vra Klara vir Antonio wat aan die ander kant langs haar sit.

"Nie 'n woord nie," sê hy, "en tog verstaan ek alles. Ek kon net sowel by 'n politieke vergadering in die Universiteitsaal van Turyn gewees het, dis presies dieselfde."

"Was jy by politieke vergaderings in Italië?" vra sy.

"By 'n paar, ja."

Toe kom Sylva Moerdyk aan die woord. Sy is 'n klein vroutjie, fyn, geklee in 'n donkerblou snyerspakkie en dienlike skoene. Sy praat met 'n verrassende sterk stem.

"Dit doen my hart goed om soveel vroue in die gehoor te sien," begin sy en kyk met haar blou oë reguit na die massa mense voor haar. "Vyftig persent van ons kieserskorps is vroue. Die Afrikanervrou is iemand wat vir haarself dink, wat meer as 'n eeu gelede die besluit kon neem om kaalvoet oor die Drakensberg te stap eerder as om onder die Britse vlag te staan, wat haar kinders binne die Christelik-Nasionale beginsels van die Afrikaner opvoed."

Sy praat sterk, oortuigend, warm. "Ek hoor sy is 'n regte vuurvreter," sê die man agter Klara vir sy maat.

"Die Herenigde Nasionale Party plaas die Afrikanergesin eerste – ons sou nooit die Britse imperialiste gehelp het teen 'n volk wat ons tydens ons donkerste ure van 1899 tot 1902 bygestaan het nie. Ons sou nooit ons seuns instuur om aan die kant van Engeland te veg teen Duitsland nie!"

"Hoor-hoor!" skree en juig die gehoor.

"Ons sou nooit Boerebloed vergiet om die Britse Empire te help bou nie!"

Anderkant Pontenilo

Gerbrand, dink Klara.

"Loop die pad van Suid-Afrika nou skielik deur Egipte en Italië tot in Engeland?" vra die spreekster vurig.

"Nou gee sy hulle hel," sê die man agter Klara.

"Stuur die Kakies in hulle peetjie in!" skree 'n fris tante met 'n groot hoed skeef op haar kop.

"Gee die Kakies op hulle herrie!" skril 'n ander een.

"Hoor-hoor!" en "Vierkleur bo!" skree die gehoor. Agter in die saal begin 'n groep sing: "Kent gij dat volk . . ."

Maar die fyn vroutjie op die verhoog hou haar hand op om die mense vir eers stil te maak.

"Maar erger nog, dames en here, is ons Afrikanerseuns, ons Afrikanermans wat deur ons Brits-Joodse goewerment geïnterneer word omdat hulle staan by hulle beginsels!"

Boelie, dink Klara.

"Hoor-hoor!" brul die gehoor woedend.

"Waarom moet die koning van Engeland ook die koning van Suid-Afrika wees?" vra sy. "Waarom moet sý kop op ons muntstukke wees, sy gesig op ons posseëls? Waarom moet hý die een wees vir wie God moet red na elke bioskoopvertoning?"

Die gehoor begin lewe, asof iemand 'n hondsdol jakkals skielik tussen hulle losgelaat het.

"Ek sal vir u die antwoord gee, menere," sê die sterk stem agter die vurige blou oë. "Dis omdat generaal Jannie Smuts glo dat die son nooit sak oor die Britse Empire nie."

Links, naby een van die sydeure, staan 'n groot man op. Hy het 'n ruie baard en 'n baie harde stem. "Sê my bietjie, Mevrou," bulder hy bo die gedruis uit, "jy wat die generaal nou so kritiseer. Waar was jy toe generaal Smuts geveg het in die Boere-oorlog?" sê hy aanvallend.

"Ek was toe ses jaar oud, Meneer," sê sy. "My bydrae sou nie 'n aardskuddende verandering gemaak het nie."

Die gehoor lag en klap hande.

Sy vriend langs hom vlieg ook oop en wys met sy wysvinger beskuldigend verhoog se kant toe. "Sê my bietjie, Mevrou, is u nie Oswald Pirow se suster nie? Een van die oorspronklike Bloedsappe se bloedsuster nie?"

"As u geluister het, Meneer, sou u verstaan het: Die Afrikaner-vrou dink vir haarself," sê Sylva Moerdyk. "Ek sou voorstel dat u en u vriend nou 'n bietjie sit en vir denkende mense die geleentheid gee om sinvolle vrae te stel."

Die man agter Klara vlieg op. "Ons moet weer 'n republiek word," roep hy uit, "en die Kakies almal in die see injaag."

Regs van Antonio vlieg 'n jong boer op. "Ons kan nie langer agter King George se bagpipes aan dans nie!" roep hy uit. Hy draai na die gehoor en swaai sy vuis woes in die lug rond. "Dames en here, volksgenote, is dit nie tyd dat ons opstaan vir ons regte en beginsels nie?"

"Klomp Hanskakies!" skree 'n ander, en: "Jaag die klomp Bloedsappe en Smelters in die see in!" en uitroepe soos: "Oorlopers! Draadsitters! Volksverraaiers!" slaan teen die dak vas.

"En wie het julle almiskie gered toe julle van ellende vergaan het in '33 se droogte?" skree 'n maer oom wat links in die gehoor uit sy stoel opgespring het. "Het die Pakt onder julle wonderlike Nasionale Party enige hond haaraf gemaak om die Afrikaner te red tydens die depressie?" snater hy bo die geraas uit.

"Dit was alles daardie maaifoedie van 'n Tielman Roos se toedoen," bulder iemand van agter.

"Orde! Orde!" skril oom Karel van Biesiesvlei se stem deur die stadsaal.

Toe vlieg een van die stadsaalstoele deur die lug.

"Orde! Orde!" gil oom Karel van Biesiesvlei.

"Sien jy, nou raak dit interessant," sê De Wet vir Klara.

"Very interesting," sê Antonio.

"Maar hulle is lankal van die punt af," sê Klara effens verward.

"Was daar ooit regtig 'n punt?" vra De Wet.

"Weg met die jingo's!" skree drie broers wat solied geskouer in die voorste gestoeltes sit.

En "Hoor-hoor!" en "Vierkleur hoog!" juig die gehoor.

"Orde! Orde!" skree oom Karel van Biesiesvlei en waai sy hande radeloos in die lug.

'n Omie reg agter De Wet raak begeester en skree: "Vrystáát!"

"Volgende is seker 'balke toe!'" sê De Wet vir Klara.

Die spreekster staan klein van lyf en kalm op die verhoog en hou haar hand in die lug vir stilte. Die gehoor raak stadig rustiger. Oom Karel van Biesiesvlei vee sy voorkop af met sy groot kakiesakdoek.

"Dames en Here, die Verenigde Party bou sy beleid en hierdie hele eleksie op die suksesse van die Suid-Afrikaanse magte aan die oorlogsfront. Maar die weegskaal het lank nog nie in die guns van die een of die ander kant geswaai nie. Gestel die magtige Britse Empire word te lig bevind, wat dan? Dan sal die kleivoete van die Verenigde Party verkrummel en die Suid-Afrikaanse goewerment se kaartehuis inmekaartuimel. Dan moet die Herenigde Nasionale Party die leisels kan oorneem en voortgaan op die pad van Suid-Afrika – die pad na die herstel van ons volkstrots, die pad na ons onafhanklike republiek!"

"Hoor-hoor!" skree die gehoor en soos een man begin hulle sing: "Kent gij dat volk vol heldenmoed, en tog zo lank geknegt . . ."

Na die vergadering staan die mense in groepies en koffie drink. Hulle koek soos swerms bye saam om die twee sprekers.

Klara gaan haal vir De Wet en Antonio ook elk 'n koppie koffie en sluit dan by hulle aan. "Ek is seker dis Gerard Moerdyk daardie, die argitek van die monument," sê sy en beduie met haar kop na 'n man wat effens eenkant staan. "Ek het al foto's van hom gesien."

"Kom ons stap oor en gaan groet," sê De Wet.

"Dink jy so?" vra Klara onseker.

Maar De Wet stap reeds oor. "Dis gaaf om julle jongmense te ontmoet," sê die argitek vriendelik. "Is julle van die omgewing?"

"Ons pa boer hier buite. Ek en Klara werk albei op die dorp," antwoord De Wet.

329

IRMA JOUBERT

"Ek het self 'n plaas in die omgewing," vertel die ouer man. "Wanneer ek eendag aftree, wil ek ook hier kom boer, selfversorgend wees."

"Meneer Moerdyk, is u familie van Sylva Moerdyk?" vra Klara huiwerig.

"Net aangetroude familie, darem nie bloedfamilie nie," sê die argitek sameswerend.

"Aangetroude familie?" vra Klara en glimlag onseker.

Die argitek se oë word vol lagduiweltjies. "Sy is my vrou."

"O." Klara voel hoe die verleentheid in haar nek opkruip. "Ek is jammer."

"Ek ook, soms," lag die argitek. "Maar darem nie altyd nie. Sy hou my lewe baie interessant."

"Ek . . . glo dit," sê Klara.

De Wet raak aan die argitek se arm. "Meneer Moerdyk," sê hy, "ek wil u graag voorstel aan Antonio Romanelli, hy is 'n Italiaanse krygsgevangene . . ."

Die argitek steek onmiddellik sy hand uit na Antonio. "Romanelli?" vra hy en draai sy kop effens skeef, "van Florence?"

"Ek is van Noord-Italië, ja, maar nie Florence nie, van 'n klein dorpie Noordwes van Turyn," antwoord Antonio. "Ek het wel 'n oom in Florence."

"Professor Romano Romanelli?" vra die argitek. "Van die Universiteit van Florence?"

"Ja," sê Antonio verras. "Weet u van hom?"

Die argitek skud sy kop in ongeloof. "Ek is weekliks in kontak met hom," sê hy. "Hy is die man wat die marmerfriese van die monument gaan maak. Jy sê hy is jou oom?"

"My pa se neef," knik Antonio. "Dis werklik 'n klein wêreld."

"En jy sê die Kakies het jou gevang en ver oor die see gestuur?" vra die argitek en draai heeltemal na Antonio. "Is jy ook 'n beeldhouer?"

"Ek was byna klaar met my argitekstudies, voordat die oorlog uitgebreek het," antwoord Antonio.

330

"Argitek?" sê meneer Moerdyk verras en neem Antonio aan die arm. "Maar, kêrel, . . ."

"Klara!" sê iemand skielik agter haar. "Ek het nie gedink ek sal jou hier sien nie!"

Klara draai om. Dis Leoni, een van die ander nuwe onderwyseresse. "My broer het my saamgesleep," sê Klara vinnig. "Ek is nie eintlik betrokke by die politiek nie."

"Ek ook nie, glad nie," sê Leoni. "Maar hierdie dorp het min afleiding. Die politieke vergadering is omtrent die hoogtepunt van die maand."

"Daar is darem Saterdagaand weer 'n rolprent in hierdie selfde stadsaal," glimlag Klara.

"*Gone with the wind*," sê Leoni. "Ek het dit al vyf keer gesien, en elke keer stap ou Clark Gable maar net weer weg in die rooi sonsondergang."

Op pad terug plaas toe sê Antonio: "Meneer Moerdyk kom môre kyk na die klipwerk op die Ponte de Nilo."

"Hoe so?" vra De Wet geïnteresseerd.

"Hy wil net kom kyk na die klipwerk," antwoord Antonio. "Hy werk skynbaar baie met klip."

"Ja, baie van sy kerke is klipkerke," knik De Wet. "Ek dink amper hy ontwerp die nuwe kerk op die dorp, maar ek is nie seker nie."

Vroeg in Mei val Amerikaanse en vrye Franse troepe Bizerte binne en generaal Montgomery neem Tunis in. Op 13 Mei gee Rommel se opvolger oor by Kaap Bon in Tunisië. 250 000 Duitsers word as krygsgevangenes na alle uithoeke van die wêreld gestuur.

Christine het nog nie Klara se geselsbriefie beantwoord nie.

In *Die Brandwag* verskyn daar 'n artikel oor die Italiaanse krygsgevangenes in Suid-Afrika. Ongeveer 90 000 Italianers word in Suid-Afrika aangehou, sê die artikel. Die meeste van hulle is in Noord-Afrika gevange geneem. Baie van die krygsgevangenes is nie in die kampe nie; departemente soos Bosbou,

Grondsake en Paaie het hulle in diens geneem. Sommige werk op plase en baie is opgeneem in die boubedryf.

Irene wys vir Antonio die artikel. "Dis snaaks dat julle nie ontsnap nie," sê sy. "Julle hoef nie eens te gaan aanmeld by die polisiestasie soos Boelie nie."

Antonio lag. "Waarheen sal ons dan nou ontsnap, Irene?" vra hy. "Die enigste manier om weer in Italië te kom, is om te wag tot die einde van die oorlog en dan te hoop dat iemand ons op 'n boot terugstuur."

Daardie aand in die bed sê Irene: "Klara, dink jy Antonio sal regtig teruggaan Italië toe, eendag?"

"Natuurlik," antwoord Klara, "net sodra die oorlog verby is."

"Maar hy is gelukkig hier by ons." Irene se stemmetjie klink klein.

"Nie regtig nie," sê Klara. "Ons praat nie sy taal nie, ons behoort nie aan sy kerk nie. Sy mense is in Italië, sy ouers en broers en susters. Dalk 'n meisie ook, waarskynlik 'n meisie ook – ek sien hy kry briewe wat in 'n baie vroulike handskrif geadresseer is."

"Dis dalk van sy ma," sê Irene.

"Ek dink die ronde handskrif behoort aan sy ma," sê Klara.

"Of sy suster?"

"Dan skryf sy suster baie gereeld vir hom," sê Klara, "minstens eenmaal per week."

Êrens in hierdie bedrywige Meimaand van 1943 vind die algemene verkiesing ook nog plaas. Boelie mag nie gaan stem nie; hy is tegnies nog 'n gevangene. Hy loop soos 'n woedende bul op die plaas rond.

"Duisende rooilussies in vreemde lande anderkant die see mag stem. Vir hulle word spesiale stembusse aangery en opgerig – net omdat hulle die Britse Empire help verdedig," sê hy bitter. "Maar ons wat ons eie Afrikanerbeginsels verdedig, ons mag soos 'n trop misdadigers nie stem nie!"

"Jy het 'n landswet oortree, Boelie," sê sy pa streng. "Jy het verraad gepleeg teen die regering en jy moet die gevolge van jou aksies dra."

Klara gaan stem saam met die res van haar familie. Dis die eerste keer dat sy mag stem, en sy is opgewonde. Maar toe haar stembriefie by die smal gleuf in verdwyn, is dit byna 'n antikli-maks.

Toe ry die hele gesin weer terug plaas toe.

Die eerste uitslag kom Donderdag vroegoggend uit. Boelie het voor brekfis die draadloos gekoppel. Hulle oupa sit reeds in die stoel naaste aan die draadloos. Net toe Klara in die gang kom, kom die pie-rie-pie pieeep pieeep, pie-rie-pie pieeep pi-eeep oor die draadloos.

Die hele gesin storm na die voorkamer en kyk afwagtend na die groot draadloos met die dom gesig op die tafeltjie wat wyds-been oor die battery staan. "Dit moet een van die eerste uitslae wees wat deurkom," sê Boelie en stel versigtig om die stasie so duidelik moontlik op te vang.

"Hier volg die uitslag van die algemene verkiesing vir die kies-afdeling Johannesburg-Noord, Transvaal," kom die blikstem oor die lug. "J. H. Hofmeyr, Verenigde Party, 5 698. C.F. De Wet, Herenigde Nasionale Party, 1 634. Stempersentasie 78.9%, be-dorwe stembriewe 49. Verenigde Party meerderheid, 4 064."

"Ja," sê hulle oupa tevrede. "Ou Jannetjie Hofmeyr is 'n slim, slim man, amper so slim soos Jannie Smuts."

"Slimmer as die houtjie van die galg," sê Boelie hard en dui-delik.

"Boelie!" waarsku hulle pa.

Maar toe pie-rie-pie pieeep pieeep die draadloos weer. "Nog een!" sê De Wet en leun vorentoe.

"Hier volg die uitslag van die kiesafdeling Pretoria-Sentraal, Transvaal: E.P. Pieterse, Verenigde Party, 4 762. Sylva Moerdyk, Herenigde Nasionale Party: 2 084. Stempersentasie 75.7%, be-dorwe stembriewe 62. Verenigde Party meerderheid, 2 678."

"Dis jammer sy het verloor. Sy lyk na 'n sterk vrou wat weet waarheen sy op pad is," sê Klara.

"Geen vrou hoort in die parlement nie," sê haar pa beslis.

"Daar is ek dit met jou roerend eens, Neels," stem hulle oupa saam.

"Julle moet nou kom eet," sê hulle ma. "Boelie, skakel die draadloos af."

De Wet staan op. "Ma, kan ons nie maar . . ."

"Nee," sê hulle ma. "Boelie, skakel af."

Die uitslae hou dwarsdeur daardie dag, dwarsdeur die nag, dwarsdeur die volgende dag aan om drupsgewys in te kom. "Waarom neem die Noord-Transvaalse uitslae dan so lank?" vra Klara later ongeduldig. Dit voel asof die draadloos al weer die hele huis oorgeneem het.

"Dis omdat die Bosveld so uitgestrek is en die paaie so be-roerd sleg is. Dit duur lank om al die stembusse van die verskil-lende kieslokale af na die hooftelsentrum te neem," verduidelik haar pa. "En die mense kan ook nie in die nag ry nie. Wanneer 'n koedoe op een van hierdie sandpaaie jou vooruit tref, is dit maklik bokveld toe – nie net vir die koedoe nie."

Eers teen die middag van die derde dag kom die eerste Noord-Transvaalse uitslag uit: "Hier volg die uitslag van die kiesafde-ling Waterberg, Transvaal: J. G. Strijdom, Herenigde Nasionale Party, 2 901. L. M. Baxter, Verenigde Party, 1 917. C.W.M. Du Toit, Onafhanklik, 810. Stempersentasie 82.4%, bedorwe stem-briewe 50. Herenigde Nasionale Party meerderheid, 984."

"Hans Strijdom is 'n Afrikaner in murg en been; iemand wat sterk voor loop, 'n voortrekker," sê Boelie tevrede.

"Dwarstrekker," sê hulle oupa hard en duidelik.

"Dominee Du Toit is die dwarstrekker," merk De Wet op. "As hy nie dwars ingeboender het as onafhanklike kandidaat nie, sou sy stemme sekerlik na die HNP gegaan het en sou hulle meerderheid by die tweeduisend gewees het."

"1 794," bereken Boelie wat alles presies sit en opskryf. "Noord-Transvaal is in ieder geval Nasionaal; Pietersburg be-hoort ook aan ons. Dis net Soutpansberg . . ." Hy bekyk sy aan-tekeninge noukeurig. "Dis 'n interessante uitslag daar; waarskynlik ook weer die onafhanklike kandidaat wat die oorwinning van die HNP weggesteel het. Die onafhanklike het 1 123 van die stemme getrek en die VP-meerderheid was net 877. Anders was die hele Noord-Transvaal nou Nat."

"Ons kort reeds reën," merk hulle pa droog op.

Klara lag. "Ek gaan vir ons iets haal vir ons droë kele," sê sy.

"Ek sal dra die bord," sê Antonio en staan ook op.

"Ék sal die skinkbord dra," sê Klara.

"Are you correcting my language, or my actions?" vra Antonio. Die duiweltjies dans in sy swart oë.

Klara kyk reguit terug. "Albei," antwoord sy en stap kombuis toe.

"Jy sit jou net en verknies van verlange na Henk, suster," sê De Wet een Saterdagoggend in Junie. "Kom kyk nou vanmiddag hoe jou broers rugby speel."

"Weet jy hoeveel skoolwerk het ek?" vra sy moedeloos. "En ek skryf eksamen oor drie weke!"

"Dit sal jou goed doen om uit te kom," sê De Wet.

"Ons gaan almal," snip Irene van die kant af in. "Dis buitendien Antonio se eerste wedstryd."

"Ek sal sien," sê Klara vaag.

Saterdagmiddag is 'n soel Bosveld wintermiddag. Die son bak behaaglik neer en die groepie toeskouers trek die motors tot teenaan die veld. Die tantes gooi komberse oop en pak piekniekmandjies uit, die ooms praat oor die oggend se vendusie en bespreek hulle span se moontlikhede en stry oor tegnieke, die jong meisies hou rok vas teen die mannetjieswindjie, die manne maak litte los en bekyk hulle opponente onderlangs.

Die rugbyveld is geel en kurkdroog. Kliphard. "Vandag val hulle weer hulle nerwe af," sê Klara se ma ontevrede.

"Jy moes altemit tuisgebly het, Lulu," stel hulle pa voor.

"Nee wat, ek kyk maar," sê hulle ma.

Oom Bartel en Reinier waai van ver af en stap oor na hulle toe. "Dagsê, dagsê," groet oom Bartel hartlik en klop De Wet op die skouer. "Vandag ryg jy die drieë in, kêrel, of wat sê ek alles?"

De Wet lag vriendelik. "Nee, ons sal maar moet sien, oom Bartel," sê hy.

Net toe hou Boelie met die Daimler ook stil. Hulle oupa sit voor langs Boelie, hulle ouma en Persomi sit agter. Vreemd dat Persomi saamgekom het, dink Klara.

"Daar's Persomi ook," sê Reinier en stap na die Daimler.

Die kind lyk verwaarloos. Sy het die wit rok aan wat hulle ouma vir haar gemaak het toe sy in vorm II koshuis toe is – die rok is dun gewas en te kort. Ek moet kyk of daar nie van my klere is wat sy kan kry nie, dink Klara. Maar aan die ander kant, Persomi is heelwat langer as sy – alles sal buitendien te kort wees.

Boelie vryf sy hande en draf oor na waar die res van die span gereed staan om op te draf.

Die fluitjie blaas skril. Die manne storm en stoei, druk en skrop en pluk mekaar weg. Die ooms stoom op en af langs die kantlyn, beduie pyp in die hand veldaf, vee senuweeagtig oor hulle baarde. Die tantes druk hulle hoede vaster op hulle koppe en skree skel: "Kry die bal! Vat daai man! Oe! Keer! Ag, jerretjie toggie!"

Na tien minute is daar steeds geen punte nie. "Hou op bondel, kry die bal," gil 'n tannie links van Klara.

"Gee vir De Wet die bal," brul oom Bartel hier langs Klara. "Pass vir De Wet!"

Die volgende oomblik spring die bal uit tussen die bondel bene en spat los. "Die bal! Die bal!" brul Klara se pa. "Maak oop julle oë!"

"Pass vir De Wet!" brul oom Bartel.

"Pass vir Antonio!" gil Irene.

Die bal skiet na Antonio se kant toe uit. Hy skep die bal op met sy voet, jaag hom ver veld af en storm blitssnel agterna.

Die toeskouers gil en beduie en hardloop veldaf.

Antonio is eerste by die bal. Hy hardloop onder die bal in en stuur die bal sekuur vorentoe met sy bors.

Die fluitjie blaas skel.

Antonio kyk verbaas om.

"Jy moet die bal vang, idioot!" brul Boelie, "nie vorentoe stamp nie!"

"You must catch the ball and run," gil Irene.

"Oh, ja, sorry guys," sê Antonio verleë.

Rustyd kry die spelers halwe lemoene. Hulle suig dit uit en slinger die skilletjies na buite die speelveld. "Is dit jou broer daardie?" vra Leoni, een van die nuwe onderwyseresse, vir Klara.

"Twee van my broers speel," sê Klara. "Van wie praat jy?"

"Die vleuel, die ou wat nou-nou 'n drie gedruk het. Nommer 11," sê Leoni.

"De Wet? Ja, dis my broer." Ek kon gedink het dis De Wet van wie sy praat, dink Klara.

"Sal jy my voorstel na die wedstryd?"

Klara glimlag. "Met plesier," sê sy. "My ma het 'n hele piekniekmandjie gepak vir na die tyd – sluit gerus by ons aan."

"Dankie. Ek hoop nie jy dink ek is voor op die wa nie," sê Leoni huiwerig.

"Nee, wat," sê Klara. "Ek sal jou sommer so terloops voorstel."

In die tweede helfte hol die tuisspan uit onder hulle opponente. Tien minute voor die eindfluitjie druk Antonio sy eerste drie.

Irene is buite haarself van opwinding. "Dis die beste drie van die middag! Het jy gesien, Klara, hoe vinnig hy hardloop?" Haar oë blink, haar wange gloei.

Klara glimlag. "Raak rustig, sustertjie," sê sy, "dis maar net rugby."

"O, jy gee my 'n pyn!" sê Irene en stap weg.

Maar daardie aand is Klara die een wat moet troos vir 'n vale. "Ek het so 'n gek van myself gemaak," kreun Irene tussen die snikke deur. "Dat hy vir my moes sê . . . Ag, Klara, jy weet net nie!"

Klara sit haar arm om haar sustertjie se skouers. "Wat het

gebeur?" vra sy en streel oor Irene se hare. "Wil jy my vertel?"

"Nee, dis te erg, ek kan dit nóóit oorvertel nie," snik Irene. "Ag, Klara, hy was so mooi met my. Ek sal nooit weer so lief kan word vir enige man nie."

Klara voel hoe sy yskoud word. "Irene," sê sy so kalm moontlik, "vertel my wat gebeur het."

Irene huil en huil, maar begin tog so tussen die snikke deur vertel: "Ek het langs hom gaan sit, op Ouma se bankie daar onder die prieel," sê Irene en snuif hard. "Dit was toe julle op die stoep gesit het, na ete. Ag, Klara!"

"Vertel maar," sê Klara en gee haar sakdoek vir Irene. Die koudheid bly in haar.

Irene blaas haar neus hard voordat sy verder praat. "Hy het so eensaam gelyk, Klara. Toe vertel hy vir my hulle het ook 'n prieel by sy huis in Italië, by die patio, noem hy dit. Dis soos ons stoep. En toe . . ."

"Toe?"

"Ek sal nooit nooit nooit kan vertel nie, Klara."

Klara sit 'n oomblik stil. Dan sê sy: "Vertel maar nogtans, Irene."

"Toe wil ek . . ." Irene druk die kussing voor haar gesig. "Ek wens ek gaan dood. Ek het só 'n gek van myself gemaak!"

"Wat het jy gedoen?" hou Klara aan oopkrap.

"Niks gedoen nie, net gewou," praat Irene gesmoord deur die kussing. "Ek wou hom . . . soen." Sy neem die kussing 'n entjie weg van haar gesig. "Klara, toe sê hy . . . hy hou ook baie van my, maar soos 'n klein sussietjie. 'n Sustertjie! Ek vra jou!" Sy druk weer die kussing teen haar gesig vas.

"Is dit al?" vra Klara versigtig.

"Al?" kreun Irene. "Dis erger as die dood. Klara, dink jy, as ek die kussing lank genoeg voor my gesig hou dat ek sal doodgaan?"

"Ek twyfel," sê Klara, "want ek sal jou moet red."

"Hy het gesê hy wil graag vriende met my wees, want hy het nie 'n klein sustertjie nie," sê Irene na 'n rukkie.

"Nouja, aanvaar hom dan maar as nog 'n ouboet," sê Klara. "Voel jy nou beter?"

"Ja-a," sê Irene, "maar nog bietjie soos 'n gek." Sy dink 'n oomblik na. "Hy is darem bitter baie aantrekliker as my twee broers!"

"Nie regtig nie," sê Klara. "Kom ons gaan slaap nou."

"Hy het nog iets gesê," sê Irene toe die kers reeds gesnuit is. "Hy het my vertel . . . dat hy 'n meisietjie het vir wie hy baie lief is, daar in sy dorp in Italië. Haar naam is Gina en sy wag vir hom om terug te kom. Hy sê hulle is verloof, Klara."

Lank nadat Irene aan die slaap geraak het, lê Klara nog na die venster en staar. Buite span die uitspansel oneindig en helder, die nag is vol geluide, die maan dryf vreedsaam voort.

In haar is 'n onverklaarbare leegheid.

Hoofstuk 21

Die mense van die dorp was bly toe die somer eindelik kom. Dit was 'n lang, koue winter. Die voorrade het begin klaar raak; die olie vir die lampe min.

Op die eerste dag wat die son deurgebreek het, maak die tantes die vensters en deure van hulle huisies wyd oop. Hulle hang die matrasse en verekomberse buite oor die drade en klop dit deeglik met die agterkante van hulle besems. Die nonne gooi die kerkdeur oop sodat die son die muwwe winterreuke uit die rooi matte en swaar banke kan bak. Die wagters skep met lang vurke die winterhooi uit die stalle en dra swaar houtemmers water aan om die vloere skoon te skrop.

Net die Rozenfelds se winkeltjie bly toe, die geroeste slot steeds getrou aan die deur, die stoepie voor enkeldiep onder verrotte blare, die blinde vensters vuil aangepak.

Aan die begin van die somer kom Marco een nag af uit die berg.

"Ek hoor iets in die kombuis," sê Maria in die middernagure vir Guiseppe. "Dink jy dit kan Marco wees?"

Hulle staan dadelik op. Ook Lorenzo kom op sy krukke uit sy kamer.

In die halfdonker kombuis staan Marco, koulik voor die dooie stoof. Sy baadjie hang sakkerig aan sy lyf, sy skouers is effens gekrom na voor.

"Marco?" vra Maria onseker.

340

Hy draai om. "Nee, moenie die lig aansit nie," keer hy toe hy hoor hoe Lorenzo 'n vuurhoutjie trek. Hy tree weg van die stoof en hou sy hand na sy ma uit. "Mama, Papa," sê hy. Sy stem klink vreemd, skor. "Lorenzo?"

Maria gee twee treë tot by hom en slaan haar arms om sy lyf. Hy is brandmaer. "Marco!" sê sy. "Dank die Heilige Moeder van God, jy is veilig!"

Toe vou Guiseppe sy vrou en sy twee seuns in sy twee groot arms toe.

"Ek gaan die primus aansteek," sê Lorenzo na 'n rukkie. "Jy sal seker wil koffie hê?"

"Dit sal lekker wees, grazie," sê Marco en staan 'n treetjie terug. "Lorenzo, dis goed om jou te sien."

"Ja, ek is terug," sê Lorenzo en pomp die primusstofie. "Helfte van my het nou wel op die slagveld agtergebly, maar my kop is darem nog op sy plek."

"Kos, jy wil seker kos hê," sê Maria en stoot die hare wat uit haar vlegsel losgekom het, agter haar oor in. "Ag, my kop is nou skoon deurmekaar. Kyk net hoe bewe my hande!"

"Kos sal goed wees," sê Marco. "Ek kan nie vertoef nie; ek moet dadelik weer terug."

"Maar Marco," probeer Maria keer, "jy bly dan altyd die dag oor en gaan eers weer in die aand terug? Ons het nie eens voorrade om vir jou saam . . ."

"Dis te gevaarlik," skud Marco sy kop. "Oral is daar nou verspieders. Selfs as julle net voorrade van 'n ander huis hierheen dra, sal hulle lont ruik." Hy sak moeg op 'n kombuisstoel neer. "Jy het . . . jou been verloor?" vra hy fronsend vir Lorenzo.

Lorenzo haal sy skouers op. "By El Alamein," sê hy.

"El Alamein?"

"Helgat van sand en son in Noord-Afrika, skaakspel van die generaals," antwoord Lorenzo sinies. "En agter elke sandduin wag die vyand. Ou Luigi-hulle se skande-kleinkind is daar doodgeskiet."

"Luigi Alberto Andriotti," onthou Marco uit die dae toe die

341

seun voor hom in die klas gesit het. "Hy was dan net 'n kind?"

"'n Kind, ja. En Tonio is daar gevange geneem."

Marco frons. "Antonio? Gevange geneem?"

"Ja," antwoord Lorenzo, "krygsgevangene. Hy is nou in Suid-Afrika, maar nie in 'n kamp nie. Hy bou 'n brug."

"Maar hy skryf dit gaan goed met hom; hy woon by goeie mense," sê Maria. "Sal ek vir jou polenta maak?"

"Nee dankie, Mama, dit sal te lank duur. Brood sal reg wees, met bokkaas en ham, as Mama het. En warm koffie."

Hy draai weer terug na Lorenzo. In die skemer kombuis is die diep lyne op sy gesig net-net sigbaar. "Alamein, sê jy? Ons weet niks van die oorlog nie. Ons het laas nuus gekry toe ek verlede keer hier was, voor die winter nog. Dis seker . . . ses maande gelede, of meer."

"Dit gaan sleg met Italië; ons is besig om terug te trek uit Noord-Afrika," beduie Lorenzo en gaan sit oorkant Marco. "Stories loop dat die Geallieerdes Italië wil binneval. Ek weet waaragtig nie hoe lank ons weermag nog sal kan uithou nie."

Maria sny dik snye brood en hompe kaas en ham en pak dit op die bord voor Marco. Terwyl Lorenzo steeds praat, val Marco weg aan die eenvoudige maal – hy eet dit asof dit 'n feesmaal is.

Toe die koffieketel kook, skink Maria vier koppies koffie en gaan sit by die mans aan die kombuistafel.

Marco vou sy maer hande om sy beker warm koffie. "Ons lampolie het klaar geraak, toe ons brandhout," sê hy stadig. "Daar bo is 'n ander helgat, ys en sneeu en hier en daar die swart rotse wat uitsteek. Geen teken van lewe nie."

"Marco?" sê Maria geskok. In 'n grot in die berg sonder brandhout?

"Dis baie gevaarlik, nou. Ons het twee maal vreemdes gewaar, op die laer rante. Maar ek moes net kom kos haal, enigiets te ete. Ons voorrade is vir byna 'n week al klaar."

"Wat eet julle toe?" vra Maria ontsteld. "Hoe het julle warm gebly? Hoe gaan dit met julle daar bo?"

Marco skud sy kop. "Tannie Rozenfeld is vroeg in die winter al oorlede. Toe ek laas van hier af teruggekom het, was sy baie, baie siek. Ons het die medisyne gegee wat Mama saamgestuur het, maar niks het gehelp nie. Ek vermoed sy het longontsteking gehad, vuurwarm en dan weer yskoud. Toe sterf sy in die nag."

"En . . . d-d-die ander?" vra Guiseppe.

"Oom Rozenfeld het moed opgegee, dink ek," sê Marco sag. "Rachel en haar suster is nog sterk. Veral Rachel, sy is baie sterk." Hy skud sy kop. "Miskien sou dit beter gewees het as hulle ons na 'n Jodekamp geneem het; daar is ten minste kos."

"Nee," sê Lorenzo beslis. "Die dokter se seun Pietro het vertel dat daar vreeslike stories loop oor die toestande in die Jode-kampe."

Giuseppe knik ernstig.

"Ek moet dadelik terug," sê Marco en staan op. "Nie net om-dat dit bitter gevaarlik is om hier te bly nie; ook omdat hulle geen kos meer het nie. Ek kon nie vroeër afkom nie. My spore sou in die sneeu gelê het."

Maria en Guiseppe staan op. Guiseppe loop na buite en Ma-ria maak die koskas se deur oop. "Ons kan vir jou al die kos inpak wat ons het, Marco, maar dis nie veel nie. Die tuine het nog nie begin dra na die winter nie en van Turyn af kry ons selde enige voorraad. Ons het nog van die ham wat Papa verlede week gerook het, en ek het twee dae terug kaas gemaak."

"Die oorlog wurg ons land dood," sê Lorenzo, die bitterheid duidelik hoorbaar in sy stem. "Die slagveld skeur ons manne uitmekaar, die hongersnood laat duisende vrouens en kinders in die dorpe op hope sterf. Ek weet nie wat sal gebeur as die Geallieerdes Italië moet binneval nie."

"Ons het darem nog meel en olie en sout," sê Maria terwyl sy die kos op die tafel uitpak. "Papa het gesorg; hy sorg altyd. Die suiker is klaar, maar daarsonder kan 'n mens doen."

Van buite kom Guiseppe in met 'n groot kaas en 'n hele ham wat hy uit die koelkas gaan haal het. "Die Rozenfelds eet nie ham nie," keer Marco, "hou dit eerder vir julle."

Guiseppe neem 'n groot mes en sny 'n stuk af. "J-j-joune," sê hy vir Marco.

"Dankie, Papa."

"Ek sal medisyne ook insit," sê Maria en gaan na haar kamer. Toe sy terugkom, gee sy 'n sakkie vir Marco. Hy pak dit versigtig in sy rugsak saam met die res van die voorrade. Die rugsak is nie eens halfvol nie.

"Papa sal voorrade na die tweede grot neem. Kom kyk oor so 'n week," sê Maria.

"Wees net baie, baie versigtig, Papa," sê Marco en swaai die rugsak oor sy skouer. "Moet niemand vertrou nie, niemand nie."

Guiseppe knik en hou Marco se hand vir 'n oomblik stewig vas.

"Gee ons liefde vir die Rozenfelds, veral vir Rachel," sê Maria.

"Dankie, Mama. Rachel is nog altyd baie, baie pragtig," sê Marco sag en maak die agterdeur oop.

"Mag die Heilige Moeder van God julle beskerm," sê Maria agter hom aan.

Hy glimlag, lig sy hand in 'n groet en trek die deur agter hom toe.

"Die Heilige Moeder van God sal oor Marco waak. Hy is 'n goeie mens," voorspel Lorenzo. "Die res van hulle is Jode."

Voor die son opkom, het die berg weer vir Marco ingesluk, het hy weer in die donker maag van die berg verdwyn.

Die volgende oggend streep die klipkappers af groewe toe – die werk gaan voort, al is daar geen mark meer vir marmerklip nie. Die bokwagters klim stadig agter hulle bokke aan bergop, Vader Enrico lui die skoolklok, die tantes praat hulle stories oor die wasgoeddrade heen.

Niemand weet van die nagtelike besoeker nie.

"Lorenzo se been lyk goed, ook sy knieg," sê die dokter keer op keer. "Hy is 'n sterke derduiwel, en fiks. Maar hy sal die bitterheid uit sy kop moet kry; dit vergiftig sy hele gestel."

"Is waar," sê die tantes vir mekaar. "Hy bly kwaad. Hy spoeg gal wanneer hy oor Noord-Afrika praat."

"Is hy wat opsluit wóú gaan oorlog maak," sê 'n tweede. "Onthou julle nie al sy oorlogspraatjies nie? – hy was baie opgetrek met Mussolini."

"Is goed Ginatjie kuier daar, sy sal hom opbeur," sê 'n derde. "Sy bly darem maar so 'n ou sonstraaltjie, selfs in hierdie moeilike tye."

"Ek wee' darem nie, Gina loop boer alte veel by Lorenzo," frons ta' Sofia vroegaand oor 'n koppie koffie met ou Luigi. "Ek loop praat nou mos nie eintlik los praatjies nie, en ek sal dit nou nie vir iemand anders loop staan sê nie, maar ek wee' darem nie. Sy is mos nou so 'n onskuldige ou bloedjie, en ek vertrou daardie Lorenzo g'n stukkie niks nie."

"Nee, wat, Hartlam, jy ontstel jou pure verniet," maak ou Luigi die storie plat. "Lorenzo is 'n goeie kind. Wild, ja, maar eerbaar, en slim ook, 'n regte Romanelli."

"Moenie jou ko' staan en loop slim hou nie, Luigi Andriotti!" vererg ta' Sofia haar bloedrooi. "Luister liewer wat ek vandag vir jou seg. En bid nou maar dat Antonio gou huis toe kom."

In die volgende week kry Maria dit reg om 'n sak voorrade ongesiens bymekaar te skraap. Lorenzo slag 'n bok, sy sout die vleis en pekel dit oornag en droog dit versigtig in die lenteson. Sy haal die laaste sakkie gedroogte tamaties en die laaste twee bottels ingelegde olywe agter uit die kas – die vitamines en olie sal goed wees vir hulle, sê sy vir Gina. Sy bak ongesuurde brode – dit hou langer, leer sy vir Gina.

Want Gina weet van Marco se besoek; sy is dan al so te sê deel van die familie – sy is immers verloof aan Antonio. En Rachel is haar beste vriendin.

Slim, die meisiekindjie, hoor. Kom kastig elke middag direk na skool by Lorenzo kuier. Maar in haar skoolsak dra sy elke dag goed aan, goed wat sy stilletjies haal uit die groot kelder van die kliphuis bo teen die hang. Want sien, sy weet waar die sleutel gebêre word.

"Die mense sal begin wonder waarom kuier jy elke middag hier," glimlag Maria toe Gina twee bottels perskes uit haar sak diep.

"Dis mos maar my huis ook, van altyd af," sê Gina vrolik. "Waar is Lorenzo? Ek wil hom darem net groet."

Daardie nag, voor die maan nog uitgekom het, neem Guiseppe die sak voorrade en verdwyn in die donker bergop. "Dis so gevaarlik, die berg in die nag," sê Maria èn streel oor sy wang. "Jy moet baie, baie versigtig wees."

"Ek s-s-sal, Maria," knik hy. By haar hakkel hy byna niks nie. Dis net as ander mense by is, selfs sy seuns, dat sy verstand en tong in knope vashaak.

Hy kom eers weer die volgende nag terug huis toe. "Dis nog b-b-bitter koud in die b-b-berg," sê hy. "Ek weet nie h-h-hoe die mense oorleef het nie."

"En jy het die kos in die grot gelaat?"

Hy knik en doop sy brood in sy warm koffie. "Hulle sal nou k-k-kos hê."

"Dis eintlik ek wat die voorrade bergop moes geneem het," sê Lorenzo, "nie my pa nie."

"Jou pa ken die berg," sê Gina. "Hy ken dit beter as enige iemand anders."

"Ek ken die berg net so goed," sê Lorenzo.

"Ja, maar jy kan nie opgaan nie. Jou een been is af en die ander een is styf."

Hy kyk haar 'n oomblik lank vyandig aan. "Jy spaar 'n man ook nie, nè?"

"Dis die waarheid, Lorenzo. Dis 'n wonder dat jy so goed regkom op jou krukke. Jy beweeg net so vinnig oor die ongelyke pad soos enige ander persoon."

Hy stoot sy vingers deur sy swart hare. Dan sug hy. "Maar weet jy hoe voel dit, Gina? Weet jy hoe voel dit om in die huis te sit en wag vir jou pa om weer bergaf te kom? Hy is ook nie meer so jonk nie."

"Ek verstaan," sê sy ernstig. "Maar om daaroor te tob, gaan niks help nie. Dis nie jou skuld nie, dis die oorlog. En as hulle jou nie by Alamein gekry het nie, sou hulle jou wel elders gekry het – dalk sonder kop en nie net sonder been nie."

Hy kyk haar 'n oomblik stil aan, byna peinsend. Dan sê hy: "Ek dink daaraan om voort te gaan met my studie."

"Maar . . . die universiteit is mos toe?" vra sy onseker.

"Ja, maar ek het gehoor 'n mens kan sekere kursusse oor die pos doen, soos Regte. Ek wil uitvind daaroor, dan kan ek miskien 'n jaar of wat wen voor die oorlog verby is."

Sy stoot haar hare uit haar gesig en kyk ernstig na hom. "Dit sal miskien goed wees, Lorenzo. Jy is slim, jy sal dit kan doen." Dan breek haar gesiggie oop in 'n glimlag. "Dis 'n lekker middag; kom ons gaan kyk of die perskebome al bot."

Toe Guiseppe twee weke later nog 'n sak voorrade opdra grot toe, kom hy met ontstellende nuus terug: die vorige sak lê steeds onaangeraak in die grot.

Maria se hande vlieg na haar gesig. "Is jy seker?"

Hy knik swaar.

"Dalk kon Marco nog nie afkom om die sak te kom haal nie. Dalk was daar weer 'n sneeuval hoog op in die berg," sê Lorenzo.

Guiseppe skud sy kop.

"Marco het so min voorraad geneem toe hy hier weg is," antwoord Maria namens hom. "Hulle is vier mense; dit was nie eens genoeg vir twee mense vir 'n week nie! Iets moes gebeur het."

"E-e-ek gaan k-k-kyk," sê Guiseppe.

"Jy kan nie alleen gaan nie," sê Maria ontsteld. "Dis twee of selfs drie dae se klim, veral as die wind waai. Dis te gevaarlik om dit alleen aan te pak!"

"D-d-dis my seun," sê Guiseppe en staan op.

"En hier is niemand oor om saam te gaan nie," sê Lorenzo. "Dis net die dokter en die baron en ou Luigi en 'n paar ander ooms en hulle sal dit ook nie maak nie. Die res is kinders. Selfs die bokwagtertjies kan nie saamgaan nie. Alle weerbare manne is opgeslurp in die weermag." Hy sug diep. "Ai, Papa, ek wens ek kon saam met jou gaan."

Guiseppe knik en sit vir 'n oomblik sy hand op sy seun se skouer. Toe draai hy om en stap na buite.

Twee aande later vertrek hy stil-stil bergop. Hy sal van môre af in die ligdag moet loop. Vannag wil hy soveel moontlik afstand tussen hom en die beskawing sit.

En wanneer die skoolklok in die middae lui en die kinders onder die nonne se streng oë uit die hasepad kies, gaan Gina nie meer na die kerk om kerse aan te steek nie. Sy gaan ook nie bergop na die klipvilla teen die rant nie. Sy stap sing-sing padaf, groet almal in die strate en op die plein vrolik en verdwyn in die Romanelli's se huisie in.

Een nag, omtrent 'n week later, skrik ou Luigi hom byna buite weste, byna uit sy geloof uit. "Hartlam?" Sy stem bewe skoon.

"Stil!" sê ta' Sofia kwaai, "ek's besig."

"Maar Hartlam, wa' maak jy hier middernag op jou kniege?" vra ou Luigi verslae.

"Ma' het jy dan nie oge in jou kop nie?" skel ta' Sofia van onder af en sukkel moeisaam terug op haar voete. "Ek bid, want is nou nog net die Heilige Moeder van God wat kan loop red. En ek seg jou nou reguit, sy sal 'n wonderwerk onder haar *veil* moet loop uitpluk, en gou ook."

"Hartlam, ek het mos geseg die tamaties sal aankomende week begin ryp word . . ." frons ou Luigi onbegrypend.

"Tamaties? Waffer tamaties praat jy van?" bly sy op die oorlogspad.

"Og, dis nie die tamaties nie. Is dit die oorlog wat jou pla, Hartlam?" probeer hy weer.

"Jy moe' jou nie kom staan dom hou nie, Luigi Andriotti!"

vererg ta' Sofia haar. "Wag, la' ek liewer loop slaap, voor ek nog hier staan en 'n toeval loop kry." By die deur draai sy om. "Is jy seker jy het Sondag vir Antonio loop bid?"

"Ja, Hartlam," sê ou Luigi en trek sy slaapmus bietjie dieper in sy kop in.

Na 'n week kom Guiseppe terug uit die berg.

Hy skud sy kop swaar. "Hulle is w-w-weg," sê hy vir Maria.

"Weg? Hoe kan hulle net weg wees?" vra sy ontsteld. "Het hulle nie net vir die dag elders na kos gaan soek nie?"

Hy skud sy kop. "H-h-hulle het nie die nag t-t-teruggekom nie," sê hy. "B-b-baie van hulle goed is ook w-w-weg. Nie alles nie."

"Dalk het hulle net na 'n ander grot verskuif?" soek Maria 'n antwoord.

Guiseppe skud sy kop. "Het g-g-gesoek," sê hy.

"Dink jy . . .?" Maria praat nie verder nie.

Na aandete sê Lorenzo: "Ek het bietjie navraag gedoen. Van die bokwagtertjies het vreemde soldate in die berg gesien."

"Lorenzo? Dink jy . . .?" Sy kan nie verder praat nie.

"Ek weet nie wat om te dink nie," sê Lorenzo. "Ek weet nie."

HOOFSTUK 22

DIE DAG TOE KLARA HAAR LAASTE VAK SKRYF, is dit onverwags koud in die Bosveld. Die hele nag lank sous die reën sporadies, dan sif dit weer sagter neer. Teen vroegoggend het dit sekerlik al meer as 'n duim gereën.

"Hierdie reent is presies wat ons nou nodig het, so in die winter," sê haar pa tevrede en gooi die warm koffie in sy piering.

Nadat haar pa uit is, brom Boelie: "Hierdie reën is glad nie wat ons nou nodig het nie."

"Ek is bly vir die reën, dan neem die brug langer om klaar te kom," sê Irene toe hulle in die motor vir De Wet sit en wag.

"Hoekom wil jy nie die brug klaar hê nie?" vra Klara afgetrokke. Haar gedagtes is by die vraestel wat sy nou-nou moet skryf.

"Dan sal die departement vir Antonio na 'n ander plek stuur. Hy het self so gesê."

'n Koue gevoel trek deur Klara. Vreemd, sy het nooit daaraan gedink nie.

Vreemd ook, hierdie gevoel wat sy skielik gekry het.

"Is julle meisies reg om te ry?" vra De Wet en skuif gemaklik agter die stuur in.

"Ons is elke oggend voor jou reg, De Wet," snip Irene. "Jy kan bly wees Boelie ry nie saam nie; hy sou jou lankal aangepraat het."

Sy weet tog Antonio gaan weg, een of ander tyd? Dis mos nou nie nuus nie.

"En hy sou jou aangepraat het oor jy te groot vir jou skoene raak," sê De Wet rustig. "Persomi, is jy ook reg?"

Dis amper asof sy besig is om iets te verloor . . .

Persomi antwoord nie. Sy knik net en kyk by die venster uit.

"Klara, is jy . . ."

"Jy mors tyd," sê Klara ongeduldig. "Ry nou."

De Wet skakel die motor aan. "Lyk nie of die Fundamentele Pedagogiek met jou gestel akkordeer nie," merk hy terloops op.

"Ag, De Wet, kry net end!" vererg sy haar.

Toe hy haar by die pastorie, waar sy moet skryf, aflaai, sê hy: "Sterkte. Dis darem amper klaar."

"Ja, dankie," sê sy en stoot die tuinhekkie oop.

Toe hulle laatmiddag terugry plaas toe, breek die son plek-plek tussen die donker wolke deur. "Laai my sommer hier af, ek wil terugstap huis toe," sê Klara lank voor hulle nog by die laagwaterbruggie kom.

Die windjie is koel teen haar warm gesig. Sy vou haar baadjie stywer om haar lyf. Sy stap vinnig en trek haar asem diep in. Dit voel asof die varsgereënde lug haar van binne skoonmaak, kalm maak.

Op die ou laagwaterbruggie gaan staan sy en kyk op na die nuwe brug wat triomfantlik, byna monumentaal, oor die Nylrivier span. Sy sien die Bosveldklippe wat netjies gepak in mekaar wig, sy sien die nuwe pad wat aan die een kant uit die ou pad vurk en anderkant die brug weer by die ou pad aansluit. Die brug gooi sy halfmaan-skaduwee ver rivieraf, oor die dun stroompie water en die sandbanke en die yl Bosveldboompies.

"Hy is besig om mooi uit te kom, die Ponte de Nilo, nè?" praat hy skielik agter haar.

Sy ruk soos sy skrik.

Hy lag saggies. "Jammer, ek wou jou nie skrikmaak nie."

Sy bly reg voor haar kyk. "Dis 'n kunswerk, Antonio. Die Pontenilo is seker die mooiste brug in die land."

Hulle kyk stil na die brug voor hulle, bo hulle. " 'n Brug was

nog altyd vir my fassinerend, wonderlik," sê hy. "Dit . . . oorbrug
'n rivier, of 'n kloof, een of ander versperring sodat 'n mens an-
derkant kan kom." Hy dink 'n oomblik, kyk dan reguit na haar.
"Ek wou nog altyd 'n brug bou, weet jy, Klara?"

"Ek het nie geweet hulle leer argitekte om brûe te bou nie,"
sê sy.

Hy lag. "Van brûe bou weet ek eintlik niks. Dis maar Boelie
en die departement se ingenieur wat die belangrike berekeninge
gedoen het."

Hy lag maklik, dink sy, gemaklik. "Maar jy het die bouwerk
gedoen?"

"Ek ken klipwerk, van kindsbeen af. En ons het op universi-
teit alles van boë geleer. Hierdie Ponte de Nilo is eintlik geba-
seer op die antieke Romeinse boustyl. Dis so 'n kombinasie van
verskillende dinge, soos die akwaduk by Pont du Gard en die
Triomfboog van Titus, glo dit of nie."

Sy begin lag. "Die Nyl sal hom wat verbeel, in sulke hogere
geselskap, om van ons ou sinkplaatpad nie eens te praat nie. Jy
moet eintlik die brug se naam uitkerf op een van die klippe – dis
nie elke brug wat 'n naam het nie. Maar los die 'de' uit, dis te
moeilik om te sê."

"Hoe nou?"

"Skryf net 'Pontenilo'."

Hy glimlag af na haar. "Ons sal dit saam doen," knik hy. "Jy
skryf, ek beitel."

Toe hulle begin terugstap, sê hy: "Eintlik bou almal van ons
brûe oor versperrings. Ons moet soms diep skeurings oor-
brug."

"Soos verskille tussen mense," knik sy. Boelie en Oupa, dink
sy, of Boelie en oom Freddie. Maar daardie brug wil Boelie nie
bou nie.

"Dink jy 'n mens kan alle verskille oorbrug?" vra hy.

"Soos?"

"Soos . . . politiek? Godsdiens?"

Sy dink baie diep voordat sy antwoord: "Nie alles nie. Nee,

nie alles nie. Die meeste seker, ja. Politiek, seker, as 'n mens net kan wegbly van die spesifieke onderwerp en kan konsentreer op gemeenskaplike grond."

"Dan oorbrug jy dit nie, jy vermy dit net," sê hy.

"Dis dalk ook 'n manier van oorbrugging."

"Ja, seker. En dinge soos taal?" wonder hy. "Kultuur? Gods-diens?"

"Taal is uiteindelik net 'n manier van kommunikeer," peins sy. "Dit kan 'n mens oorbrug. Maar 'n mens se kultuur en veral jou godsdiens is deel van jou wese, dit is wie jy is. As jy 'n brug wil bou tussen twee godsdienste of kulture, beteken dit die een party moet oor die brug loop na die ander kant."

"En as die partye mekaar halfpad ontmoet?" Hy kyk nie na haar nie. Hy kyk ver voor hom uit, al met die sinkplaatgeryde sandpad langs.

"Dan staan die twee partye in die middel van 'n brug," sê sy. "Dis ten beste 'n tydelike rusplek, Antonio, 'n verposing om die mooi uitsig te bewonder. Hulle sal steeds moet kies waarheen hulle verder reis: die een kant of die ander kant."

Hy gaan staan stil en draai om om terug te kyk. Die nuwe sandpad loop geleidelik af tot by die Pontenilo, anderkant klim dit steiler op en verdwyn teen die bult om 'n draai. 'n Mens kan net tot daar sien, nie verder nie. "En dis altyd 'n opdraandpad aan die ander kant," sê hy. "Altyd."

Toe hulle weer begin stap, vra sy, asof terloops: "Antonio, wat wag vir jou anderkant Pontenilo?"

"As ek klaar gebou het? Ek weet nie, Klara. Ek sal seker elders gestuur word, hopelik weer na bouwerk. Ek hoop steeds dat me-neer Moerdyk my hier op die dorp sal kan gebruik, met die bou van die nuwe kerk."

Hulle loop in stilte. Hy maak die plaashek oop en maak dit weer toe agter hulle.

"En eindelik sal ek teruggaan huis toe, na Italië."

Toe hulle reeds verby haar ma se groentetuin is en amper by die opstal, sê hy: "Ek sal jammer wees as die Pontenilo klaar is."

Hy brei nie uit nie. Sy vra nie. Sy weet net vas en seker: sy ook, sy ook.

'n Week voor die Julievakansie kry Klara al haar matriek-antwoordstelle. Henk kom vir die eerste keer sedert die Paasna-week kuier. Sy wil klaar wees met alles voordat hy hier opdaag.

Saterdagaand, toe die res van haar gesin hulle voor die draad-loos tuis maak vir *U eie keuse*, gaan sit Klara by die kombuistafel met 'n hoë stapel vraestelle langs haar.

"Moenie te laat werk nie," maan haar ma toe sy teen nege-uur kom nag sê.

"Ek wil soveel moontlik nagesien kry voor Maandag, Mam-ma," antwoord sy. "Ek sal maar môre die slaap inhaal."

Lank na middernag hoor sy iets by die agterdeur.

"Wie's daar?" vra sy sag by die deur.

"Dis ek, Antonio."

Sy trek haar asem diep in, dwing haarself tot kalmte. Sy staan op en gaan stoot die deur oop.

Hy staan voor die deur: lank, breë skouers in 'n growwe don-kerblou trui, donker hare wat blink in die maanlig. "Ek het ge-sien die lig brand nog." Sy stem klink baie moeg.

"Ek werk nog. Wil jy binnekom?" Sy maak die deur wyer oop en staan opsy dat hy kan verbykom.

Dis eers toe hy in die sirkel van die lamplig kom, dat sy werk-lik sien hoe hy lyk. Sy hare is deurmekaar, sy oë rooi, sy gesig 'n vaal kleur. Hy lyk byna . . . verwese?

"Antonio? Kan ek vir jou koffie skink?" vra sy onseker.

Hy maak 'n afwerende gebaar met sy hand. "Ek is jammer, ek weet nie hoekom ek jou in die middel van die nag kom pla het nie, jy werk," sê hy en draai terug na die agterdeur.

Sy neem hom ferm aan die arm. "Sit," sê sy. "Jy het gekom omdat jy nie nou alleen wil wees nie. Drink eers koffie."

Hy sak op een van die kombuisstoele neer. Sy draai na die Welcome Dover en lig die koffiepot op.

"Dis lekker warm hier binne," sê hy.

"Dis hoekom ek hier sit en werk," sê sy en skink twee koppies koffie.

"Hoe vorder jy met die nasienwerk?"

"Stadig," sê sy en sit die koppie koffie voor hom neer. "Ek is baie onervare en ek wil nie foute maak nie."

Sy gaan sit by die kombuistafel oorkant hom, haar hande om haar koppie geskulp. Hy drink afgetrokke sy koffie, sy oë afgewend. Sy sien die moeë lyne op sy gesig, sy hoor Irene se woorde: *hulle is so ver van hulle huise af* . . .

"Antonio?"

Hy kyk op.

Sy swart oë ruk deur haar. Sy steek instinktief haar hand na hom uit, maar trek dit dan weer terug. "Praat met my, Antonio," sê sy.

Hy sit 'n oomblik stil en skud dan sy kop effens. "Dis . . . ek is net moeg."

Sy kyk reguit na hom, na die mens voor haar. "Jy het vandag 'n brief gekry, van die huis af," sê sy.

Hy knik.

"Vertel my wat sê die brief wat jou so ontstel het."

Hy stoot sy lang vingers deur sy dik, swart hare.

"Is dit een van jou ouers?"

Hy skud sy kop stadig. Hy gaan nie praat nie, besef sy.

"Vertel my van jou familie, Antonio. Vertel my waar jy woon, hoe julle lewe."

Hy sit stil na haar en kyk sodat sy dink hy gaan steeds nie praat nie. Maar dan glimlag hy effens en sê: "Die plek vanwaar ek kom, is baie soos hier, net . . . heeltemal anders."

Sy kyk hom skepties aan. "Daardie sin maak nie sin nie," sê sy.

"Tog wel," sê hy. "Waar ek woon, is dit ook plattelands, met huise waar die kombuis die hart is en mense by houttafels hulle kos eet en koffie drink." Hy roer en roer sy koffie. Hy glimlag. "Daar's ook families wat lief is vir mekaar en stry oor politiek. Hulle moet ook brûe bou bo-oor die politieke skeurings. Ons families sit ook Sondae saam in die kerkbanke, luister saam na brokkies nuus oor die draadloos, kyk na stukke oorlog op die wit doek voordat die rolprent begin. Dis duisende myle anderkant die see, en tog is dit so . . . dieselfde, Klara."

Sy knik. "Wat maak dit dan 'heeltemal anders'?"

Hy dink 'n oomblik. "Hier is dit plat en dor en warm en stowwerig. Hier is sand en bome wat plat is bo, en . . . geluide in die nag, diere wat roep, vreemde sterrebeelde."

"Ons het darem 'n berg," verdedig sy.

Hy glimlag stadig. "Klara, jy het nie 'n idee hoe lyk 'n berg nie," sê hy en skud sy kop. "Ons dorp lê aan die voet van die Alpe, ons huise moet vasklou om nie teen die skuinstes af te rol nie. Die pad na ons dorp is steil en vol draaie en in die winter so toegesneeu dat nie eens die spoorwegbus daar kan op nie. Ons winters, Klara, is ysigkoud, die lug silwerskoon, ysskoon. Dis net . . . heeltemal anders as hier."

"Jy verlang terug?"

Hy knik stil.

"En jou familie?"

Hy antwoord nie dadelik nie. Wanneer hy begin praat, is dit asof sy die verlange in sy stem kan hoor. "My pa is 'n kunstenaar, 'n beeldhouer," begin hy. "Hy werk hoofsaaklik met marmer, soms met hout. Die meeste van sy werk word uitgevoer na Amerika – altans, so was dit voor die oorlog. Ek weet nie nou meer nie."

"En jou ma?"

Hy glimlag weer. "Sy is 'n besige mens, sy skarrel rond en kook en maak skoon. En sy is nogal streng, baie soos jou ma."

"Het jy broers en susters?"

"Twee broers, ek is in die middel."

"Ek weet hoe voel dít," sê sy. Dan vra sy reguit: "Het jy slegte nuus oor een van hulle gekry?"

Hy kyk op, sy oë is baie swart. "My oudste broer," sê hy.

Sy steek haar hand na hom uit, maar trek dit weer terug. Sy raak nie aan hom nie. "Vertel my, Antonio."

Hy haal sy skouers op.

"Was hy aan die front? Is hy . . . gewond of iets."

Hy skud sy kop. "Dis Marco," sê hy. "Hy is gevang en na 'n . . . konsentrasiekamp gestuur."

Sy frons onbegrypend. "Konsentrasiekamp?" Soos in die Boereoorlog?

"Ja. Joodse konsentrasiekamp."

"Ek verstaan glad nie, Antonio."

Die man met die donker oë aan die ander kant van die tafel kyk haar stil aan voordat hy praat: "Marco is verloof aan 'n Joodse meisie, Rachel. Hy het met haar en haar gesin gevlug toe die oorlog uitgebreek het."

Klara frons. "Hoekom gevlug?"

"In Italië word die Jode net so vervolg soos in Duitsland onder Hitler. Hulle word na sogenaamde Arbeidskampe gestuur – dis niks anders as konsentrasiekampe nie, die toestande is haglik, die mense sterf by die duisende."

Klara skud haar kop in ongeloof. "Antonio, is jy seker? Ek het nog niks daarvan gelees nie, in geen koerant nie. Die Duitsers sal tog nie so iets doen nie?"

"Ek is seker, Klara."

"Weet Boelie van die dinge?"

"Seker nie," sê Antonio en stoot sy vingers deur sy dik, swart hare. "Hy sal dit buitendien nie glo nie."

Sy broer is na 'n konsentrasiekamp.

Sy onthou skielik wat Gerbrand geskryf het: Die ouens sê die toestande in die Duitse kampe is vreeslik, die mense vrek van die honger en siektes. Gerbrand het verwys na krygsgevangenekampe – die konsentrasiekampe is seker erger.

Ek hoop onse mense pas die Itaais wat ons gestuur het, beter op, het Gerbrand geskryf, hulle is nie te sleg nie, eintlik vriendelik.

Klara staan op en stap spens toe. Sy haal die halwe melktert onder die doekie uit en sny twee stukke af. Sy skep dit versigtig in twee bordjies en stap terug kombuis toe. Haar hande bewe effens.

Die man anderkant die tafel steek sy hand uit en neem die bordjie by haar. "Grazie."

"Waarheen het hulle gevlug, Antonio?"

"Bergop. Daar is baie grotte waarin 'n mens kan oorleef, selfs in die winter. Iemand, seker een van die garnisoenmanne, moes Marco gesien het toe hy kom voorrade haal het."

Hy tel die sny melktert op en bring dit versigtig na sy mond. Sy tande maak diep bytmerke in die sagte vulsel.

"Of iemand van die dorp het hulle dalk verraai?" stel sy voor.

Sy vingers is lank en skraal. Daar is fyn, swart haartjies op sy vingers.

"Ons dorp verraai nie."

Vingers wat eens om 'n sneller gekrul het.

"Hoekom het jy by die weermag aangesluit?" vra sy reguit. Skielik moet sy weet.

Hy kyk op. "Ek het nie 'n keuse gehad nie, Klara," sê hy. "Mussolini het verpligte militêre diens ingestel."

"Maar . . . jy was nog besig met jou studie en jy was dan byna klaar?"

Sy mond glimlag effens. "In 1940 het Italië soldate nodig gehad, nie argitekte nie."

Sy sit verslae. "Verpligte . . .? Antonio, hoekom het jy my nooit gesê nie?"

Sy glimlag kom tot by sy oë. "Jy het my nooit gevra nie."

Sy skud haar kop stadig. "Hoe voel jy oor . . . die oorlog?"

Sy swart oë word weer ernstig. "Ek glo nie dat daar ooit enige goed uit enige oorlog kan kom nie," sê hy.

Sy knik. "En elke keer as ek uitvaar teen die oorlog, teen mense wat ander skiet om die magsug van leiers te bevredig, los jy my net?"

"Jy is kwaad, Klara. Hulle het jou vriend geskiet."

"Ja, hulle het. En die oorlog het my vriendin ingesluk; sy skryf nie eens meer nie. En vir Boelie geïnterneer sodat hy steeds soos 'n misdadiger weekliks by die polisie moet aanmeld. En dit het tweespalt in ons huis gebring wat moeilik oorbrug gaan word."

"In ons huis ook, Klara. In my ouerhuis ook."

"En nou is jou een broer in 'n konsentrasiekamp." Sy skud haar kop. "Dis net nie rég nie! Waar is jou ander broer, Antonio?"

"By die huis. Hy is gewond tydens El Alamein en is huis toe gestuur."

El Alamein.

"Gaan hy weer veg wanneer hy beter is?" vra sy.

Hy skud sy kop. Dan sê hy: "Hy het sy regterbeen verloor."

"Sy . . .?" Sy druk haar hande teen haar gesig vas.

Hy stoot die krummels op sy bordjie op 'n netjiese hopie. "Lorenzo, my jongste broer." Sy vingers maak 'n dammetjie in die hopie krummels. "Hy was altyd soos 'n wilde perd; hy kon klim waar geen ander mens dit gewaag het nie. Hy was 'n bondel energie wat nie kon wag om uit te breek nie."

Sy kyk na hom: sy sien die klassieke lyne van sy gesig, sy reguit neus, sy digte wenkbroue, die donker hare wat half oor sy voorkop val. Sy sien die lang vingers wat nou weer die hopie krummels netjies opbou in 'n piramiede.

"Hy wil nou weer voortgaan met sy studies," praat Antonio sonder om van die bord af op te kyk. "Ek weet net waaragtig nie hoe hy so 'n gebrek sal hanteer nie."

"Is dit ook waar jy gevange geneem is, Antonio? By Alamein?"

"Ja. By El Alamein."

"Dis waar hulle vir Gerbrand doodgeskiet het."

Hy knik. "Ek weet. Boelie het gesê."

"Ek haat die oorlog," sê sy skielik vurig. "Maar ek moes dit nie op jou uitgehaal het nie, Antonio. Ek is jammer."

Hy kyk op en knik. "Jy moet ook nie haat nie," sê hy. "Haat word later 'n suur wat jou van binne opvreet. Dit doen meer skade aan die draer as aan die objek waaroor dit uitgegooi word."

Sy dink 'n oomblik oor sy woorde. "Jy is seker reg. Haat jy nie die mense wat jou gevang het nie?"

Hy skud sy kop en staan skielik op. "Dankie vir die melktert," sê hy en stoot sy stoel netjies terug onder die tafel. Sy staan ook op en gaan maak vir hom die agterdeur oop.

"Ek is regtig jammer oor jou broer, oor Marco," sê sy. "Ek sal bid vir hom, en vir Rachel."

"Dankie, Klara," sê hy. Hy steek sy hand uit en streel vlugtig aan haar wang.

Sy kyk hom agterna toe hy met lang treë oor die maanligwerf wegstap skuur toe. Toe maak sy die agterdeur weer toe.

Haar wang brand waar hy haar aangeraak het.

Sy dra die twee koppies en tertbordjies wasbak toe. Haar hande bewe. Sy spoel die skottelgoed onder die kraan af. Haar gesig gloei. Sy gaan bêre die suiker in die spens. Haar gees bly onstuimig. Sy gaan sit op die voorstoep. 'n Jakkals huil in die verte.

Net voor sonop begin die naguiltjie roep. Haar gees word stadig kalm.

Sy sien die son opkom.

Sy staan op en gaan maak vars koffie op die primusstofie. Haar gesin word wakker en drink hulle koffie. Sy bad en trek aan en ry saam met hulle kerk toe.

Sy het nooit geslaap nie.

HOOFSTUK 23

DIE PLAFON LÊ VAN HORISON TOT HORISON. Vierkantig ingeperk. Wit.

Die lig kyk van bo reguit af. Veroordelend. 'n Groot, ronde oog. Wit.

Die pyn is oral. Oorweldigend. Oeroud.

"Doctor will be here any minute," sê 'n wit uniform.

Die pyn maak branders; dit is 'n see. Brander op brander kom van ver af, dit stoot stadig nader, dit groei en swel haar hele lyf vol, dit lig haar op en suig haar af tot diep in die donker maag van die see sodat sy nie asem kry nie.

ewigdurend

Sy veg boontoe.

nimmereindigend

die brander slaan haar om en verswelg haar

die brander maalkolk haar om en om en af af

sy is die drenkeling in die see van pyn wat snak na asem

Dan breek die brander. Dit smyt haar hard op die klipperige sand neer.

"Haal diep asem, haal asem! Dokter kom," sê nog 'n wit uniform.

Die kring hande op haar gesig is koel. Sy is sopnat.

Die brander trek terug. Dit trek haar weer die see in.

"Nee!"

"Kom, haal asem! Nee! Moenie druk nie! Haal diep asem."

Haar lyf kan nie meer uitkruip nie. Die see trek haar te diep in.

Sy kan nie meer boontoe beur nie. Sy kan nie haar kop bo water hou nie.

"Christine! Haal asem!"

"Waar bly die dokter?!" Vreemde stemme. Vreemde taal.

Christine!

christine! christine!

"Druk!"

die oog kyk verblindend wit tot binne-in haar

dan trek die see haar heeltemal in

HOOFSTUK 24

DIE AUGUSTUSWINDE WAAI NOU AL DAE LANK. Hulle blaas die stof in vlae op en maak soms tregters warrelwinde. Hulle tel die droë mielieblare op en speel daarmee in die lug. Die hele lug is vol stof; die son sukkel sy strale deur die stof. Die sand kom tussen 'n mense se tande, in jou oë, kruip in jou neus op.

"Die Egiptenare het nie 'n idee wat hulle gespaar was nie," sê Klara toe sy die agterdeur oopstoot.

"Waarvan praat jy, kind?" vra haar ma. "Van die oorlog?"

"Van die tien plae, Ma," sê Klara. "Paddas of sprinkane is vulletjies teen hierdie stof."

Die dae is saai en eenselwig en vol werk: skoolwerk, buitemuurse aktiwiteite, studie, takies in en om die huis. Die dae is eensaam – Henk kom eers weer in Desember kuier.

Boelie is kort van draad: Hy wil die dam begin bou, maar hulle pa skop teë. De Wet is kort van draad: Hierdie klerkskap is slawearbeid, sê hy, teen 'n hongerloon. Irene is kort van draad: Sy speel aan die einde van die maand haar finale musiekeksamen en niémand konsidereer haar mos nóóit níks nie.

En die plek waar Antonio byna ses maande lank saam met hulle aan tafel gesit het, waar hy saans saam met hulle huisgodsdiens gehou het, is nou leeg. Die viool in die skuurkamer het stil geword, die bouwerk by die brug het opgedroog. Donkiekarre en muilwaens, trekkers en 'n motor of drie ry nou heen en weer oor die Pontenilo na die ander kant.

Antonio woon nou in die agterkamer van die pastorie. Hy is onder die dominee se toesig geplaas en doen die klipwerk aan die kerk.

Septembermaand is basaarmaand. Van vroeg Augustus af werk Klara se ouma strykdeur vir die naaldwerktafel. Sy maak kinderklere en hekel doilies en brei nagsokkies en teemussies.

"Ons gaan vanjaar min bydraes kry," sê Klara se ma. "Die mense sukkel om lap en gare en wol te kry, en wanneer 'n mens 'n stukkie rokgoed kry, is die kwaliteit maar beroerd."

"Hoekom het ons altyd die naaldwerktafel?" vra Irene ontevrede. "Dis só 'n vervelige tafel; net die ou tannies en die ma's met babas kom koop ooit iets."

"En die dogtertjies met poppe," sê Klara.

"O, ja," steun Irene, "al daardie stupid popklere! Ek het al vergeet van hulle."

"Die naaldwerktafel word tradisioneel deur ons familie hanteer," sê hulle ouma. "Voor die Boere-oorlog nog, toe ek as jong vroutjie plaas toe gekom het saam met julle oupa, het die naaldwerktafel my verantwoordelikheid geword. En later, toe julle klein was, het ek en julle ma dit saam hanteer. Deesdae doen sy die meeste van die werk; sy is so 'n bekwame mens. En eendag sal julle dogters die naaldwerktafel moet oorneem," sluit hulle ouma af.

"Beslis nie ek nie," sê Irene. "As ek eendag trou, wil ek in 'n stad gaan woon, beslis nie op hierdie dorp nie."

"Ek sal nogal graag wil bly; ek is lief vir ons dorp," sê Klara. "Maar ek weet darem nie van die naaldwerktafel nie. Ek kan omtrent net 'n knoop aanwerk en 'n soom insit. Ek kan nie eens kouse stop nie."

" 'n Mens kry buitendien nie gestopte kouse by die naaldwerktafel nie," sê Irene.

"Wag maar tot jy kinders het," sê hulle ouma, "dan leer 'n mens vinnig genoeg kleertjies maak."

Die oggend van die basaar is almal vroeg op. Boelie het spesiale toestemming gekry om die hele dag in die dorp te bly. Hy en De Wet is vroeg reeds weg met die ou perdekarretjie. Die hele dag ry hulle om die beurt al in die rondte, met drie kinders op die smal bankie voor en gewoonlik 'n hele trop wat agterna hardloop. "Ek is seker dis verveliger as die naaldwerktafel," het Boelie vir Irene gesê.

By die stadsaal heers 'n feestelike atmosfeer. Vroeg al stroom die mense in. Die seuns dra tafels in, die dogters pak die koopware uit, die tantes vra raad oor pryse en merk elke item deeglik, die ooms stel die skyfskiet en jukskei op en dra baddens met jaartse en jaartse wors na binne. Buite die saal hang die reuk van gebraaide boerewors in die lug, binne sweef die kaneelreuk van pannekoek lig tussen die stalletjies rond.

"Kom ons pak die popklere op hierdie lae tafeltjie," sê Irene.

"Ja, dis slim," sê Klara. "Ouma, waarvoor sal ons hierdie skinkbordlappie verkoop?"

So tussen die uitpakkery en merkery deur sien sy hoe Antonio by 'n sydeur ingestap kom. Sy voel hoe die vreugde onverwags in haar opborrel. Dit is die eerste keer dat sy hom weer sien vandat hy van die plaas af weg is. Hy is geklee in 'n gemaklike swart broek en 'n dun, spierwit hemp. Sy hare is te lank – dit het seker nog nie weer 'n skêr gesien vandat haar ma dit gesny het net voor hy van die plaas af weg is nie. Hy stap vanaf die sydeur deur die stadsaal na voor. Hy dra 'n groot skinkbord met hooggerysde koeke.

Klara trek haar asem diep in en maak haar oë 'n oomblik lank toe. "Ek is nou terug," sê sy skuinsweg vir Irene en stap oor na hom toe.

"En wat maak jy by 'n boere-kerkbasaar?" vra sy agter hom.

Hy swaai om. "Klara!" Sy sien die blydskap oor sy gesig sprei. "Ek het gehoop ek sien jou hier. Wag, laat ek net die hoop koeke veilig op die regte tafel kry."

Sy lag. "Hulle het jou klaar ingespan, nè?"

Hy sit die skinkbord koeke versigtig op die tafel neer en draai na haar. "Ek is mos nou deel van die pastorie," sê hy. "Waar werk jy?"

Voordat sy nog kan antwoord, storm 'n klein dogtertjie op Antonio af. "Tonio! Tonio!" skree sy van ver af.

Hy hurk af en hou sy arms oop. Sy hardloop in sy arms in. Dis die dominee se dogtertjie. "Ek is gereeld babawagter ook," glimlag hy oor haar koppie heen vir Klara. "Ek weet nie wie saans na dié outjie omgesien het voordat ek daar was nie."

"Sy is oulik," sê Klara en steek haar hand uit om oor die sy-sagte koppie te streel.

"Nee!" sê die kleintjie kwaai en klou vas aan Antonio se spier-wit hemp. Die hemp is skielik nie meer oral so wit nie.

"Dis Klara," sê Antonio paaiend, "Sê: 'Hallo, Klara'. Kyk, sy is . . . mooi."

"Jy praat al goed Afrikaans," sê Klara verras.

Sy swart oë lag af na haar. "Ek moet, anders verstaan sy nie," slaan hy weer terug na Engels.

Sy kyk weg – iets in daardie swart oë onthuts haar, ontsenu haar.

"Waar werk jy?" vra hy weer.

"Daar oorkant, by die naaldwerktafel," beduie sy. "Ek sal moet gaan; ek sien my ouma is nou alleen daar."

"Ek kom daarheen, sodra al die koeke ingedra is," sê hy.

Dit word 'n vrolike dag met mense wat lag en kuier en eet. Die uiteindelike opbrengs sal nie so goed wees soos vorige jare nie, met die dat die oorlog die beursies skraps maak. Maar dit doen geen afbreuk aan die mense se geselligheid nie.

"Dit was nou 'n heerlike basaar," sê Klara toe hulle terugry plaas toe.

Die aand in die kamer sê Irene: "Jy en Antonio het nogal baie saam gekuier, nè?"

"Dit was lekker om hom weer te sien," sê Klara gelykmatig. "'n Mens het so gewoond geraak aan hom hier in die huis."

"Ek wonder net wat sal Henk sê as hy moet weet jy hang heel-dag rond saam met Antonio," snip Irene. "Want toe julle saam met Boelie op die perdekarretjie gery het, het julle darem alte naby mekaar gesit."

"Irene, jy is laf," maak Klara dit sonder meer af. "Dis 'n smal bankie, jy weet dit self. Enige drie mense sal na aan mekaar sit."

"Almiskie," sê Irene selfversekerd, "maar ek weet wat ek gesien het."

Lank nadat die kers gesnuit is, lê Klara steeds en wonder oor Irene se woorde. Dit is so dat sy die dag besonder baie geniet het juis omdat Antonio ook daar was. Dit is ook so dat sy nooit vir Henk gemis het nie – sy het nie eens aan hom gedink nie.

Maar sy het niks gedoen wat sy nie vir Henk sal vertel nie, probeer sy haarself troos. Sy kan nou uit die bed opstaan en vir hom alles vertel, elke ding wat daardie dag gebeur het.

Doen dit dan, sê 'n lastige stemmetjie in Irene se stemtoon. Skryf vir hom 'n brief en vertel alles.

Sy steek die lamp in die kombuis aan en gaan sit by die kombuistafel. Liewe Henk, begin sy, ons het vandag . . . Moes sy nie eerder Liefste Henk geskryf het nie?

Teen twee-uur die oggend gooi sy die soveelste brief in die bek van die Welcome Dover. Dit help nie; sy kan nie vir Henk alles van die basaar vertel nie.

Want die tien minute op die smal bankie van die perdekarretjie, toe sy half onder Antonio se arm moes inklim, toe sy haar teen sy harde lyf gekoester het en sy hartklop deur die dun hemp gevoel het, daardie tien minute het skielik die kern geword van die hele dag, van die ganse week.

Middel September kom die nuus: Italië het 'n wapenstilstand met die Geallieerde magte onderteken. Britse magte het reeds op 3 September aan die toon van Italië aan wal gestap. Hulle is op pad Napels toe.

"Dit kan die begin van die einde van die oorlog beteken," sê Klara se pa.

Maar die Duitse magte bied gewelddadige weerstand, hulle stuit die Geallieerdes langs die 100 myl-lange Gustave-linie met die massiewe, eeue oue klooster op die berg bo Monte Casino as middelpunt. 20 000 Geallieerde soldate sneuwel voordat hulle Napels nog bereik het. "Dis verskriklik!" sê Klara ontsteld. "Dis ménse!"

"Italië is toe nie so 'n sagte onderbuik as wat die ou klomp Rooinekke en Yanks gedink het nie," sê Boelie tevrede. "Die Duitse oorlogsmasjien is ongelooflik. Hulle gee nou waaragtig die Kakies op hulle herrie, met of sonder die hulp van Italië."

Sy wag drie lang weke. Toe gee sy bes.

"Irene en Persomi oefen vanmiddag na skool hokkie," sê sy vroegoggend vir De Wet. "Ek gaan afstap en kyk hoe die bouery by die kerk vorder. Laai my asseblief sommer daar op."

Hy kyk 'n oomblik stil na haar, dan sê hy: "Goed. Onthou die possak, dis Woensdag."

Na skool stap sy met Kerkstraat af, verby die Griek se kafee op die hoek, verby die Bosveld Slaghuis, verby die ou kerkie, verby die pastorie met die wye stoep reg rondom, tot by die bouperseel van die groot, nuwe kerk.

Dis doodstil op die bouperseel.

Hy is nie hier nie, dink sy, niemand is hier nie.

Sy staan doodstil.

Ek is teleurgesteld, weet sy. Ek wou hom net weer gesien het, bietjie gesels het.

Dan hoor sy tog geluide agter die skouerhoogte mure.

Hy staan by 'n werkbank met 'n beitel in die hand. Hy is besig om 'n grysblou, klipharde Bosveldklip te kap en te vorm om 'n bousteen te word in 'n klipkerk vir die geslagte wat kom.

Sy kyk na hom terwyl hy werk. Hy is aantreklik, baie aantreklik, dink sy: lang lyf, breë skouers, donker hare, donker wenkbroue. Sy sien die reguit neus, die vierkantige ken. Sy sien die streling van sy vingers oor die growwe oppervlakte van die klip, sy hoor hoe hy sag neurie terwyl hy werk.

"En toe?" vra sy gelykmatig. "Wat gaan hier aan dat hier niks aangaan nie?"

Hy kyk op en begin lag. "Jy maak nou 'n gewoonte daarvan om my skrik te maak," sê hy en sit die beitel neer. "Hallo, Klara, dis lekker om jou te sien."

"Ek het kom kyk hoe vorder die kerk," verduidelik sy. "Maar dit lyk vir my doodstil hier."

"Hier is geen werksmense nie. Almal is begrafnis toe; glo een of ander hoofman wat oorlede is."

"Hm, en nou moet jy alleen werk?" vra sy. Sy draai na die halfgeboude mure. "Julle het al goed gevorder, Antonio. Die klipwerk lyk pragtig."

"Dankie," sê hy en stof sy klere af. "Jammer, ek is vol klip-stof."

"En ek is vol bordkrytstof," sê sy.

"In die stof van jou aanskyn sal jy jou brood verdien," sê hy.

Sy begin lag. "Dis in die swéét van jou aanskyn, Antonio! Tensy julle Roomse Bybel natuurlik anders is."

"Nee, ek gebruik net digterlike vryheid," sê hy. "Kom, dan wys ek jou dat hier wel iets aangaan."

Hulle stap om die bouwerk en hy verduidelik hoe die kerk gaan lyk. Hulle klim oor die steiers na binne, hy hou sy hand uit na haar om haar oor te help, hy verduidelik waar die konsi-storie gaan wees, waar die preekstoel gaan staan. Hy vertel van die brandglasvensters wat meneer Moerdyk wil insit – maar daar mag geen afbeeldings van mense of kruise op wees nie. "Meneer Moerdyk sê dis Rooms. Hy sê ons mag nie daardie ge-vaar in hierdie dorp toelaat nie." Antonio begin lag. "Hy noem my die Roomse Gevaar, Klara. Hy het regtig 'n lekker sin vir humor."

"Die mense is ernstig oor die Roomse Gevaar, hoor," waarsku sy.

"So kom ek wel deeglik agter, ja," sê hy met 'n halwe glimlag. "Veral die tantes met mooi dogters. Die dorpsmense is ernstig oor baie dinge. Ek wil jou 'n ander staaltjie van hierdie kerk vertel."

"Vertel!" sê sy gretig.

"Omdat hierdie turfgrond is en meneer Moerdyk bang was dat die kerk se mure sou kraak, stel hy toe voor dat daar 'n laag sand op die fondasies gegooi word – sodat die gebou effens kan beweeg, verstaan jy?"

"Ja, dit klink logies."

"Dis 'n slim oplossing, het ek gedink," sê Antonio. "Maar Dominee sê toe hy sal die gedagte eers aan die Kerkraad moet voorlê."

Sy begin glimlag. "Ja?"

"En die eerwaarde Kerkraad debatteer toe byna nagdeur, en hulle kom tot die gevolgtrekking dat dit totaal onaanvaarbaar is om die Huis van die Here op sand te bou."

Klara gooi haar kop agteroor en bars uit van die lag. "Ai, Antonio, ons ou dorpie interpreteer die Bybel soms baie letterlik, nè?"

Hy lag ook. "Die mense in ons dorpie in Noord-Italië ook, Klara." Hy skud sy kop. "Dis net soos hier."

Sy knik. "Al is dit anderkant die see. Die mens is maar oral dieselfde, nè?"

"Basies bly die mens maar mens, ja." Dan word hy ernstig en draai na haar. Daar is 'n vreemde uitdrukking in sy oë. "Klara, ek . . ." Hy bly skielik stil.

Sy steek haar hand uit en sit dit op sy arm. "Antonio?"

Hy skud sy kop. "Nee, niks," sê hy en glimlag onpersoonlik af na haar toe.

"Praat met my, Antonio," dring sy aan.

"Liewer nie," sê hy. "Liewer nie." Hy draai om en hou sy hand na haar uit om haar oor 'n versperring te help. "De Wet sal seker nou hier wees. Kom ons stap maar straat se kant toe."

Wat wou hy sê? wonder Klara op pad poskantoor toe. Daar was iets in sy oë, sy weet dit.

"Jou beurt om te gaan pos uithaal," snip Irene van agter.

Klara neem die possak met die posbussleutel aan en stap oor die stofstraat na die ry posbusse. Sy buk af en sluit die posbus oop. Sy haal die stapeltjie posstukke uit en druk hulle in die possak.

Maar skielik, onverwags, vang haar oog die vaal koevert met die rooi goewermentstempel.

Christine!

Die wete stol bly in haar: Christine het geskryf. Eindelik.

Sy druk die koevert in haar rok se sak en stap terug motor toe.

"Enige interessante pos?" vra De Wet soos altyd.

"Rekeninge, hoofsaaklik. En die *Landbou Weekblad*."

By die huis gaan sy na haar kamer en maak die deur toe voordat sy die koevert versigtig oopskeur.

WAAS kamp,
Kaïro.
30 September 1943.

Liewe Klara,

Dankie vir jou briefie. Jammer dat ek nou eers skryf, maar ons is baie besig. Dit gaan baie goed hier, elke dag gebeur nog dinge.

Dit is vir my baie vreemd dat jy nou skoolhou in ons skool. En nogal in Juffrou Reinecke se klas. Dis seker snaaks om saam met al die onderwysers tee te drink, of op die verhoog te sit.

Dit gaan baie goed met ons magte, ons het die vyand nou heeltemal verslaan in Noord-Afrika. Die meeste van ons manne sal nou verskuif word na Italië, dis waar ons oorlogsfront nou is, want hoewel die Italianers oorgegee het, veg ons nou teen die Duitsers daar. Ek bly eers in Kaïro agter.

My pa sê die brug oor die Nyl is nou klaar, julle ry al oor hom. Ek is bly. Hier in Egipte is nog nie 'n brug oor die Nyl nie. (grappie!)

Klara, ek was bietjie siek en was 'n paar dae in die hospitaal, maar niks ernstigs nie. Moenie eers vir my pa sê nie, ek wil hom nie vertel nie, dan bekommer hy hom. Dit was buitendien 'n rukkie terug al. Ek wou maar net vir jou vertel.

Maar nou is ek gesond en ek is terug by die werk. Ek is nou in beheer van die Naafi, dis mos die weermag se winkel waar al die soldate hulle goed kom koop.

Ja, Klara, ek weet van Gerbrand. Dit was vir my ook 'n skok.

Ek hoop jy werk lekker en dat jy en Henk gelukkig is. Dit is goed om lief te wees vir iemand.

Ek is gelukkig hier, baie gelukkig, so ek beplan om hier te bly. Die weermag is baie goed vir my.

Sê groete vir almal daar, sê hulle hoef hulle nie te bekommer oor my nie.

Beste groete,
      Jou vriendin,
         Christine.

Klara vou die briefie teleurgesteld toe. Wat anders het sy verwag?

Daardie aand sê sy vir De Wet: "Dit voel nie eens meer of sy my vriendin is nie. Sy het te ver wegbeweeg; ons het nie regtig meer kontak nie." Sy dink 'n rukkie. "Ek weet nie eens of sy regtig gelukkig is nie. Luister jy wat ek sê?"

Hy bly voor hom uitstaar die donker veld in. "Ja, Klara, ek hoor."

"Hoekom dink jy sy sou vir my wou vertel dat sy 'n paar dae in die hospitaal was? Veral as dit reeds 'n rukkie gelede was?"

"Hm," sê hy, "dit maak nie regtig sin nie."

"Ek bly lief vir haar, De Wet. Ek sal nooit weer 'n vriendin soos sy kry nie, ek is seker daarvan. En ek bly bekommerd oor haar."

"Ek ook, Klara. Haar optrede is net nie soos ons Christine ken nie."

"Daar is nie veel wat 'n mens daaraan kan doen nie, nè?" vra Klara.

"Nee," sê hy, "daar is seker nie."

Napels word platgeskiet, berig die draadloos in Oktober. Die Duitsers het nou totaal teen hulle verraderlike eertydse bondgenote gedraai. Hulle steek biblioteke aan die brand, plunder kunsmuseums, skiet waterstelsels uitmekaar, stel tydbomme in hotelle en poskantore sodat onskuldige burgerlikes sterf, berig die draadloos.

"Wat 'n hoop onsin!" roep Boelie woedend uit en skakel die draadloos af. "Die Duitsers is 'n beskaafde volk, die mees ontwikkelde nasie ter wêreld. Dis net weer 'n boel goedkoop propagandastories wat hierdie verdomde Kakieregering van ons in ons kele wil afwurg!"

Vroeg in November sê De Wet: "Die waterval behoort nou mooi te wees na die naweek se reën. Miskien moet ons Saterdag gaan kyk."

"Miskien kan ons weer 'n nag daar uitkamp?" stel Klara voor. "Onthou julle, soos ons 'n paar jaar terug gedoen het. Dit sal ons almal goed doen om bietjie uit te kom."

"Vier jaar gelede," sê Boelie. "Ek twyfel of die waterval sal loop; dit het nie soveel gereën nie. Maar ons kan nogtans gaan."

"Hierdie keer gaan ek saam," sê Irene beslis. "Julle los my nié weer alleen tuis nie."

"Jy sal eers by Pa moet verbykom," waarsku De Wet.

"Ek sal met Pa praat," kom Boelie onverwags tot haar redding. "Dan kan jy vir Persomi en Reinier ook saamnooi."

"Ag, alewig Persomi, sy gee my so 'n kramp!" sê Irene.

"Dan los ons dit maar," sê Boelie en staan op.

"Nee, Boelie! Asseblief, praat met Pa. Ek sal vir Persomi saamnooi."

"Sal jy vir Leoni ook sommer saamnooi?" vra De Wet vir Klara.

"Hoekom nooi jy haar nie self nie?" vra Klara.

"Jy is by die skool. Dis net makliker." Hy glimlag gemeensaam. "Ek wil darem nou ook nie oorgretig lyk nie."

"Daardie gevaar bestaan nie, broer," verseker Klara hom.

"Reël ook met Antonio," sê Boelie vir De Wet. "Sê hy moet sy nuwe kitaar bring."

Skielik kry die naweek 'n ander kleur. Nie spesifiek 'n helderder kleur soos rooi of geel of oranje nie, ook nie spesifiek 'n sagter kleur soos ligroos of poeierblou nie. Net 'n . . . ander kleur.

Hulle stap Saterdagmiddag op waterval toe. Klara en Leoni dra die kosmandjies, Irene en Persomi die beddegoed, die mans die tent en pale vir die meisies om in te slaap. Reinier is gelaai soos 'n pakesel.

"Jy is die jongste, kêrel, jy moet maar uithaal en wys," het Boelie gesê en nog 'n pakkasie vir Reinier aangegee.

"Ja, gee maar," het Reinier vriendelik bly glimlag. "Ek kan nog iets dra."

Hy is darem baie anders as sy suster, as Annabel, besluit Klara.

Irene loop vooruit met die honde. De Wet en Antonio sluit by Klara en Leoni aan. Baie gou loop hulle twee-twee, omdat die paadjie te smal word. Boelie, Reinier en Persomi vorm die agterhoede.

"Was jy al by die waterval?" vra Klara toe sy en Antonio 'n entjie agter De Wet-hulle inval.

"Saam met Boelie, ja. Maar toe was dit nie 'n waterval nie, net rotse met watermerke op en 'n vuil poel water."

"Ek hoop werklik daar is nou water in," sê Klara. "Dan is dit baie mooi."

Hy kyk af na haar. "Dit sal buitendien vir my mooi wees, of daar water is of nie," sê hy.

Sy voel 'n warmte in haar groei. "Vir my ook, Antonio," sê sy.

Hulle loop in stilte. Nie 'n ongemaklike stilte nie, eerder 'n tevrede stilte, 'n vredige stilte.

"Het jy al weer iets van jou broer gehoor, van Marco en sy meisie?" vra Klara.

"Rachel. Nog niks nie, Klara." Sy stem is baie diep. "Ons sal seker ook nie iets hoor nie, tot na die oorlog."

"En van jou ander broer?"

"Lorenzo? Ek weet nie, Klara, hy skryf nie. My ma skryf dat hy goed genees het. Maar Gina het geskryf dat hy baie bitter is, dat hy nie baie goed aanpas by sy verlies nie. Eintlik het sy lanklaas iets van Lorenzo geskryf, noudat ek daaraan dink." Hy bly 'n oomblik stil. "Gina is my . . . vriendin," sê hy sonder om na haar te kyk.

"Jy is verloof aan haar, nè, Antonio?" sny Klara oop tot op die been.

Hy kyk reguit na haar. Sy oë is ernstig. "Ja, Klara, ek is."

"Dit is goed. Dan het jy iemand spesiaals om na toe terug te gaan." Dit maak byna seer om dit te sê.

"Jy is reg," sê hy. "Een van my eie mense."

Die waterval loop toe nie, en die poel is hopeloos te vlak om in te swem. Maar die water is darem mooi skoon na die reën van die vorige naweek.

Die meisies sit die piekniekmandjie op 'n plat rots neer en sprei die komberse oop. Die mans slaan die ronde kloktent op waarin die meisies kan slaap. "Ek sou graag saam met julle om die vuur geslaap het," sê Irene.

"Nee, dit kan nie," sê Boelie beslis.

"Julle is ook almal so . . . óúd," sê Irene, maar sy lyk darem nie dikmond nie.

Persomi hou haar eenkant, amper asof sy skaam is om met die res van die groep te praat. Dit was 'n fout om haar saam te bring, dink Klara. Sy voel ontuis.

Of miskien is sy net teruggetrokke van geaardheid. Want selfs in die klas, hoewel sy verreweg die hoogste punte kry, sê sy selde iets. Dis net met Reinier wat sy skynbaar gemaklik gesels.

"Hier is 'n grot hoër op," sê Irene vir Reinier. "Wil jy dit sien?"

"Ja, graag," sê hy entoesiasties. "Kom jy, Pers?"

"Oppas net vir die bobbejane," waarsku Boelie. "En kom goed voor sonsak terug dat die donker julle nie vang nie."

"Ons is in vorm IV, Boelie," vererg Irene haar. "Ons is nie babas nie!"

Teen skemeraand pak hulle 'n vuurtjie. Klara en Leoni smeer die brood, Reinier sleep nog 'n droë stomp nader, Antonio sit met sy rug teen 'n groot klip en tokkel sag op sy kitaar, sy kop laag vooroor gebuig.

"Laas toe ons hier was vir 'n piekniek, was Annabel by," onthou Boelie.

"Ja," sê De Wet na 'n rukkie, "en Christine."

En Gerbrand, dink Klara. Sy kyk op, reguit in Persomi se oë vas. En Gerbrand, sê Persomi se oë voor hulle vinnig wegkyk.

Maar niemand noem sy naam nie.

"Die wors is reg," sê Boelie later. "Hou julle brood onder, anders gaan julle hande brand."

"Moet ek vir jou die ketel op die kole sit?" vra Antonio vir Klara.

"Moet ek áltyd koffie maak?" protesteer sy lui.

"Natuurlik," sê Boelie verbaas, "wie anders?"

Hulle sit tot laataand om die vuurtjie. Hulle vertel stories – Boelie en De Wet vertel staaltjies uit hulle studentepretjare, Antonio staaltjies uit sy tuisdorp anderkant die see. Later maak hulle musiek – Antonio en Boelie op hulle kitare, De Wet op sy bekfluitjie. Hulle kyk na die sterre en probeer die sterrebeelde uitken. Nog later sit hulle net en kyk na die gloeiende kole.

Klara kyk onderlangs na Antonio. Hy sit aan die ander kant van die vuurtjie. In die flikkerlig van die smeulende stompe sien sy die klassieke lyne van sy gesig, sy donker hare, sy hande wat hy palms na voor na die vuur hou om warm te word.

Hy kyk in die vuur. Dan kyk hy op, reguit na haar. Hy glimlag stadig vir haar.

Klara kyk af. Sy voel hoe haar bloed warm deur haar are jaag. Ek wíl nie so voel nie, dink sy. Ek wil regtig nié so voel nie.

"Ek gaan inkruip; ek is nou lekker moeg," sê sy en staan op.

Sy kyk nie weer in sy rigting nie.

Maar sy raak ook nie aan die slaap nie. Lank nadat die ander meisies al kom slaap het, lê sy nog na die sterre en kyk deur die skeurtjie in die tentseil bo haar.

Klara word wakker toe sy Persomi se stem buite die tent hoor: "Boelie, kom kyk, is dit nie 'n veldbrand daar agter die oorkantste hang nie? Kyk die rook."

Klara is onmiddellik wawyd wakker. Die son skyn reeds helder.

Boelie los 'n allemintige vloekwoord. "Dis op oom Freddie se plaas. Hulle is nie daar nie," sê hy. "Ons moet dadelik gaan om te keer dat die brand in die bloekombos kom, of in die somerweiveld."

"Leoni! Irene!" maak Klara die ander meisies wakker. "Trek aan, daar is 'n veldbrand."

Irene vlieg vervaard op. "Waar?"

"Oom Freddie se plaas. Trek aan, ons moet so gou moontlik by die huis kom." Sy pluk haar klere aan.

Buite is De Wet, Boelie en Antonio reeds gereed om te loop. "Reinier sal saam met julle kom. Los sommer die tent en alles hier, ons kan dit later kom kry," sê Boelie.

"Waar is Persomi?" vra Klara.

"Sy het vooruit gehardloop. Ons weet nie of Pa-hulle die brand van die plaashuis af sal kan sien nie," antwoord De Wet.

"Ons kry julle by die huis," sê Klara en pluk haar skoene aan.

Die drie mans verdwyn vinnig bergaf. Die res van die groep volg gou daarna.

By die huis wag Lena hulle grootoog in. "Almal is klaar weg kerk toe," sê sy. "Hulle weet nie van die brand nie. Boelie en De Wet is daar by die skuur."

Net toe ry Boelie met die pick-up by die skuur uit. "Kom, Klara!" roep hy. "Irene, bel al die bure en sê hulle moet kom help slaan."

Sy klim voor tussen Boelie en Antonio in. "Waar is De Wet?" vra sy.

"Hy bring die waterkar met die trekker," antwoord Boelie. "Ons het al die sakke."

Hy bestuur vinnig oor die smal plaaspaadjie. By die statte laai hy vir Jafta en Linksom op. "Almal wat kan vuur slaan, klim!" roep hy.

Dis 'n geroep en 'n geskarrel – vuur is 'n gemeenskaplike vyand vir almal op die plaas. Selfs enkele van die jonger vroue spring agter op die pick-up. Op die grens maak Jafta die smoelneuker tussen die twee plase oop. "Los sommer oop," beveel Boelie, "anders is die vee dalk vasgekeer."

Klara sien die dik rookwolke en ruik die rook voordat hulle nog die vuur sien. Toe hulle oor die bult kom, sien sy die vlamme, hoë vlamme wat hardloop in die wind. Sy druk haar hande teen haar wange.

Sy sien hoe die bome fakkels word, sy voel die skrik in haar groei. "Boelie, dis verskriklik!" sê sy. 'n Rilling trek deur haar lyf. Sy voel Antonio se arm afsak tot om haar skouer. Sy leun effens terug in die waai van sy arm.

"Die veld is droog," sê Boelie. "Verlede naweek se reën het nie veel indruk gemaak nie."

"Hoe hanteer ons die situasie?" vra Antonio kalm.

"Ons moet probeer 'n voorbrand maak sodat die brand teen die voorbrand doodloop," verduidelik Boelie. "Maar dit gaan moeilik wees in hierdie wind. Klara, jy gaan die pick-up terugneem huis toe en soveel werkers oplaai as wat jy kan kry. Gaan haal ook oom Freddie se mense en al sy slaansakke – ou Petrus sal weet waar in die skuur hulle gebêre word."

Hy trap skielik rem. "Jafta!" roep hy na agter. "Neem 'n paar mense en begin die voorbrand hier. Werk rantjie se kant toe. Ons gaan van die ander kant af werk. Oppas net as die wind draai!"

"Ek kan glad nog nie die pick-up bestuur nie," sê Klara benoud vir Antonio.

"Jy het mos al die Daimler begin bestuur," sê hy kalm. "Die pick-up is maar dieselfde, net groter." Hy glimlag stadig af na haar. "Ek weet jy sal regkom; jy is 'n baie bekwame meisietjie."

Boelie slaan die pick-up se deur agter hom toe en trek teen 'n vaart weg. Hy laai vir Linksom en nog enkele mense op 'n ander punt af – klein mensies wat verdwerg word deur hoë, woedende vlamme. "Vat die agterpad na oom Freddie-hulle se huis, dis korter," sê hy so in die ry vir Klara. "En sê ou Petrus-hulle moet solank 'n voorbrand om die huis en skuur maak; hy het genoeg kinders om te help."

Toe hulle stilhou en Boelie uitspring, draai Antonio na haar. "Wees baie versigtig, Klara," sê hy.

Sy knik. "Ek sal wees. Pas jouself ook op."

Teen twaalfuur help al die mense op al die omliggende plase brandslaan. Die brand het hom doodgeloop voor oom Freddie-hulle se kraal, maar na die noorde en ooste het dit met lang hale weggehardloop bo-oor die grensdrade na die naburige plase. "Dis die wind," sê Klara se ma toe hulle van die kerk af terug-kom. "As die wind net wil gaan lê."

"Ons moet vir die mense drinkwater neem," sê Klara se ouma. "In hierdie hitte sal hulle dehidreer."

"Maak die melkkanne vol water," sê Klara se ma vir Irene en Persomi. "Klara, neem ook die noodhulpkissie, 'n mens weet nooit wat gebeur nie."

"Ek sal saam met Klara ry," sê haar oupa.

"Cornelius, jy ry nie saam nie," sê haar ouma beslis. "Jy het hoeka vanmôre die hartkloppings gehad."

"Ek ry saam. Ek laat nie die dogter alleen ry nie," sê haar oupa net so beslis.

"Oupa, ek sal reg wees om alleen . . ." begin Klara.

"Basta nou met jou teëpratery, Klara!" raas haar oupa.

"Dis miskien goed as Oupa saamry," paai haar ma en draai na hom toe. "Maar Pa klim nié uit die pick-up nie!"

"Maar sie julle vroumense nou endkry kloek!" sê hulle oupa vererg en begin pick-up toe stap.

"Mamma, ek weet nie," sê Klara onseker.

"So 'n hardekoejawel!" skel haar ouma kopskuddend.

"Ag, hy raak tog net gefrustreerd om hier te wag," sê Klara se ma. "Gaan nou maar, wees net versigtig."

Hulle ry wip-wip oor die uitgeryde plaaspaadjies. Klara se oupa gee raad en raas elke keer dat sy oor 'n klip ry. Al die hekke lê oop. Hulle ry agter om die brakslote en om die bultjie tot waar die eerste mans brandslaan.

"Baie, baie dankie, Nonnie, ons vrek van die dors!" sê Jafta.

"Waar is Boelie-hulle?" vra sy.

Hy beduie en sy ry deur die veld. Haar oupa gee strykdeur raad.

"Sorg dat almal water kry," sê Boelie. Hy is besmeer van die roet. "De Wet is net hier onder."

"Die brand is hier redelik onder beheer," sê De Wet en drink lang teue water. "Ry so links om die kop. Dis waar Antonio-hulle brandslaan."

"Oppas vir die klippe en die springhaasgate," waarsku haar oupa. "Daar voor, daar is die werkers."

So byna-byna ry Klara in 'n erdvarkgat in. "Ry stárag, Klara!" raas haar oupa. "Ons wil nie hier staan slaap vir die nag nie."

"A, nee, a!" raas hy toe sy 'n knik bietjie haastig vat.

Toe hik die pick-up, en hik-hik weer. "En nou?" vra Klara benoud.

"Petrol is klaar," sê haar oupa kwaad. "Het iemand ooit gekyk hoeveel petrol in die pick-up is?"

"Nee, Oupa, ons het net . . ."

"Julle kinders is uiters onverantwoordelik!" raas hy en suk-kel vererg om die deur oop te kry. "Hoe kan julle net klim en ry, dink julle dan nie? Nou staan ons sonder petrol in die mid-del . . ."

"Oupa, wag net hier, asseblief," sê Klara benoud. "Ek sal An-tonio gaan roep; hy sal net hier onder wees."

Haar oupa pluk-pluk aan die deur. "Verdomde deur!" sê hy.

Sy spring uit. "Bly hier, Oupa, ek is nou terug!" sê sy vir ou-laas en hardloop deur die ongelyke veld na waar Antonio be-hoort te wees.

Hy sien haar van ver af aankom en draf haar tegemoet. "Dit kan nie die petrol wees nie," sê hy so tussen die hardloop deur. "Ek en Boelie het gisteroggend nog vyf gallon ingegooi. Miskien het daar net vuiligheid ingekom. Ons kry die pick-up in 'n jap-trap weer aan die gang."

"Ek hoop so!" sê Klara.

"Waar is jou oupa?" vra Antonio toe hulle by die pick-up kom.

"Ag, nee!" sê Klara. "Ek het gesê hy moet hier wag. Oupa! Ou-pa!"

Geen antwoord.

Die pick-up stotter-stotter, sluk 'n slag en brul dan weer asof hy nooit 'n probleem gehad het nie.

"Oupa!" roep Klara weer.

"Hy kan nie te ver wees nie," sê Antonio. "Oom Cornelius! Oom Cornelius!"

Klara hardloop met die randjie op. "Oupa!"

Aan die ander kant sien sy die vuur. Dis nie hoë vlamme nie, maar die vuur hardloop vinnig deur die droë, kort gras. "Oupa!" gil sy. "Oupa!"

"Ek is . . . hier," hyg hy van êrens af.

Sy vlieg om. "Hier. Sloot," hoor sy links van haar.

Sy hardloop tot op die rand van die braksloot.

Haar oupa lê halfskuins, halfpad afgegly teen die sanderige wal, sy een been ongemaklik onder sy lyf ingevou.

"Antonio!" roep Klara en beduie wild met haar arms. "Hier!"

Antonio klim gly-gly teen die steil wal af. "Jy sal vir De Wet moet kry om te help," roep hy na bo. "Die walle is baie steil."

Klara hardloop na die pick-up en begin die toeter aanhoudend blaas. Sê nou niemand hoor nie, dink sy benoud. Sê nou die vuur raas so dat De Wet nie hoor nie, of die wind waai die klank weg van hom af.

Sy begin hardloop in die rigting waar De Wet laas was. Die veld is ongelyk onder haar voete, die son brand op haar gesig neer, haar asem brand in haar bors. Liewe Vader, moet net nie dat Oupa iets oorkom nie, bid sy terwyl sy hardloop.

Dan sien sy hoe De Wet aangehardloop kom. Hy het gehoor, dink sy verlig en begin terughardloop.

Dit word 'n nagmerrierit terug opstal toe, met Klara se oupa wat al sagter steun en lyk of hy sy bewussyn gaan verloor. Hulle laat hom op die sitplek van die pick-up lê met sy kop half op De Wet se been. Klara sit op haar knieë in die spasie waar die passasier se voete behoort te wees. "Jy moet versigtiger ry," sê Klara en probeer om haar oupa so gemaklik moontlik te hou. "Elke knik is seker baie pynlik."

Toe die pick-up weer 'n klip tref en eenkant toe spring, steun haar Oupa hard en maak sy oë toe. "Oupa!" sê Klara en streel oor sy voorkop. "Oupa? Ry vinniger, De Wet!"

Op die werf ry De Wet verby die opstal tot in die skuur. "Ons laai vir Oupa direk in die Daimler," sê hy vir Antonio. "Ek sal hom dorp toe neem. Klara, gaan roep vir Ma en Ouma, hulle moet saamry."

Toe die Daimler in 'n stofwolk om die draai verdwyn, draai Klara na Antonio. Haar skrik lê swaar in haar lam bene, dit bondel op die krop van haar maag. Die skrik maak skielik haar hele lyf vol, dit wel op, dit druk haar keel toe, dit loop onkeerbaar by haar oë uit.

Hy maak sy arms oop.

Onder die blakende Bosveldson loop sy in sy arms in.

Sy arms vou haar vertroostend toe. Die skrik breek in snikke los, onbeheersd. Hy streel oor haar hare. Sy voel hoe die bondel skrik in haar maag losbreek, onkeerbaar boontoe beur. Sy koester teen hom vas, sy voel hoe sy bloed warm onder haar wang klop.

Sy voel hoe hy sy kop afbuig en haar hare soen. "Toemaar, Klara," troos hy op Afrikaans, "toemaar, Klara."

Sy klou aan hom vas.

Die skrik los stadig op, sy voel hoe haar kalmte stadig in haar lyf terugvloei.

Sy bly aan hom vashou.

Sy arm vou stywer om haar, sy hand vou om haar kop.

Sy maak instinktief haar oë toe en lig haar kop op na hom. Sy voel sy lippe vlugtig op haar mond rus. Sy voel die krag in sy arms.

Dan los hy haar skielik. "Klara, ek is jammer, ek moes nie . . ."

Sy kyk nie op na hom nie, sit net haar arms om sy nek en trek hom weer nader. "Hou my vas, Antonio," sê sy.

Hy kreun sag, maar vou haar toe. Sy lippe streel oor haar gesig, oor haar nek. Sy voel sy wilde hartklop deur die kakiehemp, sy voel sy klipharde lyf teen hare, sy arms wat om haar verstyf. Hy soen haar oë, hy skulp sy hande om haar gesig. Sy mond sluit oor hare – eers sag, soekend, maar dan harder, hongerig. Diep in haar groei 'n vreugde soos sy nog nooit ervaar het nie.

Dan los hy haar stadig.

"Hemel, Klara, wat het met ons gebeur?" vra hy skor.

Sy maak haar oë oop en skud haar kop.

"Klara." Sy sien sy oë. Donker. Intens.

Dan begin sy kop ook skud, heen en weer. Hy kyk weg, verby haar, na die veld agter haar. "Ek is so jammer, Klara. Dit mag nooit weer gebeur nie."

"Antonio?"

Hy kyk terug. "Jy moet verstaan, dit kan nie, dit kán net glad nie." Sy oë pleit in hare. "Belowe my, Klara, asseblief? Belowe my dat dit nooit weer sal gebeur nie."

Sy moet verstaan. Want sy weet.

"Goed, ek belowe, Antonio. Ek belowe dit sal nie weer gebeur nie."

HOOFSTUK 25

1944 BEGIN SOOS ALLE VORIGE JARE IN DIE BOSVELD: wárm, en dróóg. "Julle woon waaragtig in die warmste, stowwerigste plek in die land," sê Henk toe hy Nuwejaarsoggend op die trein klim. "Dis hoog tyd dat jy vir jou 'n pos in Johannesburg kry, dis ten minste minder warm daar."

"Ek sal aankomende jaar," belowe sy. "Dan behoort ek ook reeds my onderwysersdiploma te hê. Dit sal dan makliker wees."

Die skool begin soos elke jaar. Irene en Persomi is vanjaar in vorm V. "Persomi is slim. Meneer Pistorius sê hy gaan kyk of hy vir haar 'n beurs kan reël om universiteit toe te gaan," vertel Klara.

"En wie moet dan na haar ma omsien wanneer sy weggaan?" vra Klara se ouma.

"Maar Ouma," sê Klara verstom, "Persomi kan tog nie hier agterbly om tannie Jemima te versorg terwyl sy iets van haar lewe kan maak nie!"

"Natuurlik kan sy. Sy móét, dis 'n dogter se plig," sê haar ouma beslis. "Dis buitendien onsin dat julle meisiekinders universiteit toe gaan. Wat wil julle altemit doen met al die gelerentheid?"

Die boerdery gaan voort, soos al die jare tevore. "Een voordeel van die oorlog is dat die markte goed is," sê haar pa. "Ek weet net nie wat gaan gebeur as daar eers weer vrede kom nie."

"As dit nie binnekort reën nie, help die goeie markte buitendien nie," sê Boelie. "As Pa nou geluister het en ons die dam gebou het, sou . . ."

"Basta nou sanik oor jou dam, Boelie!" sê hulle pa bruusk.

Selfs die stryery is soos altyd, dink Klara. Of miskien word die kloof tussen hulle pa en Boelie selfs groter. En tussen hulle oupa en Boelie, veral noudat hulle oupa permanent met sy kierie moet aansukkel en selfs meer kort van draad is. "Genadiglik is die heup nie gebreek nie," het die jong doktertjie op die dorp na sy val gesê, "maar oom Cornelius het baie seergekry. Sy gestel is ook nie meer so sterk nie; die hart lol maar."

Van tyd tot tyd op 'n Sondag na kerk, kom Antonio nog saam uit plaas toe. Dan sit die hele familie en kuier om die tafel waar De Wet en Antonio begin met hulle rugbypraatjies. Of Boelie en Antonio gaan bekyk die terrein vir die moontlike dam, of Irene en Antonio maak musiek.

Net met Klara behou hy sy afstand. Hulle groet vriendelik, onpersoonlik, onbetrokke, dan gaan elkeen sy eie gang.

Alles het dieselfde gebly, net ek nie, dink Klara. En ek weet nie waarheen nie, besef sy laat een nag, want die pad wat sy graag sou wou loop, loop dood teen 'n diep kloof. Daar is nie eens die moontlikheid van 'n drif of 'n laagwaterbruggie oor die kloof nie; dis net 'n diep, donker gat met geen anderkant nie.

Op 10 Mei sit die Sesde Suid-Afrikaanse Pantserdivisie voet aan wal in Italië. Hulle is deel van die Geallieerde mag wat die Gustave-linie moet dek. Hulle vuurdoop op die Europese vasteland is op die puinhope van Monte Casino – op 18 Mei neem die Geallieerdes die flenters-gebombardeerde Casino in. Al wat van die stadjie oorgebly het, is daklose huise, of kraters waar huise was. Die tenks staan geparkeer in die eens deftige voorportaal van die Hotel Continental; die balustrade hang aan spinnerakdrade van die mure af.

"Nou moet hulle met die Via Casalina noord gaan Rome toe," sê Antonio daardie Sondag, "maar die hoofweg loop deur talle bergreekse waar die SS-magte en valskermtroepe sterk ingegrawe is met die beste artillerie in die wêreld tot hulle beskikking."

"Is daar nie 'n ander manier om by Rome te kom nie?" vra Irene en buk oor die atlas wat sy in die kamer gaan haal het. Sy druk met haar vinger op die kusdorpie Anzio aan die Middellandse See. "Kan hulle nie hier land nie? Dis naby Rome."

"Die kuslyn daar is baie vlak en die strand is 'n groot moeras. En reg daaragter is hoë berge vanwaar die Duitsers die weerlose troepe kan platskiet, sonder moeite. Hulle kan seker daar land, maar dit gaan 'n tweede Duinkerken wees." Antonio skud sy kop hartseer. "Die groot magte skiet my land uitmekaar – Duitsland, Amerika, Brittanje, Rusland, die hele boel. Ek sidder as ek dink wat gaan gebeur wanneer hulle Rome bereik, om van Florence en Venesië nie eens te praat nie."

Sondagaand, 4 Junie 1944, berig die sewe-uur-nuusbulletin dat die Geallieerde magte Rome beset het. Op Dinsdag 6 Junie land die Geallieerdes in Normandië – D-Dag, noem Churchill dit. Op dieselfde dag marsjeer die Suid-Afrikaanse troepe as deel van die oorwinningsmag deur Rome. En teen die einde van Junie berig die koerante dat gevegte in Suid- en Sentraal-Italië byna heeltemal afgeneem het. Italië het nou 'n lugsteunpunt geword vir Geallieerde lugmagte in gevegte teen Duitsland.

"Ek wonder of Christine nog in Kaïro is, en of sy ook in Italië is," sê Klara een aand laat vir De Wet. "Daar is skynbaar nog baie van die administratiewe personeel in Kaïro."

Hy haal sy skouers op. "Ek dink al meer aan Christine," sê hy.

"Ek het nie geweet nie," sê sy verbaas. "Is dit hoekom jou verhouding met Leoni ook nie eintlik op dreef kom nie?"

"Daar was nog nooit regtig sprake van 'n verhouding met Leoni nie," sê hy.

"Dis nie wat sý dink nie," waarsku Klara.

De Wet sug. "Ek maak regtig 'n gemors van verhoudings," sê hy.

"Wees net eerlik met Leoni," sê Klara. "En skryf vir Christine; dalk skryf sy terug. Ek het verlede week 'n brief van haar gehad."

"En jy sê my niks?"

"Daar was nie iets om te vertel nie," sê sy. "Haar briefies bly onpersoonlik en niksseggend."

"Maar sy het nie gesê waar sy is nie?"

"Nee, net maar dat dit goed gaan met ons troepe en dat sy baie gelukkig is."

African Mirror bring die realiteit van die oorlog in beeld en klank tot in die hart van die Unie, tot in elke Bosvelddorpie se stadsaal. Die rolprentbeelde wys die verskrikking van die "vliegtuie sonder loodse" – robotbeheerde vuurpyle wat Londen helder oordag aanval. Die klank bring die verskrikking van die mense in Londen se strate – hulle vlug gillend straataf, ambulanse en sirenes loei, vuurpyle fluit deur die lug en ontplof oorverdowend teen geboue. Klara sien die verval, die brokstukke in die strate, die verrottende hope afval, die stukkende vensters. Kinders speel tussen die puin en 'n maer hond grawe in die rommel.

"Dis verskriklik," sê sy vir Henk wat die naweek kom kuier het.

Hy sit sy arm beskermend om haar skouers en trek haar stywer teen hom aan.

Die beeld op die groot, wit doek wys die stryd rondom Caen in Frankryk, die blikstem vertel hoe die Duitsers geveg het: verbete, desperaat. Hulle verdedig straat-tot-straat – hulle verloor straat vir straat. Hulle kos is boomskraap, sê die alwetende stem, hulle mediese voorrade is uitgeput, hulle ammunisie is gedaan. In Caen het net geraamtes van die eens mooi geboue oorgebly.

"Dieselfde het met Florence gebeur. Antonio is baie hartseer. Hy sê dit was hulle mooiste stad," sê Klara sag.

"Vergeet nou maar al die oorlogbeelde. Die rolprent begin nou-nou," sê Henk.

"Maar dis ménse wat daar woon, wat so ly," sê Klara.

"Dis nie onse mense nie, Klara, dis ander dam se eende," sê Henk. "Kan ek vir jou 'n botteltjie koeldrank gaan koop voor die rolprent begin?"

Die draadloos vertel elke dag hoe die Geallieerdes nader en nader aan Duitsland kruip, die koerant wys grafies hoe Duitsland geknyptang word: die Russe uit die ooste, die Britte uit die noordweste, die Amerikaners uit die suidweste. Op 3 Augustus steek die Russiese magte die Oos-Pruisiese grens oor. Op 3 Augustus verdryf die Geallieerdes die laaste Duitse divisies uit die noordwestelike hoek van Frankryk. Die pad na Parys wag.

En op 3 Augustus neem De Wet sy besluit. Hy gaan sit by die kombuistafel met 'n pen en 'n skryfblok. Hy dink baie lank voordat hy begin skryf.

Liewe Christine,

Hier op die plaas gaan alles voorspoedig. Ons het goeie reën gehad, so 'n lekker, onverwagse winterreëntjie, ek wens jy kan sien hoe mooi die veld lyk.

Jy weet seker dat ek nou my klerkskap op die dorp by oom Bartel de Vos doen, ek maak oor vyf maande klaar en sal dan 'n prokureur wees. Hy het aangebied dat ek saam met hom in sy praktyk kan aanbly, maar ek het nog nie 'n finale besluit geneem nie.

Christine, ek skryf nie eintlik om vir jou die nuus te vertel nie, dit doen jou pa seker gereeld. En Klara. Ek skryf omdat ek baie aan jou dink, ek dink in die laaste tyd al meer aan jou.

'n Mens maak baie foute in jou lewe, Christine. Seker die grootste fout wat ek gemaak het, was om nooit vir jou te sê hoe ek voel nie. Miskien is dit hoekom ek nou skryf. Om dit eindelik vir jou te sê.

Jy was altyd vir my pragtig, Christine, jy was vir my soos 'n rooskoppie wat net besig is om oop te gaan. Ek weet self nie hoekom ek dit nooit vir jou gesê het nie. Miskien was ek bang dat ek iets verbreek wat baie kosbaar was. Maar deur stil te bly – dit weet ek vandag – het ek alles verloor.

Christine, toe jy weg is Noorde toe, het ek geglo dat jy gou sal terugkom, dat ek dan met jou sal kan praat. Maar nou is dit vier jaar later, vier jaar waarin ek elke dag al meer besef wat ek deur my vingers laat glip het.

En die Noorde het jou ingesluk.

Daarom vra ek vandag: wil jy nie vir my skryf nie, asseblief, Christine? Dalk, as ons net kan gesels – al is dit op hierdie onpersoonlike manier – vind ons iets terug wat daar tog tussen ons was. Iets om dalk in die toekoms op te bou.

Groete,

　　　Jou vriend,

　　　　　De Wet.

Op 23 Augustus berig die draadloos dat die Geallieerdes Parys bevry het. Die Parysenaars dans in die strate en gooi blomme vir die soldate op die tenks.

Maar op 23 Augustus het daar nog geen woord van Christine af gekom nie.

Een Sondag na kerk ry Antonio saam met hulle terug plaas toe om daar te kuier. Hulle ry met die Daimler. Klara se oupa en ouma sit voor by Boelie, Klara sit agter, vasgedruk tussen De Wet en Irene. Antonio sit aan die ander kant van Irene.

"Jy is mos nie in ons kerk nie, Antonio?" vra Irene. "Hoekom woon jy Sondae die dienste by?"

"Hier is nie 'n Katolieke kerk in die omgewing nie en ek kan tog nie kerkloos bly die hele tyd dat ek in Suid-Afrika is nie?"

"En verstaan jy die preek?" vra sy.

"Die meeste daarvan."

"Antonio, is ons kerk baie anders as julle kerk?"

"Ja, Irene, die diens is baie anders, die atmosfeer is heeltemal anders, ons manier van aanbidding is anders. Maar die boodskap uit die Bybel bly tog dieselfde."

"Dis nou genoeg," sê hulle oupa bars van voor. "Jy hou jou nie op met sulke goed nie, Irene."

Toe ry hulle in stilte verder.

"Ek is jammer Oupa was so . . . ongeskik in die kar," sê Klara toe hulle uitgeklim het.

Antonio glimlag af na haar en skud sy kop. "Hy was nie regtig ongeskik nie, Klara," sê hy. "Hy beskerm net sy familie teen dit wat hy glo nie reg is nie."

Na ete, toe almal 'n uiltjie gaan knip, sê hy onverwags: "Stap saam met my af na die Pontenilo?"

Sy voel hoe die vreugde in haar opspring. Ek kan dit nie ver-help nie, dink sy. "Dink jy so?" vra sy nogtans.

Hy knik ernstig. "Ja, Klara, ek dink so."

Ek wíl saam met hom gaan stap, dink sy bly. Ek wil 'n rukkie alleen met hom gesels, net ek en hy.

Hulle stap met die sandpad af, die son bak loom neer, die sonbessies skril in die rosyntjiebos. "Jy is seker al amper klaar met die klipwerk aan die kerk?" vra sy. "Dit lyk vir my of dit al heeltemal klaar is." Want dan sal die goewerment hom seker elders heen stuur.

"Ek doen nou die marmerwerk aan die binnekant," antwoord hy. "Meneer Moerdyk is baie lief vir marmer – dis eintlik gra-niet, nie marmer nie. Hy is ook baie lief vir die Italiaanse ar-gitektuur. Weet jy, Klara, hy het Italië al verskeie kere besoek. Die onderwerp vir sy eindeksamen-tesis het juis die Italiaanse Renaissance-boustyl ingesluit. Jy moet hom hoor praat oor die Pisa-katedraalkompleks, of die tempel van Bramante of die Villa d'Este in Tivoli. Ons gesels altyd baie lekker, stimulerend."

"Kom hy gereeld na die bouwerk kyk?" vra sy.

"Elke twee, drie weke. Hy het skynbaar 'n plaas in die om-gewing. Maar die bouery aan julle monument hou hom baie besig."

"Ek wens ek kan sien hoe vorder die monument," sê Klara. "Ek was byna twee jaar gelede laas daar. Toe kon 'n mens nog nie werklik 'n idee van die hele plek vorm nie."

"Skynbaar vorder die bouery stadig as gevolg van die oorlog," sê Antonio. "Maar dis vir my ongelooflik interessant. Weet jy dat daar 'n konneksie was tussen die mense op die Trek en Italië?"

"Nee," sê sy verras. "Het hulle met Fiat-ossewaens gery?"

Hy lag. "Nee, ernstig. Daar was 'n Italiaanse meisie, Theresa Vigniola. Sy was lid van 'n groep smouse wat met die Voortrekkers handel gedryf het. Sy het onraad gemerk, op haar perd gespring en die groepie mense wat aan die Boesmansrivier gestaan het, gaan waarsku. Sy word ook op een van die friese uitgebeeld. Hulle gebruik 'n Italiaanse vrou, Lea Spanno, as model vir die fries."

"Dit moes seker tydens die Bloukrans-moorde gewees het," sê Klara. Hulle het gaan stilstaan en nou stap hulle weer stadig aan. "Word sy vrou ook as model vir 'n fries gebruik?"

"Sylva Moerdyk? Ja, sy is die vrou wat sê: 'Liewer kaalvoet oor die Drakensberge, as terug na slawerny!'."

Klara bars uit van die lag. "Dit pas perfek by haar! Antonio, sy is so 'n kleine mensie, maar so vurig! Jy moet haar 'n toespraak sien hou voor 'n saal vol mans!"

Antonio het weer gaan staan. Sy swart oë kyk af na haar. "Weet jy hoe pragtig is jy as jy so lag?"

Klara voel hoe die vreugde van haar hart af opstoot oor haar wange. "Moenie," waarsku sy nogtans en begin weer stap.

"Jy's reg," sê hy en val langs haar in. "Meneer Moerdyk sê vir my sy is 'n politikus, en soos jy sê: aan die brand vir Die Saak."

"En tree meneer Moerdyk self ook op in een van die friese?" keer Klara terug na die monument.

"Ja, hy is die man wat die Geloftekerk in Pietermaritzburg bou, heel gepas," antwoord Antonio. "Die uiteindelike marmerfriese gaan in Italië gemaak word. Jy sien, Klara, die Suid-Afrikaanse marmer is nie geskik vir beeldhouwerk van hierdie grootte nie. Hulle sal waarskynlik Altissimo-marmer gebruik – dis dieselfde marmer wat Michelangelo in sommige van sy beelde gebruik het. Dit kom uit die marmergroef by Forti di Marmi, in die Apennynse gebergtes."

"Dit klink soos fort van marmer," glimlag Klara. "Is dit nou waar jou oom inkom?"

"Ja, hy is die beeldhouer. Hy gebruik ervare voorkappers wanneer hulle aan so 'n groot projek moet werk. Maar dit sal beslis moet wag tot na die oorlog. Daar is geen manier hoe hulle nou die gipsmodelle, wat die beeldhouers hier maak, tot anderkant gaan kry nie."

Hulle stap 'n rukkie in stilte; 'n gelukkige stilte vol saamwees. Hulle stap stadig, want hulle wil nie nou-al die Pontenilo bereik nie.

"Wanneer ek terug is in Italië," sê hy en sy swart oë kyk ver oor die bossiesveld, "wil ek so gou moontlik my argitekstudie voltooi. Ek het net 'n paar maande studie oor. Ek wil 'n volwaardige argitek wees en ook grootse geboue ontwerp, soos kerke en katedrale en miskien selfs 'n monument."

"Jy droom groot, nè, Antonio?"

Hy draai sy kop na haar en kyk reguit na haar. Sy swart oë is baie ernstig. "Ek gesels so lekker met jou, Klara," sê hy. "Ek het soveel behoefte daaraan om met jou te praat, om net by jou te wees. Dis net . . . ek vermy jou, baie keer, omdat dit vir my . . . moeilik is. Verstaan jy?"

Sy gaan staan doodstil. Dan voel hy net soos sy, dan was die paar minute – die éwigheid – toe die Daimler se rooi liggies in die stof om die draai verdwyn het, nie net 'n oomblik van onbeteuelde hartstog soos haar kop haar probeer wysmaak nie. "Ja, Antonio," sê sy, "ek verstaan."

"Ek wil vir jou 'n verdere ding verduidelik," sê hy. "In ons kultuur, spesifiek in ons godsdiens, is 'n verlowing bindend, dit word geseën deur die priester."

Dis asof elke woord seermaak. Tog, sy weet dit immers. "Ek verstaan regtig, Antonio."

Sy verstaan ook baie meer as wat hy in woorde gesê het. Sy voel die dieper vreugde van die oomblik, al weet sy van die hartseer wat wag.

Hy draai om en hulle begin stadig terugstap opstal toe voordat hulle nog by die Pontenilo is. "Ek het geweet jy sal verstaan," sê hy. "Dis wat van jou die mees besondere vrou maak wat ek nog ontmoet het." Skielik kyk hy af na haar en glimlag. Die swart duiweltjies is terug in sy oë. "Dit, en natuurlik ander dinge ook."

"Ja, Antonio," maan sy ligweg, "vergeet nou maar van die ander dinge, voordat ek van my belofte aan jou ook vergeet."

"Jy dink nie ons moet net 'n oomblik lank vergeet nie?" Sy oë blink van genot.

"Nee," sê sy en glimlag liefies, "ek dink beslis nié so nie."

Op pad terug gesels hulle oor alledaagse gebeure: Boelie se dam, Klara se werk, nuus van Antonio se mense in Italië. Hulle het nog geen tyding van Marco en die Rozenfelds gehad nie – sy ma is siek van bekommernis. Dit gaan beter met Lorenzo; hy is nou besig om sy studie te voltooi. En die boontjies in Klara se ma se groentetuin kom mooi aan – sommer so alles in een gesprek.

Net voordat hulle by die opstal kom, sê hy skielik: "Ek wonder tog, soms, veral saans, maar ek weet, selfs al was ek nie reeds verbind nie, dat dit nooit sou kon gewerk het nie. Daar is net te veel verskille. My hart wil terug na my eie land, na my mense, my taal, my kerk. Jy verstaan, nè?"

Sy knik.

"Net soos, as jy anderkant is, jy ook terug sal neig na die aarde waarin jy gegrond is."

"Ek dink ook soms, Antonio," begin sy met 'n glimlag, "veral saans. En ek weet jy is reg, want 'n mens kan nie op die brug oor die kloof bly staan nie. Ek weet dit, maar dis net nie . . . maklik nie, nè?"

"Veral nie na so 'n dag saam nie," knik hy. "Klara, ek weet dis verkeerd, maar ek wil dit ook nog vir jou sê: Jy maak my jare van gevangeneskap in hierdie vreemde land die moeite werd."

Die woorde gaan by haar ore in, hulle gaan deur haar verstand reguit hart toe en hulle bly daar steek vir later se onthou en proe.

Toe De Wet Antonio baie later terugneem dorp toe, groet hy weer met 'n onpersoonlike: "Tot siens, Klara, lekker week," en verdwyn saam met die stofwolk en die rooi agterliggies om die draai, ver anderkant die Pontenilo.

En diep in die nag, in baie nagte, kom sy woorde terug: Jy maak my gevangeneskap in hierdie vreemde land die moeite werd.

Teen middel September begin die Duitse front al meer inkalwe onder die aanslag van die Geallieerde vloed. "Dis nou 'n kwessie van weke," sê oom Freddie. "Die hemel weet, ek bid hierdie oorlog om dat my kind huis toe kan kom."

"Wat hoor oom Freddie-hulle van Christine?" vra Klara.

"Sy skryf selde," sug hy. "En wanneer sy skryf, is dit totaal niksseggend. Dis nie soos ek my kind ken nie."

"En auntie Anne? Vertel Christine nie dalk meer goed vir auntie Anne nie?"

"Sy skryf nie vir haar ma nie," sê oom Freddie. Sy oë lyk skielik vir Klara baie moeg, byna moedeloos. "Wanneer sy terugkom Unie toe, weet ek nie hoe hulle die kloof tussen hulle gaan oorbrug nie."

"Enigiets, byna enigiets kan oorbrug word, oom Freddie. Soms neem dit net 'n bietjie langer," probeer Klara troos.

Maar dit lyk nie asof dit veel help nie. "Dis maar ek wat aanhou skryf," sê oom Freddie. "Sy beantwoord so elke derde, vierde brief."

Die aand sê De Wet vir Klara: "Ek het toe vir Christine geskryf, meer as 'n maand gelede al, maar ek hoor steeds niks van haar nie."

"Jy is te haastig," sê Klara. "Die brief neem minstens twee weke om haar te bereik, dan weer twee weke om jou te bereik en êrens tussenin moet sy darem seker 'n tydjie vind om te skryf?"

"Ja, jy's seker reg," sê hy. "Ek wens jy was nie altyd so reg nie."

"Ek het gedurende die week 'n man ontmoet," vertel Antonio een Sondag aan tafel. "Hy het gehoor ek is 'n Italiaanse krygsgevangene, toe kom soek hy my op. Hy was self 'n krygsgevangene in Italië, ook by Alamein gevange geneem." Hy glimlag: "Net deur die ander kant. Hy het my eintlik kom vertel van sy ont- snapping."

"Het hy 'n lekker storie?" vra Irene en leun nuuskierig voren- toe. "Vertel vir ons, toe, Antonio."

"Hy het vertel dat die Italiaanse kampbase die hekke oop- gegooi het en die terreine verlaat het toe Italië in September verlede jaar oorgegee het. Maar die Duitse stormtroepe het on- middellik toegeslaan en die meeste van die gevangenes weer aangekeer. Maar sommige het daarin geslaag om die berge in te vlug. Hy was een van hulle. Hy sê die valleie en voetheuwels het gewemel van gevangenes. Die kleinboere en die inwoners van die bergdorpies het hulle gehelp en soms selfs huisvesting gegee. Hy het byna 'n maand by so 'n gesin geskuil.

"Maar toe val 'n Duitse afdeling stormjaers die dorpie binne, hulle skiet hot en haar, hulle smyt handgranate rond sodat die gevangenes soos rotte uit hulle gate peul en vlug, voordat hulle weldoeners dalk betrap word en ook doodgeskiet word. Hy vlug toe ook in die berge in . . ."

"Die Alpe?" vra Klara.

"Nee, nee, baie verder suid, die Morrone- en Maiella-gebergt- es, in die suide van Italië," vertel Antonio. "En dis waar sy storie eintlik begin. Want hier hoog in die berge ontmoet hy toe lede van die Carbonari. Hulle is Italiaanse vryheidsvegters. En een van hulle bied aan om hom bo-oor die berge te neem na die voorste Geallieerde linies, na waar sy eie mense wag."

"En toe?" vra Irene gretig.

"Dit het dae lank geduur om oor die berg met sy hoë pieke en diep klowe na die anderkant te stap," gaan Antonio voort. "Hulle het net snags beweeg, in die beskutting van die donker.

"En eindelik staan hulle toe op 'n plato en ver onder hulle lê 'n Geallieerde kamp. Die man moes net deur die rivier na die ander kant swem, toe is hy weer by sy eie mense."

Klara glimlag. "En toe kom hy veilig aan die ander kant?"

Antonio knik. "En nou is hy weer by sy huis, na byna twee jaar."

"Oe, dis 'n mooi storie," sug Irene. "Maar jy is al langer as twee jaar van jou huis af weg, nè, Antonio?"

"Drie jaar, drie maande en agt dae," sê Antonio. "Die man het ook gesê dat sy weldoeners so goed was vir hom, dat hy graag op sy beurt iets sal wil doen vir die Italiaanse krygsgevangenes in die Unie."

Toe Irene die Woensdagmiddag ewe wipstert oor die stofstaat stap met die vol possak in haar hand, sien De Wet dadelik die vaal koevert in haar ander hand.

"Hier is 'n brief vir jou, seker van Christine af," sê Irene en gee hom die koevert. "Ek het nie geweet julle skryf vir mekaar nie?"

"Dankie," sê hy en druk die koevert in sy sak.

"Skryf julle vir mekaar?" vra Irene weer.

"Nie eintlik nie." Hy voel die spanning in hom – Christine het eindelik geskryf. Hy kan dit byna nie glo nie.

"Nou hoekom skryf sy dan nou vir jou?"

"Irene," sê Klara op die sitplek langs hom geïrriteerd, "basta nou met jou vrae. De Wet kan tog skryf vir wie hy wil."

"Ek vra net," wip Irene haar, "maar niemand mag mos nooit niks vra nie."

Die pad plaas toe is ekstra lank; die sinkplate in die pad ekstra lastig.

By die huis neem hy sy ouma se notisie vir haar. Sy oupa wil nog geselsies maak, maar hy dink 'n verskoning uit en stap buitekamer toe. Genadiglik is Boelie nie daar nie.

Sy hande bewe liggies wanneer hy die koevert oopskeur.

WAAS kamp.
30 September 1944.

Beste De Wet,
   Dankie vir jou brief. Hier gaan alles ook voorspoedig. Ons is baie

besig, 'n mens sal nooit kan glo hoeveel administrasie die weermag het nie.

Ek het lank gewag om jou brief te beantwoord, omdat ek eers baie goed oor die saak gedink het. Wat ek dus skryf, is nie sommer net nie.

De Wet, ons was goeie vriende en ek het ook soms gehoop dat daar vir ons 'n toekoms saam wag.

Maar ek het gekies om die weermag my loopbaan te maak. Dit was 'n goeie besluit, De Wet, want die weermag het vir my baie dinge geleer, hoofsaaklik om op my eie voete te staan en my eie besluite te neem. Ek het ook 'n paar dom foute gemaak, maar 'n mens leer uit jou foute.

De Wet, ek is werklik gelukkig in die weermag, dis waar ek wil bly. Nie net wil bly nie, gaan bly. Ek weet dit maak nie almal gelukkig nie, my pa is baie teleurgesteld, my ma is kwaad. Maar glo my, dis die beste so.

Ek wil hê jy moet vergeet van my. Die roosknoppie waarvan jy gepraat het, bestaan lankal nie meer nie. Ek is nou al byna vier jaar in die oorlog, soms na aan die front. Ek het al dinge gesien en ervaar wat ek nie eens geweet het bestaan nie. Dit verander 'n mens.

Kry vir jou 'n goeie, Christelike meisie met goeie beginsels. Jy is 'n wonderlike mens, jy kan enige meisie van jou keuse kry.

Ek hoop werklik jy sal baie gelukkig wees. Want ek is baie gelukkig. My lewe is heerlik.

Sê groete vir Klara.

Groete,

Christine.

Hy laat die brief sak. Die wete sink stadig in: Dit is te laat. Hy het te lank gewag. Sy het 'n ander lewe, 'n vol lewe waarin sy gelukkig is.

Hy stap stal toe en saal ou Bruines op. Hy ry ver deur die veld, klim af en was sy gesig in die dun stroompie hoog op in die berg. Hy kom eers lank na sonsak terug.

Sy bord kos wag onder 'n doekie op die kombuistafel.

Niemand vra vrae nie.

In die laataand-nuus berig die korrespondent uit Rome dat dit baie goed gaan met die Suid-Afrikaanse Lugmag in Italië – daagliks neem van ons vliegtuie deel aan verkenningsvlugte oor die vyandelike gebied, sê hy, weekliks vlieg ons loodse voorrade in na Pole vir die weerstandsbeweging daar.

Tot dusver het net meer as 700 Suid-Afrikaners gesneuwel in Italië.

"Het Christine gesê of sy nou in Italië is?" vra Klara toe hulle alleen op die stoep sit.

"Nee, Klara, sy het niks gesê nie, behalwe dat sy nie daarin belangstel om vir my te skryf nie."

Sy steek haar hand na hom toe uit en raak aan sy arm. "Ek is jammer," sê sy.

Hy haal sy skouers op. Na 'n rukkie sê hy: "Dis ook maar nie net ek wat sukkel met die hartsake nie, nè?"

In die halfdonker glimlag sy vir hom, maar bly hom 'n antwoord skuldig.

Vrydag, 16 Desember, gaan die hele familie in 'n vrolike stemming na die Dingaansdagfees op die skouterrein net buite die dorp. Maar op pad terug is die atmosfeer in die Daimler stug: Die spreker, advokaat Blackie Swart, het sterk standpunt ingeneem teen Afrikaners wat op die draad bly sit, Afrikaners wat nie die Nasionale Party se strewe na 'n eie republiek met hart en siel ondersteun nie.

"Dis veronderstel om 'n dankdag vir die Here te wees, dis wat die Gelofte sê," mor hulle pa ontevrede. "Nou misbruik die sprekers dit vir eie politieke gewin."

"Ek stem 'n honderd persent saam met advokaat Swart," sê Boelie hard en duidelik. "Ons volk kan doen sonder die hoop draadsitters. 'n Mens moet kies: jy is óf 'n Afrikaner, óf 'n Kakie, die een kant of die ander kant. Daar is nie 'n tussenin nie."

Soos elke keer is die vet toe in die vuur, die gort sommer gaar ook.

Daardie aand berig die draadloos dat die Wehrmacht, tot verstomming van die Geallieerdes, met kanon en geweervuur teen die Amerikaners losgebrand het en 'n gat in hulle linie geslaan het van Aachen in die suide, noord tot in Luxemburg.

"Daar's hy!" jubel Boelie, "slaat die Kakies waar dit seermaak!"

" 'n Mens moet óók besluit," sê hulle pa hard en duidelik, "of jy Suid-Afrika eerste plaas, of Duitsland."

"Kom bring Kersfees saam met ons deur," nooi Klara se ma daardie Sondag vir Antonio. "Die oorlog staan einde se kant toe. Ek dink jy is volgende Kersfees by jou eie mense."

"Dit voel asof ek Italië nooit weer gaan sien nie," glimlag hy. "Dankie, tannie Lulu, dit sal heerlik wees."

Twee dae voor Kersfees daag Henk op. "Ek het genoeg petrolkoepons gespaar dat ek met Lizzie kan kom," het hy oor die telefoon vir Klara gesê, "so julle hoef my nie op die stasie te kom haal nie."

Maar toe hy stilhou, is dit glad nie Lizzie wat stilhou nie. Ewe spoggerig staan die vuurrooi motor voor die deur.

"En dit?" vra Klara verbaas.

"Kom groet my eers," lag hy en hou sy arms oop.

"Henk! Hier voor almal?" terg sy, maar loop tog in sy arms in.

"Ek sien nie ander mense nie," sê hy en soen haar. "Hallo, meisie van my drome, dis goed om jou weer te sien. En jy is mooier as ooit."

Sy begin lag. "Ai, Henk, vleiery gaan jou nêrens kry nie."

"Dis nie soetkoekpraatjies nie, ek bedoel elke woord wat ek sê. Maar sê eers, wat dink jy van my nuwe vuurwa?"

"Hy is baie . . . rooi," sê sy onseker.

Net toe bars Boelie by die deur uit, die honde peul saam met hom uit en blaf baldadig. Irene storm uit die kombuis om die honde stil te kry, De Wet verskyn op die stoep, hulle oupa sukkel-sukkel oor van die ou huis se kant af.

Almal groet gelyk, almal oe! en aa! deurmekaar oor die nuwe voertuig. 'n Paar minute lank heers 'n Babelse verwarring.

Henk wil bars van trots. "Dis ál my spaargeld, ek weet," sê hy, "maar dit was 'n absolute winskopie. Ek het maar £78 betaal. Die goed het nuut oor die £600 gekos."

Boelie fluit deur sy tande. "Hoe het jy dit reggekry?"

"Dit het aan 'n weduwee behoort. Sy het gesukkel om van die motor ontslae te raak. Wag net tot hy skoon is, dan is hy blinknuut."

"Dit gaan nie help om hom te was nie," waarsku Irene. "Hier is net te veel stof. Nee, man, Dapper, wat maak jy nou? Onge-skikte hond!"

"Watter soort kar is dit?" vra Klara van die kant af.

"1938 GL-tipe Vauxhall 25," antwoord Boelie dadelik.

"3.4 liter," voeg De Wet by.

"O," sê Klara.

"Dis die eerste keer dat ek so 'n rooi kar sien," sê Irene.

Henk lag. "Ek dink dis waarom die tannie gesukkel het om hom verkoop te kry. Die oom het hom glo so rooi laat maak."

"Dis 'n sessilinder-enjin, nè?" sê De Wet en maak die enjin-kap oop.

"Met overhead valves," sê Boelie. "En die wheelbase is verleng met 19 duim."

"Hulle het ook 'n aantal stock panels uit Grosvenor se custom made body gebruik," vul Henk aan.

"Vir patriotiese Afrikaners is julle taalgebruik skokkend," sê Klara.

Boelie kom vinnig regop en slaan sy kop hard teen die oop enjinkap. "Nou gee jy dan vir ons die Afrikaanse terme, Júffrou," vererg hy hom.

"Kopkleppe, asafstand, doelgemaakte panele," sê De Wet rus-tig.

"Ja, De Wet, jy weet ook alles, nè?" sê Boelie en maak die en-jinkap weer toe. "Klara, is daar koffie?"

In die kombuis wag haar ma met 'n varsgebakte melktert en

haar ouma kom op 'n drafstappie aan met die aand se poeding. Klara sien hoe haar broers met Henk korswel, hoe haar pa met hom redeneer. Sy sien hoe Henk na haar oupa luister, die deernis waarmee hy haar ouma hanteer, die pret tussen hom en haar ma.

Henk is die perfekte man vir jou, het Christine eenmaal gesê. Lank, lank gelede.

Met huisgodsdiens die aand kom 'n groot kalmte oor Klara. Dis goed om Henk langs haar te hê: groot, betroubaar, vrolik – een van haar mense, tuis in haar gesin. Dit voel asof haar kop skoon word, asof haar hart tot rus kom.

En toe hulle die volgende dag 'n lang ent saam gaan stap en weer al die verlore drade begin optel, weet sy dat sy so gou moontlik 'n pos nader aan hom moet kry. Te veel afstand bring verwydering.

Oukersaand sit die hele familie in die voorhuis. Vanaand lees hulle pa die Kersverhaal voor. "Lees jy maar, Neels," het hulle oupa gesê, "ek wil vanaand net luister." Uit respekte lees hulle pa uit die ou Hollandse Bijbel, nie uit die 1933-vertaling nie.

Dis vreemd dat haar pa op Oukersaand lees. Dis die eerste keer dat Klara hom hoor Hollands lees.

Dis ook die eerste keer dat Antonio saam met hulle Oukersaand vier. Kersdag, ja. Maar Oukersaand is net 'n gesinsgeleentheid.

Dis ook die laaste keer. Want Duitsland is op sy knieë. Die Duitse weermag bestaan uit ou manne en melkbaardseuns wat desperaat – tevergeefs – probeer wal gooi teen die oormag, dyke met sandsakke om hulle stede probeer bou teen die aanstormende see van tenks.

Klara sit met haar oë toe en probeer haar kalmte terugvind. Sy luister na haar pa se stem, na die bekende woorde en probeer om deur die bekende 'n skans te vind om agter te skuil.

Maar toe hulle die Kersliedere sing, hulle gesin wat byna almal so goed sing, is Antonio se sterk tenoorstem die enigste wat sy hoor. En toe sy vir die eerste keer in sy rigting kyk, vind sy sy swart oë op haar: sag, gemeensaam.

Ook die skanse voor sy oë het 'n oomblik lank gelig. Sy kyk vinnig weg.

Die gesin begin klein geskenkies uitdeel. Irene gaan aankomende jaar universiteit toe. Sy kry 'n nuwe skirt en bloes by haar grootouers, 'n paar skoene by haar ouers, 'n sakkie toiletware by haar twee broers – " 'n Mens kan sien Klara het dit gekoop," lag sy – en 'n handsakkie by Klara.

Henk het vir al die vrouens elk 'n eie botteltjie parfuum gekoop: 4711 vir hulle ouma, 'n klein botteltjie eksotiese Midnight Blue vir hulle ma, Eau-de-cologne vir Irene. "Jou geskenkie kom nou-nou," sê hy vir Klara.

Antonio het vir elke gesinslid iets self gemaak: twaksakke uit leer vir hulle pa en oupa, 'n leeraktetassie vir De Wet, 'n rugsak vir Boelie. Vir hulle ma en ouma het hy elk 'n juwelekissie uit hout gemaak. "Antonio, dit is die pragtigste, fynste inlegwerk," sê hulle ma verras. "Jy is werklik baie kunstig."

"Nou het tant Lulu darem iets om die Italianer eendag mee te onthou," korswel hy.

"En daar is twee. Eendag kan ek en Klara elkeen een erf," sê Irene. "Ek deps Ouma s'n."

"Irene!" raas hulle pa.

Maar hulle ouma lag. "Slim kind," sê sy.

Vir Klara en Irene het Antonio elk 'n hangertjie uit hout gekerf: 'n "K" vir Klara en 'n "I" vir Irene. Hy bind die leerbandjie self om Irene se nek; Henk maak Klara s'n vir haar vas. Die twee susters gaan eers kamer toe om in die spieël te kyk hoe dit lyk. Nou-nou gaan Henk vir my 'n goue kettinkie gee. Ek weet hy gaan, dink Klara, en streel oor die hout-"K". Dan sal hy hierdie leerbandjie afhaal en sy kettinkie aansit. Dit sal nogal simbolies wees, en dit sal goed wees.

Toe al die geskenkies uitgedeel is, staan Henk op. "Ek het nog nie Klara se geskenk vir haar gegee nie," sê hy met 'n glimlag. "Oom Neels, ek en Oom het vroeër vandag gepraat, maar ek gaan nou weer hier, voor almal vir Oom vra: Mag ek asseblief met oom se oudste dogter trou?"

Die woorde tref Klara soos 'n beker koue water. Dit voel asof haar verstand gaan stilstaan, asof sy sukkel om asem te kry, asof sy buite die voorkamer staan en inkyk na wat binne gebeur. Sy hoor nie haar pa se antwoord nie. Haar gesin se opwinding spoel meedoënloos oor haar, sleur haar willoos mee. Die ringetjie met die diamant in swem voor haar oë.

Ek is nie reg hiervoor nie, dink sy paniekerig. Ek weet nie wat om te doen nie.

Toe kyk sy op, reg in Antonio se oë.

En sy sien alles daar. Alles.

Maar dan glimlag hy baie effentjies en knik sy kop byna ongemerk. Dis beter so, Klara, sê sy swart oë.

Sy verstaan elke woord.

Sy kry haar gesin in fokus. Haar ma is in trane, Boelie en De Wet klop Henk broederlik op die rug, haar pa steek tevrede sy pyp op, Dapper blaf sy keeltjie hees, Irene paai sy bewende lyfie. Henk staan met sy arm om haar en lag af na haar. "Jy dog al my spaargeld is in die rooi vuurwa in, nè?"

Ook Antonio staan nader. "Ek hoop werklik julle sal baie, baie gelukkig wees," sê hy opreg.

Lank na middernag kan Klara steeds nie slaap nie. Die ring voel vreemd aan haar vinger. Die hout-"K" brand op haar bors.

Henk moes dit nie gedoen het nie, nie só nie, dink sy. Hy moes dit ten minste eers met my bespreek het, vir mý die keuse gelaat het.

Aan die ander kant, dis tog logies dat ons een of ander tyd gaan trou, redeneer sy met haarself. Dit was net ek wat onkant gevang is. Al die ander het dit skynbaar verwag. En almal was bly, want Henk is die ideale man vir my.

Dit help nie. Sy kan nie slaap nie. Sy staan later op, skink vir haar 'n glas melk en stap uit stoep toe.

Dis 'n helder maanlignag. Die Bosveld lê vredig uitgestrek

403

onder sy sterredak, niks roer nie, niks roep nie, selfs die doring-
bome slaap.

Sy sien hom duidelik in die maanlig stap, stadig padaf. Sy
ken elke beweging van daardie lang lyf, elke draai van daardie
donker kop. Naby die groentetuin sak hy teen 'n regop klip af en
gaan sit op die sagte sand.

In die bleek lig van die maan sien sy hoe laat sak hy sy kop af
in sy hande. Hy sit baie lank so. Sy staan baie lank doodstil op
die stoep. Eers toe hy opstaan en stadig begin terugstap na die
klein pakkamertjie in die skuur, draai sy ook om en stap terug
in die huis.

Hoofstuk 26

Die opwinding van Irene se vertrek universiteit toe het die hele huis oorgeneem. Hulle ouma probeer 'n ekstra stukkie klere of twee optower uit lap wat sy voor die oorlog nog gekoop het, hulle ma bak beskuit met die goewermentsmeel en goewermentsuiker, Klara probeer haar suster voorberei op wat wag. "Maar onthou, ek was nie in die koshuis nie," waarsku sy. "Ek onthou dat Annabel gesê het die ontgroening in die koshuis was baie erg."

Annabel is byna daagliks daar. Sy het bedank by die koerantjie in Potchefstroom en kuier die hele Januarie by die huis. "Ek is regtig tot beter in staat as plattelandse skindernuus," sê sy ontevrede. "Die voorblad word gewy aan Die Voorsitster van Die Vrouefederasie se dogter se troue, of oom Rykkoos se Skoubul se Dood, of Gimmies se Eerstespan se soveelste Oorwinning. Dis so . . . plattelands!"

Klara lag. "Wat het jy anders verwag?" vra sy.

"Stimulerende joernalistiek," antwoord Annabel. "Ek het in ieder geval nou aansoek gedoen by *Die Transvaler* in Johannesburg. Ek behoort die pos te kry. Ek het 'n goeie onderhoud met die redakteur, meneer Verwoerd, gehad. Maar vergeet die werkery. Wat hoor jy van Christine?"

Voordat Klara nog kan antwoord, kom De Wet die kombuis binne. En die vraag, antwoord en al, verdwyn totaal in die niet van onbelangrikheid.

"De Wet!" roep Annabel uit en haak vertroulik by hom in. "Hoekom is jy so skaars?"

Hy glimlag vriendelik af na haar. "Ek werk, weet jy?"

"Ek weet, my pa sê jy is briljant. Hy sê jy is alles wat 'n mens in 'n seun wil hê, verbeel jou!" Sy los sy arm en swaai haar lang, los hare oor haar skouer. "Ek dink hy is baie teleurgesteld dat nie ek of Reinier gaan regte swot het nie." Toe gaan sit sy op een van die kombuisstoele en stoot haar lang, sonbruin bene voor haar uit.

Klara sien hoe De Wet onderlangs na haar kyk. Dan draai hy na die stoof en tel die koffiepot op. "Koffie vir julle meisies?" vra hy. "Of dalk eerder koue gemmerbier?"

"Koue gemmerbier, dankie," sê Annabel en hou met 'n grasieuse beweging by voorbaat haar hand uit.

Nadat De Wet uit is kamer toe om gemakliker klere te gaan aantrek, sug Annabel onverwags. "Daardie broer van jou hét dit net," sê sy ongewoon openhartig.

Dus het Annabel ook maar haar stukkies hartseer, dink Klara met skielike deernis. Sy weet van die hartseer in Annabel se ouerhuis, sy weet hoe Annabel en Reinier albei so dikwels moontlik elders kuier. Maar sy het altyd geglo, wanneer dit by regte hartsake kom, kan Annabel kry net wie sy wil hê.

"En Boelie?" vra sy asof terloops.

Annabel knik. "Boelie ook, op 'n totaal ander manier. Jy het regtig twee fabulous broers, Klara."

"Ja, ek het. Maar Reinier is ook pragtig. Ek het hom die afgelope twee jaar goed leer ken."

"Ja, Reinier word groot," erken Annabel amper teësinnig. "Ek kan byna nie glo hy gaan oor twee weke universiteit toe nie."

Skielik sien Klara die geleentheid waarvoor sy gewag het. "Annabel, onthou jy Gerbrand se suster, Persomi?" begin sy. "Sy is mos nog hier by ons op die plaas."

"Ja, ek onthou. Sy en Reinier is redelik maats, dink ek."

"Sy gaan ook nou universiteit toe. Sy het baie goeie beurse gekry."

"Ja, ek hoor die armblankes kry maklik beurse."

"Die probleem is, sy het nie klere nie," kom Klara by haar doel uit. "Sy het min of meer dieselfde bou as jy. Ek het gewonder of jy nie 'n ou rok of twee het wat ons vir haar kan gee nie. Selfs dalk 'n ou aandrok."

"Ek het rakke vol klere wat net daar lê," sê Annabel ongeërg. "In my werk kan 'n mens dit nie bekostig om verlede jaar se modes te dra nie; 'n mens is gedurig in die publieke oog. Ek sal 'n paar weggooigoed in 'n sak gooi en bring."

Middel Januarie neem Klara se ouers Irene universiteit toe. Hulle ry met die Daimler. Die kattebak is propvol gepak. "'n Mens sal nie sê ons beleef tekorte as gevolg van die oorlog nie," sê Klara se pa skepties. "Ek hoop die vere hou."

"Jy ry stárag met my kar, kêrel," maan hulle oupa vir oulaas.

"Óns moes almal met die trein universiteit toe ry, jy word bederf," herinner De Wet Irene.

"Ek het darem die eerste keer saam met oom Freddie-hulle gery," onthou Klara, "en daar was net so baie bagasie."

Eenkant staan Persomi, haar verweerde koffer vasgeklem in haar hand. Die knippe is af, dit is toegebind met 'n rafelrige stuk tou.

"Daar wag vir jou 'n opwindende tyd, Persomi," probeer Klara praatjies maak. "Jy moet die universiteitslewe geniet, nie nét hard werk nie, hoor."

"Goed," sê die kind.

Persomi lyk bleker as gewoonlik. Sy het nie 'n idee wat vir haar wag nie, besef Klara. "Die eerste paar weke gaan julle ontgroen word en dis nie lekker nie," probeer sy verduidelik. "Maar daarna gaan dit beter. Dit kan die beste jare in 'n mens se lewe word."

"Ja, Boelie het gesê," sê Persomi.

Ek moes haar beter ingelig het, neem Klara haarself kwalik. Ek was twee jaar lank haar onderwyseres; ek weet watter potensiaal in haar skuil. Maar die afgelope weke was my gedagtes so opgeslurp deur my eie kwellinge dat ek nie verder as die grense van my eie behoeftes gedink het nie.

Sy stap vinnig kamer toe en krap in haar beursie. "Hier, dis nie veel nie, maar dis darem iets," sê sy en hou die vyfsjieling-munt uit na Persomi.

"Ek het geld," sê die meisie bot.

Gerbrand, dink Klara, sy is nes Gerbrand. "Neem dit nog-tans," moedig sy aan. "Beskou dit as 'n geskenk van 'n onderwy-seres aan haar beste Geskiedenisleerling."

"Goed," sê Persomi na 'n oomblik. "Dankie."

Die lewe val weer terug in die loop wat oor jare uitgekalwe is. Die skool heropen en Klara en De Wet ry nou alleen soggens met die Daimler oor die Pontenilo dorp toe. "Sodra my klerk-skap verby is," gesels De Wet op pad met haar, "wil ek vir my ook 'n eie motor koop. Ek dink aan 'n Ford Prefect. Dis 'n baie lekker karretjie en baie betroubaar."

"Jy sal buitendien moet wag tot na die oorlog," sê Klara. "So-ver ek weet, is karre nou so skaars soos hoendertande."

"Die oorlog sal binne 'n paar weke verby wees," sê De Wet. "Churchill het eintlik verwag daar sou voor Kersfees al vrede gewees het."

"Maar die Duitsers klou, nè?"

"Soos 'n neet aan 'n wolkombers," stem hy saam.

In die middag, wanneer hulle terugry, het hy weer van plan verander. "Weet jy, miskien moet ek vir my 'n Hillman Aero Minx koop. Dis 'n Britse sportmotortjie en ek is nogal lus vir so iets."

"De Wet, werk jy, of doen jy heeldag navorsing oor karre?" vra Klara goedig.

Tuis is Boelie vroeg uit om te gaan kyk na die melkery en daarna werk hy daglank kloofop aan sy dam. Hy wil die dam klaar kry voordat hy einde Julie teruggaan universiteit toe.

"Wat wil jy aankomende jaar doen, nadat jy gekwalifiseer is?" vra Klara een vroegoggend terwyl hulle in die kombuis staan-staan hulle koffie drink.

"Werk," sê Boelie. "Net nie in die stad soos ou Henk nie. Ek sal maar moet sien wat bied 'n kleiner plek 'n mens. Dalk Pietersburg."

Saans hou hulle pa huisgodsdiens. Hy bid elke aand om reën.

Die wolke bly weg en die son bak die Bosveldgrond kliphard.

Net die vloed van die oorlog word meedoënloos sterker en sterker; dit beur teen die verkrummelende mure van die Derde Duitse Ryk.

Vroeg in Februarie verower die Russe Frankfurt-an-der-Oder, 'n eeue oue dorp op die grens tussen Duitsland en Pole. Dit is maar die derde keer in die geskiedenis dat dit gebeur, skryf Wollie van Heerden, redakteur van *Die Vaderland*. Die eerste keer was in die tyd van Frederick die Grote, daarna tydens die Napoleontiese oorloë in 1813, en nou in 1945.

"'n Joernalis moet darem 'n wye algemene kennis hê," sê Klara die volgende Sondag vir Antonio. "Ek het my graad in Geskiedenis, en ek het dit nie eens geweet nie."

"Het jou vriendin 'n wye algemene kennis?" vra hy.

"Wie? Annabel? Nee, nie juis nie. Sy het wel 'n goeie kennis van die Suid-Afrikaanse politiek."

Daardie selfde middag daag einste Annabel onverwags by die plaas op. "Julle sal nooit raai nie! Ek het die pos by *Die Transvaler* gekry!" val sy sommer met die deur in die huis.

"Baie geluk," sê De Wet. "Wanneer begin jy? Mag, maar dis warm en droog, nè?"

"Die eerste Maart, maar ek gaan die laaste week in Februarie al om my woonstel reg te kry."

"Dis nou jammer; dit was lekker om jou hier te hê," sê Boelie. "Aan die ander kant, ek het toestemming van die universiteit gekry om die laaste semester my studie te kom voltooi. Pretoria is darem nie te ver van Johannesburg af nie."

Annabel se gesig verhelder. "Boelie, dis wónderlike nuus!" Sy draai na De Wet. "Hoe lyk dit, wil jy nie ook jou meestersgraad of iets kom doen nie? Dit sal soos old times wees."

"Beslis nie," lag De Wet. "My universiteitsjare lê agter my."

"Ek wens ek kon dit sê," sê Boelie.

"Kom ons doen vir oulaas iets saam," stel Annabel voor. "Selfs al is dit net om te gaan fliek. Dis omtrent al wat hierdie dorp bied."

"Ek het gesien *Woman of the Year* wys Saterdagaand," sê Klara. "Kathrine Hepburn en Spencer Tracy speel daarin."

"Dis 'n goeie rolprent, ja. Antonio, jy kom beslis ook saam," besluit Annabel. "Dis jammer ou Henk is nie naby nie, of hoe, Klara?"

"Dis is, nè?" sê Klara outomaties.

"Ek sal vir Leoni ook saamnooi," sê De Wet.

Klara sien hoe Annabel se oë 'n oomblik vernou, maar dan herwin sy weer haar kalmte.

Skemeraand, toe sy moet terugry dorp toe, ry Antonio sommer saam. Op pad motor toe haak sy vertroulik by hom in en leun teen sy skouer. "Ons los die ou klomp op die plaas, dan gaan verf ons die dorp rooi, of wat sê jy?"

Antonio lag gemaklik. "Op 'n Sondagaand? Ons gaan sukkel."

Nadat hulle weg is, sê Klara vir De Wet: "Ek dog jy wil jou verhouding met Leoni bietjie afkoel?"

"Ek wil ook uit Annabel se web bly," sê hy. "'n Bioskoopprent in 'n groep saam met Leoni kan tog nie skade doen nie."

"De Wet," terg Klara verstom, "is jy sowaar bang vir Annabel?"

Hy kyk haar skepties aan. "Jy ken klaarblyklik nie jou vriendin nie," sê hy.

Daardie Saterdagaand gee Klara spesiale aandag aan haar voorkoms. Sy trek met sorg aan: 'n geblomde somersrokkie met 'n styfpassende middeltjie en dun bandjies oor die skouers, fyn sandale, 'n fyn hangertjie om haar nek. Sy kyk vir oulaas in die spieël. Sy weet sy lyk mooi, nie opgesmuk nie, net so 'n toevallige mooi.

"Neem jou tjalie saam, Klara," sê haar ma net voordat hulle ry, "anders gaan jy koud kry."

"Mamma, dis só warm!" protesteer Klara.

"Almiskie," sê haar ma, "jou rok is baie kaal."

Die stoele in die stadsaal is tot byna voor gepak. Dis 'n gewilde rolprent met bekende akteurs. "Kry vir ons kaartjies in die tiende of elfde ry," sê Boelie vir De Wet. "Net nie verder agtertoe nie, dan hoor ons niks. En verder vorentoe is ons neuse teen die skerm."

De Wet maak seker dat hy eerste by die ry inskuif, Leoni volg hom. Klara beland tussen Leoni en Antonio, aan sy ander kant sit Annabel en dan Boelie.

Die hele tyd bly Klara intens bewus van Antonio se lang lyf langs haar, sy twee hande wat ontspanne op sy skoot lê, sy donker kop net duime van haar af. Hy raak nie aan haar nie en gesels oorwegend met Annabel. Maar sy weet: Hy weet ook dat sy daar is.

African Mirror wys hoe die Geallieerdes gestuit word deur die kleiner Rohr-rivier wat parallel met die Ryn vloei. Die beeld wys hoe die soldate in die ysige reënweer in die modder lê en wag. "Hulle durf dit nie probeer oorsteek nie," verduidelik die blik-stem wat uit die skerm kom, "aangesien die groot damme hoër op in die rivier nog onder Duitse beheer val."

Die beeld verskuif na argiefmateriaal oor 'n groot dam. "Indien die Duitsers hierdie damme met dinamiet opblaas," sê die stem, "sal dit 'n vloed van 1 000 tree wyd tot gevolg hê, 'n watermassa wat alles in sy pad sal meesleur en wegvee: tenks, troepedraers, voetsoldate. Die Duitsers sal nie huiwer om die wal aan flarde te blaas nie, daarom lê die Geallieerdes maar en wag."

"Dit moet 'n koue, vervelige affère wees," sê Leoni sag.

"En modderig," stem Klara saam.

Die beeld verskuif na die oorlog in Italië. Die strate van die dorpies is stukkend geskiet. Waar eens geboue was, is net ruïnes en tenks ry deur oop gate tot binne-in huise. "Die Duitsers klou

aan die gebiede in Noord-Italië wat nog onder hulle beheer is,"
sê die stem. "Dit is veral die bergagtige aard van die terrein wat
dit vir die Geallieerdes baie moeilik maak om suksesvolle aan-
valle te loods."

Klara sien dat Antonio se oë afgewend is. Hy kyk nie na die
flikkerende beelde op die groot doek nie. Spontaan steek sy haar
hand uit en sit dit op sy arm.

In die halfdonker draai hy sy kop na haar. Hy knik en glimlag
effens. Sy sien die blink van sy oë in die donker lig.

Dan trek sy weer haar hand terug.

Êrens tydens die rolprent voel sy hoe Antonio se skouer lig-
gies aan hare begin raak. Sy trek nie weg nie; hy ook nie.

Sy sit doodstil. Sy maak haar oë toe. Sy is op 'n eiland, alleen,
omring deur rye en rye mense.

Sy probeer nie haar gevoelens ontleed nie. Sy wil nie.

Sy weet net vas en seker: Sy is lief vir hierdie man.

Die wete kom nie as 'n skok nie. Dit is net skielik daar. Sy het
hierdie man lief soos sy nog nooit liefgehad het nie.

Sy dink nie verder nie. Want daar is nie 'n verder nie.

Die volgende oggend vra haar ma: "Hoe was die rolprent
toe?"

"Baie goed," sê Klara. Sy kan niks anders sê nie, want sy het
nie 'n idee waaroor die prent gegaan het nie.

Op 13 Februarie gee die Hongaarse hoofstad, Boedapest, oor.
Op 9 Maart kom die nuus deur dat die eerste Amerikaanse troe-
pe die Rynrivier oorgesteek het.

Vroeg in Maart keer die nuwe dominee se vrou vir Klara by
die kerk voor. "Vir die inwyding van die nuwe kerk wil ek onder
andere 'n musiekaand reël," sê sy. "Ons gaan dit in die ou kerkie
hou. Dit word nou ons kerksaal."

"O," sê Klara, "dit klink na 'n goeie plan. Die musiekkonsert,
bedoel ek, nie die ou kerkie wat . . ."

"Ek het gereël met die skole vir die kore en met 'n paar ander
mense vir items," gaan die dominee se vrou voort. "Maar ek

hoor jy en jou broer het op hoërskool 'n duet in 'n operette ge-
sing; die mense praat nou nog daaroor."

Klara begin lag. "Dit was vyf, ses jaar gelede! En daarna het
nie een van ons twee regtig weer gesing nie. In elk geval nie in
die openbaar nie."

"Ag, ons kan dit maklik inoefen. Ek sal julle begelei," sê die
jong mevrou dominee entoesiasties.

"Ons ken nie eens meer die woorde of die musiek nie," pro-
beer Klara wal gooi. "Mevrou, dit sal glad nie werk nie."

"Noem my gerus Mathilda. Ek wil regtig graag hê julle moet
sing. Elke keer as mense van my plan hoor, moet ek hoor hoe
goed julle sing."

Klara skud haar kop. "Ek twyfel of De Wet sal instem," gryp sy
na 'n laaste strooihalm. "Hoekom vra jy nie eerder vir Antonio
om te sing nie. Hy sing werklik pragtig."

"Antonio gaan buitendien sing en viool speel. Om die waar-
heid te sê, hy beplan die hele musiekaand saam met my. Hy het
'n wonderlike kennis van musiek."

"O," sê Klara.

"En ek het reeds met De Wet ook gepraat. Hy het gesê as jy
instem, doen hy dit graag vir die kerk."

"O," sê Klara weer. Vir die res van die week maak jy jou eie
koffie, De Wet, dink sy, want jy het my hier in 'n ding in wat ek
nie weet of ek dit wil doen nie.

"Daar is nog baie tyd oor. Die musiekaand is eers op 13 April,"
babbel Mathilda voort. "Laat my maar weet wanneer julle kan
oefen. Seker een middag na werk, nè?" En daar woerts sy weg
om nog reëlings te gaan tref.

Één middag? dink Klara skepties. Sy het 'n jaar se middae
nodig om weer haar stem in oefening te kry.

"Man, dis net 'n kerkkonsert voor onse mense," sê De Wet die
aand. "Dis nie 'n groot ding nie."

"Ek wil nie graag 'n gek van myself maak nie," sê Klara on-
seker.

"Klara, jy vergeet, jy sing saam met my," sê hy selfversekerd.

413

"Já, De Wet! Jy gee my ook soms 'n pyn, weet jy dit?" sê sy en loop in die huis in.

Die musiekaand breek baie gouer aan as wat Klara ooit gedink het. Van saam oefen het bitter min gekom – sy en De Wet het wel die vakansie, toe Irene by die huis was, tuis probeer oefen, maar De Wet was baie gou tevrede dat hulle weer op standaard was. Saam met hulle begeleidster het hulle net twee keer geoefen. "Nee wat," het Mathilda gesê, "julle is baie goed. Sien julle op die dertiende in die kerksaal."

Klara bad, was haar hare, trek 'n mooi rokkie aan, doen moeite met haar grimering. Dis om goed te lyk op die verhoog, sê sy vir haarself. Maar sy weet self dis nie heeltemal waar nie. Elke keer wanneer sy weet Antonio gaan ook êrens wees, word dit vir haar 'n spesiale okkasie.

Toe sy in die kar klim, voel sy hoe die senuwees begin knaag, reg op die krop van haar maag. "Ek dink nie ek wil meer gaan nie," sê sy benoud.

"Moenie laf wees nie, Klara," sê Boelie kortaf. "Klim nou, anders is ons laat."

Boelie se kitaar ry op hulle skote. Selfs hy is betrek by die aand. "Darem net vir begeleiding," het hy dit afgemaak.

Op die parkeerterrein staan reeds 'n plaat karre. Klara kreun. "Dit lyk soos Nagmaal. Kyk al die mense," sê sy.

"Nee, wat, dis darem nie so erg nie," sê De Wet rustig. "En ek het vertroulik verneem geen bytery word vanaand toegelaat nie."

"Ag, De Wet!" sê Klara. "My senuwees is reeds klaar."

Hy lag en sit sy arm byna beskermend om haar skouers. "Hou nou op om jou te bekommer, toe?"

"Goed." Maar sy weet dis 'n leë belofte.

Die jong dominee wag hulle by die deur in. Hy glimlag breed. "Sommer drie van ons sterre! Welkom, hoor. Naand, oom Neels, tant Lulu. Het Oupa en Ouma dan nie gekom nie?"

"My skoonpa is siekerig," antwoord Klara se ma. "Hy is al die afgelope twee dae in die bed."

"Ai, dis jammer," sê die nuwe dominee. "Tante Cornelia sou die aand geniet het. Sy is ook mos 'n musiekmens."

Net binne die saal, skuins agter die dominee, staan Antonio en wag. Hy het 'n spierwit hemp aan en 'n swart broek. Klara trek haar asem stadig in en kyk aspris weg – hy bly net 'n ongelooflik aantreklike man, onregverdig aantreklik.

Sy voel sy oë op haar. "Jy lyk . . . pragtig, Klara," sê hy sag.

Haar hart klop vinniger. Sy oë is baie donker, die skanse totaal gelig. "Dankie," sê sy en kyk af.

Toe kom Leoni van die ander kant af oorgestap. "Jy lyk beautiful vanaand, Klara," sê sy spontaan.

"Dankie, Leoni."

"As julle nie vanaand gesing het nie, sou ek sowaar nie gekom het nie. Ek verstaan nie regtig sulke hogere musiek nie."

Klara lag. "Wel, ek glo nie alles gaan hogere musiek wees nie. My en De Wet se item is allesbehalwe hoog. Dit kom uit 'n skooloperette!" Sy bewe nog steeds 'n bietjie, maar nou is dit nie meer net van senuwees nie, dink sy.

"Ek hoor julle sing fantasties," sê Leoni. "Elke tweede mens het my vertel."

Klara kreun weer. "Leoni, bid net dat dit nie 'n totale mislukking is nie," sê sy.

"As jy dit saam met De Wet doen, kan dit nooit flop nie," sê Leoni beslis.

Dan beduie die dominee dat almal hulle plekke moet inneem. Voor in die ou kerkie is 'n klein verhoog gebou. Die kerkbanke staan in netjiese rye gestoot en die mense skuif oor mekaar se bene in.

"Kom julle by ons sit?" vra Klara se ma.

"Miskien later, ja," sê Klara. "Nou is ek te senuweeagtig – ek staan sommer hier agter."

Boelie het by die ensemble matrieks gaan sit wat hy moet begelei, sy en De Wet bly agter in die saaltjie staan. "Jy gaan ook sing, nè?" vra sy sag vir Antonio wat met sy skouer teen die deurkosyn aanleun.

415

Sy oë glimlag. "Sing én viool speel. Onthou, ek woon in een huis saam met die predikantspaar."

Sy glimlag en voel klaar meer ontspanne. "Ek hoor jy het die program help reël?"

"Ja, dit was nogal pret."

"Wie pas die dogtertjie op vanaand?" vra sy.

"'n Hoërskooldogter. So 'n dikkerige een met vlegsels; jy ken haar seker. Klein Hessie het vreeslik gehuil toe ons loop. Ek was sommer lus en bly by haar."

"Sy gaan jou vreeslik mis wanneer jy teruggaan Italië toe," sê Klara.

Hy antwoord nie en knik net stil.

Die aand begin met die laerskoolkoor. "Dis 'n slim manier om die hele dorp se mense hier te kry," sê De Wet saggies. "Elke ouerpaar wil mos kom kyk hoe sing hulle spruitjie."

Een of twee hoërskoolitems volg, dan die hoërskoolkoor. Tant Bessie wat orrel speel, trek ietwat temerig deur haar stukkie, 'n jong boer en sy vrou sing 'n duet. Hulle sukkel bietjie, maar hulle lyk darem lief vir mekaar.

"Dit was nogal . . . mooi?" sê Klara.

"As jy so sê," sê De Wet. "Ons is volgende, hoor?"

Klara steun.

"Haal diep asem en verbeel jou jy is nog op hoërskool," sê hy.

"Toe het ons weke lank geoefen," herinner sy hom. "Nou het ons diep in die twéé keer geoefen!"

Die dominee kondig hulle aan en die mense klap oorverdowend. Klara voel De Wet se hand op haar rug wanneer hulle met die steil verhoogtrappies opklim. Sy is skielik baie dankbaar dat hy langs haar is, dat hy vol selfvertroue vir haar glimlag toe die inleiding gespeel word.

Toe sy eers begin sing, vergeet sy van alles rondom haar en weet net van die lied en die meisietjie in die operette wat van haar minnaar moet afskeid neem. De Wet glimlag af na haar, onthou om sy hand op die regte plek uit te steek, gee haar hand 'n ekstra drukkie. Jy doen goed, sê sy oë.

Klara gee alles wat sy het. Sy is weer terug in vorm IV – vergeet dis jou boetie; hy is nou jou kêrel, het juffrou Mentz haar geleer. Sy kyk op na De Wet, op die regte plekke kyk sy weg, glimlag, raak kastig skaam aan sy arm, krimp hartseer ineen.

Dis 'n oomblik lank stil, dan bars die applous los. "Encore! Encore!" roep die nuwe dominee entoesiasties uit en "Encore! Encore!" eggo Leoni hom.

"Ons moet vinnig van hierdie verhoog afklim," sê De Wet onderlangs vir haar, "terwyl die mense nog dink ons het hoegenaamd 'n repertoire."

"Julle was kookwater!" sê Antonio toe hulle weer by hom aansluit. En eenkant sê hy vir haar: "Jy was . . . pragtig, Klara."

Sy voel die vreugde in haar opkook, byna oorborrel. "Dankie," sê sy.

Volgende aan die beurt is Antonio. Die dominee se vrou skuif agter die klavier in. Hy gaan staan gemaklik langs die klavier en glimlag vir haar. Sy speel die inleiding en hy kyk na die gehoor met sy vrolike oë. Klara herken onmiddellik die inleiding: "Funiculi, funicula".

Dan begin Antonio sing, eers in Italiaans, dan in Engels: "Some say the world is made for fun and frolic – and so do I, and so do I . . ." Hy sing uit volle bors, met sy hele lyf, lewendig en dinamies en oorweldigend vrolik. Die vreugde van die lied bars uit hom los en slaan teen die sinkdak vas, dit bons van die mure af, dit vul die hele saaltjie. Die ou kerkgeboutjie word 'n teatersaal in Milaan of Florence of in Rome self. Die lied kom skop nes in die gehoor se koppe, kom roer hulle voete en hulle skouers, bring 'n glimlag op hulle gesigte. En wanneer Antonio sy twee hande uitsteek en wys dat almal moet saamsing, word die boeregemeenskap van die Bosvelddorpie 'n jubelende koor van stemme: "Funiculi, funicula, funiculi, funiculá . . ."

Antonio se sterk tenoorstem styg uit bo almal.

Die mense juig en klap hande. "Encore! Encore!" roep almal vrolik.

Maar Antonio lag net en klim van die verhogie af. "Tyd vir

417

koffie en eetgoed," kondig die nuwe dominee aan. "Na die pouse volg die tweede helfte van ons program. Dit sal meer ernstige musiek bevat."

"Ek is baie bly ons het dit voor hierdie man gesing en nie ná hom nie," sê De Wet vir Klara.

"Jy kan dit weer sê," stem sy saam.

"Magtig, ou Antoon, jy sing waaragtig goed!" sê Boelie toe Antonio by hulle aansluit. "Klara, kry daar vir ons elkeen 'n koppie koffie. Die man se keel is seker bitter droog."

Die tweede helfte van die aand begin met operamusiek. Auntie Gertrude sing 'n aria van Puccini: "O mio babino caro".

Eina! dink Klara. Die gehoor klap beleefd hande.

'n Matriekdogter speel een van haar eksamenstukke. Die dominee se vrou speel nog 'n swaarder stuk. Die laerskoolkinders raak kriewelrig.

"Nou vir ons laaste item," kondig die dominee aan. "Die aand word afgesluit met 'n pragtige wals, "Wene, stad van my drome", uitgevoer deur Mathilda Roode van Suid-Afrika en Antonio Romanelli, ingevoer al die pad van Italië af!"

Die mense lag en klap hande.

Mathilda skuif agter die klavier in, Antonio neem Klara se ouma se viool en knyp dit gemaklik onder sy ken vas. Hy stryk eenmaal daaroor en knik vir sy begeleidster.

Hulle begin speel. Mathilda se hande vlieg ligweg oor die klawers. Antonio se donker kop buig af, sy lang lyf buig effens vooroor, die strykstok lê liggies in sy vingers.

Klara maak haar oë toe. Die vrolike Weense wals kry 'n diep weemoed by, die klavier jubel vooruit, die viool volg byna tentatief in sy spoor, gevoelvol, sensitief. Selfs die kinders sit doodstil. Die twee musikante op die klein verhogie gee vir die handjievol Boeremense in die hartjie van die Bosveld iets van die eeue oue Europese kultuur, iets van hulle oerwortels, pitkos vir 'n daaglikse bestaan in die son.

"Dit was 'n wonderlike aand," sê Klara toe hulle ry.

"Dit was nogal, ja," sê De Wet.

"Dis eintlik ook maar net die dominee se vrou en ou Antoon wat die aand gemaak het," sê Boelie. "En natuurlik julle twee was ook nie sleg nie. Die res was maar so-so."

Klara leun terug teen die Daimler se sitplek. Die sterre gaan bo verby; die maan hang half en skeef in die aandlug.

In haar is 'n groot vreugde, 'n vreugde wat alle logika oorskry. Dit is omdat sy iemand soos Antonio leer ken het, dink sy.

In haar is ook 'n diep, diep weemoed. Die onvermydelike kom vinnig nader.

So wil ek altyd vir Antonio Romanelli onthou, dink sy. So, soos hy vanaand gesing het en op sy viool gespeel het.

Die volgende dag hoor hulle dat Oostenryk geval het en dat Wene oorgegee het aan die Geallieerde magte. 'n Week later berig die draadloos dat Rusland se Rooi Leër die voorstede van Berlyn bereik het. Guerrillavegters in Noord-Italië, in Genua, Venesië, Milaan en in Turyn is besig om die Duitse juk af te gooi, Mussolini is hulle gevangene. En op 28 April word Mussolini tereggestel. Sy lyk hang onderstebo op die stadsplein in Milaan.

"Dis so barbaars!" ril Klara ontsteld.

"Hy was 'n barbaar," sê haar pa. "Hy én Hitler."

Wonder bo wonder sê Boelie niks.

Op 1 Mei gee die Duitsers in Italië oor. Niemand weet meer waar Hitler is nie. Berlyn is in die hande van die Rooi Leër en op die brug oor die Elbe-rivier drink Amerikaanse en Russiese soldate 'n heildronk op die oorwinning.

Op 8 Mei sit die hele familie voor die draadloos. Net soos byna ses jaar gelede, dink Klara. Toe was Irene nog in die laerskool, nou is sy al op universiteit. Toe het niemand gepraat nie; hulle het net stil gesit en luister na die lot wat oor die wêreld gevel is.

Kort voor drie-uur skets die kommentator die tonele: Dorpe en stede is met vlae versier, die meeste kantore en winkels is teen eenuur gesluit, kort voor 12-uur het wit papierlinte en stukkies kantoorpapier soos sneeuvlokkies uit die hoë geboue in Commissionerstraat begin neersweef, vertel hy.

Teen 3-uur is daar 'n skare van meer as 10 000 mense op die stadsplein, ook baie oud-soldate. Almal luister na meneer Churchill se toespraak, ook die groepies mense voor die draadlose regdeur die land. Soos in 1939 word dit direk vanuit Engeland uitgesaai. Hy sluit af met die woorde: "God save the King!" Trompette begin skal, mense op pleine begin "God save the King" sing. Helder klink dit oor die eter: "Send him victorious, happy and glorious . . ." Sirenes loei, motors blaas toeters, trems se belle lui en lui. Mense juig, skree en sing.

Nou is die oorlog in Europa verby en die Derde Duitse Ryk bestaan meer nie – het nooit werklik bestaan nie. Soos 'n brand-siek hond op 'n ashoop tussen ruïnes lek die wêreld sy wonde. Miljoene is dood, op die slagveld of in kampe. Miljoene gevangenes moet gerepatrieer word. Miljoene mense is geskend, ge-sinne is uitmekaargeskeur, dakloos gelaat, kinders het wees ag-tergebly, oumense is koud en honger. Stede moet herbou word, landerye moet herplant word, industrieë moet hervestig word. Êrens moet die wêreld weer begin drade optel.

"Almal het verloor, nie net Duitsland nie," sê Klara toe Boelie die draadloos afskakel. "Dis alles so verskriklik onnodig."

"Nou is dit net 'n kwessie van tyd voordat Antonio kan huis toe gaan," sê Klara se ma. "Hy sal seker baie bly wees."

Klara voel hoe sy ineenkrimp. Maar sy roer nie; sy knip nie eens 'n oog nie en haar kop bly hoog.

"Dit kan ook weke, selfs maande duur," sê haar pa. "Hierdie soort goed neem soms baie lank, en daar is baie gevangenes wat teruggestuur moet word."

Dit help nie, dink sy, dit moet tog vroeër of later gebeur.

Die tweede Sondag in Mei toe Klara, De Wet en Boelie na kerk eenkant vir hulle ouers staan en wag, sluit Antonio by hulle aan. Hulle begin oor die algemene dinge praat. Hulle vermy die on-derwerp van die eindelike vrede.

Maar dan sê Antonio: "Ek het gister 'n telegram ontvang. Ek is in die eerste groep krygsgevangenes wat teruggestuur word Italië toe."

Klara voel hoe die skok verlammend deur haar vloei. Sy kyk op, maar hy kyk nie na haar nie.

"Terug Italië toe?" vra Boelie. "Jis, ou Antoon, jy is seker bly. Maar ons gaan spyt wees. Waar kry ons nou weer so 'n goeie vleuel soos jy? En dit net voor die rugbyseisoen gaan begin."

Antonio lag net. "En wanneer speel ek ooit weer rugby?" sê hy.

"Wanneer gaan jy?" vra De Wet.

Klara sien hoe Antonio sy lippe nat lek. "Wanneer ek Italië toe gaan, is onseker. Maar ek moet hierdie week reeds kamp toe. Ek vertrek Dinsdag met die oggendtrein Pretoria toe, na die Zonderwater-terrein. Vandaar sal ons gestuur word na waarheen ons ook al vertrek."

Dinsdag. Met die oggendtrein. Met oormôre se oggendtrein.

"Nee, maar dan moet jy beslis môreaand by ons kom eet, ou maat," nooi Boelie gul. "Ek is seker die hele familie sal jou wil groet, of wat sê ek, Klara?"

Nou kyk Antonio vir die eerste keer direk na haar. Sy swart oë is vriendelik, maar onpersoonlik. "Beslis," sê Klara en glimlag vir Antonio. "Ons sal sommer vir Oupa en Ouma ook oornooi."

"Hoe gaan dit deesdae met jou oupa?" vra hy.

"By tye gaan dit goed," sê sy, "maar ons bly bekommerd oor sy gesondheid. En hy bly maar 'n regte hardekwas as dit by die drink van medisynes kom."

"Ek sal dan ook julle ouma se viool terugbring," sê hy. "By die huis het ek my eie."

"Slaap sommer die nag by ons," sê De Wet. "Jy kan môre na werk saam met my en Klara uitry plaas toe. Bring al jou goed saam, dan kan ons jou Dinsdagoggend vroeg genoeg by die stasie aflaai."

Dit is dan die einde, dink Klara toe hulle terugry plaas toe.

Sy voel gestroop.

Ek het tog geweet dit kom, dink sy.

Sy voel dof, asof alle glans weggeskuur is.

Dit ís beter so, dink sy en speel met die verloofring aan haar vinger. Daar was tog niks tussen ons nie, daar kon tog nooit regtig iets gewees het nie.

Behalwe die skielike hartstog, eenmaal.

En die verlange daarna.

En die wete.

Sy voel emosioneel gedreineer. Leeg.

Wanneer hy eers weg is, wanneer ek weet dat ek hom nooit weer sal sien nie, sal ek normaal kan aangaan met my lewe, dink sy. Dan sal ek nie meer week na week wag vir Sondag om hom 'n paar oomblikke na kerk te sien nie. Dan sal ek nie meer rondkyk elke keer as ek gaan pos uithaal, met die hoop dat hy toevallig ook daar sal wees nie, of omkyk in die Handelshuis omdat ek my verbeel ek hoor sy stem nie.

Sy voel verslae.

Van nou af sal ek al my aandag aan my verhouding met Henk gee, besluit sy. Ek sal begin beplan aan my troue, ek sal aansoek doen om poste in Johannesburg, al wil Henk nie hê ek moet na ons troue werk nie. Ek sal . . . ek sal . . .

Maar daardie nag huil sy vir die eerste keer in jare haarself aan die slaap.

Antonio ry die volgende middag saam met haar en De Wet uit plaas toe. Hy het sy sak klere, enkele klein geskenkies vir die mense tuis en die viooltassie by hom. "Ek reis lig," glimlag hy toe hulle hom oplaai.

Die atmosfeer in die Daimler bly gespanne, selfs al gesels De Wet en Antonio oor alledaagse goed. Die afstand wat Antonio tussen homself en Klara skep, is onoorbrugbaar diep. Hy kon net sowel 'n vreemdeling gewees het; sy kon net sowel nie daar gewees het nie.

Selfs aan tafel sukkel die geselskap om op dreef te kom. Klara se ma en ouma bly tranerig, Boelie se grappies klink geforseerd, Antonio is stiller as gewoonlik.

Toe dit by huisgodsdiens kom, vra Antonio: "Mag ek asseblief vanaand vir ons lees?"

Hulle oupa kyk na hulle pa, dan na sy vrou, dan knik hy swaar.

Antonio haal sy Bybel uit sy sak – 'n klein, verweerde Sakbybeltjie. "I am going to read in English. Will that be all right, Sir?" vra Antonio.

Hulle oupa knik weer stadig. "Ja, Antoon, dit sal goed wees," antwoord hy.

Nog nooit het Psalm 121 presies so geklink nie.

"Dit is ook my gebed, my afskeidswoorde vir almal van julle: Die Here sal julle beskerm, waar julle ook al gaan, nou en vir altyd," sê Antonio en maak sy Bybeltjie toe. Hy draai na hulle oupa. "Will you do the prayer, Sir?"

"Neels, bid," sê hulle oupa kortaf. Sy stem klink baie vreemd.

Hulle pa maak eers keel skoon. "Laat ons bid," sê hy.

Alles word te veel vir Klara. Deur haar toe ooglede stroom die trane oor haar wange, dam souterig op in haar mondhoeke en loop teen haar nek af en oor haar bors.

Net voordat haar pa amen sê, maak sy haar oë oop. Antonio sit openlik na haar en kyk, sy oë baie sag. Toe hulle oë ontmoet, glimlag hy net baie effentjies en skud sy kop liggies. Sy vee met die agterkant van haar hand die trane van haar wange af.

Haar ma en ouma se wange is ook nat.

"Ja, dis maar 'n sad spul," sê ou Boelie.

Hulle sit nog net 'n klein rukkie op die stoep, toe sê Antonio: "Ek gaan maar inkruip; ek het seker môre 'n lang dag. Goeienag, almal, sien julle môreoggend."

Klara kan huil van teleurstelling. Dis hulle laaste aand saam, hulle laaste aand ooit, en hy gaan slaap. Sy sit nog lank op die stoep, maar toe selfs De Wet gaan inkruip, stap sy ook binnetoe. Die lig in die skuur se pakkamer is lankal dood.

Sy het net haar nagklere aangetrek, toe kom haar ma die kamer binne. "Gaan jy nou slaap, Ounooi?" vra sy.

"Ja wat, môre is nog 'n dag van skool," sê Klara ongeërg. Sy wonder wat haar ma vir haar wil sê. Iets krap beslis.

Haar ma gaan sit ongemaklik op die kant van die bed. "Wat hoor jy van Henk?" vra sy.

"Ek het Vrydag 'n brief van hom gehad, dit gaan goed," antwoord Klara gelykmatig. "Hy skryf net dit word al baie koud in Johannesburg."

Haar ma versit effens en kyk na haar hande. Dan kyk sy op. "Dis goed dat Antonio teruggaan Italië toe," sê sy.

"Ja, ek is bly om sy ontwil," sê Klara.

Haar ma kyk weer af na haar hande. "Ek was met tye bang dat daar iets ontwikkel tussen jou en Antonio," sê sy.

Klara glimlag effens. "Was Mamma báng daarvoor?"

Haar ma lag verleë. "Ja-a, ek was nogal. Hy is 'n aantreklike man; 'n mens kan maklik lief word vir hom. En jy is pragtig, Klara, al wil jy dit nie aldag glo nie. Maar hy bly van 'n ander dam se eende."

"Nee wat, Mamma, daar was niks nie, absoluut niks nie," sê Klara oortuigend. "Hy gaan nou terug Italië toe, na sy geboorteland en sy mense." Sy bly 'n oomblik stil. Sy moet haarself dwing om dit te sê, dit in harde woorde tot realiteit om te sit. "Hy gaan terug na sy verloofde; hulle gaan nou trou."

Haar ma kyk verras op. "Sy verloofde? Ek . . . ons het nie geweet hy is ook verloof nie?"

"Verloof aan 'n baie mooi meisie," verbeeld Klara haar wete. "Haar naam is Gina. Hulle het saam grootgeraak."

"Nou toe nou, dan is ek baie bly." Haar ma staan op. "Ek gaan kruip dan ook maar in. Dis ook al laat en môre is nog 'n dag."

Klara bly alleen in die kamer agter. Môre sal die son opkom, soos gewoonlik. Môre is nog 'n dag.

De Wet is baie vroeg die volgende oggend al aan die karring met die primusstofie in die kombuis. Boelie kom van buite in met 'n kannetjie vars melk. "Julle is vroeg op," sê Klara gemaak-vrolik.

Almal eet hulle koffie en beskuit sommer so staan-staan. Toe stap Antonio oor na die ou huis om hulle oupa te gaan groet. Hulle ouma stap saam kar toe.

Klara se ouma huil openlik, haar pa staan ongemaklik nader, Boelie trap rond soos 'n bul in 'n te klein kampie. "Jy moet maar vir ons skryf, Antonio," sê Klara se ma vir oulaas.

"Ek maak so, tannie Lulu," belowe Antonio weer en waai vir oulaas.

Hulle ry met die nuwe grondpad bo-oor die Pontenilo tot aan die ander kant, aan die dorp se kant. Klara sit voor tussen De Wet en Antonio. Sy voel sy lyf teen haar en ruik die seep waarmee hy die oggend gewas het. Sy probeer alles onthou en bêre vir later se proe.

Hulle gesels nie veel nie. Die stasie is te gou daar. De Wet hou op die gruis voor die stasiegeboutjie stil.

"Ek wag sommer hier. Klara kan saam met jou stap," sê hy en steek sy hand uit. "Tot siens, ou maat, ek hoop ons ontmoet eendag weer. En leer nou die Italianers rugby speel, nè?"

"Eendag, wie weet," knik Antonio. Toe swaai hy sy sak oor sy skouer en begin na die perron toe stap. Klara stap stil langs hom.

Die trein wag reeds. Antonio gaan staan langs die trein en sit sy sak langs hom neer. Hy draai na Klara. Sy oë is stukkend.

Stadig maak hy sy swaar arms oop. "Kom hier na my toe, Klara."

Sy loop in sy arms in en sy slaan haar arms om sy lyf. Hy vou haar toe in sy arms, hou haar kop teen sy bors vas, streel oor haar hare, streel en streel. Sy ander hand gly teen haar rug af, oor die ronding van haar heupe. Hy druk haar meteens styf teen sy harde lyf vas.

Wanneer hy praat, is sy stem skor: "Jy is pragtig, Klara." Dan los hy haar stadig en gee 'n tree agteruit. "Dit kan nie anders nie. Pas jouself mooi op."

"Jy ook, Antonio. Jy ook."

Sy staan en kyk hoe hy wegdraai van haar af en op die trein klim.

Die trein blaas stoom af en ruk vorentoe.

Hy staan in die deur van die treinwa. Sy een hand hou aan die reling vas; hy lig sy ander hand in 'n groet.

Die trein blaas en stoom en pomp die stasie uit. Hy leun by die deur uit en waai.

Sy waai. Haar keel is heeltemal styf. Die trane kom van diep binne en loop vanself uit haar oë. Die trein swem weg.

Toe die trein om die draai verdwyn, draai sy om en stap na die parkeerarea waar De Wet sit en wag.

Hoofstuk 27

DIE MENSE VAN DIE DORP HET 'N FEES BEPLAN. Daar sou min eetgoed wees – net maar dit wat die Heilige Moeder self voorsien uit hulle groentetuine en wingerde en vrugteboorde. Geen gebak nie – meel en suiker is net op die swartmark verkrygbaar, en nie eens Baron van Veneto daar in sy klipvilla hoog op teen die hang, kan dit bekostig nie. Maar Vader Enrico het 'n kruikie of drie wyn belowe (nie oormatig nie, net vir die proe). Die baron sal 'n jong bok laat slag en Maria Romanelli het spesiale kase gemaak en in soutlappe gebêre.

Want Antonio kom terug. Eindelik kom hy terug.

Die spoorwegbus klim nie meer weekliks die steil paadjie op dorp toe nie, nie eens meer eenmaal per maand nie. Al voertuig wat soms nog brul-brul opgesukkel kom, is die poskantoor se motorfiets. Twee maal per maand bring die motorfiets die possak. Dan moet Vader Enrico of een van die susters die pos uitdeel.

Die mense van die dorp het die motorfiets gevrees, maar toe dit die dag die telegram bring om te sê Antonio kom terug, het hulle houding teenoor die motorfiets ook verander.

Die telegram het net nie gesê presies wanneer hy kom nie.

Toe Antonio dus een middag kort voor sononder om Guiseppe se draai verskyn, was die fees nog nie gereed nie.

"Daar kom iemand, 'n soldaat," roep een van die seuntjies en wys met sy vinger bergaf.

427

"Daar kom 'n soldaat met die pad op!" roep die dogtertjies en hardloop oor die dorpsplein huise toe. Want soldate beteken gevaar.

"Waar? Waar?" vra die mamas en skreef hulle oë.

"Dis geen soldaat nie, dis . . . Antonio!" hyg ta' Sophia. "Moeder van God, dis Antonio!"

"Dis Antonio! Antonio kom!" roep dit deur die dorp en eggo die bergpieke terug.

"Wie is Antonio?" vra die jonger kinders vir mekaar.

"Gaan roep vir oom Guiseppe," stuur die mamas die kinders. "Gaan roep hom by die steengroef. Sê Antonio het gekom."

Maria Romanelli kom uit haar huisie en loop tot by die rand van die straat waar sy oor die vallei kan afkyk. Dan slaan sy haar hande saam. "Moeder van God, dit ís my kind. U is goed vir my, sy ma." Toe begin sy hardloop, padaf, na haar seun. Sy is eerste by hom.

Die mense van die dorp tou agterna.

Van die steengroef af kom die mans aangestap, Guiseppe op 'n drafstap heel voor. Hy vou sy vrou en sy seun toe in sy groot arms. "Mama, Papa," sê Antonio.

"Antonio, Antonio," sê hulle en soen hom op albei sy wange.

Die nuus dat Antonio gekom het, trek stadig bergop tot by die klipvilla. Daar is net een diensmeisie oor. Sy sukkel om die hele huis skoon te maak. Daar is nie geld om haar te betaal nie. Sy werk vir die kos wat sy daagliks kry om te eet.

"Gina!" roep die diensmeisie, "Gina, kom gou, Antonio kom met die pad opgestap."

Gina se oë rek verskrik. Sy druk haar koue hande teen haar warm wange. Dan draai sy stadig om, kam haar hare tydsaam en stap met die wye, deurgetrapte marmertrap af na die voordeur.

In die pad begin sy hardloop. "Antonio! Antonio!" roep sy van ver af.

Die mense van die dorp maak 'n pad vir haar oop, soos 'n erewag.

428

Antonio staan stil vir haar en wag.

Sy val hom om die nek en klou aan hom vas. Sy lag en huil deurmekaar, haar gesiggie is sopnat, die trane loop en loop oor haar wange, af, tot in haar nek en haar bors. "Jy het teruggekom, Antonio! Jy het teruggekom," hou sy aan met sê.

Hy hou haar sagte lyfie teen hom vas en voel die rondings van haar liggaam, vreemd teen syne.

Die tantes sug tevrede. Dit is goed dat hulle weer bymekaar is. En dat Antonio goed lyk. Sy arms en bene is sonbruin gebrand, sy dik hare krul in sy nek en blink in die sonlig, sy lenige lyf beweeg soepel, gemaklik.

Hy het genoeg kos gekry, dink die mense.

Toe kyk Antonio op. Oorkant die pad, nie meer as tien tree van hom af nie, staan Lorenzo.

Dis sy oë wat Antonio eerste opval – die vreemde uitdrukking in sy oë. Maar dis net vir 'n oomblik, dan glimlag Lorenzo en roep: "Hallo daar, vreemdeling!" Hy bly aan die ander kant van die pad staan, gekruisig tussen sy krukke.

Antonio maak Gina se arms om sy nek los en stap met lang treë oor die pad. Gina drafstap saam en klou aan sy hand vas.

"Lorenzo!" roep Antonio uit. "Mag, maar dis goed om jou te sien!"

Guiseppe trek die deur van sy huisie agter sy gesin toe.

Die mense van die dorp bly op die dorpsplein rondhang, traag om terug te keer na die alledaagse.

Iemand wat lank weg was, sal dinge sien wat die mense van die dorp nie meer raaksien nie, soos hoe oud almal geword het. Ta' Sofia sukkel voort met 'n moeë slofstappie en ou Luigi se rug is kromgetrek. Die dokter se hande maak artritisknoppe, sy oë agter die dik brillense lyk bietjie dof. Vader Enrico het oud geword, sy hele baard is nou grys. Selfs Maria Romanelli het oud geword. Haar dik bos hare is yler en dof, die blos op haar wange is weg.

En almal het so bitter maer geword. In die somermaande voorsien die natuur self, maar die donker wintermaande hier hoog in die berge is lank en ysigkoud en spierwit toegesneeu.

Net Guiseppe Romanelli het dieselfde gebly: fors van gestalte, regop, rotsvas.

En Gina het mooier geword as wat sy ooit was. Haar blonde hare blink in die somerson, haar wange gloei, haar blou oë skitter.

Daardie aand eet Guiseppe en Maria Romanelli, Antonio, Lorenzo en Gina hulle eenvoudige ete by die skoongeskropte tafel in die kombuis. "Dit is so goed om weer in Papa se huis te wees, om weer Mama se kos te eet, om weer Italiaans te kan praat," sê Antonio. "Ek het soveel na julle almal verlang."

Die volgende oggend lui Vader Enrico die skoolklok soos altyd, die kinders loop traag in die klasse in, die susters maak die deure agter hulle toe. Die bokwagters tou agter die bokke aan bergop, die klipkappers loop met hulle pikke en beitels bergaf, die mamas hang die wasgoed op die gespande drade en slaan die matte om die stof uit te kry.

Net Gina gaan nie vanoggend werk toe nie. Sy stap af met die keisteenpaadjie, oor die dorpsplein tot by die Romanelli's se huis. "Dit is goed dat Antonio terug is," sê die tantes van die dorp vir mekaar en knik die koppe. "Dit is goed."

Dit is vreemd om weer al die toue te probeer knoop. "Vier jaar is 'n lang tyd," sê Maria, "en ons almal het verander. Die oorlog het ons elkeen op 'n eie manier rondgeskud en afgeskuur."

Antonio knik.

"Uit jou briewe het ek afgelei dat jy goed behandel is?" maak Maria seker.

"Ek was tuis by twee verskillende gesinne; albei was baie goed vir my," sê Antonio. "Die kos was vreemd, veral aan die begin, maar 'n mens ontwikkel gou 'n smaak daarvoor. Hulle eet vreeslik baie vleis, met byna elke ete."

"Dit was goeie mense? Hulle het vir jou genoeg kos gegee?"

"'n Oorvloed kos, Mama. Suid-Afrika is 'n land van melk en heuning met goeie mense, Christen-mense."

"Maar nie Katolieke nie?"

"Nee, beslis nie Katolieke nie." Hy vertel eerder nie van die Roomse Gevaar nie.

Hy vra ook nie uit oor Marco nie. Die laaste Duitse magte is weke gelede reeds verslaan, die kampe is weke al oop, die oorlewendes gestuur na hulle eie lande, hulle eie huise. Daar is nie regtig rekord van dié wat dit nie oorleef het nie. Die wete hang soos 'n donker wolk oor die huis; tog beskaam die hoop nooit.

"'n Mens kan sien jy het goeie kos gekry," sê Gina en streel oor sy arm.

"Ek het klipwerk gedoen daar," vertel hy, "'n brug gebou en 'n kerk." Hulle weet dit reeds. Hy het immers lang briewe aan hulle geskryf. Maar woorde is al wat hy het om die vier-jaar-vreemdheid te probeer oorbrug.

"Kom ons gaan stap," stel Gina voor. "Ons hou buitendien net vir jou ma en Lorenzo uit die werk."

Stap is ook immers iets om te doen.

"Daar is 'n saak wat ek met jou wil bespreek," sê Lorenzo daardie Maandag laataand toe hy en Antonio op die patio sit. Bo hulle skitter die sterre in die kraakskoon lug; agter hulle troon die donker pieke van die berg hemel toe.

"Dit klink ernstig," sê Antonio gemoedelik.

"Dit is," sê Lorenzo. "Ek . . ." Hy bly 'n oomblik stil en skud dan sy kop. "Ek is bekommerd oor Ma se gesondheid."

"Ma se . . . Lorenzo, praat met my," frons Antonio.

"Ma se gestel het 'n knou weg, sy word maklik siek, van die geringste dingetjie," sê Lorenzo. "Dokter dink dis maar die ontberinge en die spanning van die oorlog, veral die bekommernis oor Marco."

"Ek het gesien sy is maer en bleek," sê Antonio. "Ek was te bang om te vra, maar wat hoor ons van Marco en Rachelhulle?"

"Niks," antwoord Lorenzo. "Niks, meer as twee jaar al. Dis

wat ma so vreet. Sy kry hartkloppings ook, veral in die nagte," gaan Lorenzo voort. "Ek wil haar by 'n spesialis kry, in Turyn of selfs in Rome. Maar ek weet nie hoe nie, en sy weier buitendien om te gaan."

"Ek sal haar neem," sê Antonio dadelik. "Ek kan haar help tot by die bushalte as sy te moeg word."

"Sy sal nie gaan nie. Sy is baie hardkoppig," sê Lorenzo. "Pa het ook al probeer."

Antonio skud sy kop. "Jy moes vir my geskryf het oor Ma se toestand."

Lorenzo kyk hom 'n oomblik lank stil aan. "Daar is sekere goed wat 'n mens nie kan skryf nie, Tonio," sê hy, "wat 'n mens moet sê."

Die oggende is windstil en vol sonskyn. Eers in die namiddag begin die wind van die berg se kant af stoot, maar darem nie ge-niepsig nie. Die tantes gooi die vensters wyd oop, gee die matte en komberse lug, werskaf in die klein akkertjies kruie om die tuin. Die papas begin vroeg al met hulle dagtake en werk tot sononder – as die winter eers toeslaan, is die dae kort en die wind kwaad sodat 'n mens soms weke lank nie jou dagtaak kan doen nie.

"Ek wil so gou moontlik my studie voltooi, Gina," deel An-tonio sy planne een oggend met haar. "Ek wil 'n volwaardige argitek wees en begin praktiseer. In Suid-Afrika het ek 'n man ontmoet . . ."

"Ek wil niks van Suid-Afrika af weet nie," sê sy bruusk. "Dis hulle wat jou gevang het en weggeneem het."

"O," sê hy effens verbaas, "goed."

"Gaan jy van die huis af studeer?" vra sy.

"Nee, ek wil teruggaan universiteit toe, na Turyn toe."

"Maar Lorenzo studeer van die huis af; hoekom kan jy nie ook nie?" Haar skitterblou oë pleit by hom.

"Lorenzo studeer Regte. Dit kan 'n mens oor die pos doen," probeer hy verduidelik. "My studierigting bevat te veel praktiese werk. Ek moet daarvoor by die universiteit wees. En ek moet nog 'n tesis inlewer en sal waarskynlik moet reis na Florence, na Rome, moontlik na ander stede. Dis te moeilik van hier af, Gina. Die spoorwegbus loop nie eens meer nie."

"Kan jy nie iets anders studeer nie? Dit maak mos nie saak wat 'n mens studeer nie?"

"Nee, Gina, ek kan nie."

"Ek het so lank vir jou gewag," pruil sy, "en nou wil jy al weer weg. Kan jy nie wag tot aankomende jaar nie?"

"Ek wil klaarmaak sodat ek kan begin praktiseer. Verstaan jy dit?" vra hy ernstig.

"Nee, ek verstaan nie, omdat ek te veel na jou verlang het. Ek wil net die hele tyd by jou wees." Skielik verhelder haar gesiggie. "Ek kan mos saam met jou gaan, na Turyn!"

Hy glimlag af na haar en skud sy kop. "Nee, jong, dit gaan nie werk nie. Ek sal jou mos nie kan onderhou nie."

"Maar my pa kan vir ons geld gee," sê sy. "Ek moet hom net vra, dan sal hy gee."

"Gina, ons is midde-in 'n depressie. Ons geld is bitter min werd; Italië het nie meer reserwefondse oor nie. Jou pa het nie geld nie. En selfs as hy sou gehad het, sou ek dit nooit kon aanvaar nie. Dit verstaan jy tog?"

"Nee," sê sy weer, "ek verstaan nié." Sy knip-knip haar oë wat onnatuurlik begin blink. "Al wat ek verstaan, is dat jy weer wil weggaan. Jy gaan net altyd weg, en ek moet hier bly. Ek is moeg om hier te bly." Toe loop die trane vrylik.

Hy troos en troos, hy paai, maar dit lyk nie of sy rede verstaan nie. Eindelik raak sy tog kalm. Hy neem haar terug huis toe en stap stadig padaf na sy eie huis.

"Ek wil met jou gesels oor iets," sê Lorenzo daardie aand.

"Ja?" sê Antonio lui-lui.

Lorenzo is 'n oomblik lank stil, skud dan sy kop effentjies. "Vertel my eers van Suid-Afrika," sê hy. "Hoe is dit daar? Het jy leeus gesien? Hoe is die mense daar?"

Antonio lag. "Geen leeus in die strate nie, net motors. Dis daar maar net soos hier, net anders: plat, stowwerig, warm, maar nie naastenby so erg soos die woestyn nie."

"En die meisies?"

"Mooi," glimlag Antonio, "maar oor die algemeen nie so mooi soos ons meisies nie. Sommige is bietjie wit. Nie bleek nie; ligpienk. En wanneer hulle te veel son kry, word hulle baie pienk. Amper soos die Tommies in die woestyn."

"Pienk nekke, nè? Klink nie goed nie," stem Lorenzo saam. "Het jy nie 'n spesiale meisie daar leer ken nie?"

"Baie," sê Antonio. "Maar onthou, ek is 'n verloofde man."

Lorenzo knik. Hy kerf met sy knipmes lang, dun repe van die stokkie in sy hand af. "En die mense by wie jy gebly het? Vriendelik?"

"Vriendelik, ja. Stry ook maar oor die politiek, werk ook maar in die warm son, gaan Sondae kerk toe en kom Kersfeestyd almal bymekaar vir 'n feesmaal. Daar is sekere goed wat gerantsoeneer word, soos petrol en suiker, maar daar is nie die voedseltekort en armoede wat hier is nie."

Dis 'n rukkie stil tussen hulle. Lorenzo gooi die klein opgekerfde stukkies stok in die oop bek van die stoof voor hom.

Dan vra Antonio: "Hoe gaan dit met jou? Ek bedoel, hoe gaan dit regtig met jou?"

Lorenzo haal sy skouers op. "Goed," sê hy, "kon seker slegter. Soms is ek nog kwaad, bitter. Nie net soms nie, baie keer. Hemel, Antonio, kyk hoe lyk ek! 'n Halwe man, met een been weg en die ander stokstyf. Ek sal nooit weer gaan bergklim nie, of sokker speel nie, of net normaal loop nie."

"En as jy 'n kunsbeen kry? Eendag?"

"Dit kos geld. Niemand het geld nie."

Antonio knik. "Jy kan darem nog roei," sê hy.

"Ja, ek kan nog roei," sê Lorenzo. Hy dink 'n rukkie en sê dan: "Ek . . . hm . . . wil weggaan, Tonio."

"Weggaan? Hoekom? Waarheen?"

"Ek moet weer op my eie bene staan, by wyse van spreke," sê

Lorenzo. "Ek sou graag voltyds wou teruggaan universiteit toe, Turyn toe."

"Ek beplan buitendien om na die somervakansie terug te gaan, as hulle sal toelaat dat ek my studie kom voltooi," sê Antonio. "Ons kan saam teruggaan."

"Dis nie dit nie, Tonio," sê Lorenzo ernstig. "Ek wil nie graag vir . . . Ma hier los nie. Sy is baie emosioneel. Dokter het gesê ons moet haar kalm hou."

Antonio frons. "Dis tog nie hoe ek vir Ma ken nie."

"Jy was byna vier jaar weg," sê Lorenzo, "Marco is nog steeds weg. Ons is al wat sy het, Tonio."

"Ja, jy is reg," sê Antonio stil. "Ons is al wat sy het."

"Daar is nog 'n ander ding," sê Lorenzo na 'n rukkie.

"Hm?"

"Ek . . . dankie dat jy my lewe gered het, daar by Alamein."

"Die medics het jou lewe gered," sê Antonio.

"Jy het my uitgesleep toe ek nie meer kon loop nie," sê Lorenzo. "As dit nie daarvoor was nie, sou jy nie ook gewond geraak en gevange geneem gewees het nie."

"Dan het hulle my miskien doodgeskiet in daardie helgat wat hulle Alamein noem," sê Antonio filosofies.

"Ek was dom; ek skuld jou," hou Lorenzo vol.

Antonio kyk hom vierkantig in die oë. "Ons is broers, onthou dit, Lorenzo."

"Ek weet dit elke oomblik van die dag," sê Lorenzo.

Die nagte is heerlik koel buite, die hemel naby en helder, die sterre bekend. Die bergpieke staan swart afgeëts teen die hemel, die stukkende maan breek moeisaam los en dryf stil op sy baan deur die hemelruim. Die môrester is ekstra helder.

Antonio weet. Want hy slaap nie.

Vrydag is die tantes van die dorp van vroeg af reeds bedrywig. "Ons moet minstens een koek gebak kry vir die fees," sê hulle vir mekaar, "selfs al kry iedereen net die kleinste happie." Hulle skraap die laaste bietjie meel bymekaar, iemand het nog 'n half-koppie suiker, ou Luigi dra eiers aan en dik room.

"Is die gedagte wat tel," sê ta' Sofia, "maar wat ons vir icing gaan gebruik, weet nugter."

"Ek het nog 'n botteltjie jam wat ek voor die oorlog gekook het," stel tant Anna voor.

"Ja, loop bring dan maar," sê ta' Sofia. "Ek hoop net daar is genoeg suiker in. Jy is hoeka van altyd af geneig om suinig sui-ker in jou jam te gooi."

"Maar sie' jy nou loop staan en my jam kritiseer," vererg tant Anna haar. "Wil jy dit nou hê, of nie?"

"Ek he' mos nou gesê loop bring maar," sê ta' Sofia.

Voor die skoolklok die middag lui, dra die kinders die tafels na die stadsplein. Vader Enrico en die susters kyk dat hulle die tafels op die regte plekke pak. Môre is Saterdag, dan is die kin-ders soos wegbreekbergbokke kransop, en die susters is nie lus vir rok optel en self tafels dra nie.

Vrydag laatmiddag, toe die manne van die groentetuine en landerye en vrugteboorde kom, dra hulle swaar ballasmandjies vol vars goed uit die tuine. Die tantes beskou die oes krities, kies die rooiste tamaties, die vetste druiwe vir die tafels.

Kort voor sononder hoor die mense die gedreun van 'n mo-tor. Wie sal dan nou op 'n Vrydagmiddag so laat rondry? Want dis byna skemeraand, die son sit al baie laag.

"Dis die Fiat," roep een van die skerpoog seuntjies. "Dokter! Dokter se seun kom kuier!"

"Mog dit tog net nie slegte tyding wees nie!" sug ta' Sofia. "Daarvan het ons al genoeg loop had."

Die ronde Fiat-motortjie hou voor die dokter se spreekkamer stil. Pietro klim uit. Aan die passasier se kant sukkel 'n maer ou man uit, maar sak dan weer terug.

Die mense staan versigtig nader. Toe staan hulle stil, versteen hulle, net hulle oë staar.

Ta' Sofia se hande gaan stadig na haar gesig. "Heilige Moeder van God, dis dan Marco!" sê sy verslae.

Pietro help die ou man uit die kar.

Toe kom Lorenzo rats op sy krukke oor die straat. Pietro sit sy skouer onder die ou man se linkerblad, Lorenzo haak die man se regterarm om sy skouers. Hulle sleep-dra hom na die huisie van Guiseppe en Maria Romanelli.

Ta' Sofia maak haar oë toe. "Moeder van God, miskien was onse kind se lot tog beter," sê sy sag.

Lorenzo maak die huisie se deur agter hulle toe.

Die son sak stadig agter die pieke weg. Die mense op die plein loop stil na hulle huise.

Daar was nie 'n fees daardie Saterdagaand nie, ook nie die volgende week nie, want die dorp was verslae. "Hy hou niks binne nie," vertel Gina grootoog. "Dokter se medisynes help nie. Tant Maria weet nie meer wát om te doen nie, selfs die gortsop kom net uit."

"Katderm," sê ta' Sofia. "Julle moet 'n kat loop slag en die warm derm op sy maag sit."

"Ag, néé, ta' Sofia!" gril Gina.

"Of dan vars pensmis van 'n jong bok," stel ta' Sofia 'n alternatief voor. "Dit werk altyd."

"Gaan ons dit doen?" vra Gina later vir Antonio.

"Ek dink ons bly maar by wat Dokter sê," antwoord Antonio. "Hy glo steeds ons moet net geduldig wees. Dis jare se skade."

Later vra sy vir Lorenzo: "Wat dink jy het van Rachel en oom Rozenfeld geword?"

"Ek dink nie hulle kom terug nie, Gina," sê hy, en kyk na haar met 'n vreemde uitdrukking in sy oë, "anders sou hulle by Marco gewees het."

"Het jy al gepraat?" vra sy.

"Oor die . . . ander ding? Nee, kon nog nie."

"Ek ook nie," sê sy en loop by die deur uit.

Die volgende dag sê Maria: "Ek gaan aartappelsop deur 'n doek syfer en dit lepeltjie vir lepeltjie vir hom gee. Hy het tog gister die water binnegehou."

437

En lepeltjie vir lepeltjie, dag vir dag, gaan dit tog beter. Op die derde dag steek Marco sy hand na Antonio uit. "Jy is ook terug?" sê hy sag.

"Ja, Marco. Ons is nou weer almal bymekaar."

Marco maak sy oë toe. "Maar sy is weg, Tonio."

Antonio sit sy hand op Marco se benerige arm. "Ja, ek het so vermoed."

"Sy was nog so vol moed toe ek die laaste keer van haar gehoor het. Dit was kort voor Kersfees. Iemand het 'n briefie deurgesmokkel."

Antonio sit doodstil. Hy wag. Hy weet nie wat om anders te doen nie.

"Sy het dapper gebly. Selfs toe ook haar suster weg is, het sy dapper gebly."

Toe Marco te lank stilbly, vra Antonio: "En oom Rozenfeld, Marco?"

Marco antwoord nie, hy skud net sy kop baie effentjies. Later sê hy: "Miskien kom hy nog terug. Ek het twee jaar laas iets van hom gehoor."

Al was daar geen fees nie, was die mense van die dorp tevrede, want hulle mooi storie staan einde se kant toe. Marco is terug, en hy lewe. Antonio is terug en hy en Gina gaan stap weer in die middae teen die berg op tot waar die ou kasteel se mure eeue gelede geplant is. En dan praat hulle. 'n Mens kan sien hulle praat ernstig.

Dit is baie goed dat Antonio terug is, sê die tantes agter hulle hande vir mekaar.

Ja, hulle storie staan einde se kant toe. 'n Goeie einde, 'n gelukkige einde. En die Heilige Moeder van God weet, hulle het 'n goeie einde nodig.

Net maar die dokter het effens gefrons.

En gewonder.

HOOFSTUK 28

ORALOOR BEPLAN STEDE FEESGELEENTHEDE om die soldate terug te ver-
welkom. En toe die dag eindelik aanbreek, vier hulle groot fees-
te, in Kaapstad en Johannesburg en Durban, in Port Elizabeth,
Oos-Londen, Pietermaritzburg, selfs in Pretoria. Vlae wapper
hoog bo geboue, troepedraers vol uniformmanne kruip stadig
in die hoofstrate af, langs die paaie vorm mense met vlaggies
en linte 'n erewag, seuntjies word op die nek getel om beter te
kan sien.

"Nou gaan my kind ook huis toe kom," sê oom Freddie en
vee met sy hand oor sy ylerwordende hare. "Die liewe Vader
weet, dit was die langste vier jaar in my ganse lewe."

"En nie eens haar opoffering kon hom in die parlement kry
nie," sê auntie Anne met haar harde oë en af mond.

"Ek twyfel baie sterk of Christine dááraan gedink het toe sy
aangesluit het, auntie Anne," sê Klara beslis. "Ek glo sy het aan-
gesluit omdat sy onder andere haar plig teenoor haar land wou
doen."

Auntie Anne gee haar 'n ysige kyk. Van oorkant die tafel sien
sy hoe Boelie sy mond wil oopmaak, maar sy kýk hom stil.

"Bliksemse snaakse manier om jou plig teenoor jou land te
doen," sê hy later vir haar toe hulle stoep toe stap.

"Boelie, jy gebruik nie daardie taal voor my nie," waarsku sy.

"Ja, jammer. Maar jy is ook so kort van draad deesdae; geen
mens kan met jou huishou nie."

439

Dis waar, dink sy die aand in haar bed, sy ís kort van draad. Sy is moeg ook, so sielsmoeg voel dit soms dat sy helder oordag verlang na 'n droomlose, diep slaap.

En as die nag kom, kan sy nie slaap nie.

Want in die nag kom die donker, kom die onthou – ongenooid. En saam met die onthou kom die verlange, fel en seer.

Sy onthou die klassieke lyne van sy gesig, sy donker hare, sy swart, swart oë. Sy voel nog sy hartklop deur die kakiehemp, sy voel sy klipharde lyf teen hare, sy arms wat om haar verstyf. Sy hoor sy stem as hulle sing, sy hoor sy sterk tenoorstem in die kerksaaltjie bo almal uitstyg. Ek wil by jou wees, het daardie stem gesê, ek wil met jou praat. Juis daarom vermy ek jou, omdat dit vir my moeilik is.

Maar elke keer blaas die trein stoom en ruk vorentoe en neem hom weg na waar dit swart en donker is.

En oor al die onthou en al die seer hang 'n donker wolk van skuldgevoel.

"Ek voel glad nie lekker nie," sê Boelie 'n paar dae later.

"Dis dalk iets wat jy geëet het," sê hulle ma.

"Of die griep. Ek hoor hy is erg dié winter," sê hulle ouma.

"Piep, as jy my vra," sê hulle pa.

"Then I suppose I must do all the work," sê De Wet.

"Said the little red hen," sluit Klara af.

"Waarvan práát julle?" vra hulle oupa verward.

"Ag Pa, die kinders is sommer stuitig," sê hulle ma. "Gedra julle nou."

En daar slaan Boelie 'n dag of wat later bloedrooi bekol uit van die waterpokkies. "Eensame afsondering in die buitekamer is jou voorland, broer," sê De Wet beterweterig. "Sterkte, ek weet hoe dit voel."

"Jy is al een wat al waterpokkies gehad het, De Wet," sê hulle ma. "Jy sal maar vir Boelie moet versorg. Die belangrikste is om die kamer donker te hou. Ons moet Boelie se oë beskerm."

Klara lag. "Daar het jy dit, broer. Verpleging is jóú voorland."

Na 'n week is Boelie soos 'n bul in 'n te klein kampie. "Jy bly net daar, die gordyne bly toe, jy lees nié," sê hulle ma streng.

"Sê dan vir De Wet hy móét my boek vir my lees," mor Boelie. "Ek sterf van verveling."

"Ma-a," keer De Wet, "dis 'n cowboy-boek! Dis erger as die serials in die bioskoop elke week."

"Julle gaan tekere soos twee laerskoolseuntjies," sê hulle ma geïrriteerd. "Klara, loop lees vir Boelie."

"Ek het nog nie waterpokkies gehad nie!" maak Klara kapsie.

"Sit buite die venster en lees hard," sê haar ma. "En basta nou met julle terugpratery."

"Ek gaan nie daardie cowboy-boek lees nie," waarsku Klara vir Boelie. "Ek het *Die Brandwag* gebring. Daar is 'n artikel in oor die Voortrekkermonument wat ek vir jou sal lees."

"Ek kan nie wag nie, val weg," sê Boelie van agter die toe gordyn.

"Is jy sarkasties?"

"Lees nou, Klara."

"Die inwyding van die Voortrekkermonument," begin Klara lees, "was aanvanklik beplan vir 1943, maar moes natuurlik weens die oorlog uitgestel word. Bouwerk vorder nou goed. Die meester-bouer, meneer Cornelius Pretorius van Bloemfontein . . ."

"Goeie naam wat die man het," sê Boelie.

"Pretorius?" vra Klara.

"Nee, man, sy náám. Lees verder."

"O, . . . Cornelius Pretorius van Bloemfontein sê dat die bouwerk voltooi sal wees voor die einde van die jaar. Pretorius het ook die senotaaf gebou, terwyl meneer P.C.L. Smit verantwoordelik is vir die fenestrasie van die boogvensters."

"Wat beteken fenestrasie?" kom die vraag van binne die toe kamer.

"Ag, Boelie, ek weet nie. Seker maar soos die Engelse fenestration, vensterverdeling," sê Klara en kyk weer na die artikel. "Die marmerwerk aan die binnekant . . ."

"Klara, dis 'n baie vervelige artikel," sê Boelie.

"Kan ek maar loop?" vra sy hoopvol.

"Nee, nee, moenie loop nie, lees maar verder," sê hy vinnig.

"Die marmerwerk aan die binnekant word gedoen deur die firma Marble Lime. Die panele van die fries, wat die geskiedenis van die Groot Trek in beeldetaal vertel, word eers in klei geboetseer en in gips gegiet, en sal dan na Italië verskeep word waar die beeldhouer, professor Romano Romanelli, dit uit . . ."

Die woorde word dik in haar keel. Sy sluk.

"Nee, vaderland, los tog maar," sê Boelie. "Bring eerder vir my 'n koppie koffie."

Sy loop stadig kombuis toe.

Sy weet, dis Altissimo-marmer uit die Apennynse gebergtes, het Antonio gesê, dieselfde marmer wat Michelangelo gebruik het. Of was dit Leonardo da Vinci?

Wat maak dit saak wie dit gebruik het of waar die wit marmer vir die dooie beelde vandaan kom, dink sy. Wat maak enigiets saak?

Die twaalfuurson steek van bo-op haar kop; die verlange steek seer in haar vas.

Week na week gaan verby. Christine kom nie huis toe nie.

Henk bel elke Sondagaand. Toe hy einde Mei bel, sê hy: "Ek wens jy kan kom kuier, Klara. Ek het geen verlof nie, anders sou ek sowaar 'n plan gemaak het. Maar jy kry mos vakansie aan die begin van Julie?"

Sy hoor die verlange in sy stem. Ek verlang ook. Ek voel beter as ek by Henk is, dink sy. "Ek weet nie hoe prakties uitvoerbaar dit is nie, Henk," twyfel sy tog. "Ek kan tog nie alleen by jou kom kuier nie? En as jy buitendien heeldag werk, help dit ook nie veel nie."

"Ons kan saans kuier, bietjie uitgaan, weer gaan dans, bioskoop toe gaan," sê hy. "Johannesburg bied soveel moontlikhede. En ek kan met een van die meisies by die werk reël dat jy daar oorslaap. Bedags kan jy . . ."

"Nee wag, Henk," keer sy vinnig, "ek wil regtig nie by vreemde mense bly nie."

"Maar jy wil kom?" maak hy seker.

"Ja, Henk, ek wil vir jou kom kuier, as dit gereël kan word. Maar moet nou asseblief nie oorhaastig wees nie."

Die dae is vol skoolwerk en hokkie-oefeninge en nasienwerk. Saans is die ure byna te min vir haar voorbereiding en leeswerk. Die eksamen is op hulle en daar is 'n amper paniekerige haas om laaste goed gedoen te kry.

Maar wanneer sy die Coleman-lamp saans doodmaak, word die nag 'n donker gat. Onderin lê 'n verlange wat haar vasgryp, 'n eensaamheid wat haar aan die bodem geketting hou. Sy gaan staan later by haar kamervenster en kyk uit oor die veld. Dis donkermaan, die sandpad is net-net sigbaar, die veld is donker.

Ek moet net nie dink nie, sê sy vir haarself. Ek moet skape tel of 'n nuwe rok beplan of . . .

Sy sug. Die dink kom vanself, sonder keer. Dit breek deur haar en slaan haar plat.

Miskien is dit soos rou, dink sy. Miskien as ek my oorgee aan die dink, die onthou, raak dit later beter.

Hy het stadig in daardie pad afgestap, onthou sy. Naby die groentetuin het hy op die sagte sand neergesak, sy kop in sy hande laat sak. Toe het sy geweet: al het sy mond vroeër die aand geglimlag, al het sy kop geknik, al het sy swart oë gesê dis beter so, was dit nie die taal van sy hart nie.

Sy weet ook: Die afstand tussen Suid-Afrika en Italië is net té groot – nie eens 'n meesterbouer met al die klippe in die wêreld tot sy beskikking, kan dit oorbrug nie.

Dis net dat ook háár hart sy eie taal praat.

Sy klim weer terug in die bed.

Sy staan baie later op en drink 'n hoofpynpoeier. Dalk help dit om haar te laat slaap.

Op 12 Junie kom die eerste Suid-Afrikaners wat in Tobruk gevang is, in Kaapstad aan. Die vreugde ken geen perke nie.

Maar die stories wat hulle vertel, is skrikwekkend. Hulle is in beknopte kampe aangehou, tot 5 000 mans in een hok, vertel hulle. Toe is hulle op 'n "dorsmars" deur die woestyn na die hawestede. Hulle daaglikse rantsoen was 'n droë beskuitjie en 'n halfkoppie water. Daar is hulle op skepe gelaai, onder andere die *San Sebastian*, wat op 10 Desember 1941 getorpedo is deur die Britse duikboot, *Porpoise*.

"Bliksemse Kakies," sê Boelie.

"Dis Rooilussies wat verdrink het," herinner De Wet droog.

"Almiskie," sê Boelie.

Op die skepe is hulle in die goedereruim gestop, sonder die nodige water of sanitasiegeriewe. Toe is hulle op 'n vierdagreis oor die Middellandse See geneem na hulle permanente kampe in Italië . . .

Klara staan op en loop na buite. Moet alles, álles gedurig daar wees om haar te herinner?

Twee dae later hoor Boelie dat sy aansoek om sy studie te voltooi, goedgekeur is. Ook sy vreugde ken nie perke nie. "Ek is ook bly," sê hulle ma. "Dan is jy darem naby Irene. Sy kry maar baie swaar alleen daar in die vreemde."

"My dam is net betyds klaar," sê Boelie tevrede. "Pa sal sien, as ons komende somer goeie reën kry, het ons die hele winter lank leiwater."

"Ás ons goeie reent kry, en ás jou dam water hou," sê hulle pa skepties. "As is ook maar verbrande hout en kole."

Klara gaan na haar kamer. Die laaste ding waarvoor sy nou kans sien, is nog 'n konfrontasie tussen Boelie en haar pa. "Ek kan dit nie meer hanteer nie," het sy net die oggend vir De Wet gesê. "Ek wens hulle wil ophou rusie maak."

"Hulle is te veel dieselfde," het hy gesê. "Maar dit is nie regtig so erg nie; dis net omdat jy nie lekker voel nie."

"Ek makeer niks, De Wet," het sy kortaf gesê.

Hy het nie geantwoord nie, maar sy vermoed hy weet.

Want die seer in haar wil nie weggaan nie. Die seer kalwe met die dink net dieper en dieper in.

Daardie nag word die swart gat 'n reënboogkleurige borrel waarin sy sweef. Sy sien Antonio se rug duidelik voor haar, sy weet dit is hy, sy sal hom enige plek herken. Maar toe sy haar hand uitsteek om aan hom te raak, bars die borrel. Sy skrik wakker.

In ons kultuur, in ons godsdiens, het hy gesê, is 'n verlowing bindend, dit word geseën deur die priester.

Sy stap kombuis toe, skink vir haarself 'n glas melk en stap uit stoep toe.

Ek móét myself regruk, ek kan nie so voortgaan nie, besef sy. Ek is besig om 'n seepbel na te jaag, en telkens as ek daaraan raak, ontplof dit in my gesig.

Antonio het gesê ek is 'n besonderse vrou, dink sy. Wat sal hy sê as hy my nou moet sien – 'n patetiese mens wat bedags agter 'n masker wegkruip en snags beelde uit die verlede opdiep en in 'n bondeltjie lê en treur?

Hy is weg, dink sy, onherroeplik weg. Hy het gesê: Dit kan nie anders nie. Jy is pragtig, Klara, pas jouself mooi op. Toe neem die trein hom weg, terug na sy mense, na sy verloofde.

Nou sál ek aanvaar dat dit die einde is, vat sy haarself agter die nek. Ek sal opstaan uit my selfgeskepte ashoop en net vorentoe kyk. Ek sal die berg voor my kaalvoet pak en anderkant uitkom. Ek sal . . .

Toe die son begin opkom, gaan was sy haar gesig met koue water en maak reg om skool toe te gaan.

Steeds is daar geen tyding van Christine nie.

Ek voel baie beter, dink Klara toe hulle 'n paar middae later huis toe ry. Ek is doodmoeg en vannag gaan ek soos 'n klip slaap. "Ek het besluit om die verlede agter my te sit," sê sy skielik vir De Wet. "Genoeg is genoeg."

"Ek is bly," sê hy.

Toe ry hulle weer in stilte verder.

Maar een sonnige wintersmiddag laat in Junie gee die damwal

sommer net mee. Onverwags breek die hartseer en die verlange en onsekerheid deur. Klara voel hoe die wal begin inkalwe, sy stap vinnig uit, weg, af na die rivier, na waar die Pontenilo monumentaal bo haar oor die Nyl span.

Sy voel hoe sy ruk en hoor hoe die huil uit haar losskeur en onbeheerd oorneem.

Sy sak op 'n klipplaat neer en gee haar oor aan die hartseer.

Êrens tussen die snikke voel sy hoe iemand langs haar op die klipplaat kom sit, sy arm om haar skouers slaan. Sy leun teen hom aan.

Baie later is daar niks meer huil oor nie, net los snikke wat van êrens diep binne hulle pad boontoe vind, sporadies.

"Voel jy nou beter?" vra De Wet.

"Ja, dankie," sê sy en sit regop, "net leeg."

"Hoe weet 'n mens wanneer iemand reg is vir jou om mee te trou?" vra Klara die eerste dag van die wintervakansie vir haar ouma. Hulle sit op die stoep van die ou plaashuisie en koffie drink. Die winterson bak halfhartig neer. "Hoe het Ouma geweet?"

Haar ouma skuif die grasstoel waarop sy sit, effens vorentoe sodat haar voete weer in die flou sonnetjie kom. Sy dink goed voordat sy antwoord: "Ek was baie jonger as wat jy nou is toe jou oupa my vra om te trou. Maar toe was tye anders as nou. Ek was bang, veral omdat ek geweet het hy wil hier in die Bosveld kom boer. Ek het op die Hoëveld grootgeraak en het net die gevare van die Bosveld geken: malaria en leeus, en het gehoor van die onrybare paaie."

"Ek het in die Bosveld grootgeraak," glimlag Klara. "Al wat ek van Johannesburg weet, is die gevare: tering en rampokkers, en die oorvol paaie."

Haar ouma neem 'n slukkie koffie. "Ja, 'n mens weet nie," sê haar ouma. "Maar ek het wel geweet dat ek elke dag by hierdie man wou wees, ek wou my kinders by hom hê, ek wou saam met hom oud word. Ek het geweet hy was die belangrikste mens in my lewe en hy sou dit altyd wees. Toe verlaat ek my ouerhuis en ek trou met hom."

"En ouma was nog nooit spyt nie?"

"Og, van tyd tot tyd wel, ja, 'n mens bly tog maar mens. Maar dit het gelukkig nooit baie lank aangehou nie. As ek weer moes kies, sou ek presies dieselfde paadjie geloop het."

"Ek wens soms ek het Ouma se wysheid en kennis gehad," sug Klara.

"Daarmee saam kom die rumatiek en die hartkloppings. En dit kry jy metterwoon sommer verniet, glo my vry," sê haar ouma gelate. "Bid oor die saak, Klara. Dink dan helder na, neem 'n besluit en glo dat die Goeie Vader jou reg sal lei."

"Ja," sê Klara, "dit sal ek doen."

Die dae is tog makliker, selfs al is ek nie besig nie, besluit Klara die volgende Dinsdagmiddag. Sy lê op haar bed en lees, die sonnetjie skyn behaaglik in op haar voete, die vakansie-luiheid het nesgemaak in haar lyf.

Sy hoor voetstappe in die gang af kom. "Hier, ek het vir jou 'n vars nawel uit die boord gebring," sê Boelie van die deur af en gooi die lemoen op haar bed.

"Dankie!" roep sy agterna, maar sy weet nie of hy gehoor het nie.

Sy sit die boek eenkant neer en begin die lemoen skil. Sy trek die skil stukkie vir stukkie moeisaam af.

Ek het geweet dat ek elke dag by hierdie man wil wees, het haar ouma gesê, dat ek saam met hom wil oud word.

Sy breek die skyfies een-een oop.

Ek wil eintlik elke dag by Henk wees, dink sy. Dis lekker as hy hier kom kuier, dis altyd lekker om by hom te wees.

Die soet smaak van die lemoen sproeireën in haar mond.

Ons kry soms stry, maar nooit lelik nie, dink sy. Eintlik voel ons dieselfde oor die meeste goed.

Sy breek nog 'n oranje skyfie af.

Ek wil elke dag vir hom wag as hy van die werk af kom. Ek wil vir hom 'n ete kook en saans na ete saam met hom nuus luister oor die draadloos.

Sy kou stadig, proe die growwe velletjie van die skyfie in haar mond, die sagte vleis, die soet sap.

Hy sal goed vir my kan sorg, hy wíl vir my sorg.

Sy proe die son in die lemoen. Die klein lemoentjie onderaan die nawel is die soetste. Klara los dit altyd vir laaste.

Ek wil kinders by hom hê, dink sy, seuntjies met forse lyfies en dogtertjies met sy blou oë.

Sy trek haar knieë op, byt die klein lemoentjie uit sy skil.

En ek wil oud word saam met Henk, dink sy, rustig en gelukkig oud word soos Oupa en Ouma. Of soos Pa en Ma.

Sy staan op en gooi die lemoenskille in die asblik. Die geur is nog die hele kamer vol.

Ek gaan met Henk trou, dink sy. Ek is bly. Ek gaan met Henk trou, en dit is goed so.

Sy staan op, trek haar skoene aan en stap doelgerig uit na die groentetuin waar haar ma en ou Willem aan die werskaf is.

"Ek wil volgende week vir Henk gaan kuier, Mamma," sê sy. "Ons moet ons troureëlings finaliseer."

Haar ma kyk verras op. "Dis onverwags," sê sy.

Klara glimlag. "Ons is darem al ses maande lank verloof."

"Ja," sê haar ma en stoot haar hare uit haar gesig met haar grondhande, "maar ons het nog nie juis oor die troue self gepraat nie. Dit sal ons hier in die skuur hou."

"Ek wil eintlik ook gaan kyk waar ons gaan bly en watter skole is daar naby sodat ek betyds kan aansoek doen om poste."

"Jy gaan tog nie werk nadat jy getroud is nie!" sê haar ma en begin saam met haar terugstap opstal toe.

"Miskien net aan die begin," sê Klara vaag.

"En jy kan nie alleen vir Henk gaan kuier nie," sê haar ma beslis.

"Mamma, ek is byna drie-en-twintig, en verloof."

"Almiskie," sê haar ma. "Dis onbehoorlik."

"Ek sal natuurlik iewers elders slaap," sê Klara. "Dalk by Lettie. Sy het 'n kamer in die dokterskwartiere van die hospitaal."

"Ek sal met jou pa moet praat," sê haar ma. Maar Klara weet reeds, sy het haar ma aan haar kant.

Dit is lekker om weer vir Lettie te sien. Vandat hulle na skool na verskillende universiteite is, het hulle mekaar gedurende vakansies wel gesien, maar om tot laatnag te lê en gesels, bind opnuut weer die jare oue bande.

En dit is goed om by Henk te wees. Hulle gaan eet by 'n klein restaurantjie in die middestad en kuier 'n aand by getroude vriende van hom. Een aand nooi hulle vir Lettie saam en luister musiek in sy woonstel. Henk koop vis en skyfies wat hulle sommer uit die koerantpapier eet.

"Dis eintlik baie onhigiënies," sê Lettie, "die koerantpapier, bedoel ek."

"Moet dan nie die koerantpapier eet nie," sê Henk.

Vrydagaand gaan hulle dans. "Kry vir Lettie ook 'n maat, toe?" vra Klara.

"Kan ons nie maar alleen gaan nie?" vra Henk.

"Ek wil graag hê sy moet saam met ons gaan, sy gaan selde uit," sê Klara.

Dit word 'n lekker aand. Dis lekker om weer met Henk te dans. Dis lekkerder om daarna tot in die vroeë oggendure met Lettie te lê gesels. Ek mis dit om 'n vriendin te hê, dink Klara.

"Wanneer beplan julle om te trou?" vra Lettie. "Desember?"

"Ek weet nie, seker maar," sê Klara.

"Jy klink nie baie opgewonde nie?"

"Ek het net nog nie veel daaraan gedink nie," soek Klara 'n verskoning. "Ek dink ons moet nou gaan slaap, jy is môre op roep."

Maar lank nadat Lettie al rustig asemhaal, lê Klara nog en dink. En die ou onrustigheid kom terug, sypel terug in haar wete in, verdryf die slaap weer heeltemal.

En fel en skerp en ongelooflik seer slaan die verlange weer eensklaps toe. Feller as ooit.

Sy krimp ineen, sy krimp in 'n bondeltjie op die matrassie in Lettie se kamer en druk haar hande aan weerskante van haar kop vas. Liewe Vader, waarheen? bid sy woordeloos.

Lettie staan op soos elke oggend, skakel die ketel aan en stap badkamer toe. Toe sy weer in die kamer terugkom, sê Klara: "Ek gaan vanaand my verlowing verbreek." Haar stem klink plat in haar eie ore.

"Klara? Is jy seker?" vra Lettie verskrik. "Het jy baie goed na-gedink?"

"Ja, ek is seker. Ek dink ek weet lankal ek moet, maar ek het net nog nie die moed gehad om dit te doen nie. Ons kom al so 'n lang pad saam. En ek is tog lief vir hom, Lettie. Maar ek weet nou dat ek nie met hom kan trou nie. Ek weet dit."

Lettie haal twee koppies van die rak af en gooi twee lepels koffiemoer in die koffiesak. "Is daar iemand anders, Klara?" Sy skink die kookwater oor die moer. "Die . . . Italianer?"

Klara haal haar skouers op.

"Ek het so gedink," knik Lettie.

"Daar is niks tussen ons nie, Lettie. Hy is terug Italië toe, na sy verloofde toe. Hulle sal sekerlik binnekort trou. Hulle het voor die oorlog al verloof geraak. En hy het baie gereeld briewe van haar ontvang; gereeld vir haar geskryf ook. Ons het elke Woensdag die briewe gepos." Sy glimlag wrang. "Ek weet presies wat haar naam is en hoe haar handskrif lyk."

Lettie skink die koffie in die twee koppies. "Maar hy het jou laat besef dat Henk nie die regte man is vir jou nie? Jammer, die melk is gedaan. Ek het vergeet om te koop."

Klara dink diep na voordat sy antwoord: "Jy weet, Lettie, my ouma het gesê 'n mens se trouman moet die belangrikste mens in jou lewe wees. Ek dink as Antonio my gevra het om saam met hom Italië toe te gaan, sou ek my tassie gepak het en gegaan het. Ek sal dit nie vir Henk kan doen nie."

"Maar hy het jou nie gevra nie, Klara."

"Ek weet, ek hoef dus nie regtig die keuse te gemaak het nie. Miskien sou ek tog nie my familie kon agterlaat nie, nè?"

"Nie net jou familie nie, jou alles," sê Lettie ernstig.

"Ja, jy is reg. Maar ek weet nie eens of ek Johannesburg toe wil trek agter Henk aan nie. Ek weet wel dat ek hom nie lief genoeg het om met hom te trou nie." Want ek weet hoe lief ek kan hê, dink sy, maar sy sê dit nie.

Lettie is lank stil, dan vra sy: "Wanneer gaan jy vir hom sê?"

"Vanaand," antwoord Klara dadelik. "Hy werk heeldag dagskof, maar vanaand gaan ons bioskoop toe. Ek moet vanaand praat, want môre gaan ek huis toe."

"Dis *Casablanca* wat wys. Het jy al van die prent gehoor?" vra hy toe hulle na die teater ry.

"O ja, almal sê dis 'n skitterende prent, met Humphrey Bogart en Ingrid Bergman, nè? Ek dink dit is so 'n jaar of twee gelede vrygestel."

"Hm." Hy vleg gemaklik tussen die motors en trems deur. "Ek is bly jy het kom kuier, Klara. Maar ons het nie eintlik oor ons troue gepraat nie, nè? Jy en jou ma moet dit maar reël."

Sy voel hoe die spanning in haar opbou. "Daar is iets wat ek met jou moet bespreek, Henk."

"As dit my ernstige aandag verg, moet jy net bietjie wag," terg hy ligweg. "Die verkeer is effe druk om nou al my aandag aan die mooiste meisie in die wêreld te gee."

Ek moet so gou moontlik praat, dink sy.

Maar by die teater staan hulle dadelik in die lang ry om kaartjies te koop. Ek kan tog nie hiér praat nie, dink sy.

Hulle sit pas toe die voorprente begin. Micky Muis vorm nie die regte agtergrond vir wat ek wil sê nie, dink sy benoud. Wanneer gaan die tyd reg wees?

African Mirror wys die vergadering van die Groot Leiers in Potsdam, dit wys hoe die oorlog onverpoos voortduur in die ooste, hoe die laaste soldate voet aan wal sit in Suid-Afrika.

"Oom Freddie-hulle het nog niks gehoor van Christine nie," fluister Klara. "Hy is siek van bekommernis."

"Miskien het sy besluit om daar te bly," sê Henk en sit sy arm om haar skouers.

Toe die prent begin, trek hy haar weer nader aan hom. Sy sit met haar kop teen sy skouer geleun. Sy voel tuis, gemaklik, asof dit so hoort. Wat besiel my om nie met hom te wil trou nie? dink sy. Miskien moet ek net myself regruk, ophou dink en tob – ophou droom – en sy vrou word. Ons kan gelukkig getroud wees.

Maar soos die prent vorder, soos die storie op die doek voor haar ontplooi, word die wete sterker en sterker: ek kan nie. Ek kan nie met hom trou nie.

Toe hulle motor toe stap na die rolprent, sê sy: "Ek móét met jou praat, Henk."

"Ja, jy het so gesê," sê hy ernstig. "Ek sal by die Emmerentia-dam stilhou. Dis mooi daar in die aand."

Hulle ry in stilte. Die strate is nou stil, die straatligte staan in reguit rye verantwoordelik op hulle pos.

Hulle hou by die dam stil. Enkele liggies weerkaats in die water.

Hy wag.

"Ek weet nie hoe om dit te sê nie, Henk."

Hy draai na haar. Sy oë agter die brillense weet reeds. "Sê maar net, Klara."

"Ek . . ." Sy skud haar kop. "Ek kan nie met jou trou nie, Henk."

Die woorde hang in die klein binneruim van die motor, ver-smorend. Die woorde gaan dieper in sy oë in, gaan lê om sy mond, sypel deur na sy vingers.

Hy leun met sy kop terug teen die sitplek en maak sy oë toe.

"Ek is jammer, Henk. Ek is . . . regtig jammer."

Hy knik woordeloos.

'n Motor hou langs hulle stil. Sy ligte gooi twee lang bane oor die blink water van die dam. Toe word die kopligte afgeskakel.

Henk tel sy kop op en kyk lank uit oor die dam. "Ek het dit eintlik geweet," sê hy eindelik. "Ek wou dit net nie aanvaar nie."

"Jy is 'n wonderlike mens, Henk, en ek hou soveel van jou, maar . . ."

"Moenie, Klara, asseblief," keer hy met sy hande.

"Ek is jammer. Ek sal nie."

Hulle ry deur die stil strate terug na die dokterskwartiere. "Kan ek jou iets vra?" sê hy na 'n rukkie. Hy kyk nie na haar nie. Hy bly stip op die pad konsentreer. "Jy hoef nie te antwoord as jy nie wil nie."

"Ek sál antwoord, ek sal eerlik antwoord, maak nie saak wat jy vra nie."

Hy trek sy asem stadig in. "Is dit die Italianer? Antonio?"

Sy voel hoe sy woorde deur haar trek, swaar op haar bors kom lê.

"Ek het soms gedink aan Antonio," erken sy, "maar ek weet, hy is net 'n droom. Ek ken hom nie eens regtig nie, nie so goed soos ek jou ken nie. En teen hierdie tyd is hy sekerlik al getroud. Hy was verloof aan 'n meisie na wie toe hy teruggegaan het."

Sy sien dat hy luister, maar hy sê niks.

"Ek het baie gedink, Henk, ek het selfs met my ouma gepraat. Toe het ek besluit ons sou gelukkig kon wees; dit is goed dat ons gaan trou. Maar nou het ek besef, ek kan nie. Dis nie iets wat jy gedoen het nie, dis nie iets hier in Johannesburg nie, dis iets in my. Ek kan nie logies verduidelik waarom ek dit besef het nie. Ek is seker maar net nie . . . lief genoeg vir jou nie."

Sy sien hoe die verstaan tot hom deurdring. Sy sien die pyn. Sy sien die weemoed. "Ek wens dit kon anders wees," sê sy.

Hy sê niks.

Hy hou voor die dokterskwartiere stil. Hy stap saam met haar op na Lettie se kamer.

Sy wens sy kan die pyn in sy oë wegvat. Die teenoorgestelde is waar: Sý is die oorsaak van sy pyn.

"Dit was regtig 'n hartseer rolprent," sê sy toe hulle halfonge-maklik voor die kamer staan. " 'n Goeie prent, maar hartseer."

"Maar hulle sal darem always have Paris," sê hy.

Ten spyte van haarself, glimlag sy. "Ja, they will darem always have Paris. Ons ook, nè, Henk?"

Hy knik stadig. "Ja, Klara, ons ook."

Hy draai skielik om en stap weg, sonder om te groet.

Sy maak die deur agter hom toe.

Die volgende dag neem hy haar stasie toe.

Die trein stoom oor die leegtes terug Bosveld toe.

In Klara is 'n leegheid groter as die vlaktes waaroor hulle voortsnel, groter as die diepste Sondag-eensaamheid wat sy nog ooit beleef het.

De Wet kry haar op die stasie. Sy is bly dit is De Wet wat haar kom haal het. "Hoe was jou week?" vra hy terloops.

"Goed," antwoord sy vaag.

Hy laai die koffer in die kattebak en skuif agter die stuur in. Hy bestuur gemaklik, een hand op die stuur, ander hand buite die venster gehaak, vingers wat trommel-trommel teen die dak.

"Jy moet stárag ry met Oupa se Daimler, hy bles jou," probeer Klara lighartig wees.

Hy glimlag net en trap die lepel effens dieper in.

Toe hulle al 'n hele ent buite die dorp is, sê hy skielik: "Ek gaan haar haal, Klara."

"Wie? En waar?" vra Klara. "Vir iemand wat sy brood moet verdien met sy mond, is jy nie baie spesifiek nie."

"Vir Christine, waar sy ook al is." Hy kyk nie na haar nie. Hy bly in die pad voor hom kyk.

Sy kyk vinnig na hom. Hy maak nie 'n grap nie. "Vir Christine haal? De Wet? Dis mos nie moontlik nie?"

"Oom Freddie het dit gereël. Hy het mos vriende in die parlement met kontakte oral. Ek gaan met 'n weermagvliegtuig, sodra daar plek is. Waarskynlik volgende week."

Klara voel hoe die skrik in haar opstaan. "Dis . . . mos gevaarlik!"

"Nee, die oorlog is verby," sê De Wet rustig.

Sy skud haar kop stadig. "Nou . . . wanneer het julle dit ge-reël? En hoekom het jy my niks gesê nie? En sê nou Christine wil nie terugkom nie? Sê nou sy is . . . getroud of iets?"

"Jy vra nogal baie vrae gelyk," sê De Wet. "Ons reël al lank, maar so iets verg tyd. Ek het vir niemand gesê nie, net jy en oom Freddie weet. Ons wil nie verwagtinge skep en dan misluk dit nie. O ja, en natuurlik oom Bartel, hoewel hy nie presies weet waarheen ek gaan en met watter doel nie. Hy moes net vir my verlof goedkeur."

"En wat van Pa-hulle? Jy moet tog vir hulle sê?"

"Net maar dat ek weggaan; hulle sal nie weet waarheen nie."

"Jy het vir my ook nog nie gesê waarheen nie," sê Klara.

"Waar Christine ook al is," antwoord De Wet. "Oom Freddie probeer nou presies vasstel."

Dit voel steeds vir Klara onwerklik. Gaan De Wet regtig vir Christine haal? "En wat gaan jy doen as sy nie wil terugkom nie?"

"Dan weet ons ten minste sy is veilig," sê hy, "en hopelik ge-lukkig."

Klara sit lank en dink. Dit voel asof sy skielik wakker geskud is uit 'n diep slaap. Of wakker geword het uit 'n droom wat bui-tendien nêrens heen lei nie.

Te veel dinge gebeur te vinnig. Gelyk.

Sy leun met haar kop teen die sitplek en maak haar oë toe.

Eers toe hulle anderkant die Pontenilo is, sê sy: "De Wet, ek het my verlowing met Henk verbreek. Ek kan nie met hom trou nie."

"Ek weet," sê hy kalm.

"Jy . . . wéét?"

"Dit moes vroeër of later gebeur het. Ek het net nie geweet wanneer nie."

Toe hou hy voor die opstal stil en skakel die motor af.

Hoofstuk 29

Rome lê gedrapeer oor sewe heuwels, vou elegant in diep skeure in, strek sy rug oor die vlaktes uit. Soos 'n lewende stuk geskiedenis klou dit duisende jare lank vas aan die aarde waarin die kinders van die wolf dit geplant het. Die eeue oue geboue staan skouer aan skouer teen moderne toringblokke, ruïnes met duisende jare se verwering staan langs geraamtes van die afgelope ses jaar. Die ruïnes het stylvol verouder; Vader Tyd het die brokstukke geskuur en getemper tot deel van die groter liggaam. Die geraamtes van geboue is onooglik. Plek-plek is die betonstukke soos vrot vel afgestroop; verwringde staalstawe skiet knobbelvingers strak boontoe.

Die strate van Rome krioel vroegoggend al met mense en fietse en trems en toetende motors. Dis 'n mengelmoes van klank en kleur – woedende kebdrywers skel op motoriste, fietse lui verwoed hulle klokkies, straatventers pak hulle bontspul goedere uit op die sypaadjies.

Rome is die wêreld se grootste opelugmuseum, het oom Freddie gesê. Gaan kyk na dinge as jy daar is. Gaan soek die Trevifontein, die St. Pietersplein, die Spaanse Trappe, die Colosseum, het hy met verlange in sy stem gesê.

Oom Freddie het niks gesê van die Vatikaan nie – die Roomse Gevaar laat 'n mens met rus.

Maar op hierdie oomblik is 'n lewende museum die laaste ding waaraan De Wet dink terwyl hy straataf stap. Hy dwing homself om stadig te stap, sy ongeduld te beteuel, helder te dink oor wat in die administrasiegebou op hom wag. Maar al wat hy weet, is dat hy nou naby haar is, dat hy binne die volgende half-uur weer vir Christine gaan sien. Hy het byna vier jaar gewag; nou is die laaste paar minute net te lank.

Dit voel asof 'n reusehand om sy hart klem, asof iemand 'n skroewedraaier by sy naeltjie indruk en sy maag opskroef.

Hy staan 'n oomblik stil voor die grys gebou met die blinde vensters om seker te maak dit is die regte adres. Dan begin hy die trappe een-een opklim.

In die portaal kontroleer 'n wag in uniform sy permit en do-kumente. "Third floor," sê hy.

Die hyser werk nie. De Wet stap die trappe op.

Die meisie by die voorste lessenaar het 'n dun, bleek gesig met 'n neus soos 'n halfpond kaas. Haar tande staan skuins na voor. "Christine?" sê sy. "She is in the storeroom, packing." Sy beduie gangaf.

Die skroef in sy maag draai vaster.

Hy stoot die deur van die stoorkamer oop.

Oral is rakke, halfleeg. Oral staan kratte, halfvol. Tussen die rakke en kratte staan Christine. Brandmaer.

Toe kyk sy op.

Haar oë vlieg oop.

Haar gesig word wasbleek.

Sy loop stadig agteruit totdat haar rug aan die rakke agter haar raak. Sy staan bleek geskrik teen die rak aangedruk.

Waar sagte rondings was, is nou 'n maer lyfie, byna breekbaar klein. Haar blonde krulle is in haar nek vasgebind. Van die krulle het losgekom en hang langs haar gesig af. Die hande wat sy nou teen haar wange vasdruk, is maer en rooierig en grof gewerk.

"Christine?"

Die trane begin in haar verskrikte oë opwel. Die trane loop teen haar wange af, langs haar mond verby.

Toe knak haar knieë. Sy syg stadig af vloer toe, haar rug steeds styf teen die rak gedruk.

Hy gee drie lang treë tot by haar en sak op sy hurke langs haar neer. Hy moes laat weet het, haar voorberei het op sy koms, dink hy.

Die oë wat na hom staar, is nog dieselfde: twee groot, flets-blou oë. Iets in haar oë het tog verander.

Hy steek sy hand stadig uit na haar. "Christine?"

Sy trek terug. "Wat maak jy hier?" Dit klink asof sy die woorde verby haar droë keel wurg.

Hy voel onbeholpe. "Moet ek vir jou water kry?" vra hy.

Sy antwoord nie. Hy kom regop en stap na die kraan in die hoek. Hy neem die koppie sonder oor en tap dit vol water.

Sy staan stadig op. Haar hand bewe toe sy die koppie by hom neem. "Wat maak jy hier, De Wet?" Haar oë is totaal versluier, haar stemtoon onpersoonlik, byna vyandig.

"Ek is hier vir sake, toe dog ek ek kom loer gou in. Ek is jam-mer, ek wou jou nie skrikmaak nie."

Sy sit die leë koppie op een van die rakke neer. "Hoe het jy geweet waar om my te kry?"

Hy was nie voorbereid op hierdie vyandigheid nie. Hy dwing homself om kalm te bly. "Uitgevind, by die weermag. Dit was heel maklik, Chrissie."

Hy sien hoe die troetelnaampie uit haar kleintyd deur haar ruk.

Dan byt sy op haar onderlip. Sy is besig om haar selfvertroue te herwin. Haar oë vernou effens. "Jy moes nie gekom het nie, De Wet."

Hy frons liggies en glimlag dan gerusstellend. "Ek het net kom kuier, Christine. Ek sal nie byt nie."

"My pa het jou gestuur," sê sy en draai haar rug op hom.

"Nie gestúúr nie," sê hy.

"Maar hy weet jy is hier." Sy maak 'n halfleë krat toe.

Hy knik en probeer dan die onderwerp verander. "Jy kan nog baie goed in daardie krat kry. Julle pak, julle werk hier is verby, nè?" vra hy.

"Van ons bly steeds aan, seker vir die volgende jaar nog," sê sy.

"Jy is nie een van die wat aanbly nie, Christine." Hy vra nie, hy konstateer die feit. Dit het hy en oom Freddie uitgevind kort voordat hy op die vliegtuig geklim het. Sy word aan die einde van die maand ontslaan, sonder die keuse om aan te bly.

'n Oomblik lank lyk dit asof sy paniekerig wil raak, dan tel sy haar kop op en sê: "Ek bly hier, De Wet. Ek het werk gekry in . . . 'n afdelingswinkel. Ek het huisvesting gekry by vriendelike mense in hulle huis. Ek gaan nie terug Suid-Afrika toe nie. Jy kan vir my pa gaan sê."

"Hoekom nie, Christine?"

"Ek wil nie," sê sy. "My lewe is nou hier; ek is gelukkig hier."

Hy kyk lank na haar, intens. "Jy is maer, Chrissie. En . . ." hy tel haar twee hande op, ". . . kyk hoe lyk jou handjies, deurge-werk. Sê vir my wat aangaan."

'n Oomblik kyk sy hom in die oë, maar haar oë wys steeds niks. Sy trek haar hande terug. "Niks gaan aan nie, De Wet. Ek het net besluit om hier te bly."

Hy voel hoe die hand stywer om sy hart klem, hoe die skroef in sy maag stywer en stywer vasdraai. "Is daar . . . 'n man in jou lewe?"

Sy draai haar kop na hom en kyk hom in die oë. "Ja, De Wet, ek gaan trou," sê sy hard en duidelik.

Hy voel die woorde deur hom ruk. "Mag ek hom ontmoet?" vra hy kalm.

Hy sien haar ontmaskering, maar net vir 'n oomblik. "Ja, maar ek weet nie wanneer nie. Hy is nie nou in Rome nie."

Hy knik stadig. "Goed," sê hy. Want hy weet.

"Hy kom eers oor 'n maand terug," sê sy en druk haar blonde hare agter haar oor in.

"Goed," sê hy weer. "Hoe laat is jou etenstyd? Ek dink ons kan saam gaan middagete eet."

"Nee, dit sal nie werk nie," sê sy vinnig. "Jy moet nou gaan, De Wet."

"Goed," sê hy en glimlag af na haar. "Dit was lekker om jou

weer te sien, Chrissie." Hy raak speels aan haar wang, draai om en stap met lang treë uit.

Toe hy die straat bereik, stap hy vinnig. Sy hart tamboer in sy bors. Sy is pragtig, dink hy, mooier as wat hy onthou het.

Hy stap verby 'n park, maar sien nie die oorgroeide grasperke en lowergroen bome raak nie.

Sy is volwasse, met net genoeg selfvertroue om haar onweerstaanbaar te maak, dink hy. Dis net dat sy so bitter maer is.

Hy stap verby 'n vrou wat al haar erfgoed probeer verkwansel vir kosgeld. Hy merk dit nie op nie.

En daar is 'n weerloosheid om haar mond wat sy hart week maak; 'n waaksaamheid in haar blou oë wat die beskermingsdrang in hom wakker maak.

Hy moes al sy wilskrag inspan om haar nie in sy arms te neem en teen hom vas te druk nie.

Hy stap by 'n hek in en sak op 'n bank neer. Die hand om sy hart klem nie meer nie; dit druk nou swaar en seer.

Hy sit eers lank in die park om kalm te word. Daar is nie 'n ander man nie, dink hy, daarvan is ek seker. Maar daar is iets anders. Hy kan nie sy vinger daarop lê nie. Hy weet net dat daar êrens, diep, iets is.

Hy sit stil op die harde bankie. Die duiwe pik brokkies kos op tot teenaan sy voete, 'n eekhoring met 'n vet stert beloer hom kraaloog vanuit 'n boom.

Teen halfeen staan hy op. Hy koop 'n groot pizza by 'n straatventer en stap terug na die administratiewe gebou waar sy werk.

Hy toon sy klaringspermit en loop direk na die stoor. "Hallo Chrissie, ek het vir ons kos gebring."

Sy wip soos sy skrik.

Hy glimlag. "Jammer, ek wou jou nie weer skrikmaak nie."

"Ek het gesê jy moenie terugkom nie." Haar stem klink dik, byna vyandig.

Hy vermoed onmiddellik onraad. "Christine, kyk na my."

Sy draai om. Haar oë is dik gehuil. "Tevrede?"

Dit ruk deur hom. Hy steek sy hand instinktief uit na haar, maar sy ruk weg. "Moenie, De Wet."

Hy maak sy oë 'n oomblik lank toe. Dan draai hy om, vou die papier om die pizza terug en sit dit op een van die kratte neer. "Middagete is gereed, Madam," sê hy speels-galant.

"Ek is nie honger nie," sê sy.

"Kry maar nogtans 'n stukkie," sê hy kalm. "Ek kan tog nie die hele pizza opeet nie." Hy neem 'n groot hap. "Mm, dis lekker," sê hy met toe oë.

Sy talm 'n oomblik, dan neem sy ook 'n stuk. Hy hou haar onderlangs dop en drink elke beweging in.

Sy hart klop swaar in sy bors.

Sy bring die slap stuk pizza na haar mond en byt diep deur die sagte vulsel. Sy trek die taai kors om dit afgebyt te kry.

Die dun lagie kaas bo-op maak 'n lang draad van haar hand tot by haar mond.

'n Krul het weer losgekom en val oor haar gesig. Hy tree vorentoe en stoot dit versigtig agter haar oor in.

"Moenie, asseblief, De Wet." Haar stem pleit byna.

Toe weet hy dat hy nie verniet gekom het nie. Dis steeds daar, al probeer sy dit smoor. "Hoekom nie, Christine?"

"Omdat . . ." Sy maak haar oë toe. "Moet net nie, asseblief?"

Sy is onweerstaanbaar broos, pragtig. "Goed, ek sal nie. Kry nog 'n stukkie pizza."

Sy begin haar hand uitsteek, maar trek dit dan terug. "Ek is regtig vol, dankie," sê sy sonder om op te kyk. "Maar miskien sal ek 'n stukkie saamneem vir vanaand, dan hoef ek nie te kook nie."

Die nuwe wete slaan hom tussen die oë – van die hand na die mond. "Neem alles," sê hy. "Die plek waar ek bly, gee buitendien vir my aandete."

"Dis te veel vir my; ek is alleen," sê sy.

"Bêre dan die res vir môre," sê hy gemaklik. "Ek was dom, ek moes vir ons iets gekoop het om te drink ook."

"Ek kan vir ons . . ." Sy bly 'n oomblik stil, asof sy te gou gepraat het. "Ek kan vir ons tee maak, maar dan moet jy gaan, De Wet."

Hy glimlag gerusstellend. "Ek sal, ek belowe. Kan ek jou vanaand sien?" Hy vra dit asof terloops.

"Nee," sê sy dadelik. "Onthou, ek gaan trou. Jy kan glad nie kom kuier nie."

Hy bly gelykmatig glimlag. "Goed," sê hy, "gee dan net vir my tee voor ek vergaan van die dors. Ek het nie besef Rome is so warm nie."

Net voor hy loop, sê hy: "Miskien sal ek net een klein stukkie pizza saamneem vir padkos."

"Natuurlik," sê sy.

Hy balanseer die sny pizza op 'n vel tikpapier en stap deur toe. By die deur draai hy terug na haar. "Jy is nog net so pragtig soos altyd, Chrissie," sê hy.

Sy staan met haar rug na hom toe. Sy skud haar kop, sy kyk nie om nie.

Hy trek die stoor se deur agter hom toe.

By die voorste kantoor stap hy na die kaasneus-meisie agter die lessenaar. "Hier is 'n stuk pizza oor. Jy is nie dalk lus daarvoor nie?" vra hy en sit die vel papier voor haar neer.

Sy glimlag. "I certainly won't say no for something to eat," sê sy.

Hy steek sy hand na haar uit. "De Wet Fourie."

"I am Florence," sê sy en neem 'n groot hap pizza.

"'n Vriendin van Christine?" Hy onthou dat Klara gesê het Christine skryf baie van Florence – toe sy nog geskryf het.

Sy knik. "Hm," sê sy met 'n mond vol pizza.

"Woon julle saam?"

Hy sien hoe sy skielik frons. "Who are you?" vra sy agterdogtig.

Hy kyk haar reguit in die oë. "Ek het saam met haar grootgeraak, Florence. Ek het haar kom haal om haar huis toe te neem."

Sy bly stil na hom kyk.

"Ek gee om vir haar," sê hy.

Hy sien hoe sy haar wange intrek, op haar lippe byt. "Asseblief?" vra hy.

"I shouldn't do this," sê sy. Sy druk eers die res van die pizza in haar mond, neem dan 'n flentertjie papier en skryf 'n adres daarop. "Dis nie 'n goeie deel van die stad nie," sê sy. "Ek hoop jy kan haar tot insig bring."

Hy stap die twee myl na sy hotel. Hy moet sy kop skoon kry. Dis nie 'n goeie deel van die stad nie, sê sy voetstappe, . . . nie 'n goeie deel van die stad nie . . . nie 'n goeie deel . . .

Hy klim die drie stelle steil trappe na sy kamer op. Hy draai die koue stortwater oop en staan lank onder die stort. Die koue water was hom van buite skoon, maar die onsekerheid, die vrees oor die moontlikhede, vreet hom van binne op.

Net na vyf loop hy uit straat toe en wink 'n taxi nader. Hy gee die flenter papier vir die taxibestuurder. "Me no go there," sê die ou man.

"Neem my dan net tot daar naby," vra De Wet.

Toe hulle stilhou, vra die taxibestuurder 'n asemrowende bedrag vir die entjie pad. De Wet probeer stry, maar die man word bloedrooi in die gesig en skel iets allervreesliks in sy eie taal.

Die mense in die straat kyk nie eens om nie.

De Wet gee vir die man 'n handvol kleingeld en stap weg. Dis die laaste keer dat ek taxi ry, dink hy.

Iemand op straat beduie in watter rigting hy moet stap.

Hy loop deur straat na straat met hope verrottende afval, hy stap op die swart besmeerde sypaadjies, hy tree oor brokstukke geboue. Hierdie deel van Rome is oopgeskeur, afgebreek, toegeval – stinkvuil.

Die skok druk in sy keel op en lê loodswaar in sy maag

Die adres lei na 'n vervalle huis naby die spoorwegstasie. Hy klop, maar toe niemand antwoord nie, stoot hy die deur na die ingangsportaal oop. 'n Rot skarrel weg.

Hy klim teen die smal trap op. Bo is 'n donker gang met deure. Hy klop aan die eerste deur.

"Ja?" Dis 'n vrou se stem. Die deur gaan op 'n skreef oop.

"Christine?" vra hy.

Sy beduie na die tweede deur aan die oorkant van die gang, sluit dan weer haar deur agter haar.

Hy klop. Sy maak onmiddellik die deur oop, asof sy iemand verwag het. Toe sy sien dit is hy, probeer sy die deur toestoot. Maar hy het reeds sy voet in die deur en stoot dit met gemak oop.

Hy stap in.

Sy bly teen die muur staan.

Die kamer is effens bedompig en donker; die twee klein venstertjies laat min sonlig deur. Teen die een muur staan 'n bed en 'n stoel, teen die ander muur 'n kassie met 'n primusstofie op. Eenkant staan 'n kleretrommel,

Daar is nie eens 'n mat op die kaal vloer nie.

"Chrissie?" Sy skok slaan rou deur.

Haar gesig sak in haar hande in. "Loop nóú, De Wet," pleit sy gesmoord. "As jy ooit iets vir my gevoel het, loop net, asseblief."

Hy skud sy kop. "Ek gaan nie loop nie. Jy weet dit."

Sy sug diep. "Ek wens uit my hart uit jy wil."

Hy kyk weer in die kamer rond. "Jy is in die weermag, Christine. Jy kan in die weermag se barakke tuisgaan, waarom woon jy . . . hiér?"

Sy bly verslae met haar rug teen die muur staan.

Die volgende oomblik word die deur oopgestoot. 'n Ou vrou stap binne met aan haar hand, 'n seuntjie.

Die kind breek los en hardloop na Christine. "Mamma! Mamma!" roep hy bly en slaan sy armpies om haar bene.

De Wet voel hoe sy totale menswees versteen.

Christine tel haar kop op en kyk direk na hom. "Hulle laat nie kinders in die barakke toe nie," sê sy.

Die kind is Gerbrand se ewebeeld.

Liewe Vader! Kan dit . . .

Die verstaan sypel stadig in sy kop in. Sy gedagtes gaan staan botstil, sy hart krul in 'n bondel, sy instink neem oor.

464

Hy sak op sy hurke neer. "Hallo, Kleinman," sê hy en steek sy hand in sy sak, "kyk wat het ek hier." Hy haal die appel uit wat hy na oggendete in sy sak gebêre het.

Die seuntjie los Christine se bene en gee 'n tree nader. "Bal," sê hy.

"Wel, ek veronderstel 'n mens kan dit vir 'n bal gebruik, maar dis eintlik 'n appel. 'n Mens kan dit eet." Hy kyk op na haar. "Mag hy 'n appel eet?"

Sy staan steeds verwese teen die muur. "Jy weet nou. Gaan nou, asseblief, De Wet."

"Ja, ek weet nou. Ek vra of hy 'n appel mag eet?"

"Eet," sê die seuntjie, "eet."

"Wag, ek sny vir jou 'n stukkie af." De Wet haal sy Joseph Rodgers uit sy sak uit en knip dit oop.

"Eina," sê die seuntjie en wys met sy vingertjie.

"Ekskuus?" sê De Wet. Hy het tog nie aan die kind geraak nie?

"Hy sê jy moet oppas, jy gaan jou sny," sê Christine moeg.

"Goed, ek sal versigtig wees," sê hy vir die kind. Hy sny 'n snytjie uit die appel en gee dit vir die uitgestrekte handjie. Dan staan hy regop, sny 'n groter stuk af en hou dit uit na Christine.

Sy skud haar kop, stap oor na die bed toe en gaan sit. "Ag, De Wet, hoekom dóén jy dit?"

Hy draai terug na die kind. "Gaan gee vir jou mooi mamma," sê hy en gee die stuk appel vir hom.

Die stewige beentjies draf oor en hou die stuk appel na sy ma uit. "Eet, Mamma, eet."

Sy neem die appel. Haar oë is hartseer wanneer sy opkyk. "Jy speel vuil, De Wet."

Dit word amper te veel vir hom. "Ek gaan nou," sê hy, "maar ek kom môre terug. Dis môre Saterdag, ek wil . . ."

"Ek werk die hele Saterdag," sê sy.

"Goed," sê hy. "Dan maak ons 'n ander plan."

Hy trek die deur agter hom toe.

Ek het nie gegroet nie, besef hy toe hy in die straat staan. Maar hy sien ook nie kans om terug te gaan nie.

Dit word 'n lang, lang nag.

Want daar is ook 'n kind.

'n Mens moet hierdie saak logies beredeneer, die feite suiwer opweeg, elke moontlikheid deurgrond, dink hy om tienuur. 'n Mens moet met jou kop dink, sou hy vir 'n kliënt gesê het. Moenie toelaat dat emosie tussen jou en die regte besluit kom nie.

Sy logiese redenasievermoë is 'n maalkolk wat begrippe omtol en woorde onderstebo keer en letters deurmekaar gooi, wat aftregter in 'n diep gat in sodat sy ore later daarvan suis.

Ek kom nêrens nie, dink hy teen middernag. Daar is ook geen manier om koffie te maak in die klein solderkamertjie van die losieshuis aan die einde van die steil, smal trap nie.

In die vroeë oggendure haal hy 'n vel papier uit sy koffer en deel dit in twee. Aan die eenkant skryf hy "Ja", aan die ander kant "Nee".

Die vel papier bly wit voor hom; die twee woorde soos 'n klagstaat teen hom.

Want sy liefde vir haar kan nie met woorde en syfers geweeg word nie.

Liewe Vader, ek kom nêrens nie, ek het lankal verdwaal. Lei U my asseblief op die regte pad.

Hy bly op sy knieë staan, lank. Hy voel 'n hemelse rustigheid oor hom kom.

En as die pad is wat ek hoop dit sal wees, help my om Christine weer gelukkig te maak, bid hy. En help my om 'n goeie pa vir . . . Liewe Vader, ek weet nie eens wat sy naam is nie . . . vir Gerbrand se seuntjie te wees.

Want skielik het hy klaarheid oor die pad vorentoe.

Saterdagoggend kry hy 'n kaart van die stad en begin stap.

Hy kyk na die Colosseum, hy stap om die reusestrukture, hy

probeer hom die juigende skares voorstel, amper soos wanneer die Springbokke en die Leeus mekaar pak op Loftus, dink hy.

Hy kyk na die arena onder hom. Hy probeer hom indink hoe die twee gladiators tot die dood toe veg, hoe die strydwaens in die rondte jaag, hoe die slawe vir die leeus gegooi word.

Christine is vir die wolwe gegooi, dink hy, en sy het oorleef.

'n Straatkunstenaar probeer 'n skets van die Colosseum aan hom afsmeer. "Dis baie goed gedoen, maar ek het nie geld nie," sê hy op Afrikaans vir die man. "En jy sien, ek moet nog 'n bal ook gaan koop vir 'n klein seuntjie met rooi haartjies."

Die man skud sy kop en stap weg.

By die Trevi-fontein sit hy lank en kyk na die wit marmerfigure bo. Dis seker hoe die friese van die monument gaan lyk, dink hy afwesig.

Hy haal die toebroodjie, wat hy tydens oggendete vir homself gesmeer het, uit sy sak en begin ingedagte kou. Die duiwe kom onmiddellik nader. Hy gooi vir hulle krummelstukkies tot teen sy skoen.

Hy kyk na die strome tuimelende water wat diamante skitter in die helder sonlig. So moet haar oë ook weer blink, dink hy.

Later stap hy na 'n groot winkel. Die voorrade is skraps en baie duur. Hy koop wat hy kan kry, meestal vars produkte uit die groentetuine rondom Rome.

Hy koop ook 'n groot, rooi bal.

Hy het ver geloop. Dis 'n lang pad terug langs eindelose strate, oor bruggies en brûe, deur stegies na Christine se kamer. Die sak wat hy dra, word al swaarder.

Vir ons ook, dink hy. Vir ons wag daar 'n lang pad voor, ons sal ons eie brûe moet bou, ons het 'n swaar vrag bagasie wat ons moet saamdra.

Maar sy voetstappe bly lig, want hy gaan na haar toe.

"Wat is sy naam?" vra hy toe sy die deur oopmaak.

"Wat het jy daar?" vra sy. "Jy moenie vir my kos aandra nie, De Wet. Ek koop my eie kos."

"Ek wil met jou 'n ooreenkoms aangaan," sê hy en kyk rond vir 'n plek om die swaar pak neer te sit. "Ek kan ook my eie kos koop, maar ek het nêrens om dit gaar te maak nie. As ek nou die kos koop, en jy maak dit gaar, is dit mos 'n wen-wen situasie, dan nie?" Hy staan steeds met die pakkasie in sy arms.

Sy sug saggies. "Ek het net een kastrol," waarsku sy.

"Ek het bestanddele gekoop vir 'n eenkastrol-ete," glimlag hy vir haar. "Waar kan ek die goed neersit?"

"Sit dit maar op die bed, of op die vloer."

"Wat is die outjie se naam?" vra hy weer.

Sy haal haar skouers op. "Hy is nog nie geregistreer nie."

"Wat noem jy hom?"

"Seun. Die kind."

"En . . . die vrou wat hom oppas, wat noem sy hom?"

"Patrick." Haar stem bly plat, sonder emosie.

"Patrick? Dis nie eens 'n Italiaanse naam nie?"

Sy glimlag baie effentjies. "In die vorige oorlog, die 1914-oorlog, het sy 'n Ierse soldaat ontmoet, sy naam was Patrick. Hy het ook rooi hare gehad."

Hy staan stil na haar en kyk. "Dis die eerste keer dat jy glimlag, Christine. Jy is pragtig as jy glimlag."

Sy skud haar kop.

"Ek gaan jou weer leer glimlag," sê hy en draai onmiddellik na die kind. "En kyk wat het ek vir jou gebring."

"Bal," sê die seuntjie dadelik en hou sy handjies uit.

"Ja, dis hierdie keer 'n regte bal. Kom ek en jy gaan speel met die bal terwyl jou mooi mamma vir ons kos maak."

Hy tel die kind op en dra hom met die trappe af. Vreemd, hoe klein hy is, hoe veerlig die gespierde lyfie.

Die enigste speelplek is die smal keisteenstegie voor die voordeur. Dit dra geen verkeer nie, net mense wat heen en terug loop. Hoog bo hulle koppe wapper die rye en rye wasgoed soos oorwinningsvlae.

Die seuntjie hardloop agter die bal aan en skaterlag en skop die bal ver straataf. Hy val minstens tien keer, maar vlieg elke keer op en hardloop verder. "Nee wag, kom ons speel nou weer anderkant toe," keer De Wet. "Jy is lekker rugbyfiks, hoor, net nog bietjie klein."

Skielik draai die seuntjie na hom toe. "Piepie," sê hy.

De Wet kyk hom verslae aan. "Jong, ek het nie 'n idee wat ek nou moet doen nie. Mm . . . kan jy nie net daardie . . . dingetjie uitkry en dit doen nie?"

"Piepie," sê die kind angstig. Sy bruin oë is baie groot.

"Goed, lyk my dis dringend," sê De Wet en raap die seuntjie op. Dan neem ek jou maar vir jou ma. Jy moes miskien eerder gepraat het, 'n mens behoort nie tot op die laaste te wag met . . ."

Halfpad teen die trap op voel hy die warmte tussen hom en die kind. Die warmte versprei vinnig.

"Jy plaas my in 'n ongemaklike situasie," sê De Wet vir die grootoog kind. "Jy sien, ek het eintlik jou ma die hof kom maak. En ek weet nie presies hoe ek die situasie nou gaan hanteer nie."

"Piepie," sê die kind toe hulle amper by die kamerdeur is.

"Seker nie nóg nie!" sê De Wet benoud en stoot die deur oop.

"Piepie," sê die kind vir Christine en begin uit De Wet se arm wriemel.

Christine se gesig versag totaal. "Wil my seuntjie . . ." Sy druk skielik haar hande voor haar gesig. "Ag, De Wet, néé!"

"Ek het hom probeer oortuig dat hy die . . . hm . . . dingetjie moet uithaal en daar in die straat moet . . . jy weet . . ."

"De Wet, wat weet jy van klein kindertjies?" vra sy terwyl sy behendig die seuntjie se klere afstroop.

"Piepie," sê die seuntjie.

"Ja, Mamma sien."

"Ek weet eintlik niks van kinders nie," erken De Wet. "Maar ek leer vinnig. Ek weet nou dat 'n mens 'n noodplan gereed moet hê vir as die nood dreig."

Sy lag. Vir die eerste keer lag sy. Net 'n klein laggie, maar sy lag tot binne-in sy hart in.

Hy sê niks, drink net elke stukkie lag in.

"Ek is regtig jammer, De Wet. Trek uit jou hemp."

Die kaal seuntjie krul onder haar hande uit en begin sy bal in die kamer rondjaag.

"Niks wat 'n bietjie water nie kan regmaak nie," sê De Wet filosofies en begin sy hemp afstroop.

Sy kyk op. 'n Oomblik lank sien hy dit in haar oë, maar dan versluier dit weer.

"My broek het ook in die slag gebly," sê hy gelykmatig.

"Jy kan nie jou broek uittrek nie," keer sy.

"Ek kan ook nie met 'n piepiebroek deur die aand gaan nie," sê hy. "Kan ek jou handdoek om my lyf draai?"

Hy sit op haar bed en kyk hoe sy die klere in die skotteltjie uitspoel, hoe haar handjies die klere was en uitdraai tot al die water uit is. Op die primusstofie prut die sop, die geur sprei huislik deur die hele kamertjie.

Die seuntjie begin aan sy hand trek. "Bal, bal," sê hy.

"Ja, dis 'n bal," sê De Wet.

"Hy wil hê dat jy buite met die bal saam met hom gaan speel," sê Christine terwyl sy die hemp uitskud. Sy loop na die venstertjie en begin die wasgoeddraad inkatrol. Sy haal die kinderkleertjies af.

"Jong," sê De Wet vir die seuntjie, "ek gaan 'n probleem hê om met hierdie redelike klein handdoek tussen my en onfatsoenlikheid in die strate op en af te hardloop agter jou en die bal aan. Dit kan jy tog seker self insien, dan nie?"

"Die oom sê nee," sê Christine en knyp sy hemp en broek aan die draad vas. Toe katrol sy dit tot in die laaste sonkolletjie hoog bo die straat.

"Dis nogal . . . blatant gestel," sê hy.

"Dis wat hy verstaan," sê sy.

Hy verkyk hom aan haar. Hy sien hoe sy die sop roer, die seuntjie was, agter hom aandraf om die woelige lyfie weer in kleertjies te kry.

Later sit hulle die geurige sop en eet. Hy en Christine sit op die bed en die seuntjie sit op die vloer. Die sop loop 'n klein paadjie deur se kant toe.

"Hy mors vreeslik," waarsku De Wet.

"Ja, maar hy weier volstrek dat 'n mens hom help."

"Aard na sy ma, klink dit my," merk De Wet op.

Christine antwoord nie, maar haar mondhoeke trek tog in 'n effense glimlag.

"Hy het ook baie energie," sê De Wet.

Sy knik.

"Chrissie, hy moet tog 'n naam hê?"

"Ja, ek weet." Sy staan op en begin die vloer opvee.

"Kan ek help?" vra De Wet.

"Nee, jy kan nie."

"Punt bewys," sê hy en staan op. "Die sop was absoluut heerlik. Kan ek die borde was?"

"Nee," sê sy, "jy het die kos gekoop. Bly by ons ooreenkoms."

Hierdie nuwe, meer volwasse Christine is onweerstaanbaar. Sy is net . . . perfek, dink hy.

Toe die seuntjie moeg is, sê sy: "Ek gaan hom nou was en in die bed sit. Jy moet nou gaan, De Wet."

"Ek sal," sê hy. "Ek kry julle môreoggend, dan hou ons heeldag piekniek in 'n park. Reg so?"

Sy kyk reguit na hom. "Waarheen is jy op pad, De Wet?"

"Na my kamer in die . . ."

"Jy weet goed dis nie wat ek bedoel nie."

"Ek is op pad huis toe, Christine," sê hy en trek die deur agter hom toe.

Hulle ry met die trein na 'n rustiger woonbuurt en stap na 'n park waarvan Christine weet. De Wet het 'n gemaklike kortbroek en ligte hemp aan, Christine dra 'n somersrokkie wat hy dadelik herken – dit kom uit haar studiejare. Hy dra die pak kos in die een hand en hou die woelige seuntjie se handjie vas met die ander. Sy dra 'n kombers en 'n sak met die kind se goed.

Onder 'n koelteboom sprei hy die kombers oop. Sy sak op die kombers neer. "Bal, bal," rem die seuntjie aan De Wet.

"Goed, ek kom, laat my net my skoene uittrek," sê hy. "Vandag gaan ek jou leer rugby speel, of wat sê jy?"

Christine lê op die naat van haar rug met haar oë toe. "Hy gaan nooit rugby speel nie," sê sy beslis.

"Chrissie! Dis Gerbrand se seun hierdie. Ek kan nie sien hoe gaan jy hom keer nie. Nie met hierdie lyfie en daardie stewige paar beentjies nie!"

Toe draf hy agter die seuntjie aan oor die groen gras.

Baie later kom hulle terug. "Die manne is nou honger," sê De Wet.

"Honger," eggo die kind.

Christine kom regop. "Ek het sowaar aan die slaap geraak!" sê sy verskonend.

"Ek het brood in die hande gekry en my hospita het vir ons kaas en vrugte ingepak," sê De Wet en sak op die kombers neer. "Sjoe, hierdie kind het baie energie!"

Christine leun vorentoe en begin die goed uit die drasak pak.

'n Krul val vorentoe oor haar gesig.

Hy leun vooroor en druk dit sag weer agter haar oor in.

Sy kyk op. Haar oë is weerloos, hulle pleit by hom. Sy skud haar kop stadig.

Langs haar staan haar rooikopseuntjie, geplant op twee stewige beentjies. Die bruin ogies kyk hom ernstig aan. "Lief vi' Mamma," sê hy skielik.

De Wet glimlag stadig. "Ek is baie, baie lief vir jou mamma, van altyd af," sê hy vir die seuntjie. "Ek sal altyd lief bly vir jou mamma."

Die helder ogies bly na hom kyk. "Jy sien, klein Gerbrand, jou mamma was altyd my roosknoppie, maar nou is sy 'n volwaardige roos, en mooier as ooit."

"De Wet, moenie!" sê sy gesmoord langs hom.

"En sy kan stry soos sy wil," gaan hy ongesteurd voort, "maar ek weet dat sy nog net so lief is vir my ook."

"Hy verstaan jou buitendien nie. En sy naam is nie Gerbrand nie. Hou nou op!"

"En sy weet dat ek haar wil huis toe neem saam met my, vir haar én vir jou, vir altyd. En ek weet jy het nie 'n idee waarvan ek praat nie, maar ek praat lankal nie meer met jou nie," glimlag hy vir die seuntjie.

"Bal," sê die kind, "bal."

"Goed, ek sal weer saam met jou kom bal speel, wag net 'n bietjie. Reg so?"

Hy draai om en in een beweging neem hy Christine in sy arms. Hy voel hoe sy verstyf, hoe sy haar teësit. Sy arms klem stywer om haar, hy druk haar teen hom vas, hy buig vooroor en streel oor haar gesiggie met sy lippe. Hy voel hoe sy effens meegee; sy mond soek hare.

Toe begin sy huil.

"Mamma?"

Sy weet nie van haar kind nie. Jare se opgekropte emosies ruk teen sy bors vas, stroom teen sy bors uit. Haar hande klou aan sy rug. Hy hou haar vas en streel oor haar blonde krulle.

Dan sien hy die seuntjie se ontstelde gesiggie. Hy maak sy een arm oop en trek die stewige lyfie nader. Die klein handjie begin ook oor Christine se hare streel.

Later begin die lyfie kriewel. Christine lê teen sy bors, leeg.

"Bal," sê die seuntjie en wys met sy vingertjie.

"Gaan speel jy solank met die bal, ek kom nou," sê De Wet. "Ek wil net nog 'n bietjie by jou mamma sit. Goed?"

Die seuntjie kyk hom onbegrypend aan. Dan draai hy tog om en skop die bal vorentoe.

"Hoekom het jy hierheen gekom?" vra Christine moeg. Sy kyk steeds nie op nie. Sy lê stil teen sy bors.

"Ek het jou kom haal, Chrissie."

"En jou 'sake'?"

"Dít was my 'sake'."

"Ek kan nie saam met jou teruggaan nie, De Wet. Jy weet dit."

"En ek gaan nie sonder jou terug nie," sê hy ferm.

Sy hou aan om haar kop te skud. "Ek wens jy het nie gekom nie," sê sy. "Ons het goed aangegaan; ons is gelukkig hier. Jy het net sake kom omkrap.

"Sake kom óópkrap?" vra hy.

"Ja, dit ook."

"Sê vir my hoekom kan jy nie teruggaan nie," vra hy rustig.

"Ag, De Wet, jy weet dit net so goed soos ek. Jy weet goed dat my ma nooit die skande sal kan oorleef nie."

Hy kyk na waar die kind speel. "Daardie seuntjie lyk nie vir my na 'n skande nie," sê hy. "Hy lyk vir my na 'n volmaakge-vormde, pragtige mensie, die ewebeeld van sy pa."

Haar kop sak in haar hande in. "De Wet, moenie!" Dis soos 'n noodkreet.

"Gerbrand was een van my beste vriende, van kleins af," gaan De Wet rustig voort. "Ek is seker hy sou nie omgegee het dat ek sy seuntjie help grootmaak nie."

Sy lig nie haar kop nie. "Ons sóú gaan trou het," sê sy.

"Ek weet."

"Hy was lief vir my."

"Ek weet."

Sy kyk op. "Het hy dit vir jou geskryf?" Amper angstig.

De Wet glimlag. "Nee, Gerbrand het nooit vir my geskryf nie. Ek weet net."

Sy knik. "Ek kan steeds nie huis toe gaan nie. Die kind is nie net buite-egtelik nie, hy is nog 'n bywonerskind ook."

"Hou op van 'die kind' praat, noem hom 'n naam, enige naam as Gerbrand dan nie goed genoeg is nie. En ek het Ger-brand nooit as 'n bywoner gesien nie," sê hy beslis.

Sy sit regop en draai haar kop na hom. "Ek praat van my ma, van die hele dorp, en jy weet dit," sê sy.

Hy glimlag stadig. "Jy is pragtig as jy so beslis standpunt in-neem, weet jy dit?"

Sy kyk hom moedeloos aan. "Ek wens jy wil ernstig raak."

"Ek is ernstig, Christine. Jy gaan saam met my huis toe. Jy en Gerbrand."

"Sy naam is . . ."

". . . nie Gerbrand nie, ek weet. In Suid-Afrika sal ons hom registreer; enige naam wat jy wil. Maar as ek my sin kan kry, sal dit Gerbrand Fourie wees. Hy sal weet wie sy pa was. Hy sal trots wees op wie sy pa was. En ek sal my bes probeer om die beste plaasvervanger moontlik te wees."

Sy haal diep asem. "Jy sal die beste pa wees wat enige kind ooit kan hê, De Wet. Daaraan twyfel ek nie. Dis net . . ." Sy skud haar kop.

"Ek sal mos langs jou staan, Chrissie. Elke oomblik."

"Ek kan op my eie bene staan," sê sy.

"Daaraan twyfel ek vir geen oomblik nie. Jy het gekom tot hier. Ek gaan lángs jou staan, as vennoot, omdat ek lief is vir jou. Ek wil nie agter jou staan of jou dra nie."

"Jy laat dit so maklik klink," sê sy amper bitter.

"Nee, dit gaan nie maklik wees nie, dit weet ek. Maar saam sien ons mos kans om enigiets aan te pak, dan nie?"

"Hoe goed het jy oor hierdie saak gedink?" vra sy.

"'n Ganse nag lank. Ek het dit vir myself objektief uitgeredeneer en toe tot 'n besluit gekom," sê hy beslis.

"Ek dink nog steeds nie so nie, De Wet. Ek dink regtig nie so nie."

"Hou op weghardloop, Christine," sê hy streng.

"Hou op om my te boelie," sê sy net so beslis.

Hy kyk haar waterpas in die oë. "Magtig, vroumens, ek is lief vir jou."

"Nou baklei jy vuil," sê sy.

"Ek sal kaalvuis ook baklei as dit nodig is."

"Jy kan my nie dwing om terug te gaan nie." Haar mondjie het 'n verbete trek bygekry.

"Ek is ook nie van plan om jou te dwing nie, Christine. Dit sal suiwer jou besluit wees; daarvoor gee ek jou my woord. En as jy besluit om terug te gaan saam met my, maar elders te gaan woon, nie my vrou te word nie, sal ek daardie besluit ook respekteer." Hy begin glimlag. "Ek sal waarskynlik die res van my lewe 'n depressiewe ou man wees, maar ek belowe jou, ek sal jou besluite respekteer."

Skielik staan die seuntjie langs hulle. "Piepie," sê hy.

"O my aarde, ek het skoon vergeet om te kyk waar die plek is!" sê Christine en kyk vinnig rond.

"Kom ons gaan sommer gou agter daardie bossie," sê De Wet en neem die kind se hand.

"Jy kan nie hier gaan nie! Dis . . ." begin Christine.

"Hy's 'n seuntjie, Chrissie, hy kan," sê De Wet rustig.

Toe hy weer by haar aansluit, sê sy: "Eintlik weet ek ook niks van klein kindertjies af nie, De Wet. Veral nie van seuntjies nie."

Hy glimlag en vee haar hare uit haar gesig. Sy trek nie weer weg nie. "Dan leer ons maar saam," sê hy.

Toe hulle net voor sonsak terug is in haar kamer, sê hy: "Ek gaan maar dadelik, Chrissie. Julle tweetjies is albei moeg, môre is nog 'n dag."

Sy knik net.

"Maar môremiddag kom haal ek jou vir middagete," sê hy beslis. "Reël met Florence, of met wie ook al."

Sy glimlag baie effentjies. "Ons het buitendien 'n uur middagete," erken sy.

Hy glimlag. "Ek weet. Ek is lief vir jou, Christine."

Toe draai hy om en stap weg.

Hy doen die volgende dag moeite om 'n eetplek naby haar werk te vind. Hy reël vooraf vir 'n tafeltjie in 'n hoek. By die administratiewe gebou sê hy vir Florence: "Ons gaan waarskynlik langer as 'n uur uit wees."

"Bly die hele middag," sê sy en verskuif haar kougom na die ander kant van haar mond. "Oortuig haar net om saam met jou terug te gaan Unie toe."

Hy stoot die stoor se deur oop. "Hier is nog soveel goed wat gepak moet word," sê Christine.

"Hallo, Chrissie. Ek kon vanoggend kom help het; jy moes net gesê het."

Sy glimlag baie stadig. "Ek het nie jou hulp nodig nie."

Hy glimlag breed. "Ek weet. Kom ons gaan eet."

Die ete is eenvoudig, die bestanddele basies, die wyn baie jonk. Die samesyn is salwend, suiwerend, perfek.

Hy wag tot na die ete voordat hy praat: "Christine, ek gaan jou vandag vra om met my te trou."

Haar kop ruk op. "Moenie, De Wet."

"Hoekom nie?"

"Want dan verplig jy my om nee te sê. En ons moet nou gaan, anders is ek laat." Sy begin haar stoel agteruitskuif.

Hy sit sy hand ferm op haar arm. "Ek het met Florence gereël dat jy die hele middag afkry."

Sy kyk hom ernstig aan. "Jy moenie my lewe vir my probeer reël nie, De Wet."

"Ek sal nie," sê hy net so ernstig. "Ek wil net my eie lewe probeer reël."

"Jy het ook altyd 'n antwoord vir alles," sê sy, maar leun darem weer terug in haar stoel.

"Donderdag is die einde van die maand," gaan hy ongesteurd voort, "dan maak jy klaar in die kantoor. Vrydag vertrek die volgende weermagvliegtuig terug Unie toe. Ek moet met daardie vliegtuig teruggaan. Jy moet voor Vrydag besluit of jy wil teruggaan of nie."

"En . . . klein Gerbrand?"

Hy hoor die gebruik van die naam en voel die vreugde in hom. Hy sê so gelykmatig moontlik: "Ek sal reël vir Gerbrand."

Sy kyk af. "Ek weet nie, De Wet." Haar stemmetjie klink baie yl. "Wat doen ek as ek daar kom? Hoe kyk ek my ouers in die oë, jou ouers, vir Klara, Annabel . . . Nee, De Wet ek kán nie."

"Ek is mos by jou, Christine, langs jou, onthou jy dan nie? Ons stel vir klein Gerbrand saam aan hulle voor, aan sy oupa Freddie en sy ouma Anne. En aan sy ander ouma, tannie Jemima."

Sy steun en haar kop sak weer in haar hande. "De Wet, ek kan nie."

"Ja, jy kan," sê hy rustig. "Dit gaan die eerste week of wat ongemaklik wees. Daarna gaan hy vir 'n leeftyd lank 'n vreugde vir almal wees. En jou pa gaan eindelik 'n seun hê wat sy plaas kan erf."

"Jy is al weer nie regverdig nie, De Wet."

"En jy is al weer gereed om weg te hardloop."

Sy sit net stil na hom en kyk.

"Jy het vier dae om te besluit, Chrissie. Ek gaan jou ook nie nou vra om met my te trou nie; dit sal ek doen as die tyd reg is. Al wat jy nou hoef te doen, is om te besluit of jy saamkom Unie toe, of hier bly."

Sy sit steeds net na hom en kyk.

"Sal jy dink daaroor, Christine?"

"Ja, ek sal probeer. En, De Wet?"

"Hm?"

"Ek is lief vir jou ook."

Toe hulle baie later by haar kamer kom, sê hy: "Daar is nog een saak wat ek moet afhandel, Christine. Ek sal so drie of vier dae weg wees. Dit gee jou ook tyd om deeglik na te dink en te besluit. Wanneer ek terugkom in Rome, gaan ek en jy en Gerbrand huis toe, hoop ek."

Toe stap hy stasie toe en koop 'n treinkaartjie na Turyn.

"KLARA!" ROEP HAAR MA DINSDAG VROEGOGGEND GANGAF, "telefoon! Maak gou, dis 'n hooflynoproep van De Wet af."

"De Wet!" sê Klara bly en draf kaalvoet telefoon toe. Sy is al aangetrek, maar haar hare is nog nie eens gekam nie. "Hallo, De Wet?"

"Is jy darem al op en reg vir skool?" kom sy stem lomerig oor die draad.

"Ék is al op, maar ek is verbaas dat jy so vroeg op is," terg sy. "Hoe was jou vakansie? Wanneer kom jy huis toe?" Sy brand om meer te vra, maar sy durf nie, want haar ma bly doenig by die sideboard.

"Dis hoekom ek bel. Kan jy ons vanmiddag op die stasie kry? So vieruur se kant?"

"Ons?" maak sy seker.

"Ja, Klara, ons. Maar jy moet alleen kom." De Wet trap ook versigtig, besef sy, want hierdie is 'n plaaslyn en auntie Anne is die grootste inluisteraar.

"Ek maak so, na skool," sê sy.

"Wat sê De Wet?" vra haar ma toe sy die telefoon in sy mikkie terughang. "Het hy lekker vakansie gehou? Kom hy vanmiddag?"

"Hy het nie veel gesê nie. Ons moet maar vanmiddag hoor as hy hier is. Mamma, ek is vreeslik laat. Sal Mamma groot asseblief my skoolbroodjies smeer?"

Die skooldag sleep verby – stárag, sou haar oupa gesê het. Halfvier sit sy reeds op die perron en wag. "Die vieruur is laat," sê oom Ampie en spoeg sy pruimpie in 'n netjiese boog tot tussen die treinspore. "Die vieruur is alewig laat. Is die mense op Warmbad wat so versukkeld is."

"Hoe laat kom die vieruur?" vra Klara.

"Hy moet vieruur kom," sê oom Ampie.

"Ja, ek weet, oom Ampie, maar hoe laat kom hy vandag?"

"Seker so . . ." die oom korrel son se kant toe, "seker so vieruur."

"O," sê Klara en knik. Toe wag sy maar vir vieruur.

"Kyk da' doer," sê oom Ampie skielik, "is die vieruur se rook." Hy korrel weer son toe. "Hm, nes ek geseg het, twee minute laat."

Presies vieruur (op Klára se horlosie) stoom die trein die stasie binne.

De Wet spring eerste af. Die kondukteur gee 'n koffer deur die venster vir hom aan, toe 'n kleretrommel. Hy sit dit op die perron langs hom neer. Oom Ampie draf styf-styf nader met die kruierwaentjie.

Toe hou De Wet sy twee hande uit. Deur die venster word 'n kind vir hom aangegee: eers die koppie, dan twee uitgestrekte armpies, 'n lyfie, 'n broek met skoentjies onderaan.

Klara staan doodstil.

Die kind se een armpie gaan om De Wet se nek. Hy sit gemaklik op De Wet se arm.

Die kind se hare is rooi.

Dis . . . Gerbrand – net klein.

De Wet kom na haar toe aangestap. Dit voel asof alles in stadige aksie geskied. Die kind se bruin oë is op haar. Gerbrand se oë.

"Gerbrand?" vra Klara. Haar mond voel soos kurk.

"Ja," sê De Wet, "dis klein Gerbrand. En dis tannie Klara," sê hy vir die kind.

Maar die vreemdheid word te veel. "Mamma?" vra die seuntjie onseker en kyk rond.

Toe eers sien Klara vir Christine. Sy staan steeds langs die trein, by die deur, asof sy gereed is om enige oomblik terug te spring in die wa.

Die verstaan is onmiddellik. Klara trek haar asem skerp in.

"Gaan sê hallo vir Christine," sê De Wet sag.

Haar kop kom in rat, haar voete skop in, haar hart versnel. Sy begin loop en haar arms gaan oop. "Christine! Jy is . . . terug!"

Christine steek haar hande na Klara uit. "Klara! Ek is . . . so jammer."

Hulle hou mekaar vas. Sy is verskriklik maer, merk Klara dadelik op. "O, ek is bly jy is terug!" sê sy tussen haar trane deur. "Chrissie, ek het so na jou verlang."

"Ek het 'n . . . kind," sê Christine.

Klara hou haar stywer vas. "Ek het gesien, Chrissie. Hy is pragtig."

"Dit is Gerbrand se kind," sê Christine gesmoord. "Ons sou gaan trou het, ek en Gerbrand. Ons was so te sê verloof."

Klara los haar vriendin sodat sy in haar oë kan kyk. "Chrissie," sê sy met 'n glimlag, "geen mens kan óóit daaraan twyfel dat dit Gerbrand se seuntjie is nie! En hy ís pragtig."

Christine se gesig versag. "Hy is, nè?" sê sy en kyk na waar die seuntjie is.

Toe sit De Wet die kind op die perron neer. Hy hardloop op stewige beentjies na sy ma. Christine vang hom in haar arms en streel sy haartjies plat. "Dis tannie Klara," sê sy.

"Nee!" sê die kind.

"Hy is net vreemd," maak Christine verskoning.

"Ek het daardie uitwerking op kleintjies," sê Klara spytig. "Die dominee se dogtertjie het net so reageer." – Antonio met die kind op sy arm. Die onmiddellike seer is so fel dat sy byna ineenkrimp daarvan.

"Is jy hier met die Daimler?" vra De Wet langs haar. Hy hou sy hande na die kind uit en die seuntjie gaan dadelik terug na hom.

"Ja," sê Klara. "Ek het nie gedink aan die kleretrommel nie."

"Ons behoort dit in te kry," sê De Wet en sit sy los arm om Christine se skouers. "Is julle bly om weer bymekaar te wees?"

"Vreeslik bly," sê albei gelyk en lag.

Dis vreemd om De Wet so te sien, dink Klara steeds bietjie verward, so . . . vaderlik, byna huislik. De Wet was nog altyd die haan onder die henne, die koelkop wat nie eens Annabel vasgetrek kon kry nie. Maar só, met 'n hemp wat effens gekreukel is en 'n seuntjie op die arm? Dis vreemd, en tog lyk dit of hy totaal tuis is in die rol.

Sy weet ook nie presies wat om verder vir Christine te sê nie.

Sy wil nie vra of sy in Egipte of in Italië was nie – albei maak seer. Dus vra sy maar: "Gaan ons nou plaas toe?"

"Nee, ons gaan hotel toe," antwoord De Wet rustig, "Christine en klein Gerbrand gaan die nag daar bly." Hy sit die seuntjie agter in die motor by Christine, neem die sleutels by Klara en skuif agter die stuur in. "Klara, ek wil hê jy moet vir oom Freddie gaan haal. Ons wil nie bel nie; die lyne is te onprivaat. Bring hom hotel toe."

"Goed," sê Klara, "maar hy gaan vra of Christine hier is."

"Jy antwoord maar net eerlik sy vrae en sê niks meer as wat nodig is nie," sê De Wet.

"My arme, arme pa," sê Christine van agter.

Klara draai om. Die seuntjie sit stil op sy ma se skoot. Hy staar grootoog na buite. "Wag tot hy sy kleinseun sien, Chrissie," voorspel sy. "Hy gaan so bly wees."

Maar dit lyk nie of Christine haar glo nie.

Op pad dorp toe sê oom Freddie: "Klara, iets is fout, jy moet my maar sê."

"Daar is nie regtig fóút nie, oom Freddie," sê Klara. "Die situasie is net anders as wat 'n mens verwag het." Sy is dankbaar hulle ry met die oom se kar. Dis al sterk skemer en sy het nog nooit in die donker bestuur nie.

"Christine is hier, sy wag vir oom."

"Maar . . .?"

"Nee, sy en De Wet wil net iets met oom bespreek, vir oom vertel."

"En jy gaan nie sê nie?"

"Nee, oom Freddie, hulle gaan self sê."

De Wet wag vir hulle op die stoep van die hotel. "Ons gaan binne sit, in die sitkamer," sê hy vir Klara. "Sal jy vir Christine gaan roep? Kamer 5."

Hulle wil hê ek moet die knapie oppas, dink Klara benoud terwyl sy gangaf stap. Hulle wil eers met oom Freddie praat, alleen.

Sy stoot die deur oop. Christine kyk op, die spanning duidelik sigbaar op haar skraal gesiggie. "Jou pa wag vir jou," sê Klara gerusstellend. "Ek en klein Gerbrand sal mekaar intussen beter leer ken."

"Hy is baie . . ." begin Christine twyfel.

"Gaan," sê Klara en wys deur se kant toe.

Toe Christine die deur agter haar toetrek, sê die seuntjie onmiddellik: "Mamma?"

"Jou mamma kom nou-nou," verseker Klara hom. "Sy het net gou met jou oupa gaan gesels." Die kind verstaan seker niks, dink sy benoud. Hy moet net nie aan die huil gaan nie.

Die seuntjie staan haar grootoog en aanstaar.

"Het jy speelgoed?" vra sy ongemaklik.

Hy kyk haar wantrouig aan.

"Hm . . . miskien moet ons vir jou 'n speelding kry," sê sy. "Dis dalk in die trommel."

Sy maak die swaar deksel oop. Bo-op is net netjies gevoude klere. Sy haal die boonste stapeltjie versigtig uit en sit dit op die bed neer. Êrens moet tog 'n speelding wees.

Toe begin klein Gerbrand help uitpak. Hy pak baie vinniger uit as Klara. Die kledingstukke trek verwoed deur die kamer, lê besaai oor die vloer en die bed en die laaikassie. "Jong, jy maak nou 'n vreeslike gemors," probeer sy keer. Maar hy pak baie vinniger uit as wat sy kan keer.

"Kom, kom ons . . ." sy kyk wild rond, "kom ons gaan kyk na die karre in die straat," sê sy en probeer die outjie optel.

"Nee!" sê hy kwaai en gaan verbete voort om die goed uit die trommel te gooi.

"O," sê Klara, "goed." Sy bekyk die chaos om haar. "Ek sal maar solank begin om die klere op te vou."

Toe die trommel dolleeg is, klouter die seuntjie binne-in. "Kom," sê hy en wys met sy hele handjie.

"Wil jy hê ek moet ook in die trommel klim?" vra Klara on-seker. Liewe Vader, hoe lank kan dit duur om te sê: Pa daar is 'n seuntjie ook. Kom ons gaan kamer toe?

"Inklim," sê die seuntjie.

"O, goed," sê Klara en trek haar skoene uit.

"Inklim," beveel die seuntjie weer.

"Ek het net my skoene uitgetrek," sê Klara en klim met haar voete in die trommel.

"Sit," sê klein Gerbrand.

"Dit gaan nie moontlik wees nie. Jy sien, my anatomie en die grootte van die trommel . . ."

Maar hy het klaar belangstelling in haar verduidelikings ver-loor. Hy klim uit die trommel en trek een van haar skoene aan. Dis 'n núwe skoen met 'n redelike hoë hak.

"Nee, nee," keer Klara, "Jy kan nie dit doen nie, dis my nuwe skoene. Jy gaan hulle . . ."

Die seuntjie haal sy voetjie uit die skoen en buk om dit op te tel.

"Ja, dis nou soet, gee . . ."

Toe hardloop hy blitssnel venster toe en gooi die skoen met mening na buite.

"Nee, Gerbrand! Dis nou vreeslik stout!" raas Klara en pluk die vensters toe voordat die hele trommel se inhoud dalk ook straat toe vlieg.

Toe sy omdraai, staan hy penorent bo-op die bed. "O, wêreld, ek weet nie of jy dit moet doen nie!" keer sy. "Sê nou jy val daar af, en dit net voor . . ."

Toe spring hy.

Klara vlieg vorentoe om te keer, haar voet gly op die los mat-jie, sy kom hard op die harde vloer te lande. "Eina!" sê sy.

Die seuntjie skaterlag. Hy klouter weer rats op die bed. Voor sy kan keer, spring hy weer en land aspris op sy sitvlak "Eina!" skree hy en lag uitbundig.

"Jy is 'n baie wilde seuntjie," sê sy kwaai, "en baie ongedis-siplineerd. De Wet sal jou moet vasvat, dis vir seker."

Net na sewe stoot Christine die kamerdeur oop. Klara sit moedeloos in die middel van die bed, die kind speel stroopsoet met 'n tolletjie wat sy eindelik ontdek het, die kamer lyk asof 'n orkaan dit getref het.

"Was hy soet?" vra Christine angstig.

"Ja-a," sê Klara, "maar hy het alles . . ."

Maar Christine luister nie. "Jou oupa wil jou ontmoet," sê sy en tel die seuntjie op.

Toe stap oom Freddie die deurmekaar kamer binne. By die deur wag De Wet.

Oom Freddie loop stadig tot by die kind. Hy steek sy hand na hom uit. Die kind kyk hom wantrouig aan. Die oumenshand vryf sag oor die rooi haartjies. "Hallo Gerbrand, Oupa se groot-seun," sê oom Freddie. Sy stem is dik.

Kom ons gaan uit, wys De Wet van die deur se kant af.

Baie later laai oom Freddie Klara en De Wet by die huis af. Hulle het al die pad byna niks gepraat nie. Oom Freddie het net tel-kens sy kop geskud.

"Ek het net vir Ma gesê dat jy vir Christine gaan haal het, en dat ons laat sal wees," sê Klara toe hulle met die stoeptrappies opstap.

"Wat was haar reaksie?" vra De Wet.

"Sy was verbaas, dis maar al," sê Klara. "Ek het niks gesê van klein Gerbrand nie."

"Ek sal maar môre moet praat," sê De Wet.

Maar toe hulle die deur oopstoot, wag hulle ma en pa in die

485

voorkamer. Hulle is bly om vir De Wet te sien en wil dadelik weet van Christine.

"Kan ons net eers eet?" vra De Wet. "Ek is regtig honger en bitterlik lus vir lekker koffie."

Na ete bly hulle aan tafel sit. "Daar is iets wat ons moet weet, De Wet," sê hulle pa. "Jy moet maar praat."

"Ja, Pa is reg, daar is iets." En op sy rustige manier vertel De Wet vir hulle wat gebeur het.

"'n Kind?" vra sy ma ontsteld. "Christine?"

"Ja, Ma."

"Maar . . . sy het niks laat weet nie?"

"Nee, Ma. Daar is nog iets." De Wet draai die teelepel in sy vingers om en om.

Hulle ouers wag.

"Dit is Gerbrand se kind."

"Gerbrand se kind?" Hulle ma se hande vlieg na haar mond. "Ek het nie eens geweet . . . ek dog . . . De Wet, hulle was tog nie getroud nie?"

"Nee Ma, hulle was nie."

"Maar . . ."

"Christine se grootste vrees in hierdie stadium is verwerping," gaan De Wet kalm voort. "Sy is baie . . . weerloos."

"En die seuntjie is pragtig," vul Klara aan. "Hy lyk nes Gerbrand gelyk het, met sy groot, bruin oë en rooi haartjies."

"Rooi hare?" sê hulle ma. "Ek hoop net hy is minder wild as Gerbrand."

"Hy is wild verby," sê Klara.

Hulle ma frons. "Dit gaan vir Anne baie moeilik wees," sê sy.

"Ek weet auntie Anne gaan dit moeilik aanvaar, maar sy sal net mooitjies haar snobisme moet sluk," sê De Wet beslis. "Wie is sy bowendien om te dink sy is beter as van die ander mense op die plaas?"

Klara sien hoe haar pa en ma vir mekaar kyk. Dan sê haar pa: "Miskien is dit beter dat hulle weet, Lulu."

Klara en De Wet kyk gelyk na hulle ma. Sy neem eers 'n slukkie koffie en sê dan: "Julle moet weet waar auntie Anne vandaan kom; miskien verstaan julle dan beter."

"Mamma?" vra Klara.

"Auntie Anne het self in 'n armblanke-huis grootgeraak," sê hulle ma. "Sy was Anna Jacobs, oom Jan Skoene se vierde dog-ter."

"Oom Jan Skoene?" vra Klara verstom. Die maer, versukkelde oompie wat nie eens een paar skoene per maand kon klaarkry nie? Wat sowat 'n jaar gelede sommer net dood is, alleen daar in sy lendelam huisie?

"Ja, oom Jan Skoene," knik haar ma. "Auntie Anne het nooit haar ma geken nie; dié is baie vroeg dood. Al wat sy geken het, was die harde bestaan van die armste Afrikaners. Maar sy was 'n mooi meisie, sy het haarself uit die armblanke-klas getrou, wat op sigself nie verkeerd is nie. En toe verwerp sy haar familie. Sy het hulle selfs op straat geïgnoreer en nooit weer na haar huis toe teruggegaan nie, selfs nie toe haar pa oud en siek was nie. Dít sal ek haar moeilik kan vergewe."

"Sy moet 'n baie harde mens wees," sê Klara. "Dis seker maar wat omstandighede van haar gemaak het."

"Weet Christine hierdie dinge?" vra De Wet. Sy gesig is baie ernstig.

"Ek twyfel baie sterk," sê hulle ma. "Ek het julle net vertel sodat julle kan probeer verstaan waar haar houding teenoor die armblankes vandaan kom."

"Dit gee haar steeds nie die reg om neer te sien op ander men-se nie," sê Klara.

"Jy is reg, Klara," sê hulle pa. "Hierdie ding wat gebeur het, is die blinde sambok. Hy kom slaan jou elke keer, nes jy dit die minste verwag."

"As sy vir Christine en klein Gerbrand ook verwerp," sê De Wet, "as sy . . ." Hy maak sy oë toe en skud sy kop. "Ek sal dit net nie duld nie."

"Jy kan niks doen nie, De Wet," maan hulle pa, "behalwe om Christine by te staan, as dit jou keuse is."

487

De Wet knik. "Dit is my keuse, Pa. Ek gaan met haar trou. Nie dadelik nie, want ons moet eers aanpas by die omstandighede. Maar ons gaan trou, so gou moontlik."

"Het jy haar al gevra?" vra Klara met 'n glimlag.

De Wet glimlag stadig sy ou, selfversekerde glimlag. "Nee, maar sy sal met my wil trou, ek weet," sê hy.

Oom Freddie is vroeg die volgende oggend reeds by hulle huis, nog voordat Klara en De Wet dorp toe ry. Sy gesig is verslae. "Buurvrou, sy wil niks weet nie," sê hy moedeloos. "Sy weier dat Christine en die kind 'n voet op die werf sit."

"Ek sal gaan praat, Freddie," sê Klara se ma. "Dis net alles 'n skok, sy sal metterwoon gewend raak aan die gedagte."

"Christine kan nie in die hotel aanbly met klein Gerbrand nie," sê De Wet bekommerd.

"Beslis nie. Daar sal niks van die hotel oorbly nie," stem Klara saam.

"Hulle moet miskien voorlopig in die buitekamer intrek. Ek kan in Ouma-hulle se stoepkamer slaap," stel De Wet voor.

"Of eerder in my en Irene se kamer, dis darem in die huis," sê Klara, "dan kan ek mos by Ouma-hulle gaan slaap."

"De Wet," besluit hulle ma, "as jy vir Klara afgelaai het, gaan haal vir Christine en die kind en bring hulle hierheen. Hulle bly hier in die dogters se kamer tot sake uitgesorteer is."

"Dankie, buurvrou, jy is 'n goeie mens," sê oom Freddie.

"Dankie, Mamma," sê De Wet en slaan sy arm om sy ma se skouer. "En onthou, hy is nie 'die kind' nie, sy naam is Gerbrand."

"Verskoon my net 'n oomblik," sê Klara en stap vinnig kamer toe.

Uit haar onderste laai haal sy die stapeltjie briewe wat sy so versigtig gebêre het. Sy soek dié uit wat Gerbrand vanuit Oos-Afrika geskryf het – dit sal sy eendag vir Gerbrand se seun gee. Dit bevat kosbare inligting oor Gerbrand se lewe in die weermag. Sy bind die stukkie toutjie weer om hulle en sit dit terug in haar laai.

Toe stap sy met die stapeltjie ander briewe, dié wat uit Noord-Afrika geskryf is, na die kombuis. Sy maak die Welcome Dover se bek oop, karring bietjie met die smeulende kole om 'n lekkie vlam te kry en gooi die briewe een vir een daarin.

Die vlammetjie spring dadelik regop. Die briewe krul een vir een op, die sinne verdwyn in die vlamme.

Al die woorde word as.

Ook die woorde van Gerbrand se laaste brief.

Hy het nie geweet van die kind nie, anders sou hy dit nie geskryf het nie, dink Klara.

Maar sy is glad nie seker nie.

"Julle sal so gou moontlik vir tannie Jemima moet gaan vertel," sê Klara toe sy en De Wet oor die Pontenilo ry. "Enigeen van die werkers wat vir klein Gerbrand sien, sal weet en gaan stories aandra."

"Ons sal vandag nog," sê De Wet. Hy vryf met sy hand oor sy effens deurmekaar hare. "Daar wag 'n paar moeilike dae vir ons. En Christinetjie is reeds so broos."

"Dit lyk nie asof jy veel geslaap het nie?" merk Klara op.

"Hm," sê De Wet.

Toe hulle voor die skool stilhou, vra Klara: "Het jy haar in Egipte gaan haal?"

"In Italië, Klara. Ek kry jou so drie-uur?"

Die seer steek onmiddellik: De Wet was ín Italië. Hy het die grond onder sy voete gevoel, hy het die lug ingeasem, hy het dieselfde sterrehemel gesien. Die seer bly. Sy moet telkens diep asemhaal. Sy vertel haar Geskiedenisstories met oorgawe, sy lag saam met Leoni oor 'n koppie tee, sy luister na 'n vorm I-kind se hartseer. Sy gaan doelgerig deur elke minuut van die lang dag.

Die seer bly daglank soos 'n swaar klip in haar.

Dis eers laatmiddag, toe De Wet oorstap na die kalwerhok met klein Gerbrand aan die hand, dat Klara en Christine 'n tydjie kry om alleen te gesels. "Ons het vandag vir Gerbrand na tannie Jemima geneem," sê Christine.

"Ek is bly," sê Klara. "Hoe het dit gegaan?"

Christine skud haar kop stadig. "Klara, ek het nooit geweet dis hoe hulle huis lyk nie."

"Ek moes seker vir jou gesê het," sê Klara. "Ek het nie daaraan gedink nie."

"Dis . . . verskriklik. Mense kan mos nie so leef nie?"

"Derduisende mense lewe so," sê Klara. "Ons mense, Afrikaanse mense."

"Ek het nie geweet nie," sê Christine. "Ek het langs hulle in die skoolbanke gesit en ek het nie geweet nie. Ek het nooit eintlik ag geslaan as iemand praat van die 'armblanke-vraagstuk' nie. En ek het vandag besef, dís wat ek wil doen, Klara. Ek wil op 'n manier daardie mense help."

"Dit gaan al beter, Chrissie. Die regering het programme wat regtig besig is om te werk. So tien jaar gelede was dinge baie sleg. Maar vertel my, hoe het tannie Jemima gereageer toe julle haar vertel?"

Christine skud steeds haar kop. "Klara, ek het nooit gedink enigiemand gaan só bly wees vir my ou seuntjie nie," sê sy.

"Hy is mos pragtig, Chrissie!" sê Klara.

"Miskien begin ek dit nou eers besef," sê Christine sag. "Tannie Jemima het doodstil gestaan en luister toe De Wet praat. Hy praat so mooi, Klara, hy het so mooi verduidelik. Hy is die wonderlikste mens wat ek ken."

"Ek weet," glimlag Klara. "Tannie Jemima?"

"Ek dog eers sy verstaan nie; haar gesig het niks gewys nie. Sy het nie kwaad gelyk nie, of bly nie, of geskok nie, sy het net . . . niks gelyk nie."

"En toe?"

"Toe steek sy haar hand uit na Gerbrand toe, en sy raak aan hom, amper asof hy heilig is. Klara, weet jy hoe lyk haar hande?"

"Ja, ek weet."

"Ek was bang Gerbrand gaan weer so kwaai wees. Hy hou nie daarvan dat vreemdes aan hom raak nie. Maar hy het stilgestaan en net vir haar gekyk. En toe vryf sy oor sy haartjies, maar sy sê niks. En toe sê hy 'kom', en hy vat haar hand en stap na daardie ou ploegskaar-ding wat langs die huis lê."

Klara lag effens. "Hy het 'n sterk persoonlikheid, daardie seuntjie van jou."

"Hy het. Toe sê De Wet ons moet hulle maar vir 'n rukkie los. Toe sit ons op 'n klip daar naby."

Sy is 'n rukkie stil voor sy weer praat: "De Wet het vir my gewys waar Gerbrand se graf is. Klara, hy sal altyd die pa van my kind bly."

Klara knik.

"Hy het nie eens geweet van die kind nie," sê Christine. "Hy het nie geweet nie."

"Ek kan byna nie glo jy en Henk gaan nie trou nie," sê Christine toe hulle die volgende Saterdag in die son sit om hulle hare droog te maak. "Julle was so perfek by mekaar."

"Ons het goed gepas, ja," stem Klara saam, "maar ek het net besef ek is nie lief genoeg vir hom om te trou nie."

"Was daar dan iemand anders, Klara?"

Klara haal haar skouers op. Na 'n rukkie sê sy: "Hy was 'n krygsgevangene. Hy het die Pontenilo kom bou. Toe is hy terug Italië toe."

Christine knik. "Ek het so gedink," sê sy. "Ek is jammer."

Hulle sit lank stil. Toe vra Christine: "Hoe voel jy daaroor, Klara?"

Klara dink 'n oomblik. "Eers was ek eensaam; dit was asof iets weg was. Maar ek het geweet dis die regte ding. Dis snaaks, Chrissie, ek het later verlig begin voel."

"Jy praat nou van Henk?"

"Ja, ek praat van Henk."

"Ek het eintlik bedoel, hoe voel jy oor die Italianer se weggaan?"

Ek wil nie daaraan dink nie, dink Klara. As ek nie daaraan dink nie, as ek net met ander dinge besig kan bly, is die seer minder fel. Dis net in die nagte . . .

"Klara?"

"Ag Chrissie, ek bly eensaam, ek verlang. Ek weet dis dom; ek weet dis net 'n droom wat nooit bewaarheid kan word nie. Selfs al kon hy hier gebly het, kón dit nooit werk nie." Sy voel hoe haar keel dik word, hoe haar oë warm word. "Hy is van 'n ander kultuur, Christine, hy praat 'n ander taal, hy is 'n Katoliek. Die . . . ander kant is net té ver."

Dis 'n rukkie stil voordat Christine sê: "Ek was ook aan 'n ander kant. Ek weet hoe alleen 'n mens kan wees."

"Ja, jy was."

Dis weer lank stil tussen hulle, 'n gemaklike stilte, 'n stilte wat vol verstaan is, van jare se saamwees. Dan sê Klara: "Ek is bly jy is terug, Chrissie. Dis . . . goed om met jou te praat."

Christine steek haar hand uit en sit dit op Klara se arm. "Dit is goed om terug te wees. Dis goed om te praat. Maar die alleen-heid, dit weet ek, bly maar net jou eie."

"Oom Freddie kry nie hond haaraf gemaak nie," sê De Wet na twee weke. Hy en Klara is alleen in die motor op pad terug plaas toe na werk. "Ek gaan jou net aflaai, dan gaan ek oorry en met auntie Anne praat."

"Ek weet nie of dit gaan help nie," sê Klara skepties. "Haar trots pen haar vas."

"Christine is haar enigste kind, sy sal moet toegee," sê De Wet rustig. "Dek vanaand twee ekstra plekke vir aandete. Ek gaan haar bring, al moet ek haar ook vasbind."

"Ja, De Wet," glimlag Klara, "maar dit sal miskien beter wees as jy dit sonder die vasbind kan doen."

Klara gaan sit haar sak in die stoepkamer van haar ouma se huis en stap oor na die groot huis om koffie te kry. Haar ma is in die kombuis doenig. Christine staan met 'n bakkie kos in die hand. "Is De Wet hier?" vra sy.

"Hy sal nou hier wees," sê Klara vaag.

"Ek gaan vir Gerbrand sy pap probeer gee," sê Christine en draf agter die seuntjie aan gangaf.

"Ek het al vergeet hoe woelig klein seuntjies is," sê Klara se ma toe hulle uit is.

"Is alle kleintjies so woelig?" vra Klara ernstig. "Want dan twyfel ek of ek ooit gaan kinders hê."

Haar ma glimlag. "Hulle is woelig, ja, maar darem nie heeltemal so erg soos klein Gerbrand nie."

"Ag, eintlik is hy 'n oulike knapie," sê Klara.

"Pragtig," stem haar ma saam, "net woelig."

Vanuit die kamer kom die vrolike borrellaggie. "Nee, wag, jy mors die hele kamer vol! Gerbrand!" kom Christine se ontstelde stem.

Klara se ma begin lag. "Daardie seuntjie is sy ma een oor, vrees ek. Waar bly De Wet?"

"Hy het vir auntie Anne gaan haal, Mamma."

"Vir auntie Anne gaan haal? Wel, as hy dít regkry, sal hy seker enigiets in sy lewe kan regkry," sê haar ma skepties. "'n Mens praat teen 'n klipmuur vas."

"De Wet kan enigiets regkry," sê Klara beslis.

Hulle dek later tafel en sit die koppies reg vir koffie. Klara se pa bring die melkkan in en hulle gooi die warmvars melk versigtig deur die doekie. "Waar is De Wet dan?" vra Christine bekommerd.

"Hy sal nou hier wees; hy moes net gou iets gaan doen," sê Klara. "Kom ons gaan kyk waar die weglê-hennetjie nou weer haar eiers weggesteek het."

Klein Gerbrand hardloop op stewige beentjies vooruit oor die werf. Die hoenders laat spaander kekkelend in elke rigting. Hy kraai van die pret. "Ja, jy is 'n regte haan onder die henne," lag Klara. "Op die manier vind ons nooit die weglê-hennetjie nie."

"Ek gaan hom maar bad," sê Christine toe hulle in die huis terug is.

Kort daarna ry die Daimler by die werf in. Klara kyk versigtig

493

na die motor, toe stap sy badkamer toe. "De Wet is nou hier, Chrissie," sê sy so kalm moontlik, "hy het jou ma gaan haal."

Christine se blou oë rek. Haar hande vlieg na haar mond. "My má?" vra sy verskrik.

"Ja, ek sien hulle het nou net stilgehou. Sy sit voor in die Daimler saam met hom."

"In die Daimler? Klara, ek kan nie!" Haar oë pleit. "Julle moes . . . ek wil . . ."

"Ja, jy kan," sê Klara. "Ek sal vir Gerbrand klaar bad en aantrek. Gaan jy solank voorkamer toe."

"Ek . . ."

"Gaan!" sê Klara streng en stoot haar vriendin by die deur uit.

"Mamma?" sê die seuntjie onseker.

Klara tel die seuntjie uit die bad en draai die gespierde lyfie in die handdoek toe. "Kom, jong, ons gaan jou in die kamer aantrek, jou mamma kom nou-nou," paai sy en dra hom gangaf. Sy maak eers die kamerdeur agter haar toe sodat hy nie kan ontsnap nie, en sit hom dan neer. Hy wriemel onmiddellik uit die handdoek los en draf poedelkaal oor na die trommel. "Bal, bal," sê hy.

Deur die venster sien Klara hoe De Wet uit die motor klim en stadig stoep se kant toe stap. Auntie Anne bly in die motor sit.

"Bal," sê die seuntjie.

"Goed, ons kan bal speel, sodra jy in jou nagklere is," sê Klara en begin agter die seuntjie aandraf met sy nagbroekie in die hand. Sy vang die lyfie en dwing die twee beentjies in die broek in. "So, ons is halfpad," sê sy verlig.

Auntie Anne sit steeds in die kar.

Klara tel die naghempie op. "Dit lyk vir my jou aanstaande pappa het sowaar jou onwillige ouma vasgebind. Sy sit nog steeds in die kar." Sy kyk rond, buk dan af en kyk onder die bed. "Gerbrand, kom uit onder die bed, ek gaan nie weer agter jou aankruip nie," sê sy streng.

"Bal," sê hy en kruip uit.

494

"Kom, trek aan jou hemp, dan speel ek met jou bal," sê sy. "Vaderland, dis geen wonder jou ma is so maer nie!"

Toe stoot De Wet die deur oop. "Bal!" roep die seuntjie dadelik uit.

De Wet neem die hempie uit Klara se hande. "Gaan kyk of jy vir auntie Anne uit die kar kan kry," sê hy. "Gerbrand! Staan nou stil dat ek jou hemp kan aantrek! Dan gaan ons kalfies kyk."

Tot Klara se verbasing staan die seuntjie botstil en steek self sy armpies in die moue. Wel, wel, dink sy toe sy die deur agter haar toetrek.

Sy loop deur die voorkamer waar Christine angstig staan en wag. "Bly net hier," sê sy, "De Wet is nou by Gerbrand. Hy gaan hom kalwerhok toe neem."

Christine knik. Sy lyk baie bleek.

Klara stap oor die werf, maak die deur van die Daimler oop en skuif agter die stuurwiel in. "Naand, auntie Anne," groet sy gelykmatig.

"Goeienaand."

Stilte.

"Dit bly darem maar droog, nè? En warm."

"Ja, dis droog."

Stilte.

"Ek wens dit wil kom reën."

"Ja." Auntie Anne kyk steeds strak voor haar.

"Auntie Anne moet maar inkom. Christine wag in die voorkamer."

Auntie Anne se kop ruk effens. "Ek sal weldra inkom, Klara," sê sy en vroetel met haar sakdoekie.

"Die kind is nie nou hier nie, auntie Anne," sê Klara. "De Wet het hom saamgeneem na die kalwerhok toe. Dis net Christine wat vir tannie wag."

"Goed."

Stilte.

"En . . . Jemima?"

"Sy kom nooit hierheen nie, auntie Anne."

"Goed."

Stilte.

"Gaan maar in, ek sal weldra kom."

"Dis reg, auntie Anne," sê Klara en klim uit die motor.

Net voordat sy die deur toemaak, sê auntie Anne: "Jy sê sy is alleen in die voorkamer?"

"Ja, auntie Anne, sy wag in die voorkamer." Toe maak sy die motordeur agter haar toe.

Deur die venster van die eetkamer sien sy hoe auntie Anne stadig uit die motor klim. Sy maak haar rug reguit, stoot haar pikswartgekleurde hare reg en stap met 'n strak gesig voorkamer toe.

My arme, arme maatjie, dink Klara en draai weg.

Later hou oom Freddie se motor ook voor die huis stil. "Is sy in?" vra hy angstig.

"Ja, meer as 'n halfuur gelede al. Ek dink oom Freddie kan maar ingaan voorkamer toe."

Hy glimlag baie effentjies. "Dink jy ek moet vir Christine gaan red?"

Klara glimlag. "Ja, oom Freddie, ek dink nogal so."

"Moet ek nie die kind ook inneem nie?"

"Nee, oom Freddie, ek dink De Wet moet hom later bring," sê Klara. "En onthou, sy naam is Gerbrand."

"Ja," sê oom Freddie, "ek sal onthou." Toe stap hy voorkamer toe en trek die deur weer agter hom toe.

Toe De Wet van die kraal af terugkom, is Gerbrand knieserig. "Hy is vaak," sê De Wet, "maar ek weet nie eintlik hoe 'n mens hom in 'n bed kry nie." Sy oë bly op die voorkamerdeur.

Dan stoot Christine die deur oop. Haar oë is dik. Sy hou haar hand uit na De Wet.

Hy vou sy arms om haar en hou haar teen hom vas. Sy hand skulp beskermend om haar kop.

Die verlange dolk deur Klara.

"Kom in," sê Christine.

De Wet tel die seuntjie op, glimlag af na Christine en sê: "Ek is trots op jou."

"Moet ons nie maar vir hulle sê die kos is gereed nie?" vra Klara se pa later.

"Nee, ou man, los die mense nou," sê Klara se ma.

"Moet ons nie maar solank eet nie?" vra Klara se pa kort voor die nuus.

"Nee wat, ons luister maar eers nuus," besluit haar ma.

"Nee, magtag, nou gaan ek eet," sê Klara se pa na die weervoorspelling. "Klara, hoor of die mense wil saameet of nie."

Klara klop sag en stoot die deur effens oop. "Die kos is gereed," sê sy.

"Ons kom, dankie," sê De Wet se rustige stem.

Eers kom net oom Freddie uit die voorkamer. Toe kom Christine en De Wet. Hy dra die slapende seuntjie deur kamer toe. "Ons kan solank sit," sê Christine rustig.

Hulle neem hulle plekke in: Klara se pa aan die hoof van die tafel, haar ma aan sy regterkant, De Wet, Christine en Klara oorkant hulle. Daar is 'n leë stoel langs oom Freddie.

Dan verskyn auntie Anne in die deur. Sy huiwer op die drumpel en vroetel met haar sakdoek. Haar oë knipper. "Anne, jy sit hier langs my," sê Klara se ma en staan op. "Hier, tussen my en Freddie."

Toe tree Christine se ma oor die drumpel om by die res van die groep aan te sluit.

KERSFEES IS VANJAAR ANDERS. Boelie gaan kap weer 'n stamvrugboom, soos ander jare, Klara en Irene versier dit weer met die geverfde dennebolle en linte. Maar toe Gerbrand die Vrydagaand saam met sy ma en De Wet daar kom eet, begin hy onmiddellik die bolle afhaal.

"Nee, jy moenie dit doen nie," probeer Christine keer.

Hy gaan fluks voort met afhaal.

"Gerbrand, nee," sê De Wet rustig.

Die seuntjie kyk onmiddellik op. "Balle," sê hy en sy handjies gaan oop en toe.

De Wet neem die dennebolle wat hy reeds afgehaal het. "Kom, ons bêre weer die balle aan die boom," sê hy. Hy hou die grootste dennebol uit. "Hier, jy kan nou-nou met hierdie mooi bal speel. Help my nou eers om al die balle weer op te hang."

Dis 'n groot gesukkel vir die dom handjies om die dennebolle weer terug te kry. "Kom, ek help ook," sê Klara.

"Dis goed ons het nog nie die pakkies uitgepak nie," sê Irene, "anders was alles seker nou al oop, en dis eers môreaand Kersfees."

"Miskien moet julle dit ook nie môreaand uitpak nie," sê De Wet, "anders kan dit op 'n konfrontasie met hierdie rooikop uitloop."

Oukersaand is ook anders. Die geskenkies is op die tafel gepak, nie onder die boom nie. En dis nie meer net hulle gesin om die boom nie. Christine en Gerbrand is ook nou by, en oom Freddie en auntie Anne.

Verlede jaar was Henk ook hier, dink Klara. En Antonio.

Dis . . . seer.

Sy probeer aan Henk dink. Sy wonder hoe dit met hom gaan. Maar sy wil hom ook nie bel nie; dit sal net ou rowe weer oopkrap.

Sy luister afgetrokke hoe haar pa die eeue oue Kersverhaal uit die ou Hollandse Familiebybel voorlees. Die kerse in die vertrek flikker sag.

Haar oupa sit stil in sy stoel, klein, sy waterige oë dof op die boom gerig. Dit lyk amper asof hy op sy eie eilandjie is, dink Klara.

Verlede jaar het Christine stokalleen Kersfees gehou, net sy en klein Gerbrand, waarskynlik alleen in 'n kamertjie êrens in 'n koue Italië.

In Italië is die wêreld nou wit gesneeu, dink sy. Antonio het gesê . . .

Sy móét probeer om nie aan hom te dink nie.

Die hangertjie wat sy hande vir haar gemaak het, het een van haar kosbaarste besittings geword.

Dit help nie, sy wíl aan niks anders dink nie.

Antonio het vertel hoe sprokiemooi sy dorpie is, onthou sy, toe onder 'n sneeukombers, met die swart pieke wat hoog bo die dorpie waak, eeue al.

Antonio het vertel hoe hulle op Kersdag mis toe gaan, almal, en Kersliedere sing en dan 'n Kersmaal eet.

Antonio se stem was vol verlang toe hy vertel het. Hy was ver van sy land en sy mense.

Vanaand is hy by hulle, dink sy. Vanaand is hy by die mense van sy dorp en by sy familie en by sy verloofde. By Gina.

Sy dink die naam byna hardop sodat selfs haar hart kan verstaan.

Maar harte het nie ore nie.

En die skans waaragter sy wegkruip, word dunner en dunner.

499

Hulle sing die Kersliedere. Oom Freddie probeer saamsing, auntie Anne bekyk die Kersboom met 'n strak gesig. Gerbrand se bruin oë is baie groot.

Verlede jaar was Antonio se sterk tenoorstem deel van die sang.

Die derde lied begin Gerbrand uit volle bors saamsing. Hulle kom net-net deur die lied, toe begin almal lag. "Sjoe, Gerbrand, maar jy sing mooi!" lag haar ma.

"Nog sing," sê die seuntjie vrolik.

"Ek dink die gewydheid van die situasie gaan daaronder ly," besluit haar pa. "Boelie, steek aan die Coleman dat ons kan sien."

Dit was altyd haar oupa wat nie ordentlik in die kerslig kon sien nie.

"Eina," sê Gerbrand vir De Wet toe Boelie die vuurhoutjie trek.

"Ja, jy is reg, 'n vuurhoutjie is 'n gevaarlike ding," sê De Wet en streel oor sy koppie.

Dis Gerbrand se eerste Kersfees. Toe hy besef dat daar interessante goed uit die pakkies kom, is hy buite homself van opwinding. "Ag nee, ek het ook vir hom 'n bal gekoop," sê Irene toe Gerbrand 'n bal van haar ouers kry.

"Hy sal nooit genoeg balle hê nie," sê De Wet.

"Hy gaan beslis 'n Springbok word," sê Boelie. "Ons moet hom van kleins af alles leer."

"Hy is regtig baie wild," sê hulle oupa vanuit sy hoek.

Oukersaand is tog dieselfde, dink Klara weemoedig. Hy loop ook maar sy uitgetrapte paadjie tussen die kerse en dennebolle en bondels papier deur.

Teen die end van die aand sê De Wet: "Dis seker nie 'n verrassing nie, maar ek en Christine het besluit om vanaand verloof te raak."

Dit ís nie 'n verrassing nie, maar steeds is die gesin se vreugde sonder perke. De Wet word op die rug geklop, Christine word vasgedruk en gesoen, Dapper blaf en blaf. Oom Freddie het trane in sy oë.

Wat ek die helderste van my verlowing onthou, dink Klara skielik, is Antonio se oë. Dis beter so, Klara, het sy swart oë gesê.

Net, dit is nie beter nie. Dit word ook nie beter nie. Want laatnag het hy stadig padaf gestap. Hy het op die sagte sand gaan sit en het sy kop in sy hande laat afsak.

Sy druk haar hande hard teen haar warm gesig vas. Haar glimlag bly outomaties om haar mond gevries.

Laataand, toe Gerbrand al in die bed is en haar oupa op sy stoel aan die slaap geraak het, staan Klara op en sê: "Ek gaan koffie maak. Wil almal koffie hê?" Sy luister nie regtig na die antwoord nie. Sy moet iets doen om net 'n rukkie weg te kom, om net 'n paar oomblikke alleen te wees.

Maar toe sy in die kombuis instap, sê De Wet reg agter haar: "Ek sal koffie maak, Klara. Maar ek wil eers met jou praat."

"Jy klink ernstig," sê sy en tap die ketel vol water. "Die koppies is darem al reggesit op die skinkbord."

"Ek sien so, ja," sê De Wet. "Klara, hier is iemand om jou te sien."

Om haar te sien? Dalk moeilikheid by tannie Jemima-hulle? Maar dan sou hulle tog . . .

"Dis Antonio, Klara. Hy is hier in Suid-Afrika," sê De Wet rustig.

"An . . . tonio?" Klara sak op die naaste stoel neer. "Hier?"

"Hy wag hier buite vir jou, Sus."

Dis mos nie moontlik nie! "Spot jy met my?"

"Ek sal nie oor so iets spot nie, Klara." De Wet gooi groot lepels moer in die koffiesak. "Hy het teruggekom Suid-Afrika toe."

"Ek glo dit nie," sê Klara. En werktuiglik sê sy: "Jy maak die koffie te sterk."

De Wet gooi nog 'n opgehoopte lepel moer in. "Stap af na die Pontenilo, hy is daar."

Haar lyf staan stadig op. Haar voete begin loop.

Dis tog nie moontlik nie! Antonio?

Asof in 'n dwaal stap sy by die agterdeur uit. Die Bosveld lê rustig om haar; die veld slaap.

De Wet sou haar tog nie 'n streep probeer trek het nie. Dis nie hoe hy is nie.

Die maan is byna vol. Die sagte lig spoel oor die sandpad en die vaal gras en oor die geel blommetjies van die soetdoring-bome.

Maar Antonio, hiér?

Haar hart begin vinniger klop, haar voete begin hardloop. Sê nou . . .?

Haar hart hardloop vir haar voete weg.

Onder die wye vaarlandswilg gaan sy staan. Die maan weer-kaats in die klein poeletjie water.

"Hier is ek, Klara."

Sy hoor die rykheid van sy stem.

Sy vlieg om. "Antonio? Is dit regtig jý?"

Hy staan in die skadu, teenaan die growwe stam van die vaar-landswilg. Sy kan nie sy gesig in die donker sien nie, net die spierwit van sy hemp.

Dan maak hy sy arms oop. "Kom na my toe, Klara."

Sy arms vou staalhard om haar.

Êrens in die melkweg verdwaal die tyd.

Later sê hy: "Klara, ek het so na jou verlang."

"Ek ook, Antonio. Hoekom het jy nie vanaand ingekom nie? Hoekom het jy nie saam met ons kom Kersfees hou nie?"

"Ek het eers laatmiddag hier gekom en wou jou eers alleen sien, eers seker maak . . ." Hy staan 'n tree terug. "Ek wil eers kyk hoe lyk jy." Sy oë streel oor haar hare, haar gesig, haar nek, haar middeltjie. Hulle gly sag oor haar heupe. Hy skud sy kop. Sy glimlag op na hom, draai in die rondte, hou haar kop skeef en tuit haar mondjie. "Tevrede?"

"Jy is onbeskryflik mooi."

"Ek het so na jou verlang, vanaand," sê sy.

502

"Nou kom dan hier." Hulle staan lank so – die wêreld daar buite bestaan nie regtig nie.

Baie, baie later sê sy: "Antonio, hoe het jy hier gekom?"

"Die Unie-regering het 'n spesiale program om oudkrygsgevangenes wat wil terugkeer, in te bring," sê hy en streel oor haar hare. "Ek wou meer as 'n jaar lank elke dag aan jou vat, weet jy dit? En ek kon nooit. Nou wil ek nooit weer ophou nie."

"Maar . . . gaan jy hier bly?" Dis steeds te onmoontlik om te glo.

"Ja, Klara, ek bly hier. Ek het my studie voltooi. Meneer Moerdyk het vir my 'n pos gekry as ingeskrewe klerk by 'n argiteksfirma in Pretoria."

Dit bly onwerklik. "Jy het jou Italië verlaat? Agtergelaat?"

Hy kyk ernstig af na haar. "Ek kon nie langer sonder jou nie. My Bybel sê ''n man sal sy vader en moeder verlaat en sy vrou aanhang'." Sy swart oë begin glimlag. "Sê julle Bybel dit nie ook nie?"

Sy bly ernstig. "Ons lees dieselfde Bybel, jy weet dit. Julle het net ander gebruike, soos . . . jou . . . jy weet, jou belofte?"

Sy hand gly oor die kontoere van haar gesig. "Gina het skynbaar nie voor die Heilige Maagd belowe om getrou te bly nie," sê hy gelykmatig. "En my broer, nou-ja, hy glo: All is fair in love and war. Ek gaan 'n marmerbeeld van jou gesig maak en dit op 'n wêreldskou tentoonstel sodat almal kan sien hoe pragtig jy is."

"Antonio!" sê sy geskok, "ek is so jammer!"

"Omdat ek 'n beeld gaan maak?" vra hy kastig verbaas.

"Nee, man, oor jou broer. En oor Gina."

Hy knik stadig. "Ek was ook . . . ontsteld. Maar toe besef ek, dis beter so. Die Heilige Maagd sorg vir haar kinders, Klara. Lorenzo en Gina is eintlik van altyd af bedoel vir mekaar. Hulle het dit net nie besef nie, ek ook nie. Ek is lief vir jou, weet jy dit?"

"Maar hoe het jy geweet . . . ek was mos self ook verloof?"

"De Wet het kom sê, toe hy in Italië was. Hoor jy wat sê ek? Ek is lief vir jou."

"Maar Antonio, dit was maande gelede al en . . ."

Toe buig hy vooroor en smoor haar woorde.

Nog baie, baie later sê sy: "Ons moet seker teruggaan huis toe."

"Nee," sê hy, "ons gaan nie nou terug nie."

"Hulle gaan my moontlik begin soek?" twyfel sy.

"Nee, Boelie en De Wet weet ek is hier. Hulle sal een of ander verskoning uitdink dat Irene nie navraag doen nie. Dalk vertel hulle haar, ek weet nie."

Hulle sit plat op die sand. Die sand is sag onder hulle, vriendelik.

En skielik begin die realiteit deurdring. Sy voel hoe die paniek onverwags in haar keel opdruk. Sy sit regop. "Wat gaan ons doen, Antonio? My pa . . .?"

Hy streel oor haar oë. "Ek het maande tyd gehad om daaroor te dink, Klara. Ek weet daar wag vir ons 'n opdraand stukkie pad."

"En sê nou . . ." Sy dink 'n oomblik. "Dis jy wat gesê het dat iets tussen ons nooit sal kan werk nie, dat daar net te veel verskille is. Jy het gesê jou hart sal altyd wil teruggaan na jou land en jou mense. Niks het tog verander nie, Antonio?"

"En jy het gesê dat as 'n mens 'n brug wil bou tussen twee godsdienste of kulture, beteken dit die een party moet oor die brug loop na die ander kant."

"Ek weet," sê sy. "Dit bly steeds so."

Hy knik. "Ek weet dit alles. En ek weet nie presies hoe mét jou nie, maar ek kan ook nie langer sónder jou nie, Klara."

"Ek ook nie," sê sy ernstig, "ek ook nie."

"Sommige dinge het wel verander," sê hy. "My land is platgeskiet deur die Geallieerdes én die Duitsers. My mense is platgeslaan; van ons ekonomie het niks oorgebly nie. Hoe 'n jongmens van onder af 'n besigheid moet opbou, weet ek nie. Die vooruitsigte hier in die Unie is net soveel beter."

"En . . . jou ouers?"

"Dis die een ding wat bitter seer maak," erken hy. "Maar ek wou by jou wees."

Sy voel hoe 'n diep, diep vreugde in haar uitswel, hoe 'n groot rustigheid oor haar spoel. Sy leun teen hom aan en sy luister na die klop van sy hart deur sy dun, wit hemp.

"Ek gaan môreoggend dadelik met jou ouers praat, Klara. As ons daardie brug gebou kan kry, sal ons die opdraand aan die ander kant maar so treetjie vir treetjie vat, of wat dink jy?"

"Dis 'n groot kloof," waarsku sy.

Hy lag saggies. "En 'n geváárlike een, nè?"

Sy lag gelukkig. "Ja, ou Roomse Gevaar, spot maar. Môre gaan jy moet bou dat jy hop, want daardie spesifieke onderwerp gaan jy nie kan vermy nie."

"Weet jy hoe pragtig is jy wanneer jy so lag?"

Klara lag uit haar hart uit. "En ek hoef nooit weer te sê, 'moenie dit sê nie', nè, Antonio?"

"Nooit weer nie, Klara," sê hy, "nooit weer nie."

Die Suiderkruis het al agter die berg weggesink, die môrester flikker al toe sy eindelik saggies haar kamer binnegaan.

Epiloog

D<small>IE MENSE VAN DIE DORP HET BAIE LANK GEWAG VIR</small> A<small>NTONIO</small> om weer terug te kom. Wanneer hy gesê het hy sal, dan sal hy, het hulle geweet. Vir party was dit te lank, maar toe hy kom, het die dokter van die dorp nog gelewe.

"Die mense van Afrika is anders," waarsku hy sy mense. "Pietro sê hulle eet anders, hulle lewe anders, hulle dink anders oor sake as ons."

Toe begin die mense twyfel. Sê nou Antonio het verander, het meer soos húlle geword?

"Antonio is Antonio," sê Maria beslis, "en Antonio sou vir hom iemand gekies het wat by hom pas."

In die huise kook die mamas verwoed. "Dink jy die mense uit Afrika sal pasta con ragu eet?" vra Maria angstig. "En polenta e spettatino? Dit was altyd Antonio se gunsteling."

"Maak dit waarvan jou kind hou," sê ta' Anna beslis. "Die mense uit Afrika moet net mooitjies aanpas by onse gewoontes."

Want die mense van die dorp raak al meer skepties oor die vreemde vroutjie wat Antonio hier gaan aanbring.

"Ek bak vir jou 'n torte con crema," sê ta' Anna die volgende dag.

"Maar mens, is jy nou laf!" roep ta' Sofia geskok uit. "Al daardie room! En dit vir Antonio se kinders? Goor maag is waarmee julle gaan sit, Maria. Hoor nou mooi wat ek vir jou sê."

En net die volgende dag is einste ta' Sofia terug by Maria se voordeur met 'n reuse-vrugtekoek wat sy aanpresenteer. "Ek het vir jou 'n pane tonttone gebak, Maria. Dis immers gesond."

'n Dag voordat Antonio-hulle sou kom, hou Lorenzo se blink-nuwe Alpha 1900 voor die Romanelli's se huisie stil. Hy het verlof geneem vir die twee weke wat Antonio en sy gesin kom kuier. Hy en Gina en hulle twee kinders het al die pad van Milaan af gekom. Ryk man, die Lorenzo, doen goed vir homself, al is hy nou ook sonder been, sê die mense van die dorp tevrede. Milaan is ver, hoor.

"Suid-Afrika is verder," sê die dokter.

"Milaan is vér," sê ou Luigi beslis. "Ek weet, ek was al daar."

"Dis jammer Marco kan nie ook hier wees nie," sê die dokter spytig, "maar hy skryf darem dit gaan goed met hom."

Later ry die nuwe Alpha op na die ou baron se klipvilla en die kinders van die dorp tou agterna. "Gina het koffers vol klere saamgebring," sê die tantes vir mekaar. "Sy gaan seker weer pragtig lyk," sê hulle tevrede. Daardie vroutjie uit Afrika gaan afsteek, dink hulle, maar hulle sê dit darem nie. 'n Mens wil darem nou nie ongasvry wees nie.

"Ek kan nie meer wag nie," sê Maria die aand vir Guiseppe. "Ek het byna nege jaar gewag. Nou is die wag skielik te lank."

Hy glimlag en knik sy kop. Toe slaan hy sy groot arm om haar sagte skouers.

Die mense van die dorp sien die vreemde motor van ver af aankom. "Antonio kom!" roep hulle.

Toe ry die vreemde motor om die dorpsplein en stop voor Guiseppe Romanelli se huis.

Dit is Antonio agter die stuur.

Toe klim hulle uit. Eers Antonio.

Hy lyk nog net dieselfde, sien die mense van die dorp. Miskien bietjie groter om die skouers, miskien bietjie bruiner van die Afrika-son, maar onweerlegbaar hulle goue seun.

Toe maak hy die deur oop en hou sy hand uit.

Toe klim die vroutjie van Afrika uit.

Die mense kyk.

Sy het blink hare, sy het 'n gesonde vel, sy het sterk tande. Haar oë is vriendelik. Sy glimlag vriendelik vir hulle.

Nie so mooi soos Gina nie, maar . . . mooi.

Toe klim die kinders uit: 'n seuntjie en twee dogtertjies. Mooi, maar bietjie verskrik.

Maria maak haar arms oop. Antonio en die vroutjie loop na haar, die kinders staan teen die vreemde motor. Guiseppe maak sy arms oop, hulle soen op die wange en lag en Maria huil.

Antonio tel die een dogtertjie op en neem die ander een se handjie. Die seuntjie is groter, hy stap self saam. "Kom ontmoet julle oupa en ouma," sê hy op Italiaans en neem hulle na sy ouers.

Maria soen hulle, Guiseppe vat aan hulle.

Toe kyk die vroutjie van Afrika op, op teen die lyf van die berg op en sê iets in haar Afrikataal.

"Ja," sê Antonio in die mense van die dorp se taal, "dit ís sprokiemooi."

Toe sien die mense dat die vroutjie uit Afrika vir Antonio verstaan.

En hulle begin ontspan, want dit is belangrik.

Die kinders praat redelik goed Italiaans, veral die seuntjie. Slím kind; 'n mens kan sommer sien dis Antonio se kind. Die dogtertjies is kleiner, meer skugter.

Maar toe die dogtertjies die volgende oggend saam met Lorenzo en Gina se dogtertjie bergop draf na die klipvilla van die ou baron, en die twee Romanelli-nefies op die plato'tjie sonsakkant van die dorp 'n sokkerbal rondskop, kon 'n mens duidelik sien hulle het klaar 'n brug gebou reg bo-oor die taalverskille. "Ja, ek sê mos hoeka dat bloed dikker loop as water," knik ta' Sofia tevrede.

Antonio het sommer die volgende dag al 'n bottel wyn saam met sy pa en sy broer op die patio gesit en omkuier. Later was die hele dorp se mans by, ook die Baron van Veneto, selfs Vader

Enrico. "Hulle gaan glo môre roei, op die Stura di Lanzo," vertel een van die ooms later.

"Al die pad Turyn toe?" roep ou Luigi verontwaardig uit, "en dit om te gaan roei?"

Dit het bietjie langer geduur vir die vroutjie, Klara, om die vreemdheid met Gina te oorbrug. Met Maria was dit makliker. "Sy het sommer die eerste aand al vertel hoe hulle ook polento maak," vertel Maria tevrede. "Hulle noem dit mieliepap."

Maar teen die derde dag sien die mense hoe Gina vir Klara wys om 'n Franse Rol van haar hare te maak. En die middag gaan stap hulle ver teen die berg op. Gina wys vir haar Vader Enrico se skooltjie, waar Antonio ook skoolgegaan het. Toe stap hulle oor die Ponte de Bartolini en anderkant bergop tot by die eeue oue kasteel. "Ek hoop Gina vertel vir haar die storie van prinses Clotilde, die dogter van Victor Emmanuel, koning van Piedmont, uit die dae toe Italië nog 'n laslappieland was," sê ta' Anna.

"Sy sal," sê ta' Sofia beslis, "sy is van onse dorp."

'n Mens wag byna nege jaar en dan gaan twee weke soos 'n oogwink om. "Ons kom weer," belowe Klara oor en oor. "Antonio werk baie met marmer in die kerke wat hy bou; hy sal vir sake hierheen moet kom. En ek en die kinders kom saam. Ons sal nooit kan wegbly van hierdie dorpie aan die knieë van die Alpe nie. En van die mense van hierdie dorp nie. Ons het liefgeword vir julle."

"Ek is gelukkig," sê Maria toe die gehuurde motor om Guiseppe se draai verdwyn, "want dit gaan goed met my kind. Hy is gelukkig."

En die mense van die dorp is tevrede.

Hulle storie is uiteindelik tóg 'n mooi storie wat hulle nog lank kan vertel vir hulle kinders en hulle kleinkinders. En vir die vreemdeling in die poorte wat nie die dorp se stories ken nie.

Bedankings

Dankie aan my Hemelse Vader wat kleintyd al gesorg het dat ek in my aftreejare besig kan bly en steeds vir my stories in my kop sit.

Dankie aan my mammie, Alida Moerdyk, wat in die tyd van die Eeufees en die Tweede Wêreldoorlog Klara se ouderdom was en vir my oneindig waardevolle eerstehandse inligting kon gee. En dankie aan my oom, kolonel Charles Holloway, wat op negentigjarige ouderdom glashelder kon onthou wat hulle in Oos-Afrika geeet het, waar hulle in Egipte gekuier het, hoe die lug by El Alamein geruik het, dat Italiaanse waterbottels drie pinte water gehou het en die Suid-Afrikaanse bottels net een pint. Dit is inligting wat 'n mens nie in Geskiedenisboeke kry nie.

'n Spesiale dankie aan my twee dierbaarste vriendinne: Elize, wat in die maande van haar eie hartseer strykdeur raad gegee het en die taalversorging vir my gedoen het, en Suzette, wat deur 'n verhuising en 'n bouery heen elke aand gesorg het vir 'n lekker warm bord kos. En aan my man, Jan, wat deur dieselfde verhuising en 'n bouery heen geduldig gebly het met 'n skrywerige vrou.

- Battaglia, Roberto, *The story of the Italian Resistance*, Odhams, London, 1957

- Carver, Michael, *El Alamein*, Fontana / Collins, 1962

- Delzell, Charles F., *Mussolini's Enemies. The Italian Anti-Fascist Resistance*, Princeton U.P., 1961

- Grobler, Jackie, *Ontdek die Voortrekkermonument*, Grourie Entrepreneurs, Pretoria, 1999

- Hall, Walter en William Davis, *The Course of Europe since Waterloo*, Appleton-Century-Crofts Inc., New York, 1951

- Keene, John (red.), *South Africa in World War II*, Human en Rousseau, 1995

- Orpen, Neil, *Cape Town Rifles – The Dukes 1856-1984*, eie publikasie, 1984

- Simpson, J.S.M., *South Africa Fights*, Hodder & Stoughton Limited, 1941
- Schnetler, Fred, *A century of cars*, Tafelberg, 1997
- Strydom, Hans, *For Volk and Führer: Robey Leibbrandt & Operation Weissdorn*, Jonathan Ball Publishers, 1983

- Terblanche, H.O., *John Vorster – OB-Generaal en Afrikanervegter*, Cum-boeke, 1983

- Van Wyk, At, *Vyf dae*, Tafelberg, 1985
- Vermeulen, Irma, *Man en Monument – die lewe en werk van Gerard Moerdijk*, J. L. Van Schaik, 1999